中國古典文學名家選集

朱彝尊選集

葉元章 鍾夏 選注

圖書在版編目(CIP)數據

朱彝尊選集 /（清）朱彝尊著；葉元章，鍾夏選注.
—上海：上海古籍出版社，2018.11(2023.8 重印)
（中國古典文學名家選集）
ISBN 978-7-5325-9030-8

Ⅰ.①朱… Ⅱ.①朱… ②葉… ③鍾… Ⅲ.①中國文學—古典文學—作品綜合集—清代 Ⅳ.①I214.92

中國版本圖書館 CIP 數據核字(2018)第 245345 號

責任編輯：祝伊湄

中國古典文學名家選集

朱彝尊選集

［清］朱彝尊 著

葉元章 鍾 夏 選注

上海古籍出版社出版發行

（上海市閔行區號景路 159 弄 1-5 號 A 座 5F 郵政編碼 201101）

（1）網址：www.guji.com.cn

（2）E-mail：guji1@guji.com.cn

（3）易文網網址：www.ewen.co

江陰市機關印刷服務有限公司印刷

開本 890×1240 1/32 印張 16.875 插頁 5 字數 470,000

2018 年 11 月第 2 版 2023 年 8 月第 2 次印刷

印數：3,101—3,700

ISBN 978-7-5325-9030-8

I·3333 定價：78.00 元

出版説明

上海古籍出版社及其前身中華書局上海編輯所一向重視中國古典文學的普及工作，早在二十世紀六十年代，在出版《中國古典文學作品選讀》等基礎性普及讀物的同時，又出版了兼顧普及與研究的中級選本。該系列選本首批出版的是周汝昌先生選注的《楊萬里選集》和朱東潤先生選注的《陸游選集》。

一九七九年，時值百廢俱舉，書業重興，我社爲滿足研究者及愛好者的迫切需要，修訂重印了上述兩書，并進而約請王汝弼、聶石樵、周振甫、陳新、杜維沫、王水照等先生選輯白居易、杜甫、李商隱、歐陽修、蘇軾等唐宋文學名家的作品，略依前書體例，加以注釋。該套選本規模在此期間得以壯大，叢書漸成氣候，初名“古典文學名家選集”。此後，王達津、郁賢皓、孫昌武等先生先後參與到選注工作中來，叢書陸續收入王維、孟浩然、李白、韓愈、柳宗元、杜牧、黄庭堅、辛棄疾等唐宋文學名家的選本近十種，且新增了清代如陳維崧、朱彝尊、查慎行等重要作家的作品選集，品種因而更加豐富，并最終定名爲“中國古典文學名家選集”。

本叢書的初創與興起得到學界和讀者的支持。叢書作品的選注者多是長期從事古典文學研究的名家，功力扎實，勤勉嚴謹，選輯精當，注釋、箋評深淺適宜，選本既有對古典文學名家生平、作品特色的總論,又或附有關名家生平簡譜或相關研究成果,所以推出伊始即深受讀者喜愛,很快成爲一些研究者的重要參考用書,在海内外頗獲好評。至上世紀九十年代,本叢書品種蔚然成林,在業界同類型選集作品中以其特色鮮明而著稱:既可供研究者案頭參閲,也可作爲古典文學愛好者品評賞鑒的優秀版本。由於初版早已售罄,部分品種雖有重印,但印數有限,不成規模,應讀者呼籲,今特予改版,重新排印,并稍加修訂。此叢書將以全新的面貌展現在讀者面前。

上海古籍出版社

二〇一二年十二月

前　　言

朱彝尊(一六二九—一七〇九),字錫鬯,號竹垞,晚號小長蘆釣師,又號金風亭長。浙江秀水(今嘉興)人。他是清初極負時譽的文學家,浙西詞派的創始人。其詩與王士禛齊名,時稱"南朱北王"。他學識淹博,出經入史,精於考覈,勤於著述。輯有《經義考》三百卷,《日下舊聞》四十二卷,《詞綜》三十卷,《明詩綜》一百卷,均流傳於世。又撰有《瀛洲道古録》、《吉金貞石記》、《粉墨春秋》、《禾録》、《鹾志》諸書。晚年手自删定《曝書亭集》八十卷,收入一生主要作品,性質略近於全集,流行甚廣。中年時,曾自編《南車草》、《竹垞文類》及《騰笑集》行世。

一

朱彝尊出生於浙西嘉興梅里(今王店)一個破落的書香之家。曾祖朱國祚,字兆隆,明萬曆十一年(一五八三)狀元,授翰林院修撰,歷任禮部左侍郎兼翰林院侍讀學士,攝本部尚書事,萬曆二十六年(一五九八)入東閣,後以户部尚書兼武英殿大學士加少傅致仕,卒贈太傅,謚文恪。這是朱氏最顯赫的一代,也是竹垞經常提及而引以爲榮的。祖父朱大競,國祚長子,由蔭生除授都察院照磨,擢工部主事,坐事獲譴,思宗即位後,出任雲南楚雄知府。不久,奔母喪回籍,卒於家。竹垞之父朱茂曙,未仕,學者稱“安度先生”。撰有《兩京求舊録》。竹垞係其長子。

竹垞早慧,有神童之目。《國朝先正事略》及朱桂孫、稻孫所撰《祖考竹垞府君行述》都曾提及竹垞生有異稟,“書過眼不遺”。後者還説到乃祖從小才思敏捷,出口成章,“於詩藝尤工”。幼時,塾師舉“王瓜”命作對,竹垞應聲曰:“后稷”。所叙或不無誇飾,亦可見竹垞聰穎和幼學根柢之一斑。

竹垞少時摒棄科舉仕進之路,其原因除了家道中落,貧寒無以自給,生活極不安定外,其叔父朱芾園的影響,也是因素之一。《國朝先正事略》説他“年十七,棄舉子業,肆力於古學”。而據《行述》,則應爲崇禎十三年(一六四〇)即竹垞十二歲時事。是歲,浙東西大饑,人相食,竹垞家亦至絶食。當時,芾園語竹垞:“河北盜賊,中朝朋黨,亂將成矣!何以時文爲?不如舍之學古。”“乃授《周官禮》、《春秋左氏傳》、《楚辭》、《文選》。”這,從此決定了他從事學術著述和文學創作的生活道路。表面上看來,朱芾園讓竹垞放棄舉業,改學古文,是由于時局混亂。究其實,恐另有原因在。若按《國朝先正事略》的説法,竹垞當時是十七歲,亦即公元一六四五年,恰好是順治二年,清朝定鼎之第二年。這未必是偶然的巧合。又據《行述》,芾園極其推崇黄淳耀文,曾以其稿授竹垞,囑研習之。一六四五年,也正是黄淳耀抗清失敗、不屈殉難的一年。這很值得玩索。何况,芾園之兄,即竹垞的大伯父朱茂暉(死於康熙十四年即公元一六七五年,竹垞爲其繼子),晚明時曾爲復社領袖。這中間的蛛絲馬跡,自更不容忽視。

竹垞的曾祖父國祚爲明朝重臣,祖大競亦曾仕宦多年。生長於這樣官宦人家,少年朱竹垞自然會受到薰陶和濡染,父祖輩對他灌輸過民族意識和綱常大義,亦所必然。這就成爲他日後參預抗清活動的一個思想根源。據《行述》：竹垞"乙未始游山陰，過梅市，訪祁氏昆弟，留數月。"乙未是順治十二年(一六五五)，竹垞二十七歲。祁氏昆仲，指曾任南明右僉都御史、巡撫江南、在清軍破杭州時以身殉明的祁彪佳之子祁班孫、理孫兄弟。梅市是個小地方，竹垞留連竟至數月之久，其過從之密，概可想見。儘管由於竹垞晚年自編的《曝書亭集》，删去了記述與祁氏兄弟交游的一部分有關礙的作品，對這一段經歷諱莫如深，似已變得撲朔迷離了。但我們仍然能從他自己的或别人的作品中側面地窺見一些内情。例如竹垞《題祁六班孫東書草堂》一詩中，有句："東海賦垂釣，西山懷采薇，一爲歌白雪，高調和應稀。"就不是一般的酬應之作，而是充分肯定了祁氏兄弟的明遺民的身份地位及其抗清意志，并寄托了竹垞深沉的故國之思。又如竹垞另一首《梅市逢魏璧》，指出爲國事連年奔走西東的魏生，雖窮困潦倒，鬢髮盡白，仍不改初衷。詩中還盛贊"山陰祁生賢地主，好奇往往相傾許"。最後竹垞勸慰魏生：雖則所謀未成，"百年强半成蹉跎"，但不可灰心喪氣，"天生汝才豈牖下，何爲抱膝獨悲歌"？透過此詩，竹垞與祁氏兄弟、魏璧之間的親密關係，自不難概見。此外，竹垞確曾參加過抗清活動，還可以從以下幾方面得到印證：

一、竹垞與明末抗清志士、遺民詩人，都保持着密切聯繫。據《行述》所載，竹垞於一六五六年曾去嶺南，在那裏待了兩年，與屈翁山(大均)、陳元孝(恭尹)交游甚密。屈、陳與梁佩蘭并稱嶺南三家。屈大均曾參加抗清隊伍，進行武裝鬥争，兵敗後，削髮爲僧，後又還俗，與顧炎武、李因篤等交往，以布衣終。陳恭尹父因抗清犧牲，他自己曾被明桂王授爲錦衣衛指揮僉事。桂王敗亡後，隱居不出。竹垞留粤達二年，顯然是有活動的。《曝書亭集》有關這方面的吟咏，多係流連光景、詩酒酬贈之作。這是竹垞在有意迴避。不過，就集中所收一部份涉及屈大均的作品，如《喜羅浮屈五過訪》、《寄屈五金陵》、《過筏公西谿精舍懷羅浮屈五留白下》聯句、《同杜濬、俞汝言、屈大均三處士放鶴洲探梅分韻》、《屈五來自白下期作山陰之游》、《同王二猷定登種山懷古招屈五大均》、《寓山訪屈五》等這些早期作品，以及屈大均贈竹垞的詩來看，則兩人過從之密、交誼之篤、志趣之相投，灼然可見。竹垞比翁山於屈原，以爲其所爲"皆合乎三閭之老"（見《九歌草堂詩集序》）。又如竹垞《將歸留別粤中知己》一首，寫到"于役既有年，歸哉方自今"。可見留粤二年，并未悠游自在。至于"于役"的内容，何以自今方歸的原因，都未細説。全詩哀婉淒苦，所謂"行邁日靡靡，憂心亦欽欽"云云，就不是一般的離愁别恨了。

二、康熙七年（一六六八）二月，顧炎武曾因山東姜元衡的告發被捕入獄，竹垞與李因篤等曾盡力營救，始獲釋放（據《顧亭林詩文集·出版説明》）。按《曝書亭集》未見有竹垞贈顧炎武或任何有關顧的詩，僅有一篇《與顧寧人書》，純係論文，不及其他。而《亭林詩集》則還保存着一首五言長律《朱處士彝尊過余於太原東郊贈之》，全詩二十四句，十二韻。是否即係竹垞《與顧寧人書》所説的"贈以長律二百言"，待考。不過，從亭林詩中"吞聲同太息，吮筆一酸辛"、"自來賢達士，往往在風塵"等句看來，除了對竹垞備極推崇之外，兩人存在着不同尋常的情誼，也是毋庸置疑的。至於李因篤，亭林曾作書與李湘北，促其准許李因篤歸養老母，并爲李父撰寫墓志銘（見《亭林文集》）。凡此，也可以印證他們三人的關係。另，竹垞與魏禧交誼甚厚，魏乃明末諸生，明亡後不食周粟，隱居翠微峰，也是有名的遺民文人。

三、竹垞爲朱士稚撰《貞毅先生墓表》一文中，也透露了此中消息。朱士稚是明顯宦之後，父官雷州知府，祖曾爲明大學士，與竹垞家世極相似。竹垞早期詩作中,有《梅市對雨遲朱士稚不至同吕師濂祁理孫、班孫分韻得泥字》,以及《山陰雨霽同楊大春華游郊外飲朱廿二士稚墓下》、《梅市訪祁七明府熊佳留贈公子誠孫因憶亡友朱廿二士稚》。後者寫得頗爲沉痛,但不具體。而《墓表》則談到士稚"遭亂,散千金結客,坐繫獄論死。宗觀號呼於所知,斂重貲賄獄吏,得不死"。又説到士稚出獄後,"放蕩江湖間。至歸安,得好友二人,其一,自慈谿遷於歸安者也。自是,每出則三人俱。至長洲,交陳三島,已,交予里中,交祁班孫於梅市,後先凡六人"。還説到士稚死後,"二人渡江,經濟其喪,視斂含"。"予與祁子臨穴,視其封,慟哭而去"。最後,説到死者之親屬"曾以狀至歸安,乞二人志其墓,而二人者,皆不果"。又明年,"二人坐慘法死,祁子亦株繫戍極邊以去"。這段話包含着許多隱情,儘管叙述時閃爍其詞,若細加尋繹,仍可知其大概。

此文係作於康熙元年(一六六二)或稍後。其事全祖望《雪竇山人墳版文》等言之甚詳。這裏所謂的朱士稚"散千金結客",分明是一種抗清活動。後來至歸安(今浙江吴興),得好友二,其一即魏耕,又名魏璧。另一當是錢纘曾。加上竹垞、陳三島、祁班孫,"後先凡六人"。他們往來吴越,爲國事奔走。所謂"以詩古文相砥礪",不過是個幌子,遮人耳目罷了。這六人志同道合,密謀共圖大事,在共同鬥争中結成深厚情誼。竹垞也坦率地承認,"當予與五人定交,意氣激揚"。這,除了文字之交,顯然還有更牢固的精神紐帶在。如今,"死者委之烏鳶狐兔而不可問,徙者遠處寒苦不毛之地",只剩下竹垞一人,爲了避禍,不得不奔走於道路,跑到浙江南部的永嘉去。一般墓表之類,屬於應酬文字,語多泛泛,而竹垞此文却大異於一般,寫得既沉痛,又真摯,可説是捶胸頓足,字字血淚。若非並肩戰鬥的患難至交,斷難至此。我們讀了這篇文章,再參照全祖望《雪竇山人墳版文》和其他有關資料,則於竹垞早年曾參預抗清活動一事,就看得比較清楚了。

遺憾的是,竹垞中年以後,竟一改初衷,應清王朝"博學鴻詞"之徵,與李因篤等同時以布衣除檢討,未幾罷歸。竹垞以明顯宦之後,磨劍十年,結客五陵,聲華藉甚,終不免於輕出,論者惜之。

二

竹垞的文學作品,詩占了較大比重。清詩與明代之偏於宗唐有異,受宋詩影響較深,清人宗唐而取得成就者很少。而學宋,作爲一種風尚,幾乎與有清一代相終始。尤其是清初幾位有影響的詩人,如錢謙益、黄宗羲、吴偉業、查慎行等都曾在不同程度上得益於宋詩。稍後的首倡"神韻"説的王士禛,其中年爲"避熟求新",也"越三唐而事兩宋"。朱彝尊早年宗杜,認爲杜詩:"無一不關乎綱常倫紀之目,而寫時狀景之妙,自有不期工而工者。然則善學詩者,捨子美其誰師也?"可謂推崇備至。他步武七子,追蹤唐音,强調:"明詩之盛,無過正德,而李獻吉、鄭繼之二子深得子美之旨。"(均見《與高念祖論詩書》)并引西泠十子爲同調。到了晚年,他一方面仍取法於唐,堅持明七子、西泠十子的宗風,一方面又在學唐人而具體之後言宋,博采宋人之長,標舉黄庭堅。

竹垞對明詩的評價與清初詩人不同。當時,錢謙益等人曾對明七子獨尊盛唐的擬古之風深表不滿,他指責李夢陽曰:"必曰漢後無文,唐後無詩,此數百年之宇宙日月盡皆缺陷晦蒙,直待獻吉而洪荒開闢乎?"黄宗羲對七子之獨尊盛唐、貶抑宋元,也認爲是絶對化了。他爲張心友詩作序時曾説:"詩不當以時代而論,宋元各有優長,豈宜摒而出諸於外,若異域然。即唐之時,亦非無蹈常襲故、充其膚廓而神理蔑如者。"竹垞也察覺到一味宗唐者之失,從而指出:“自陳先生子龍倡爲華縟之體,海内稱焉。二十年來,鄉曲效之者,往往模其形似而遺其神明。善言詩者從而厭薄之,以爲不足傳,由其言之無情而非自得者也。”(《錢舍人詩序》)他與黄宗羲都主張學唐應致力於得其神理,反對模其形似,亦步亦趨。同時,竹垞也批評過學宋者之失,謂:“今之言詩者,每厭棄唐音,轉入宋人之流派,高者師法蘇、黄,下乃效及楊廷秀之體,叫囂以爲奇,俚鄙以爲正。譬之於樂,其變而不成方者歟?”(《葉李二使君合刻詩序》)他既非盲目地宗唐,亦非無條件地學宋。他不贊成錢謙益等一筆抹倒明七子的偏頗態度,也對七子持有一定的保留。他在《王先生言遠詩序》中曾指出七子機械地界劃唐詩,“斤斤於格調聲律之高下,使出於一”,“以唐人之志爲志”,結果,“辭非己出”,而流爲“剽賊”。他自稱“于詩學之四十年,自少壯迄今,體製數變”(《葉李二使君合刻詩序》)。這種變,是“知正而言變”(《丁武選詩集序》),是像某些宋人作者那樣,“學唐人而變之”,并不是要“軼出唐人之上”,更不是“捨唐人而稱宋,又專取其不善變者效之”(均見《王學士西征草序》)。稱宋的前提仍然是學唐,如果不曾目睹全唐人之詩而言宋,那是“不足師”的。變,也要在這個基礎上變,這樣,才能“變而成方”,“臻古人之域”。歸根到底,宗唐是正,言宋是變,本末不可倒置。這正是竹垞經過多年探索,順應着年齡的增長,環境的變化,最後確定的詩歌主張。

《四庫全書總目提要》認爲竹垞詩“至其中歲以還,則學問愈博,風骨愈壯,長篇險韻,出奇無窮”。趙執信論清詩,則以竹垞、漁洋爲大家,謂“王之才高,而學足以副之;朱之學博,而才足以運之”。秋谷於清人,持論甚苛,少所首肯,故這一評價,亦足以概見竹垞詩自有其面目。朱、王有共同處,他們都有鑒於“宋詩質直,流爲有韻之語録;元詩縟豔,流爲對句之小詞”的弊病,有志於力矯清初“談詩競尚宋元”的風氣。故早年都標榜盛唐,又都是古體崇王、孟,律以杜甫爲法,二人亦各有所得。朱功力不亞於王,惟爲詞名所掩,加上其他因素,以致未能如王之理論上自成一家,創作上富有成果,領袖詩壇垂數十年之久,成爲一代正宗。

當明亡時,竹垞還是十幾歲的少年,清兵入浙,他親歷過國破家亡、顛沛流離的痛苦生活。二十一歲客山陰,與祁彪佳之子理孫、班孫相過從,與抗清志士共同參預了鄭成功、張煌言進軍長江的密謀。事敗後,他避禍温州。直至五十歲那年,出應清廷博學鴻詞試中式,以布衣被授予翰林院檢討,當了一名小小的七品官。這是他一生的轉折。經過長時期的深自韜晦和奔走逐食,青年時期的鋭氣早已消磨殆盡,如今走上了仕途,地位變了,就更加謹飭穩練了。詩的風格自然也與早、中期有所不同。他晚年手定的《曝書亭詩集》,其中大量保存的是應酬贈答、模山範水、花草蟲魚、咏懷古跡以及嘲風弄月、豔情、閑適之作,已很難找見早年鬥争生活的印跡。而與祁氏兄弟、魏璧等的一段往事,尤極力隱諱,其有關詩篇,多被删削,所存者僅詩酒流連、飲宴唱酬之什。能反映那個時代面貌的,有他十八歲時所作的《曉入郡城》和十九歲時所作的《舟經震澤》二首。前者透過“壞籬”、“古道”、“孤城”、“兵氣”、“昏烟”等富有特徵的景物描寫,着重渲染了郡城嘉興兵燹之後的殘破景象和作者的悲苦惆悵(其《悲歌》所云:“我欲悲歌,誰當和者,四顧無人,煢煢曠野。”所表達的是同樣心情)。後者則憑弔了太湖抗清義軍首領吴昜,通過象徵和比喻手法,寄托了作者對這位“節士”的景仰和懷念,頗有現實意義。集中《捉人行》、《馬草行》正面揭露清兵和官府擾害平民的罪惡行徑,滿紙辛酸,深得杜詩、白居易樂府的遺意。《玉帶生歌》取材于文天祥故物,寫來慷慨悲歌,音節蒼涼。通過咏硯,作者以滿腔熱情謳歌了民族英雄文天祥的氣節和謝翱的情操。沈德潛曾評此詩云:"小小一硯,傳出信國之忠,臯羽之義。"又曰:"硯與信國雙收,是何神勇!"可見評價之高。《鴛鴦湖櫂歌一百首》,規模宏大,格調清新,不失爲《竹枝》遺響,其描繪浙西水鄉風土人情,頗具特色,一時和者甚衆。竹垞早年游甌,所作甚夥,不乏可觀。其中,如《永嘉除日述懷》、《東甌王廟》,皆五言長律,既饒性情,又極見功力。北游雁門諸作,風格沉雄蒼勁,寄托遥深,均屬上乘之作。如《土木堡》:

> 平燕一簣狼山下,九月驅車白霧昏。到眼關河成故迹,傷心土木但空屯。元戎苦戰翻迴蹕,諸將論功首奪門。早遣金繒和社稷,祠官誰奉裕陵園?

全詩痛于謙之死,譏英宗庸劣,斥諸將奪門之誤,結句尤饒餘味,愛憎十分鮮明。

又如《宣府鎮》、《雁門關》等亦屬此類,借咏懷古跡,寓故國之思,宛轉低回,一唱三嘆。至如其他弔古之篇,如長律《謁大禹陵》、《岳忠武王墓》、《于忠肅公祠》、《謁劉文成公祠》以及五律《文丞相祠》、《濰水弔韓淮陰》等,議論正大,感慨深沉,格律精嚴,堪稱力作。餘如酬應諸篇,亦時有佳什。如《逢姜給事埰》、《送林佳璣還莆田》、《太原客舍同方三孝廉育盛話舊二首》等,亦明心見性,絶少矯飾。除此而外,在他後期作品中,感情真摯,手法新穎,較有個性的作品就一般不多了。但既遭貶謫,政治上受到打擊,中心鬱結,遂不無怨憤之詞,間於時政有所譏刺,亦自難免,不過是手法更加含蓄隱蔽罷了。

總而言之,竹垞詩,就其思想内容而言,前期有不少傷時感事之作,其中若干篇章且能直接觸及社會政治,反映民生疾苦;中期浪游,所作多弔古傷今,其胸中磈礧,隱約於字裏行間;後期則以寫生活瑣事及閑情逸致爲主,較爲可觀者無多。尤其是侍宴、侍食、歌功頌德以及某些《閨情》、《閑情》之類的作品,格調卑下,表現了封建文人熱衷利禄及其輕浮儇薄的通病,乃是集中的糟粕,不可不加以區别。

竹垞晚年兼取宋詩,但其重點仍在宗唐。已如上述。他本是學者,精於經學,與黄宗羲交游,論詩受其影響,曾表示:“天下豈有捨學言詩之理?”(《楝亭詩序》)這裏的學,指的就是經學,他是認爲不通經便無以爲詩的。這種論調,儘管不無可取之處,却也體現了他的封建的正統觀點,極易産生流弊。竹垞讀書既多,作詩免不了掉書袋,那首著名的《風懷二百韻》,便是用大量典故堆垛起來的。又如《齋中讀書》十二首,很有點“以文字爲詩,以議論爲詩”的味道,雖未必是有意蹈襲宋詩,總不無影響。趙執信曾譏刺朱詩“貪多”,沈德潛在《説詩晬語》中也提到:“放翁七言律,隊伍工整,使事熨貼,當時無與比埒。然朱竹垞摘其雷同之句,多至四十餘聯。……然亦足爲貪多者鏡矣。”意思是説,詩之“貪多”,非自竹垞始,竹垞的“貪多”,原是有師承的。但此事歷來看法不一。錢仲聯説:“趙秋谷《談龍録》論詩,頗議竹垞‘貪多’,夷考其實,殊不盡然。……如《閑情》三十首,僅存八首,具見剪裁。秋谷所存,未爲公允。”(《清詩三百首・朱彝尊傳》)又尚鎔説:“竹垞與漁洋齊名,《談龍録》譏其貪多,其實竹垞之詩文高在典雅,而皆欠深入。”(《三家詩話》)復如近人姚大榮、黄賓虹等,對趙説也頗持異議。誠然,“朱竹垞詩通集中格調未能一律”,全集中精品所占比重也不大,這都是事實。但這是有原因的,當與竹垞晚年的地位、思想變化有關。竹垞删去了早年乃至出仕前的若干作品,自有其苦衷。何况,删餘的一千多首詩中,仍不乏佳作。因此,竹垞曾與漁洋并稱,在當時文網嚴密的年代,不少詩人崇尚復古,紛紛以竹垞爲文宗,匯集在他的周圍,這絶非偶然。由於竹垞懲於明詩之病,舉起復古這面旗幟,加上他的同鄉李繩遠、李良年及其子朱昆田等的努力,方共同奠定了浙派中秀水詩派一支的始基,以至稍後的錢載、王又曾出而臻於全盛。顯然,他對於清詩的發展,終究還是起過積極作用的。

清人之於竹垞詩,除趙秋谷外,各家評價並不一致。王士禛極稱道竹垞詩,譬爲"捨筏登岸","今之作者未能或之先也"。林昌彝則認爲:"朱竹垞《風懷二百韻》,特游戲三昧耳,豈可以此貶賢?其不删《風懷》詩也,曰'吾不願爲兩廡特豚',乃有慨於元明祀典之濫,故有激而言也。……吾謂國初諸老能兼經學詞章之長者,竹垞一人而已。"(《海天琴思録》)胡薇元認爲《齋中讀書》十二首"爲竹垞全集之冠,亦爲清朝三百年之冠",可"直紹昌黎"(《歲寒居詩話》)。又如梁章鉅轉引趙翼的話,稱竹垞詩:"初學盛唐,格律堅勁,不可動摇。中年以後,恃其奥博,盡棄格律,欲自成一家。如《玉帶生歌》諸篇,固足推倒一世,其他則多頹唐自恣,不加修飾之處。"梁又云:"錢籜石謂:'竹垞早年尚沿西泠、雲間之調,暮年則涉入《江湖小集》,惟中年《騰笑》諸篇,同漁洋正調,抑若在漁洋籠罩中者。'蘇齋師則謂:'詩至竹垞,性情與學問合。'此論尤精。"(《退庵隨筆》)以上諸家評論,或不免揄揚過當,但亦足見竹垞詩自有其價值。至如指出其作品"多頹唐自恣,不加修飾",則亦合乎實際,不失爲平允之論。

三

詞,起於唐,盛於宋,經過元明兩代的衰颯,到清初又趨活躍。清代被稱爲詞的中興時期。朱彝尊,一向被目爲浙西詞派的領袖和代表,是清代詞人中有影響、有地位的重要人物。

竹垞自己説過:"予少日不善作詞,中年始爲之,爲之不已且好之。"(《書東田詞卷後》)又説:"予既歸田,考經義存亡,著爲一書,不復倚聲按譜。"(《水村琴趣序》)可見,他的詞多作於中年,早年、晚年都很少填詞。其收入《江湖載酒集》、《静志居琴趣》、《茶烟閣體物集》、《蕃錦集》者,凡五百餘首。又曾纂輯唐、宋、元、明詞五百餘家爲《詞綜》。以上四種及《詞綜》一書,均成於竹垞四十至五十歲之間,亦即竹垞出仕之前,這很值得玩味。

竹垞詞論,除散見於他的文章、書信之外,集中反映在《詞綜·發凡》之中。《詞綜》乃竹垞從《花間集》等十餘部詞選、《百川學海》等十多種類書、野史,以及各家别集中採擷編選而成,前後歷時八年。經汪森增補兩次,一共成書三十六卷。《發凡》是這個選本的例言,共十七條,所談者不外作品來源、選詞標準、體例等等。竹垞的詞學見解,可於字裏行間尋繹得之。

《發凡》第三條説:"世人言詞,必稱北宋。然詞至南宋,始極其工,至宋季而始極其變。姜堯章氏最爲傑出。"第十三條又説:"填詞之雅,無過石帚。"并斥責"《草堂詩餘》不登其隻字"爲"無目"。在《黑蝶齋詩餘序》裏也説:"詞莫善於姜夔。"在所填《解珮令·自題詞集》一詞中則自稱"不師秦七,不師黄九,倚新聲玉田差近"。可見其對南宋詞格律派代表姜、張之推崇。《詞綜》選姜詞二十三首,占姜氏全部作品三分之一,其中包括"黍離之悲"的《揚州慢》和被人目爲"傷二帝之北狩"的《齊天樂·蟋蟀》等。竹垞之竭力倡導南宋,是有深意的。這首先與時代有關。吴衡照對此曾作了闡發,他指出:"詞至南宋,始極其工,秀水創此論,爲明季人孟浪言詞者救病刀圭,意非不足夫北宋也。"又謂:"自明季左道言詞,先生標舉准繩,起衰振聾,厥功良偉。"(《蓮子居詞話》)這説明竹垞的主張原是有針對性的。明代,尤其是中葉以後,詞日趨衰頹。當時詞人惟以《花間集》、《草堂詩餘》是尚。所謂"托體不尊,難言大雅",所謂"衣香百合,止崇祚之餘音;落英千片,亦《草堂》之墜緒"(吴梅《詞學通論》),指的就是這種狀況。竹垞出而大聲疾呼,力圖矯明詞專學《花間》、《草堂》,題材狹小,氣格卑弱,語言浮艷纖巧之弊。力圖以南宋慢詞所開拓的意境,空靈的筆調,縝密的結構,凝鍊的語言,矯正明詞之病,確不失爲對症良方。不僅如此,竹垞之推崇姜、張,標舉"醇雅",除了出於藝術、審美的考慮外,尚有政治上的緣由:他旨在借白石、玉田這個幌子,以寄寓其改朝易代之痛和故國之思。這不但是由於姜夔長期游幕以及張炎晚年到處飄泊,寄人籬下,也有過一位顯赫的曾祖父的身世際遇,與竹垞有某些相似之處。而且,更在於詞到了南宋,由於外患日迫,國勢阽危,詞人爲傷時憂國的感情所驅使,就運用各種手法,把朝政得失、今昔盛衰、個人榮辱等等,熔鑄入詞。用它來抒寫一種難以表達而又不得不抒發的獨特感受,寄寓一種不便明説却又不吐不快的鬱結之情。身處南宋後期、一生未曾出仕的姜夔和顯宦之後、經歷了"三十年汗漫南北數千里"、由宋入元的張炎,都在他們的詞中留下了不少難以明言的家國之恨。他們那種幽深婉曲、清靈醇雅的意境,欲言又止、半吞半吐、惝怳迷離的感情,托物寄意、借景抒情、旁敲側擊、點到爲止的藝術手法,無疑,十分適合於表達某些幽愁暗恨。尤其是張炎的詞,主要内容是抒寫亡國之痛,作品中充滿着"撫殘碑却又傷今"的悲憤,以及"怕見飛花,怕聽啼鵑","怕登樓","怕有風波",這樣一種呻吟於新朝統治之下,有似驚弓之鳥的悲慘生活和痛苦心情。這種心情又總是借助於清空醇正的藝術特色,借助於優美的旋律,流轉自如的腔調和凝鍊精粹的字句表現出來的。這種表現手法,當然最容易被清初詞人所接受了。所以,竹垞之提倡南宋,追蹤姜夔、張炎,是有其隱曲用心的。既不想迴避現實生活中的矛盾,在特定的政治環境下,又確乎不敢、也不能公開反映這種矛盾,只好求助於姜、張那種"虛寫",那種"野雲孤飛,去留無跡",那種"全在虛處,無跡可求"式的寫法。這正是處於易代之際、天良未泯的文人的苦處。正如郭麟所指出的:"倚聲家以姜、張爲宗,是矣。是必得其胸中所欲言之意,與其不能盡言之意,而後纏綿委折,如往而復,有一唱三嘆之致。"(《靈芬館詞話》)可謂深得此中三昧。王昶則更指出了竹垞此説影響之巨大。他説:"國朝詞人輩出,其始猶沿明之舊。及竹垞太史甄選《詞綜》,斥淫哇,删浮俗,取宋季姜夔、張炎諸詞以爲規範,由是江浙詞人繼之,蔚然躋於南宋之盛。"(《明詞綜序》)事實正是如此,竹垞的主張一經揭櫫而出,詞人翕然風從,響應者衆,逐漸形成一種流派,一種風靡一時的創作傾向。"數十年來,浙西填詞者,家白石而户玉田"(竹垞序《静惕堂詞》)。語雖不無誇張,但以婉約爲宗,以醇正清雅爲上,尊崇姜、張,以南宋爲規範的浙西詞派,歷康熙、雍正、乾隆三朝一百餘年之久,籠罩清初詞壇,并影響及於有清一代的事實,是無可否認的。它的地位和作用,不可低估。作爲清代有全國影響的兩大流派中的一個,浙西詞派的出現,不僅代表了一定歷史時期的一種創作傾向,也標志着一個階段的詞的創作成就。而作爲浙西詞派創始人和代表的朱竹垞,他的詞學主張有其合理性和針對性。他的理論及其創作實踐,正是他所處時代的必然產物,因此,又總是免不了會帶有一定的時代色彩和局限性的。

四

歷史上,作家的創作主張與他的創作實踐有時不盡一致、甚至大相徑庭的事是常有的。它們之間既有聯繫,又有差距,朱竹垞也不例外。正因如此,竹垞詞儘管有其不可忽視的藝術特色,但畢竟不及他的詞論之重要。清初詞,朱竹垞、陳維崧、納蘭性德并稱"詞家三絶"(《清史稿·文苑》),陳以雄闊勝,朱以雋逸勝,論其所造,朱實稍遜於陳。竹垞的創作成就也比不上納蘭性德。《國朝詞綜》謂"本朝作者雖多,莫有過(竹垞)焉者"。如果就其影響及其在清初詞壇所居的重要地位而言,無疑是確切的。如果指的是他的詞,那就未免過譽了。

竹垞晚年親手編定的詞共五百多首,按其内容,大致可分爲四類:

第一類爲感時弔古之作。這是竹垞詞中較有時代氣息的部份,見《江湖載酒集》。其代表作有《賣花聲·雨花臺》、《滿江紅·吴大帝廟》、《風蝶令·石城懷古》、《百字令·度居庸關》、《消息·度雁門關》、《滿庭芳·李晉王墓下作》、《水龍吟·謁張子房祠》等。

竹垞早年喜歡交結江湖豪傑,"一時詼奇怪迂之士,往往識之"。"迨長游學,益多識四方奇士",所謂"十年磨劍,五陵結客",都説明他交游之廣。壯歲他離家漫游,曾南踰嶺表,東達甌越,北極雲朔,所到之處,均發爲吟咏。此類作品,感慨深沉,音節蒼涼,把深摯的感情寄寓在對古跡的憑弔之中。如上面提到的《賣花聲·雨花臺》、《風蝶令·石城懷古》都是咏南京的。前一首借景而抒情,後一首懷古而志感。南京乃六朝故都,更是明開國時期的都城,南明弘光朝的臨時首都。如今却是"衰柳白門"、"花雨空壇",一片破敗景象。多少亡國悲劇曾在雨花臺下、胭脂井畔先後演出?尤其是短命的南明王朝的覆滅,爲時未久。詩人撫今追昔,面對着斜陽殘碣,秋草空門,不禁發出了"如此江山"的慨嘆。他毫不掩飾地宣稱自已"猶戀鳳香閣畔舊松杉"!其眷戀故國之情,表現得相當充分。

另一些則是借追懷古人、寄托其今昔之感。如《水龍吟·謁張子房祠》:“當年博浪金椎,惜乎不中秦皇帝! 咸陽大索,下邳亡命,全身非易。縱漢當興,使韓成在,肯臣劉季? ……”正是借古喻今,批判的矛頭隱指降清諸將。難怪譚獻會説: 此等言語“何堪使洪(承疇)、吴(三桂)輩聞之!”又如《消息·度雁門關》:“猿臂將軍,鴉兒節度,説盡英雄難據。竊國真王,論功醉尉,世事都如許! ……”雁門關乃邊塞要地,自古以來爲兵家所必争。每當外族侵凌,必先奪取此關,然後驅兵南下。竹垞度關弔古,纍舉發生在此處的歷史事件和人物,還特别提到“竊國真王”者流,其真意所在,不言自明了。

總的説來,這一類作品爲數不多,却頗有分量。估計其中某些有關礙、容易引起麻煩的部份作品,在編定時已被抽去,致未能窺其全豹。

第二類乃抒寫兒女私情。這類作品佔的比重較大,多刻骨銘心之作,也是較易窺見作者内心隱秘的部份。陳廷焯認爲“竹垞豔詞,言情者遠勝文友”(《白雨齋詞話》)。可見其自有特色。

《静志居琴趣》共八十三首,歷來被認爲是竹垞的私情記録。《曝書亭集》裏有一首頗滋物議的長詩《風懷二百韻》,竹垞自稱:“蓋感知己之深,不禁長言之也。”(《静志居詩話》)這裏所説的“知己”,論者都以爲即詩中的女主人公、竹垞的妻妹馮壽常(字静志)。近人冒廣生還根據他曾在某前輩戚屬處見到過一支鎸有“壽常”二字的金簪一事,幾經考覈,斷定竹垞與其妻妹間存在着一種特殊親密的關係,認爲“《静志居琴趣》一卷,皆《風懷》注脚也”。但也有人認爲竹垞與壽常年齡相差懸殊,此説恐不可靠。事實究屬如何,尚待進一步稽考。不過,竹垞以妻妹之名名其居處,直至采作書名,當非巧合。而這一部份作品,確是具有一往情深的特點。

且舉數例，如：

> 别離偏比相逢易，衆裏休迴避。唤坐回身，料是秋波，難制盈盈淚。　酒闌空有相憐意，欲住愁無計。漏鼓三通，月底燈前，没箇商量地。（《城頭月》）
>
> 忍淚潛窺鏡，催歸懶下階。臨去不勝懷，爲郎迴一眸，强兜鞋。（《南歌子》）
>
> 那年私語小窗邊，明月未曾圓。含羞幾度，已拋人遠，忽近人前。　無情最是寒江水，催送渡頭船。一聲歸去，臨行又坐，乍起翻眠。（《眼兒媚》）

以上三首都是寫離情别緒的。情人欲行，却又戀戀不忍分手。"唤坐回身"、"懶下階"、"强兜鞋"，還有"臨行又坐，乍起翻眠"等等，都是富有性格特徵的動作。竹垞通過這一系列的精細描寫，把一對戀人臨别前的無可奈何的心理刻劃得細緻入微，而又出之以白描，真摯而無藻飾，非過來之人不易得此。

又如：

> 垂柳板橋低，嬌鶯着意啼。正門前春水初齊。記取鴉頭羅襪小，曾送上，窅娘堤。　花底惜分攜，苔錢舊徑迷。燕巢空，落盡芹泥。惟有天邊眉月在，猶自掛，小樓西。（《南樓令》）
>
> 青鸞有翼，飛鴻無數，消息何曾輕到？瑶琴塵滿十三徽，止記得思歸一調。　此時便去，梁間燕子，定笑畫眉人老。天涯況是少歸期，又匹馬亂山殘照。（《鵲橋仙》）

這些詞寫的是相思之苦,題材雖舊,手法却不同一般,都能另辟蹊徑,把委婉深曲的感情,逼真地傳達出來。

這類作品中還有《瑶花·午夢》、《芙蓉月》等都是寫相思成夢的,是竹垞詞中較見性情的部份,儘管總的看來,格調不高,但多數詞寫得情意纏綿,不乏感人之作。當然,也有少量寫得庸俗淺率,無甚可取。

第三類屬於游冶酬贈之作,見於《江湖載酒集》。這類作品基本上由兩部份組成:

一、客居酬贈之作。竹垞迫於衣食,中年游幕,馳逐萬里,此一時期所爲詞,遂多倦游歸里之思,西風禾黍之音,其内容較有意義。如:

> 夕陽一半樽前落,月明又上欄杆角。邊馬盡歸心,鄉思深不深?　　小樓家萬里,也有愁人倚。望斷尺書傳,雁飛秋滿天。(《菩薩蠻·登雲中清朔樓》)

另有一些與友好、詞人酬答唱和之作,以詞代柬,互寄腹心,頗有可誦者。如:

> 誰共金臺醉?記年時、酒徒跋扈,盡呼朱李。上巳浮杯匆匆别,雲散風流天際。報一一平安書寄。鄴下雙丁齊入座,有多才繡虎稱前輩。交唱和,令公喜。　　離羣最易添憔悴。況而今,相如賦賤,鸕鷀都敝。老去沉吟無長策,仰屋著書而已。但疑義須尋吾子。秋錦堂前凋錦樹,問灌園何日歸長水?倚閭望,幾年矣!(《金縷曲·寄李武曾在貴竹》)

二、冶游狹邪之作。竹垞客游南北途中,也寫了若干首清新俊爽的小令,其寫景抒情,乾浄利落,有獨到處。如:

> 金鳳城偏,沙攢細草,柳擘晴綿。九十春來,連宵雁底,幾日花前。　　禁他塞北風煙。虛想象,湖南扣舷。夢里頻歸,愁邊易醉,不似當年。(《柳梢青·應州客感》)

在《江湖載酒集》中,尚有一些贈妓之作,大多格調低下,趣味惡俗,缺乏真情實感,可説是竹垞集中的敗筆,反映出作者作爲封建文人輕佻浮薄的一面。如:"温柔休把紅綾涅,翻來覆去轉心熱。多少垂涎恁時節,風韻他年,留待夜深説。"(《一斛珠·贈妓餅兒》)"易露簾前,最宜懷裏。"(《殢人嬌·贈女郎細細》)"纔得近儂唇,把春情黏住。"(《晝夜樂·贈妓蠟兒》)如此等等。類似詞句在《南歌子·贈妓張綺綺》、《步蟾宫·代州妓有小字白狗者,晨往曲中訪之,不值,戲投以詞》以及《惜分釵》、《訴衷情》等作品中,亦時有出現。粉香脂膩,如出一轍,僅程度稍有不同而已。這類詞與客中記游、贈寄等較爲嚴肅、較有分量之作混在一起,是很不協調的。

第四類咏物集句之作。《茶煙閣體物集》全部屬於咏物詞,可分爲三個内容:

一、有所寄托的。這類作品,借物寓情,寄托遥深,凡身世之感,家國之憂,均藴於内而形於外,有較大的思想容量,其意義已遠遠超出咏物本身了。"竹垞咏物,不減南宋諸老"(《蓮子居詞話》),指的也是這部份作品。其中最典型的代表作是《長亭怨慢·雁》:

> 結多少悲秋儔侣,特地年年,北風吹度。紫塞門孤,金河月冷,恨誰訴? 迴汀枉渚,也只戀,江南住。隨意落平沙,巧排

作參差箏柱。　　别浦，慣驚移莫定，應怯敗荷疏雨。一繩雲杪，看字字懸針垂露。漸攲斜無力低飄，正目送碧羅天暮。寫不了相思，又蘸凉波飛去。

全詞情辭淒切，格調哀婉，借咏雁寄托其身世的感慨，對故國的眷戀。曰“悲”、曰“孤”、曰“冷”、曰“恨”、曰“驚”、曰“怯”、曰“無力”，再加上詞牌曰“怨”，其一腔幽憤，閃現於字裏行間。咏物，亦以自傷，物我合一，難分彼此。類似作品還有《春風裊娜·游絲》和《臺城路·蟬》二首，前者以輕靈之筆，抒幽微之情，風格與《長亭怨慢》有異，其題旨則並無二致。後者雖脱胎於姜詞《齊天樂》，模仿之跡尚不明顯，都不失爲精心之作。可惜這類咏物詞在詞集中收得很少。

二、搬弄典故、炫耀學問的。《雪獅兒·錢葆馚舍人書咏猫詞索和賦得三首》可稱代表。這首詞就事論事，未跨出咏物一步，而且翻來覆去地搜故實、掉書袋，讀來索然無味，被人譏爲“爲有苗氏作世譜”(《賭棋山莊詞話》)。還有一些咏物詞，如咏蟲魚鳥獸的，也常有相似情況。這是竹垞的不足處，浙西詞派好“演膚辭，徵僻典”之弊，也正是竹垞開其端的。

三、描摹事物形神的，集中作品多半屬此。這類詞也僅是限於所咏之物本身，未見有多少言外之意。有些則是依題仿作，學步而已。至於吟花弄草之什，又不能免於爲羣芳作譜，爲植物作志之誚，實在説不上創新。倒是集中某些咏蔬菜作物的作品，殊爲少見，亦不無新意。如《清平樂·題水墨南瓜》：“今年穀貴民饑，村村剥盡榆皮。合付田翁一飽，全家婦子嘻嘻。”筆端飽蘸感情，透過咏物充分體現作者對農村貧民遭災荒後悲慘生活的同情。這就不限於單純咏物了。此外，如《咏茄》、《咏薑》、《咏蕈》、《咏西瓜》等詞，也寫得色彩鮮明，情趣盎然，可從中窺見竹垞愛好田園生活、留心農藝和知識淹博的一面。

集中還有一些詠“額”、“鼻”、“肩”、“背”、“膝”、“乳”的詞，純屬游戲筆墨，庸俗無聊，一無可取，不值得一提。

竹垞還集句爲詞，《蕃錦集》收了一百零九首集句詞，這可説是詞的一種别體，過去雖有人嘗試過，僅是偶一爲之，規模不大，人數不多。因爲即便十分工緻，終究不是本人創作。《蕃錦》諸作不乏佳構，其中也不可避免地攙入一些補綴湊泊的東西。而且既係集句，所表達的自然不會是本人特有的真切感受。同時，竹垞所作，篇帙最富，其影響所及，給有清一代開了先例。“自竹垞《蕃錦》，生面別開，但綉穿珠，作者羣起。……同、光以還，復有集詞爲聯語者”(葉恭綽《衲詞楹帖序》)。所説的正是這種流風餘緒。

竹垞論詞極推崇姜夔，作詞則力追張炎，曾以“倚新聲玉田差近”(《解珮令・自題詞集》)自況。其空靈典雅、高曠清遠的詞風，在他一些情景交融的佳制中也得到了較好的體現。有些看似“側豔”的詞題，却筆意疏淡，避免設色過濃和辭藻的堆砌。另外，他的詞於清曠雅淡之外，又時而帶有某種激楚蒼涼的塞上之音。如《百字令・度居庸關》、《消息・度雁門關》、《金明池・燕臺懷古》以及《滿江紅・金山寺》、《滿江紅・吴大帝廟》等都屬之。這顯然與他的遭際有關。他的詞還以工緻見長。琢句精巧，而不流於板滯。有時化用前人詞句能翻出新意，不落痕跡，頗見構思之巧。如《長亭怨慢・雁》雖脱胎於張炎的《解連環・孤雁》，却能加以融合點化者，便是一例。

無疑，竹垞詞刻意學姜，在醇雅方面，雖得其彷彿，若論氣格意度，則尚有差距。陳廷焯曾指出：“白石一家，如閑雲野鶴，未易學步。”又説：“白石，仙品也。”指的正是姜詞高逸諧美的特色。竹垞僅從字句上用功夫,自然難以企及。至於張炎,作爲南宋遺民,身世與竹垞更多相似處,心靈上也更多相通處。在藝術上,竹垞詞風也確與"玉田差近"。玉田詞清爽雅致,空曠疏朗,而腔調流暢、文字俊美,却又失之於淺弱。這些優缺點在竹垞詞中都能找到。竹垞的激憤哀怨處,則不及玉田。故陳廷焯評竹垞詞爲"文過於質",列爲"次乘"(均見《白雨齋詞話》),自屬的論。

綜上所述,可知竹垞詞雖具有自己的特色,但也存在着視野不够開闊、立意不够遥深,内容不够豐富,作品與生活聯繫不够緊密的缺陷。竹垞作爲浙西詞派的始祖和代表,他的詞論有其積極合理的一面。他針對明七子之一味擬古,提出崇尚南宋,標榜雅正,而又不忽視南唐、北宋,於辛派詞人也能區别對待,不一概排斥。這樣,就在一定程度上扭轉了當時詞壇的頹風。這無疑是竹垞的貢獻。但他的詞論有偏頗處,主要是過份偏重格調而忽略了内容,因此,産生了某些消極影響和不良後果,也不容諱言。至於他的詞,也是瑕瑜互見的。概括起來一句話,即所謂"文過於質",藝術形式的精緻工巧,仍不足以掩蓋作品内容的浮淺荏弱。也正因此,其作品的價值,就没有他的詞論及其所編《詞綜》一書之引人注目。

五

本選集以詩詞爲主,大體概括了竹垞創作的主要風貌;也酌選了他的部份散文和少量賦、曲,以見一斑。限於篇幅,這裏不復一一評述。

選集以康熙末年《曝書亭集》爲底本,個别訛誤處,參酌各本異同作了訂正(見有關説明)。《曝書亭集》未收作品則選自清初刊本《竹垞文類》。作品編排順序按竹垞手訂《曝書亭集》,個别年代有出入者,作了調整(見有關諸篇題解),凡《曝書亭集》未收者,排於同體作品之後。本選集并收有諸家評箋,其中包括何紹基、陳鱣、翁方綱、錢載、沈大成、馮登府等人手稿。我們未作篩選删節,并不表示完全同意這些見解。僅意在存真,作爲資料,供研究者參考。

選集的注釋工作,曾受到錢仲聯、潘景鄭兩位前輩和章培恒、馮其庸兩位教授的關懷,又曾得到齊治平、閻振益、魏啓學三位先生的熱誠指導和涂玉書、于均華、吕嘉平、陳光貽、匡德鰲等同志以及上海博物館的具體幫助,上海古籍出版社何滿子、富壽蓀以及一編室的有關同志,於書稿多所匡正,在此謹表深切的謝意。限於選注者的學力,疏漏舛錯定屬難免,敬請前輩方家、各地同行以及廣大讀者惠予指正。

葉元章　鍾　夏

一九八五年八月

目　録

詞選 一百零八首

曲選 十首

文選 三十篇

附録

賦選 一篇

水木明瑟園賦 并序

僕生平不耐作賦，雖以賦通籍〔一〕，非稱意之作不存也。康熙甲申八月，陸上舍貽書相要〔二〕，過上沙別業〔三〕，遂泛舟木瀆〔四〕，取道靈巖以往〔五〕。抵其間〔六〕，則吴趨數子在焉〔七〕。愛其水木明瑟〔八〕，取以名園〔九〕。上舍延賓治具〔一〇〕，飲饌豐潔，主客醉飽，留七日乃還。念勝引之難再也〔一一〕，成賦一篇。先民有言〔一二〕："人各有能，有不能〔一三〕。"賦非僕之所能也。辭曰：

度十畝之地〔一四〕，葺宅一區〔一五〕。沚有阡而可越〔一六〕，潬分沙而不淤〔一七〕。翦六枳而楗藩〔一八〕，因雙樹而闢閭。嘉水木之明瑟，愛徑畛之盤紆〔一九〕。山有穴而成岫，土戴石而名岨〔二〇〕。礐兩判而得路〔二一〕，萼四照兮盈株。園之主人則陸生稹也，匪聲利是趨〔二二〕，惟古訓是茹〔二三〕。鼓枻而吟〔二四〕，帶經以鉏〔二五〕；不隱不仕，無礙無拘。良辰既撰〔二六〕，爰遣莊奴〔二七〕，箄疏告吾〔二八〕：商飈乍肅〔二九〕，赫暑早袪。葵傾芳步〔三〇〕，柰秀華芙〔三一〕。桂英粟綻〔三二〕，皁莢絛纚〔三三〕。苕縛厥帚〔三四〕，鐮刈其蕪〔三五〕。井汲缾綆〔三六〕,牀轉轆轤〔三七〕。靡塵不滌〔三八〕,靡穢不除。可以譚讌〔三九〕,可以歌歈〔四〇〕。夫子惠顧,跂屩無虞〔四一〕。於是竹垞一叟〔四二〕,誕發僧廬〔四三〕,遵彼横塘〔四四〕,津逮岑隅〔四五〕,風搪傘竹〔四六〕,日漏衣袽〔四七〕。亦有同調數子〔四八〕,素心相於〔四九〕。水抽其帆,陸梶其車〔五〇〕。不速而集〔五一〕,語笑軒渠〔五二〕。離坐貫坐〔五三〕,或蹴或趺〔五四〕。生也敕中廚〔五五〕,刲兩羭〔五六〕。誠食饌之次第〔五七〕,傳方法于腰朐〔五八〕。乃羹乃瀹〔五九〕,間以膴腒〔六〇〕,蔌則有蒲〔六一〕,鮓則有葅〔六二〕。擘翠房之鮮菂〔六三〕,剥紫芡之員珠〔六四〕。旋棊改令〔六五〕,覆斗傾盂〔六六〕。倒季路之十榼,慕宣尼之百觚〔六七〕。生起避席〔六八〕,顔色敷愉〔六九〕。稱園雖小,聊可以娱。夫子賦之,可歟,否歟?叟曰:可哉,吾思魯鈍〔七〇〕,毋疾而徐〔七一〕,於焉閉關納屨〔七二〕,自晨及晡〔七三〕。拂几案,屏氍毹〔七四〕。挹勺水〔七五〕,注蟾蜍〔七六〕。默聳羸肩,潛捋短鬚,雖有千慮,終成一愚。譬諸奏事四足而非馬〔七七〕,書券三紙而無驢〔七八〕。爾乃舍左思之席溷〔七九〕,投鍾繇之筆柎〔八〇〕。循蘭陔〔八一〕,踐椒塗〔八二〕。躡聽雨之樓梯〔八三〕,登升月之窗疏〔八四〕。流覽帷林,蕩漾方壺〔八五〕,心傾意寫〔八六〕,志豁神攄〔八七〕。留宿宿兮信信〔八八〕,忽便便兮諸諸〔八九〕,而曰:猗兹園之怡曠兮〔九〇〕,經夫差之故都〔九一〕。駐我馬于高岡兮,想越來之師沼吴〔九二〕。傷西子之不作兮〔九三〕,徒憑弔于交衢〔九四〕。聆寶屧而聲銷兮〔九五〕,剩紅心之草鋪〔九六〕。嗟宫牆流水之入兮,驗妖夢之非誣〔九七〕。既上山而下山兮,復自田而之湖。回瞻巖椒之夕陽兮〔九八〕,掛霄漢之浮圖〔九九〕。逼荼隖之葱青兮〔一〇〇〕,占稻田之豐腴。耘雖資乎疆以兮〔一〇一〕,

穫免發彼租符。眺松皐之明秀兮〔一〇二〕，步衡薄而踟躕〔一〇三〕。辭八門與七堰兮〔一〇四〕，遠肥膩之姑蘇〔一〇五〕。望之叢叢蓊鬱〔一〇六〕，即之羅羅清疏〔一〇七〕。既外限而内隩〔一〇八〕，亦前渻而後沮〔一〇九〕。磴希傴側〔一一〇〕，丘不崎嶇。澗無飲虎，穴少潛狙〔一一一〕。石梁緩度，坦坦舒舒〔一一二〕。春則桃殷李縞，夏則筍白櫻朱。薔一丈兮爛漫，香五木兮紛敷〔一一三〕。架層闌之曲录〔一一四〕刺不慮夫牽挐〔一一五〕。又有同心宿蕙〔一一六〕，並蒂新蕖〔一一七〕。未八月而剥棗〔一一八〕，先九日已囊萸〔一一九〕。野芳斷兮復續〔一二〇〕，湛露晞兮更濡〔一二一〕。訝鵁鶄之撲鹿〔一二二〕，縱烏鳥之畢逋〔一二三〕。喈喈楚雀〔一二四〕，泛泛江鳧〔一二五〕。雀則有鷇，鳧則有雛〔一二六〕。翠羽定巢而不去〔一二七〕，文鱗在藻而忽徂〔一二八〕。非無牛宫豚栅〔一二九〕，麋罘兔罝〔一三〇〕，羝藩鹿砦〔一三一〕，雉艾雞筊〔一三二〕，螃蟹設籪〔一三三〕，鱣鮪施罛〔一三四〕；寧寬便了之僮約〔一三五〕，而免責其辛劬〔一三六〕。彼玉山之仲瑛〔一三七〕，暨光福之良夫〔一三八〕，連峯列岫，夾澗通瀆〔一三九〕，豈若斯之一丘一壑〔一四〇〕，不見其隘而衹見其有餘。且客獨不聞兹園經理之初邪〔一四一〕？曩有高士〔一四二〕，蜚遁山嵎〔一四三〕。履穿東郭〔一四四〕，面垢左徒〔一四五〕。垂蘆簾于紙閣〔一四六〕，然篛葉于瓦壚〔一四七〕。朋慵迎兮勿送，户罷闔而不逾〔一四八〕。柏雖生兮上槁，桐已齲而無膚〔一四九〕。斯人去兮猿鶴散，幸茅亭之尚在。對魚幢之咫尺〔一五〇〕，而轉覺其空虚。生乃取介白之遺字〔一五一〕，吾鄉徐高士白，舊居于此。上舍請崑山徐吉士昂發大書"介白之亭"扁，縣之。縣擘窠之大書〔一五二〕。志先民之軌躅〔一五三〕，作後學之範模。豈非仁心仁術，視富貴利達買宅者攸殊〔一五四〕！今吾與諸子，飲食宴樂于此,倡予和女[一五五];安知後之游者,覩題壁之作,不曠世而相感[一五六],誦清風之穆如[一五七]? 重爲告曰:四坐莫諠,吾言不渝[一五八]。諸君卜築[一五九],近在郊郛[一六〇];吾獨寥寥,栖小長蘆[一六一]。目極百里,何山可居[一六二]。相生之宅,其樂只且[一六三]。兄分布被[一六四],母御板輿[一六五]。婦采蘋而采蘩[一六六],子耕菑而耕畬[一六七]。烹泉則京挺都籃並載[一六八],入市則修琴賣藥非迂[一六九]。郊關一舍而近津渡,扁舟可呼;行不苦于趦趄[一七〇],策不藉乎翼扶[一七一];我舟弗勞,我僕免痡[一七二]。訪翠墨而椎拓[一七三],搨黄卷而流輸[一七四]。凡靈威所守[一七五],唐述之儲[一七六],莫不籤題置笥[一七七],裝界開圖[一七八]。《爾雅》釋寓鎰之屬[一七九],《離騷》箋草木之疏[一八〇];僕雖耄矣[一八一],耽與道俱[一八二],奇文疑義[一八三],猶冀相須[一八四]。友直友諒[一八五],爲德不孤[一八六]。思載家具,旁生層櫨[一八七];卜鄰晨夕[一八八],我與爾夫。

【注釋】

本賦作於康熙四十三年(一七〇四)。"水木明瑟園",陸稹園林名,可参注〔二〕、注〔七〕。

〔一〕通籍:古代記名於門籍,可出入宫門,後因稱作官爲通籍。籍,二尺長之竹片,上載姓名、年齡、身份等,掛於宫門外,以備出入時查對。《漢書·魏相傳》:"(霍)光夫人顯及諸女皆通籍長信宫。"杜甫《夜雨》詩:"通籍恨多病,爲郎忝薄游。"康熙十八年(一六七九),竹垞以布衣應"博學鴻詞"科,試《璿璣玉衡賦》,得以授翰林院檢討,故云"以賦通籍"。

〔二〕上舍:宋代太學生有上、内、外舍之分,上舍最高。清代因之稱監生。"陸上舍",即陸稹(zhěn),字元生。要(yāo):通"邀"。晉陶潛《桃花源記》:“便要還家,設酒殺雞作食。”

〔三〕過:訪。上沙:地名,在今江蘇省蘇州市天平山下(見《蘇州府志》)。别業:即别墅。晉石崇《思歸引序》:“晚節更樂放逸,篤好林藪,遂肥遁于河陽别業。”

〔四〕木瀆:鎮名,在今江蘇省吴縣西南。竹垞當係自嘉興入運河,泛舟至此。

〔五〕靈巖:山名。《嘉慶一統志・蘇州府》:“(山)在吴縣西三十里。”

〔六〕閭:里門。

〔七〕吴趨:原指《吴趨曲》。崔豹《古今注》:“《吴趨曲》,吴人以歌其地。”此指代吴地。數子:據《曝書亭集》卷二十一所載《八月十五日夜陸上舍稹招同張孝廉大受、徐吉士昂發、顧孝廉嗣立、徐上舍惇復、沈秀才翼玩月石湖席上作》詩,數子當指張大受等人。且賦中自注言及徐昂發,“八月十五日”與賦序所云“甲申八月,陸上舍貽書相要”亦符。

〔八〕明瑟:瑩浄。《水經注・濟水》:“池上有客亭,左右楸桐,負日俯仰,目對魚鳥,水木明瑟。”

〔九〕名:命名。

〔一〇〕延:引進;接待。

〔一一〕勝引:猶言勝友,或稱有名望的友人。《文選・殷仲文〈南州桓公九井作〉》詩:“廣筵散泛愛,逸爵紆勝引。”注:“勝引,勝友也。引猶進也。良友所以進己,故通呼曰勝引。”

〔一二〕先民:指古代賢人。《詩・大雅・板》:“先民有言,詢于芻蕘。”宋朱熹《集傳》:“先民,古之賢人也。”

〔一三〕人各二句:出《左傳・定公五年》,(楚)王孫由于所言。

〔一四〕度(duó):計算;測度。

〔一五〕葺(qì):以茅葦覆蓋房屋。《説文》:“葺,茨也。”“茨,以茅葦蓋屋。”此指修建房屋。一區:一處。

〔一六〕沚:水中小洲。阡:田間小路。

〔一七〕潬(dàn):沙灘。《爾雅・釋水》:“潬,沙出。”郭璞注:“今江東呼水中沙灘爲潬。”

〔一八〕翦六句：語本《後漢書·馮衍傳》：“揵六枳而爲籬兮，築蕙若而爲室。”翦，同“剪”。枳，即枸橘，不能食，以其多刺，用之爲藩。楗(jián)，門栓，此有閉塞意。楗亦通“揵”。揵(jiàn)，豎立。

〔一九〕畛(zhěn)：田間道路。盤紆(yū)：盤迴紆曲。唐岑參《酬成少尹駱谷行》詩：“千崖信縈折，一徑何盤紆。”

〔二〇〕岫(xiù)、岨(jū)：《爾雅·釋山》：“山有穴爲岫”。“土戴石(即戴土之石山)爲岨。”

〔二一〕礐(què)：多大石之山。《爾雅·釋山》：“(山)多大石，礐。”判：分。

〔二二〕匪聲利是趨：賓語倒裝，即“匪趨聲利”。匪，通“非”。

〔二三〕茹：食。《禮記·禮運》：“飲其血，茹其毛。”此引申爲接受，遵循。

〔二四〕鼓枻(yì)：叩擊船舷。枻，船舷。一説指楫。《楚辭·漁父》：“漁父莞爾而笑，鼓枻而去。乃歌曰：‘滄浪之水清兮，可以濯吾纓；滄浪之水濁兮，可以濯吾足。’”此所謂“吟”，即指漁父之歌。

〔二五〕帶經以鉏(chú)：鉏，通“鋤”。語本《漢書·兒寬傳》：“(寬)帶經而鉏，休息輒讀誦。”

〔二六〕撰(xuǎn)：選擇。漢班昭《東征賦》：“時孟春之吉日兮，撰良辰而將行。”

〔二七〕爰：乃。

〔二八〕筆疏：疏，縷述。此指寫信。《晉書·陶侃傳》：“遠近書疏，莫不手答。”

〔二九〕商飈：秋風。商，古代五音之一，屬音淒厲，與肅殺之秋氣相應，故稱秋季爲商。《禮記·月令》：“(孟秋之月)其音商。”晉陸機《園葵》詩：“時逝柔風戢，歲暮商飈飛。”

〔三〇〕葵傾芳步：狀秋葵傾日之姿，若款移芳步。

〔三一〕柰(nài)秀華芙：謂柰花較芙蓉秀麗。柰，即林檎，又名花紅、沙果，有秋日著花者。謝瑱《和蕭國子詠柰花》詩云：“俱榮上節初，獨秀高秋晚。吐綠變衰國，舒紅摇落苑。”

〔三二〕桂英：即桂花。其花黄，小如粟，故謂“粟綻”。

〔三三〕皁莢條麤：謂皁莢果實豐滿，條條懸垂。麤，同“粗”。

〔三四〕苕(tiáo)：葦花，可製作苕帚。厥：同“其”。

〔三五〕刈(yì)：割。蕪：叢生雜草。

〔三六〕缾：汲水器。缾，同“瓶”。綆：瓶上之繩索。

〔三七〕牀：井上圍欄。《宋書·樂志·淮南王篇》：“後園鑿井銀作牀，金瓶素綆汲寒漿。”一説“牀”係轆轤架(見周祈《名義考》)，於義爲長。

〔三八〕靡：無。

〔三九〕譚讌：同“談宴”。

〔四〇〕歈(yú)：歌。

〔四一〕跂屩(qí jué)無虞：意謂此行暢適，無須掛慮。跂屩，此指旅行。《莊子·天下》：“後世之墨者多以裘褐爲衣，以跂屩爲服，日夜不休，以自苦爲極。”《釋文》：“跂與屐同。”屐乃木底有齒之鞋，古人游山常用之。屩，麻草所製之鞋。虞：憂慮。

〔四二〕竹垞(chá)：朱彝尊居處之名，在今浙江省嘉興縣梅里鎮南荷花池旁。

〔四三〕誕：發語詞，無義。《詩·大雅·生民》：“誕我祀如何？”僧廬：僧庵，僧房。此言殊費解，抑或竹垞其時妻、子皆喪，以在家僧自謂，即注〔五四〕所引白居易《在家出家》詩意。

〔四四〕遵：沿着。《詩經·豳·七月》：“遵彼微行。”横塘：水名。《嘉慶一統志·嘉興府》：“海鹽塘，在嘉興縣南五里，一名横塘。”

〔四五〕津：渡口。逮：及；連接。岑：小而高的山。

〔四六〕搪：《廣雅》：“突也。”傘竹：傘柄。

〔四七〕袽(rú)：舊絮，破布。《易·既濟》：“繻有衣袽。”程頤《傳》：“繻當作濡，謂滲漏也。舟有罅漏，則塞以衣袽。”“日漏衣袽”謂陽光自衣袽間漏灑而下。

〔四八〕同調：本指音樂調子相同，後以喻志趣相投。謝靈運《七里瀨》詩：“誰謂古今殊，異代可同調。”

〔四九〕素心：心地純潔、誠摯。陶潛《移居》詩："聞多素心人，樂與數晨夕。"相於：相親相厚。孔融《與韋林甫書》："疾動，不得復與足下岸幘廣坐，舉杯相於，以爲邑邑。"

〔五〇〕水抽二句：意謂"同調數子"舟泊車停，分由水陸兩路而來。水，水行。陸，陸行。柅(ní)，塞於車輪下之制動木塊。《易·姤》："繫于金柅。"孔穎達《疏》引馬融云："柅者，在車之下，所以止輪令不動也。"

〔五一〕速：召致；相約。《詩·小雅·伐木》："既有肥羜，以速諸父。"

〔五二〕軒渠：本指兒童舉手聳身欲就父母，後因喻笑貌。《後漢書·蘇子訓傳》："兒識父母，軒渠笑悦，欲往就之。"渠，通"舉"。

〔五三〕離坐：《禮記·曲禮》："離坐離立，毋往參焉。"鄭玄注："離，兩也。"《周禮·大宰·九兩注》："兩，猶耦也。"據此，"離坐"即成對面坐，或並坐。貫坐：前後而坐。

〔五四〕跏(jiā)、趺(fū)：指跏趺坐，佛教修禪方式，即雙足交迭而坐。白居易《在家出家》詩："中宵入定跏趺坐，女喚妻呼多不應。"此謂不拘禮數，彼此散坐。

〔五五〕生：指陸稹。中廚：内廚房。語本古樂府《隴西行》："談笑未及竟，左顧敕中廚。"

〔五六〕刲(kuī)：割。羭(yú)：母羊。

〔五七〕次第：次序。

〔五八〕膢朐(lǘ qú)：祭祀所用之乾肉，此謂臘肉。

〔五九〕羹：用作動詞，指製羹或進羹。瀹(yuè)：指烹茶。鮑照《園葵賦》："乃羹乃瀹，堆鼎盈筐。"

〔六〇〕䐹(sōu)：乾魚。腒(jū)：鳥類肉乾。《周禮·天官·庖人》："夏行腒鱐膳膏臊。"鄭玄注引鄭司農云："腒，乾雉。鱐，乾魚。"《釋文》："鱐，本作䐹。"

〔六一〕蔌(sù)：蔬類植物。蒲：水生植物，可編席，嫩者可食。語本《詩·大雅·韓奕》："其蔌維何？維笋及蒲。"

〔六二〕鮓(zhǎ)：加工過的魚類食品。菹(zū)：肉醬。

〔六三〕擘(bò):分剖。翠房:喻蓮蓬。也稱"緑房"。王延壽《魯靈光殿賦》:"緑房紫菂。"菂(dì):蓮子。

〔六四〕芡:水生植物,其實可食,北方俗稱"鷄頭米"。員:通"圓"。

〔六五〕棊(qí):同"棋"。改令:改换酒令。皇甫松《醉鄉日月·選徒》:"改令及時而不涉重者,酒徒也。"

〔六六〕斗:古代酒器。盂:酒杯。

〔六七〕倒季二句:語本《孔叢子》:"諺云:'堯舜千鍾,孔子百觚,子路嗑嗑,尚飲十榼。'"季路,即子路,孔子弟子之一。榼(kē)、觚(gū),皆酒器。宣尼,即孔子。漢元始元年追謚孔子爲褒成宣尼公(見《漢書·平帝紀》),後世因以稱之。

〔六八〕避席:離座起立,表示敬意。

〔六九〕敷愉:和悦。古樂府《隴西行》:"好婦出迎客,顔色正敷愉。"

〔七〇〕魯鈍:遲鈍。

〔七一〕毋:原作"母",誤。

〔七二〕閉關:閉門。江淹《恨賦》:"罷歸田里,閉關却掃,塞門不出。"納屨(jù):意謂足不出户。屨,麻葛製成的單底鞋。

〔七三〕晡(bū):黄昏。

〔七四〕屏(bǐng):撤除。氍毹(qú shū):毛織細毯。

〔七五〕挹(yì):汲取。

〔七六〕蟾蜍(chán chú):製成蛤蟆形狀的水盂(供研墨、洗筆用)。葛洪《西京雜記》六:漢廣川王發晉靈公冢,"有玉蟾蜍一枚,大如拳,腹空,容五合水,光潤如新。"王"取以盛書滴。"

〔七七〕四足而非馬:據《史記·石奮傳》:漢石建爲人謹慎,任郎中令時,奏事寫馬字,少一勾,後覺之,驚曰:馬蹄四,尾一,合爲五,今缺一,"上譴死矣!"

〔七八〕書券三紙而無驢:語本《顔氏家訓·勉學》:"鄴下諺云:'博士賣驢,書券三紙,未有驢字。'"按:此二句謂撰賦之惶恐,賦文之迂闊,皆謙語,應前"賦非僕之所能也。"

〔七九〕爾乃句:據《晉書·左思傳》:"(思)復欲賦三都……遂構思十年,

門庭藩溷,皆著筆紙,遇得一句,即便疏之。”席,坐席。溷(hùn),廁所。

〔八〇〕鍾繇句:據《三國志·魏書·王粲傳》注:“粲才既高,辯論應機,鍾繇、王朗等雖名爲魏卿相,至於朝廷奏議,皆閣筆不能措手。”筆柎(fú),即筆杆。柎,據《説文》段注:“凡器之足皆曰柎。”

〔八一〕蘭陔:語本晉束晳《補亡詩》:“循彼南陔,言采其蘭。”陔,田埂。

〔八二〕椒塗:撒有香料之道路,路之美稱。語本曹植《洛神賦》:“踐椒塗之鬱烈。”

〔八三〕聽雨之樓:水木明瑟園二十景之一。竹垞有《宿陸上舍稹聽雨樓》詩(載《曝書亭集》卷二十二)。

〔八四〕窗迂(yú):《廣韻·虞韻》:“窗迂,牀也。”《釋名》:“人所坐卧曰牀。”此當指坐具,故登以望升月。

〔八五〕方壺:古代傳説中之仙山(見《列子·湯問》)。此指月光蕩漾,恍如仙境。

〔八六〕寫:宣洩。

〔八七〕攄(shū):抒發。

〔八八〕宿宿、信信:《詩·周頌·有客》:“有客宿宿,有客信信。”毛傳:“一宿曰宿,再宿曰信。”《爾雅·釋訓》注:“重言之,故知四宿。”此指構思時間之長。

〔八九〕便便(pián)、諸諸:《爾雅》:“諸諸、便便,辯也。”注:“言辭便給。”此指創作時,思如泉湧,文藻贍富警策。

〔九〇〕猗(yì):歎詞。

〔九一〕夫差:春秋時吴王。

〔九二〕越來之師:指公元前四八二年越王勾踐率師攻吴事。沼武:使吴國成爲沼澤,謂滅吴。《左傳·哀公元年》:“越十年生聚,而十年教訓,二十年之外,吴其爲沼乎!”

〔九三〕西子:即西施。不作:不能復生。作,興;起。

〔九四〕交衢:四通八達的道路。杜甫《哀王孫》:“不敢長語臨交衢,且爲王孫立斯須。”

〔九五〕寶屧(xiè)：據《姑蘇志》載，吴王夫差建廊而虚其下，令西施與宫女步屧，繞之則響，因名響屧廊。屧，木屐。

〔九六〕紅心草：舊題谷神子《博異記》載：王生夢遊吴宫，聞宫中簫鼓聲，言葬西施，應詔作輓歌，歌云："連江起珠帳，擇地葬金釵。滿路紅心草，三層碧玉階。"

〔九七〕妖夢：據《吴越春秋》載，吴王夫差假寐於姑蘇之臺，得夢以告公孫聖，使占之。聖據夢狀，詳之以"越軍入吴，伐宗廟，掘社稷"，夫差怒而殺之。後果驗言。

〔九八〕椒：山頂。詳後《河傳》詞注〔四〕。

〔九九〕浮圖：即浮屠，梵語"塔"之音譯(正確音譯應爲"窣堵波")。

〔一〇〇〕逼：迫近。茶隖：山名。《嘉慶一統志·蘇州府》："金山，亦天平(山)支隴。《縣志》：'初名茶隖山，晉宋間鑿石得金，易今名。'"

〔一〇一〕資：憑借；依賴。彊以：奴隸；農奴。此指佃農。《詩·周頌·載芟》："侯彊侯以。"朱熹《詩集傳》："彊，民之有餘力而來助者"，"能左右之曰以"，"若今時傭力之人，隨主人所左右者也。"吴闓生《詩義會通》："彊即'疆'字。"

〔一〇二〕臯(gǎo)：岸，水旁高地。

〔一〇三〕衡：通"蘅"，香草。薄：草木茂密(之處)。曹植《洛神賦》："步蘅薄而流芳。"

〔一〇四〕八門、七堰：皆當地風光。白居易《九日宴集醉題(蘇州)郡樓》詩："半酣憑欄起四顧，七堰八門六十坊。"《吴越春秋》："(子胥)造大城(即姑蘇城)，周迴四十七里，陸門八，以象天八風。"

〔一〇五〕肥膩之姑蘇：語本白居易《和錢華州題少華清光絶句》："自笑亦曾爲刺史，蘇州肥膩不如君。"

〔一〇六〕蓊(wěng)鬱：草木茂密貌。

〔一〇七〕即之：接近它。羅羅：開朗。《世説新語·賞譽》下："司馬太傅爲二王目曰：'孝伯(王恭)亭亭直上，阿大(王忱)羅羅清疏。'"

〔一〇八〕隈(wēi)：灣曲之處。隩(ào)：水涯深曲處。

〔一〇九〕涓(shěng)：前邊有水流過的山丘。《爾雅·釋丘》："水出其前，涓丘；出其後，沮(jǔ)丘。"

〔一一〇〕磴：石階。希：少。偪側：迫近，引申爲狹隘。杜甫有《偪側行贈畢曜》詩。

〔一一一〕狙(jū)：獼猴，一説爲蛇。相傳其地無蛇、虎、雉(見《江南通志》)，賦或本此。

〔一一二〕坦坦：寬平。舒舒：寬緩。

〔一一三〕香五木：泛稱多種香樹。語本古樂府："氍毹㲪毲五木香，迷迭艾蒳及都梁。"(見《古詩源》卷三)紛敷：分張盛開貌。潘岳《西征賦》："華實紛敷，桑麻條暢。"

〔一一四〕曲录：輮木屈曲貌，指薔薇之花欄。

〔一一五〕刺不慮夫牽挐(rú)：即"不慮刺牽挐"之倒裝(因有"層闌"遮隔故)，乃反用唐儲光羲《薔薇》詩："高處紅鬚欲就手，低邊綠刺已牽衣。"

〔一一六〕蕙：香草。"宿蕙"，相對於"新蕖"，謂越年或多年生。

〔一一七〕蕖：芙蕖之省稱，即荷花。

〔一一八〕剥(pū)：通"撲"。《詩·豳風·七月》："八月剥棗。"朱熹《詩集傳》："剥，擊也。"

〔一一九〕九日：指九月九日。吴均《續齊諧記》："桓景隨費長房游學，長房謂之曰：'九月九日，汝南當有大災厄，急令家人縫囊盛茱萸繫臂上，登高飲菊花酒，此禍可消。'景如其言，舉家登山。夕還，見鷄犬羊一時暴死。……今世人九日登高飲酒，婦人帶茱萸囊，蓋始於此。"囊：用作動詞，指佩囊。

〔一二〇〕野芳：野花。

〔一二一〕晞：乾燥、蒸發。《詩·秦風·蒹葭》："蒹葭淒淒，白露未晞。"濡：沾濕。

〔一二二〕鵁鶄(jiāo qīng)：水鳥名。撲鹿：象聲詞，拍翅聲。亦作"撲漉"。楊萬里《春寒早朝》詩："每聞撲鹿初鳴處，正是鬖髿好睡時。"

〔一二三〕畢逋：鳥尾摇動貌。《後漢書·五行志》："桓帝之初，京都童謡曰：'城上烏，尾畢逋。'"

〔一二四〕喈(jiē)喈：鳥雀和鳴聲。《詩·周南·葛覃》："黄鳥于飛，集于灌木，其鳴喈喈。"朱熹《詩集傳》："黄鳥，鸝也。"陳奂《詩毛氏傳疏》："黄鳥一名楚雀。"

〔一二五〕泛泛：漂浮貌。語本《楚辭·卜居》："將泛泛若水中之鳧(野鴨)乎？"

〔一二六〕鷇(kòu)：待哺食之燕雀幼鳥。《爾雅·釋鳥》："生哺，鷇。"雛：出生後能啄食的幼鳥。《爾雅·釋鳥》："生噣，雛。"

〔一二七〕翠羽：指代美麗的鳥。唐裴夷直《送王績》詩："翠羽長將玉樹期，偶然飛下肯多時。"

〔一二八〕文鱗：魚之鱗紋，此指代魚類。徂(cú)：往；游走。

〔一二九〕非無：直貫至"施罛"句。牛宫：牛欄。《越絶書·吴地傳》："桑里東，今舍西者，故吴所畜牛羊豕鷄也，名爲牛宫。"

〔一三〇〕罞(méng)：捕麋之網。《爾雅》："麋罟(gū)謂之罞，兔罟謂之罝(jū)。"

〔一三一〕羝(dī)：公羊。砦(zhài)：同"寨"。

〔一三二〕艾(yì)：通"刈"，此指割草布置捕雉場地。潘安《射雉賦》注："射者聞有雉聲，便除地爲場。"笯(nú)：鳥籠，此指鷄籠。

〔一三三〕籪(duàn)：插入河流以攔捕魚蟹之葦栅竹栅。此句謂爲捕蟹而設籪，下句言爲捉鱣而施罛。

〔一三四〕鱣(zhān)：即鰉魚。鮪(wěi)：古時稱鱘、鰉魚爲鮪。罛(gū)：大的魚網。

〔一三五〕便了：漢王褒幼僕之名，褒曾爲其訂立明確職責範圍之《僮約》(見《藝文類聚》卷三十五、《古文苑》卷十七)。此處指稱陸稹之僮僕。

〔一三六〕辛劬(qú)：勤勞。此句謂免其辛勞之責。

〔一三七〕玉山：顧仲瑛有園林别墅名"玉山佳處"(見楊維楨《玉山草堂記》)。仲瑛：元顧阿瑛(《嘉慶一統志》卷八〇作"顧德輝")之字。阿瑛輕財結客,豪宕自喜;中年折節讀書,築別業於茜徑,一時名士每往其家(見《江南通志》)。

〔一三八〕良夫:明徐達左之字,居太湖之濱光福市(鎮名,在今蘇州市西光福山下),闢"耕漁軒"以延名士,其品行類乎顧仲瑛。

〔一三九〕澞(yù):《爾雅》:"陵(大土山)夾水,澞。"

〔一四〇〕一丘一壑:隱居之處,亦指胸襟。此謂陸積與阿瑛、良夫園林相近,人品相同。語本《世説新語·品藻》:"明帝問謝鯤:'君自謂何如庾亮?'答曰:'端委廟堂使百官準則,臣不如亮;一丘一壑自謂過之。'"

〔一四一〕經理:治理;修築。

〔一四二〕曩(nǎng):往昔。高士:指徐白,見後竹垞自注。

〔一四三〕蜚遁:即肥遁,謂隱居避世。《易·遁》:"上九,肥遯(即遁),無不利。"孔穎達《疏》:"肥,饒裕也。……心無疑顧,是遯之是優,故曰肥遯。"嵎(yú):山曲。

〔一四四〕履穿東郭:《史記·滑稽列傳》:"東郭先生敝履不完,行雪中,足盡踐地。"

〔一四五〕面垢左徒:屈原曾任楚懷王之左徒,據《史記·屈原賈生列傳》稱:"(屈原被放逐後)被髮行吟澤畔,顏色憔悴,形容枯槁。"

〔一四六〕蘆簾:蘆葦所編之簾,紙閣:以藤皮繭紙糊製之小門。白居易《香爐峯下新卜山居草堂初成偶題東壁》詩:"來春更葺東廂屋,紙閣蘆簾著孟光。"又《漢書·公孫弘傳》"東閣"注:"閣者,小門也。"

〔一四七〕然:同"燃"。篛:同"箬",竹之一種。

〔一四八〕罷闔:謂門不關閉。

〔一四九〕副(pì):同"副",剖開。膚:指樹皮。

〔一五〇〕魚幢:觀魚或垂釣之棚狀建築。幢,構木爲亭,有六角,略如穹廬,可移動。

〔一五一〕介白:徐白之字,見自注。

〔一五二〕縣(xuán):同"懸"。擘窠(bò kē):原指篆刻印章時分格書寫以便分佈匀稱,此指大字。擘,分。窠,格。顔真卿《乞御書天下放生池碑額表》:“緣前書點劃稍細,恐不堪經久,臣今謹據石擘窠大書一本,隨表奉進。”

〔一五三〕志:記。軌躅(zhú):車之轍迹,喻古人遺規。躅,足迹。

〔一五四〕攸(yōu):語助詞,無義。殊:不同。

〔一五五〕倡:亦作“唱”。此句謂彼此作詩倡和。女,汝。語本《詩・鄭風・蘀兮》:“倡予和女。”

〔一五六〕曠世:謂歷時久遠。

〔一五七〕清風之穆如:謂詩作有如清風,使人深感和煦親切。語本《詩・大雅・蒸民》:“吉甫作誦,穆如清風。”

〔一五八〕渝:改變。

〔一五九〕卜築:擇地建屋。此指已建之住宅。

〔一六〇〕郛(fú):外城,即郭。

〔一六一〕長蘆:鎮名,在今河北滄州市,著名産鹽區。浙江嘉興一帶亦産鹽,故舊時别稱“小長蘆”。朱彝尊《鴛鴦湖櫂歌一百首》之八十六:“百里鹽田相望白,至今人説小長蘆。”竹垞因晚號小長蘆釣叟。

〔一六二〕目極二句:即竹垞《胥山題壁》所云:“嘉禾(嘉興原名)四望無山。”(《曝書亭集》卷六八)

〔一六三〕只且(jū):助詞,無義。劉琪《助字辨略》:“只且,重聲,猶云乎而也。”

〔一六四〕兄分布被:用漢姜肱事。《後漢書・姜肱傳》:“姜肱字伯淮,與弟仲海、季江俱以孝行著聞,其友愛天生,常共卧起。”注引謝承《書》:“肱感《愷風》之孝,兄弟同被而寢。”

〔一六五〕板輿:古時老人代步工具,即由人扛擡之板車。潘岳《閑居賦》:“太夫人乃御板輿,升輕軒,遠覽五畿。”按:竹垞居長,無兄,兩弟其時亦卒(父母,妻、子皆卒),此乃泛言家庭和洽,下二句同。

〔一六六〕采蘋:《詩・召南》篇名。《詩序》:“《采蘋》(寫)大夫(之)妻能循法度也。"蘋,浮萍。采蘩:《詩·召南》篇名。《詩序》:"《采蘩》(寫)夫人不失職也。"蘩,白蒿。

〔一六七〕菑(zī):初耕之地。《爾雅·釋地》:"田,一歲曰菑……三歲曰畬(yú)。"

〔一六八〕京挺:茶名。熊蕃《宣都北苑貢茶録》:北苑初造,"研膏"(茶名,下同),繼造"蠟面",又製其佳者,號曰"京挺"。都籃:陸羽《茶經》:茶具有都籃,以悉設茶具而名。

〔一六九〕修琴賣藥:語本許渾《送宋處士歸山》詩:"賣藥修琴歸去遲。"迂:迂曲,繞遠路。

〔一七〇〕趦趄(zī jū):且行且却,此謂行走艱難。

〔一七一〕策:手杖。藉:依靠;憑借,此句謂行走不靠手杖,也不需人攙扶。

〔一七二〕痡(pū):過度疲勞。《詩·周南·卷耳》:"陟彼砠矣,我馬瘏矣,我僕痡矣。"

〔一七三〕翠墨:墨色之有光澤者,此指代碑刻墨迹。椎:拓之操作方法之一。拓:用紙摹印金石器物上之文字花紋。

〔一七四〕搨:用紙覆於書畫真迹上描摹。黄卷:指書籍,古人每以黄柏染紙以防蠹,故稱。流輸:轉運。此謂接連不斷地搨出。

〔一七五〕靈威:猶寶籍。樂史《太平寰宇記》:洞庭深遠、世莫能測,吴王使靈威丈人入洞庭穴,十七日不能盡,得玉葉,上刻《靈寶經》三卷。使問孔子,云:禹之書也。

〔一七六〕唐述:天書,此指奇書。《水經注·河水》:"河北有層山……巖中多石室焉,室中若有積卷矣,而世士罕有達者,謂之積書巖,有神鬼往還矣,俗人不悟其仙者,乃謂之神鬼。彼羌(族)目鬼曰'唐述',因名之爲唐述(山)。"

〔一七七〕笥(sì):方形盛器,如近世之柳條包。

〔一七八〕裝界:宋周密《思陵書畫記》:崇文館有裝潢匠,即裱匠也。本朝秘府(宫中圖書館)謂之"裝界"。開圖:展開或張掛圖畫。

〔一七九〕《爾雅》:我國第一部詞典,約成書於秦漢間,作者佚名。寓、齸

(yì)之屬：《爾雅・釋獸》中有寓屬、齸屬之分類。邢昺《疏》："鳥獸多寄寓木上，曰'寓屬'。""咽中藏物，復出嚼之(即反芻)，曰'齸屬'。"

〔一八〇〕《離騷》句：《離騷》中多草木之名，隋劉杳曾撰《〈離騷〉草木疏》二卷。

〔一八一〕耄(mào)：老。《禮記・曲禮》："八十、九十曰耄。"竹垞此時七十五歲，近乎耄矣。

〔一八二〕耽(dān)：沉迷。道：此指學術研究。

〔一八三〕奇文疑義：語本陶潛《移居》詩："奇文共欣賞，疑義相與析。"

〔一八四〕須：等候。

〔一八五〕友直友諒：以直者、諒者爲友，此指陸稹等人。語本《論語・季友》："益者三友，……友直、友諒、友多聞，益矣。"

〔一八六〕爲德不孤：意謂有志同道合者。語本《易・坤》："敬義立而德不孤。"

〔一八七〕櫨(lú)：斗拱，柱頭承托棟梁之方木，此指代房屋。

〔一八八〕卜鄰：擇鄰，此指結鄰。晨夕：晨夕相共，即陶淵明《移居》詩所云："樂與數晨夕。"

詩選 一百五十二首

曉入郡城〔一〕

輕舟乘間入，繫纜壞籬根。古道橫邊馬〔二〕，孤城閉水門〔三〕。星含兵氣動〔四〕，月傍曉煙昏。辛苦鄉關路，重來斷客魂。

【注釋】

本詩作於順治三年(一六四六)。時清兵已攻陷浙江，此篇當作於亂後。

〔一〕郡城：指竹垞家鄉之郡城嘉興。

〔二〕邊馬：指南侵之清軍兵馬，實係胡馬之委曲説法。

〔三〕孤城：杜甫有《題忠州龍興寺所居院壁》詩："孤城早閉門。"

〔四〕星含句：古人認爲某些星象預兆戰事，史書多有記載，如《史記·天官書》云："五星入軫星中，兵大起。"《漢書·天文志》云："太白，兵象也。"竹垞即以寫星象寓易代之悲。杜甫《歸雁》詩："是物關兵氣。"

悲　歌〔一〕

我欲悲歌，誰當和者？四顧無人，煢煢曠野〔二〕。

【注釋】

本詩作於順治三年(一六四六)。

〔一〕悲歌:黄節《漢魏樂府風箋》有樂府古辭《悲歌》(《樂府詩集》題作《悲歌行》,收二體),但格律與此不同。按:竹垞少時,既遭亡國喪母之痛,又遇繼伯父爲嗣,入贅婦翁爲壻,心常鬱鬱,如《村舍》詩云:"父母謂他人,衆中益羈孤;吁嗟鷄不若,骨肉常相須。"此作亦同。

〔二〕煢(qióng)煢:孤獨無依貌。李密《陳情表》:"煢煢孑立,形影相弔。"

【評箋】

林昌彝曰:"錫鬯先生《悲歌》,胎息深厚,氣韻亦復悲渾。"(《海天琴思續録》卷一)

捉人行〔一〕

步出西郭門,遥望北郭路〔二〕。里胥來捉人〔三〕,縣官一何怒〔四〕!縣官去,邊兵來;中流簫鼓官船開〔五〕。牛羊橐駝蔽原野〔六〕,天風蓬勃飛塵埃〔七〕。大船峨峨駐江步〔八〕。小船捉人更無數。頹垣古巷無處逃〔九〕。生死從他向前路〔一〇〕。沿江風急舟行難,身牽百丈腰環環〔一一〕。腰環環,過杭州;千人舉櫂萬人謳〔一二〕。老拳毒手爭毆逐〔一三〕,慎勿前頭看後頭〔一四〕。

【注釋】

本詩作於順治四年(一六四七)。

〔一〕行:樂府詩之一種體裁。胡震亨《唐音癸籤》:"新題者,古樂府所無,唐人新製爲樂府題者也。其題或名‘歌’,亦或名‘行’,或兼名‘歌行’。”查《樂府詩集》無《捉人行》體,竹垞此作當係新題。下首《馬草行》同。

〔二〕步出二句:化用謝靈運《晚出西射堂》詩:“步出西城門,遥望城西岑。”郭,外城。

〔三〕里胥:里中小吏。韓愈《謝自然詩》:“里胥上其事,郡守驚且嘆。”杜甫《石壕吏》:“暮投石壕村,有吏夜捉人。”里,古時居民聚居處。《詩·鄭風·將仲子》:“將仲子兮,勿逾我里。”毛《傳》:“里,居也。二十五家爲里。”按:里中居户,古無定制,如《公羊傳·宣公十五年》注便以八十家爲里。胥,小吏。

〔四〕一何:何其;多麼。《戰國策·燕策》:“此一何慶弔相隨之速也!”杜甫《石壕吏》:“吏呼一何怒,婦啼一何苦!”

〔五〕簫鼓:指代音樂。

〔六〕橐(tuó)駝:即駱駝。《史記·匈奴傳》:“其奇畜則橐駝。”注:“(橐駝)背肉似囊,故云橐也。”《本草綱目·釋名》:“駝能負囊橐,故名,音訛爲駱駝。”

〔七〕天風:來自天庭之風,即風。樂府古辭《飲爲長城窟行》:“枯桑知天風,海水知天寒。”蓬勃:盛貌。

〔八〕峨峨:高聳貌。宋玉《招魂》:“增冰峨峨。”明何景明《津市打魚歌》:“大船峨峨擊江岸。”江步:江邊可供泊船處。步,通“埠”。柳宗元《永州鐵爐步志》:“江之滸,凡舟可縻而上下者曰步。”

〔九〕頹垣:倒塌的矮牆。

〔一〇〕生死句:語自杜甫《前出塞》詩“生死向前去,不勞吏怒嗔”化出。從他,由他。

〔一一〕百丈:竹篾製之牽船纜具。杜甫《秋風》詩:“吴檣楚舵牽百丈,暖向成都寒未還。”宋程大昌《演繁露·百丈》:“杜詩舟行多用‘百丈’,問之蜀人,云:水湥,岸石又多廉稜,若用繩牽,即遇石,輒斷不耐,故劈竹爲六瓣,以麻牽連貫其際,以爲牽具,是名百丈。百丈,以長言之也。”腰環環:腰上繫以‘百丈’之環。樂府古辭《女兒子》:“我欲上蜀蜀水難,蹋蹀珂頭腰環環。”

〔一二〕舉櫂(zhào):划槳。謳:歌唱。此指縴歌。杜甫《封西岳賦》:“千人舞,萬人謳。”

〔一三〕老拳毒手:極言痛打。《晉書·石勒載記》:“初,石勒與李陽鄰居,歲嘗争麻地,迭相毆擊。(及勒爲趙王,相見)引陽臂笑曰:‘孤往日饜卿老拳,卿亦飽孤毒手。’”毆逐:即逐毆。追逐毆打。

〔一四〕慎勿句:謂縴夫排行拉縴慎勿前後瞻顧,以免毆逐。樂府古辭《企喻歌辭》:“前頭看後頭,齊著鐵鈕絣。”

北邙山行

北邙山前望行路[一],素車白馬紛朝暮[二]。誰家丘墓樹巃嵸[三],白楊枌櫝松柏桐[四]。黄金爲鳧石爲馬[五],魚燈熒熒照泉下[六]。古碑崩剥無歲年,後人於此犂爲田[七]。雄狐侁侁兔矍矍[八],人聲夜哭烏聲樂[九]。

【注釋】

本詩作於順治四年(一六四七)。

〔一〕北邙(máng)山:山名,在今河南省洛陽市東北。自東漢鄧皇后葬於此,後世王侯貴族多以之爲葬地(參《後漢書·鄧皇后傳》、《明一統志》),詩中所述金鳧。魚燈亦爲帝王山陵制度,此篇當係託北邙而弔明陵耳。

〔二〕素車白馬:凶喪用之車馬。《後漢書·范式傳》:“有素車白馬,號哭而來。”

〔三〕誰家丘墓:晉張載有《七哀》詩:“北邙何壘壘,高陵有四五。借問誰家墳,皆云漢世主。”然竹垞詩旨,乃意在明陵。巃嵸(lóng zōng)：樹木叢集貌。杜甫《乾元中寓居同谷縣作歌》："古木巃嵸枝相樛。"

〔四〕白楊句：這些樹木皆墓間所植，或取其不彫，或以作標志。《左傳·襄公二年》："樹吾墓檟。"《春秋含文嘉》："天子墳高三仞，樹則松。諸侯半之，樹則柏。"古詩《驅車上東門》："驅車上北門，遥望郭北墓。白楊何蕭蕭，松柏夾廣路。"

〔五〕黄金爲鳧：《漢書·劉向傳》："秦始皇帝葬於驪山之阿……水銀爲江海，黄金爲鳧雁。"石爲馬：陵墓前石刻之馬。《漢書·霍去病傳》注："（霍去病塚）在茂陵旁，塚上有豎石，塚前有石人馬者是也。"

〔六〕魚燈：即人魚燭。《史記·秦始皇本紀》："葬始皇驪山……以人魚膏爲燭，度不滅者久之。"又，明高啓《吴女墳》詩："魚燈照艷魄。"

〔七〕後人句：語本古詩《去者日以疎》："古墓犂爲田，松柏摧爲薪。"

〔八〕雄狐句：張載《七哀》詩："狐兔窟其中，蕪穢不復掃……昔爲萬乘君，今爲丘中土。"此用其意。侁（shēn）侁：往來之聲響。矍（jué）矍，疾走貌。

〔九〕烏聲樂：狀丘墓之荒寂。語本《左傳·襄公十八年》："烏烏之聲樂，齊師其遁。"唐劉禹錫《贈澧州高司馬霞寓》詩："空壘辨烏聲。"

【評箋】

劉師培曰："《北邙》之篇，弔皇陵而下泣。"（《書曝書亭集後》）

王文濡曰："昌黎七言'鴉鴟鷹雉雕鵠鵾'，五言'蚌螺魚鼈蟲'，（竹垞）'白楊'句，實脱胎於此；然昌黎詩亦從《詩》'鰷鱨鰋鯉'句脱胎得來，此種便是善學人處。"（《清詩評注讀本》）

馬　草　行

陰風蕭蕭邊馬鳴〔一〕，健兒十萬來空城。角聲嗚嗚滿街道，縣官張燈徵馬草。階前野老七十餘〔二〕，身上鞭撲無完膚。里胥揚揚出官署，未明已到田家去。横行叫駡呼盤飧〔三〕，闌牢四顧搜鷄豚〔四〕。歸來輸官仍不足〔五〕，揮金夜就倡樓宿。

【注釋】

本詩作於順治四年(一六四七)。

〔一〕蕭蕭：象聲詞，喻風聲。

〔二〕野老：田野老人，泛指老年百姓。杜甫《哀江頭》詩："少陵野老吞聲哭。"

〔三〕盤飧(sūn)：菜餚，引申爲熟食。此指飯菜。

〔四〕闌牢：關養牲畜之闌圈。《晏子》："公之牛馬老於闌牢。"

〔五〕輸：報告、送達，引申爲繳納。

雨後即事二首(選一)

其　一

一雨平林外，羣山倚杖前〔一〕。蛙聲浮岸草，鳥影度江天〔二〕。鳴磬上方寺，揚帆何處船〔三〕。坐疑秋氣近，蕭瑟感流年〔四〕。

【注釋】

本詩作於順治四年(一六四七)。

〔一〕一雨二句：史肅《夏夜》詩："一雨昭蘇外，羣山宴寂中。"此化用其意。

〔二〕蛙聲二句：杜甫《和裴迪登新津寺寄王侍郎》詩："蟬聲集古寺，鳥影度寒塘。”此由是化出。

〔三〕上方：道家所謂天上仙界。《雲笈七籤》：“上方九天之上，清陽虚空之内。”寺取名本此。又，唐劉長卿《宿北山禪寺蘭若》詩云：“上方鳴夕磬。”

〔四〕坐疑二句：語本宋玉《九辯》：“悲哉秋之爲氣也，蕭瑟兮草木摇落而變衰。”

舟經震澤〔一〕

澤國東南遠〔二〕，樓船舊荷戈〔三〕。明霞開組練〔四〕，惡浪走蛟鼉。横海將軍號〔五〕，臨江節士歌〔六〕。重來已陳跡，歎息此經過。

【注釋】

本詩作於順治四年(一六四七)。

〔一〕震澤：太湖之古稱。《尚書·禹貢》：“震澤底定。”注：“震澤，吴南太湖名。”按：據此詩寫作時地及所云戰事、節士語，詩當爲憑弔抗清志士吴昜而發。據計六奇《明季南略》，吴易(《明詩紀事》作“吴昜”，此從《明史》)，吴江人，字日生，明思宗丁丑進士。清兵陷揚州，徇吴江，易率衆起兵，據太湖抗清，一六四六年七月，被執殉節。

〔二〕澤國：水鄉。

〔三〕樓船：有疊層之戰船。劉禹錫《西塞山懷古》詩：“王濬樓船下益州，金陵王氣黯然收。”唯《晉書·王濬傳》僅云：“作大船……起樓櫓(指瞭望臺)。”而句中“荷戈”，確係指濬，其本傳云：“荷戈長騖，席卷萬里。”

〔四〕組練：組甲、被練之略語，即以絲、帛所綴之兩種衣甲，也用以借代精鋭軍隊。此指抗清義軍。唐張説《送趙二尚書北伐》詩："日華光組練。"

〔五〕横海將軍：《史記・東越傳》："天子遣横海將軍韓説出句章（今浙江省餘姚縣）……樓船將軍楊僕出武林（今江西省武陵山一帶）……入東越。"按：明末，南京失陷後，魯王朱以海監國於紹興，紹興轄漢"横海將軍"韓説所出之"句章"，詩中當指吴易與魯王軍呼應。鄧之誠《中華二千年史・南明大事年表・一六四五年》："魯王……東由海道以潛通太湖。……吴易起兵於太湖。"據此上文"樓船"，或即以"樓船將軍"喻長江中游之抗清義軍。

〔六〕節士：有節操的人，此指吴易。《漢書・藝文志》有"《臨江王》及《愁思節士歌》詩四篇"，又杜甫《魏將軍歌》云："臨江節士安足數。"

野　外

野外疏行跡，深林客到遲。江湖殊後會〔一〕，風雨惜前期〔二〕。秋草飛黄蝶〔三〕，浮萍漾緑池。南樓夜吹笛，寥落故園思。

【注釋】

本詩作於順治四年（一六四七）。

〔一〕殊後會：即"後會殊"，言後會難得。

〔二〕風雨：喻故人之思，暗用《詩・鄭風》篇名。《詩序》云："《風雨》，思君子也。"前期：預期。唐朱放《江上送别》云："惆悵空知思後會，艱難不敢料前期。"

〔三〕秋草句：明楊慎曰：蝴蝶或白、或黑，或五彩皆具，唯黄色一種至秋乃多，蓋感金氣也。太白詩"八月蝴蝶黄"，深中物理（見《升庵全集》卷八一）。

【評箋】

（日）近藤元粹曰："似寓感慨意者。"（昭和四十年日本刊《國朝六家詩鈔》）

劉　生〔一〕

京華多俠客〔二〕，勇略重劉生。一劍酬然諾〔三〕，千金問姓名。歌鐘喧北里〔四〕，冠蓋隘東平〔五〕。聞道龍城戰〔六〕，軍前更請纓〔七〕。

【注釋】

本詩作於順治六年（一六四九）。

〔一〕劉生：據郭茂倩《樂府詩集》卷二四："《樂府解題》曰：'劉生不知何代人，齊梁已來爲《劉生》辭者，皆稱其任俠豪放，周游五陵三秦之地。或云抱劍專征，爲符節官所未詳也。'按《古今樂録》曰：'梁鼓角横吹曲，有《東平劉生歌》，疑即此《劉生》也。'"

〔二〕京華：即京都，以其爲文物、人才薈萃之地，故曰"華"。徐陵《劉生》詩："劉生殊倜儻，任俠遍京華。"

〔三〕然諾：許諾。《後漢書·申屠剛傳》："布衣相與，尚有没身不負然諾之信。"梁元帝（蕭繹）《劉生》詩："任俠有劉生，然諾重西京。"王昌齡《少年行》："結交期一劍，留意贈千金。"全句暗用季札掛劍事。《史記·吴太伯世家》："季札之初使，北遇徐君。徐君好季札劍,口弗敢言。季札心知之,爲使上國,未獻。還至徐,徐君已死,於是乃解其寶劍,繫之徐君冢樹而去。"

〔四〕歌鐘：古代打擊樂器,即編鐘,因以之伴奏歌唱,故名。此泛指樂歌聲。李白《魏都别蘇明府因北游》詩："青樓夾兩岸,萬家喧歌鐘。"北里：原古代舞曲名。《史記·殷紀》："(紂)使師涓作新淫聲,北里之舞,靡靡之樂。"此指地名,或即"南鄰北里"之泛稱。

〔五〕冠蓋：冠冕、車蓋,達官貴族所服用,因借代稱之。隘東平：使東平狹隘(擁擠)。"東平",縣名,在今山東省。樂府古辭《梁鼓角横吹曲·東平劉生歌》："東平劉生安東子,樹木稀,屋裏無人看阿誰?"

〔六〕龍城：漢時匈奴祭天之所,在今蒙古人民共和國鄂爾渾河西側。據《漢書·匈奴傳》,衛青曾率軍擊龍城。此泛指邊境。

〔七〕請纓：自請從軍殺敵。典出《漢書·終軍傳》："軍自請,願受長纓,必羈南越王而致之闕下。"

放言五首(選一)

其　四

爲文思以冢葬〔一〕,對客寧將硯焚〔二〕。當年必無鍾子〔三〕,後世定有揚雲〔四〕。

【注釋】

本詩作於順治七年(一六五〇)。

〔一〕爲文句：用唐劉蜕埋葬文稿事,其《梓州兜率寺文冢銘序》："文冢者,長沙劉蜕復愚爲文不忍棄其草,聚而封之也。"

〔二〕硯焚：《晉書·陸機傳》："弟雲嘗與書曰：'君苗見兄文,輒欲燒其筆硯。'"《晉書・文苑傳序》:"陸機挺焚硯之奇。"

〔三〕鍾子:指鍾子期。《吕氏春秋・本味》:"伯牙鼓琴,鍾子期聽之。方鼓琴而志在太山,鍾子期曰:'善哉乎鼓琴,巍巍乎若太山。'少選之間,而志在流水,鍾子期又曰:'善哉乎鼓琴,湯湯乎若流水。'鍾子期死,伯牙破琴絶絃,終身不復鼓琴,以爲世無足復爲鼓琴者。"

〔四〕揚雲:即揚雄,雄字子雲,揚雲係其省稱。韓愈《與馮宿論文書》:"昔揚子雲著《太玄》,人皆笑之。子雲曰:'世不我知,無害也。後世復有揚子雲,必好之矣!'"

休洗紅〔一〕

休洗紅,洗多紅漸白。人心初不同〔二〕,愛好非前日。紅顔絶世衆所尤〔三〕,美女入室惡女仇〔四〕。

【注釋】

本詩作於順治八年(一六五一)。

〔一〕休洗紅:古詩名。《古詩源》卷九收無名氏《休洗紅》二章,其二云:"休洗紅,洗多紅在水。新紅裁作衣,舊紅番作裏。迴黄轉緑無定期,世事返復君所知。"此或於竹垞有影響。

〔二〕初:本來;原來。

〔三〕絶世:冠絶當世。《漢書・孝武李夫人傳》:"(李)延年侍上起舞,歌曰:'北方有佳人,絶世而獨立。'"尤:怨恨。

〔四〕美女句:語本《史記・外戚世家》:"《傳》曰:'女無美惡,入室見妬;士無賢不肖,入朝見嫉。'美女者,惡女之仇。"

採蓮曲〔一〕

採蓮女,兩槳橋頭去〔二〕。錦石清江日落時〔三〕,羅裙玉腕花深處〔四〕。採蓮童,素舸游湖中〔五〕。江謳越吹歌未歇,朱脣玉面來相逢〔六〕。共道江南可採蓮,湖中蓮葉已田田〔七〕。攀花風動飄香袂〔八〕,照水萍開整翠鈿〔九〕。翠鈿香袂逢人少,回看蘭澤多芳草〔一〇〕。青鳥飛來啄紫鱗〔一一〕,白蘋斷處生紅蓼〔一二〕。雲起暮流長,飛花鏡裏香〔一三〕。雙雙金翡翠〔一四〕,一一錦鴛鴦。鴛鴦翡翠飛無數,蘭橈並著輕摇櫓〔一五〕。素藕連根絲更柔〔一六〕,紅蓮徹底心偏苦〔一七〕。誰家年少垂楊下〔一八〕,出入風姿獨妍雅。岸上徘徊七寶鞭〔一九〕,湖邊躑躅千金馬〔二〇〕。渌江腸斷起歌聲〔二一〕,惆悵方塘一望平。水上輕衣吹乍濕,風中細語聽難明。沙棠舟繫青絲笮〔二二〕,相邀盡説江南樂。白露初看翠蓋飄〔二三〕,秋風漸見紅衣落〔二四〕。横塘燈火採蓮歸,隔浦歌聲聽已希〔二五〕。雲間月出開煙樹〔二六〕,惟見沙明白鷺飛。

【注釋】

本詩作於順治八年(一六五一)。

〔一〕採蓮曲:《樂府詩集》卷五〇收《採蓮曲》二十八首,無一與此相同;但同卷收有王勃《採蓮歸》(《全唐詩》卷五五作《採蓮曲》),竹垞此詩格律與之相近(但多出四句),語言亦多借鑒,顯見受其影響。

〔二〕兩槳句:語本樂府古辭《西洲曲》:"兩槳橋頭渡。"

〔三〕錦石：有華美花紋的石頭。晉羅含《湘中記》："衡山有錦石，斐然成文。"杜甫《滕王亭子》："清江錦石傷心麗。"

〔四〕羅裙句：語本王勃《採蓮歸》："桂櫂蘭橈下長浦，羅裙玉腕摇輕櫓。"以下"蘭橈並著輕摇櫓"，亦本此。

〔五〕素舸(gě)：無彩飾之大船。謝靈運《東陽溪中贈答》詩："可憐誰家郎，緣流乘素舸。"

〔六〕江謳句：語本王勃《採蓮歸》："葉嶼花潭極望平，江謳越吹相思苦。"以下"惆悵方塘一望平"，亦本此。朱脣玉面：見注〔十五〕。

〔七〕田田：莖葉浮水貌。樂府古辭《江南可採蓮》："江南可採蓮，蓮葉何田田。"

〔八〕攀花句：用李白《採蓮曲》："日照新妝水底明，風飃香袂(一作'袖')空中舉。"

〔九〕翠鈿(diàn)：翡翠或碧玉製成的花形首飾。李康成《採蓮曲》："翠鈿紅袖水中央，青荷蓮子雜衣香。"

〔一〇〕蘭澤：長有蘭草之低濕地。語本《古詩十九首》："涉江採芙蓉，蘭澤多芳草。"

〔一一〕紫鱗：泛指魚類。左思《蜀都賦》："觴以清醥，鮮以紫鱗。"

〔一二〕白蘋：水中浮草，即馬尿花。紅蓼：朱弁《曲洧舊聞》："紅蓼即《詩》所謂游龍，俗呼水紅。"

〔一三〕鏡：指如鏡之水。語本李白《别儲邕之剡中》詩："竹色溪下緑，荷花鏡裏香。"

〔一四〕翡翠：鳥名。《本草綱目》："雄爲翡，其色多赤；雌爲翠，其色多青。"

〔一五〕蘭：指木蘭，皮辛香似桂，狀如楠樹，質似柏而微疏，可造船及船具。橈(ráo)：槳。梁簡文帝(蕭綱)《採蓮曲》："桂檝蘭橈浮碧水，江花玉面兩相似。"

〔一六〕素藕句：語本王勃《採蓮歸》："牽花憐共蒂，折藕愛蓮絲。"蓮，諧音"憐"，絲，諧音"思"。

〔一七〕紅蓮句：蓮心通貫，蓮實味苦，故云。樂府古辭《西洲曲》："置蓮懷袖中，蓮心徹底紅。"丁鶴年《竹枝詞》："蓮心清苦藕芽甜。"

〔一八〕誰家句：語本李白《採蓮曲》："岸上誰家游冶郎，三三五五映垂楊。"

〔一九〕七寶鞭：喻以多種寶物裝飾之鞭。據《晉書・明帝紀》："（帝）微行至于湖，陰察（王）敦營壘而出，……（敦）覺，使五騎物色追帝，帝馳去，馬有遺糞，輒以水灌之。見逆旅賣食嫗，以七寶鞭與之，曰：'後有騎來，可以此示也。'"

〔二〇〕躑躅（zhí zhú）：徘徊不進，與"踟躕"音義相近。

〔二一〕渌（lù）：清澈。

〔二二〕沙棠：木名，可造船。梁元帝（蕭繹）《烏棲曲》："沙棠作船桂爲楫，夜渡江南採蓮葉。"筰（zuò）：船纜。韓翃《送冷朝陽還上元》詩："青絲筰引木蘭船。"

〔二三〕翠蓋：翠羽裝飾之華蓋，因借喻枝葉茂密，此指代荷葉。梁元帝（蕭繹）《採蓮賦》："紅蓮兮芰荷，緑房兮翠蓋。"

〔二四〕紅衣：指荷花。趙嘏《長安秋夕》詩："紫艷半開籬菊静，紅衣落盡渚蓮愁。"

〔二五〕浦：水濱。

〔二六〕煙樹：暮靄中樹叢如煙霧籠罩。孟浩然《夜歸鹿門山歌》："鹿門月照開煙樹。"

讀　曲　歌〔一〕

素藕生池中，紅荷浮水面；與汝同一身〔二〕，本自不相見。

【注釋】

本詩作於順治八年（一六五一）。

〔一〕讀曲歌：據《樂府詩集》卷四六所引《宋書·樂志》云："《讀曲歌》者，民間爲彭城王義康所作也。"又引《古今樂録》云："《讀曲歌》者，元嘉十七年袁后崩，百官不敢作聲歌，或因酒宴，止竊聲讀曲細吟而已，以此爲名。"

〔二〕與汝句：語本僞蘇武詩："四海皆兄弟，誰爲行路人？況我連枝樹，與子同一身。"(《古詩源》卷二)

南湖夜聞歌者〔一〕

輕舟暗度古城東，惆悵霜天落塞鴻。誰向夜深歌水調〔二〕，傷心不待管絃終。

【注釋】

本詩作於順治九年(一六五二)。

〔一〕南湖：在今浙江省嘉興縣，又名鴛鴦湖，爲當地名勝。

〔二〕水調：郭茂倩《樂府詩集》卷七九："《樂苑》曰：'《水調》，商調曲也。'舊説，《水調河傳》，隋煬帝幸江都時所製。曲成奏之，聲韻怨切。……故白居易詩云：'五言一遍最慇懃，調少情多似有因。不會當時翻曲意，此聲腸斷爲何人！'"唐用其名。

白紵詞二首〔一〕(選一)

其一

吴王宫中夜欲闌〔二〕，秋江露白芙蓉殘〔三〕。青娥二八羅裳單〔四〕,左鋋右鋋何娑盤〔五〕。明星滿天月三五〔六〕,城頭坎坎夜擊鼓〔七〕。君王既醉不知音,猶向燈前作歌舞〔八〕。

【注釋】

本詩作於順治九年(一六五二)。

〔一〕白紵(zhù)詞:"《宋書・樂志》:'《白紵舞》,按舞詞有巾袍之言,紵本吴地所出,宜是吴舞也。'《樂府解題》曰:'古詞盛稱舞者之美,宜及芳時爲樂,其譽白紵曰:"質如輕雲色如銀,製以爲袍餘作巾。袍以光軀巾拂塵。"'《唐書・樂志》曰:'梁武帝令沈約改其辭爲《四時白紵歌》。今中原有《白紵曲》辭旨與此全殊。'"按:《樂府詩集》所收白紵詞、歌、舞、歌詩、舞辭四十首,格律與此詩多異,僅張籍《白紵歌》一首爲八句换韻;而所收《四時白紵歌》則皆爲八句换韻,疑竹垞之作當爲《四時白紵歌》,隋煬帝、虞茂之《四時白紵歌》亦只有二首,可見非必皆四首也。

〔二〕吴王:當指吴王夫差,元稹《冬白紵歌》"吴宫夜長宫漏款"、"西施自舞王自管"可證。闌:殘;盡。

〔三〕秋江句:語本張籍《吴宫怨》詩:"吴宫四面秋江水,江清露白芙蓉死。"

〔四〕青娥:指青年女子。娥,美女。江淹《水上神女賦》:"青娥羞艷。"二八:舊題屈原《大招》:"二八接舞。"王逸注:"美女十六人接聯而舞。"宋玉《招魂》:"二八侍宿。"王逸注:"二八,二列也。"江總《東飛伯勞歌》:"年時二八新紅臉,宜笑宜歌羞更斂。"二八指十六歲。以上三義皆可通,以前二者於義爲長。

〔五〕鋋(dìng):當係"鋋"(yán)之誤,鋋,小矛。此指舞蹈道具。岑參《田使君美人舞如蓮花北鋋歌》:"回裾轉袖若飛雪,左鋋右鋋生旋風。"何:多麽。娑(suō)盤:即"媻娑"、"婆娑"。

〔六〕三五:農曆十五日之夜。《禮記・禮運》:"播五行於四時,和而後月生也,是以三五而盈(滿)。"《古詩十九首》:"三五明月滿,四五蟾兔缺。"

〔七〕坎坎：象聲詞，擊鼓聲。《詩·小雅·伐木》："坎坎鼓我，蹲蹲舞我。"唐丁仙芝《餘杭醉歌贈吳山人》詩："城頭坎坎鼓聲曙。"

〔八〕君王二句：張籍《吳宫怨》："宫中千門復萬户，君恩反覆誰能數？君心與妾既不同，徒向君前作歌舞。"此用其意，而愈顯深婉。

哭萬兒〔一〕

提攜猶昨日〔二〕，髣髴憶平生。夜火銅盤淚〔三〕，春風竹馬聲〔四〕。無錢輕藥物，瀕死念聰明。迢遞黄泉道，沉沉慟汝行。

【注釋】

本詩作於順治九年（一六五二）。

〔一〕萬兒：竹垞長子，名德萬。

〔二〕提攜：牽扶。

〔三〕夜火句：意謂夜晚掌燈，睹銅盤而落淚。銅盤，此用以代指德萬遺物。據《北史·楊愔傳》：楊愔幼時，季父暐異之，爲别葺一室，使獨處其中，以銅盤具盛饌飯之，因督勵諸子曰："汝輩能如愔，便得竹林别室，銅盤重肉之食。"

〔四〕竹馬：兒童遊戲時作馬騎之竹竿。李白《長干行》："郎騎竹馬來，繞牀弄青梅。"

立秋後一夕同眭修季、俞亮、朱一是、繆永謀集屠爌齋〔一〕

涼風吹細雨，蕭瑟度庭陰。把袂來何暮〔二〕，當杯夜已深。天邊同落魄，江上獨愁心〔三〕。誰念新亭淚〔四〕，飄零直至今。

【注釋】

本詩作於順治九年（一六五二）。

〔一〕眭（suī）修季：生平未詳。俞亮：字起星，杭州人，善畫山水。朱一是：字近興，嘉興人，竹垞同族。明壬午舉人。爲文古雋，有《爲可堂集》。繆（miào）永謀：更名泳，字于野，嘉興人，弱冠補邑諸生，有《荇谿集》。屠爌（kuàng）：字闇伯，嘉興縣學生，隱居講學，有《勗齋集》。

〔二〕把袂：握袖，表示親切。

〔三〕江上句：唐張説有《江上愁心賦》，竹垞或用其意。

〔四〕新亭淚：據《世説新語・言語》載，西晉末，中原淪喪，渡江人士暇日常宴飲新亭。元帝時，丞相王導與客宴此，周顗中坐而歎曰："風景不殊，正自有山河之異！"衆皆相視流淚。後以"新亭淚"喻憂國之悲憤心情。新亭，故址在今江蘇省江寧縣境。

題畫四首（選二）

其　一

林深屐齒未曾經〔一〕，萬壑松濤偶坐聽。我若支筇來此地〔二〕，便攜酒榼上茅亭〔三〕。

其　二

緑蕪遠近山參差〔四〕，露氣暗浮松樹枝。烏篷七尺屢回首[五]，看到月明歸未遲。

【注釋】

本詩作於順治九年(一六五二)。

〔一〕屐(jī)：木底有齒之鞋，古人遊山多用之。

〔二〕筇(qióng)：竹名，可作手杖，故杖亦稱筇。

〔三〕榼(kē)：盛酒器，因借代酒及酒器。

〔四〕蕪：叢生之草。

〔五〕烏篷：指烏篷船。回首：謂登船之遊人回首。

【評箋】

林昌彝曰："(竹垞)題畫諸作，尤渾成入妙。"(《射鷹樓詩話》卷一七)

即席送王廷璧、朱士稚同之松江[一]

楊柳青青覆板橋[二]，春江花月夜生潮[三]。停杯又是他鄉別，無那相思一水遥[四]。

【注釋】

本詩作於順治十年(一六五三)。

〔一〕王廷璧：字雙白，江蘇省武進縣人，能詩。朱士稚：字伯虎，世居山陰(今浙江省紹興市)。少好遊俠，遭世變，散千金結客，欲有所爲，清廷捕之，坐繫論死，既免，遂放蕩江湖，與祁班孫、竹垞等往來吴越，以詩古文稱。松江：即吴淞江，太湖支流，由吴江縣東流與黄浦江匯合。

〔二〕楊柳句：語本梁簡文帝(蕭綱)《和蕭侍中子顯春别》詩："春堤楊

柳拂河橋。"

〔三〕春江句：樂府《清商曲辭·吴聲歌曲》有《春江花月夜》。據《唐書·樂志》,此曲爲陳後主(叔寶)所製,世傳陳集不載,今所見之最早作者爲隋煬帝,歷來最著名者爲唐張若虚所作。其辭有:"春江潮水連海平,海上明月共潮生。"

〔四〕無那：即無奈何,"奈何"急讀爲"那"(説詳顧炎武《日知録·奈何》)。一水：指松江。據《年譜》所載,是年竹垞曾客居華亭(今屬上海市),詩或作於此時。又李白《寄王漢陽》詩云:"别後空愁我,相思一水遥。"

閑情八首〔一〕(選一)

其　八

一自神珠别漢皋〔二〕,經春不見意徒勞。門前種樹名烏臼〔三〕,水上飛花盡碧桃〔四〕。三里霧同千里遠〔五〕,九重樓恨十重高〔六〕。無因得似紅襟燕,恣拂簾鈎日幾遭〔七〕。

【注釋】

本詩作於順治十年(一六五三)。

〔一〕閑情：陶潛有《閑情賦》,其《序》曰:"張衡作《定情賦》,蔡邕作《静情賦》,檢逸辭宗澹泊。始則蕩以思慮,而終歸閑正。將以抑流宕之邪心,諒有助於諷諫。"竹垞之旨蓋本於此。組詩所涉本事,詳後《詞選·洞仙歌》注〔一〕及〔評箋〕。

〔二〕神珠、漢皋：舊題劉向《列仙傳》云:"鄭交甫至漢皋(山名,在今湖北省襄陽西北臺下),見二女佩兩珠,大如鷄卵,交甫目之,二女解而贈之。既行,返顧,二女不見,佩珠亦失。"(參《韓詩外傳》)後遂以佩珠、神珠爲男女愛慕之贈物,此喻意中人。

〔三〕烏臼:落葉喬木,夏季開花,色黄,實如麻子,可製皂、燭,相傳以烏鴉喜食之,故名。唐張祜《失題》詩:"杜鵑花發杜鵑叫,烏臼花生烏臼(鳥名)啼。"

〔四〕碧桃:重瓣桃花。水上句:或寫本地風光,或用劉晨、阮肇事。據劉義慶《幽明録》及干寶《搜神記》等書載:劉、阮曾入山採藥,半途迷路,飢甚,忽見溪上飃流桃花及胡麻飯,緣溪而遇二女,居焉。後思鄉,歸,已逾十世。復入山,唯見桃花流水。又,元稹《劉阮妻》詩云:"桃花飛盡東風起,何處消沉去不來?"曹唐《劉阮再到天台不復見仙子》詩:"桃花流水依然在,不見當時勸酒人。"

〔五〕三里霧:《後漢書·張霸傳》:"(張楷)性好道術,能作五里霧。時關西人裴優亦能作三里霧。"竹垞用之非言道術,而謂其情懷迷離恍忽。

〔六〕九重句:意謂其室近其人遠。樂府古辭《慕容家自魯企由谷歌》:"郎在十重樓,女在九重閣。"

〔七〕紅襟燕:江南的燕子。據《郭氏玄中記》:"胡燕斑胸,聲小。越燕紅襟,聲大。"唐丁仙芝《餘杭醉歌贈吴山人》:"曉幕紅襟燕,春城白項烏。"紅襟燕二句即陶潛《閑情賦》所謂"思宵夢以從之"、"待鳳鳥以致辭"、"託行雲以送懷"意。

【評箋】

沈岸登曰:"秀水朱十負異才,吴梅村遊檇李見其詩,評曰:'若遇賀監,定有謫仙人之目。'嘗效俞羨長'古意新聲體',賦《閑情》三十首,錢塘陸麗京誦之,傾倒,作《望遠曲》思勝之,不敵也。一序尤爲計孝廉甫草擊節。"(《黑蝶齋小牘》,翁方綱《曝書亭集》手批本)

沈濤曰:"惰耕村叟《黑蝶齋小牘》(所云《閑情》詩三十首),今集中止存八首,吾鄉馮柳東大令(登府)嘗於集外搜得十三首(按:見《檇李遺書》),可見者亦止二十首,其餘十首惜無從搜之;所云計甫草擊節之序,尤不可見。"(《匏廬詩話》中)

錢仲聯曰:"趙秋谷《談龍録》論詩,頗譏竹垞'貪多',夷考其實,殊不盡然……如《閑情》三十首,僅存八首,具見剪裁。秋谷所評,未爲公允。"(《清詩三百首·朱彝尊傳》)

陳廷焯曰:"《閑情》之作,竹垞幾於仙矣。"《白雨齋詞話》卷三

渡黄浦〔一〕

極浦連天闕〔二〕,驚濤壯海門〔三〕。揚舲辭驛路〔四〕,放溜入雲根〔五〕。白霧魚龍伏,蒼煙日月昏〔六〕。樓臺朝作市〔七〕,雷雨暗翻盆。疏鑿千年久〔八〕,舟航萬里奔。摩霄盤野鶴〔九〕,吹浪湧江豚〔一〇〕。杳渺通長島〔一一〕,虛無出遠村。祠因黄歇起〔一二〕,茸因陸機存〔一三〕。上客今何在〔一四〕,高文不可論。乘槎應未得〔一五〕,摇落問乾坤〔一六〕。

【注釋】

本詩作於順治十年(一六五三)。

〔一〕黄浦:即黄浦江。發源浙江省嘉興縣,東北流入江蘇省,至上海市與吴淞江合流,出吴淞口匯合長江入海。《松江府志》:"黄浦在郡南境,即古之東江,乃《禹貢》三江之一也,戰國時楚春申君黄歇鑿其傍支流,後與江合。土人相傳,稱爲黄浦。又以歇故,或稱春申浦。"

〔二〕極浦:遥遠的水邊。屈原《九歌·湘君》:"望涔陽兮極浦,横大江兮揚靈。"《廣雅·釋詁》:"極,遠也。"天闕:星名,此指代星空、天空。舊題甘公石申《星經》:南斗六星,"一名天斧,二名天闕。"

〔三〕海門:猶海口,江河入海的地方。唐殷堯藩《襄口阻風》詩:"雪浪

排空接海門。”

〔四〕舲(líng)：有窗户的小船。

〔五〕放溜：使船隻順流而行。雲根：山石，此或指山脚。杜甫《瞿塘兩崖》詩：“入天猶石色，穿水忽雲根。”仇注引《杜臆》：“詩人多以雲根爲石，以雲觸石而出也。”

〔六〕日月昏：與下聯之“雨翻盆”均語本杜甫《白帝》詩：“白帝城中雲出門，白帝城下雨翻盆。高江急峽雷霆鬥，翠木蒼藤日月昏。”

〔七〕樓臺句：指海市蜃樓。《史記·天官書》：“海旁蜃氣象樓臺。”晉伏琛《三齊略記》：“海上蜃氣，時結樓臺，名海市。”

〔八〕疏鑿：開鑿阻塞，疏通河道。

〔九〕摩霄：意謂直上青霄。摩，觸。《宋史·謝枋得傳》：“徐霖稱其如驚鶴摩霄，不可籠縶。”

〔一〇〕江豚(tún)：長江所産，形似猪，故稱。唐許渾《金陵懷古》詩：“石燕拂雲晴亦雨，江豚吹浪夜還風。”

〔一一〕杳渺：亦作“杳眇”，深遠貌。長島：泛指江中之長形島嶼。唐沈佺期《早發平昌島》詩：“積氣衝長島，浮光漫大江。”

〔一二〕黄歇：戰國時楚考烈王之相，封春申君。《嘉慶一統志·松江府》：“黄浦江……舊傳即古之東江。戰國時楚黄歇鑿其旁支流，因稱爲黄浦，亦稱爲春申浦。”祠亦因是而立。

〔一三〕葺：指五葺，地名，在今上海市松江縣南華亭谷東。唐陸龜蒙《奉和襲美吴中書事寄漢南裴尚書》詩：“五葺春草雉媒嬌。”自注：“五葺，吴王(按：指三國時東吴)獵所，葺各有名。”陸機葺即其一。又據《嘉禾志》，陸機爲東吴丞相陸遜之孫，遜封華亭侯(即“五葺”所在地)，子孫於此遊獵，人呼爲陸機葺。

〔一四〕上客：指寄食於黄歇門下、地位較尊貴之客。《史記·春申君傳》：“春申君客三千餘人，其上客皆躡珠履。”

〔一五〕乘槎：指登天。《博物志》三：“天河與海通，近世有人居海渚者……乘槎而去……到天河。”庾信《哀江南賦》：“況復舟楫路窮，星漢非乘槎可上。”後因喻入朝做官爲乘槎。杜甫《奉贈蕭二十使君》詩:"起草鳴先路,乘槎動要津。"按:竹垞素無求仙之意(見後《同里李符遊于滇》詩),此當非指登天;其時,亦無出仕意,以年前尚云"誰念新亭淚"(見前《立秋後一夕》詩),疑詩句或因景設想,泛言而已;或另有所指,不便明言(如當時海外抗清基地)。

〔一六〕摇落:凋零。宋玉《九辯》:"蕭瑟兮草木摇落而變衰。"後因喻淪落,如李商隱《摇落》詩:"摇落傷年日,羈留念遠心。"此用其意。

【評箋】

(日)近藤元粹曰:"排比整然,句格雄渾,讀此等詩,這老亦可謂作家。"(昭和四十年日本刊《浙江六家詩鈔》)

嫁　女　詞

唼唼重唼唼〔一〕,鴛鴦隨野鴨。誰家可憐窈窕孃〔二〕,容顏精妙難意量。大姑生兒仲姑嫁〔三〕,小姑獨處猶無郎〔四〕。媒人登門教裝束,黄者爲金白者玉〔五〕。阿婆嫁女重錢刀〔六〕,何不東家就食西家宿〔七〕?

【注釋】

本詩作於順治十年(一六五三)。

〔一〕唼(shà)唼:象聲詞,水鳥或魚類吃食聲。張籍《春水曲》:"鴨鴨,嘴唼唼。"

〔二〕可憐:值得憐愛,可愛。樂府古辭《焦仲卿妻》:"自名秦羅敷,可憐體無比。"孃:通"娘",此指姑娘,即下文"小姑"。陳與義《冬至》詩:"東家窈窕娘,融蠟幻梅枝。"

〔三〕仲姑：二姑娘。仲，次；第二。樂府古辭《湖就姑曲》："仲姑居湖西。"

〔四〕小姑句：語本樂府古辭《青溪小姑曲》："開門白水，側近橋梁。小姑所居，獨處無郎。"劉叔敬《異苑》："小姑，蔣侯第三妹也。"

〔五〕黃者句：謂以金玉妝飾。蘇伯玉妻《盤中詩》："黃者金，白者玉。"

〔六〕刀：古錢幣名。《史記·平準書》："農工商交易之路通，而龜貝金錢刀布之幣興焉。"司馬貞《索隱》："刀者，錢也……以其形如刀，故曰刀，以其利於人也。"舊題卓文君《白頭吟》："男女重意氣，何用錢刀爲？"

〔七〕東家句：語出漢應劭《風俗通》："齊人有女，二人求之。東家子醜而富，西家子好而貧。父母疑不能决，問其女……（女）云：'欲東家食，西家宿。'"（見《藝文類聚》卷四〇）

【評箋】

李富孫曰："（容顔精妙難意量）弱句。"（《曝書亭詩集》手批本）

送林佳璣還莆田〔一〕

高樓置酒觴今夕〔二〕，愁聽驪歌送行客〔三〕。摇落深知羈旅情〔四〕，飄零况是雲山隔？林生磊落無等倫〔五〕，鳳雛驥子誰能馴〔六〕！一朝忼慨辭鄉里〔七〕，幾載飢寒傍路人〔八〕。平生崔嵬好奇服〔九〕，流離恥作窮途哭〔一〇〕。往往詩歌泣鬼神〔一一〕，時時談笑驚流俗。林生林生骨相奇〔一二〕，昂藏不異并州兒〔一三〕。看君富貴當自有，不合憔悴留天涯。高秋别我閩中去，行李蕭條慘徒御〔一四〕。客舍清江萬里船，鄉心紅葉千山樹。九里湖邊倚翠屏〔一五〕，穀城山下俯清泠[一六]。寒風江路兼山路，落日長亭更短亭[一七]。嗟予分手天南遠[一八]，惆悵河橋送君返[一九]。遠客休辭行路難，高堂應念還家晚[二〇]。

【注釋】

本詩作於順治十年(一六五三)。

〔一〕林佳璣：字衡者，福建莆田布衣。爲人質樸修志行，絶意仕進。曾入白門(今南京市西門)，至廣陵(今江蘇省揚州市)，一睹中原之盛，以論道取友，感發志氣。詩文雅健有師法，著有《東山集》(參吴偉業《送林衡者序》)。

〔二〕高樓置酒：語本左思《蜀都賦》："高樓置酒，以御嘉賓。"觴(shāng)：用作動詞，敬酒。《吕氏春秋·達鬱》："管子觴桓公。"

〔三〕驪歌：送别之歌。其辭曰："驪駒在門，僕夫具存；驪駒在路，僕夫整駕。"(見《後漢書·王式傳》注)劉孝綽《陪徐僕射晚宴》詩："洛城雖半掩，愛客待驪歌。"又據《大戴禮》：驪駒，逸詩篇名。

〔四〕摇落句：杜甫《詠懷古蹟》："摇落深知宋玉悲。"此化用其句意。

〔五〕等倫：同輩。

〔六〕鳳雛驥子：喻能承繼家風之傑出少年，此指林佳璣(其叔父頗有文名，詳吴偉業《送林衡者序》)。杜甫《入奏行贈西山檢察使竇侍御》詩："竇侍御，驥之子，鳳之雛，年未三十忠義俱。"

〔七〕忼慨：同"慷慨"。

〔八〕傍：依靠。

〔九〕崔嵬：高聳貌。語本屈原《九章·涉江》："余幼好此奇服兮，年既老而不衰；帶長鋏之陸離兮，冠切雲之崔嵬。"

〔一〇〕窮途：謂路盡。《晉書·阮籍傳》："(籍)時率意獨駕，不由徑路，車迹所窮，輒痛哭而反。"後因喻處境困窘。杜甫《暮秋枉裴道州手札率爾遣興遞呈蘇涣侍御》詩："齒落未是無心人，舌存恥作窮途哭。"

〔一一〕詩歌泣鬼神：語本杜甫《寄李十二白二十韻》詩："筆落驚風雨，詩成泣鬼神。”

〔一二〕骨相：骨骼之形態，舊時謂骨相象徵人之命運。黄庭堅《次韻奉送公定》詩：“從來國器重，見謂骨相奇。”

〔一三〕昂藏：謂人之氣概高朗。陸機《晉平西將軍周處碑》：“汪洋廷闕之傍，昂藏寮寀之上。”并州兒：指晉征南將軍山簡之愛將葛彊。《世説新語·任誕》：“山季倫爲荆州(守)時，出酣飲，人爲之歌曰：‘山公時一醉，徑造高陽池。日暮倒載歸，酩酊無所知。復能乘駿馬，倒著白接籬。舉手問葛彊，何如并州兒？’高陽池在襄陽。彊是其愛將，并州人也。”

〔一四〕徒御：輓車者與駕車者，此泛指其僕。《詩·小雅·車攻》：“徒御不驚。”《疏》：“徒行輓輦者與車上御馬者。”又杜甫《鐵堂峽》詩：“威遲哀壑底，徒旅慘不悦。”

〔一五〕九里湖：在今福建省莆田市。據《明一統志·興化府》所引《列仙傳》：“漢時何氏兄弟九人，煉丹湖畔，丹成，各乘赤鯉仙去，莆田人因稱其湖爲九鯉湖。”按：《嘉慶一統志》亦稱“九鯉湖”。翠屏：謂青山(當指下句之縠城山)如屏狀。李紳《龜山》詩：“一峰凝黛當明鏡，十仞喬松倚翠屏。”

〔一六〕縠城山：《嘉慶一統志·興化府》：“城山，在莆田縣東南二十里……一名縠城山。”清泠：謂林泉山水，清雋冷潔。

〔一七〕亭：古時驛道旁供行人歇息、食宿之所。《白氏六帖》：十里一長亭，五里一短亭。舊題李白《菩薩蠻》詞：“何處是歸程？長亭更短亭。”

〔一八〕天南：嶺南，亦泛指南方，此指莆田。

〔一九〕河橋：即河梁(橋梁)。僞李陵《與蘇武》詩：“攜手上河梁，遊子暮何之。”後因稱河梁爲送别之地。周邦彦《夜飛鵲》詞：“河橋送人處，良夜何其。”

〔二〇〕高堂：謂父母。李白《送張秀才從軍》詩：“抱劍辭高堂，將投霍冠軍。”

送十一叔游中州二首〔一〕

其　一

木葉下亭皋〔二〕,西風一雁高。驅車千里道,結客五陵豪〔三〕。河水浮官渡〔四〕,關門鎮虎牢〔五〕。驪駒方在路〔六〕,尊酒意徒勞。

其　二

旅館涼風起,秋城畫角哀〔七〕。天涯方遠客〔八〕,祖道且深杯〔九〕。山色陰中岳〔一〇〕,河流繞吹臺〔一一〕。梁園多雨雪〔一二〕,歲暮好歸來。

【注釋】

本詩作於順治十年(一六五三)。

〔一〕十一叔:即朱茂昉,字子葆。中州:中土、中原,即今河南省一帶。

〔二〕亭皋:水邊平地。

〔三〕五陵:指漢時長陵、安陵、陽陵、茂陵、平陵。漢朝皇帝每立陵墓,皆命四方富家豪族及外戚遷之,其最著名者爲五陵,故地在今陝西咸陽市一帶。後因以五陵喻貴族或豪俠集居之地。庾信《華林園馬射賦》:"六郡良家,五陵豪選。"

〔四〕官渡:在今河南省中牟縣東北,以臨古官渡水而得名。公元一九七年(建安二年),曹操曾大破袁紹軍於此(即歷史上著名的"官渡之戰")。

〔五〕虎牢:在今河南省滎陽縣汜水鎮,關扼險要,乃兵家必争之地。

〔六〕驪駒：見前《送林佳璣還莆田》詩注〔三〕。

〔七〕秋城句：語本杜甫《野老》詩："王師未報收東郡，城闕秋生畫角哀。"

〔八〕天涯句：語本劉長卿《送張起崔載華之閩中》詩："相送天涯裏，憐君更遠人。"

〔九〕祖道：祭祀道神以保佑平安，後因喻送行。《左傳·昭公七年》："公將往，夢襄公祖。"杜預注："祖，祭道神。"

〔一〇〕中岳：即嵩山，在今河南省登封縣北。

〔一一〕吹臺：古蹟名，相傳爲春秋時師曠吹樂之臺；漢梁孝王（劉武）增築曰明臺，案歌於此，亦稱吹臺。故址在今河南省開封市禹王臺公園内。

〔一二〕梁園：又名梁苑，園林名，梁孝王築。著名遊賞延賓之所，當時名士司馬相如、枚乘等皆曾爲座上賓。故址在今河南省開封市東南。謝惠連《雪賦》："歲將暮，時既昏；寒風積，愁雪繁。梁王不悦，遊於兔園（梁苑之别名）。"

【評箋】

康發祥曰："此等詩即在太白、少陵集中，亦稱佳作。"（《伯山詩話後集》卷一）

王文濡曰："寓懷古於别緒之中，極慷慨纏綿之致。"（《清詩評注讀本》）

逢姜給事埰[一]

黄門先生官左掖[二]，力欲拔山氣辟易[三]。虎豹天關閉九重[四]，孤臣血肉徒狼藉[五]。東萊蜃市易沉淪[六]，南國相逢淚滿巾。青鞋布襪江湖外〔七〕，誰念當時折檻人〔八〕。

【注釋】

本詩作於順治十年(一六五三)。

〔一〕姜埰(cǎi)：字如農，山東萊陽人。明崇禎四年進士，官至禮部給事中。後因直言上疏下獄，獲釋後遣戍宣州，明亡後削髮爲僧，旋歸吴門，終不與世接。著有《敬亭集》。

〔二〕黄門：官名，即"給事黄門侍郎"之簡稱。《通典·職官典》："凡禁門黄闥，故號黄門，其官給事於黄闥，故曰黄門侍郎。"左掖：宫城正門之左小門。《漢書·高帝紀》："(掖)非正門而在兩旁，若人之臂掖也。"

〔三〕力欲拔山：謂埰冒犯威嚴，切責時弊之氣概。《史記·項羽本紀》："力拔山兮氣蓋世。"辟易：驚退，此謂使權貴辟易。《史記·項羽本紀》："項王瞋目而叱之，赤泉侯人馬俱驚，辟易數里。"

〔四〕虎豹句：謂宫門緊閉，係對崇禎昏庸剛愎之委婉説法。語本李商隱《哭劉蕡》："上帝深宫閉九重，巫咸不下問銜冤。"典出《楚辭·招魂》："魂兮歸來，君無上天些！虎豹九關，啄害下人些！"王逸注："天門凡有九重，使神虎豹執其關閉，主啄齧天下欲上之人而殺之也。"

〔五〕孤臣：勢孤無援之臣，此指姜埰。江淹《恨賦》："孤臣危涕。"

〔六〕東萊：今山東省掖縣。沈括《夢溪筆談》："登州(舊屬東萊郡)海市，時有雲氣，或云蛟蜃之氣。"此句謂理想幻滅，或隱指明室淪喪。

〔七〕青鞋布襪：指掛冠爲民。杜甫《奉先劉少府新畫山水障歌》："吾獨何爲在泥滓，青鞋布襪從此始。"

〔八〕折檻人：喻敢於犯顔直諫之臣。據《漢書·朱雲傳》，漢成帝時，朱雲請斬安昌侯張禹，帝怒欲誅雲，"御史將雲下，雲攀殿檻，檻折。雲呼曰:'臣得從龍逢、比干遊於地下,足矣!未知聖朝何如耳!'"

哭王處士翃六首〔一〕(選一)

其　四

知己從今少,平生負汝多。人生看到此〔二〕,天道復如何〔三〕!流水笳簫曲〔四〕,悲風薤露歌〔五〕。王猷竹林在〔六〕,舊徑不堪過〔七〕。

【注釋】

本詩作於順治十年(一六五三)。

〔一〕王翃(hóng):字介人,嘉興(今浙江省)梅會人,擅詩詞,有《秋槐堂集》。

〔二〕人生句:語本江淹《恨賦》:"人生到此,天道寧論!"

〔三〕天道句:語本鮑照《蕪城賦》:"天道如何,吞恨者多!"

〔四〕笳、簫:其聲悲,常用作哀樂。唐李嘉祐《故燕國相公輓歌》:"車馬行仍止,笳簫咽又悲。"

〔五〕薤露:古樂府歌曲名。崔豹《古今注》:"《薤露》、《蒿里》,泣喪歌也。"辭曰:"薤上露,何易晞。露晞明朝更復落,人死一去何時歸!"又陸機《蒿里》詩:"聽我薤露詩……悲風鼓行軌。"

〔六〕王猷(yóu):王子猷之省稱,王徽之之號。此因同姓而借指王翃。據《晉書·王羲之傳》,子猷性卓異不羈,愛竹,所居遍植竹,曰:"何可一日無此君。"

〔七〕舊徑句:語本庾信《思舊銘》:"嵇叔夜之山門尚多楊柳,王子猷之舊徑唯餘竹林。"

七月八日夜對月

素月弦初直〔一〕，清宵漏轉添。乍堪盈手贈〔二〕，無復兩頭纖〔三〕。影動明河鵲〔四〕，涼生碧海蟾〔五〕。玲瓏看不定〔六〕，試上水晶簾〔七〕。

【注釋】

本詩作於順治十一年(一六五四)。

〔一〕弦：月半圓時，狀如弓弦。王充《論衡・四諱》："八日，月中分謂之弦。"

〔二〕盈手贈：謂月光滿手，可以贈人。"盈手"語本晉陸機《擬明月何皎皎》詩："安寢北堂上，明月入我牖。照之有餘輝，攬之不盈手。"又唐張九齡有《望月懷遠》詩："海上生明月，天涯共此時"，"不堪盈手贈，還寢夢佳期。"

〔三〕纖：尖細。樂府古辭："兩頭纖纖月初生，半白半黑眼中睛。"(見馮惟訥《古詩紀統論》)

〔四〕明河鵲：意謂使銀河明亮。《白氏六帖》卷二九"鵲門"、"填河"條引《淮南子》云："烏鵲填河成橋渡織女。"(今本《淮南子》無此)

〔五〕碧海：喻夜空。李商隱《常娥》詩："常娥應悔偷靈藥，碧海青天夜夜心。"蟾：蟾蜍。傳説月中有蟾蜍，因以代月。《後漢書・天文志》注引張衡《靈憲》："羿請不死之藥於西王母，(羿妻)姮娥竊之以奔月……是爲蟾蠩。"《集韻》："蜍，或作蠩。"

〔六〕玲瓏：秋月明亮貌。李白《玉階怨》詩："玲瓏望秋月。"

〔七〕試上句：以月亮看不定，故試捲簾而望。李白《玉階怨》："却下水精簾。"此反用其意。

旅興呈舍人五兄二首〔一〕(選一)

其一

舊宅烏衣巷〔二〕,涼秋白苧歌〔三〕。湖山歸路遠〔四〕,風雨閉門多〔五〕。暗壑隱松桂〔六〕,深潭漂芰荷〔七〕。美人日遲暮,芳草奈愁何〔八〕。

【注釋】

本詩作於順治十一年(一六五四)。

〔一〕舍人:官名,歷代職權不一。明代中書舍人,僅爲内閣繕寫文書。五兄:指朱彝器,字夏士,承祖(朱國祚)蔭爲中書科中書舍人,係竹垞堂兄。

〔二〕舊宅:當指朱國祚故宅,地在今蘇州市臨頓里西,清代尚稱朱衙場。時竹垞自嘉興客吴門(今蘇州市)。烏衣巷:在今南京市西南,東晉時丞相王導居此,國祚亦曾爲相,故以烏衣巷喻其舊里。

〔三〕白苧歌:樂府歌辭篇名。《宋書·樂志》:"紵本吴地所出,宜是吴舞也。"按:此詩並無歌舞事,但切吴地而言,與"烏衣巷"對仗,並言秋涼衣薄(白苧係白麻),即詩之另一首所云"涼風歎短衣"意。

〔四〕湖山:蘇州在太湖之畔,有姑蘇山。然此乃形容之語,非必坐實。

〔五〕風雨:風雨之思。《詩經·鄭風》有《風雨》篇名,歷來解釋不一,有思君子、思故人、思情人之説,若與"歸路遠"相應,則以思故人爲宜。

〔六〕暗壑句:語本南齊孔稚珪《北山移文》:"世有周子……偶吹草堂,濫巾北嶽,誘我松桂,欺我雲壑。"此即以松桂喻隱者。

〔七〕芰荷:指荷葉、荷花。屈原《離騷》:"製芰荷以爲衣兮,集芙蓉以爲裳。"後因喻修身芳潔,此與松桂之隱相應。

〔八〕美人二句：語本屈原《離騷》："惟草木之零落兮，恐美人之遲暮。""何昔日之芳草兮，今直爲此蕭艾。"王逸《離騷經章句》："《離騷》之文，依《詩》取'興'，引類譬諭，故善鳥、香草以配忠貞，……靈修、美人以媲於君。"劉攽《玩芳亭記》："自古詩人比興，皆以芳草嘉卉爲君子美德。"按：時朱明傾覆，南明微弱，故竹垞大有"日遲暮"、"奈愁何"之歎。

寂寞行

寂寞復寂寞，四壁歸來竟何託〔一〕。男兒不肯學干時〔二〕，終當餓死填溝壑〔三〕。布衣甘蹈湖海濱〔四〕，飢來乞食行負薪〔五〕。不然射獵南山下〔六〕，猶勝長安作貴人。

【注釋】

本詩作於順治十一年（一六五四）。

〔一〕四壁句：謂"家徒四壁"，一無所有。《史記·司馬相如傳》："文君夜亡奔相如，相如乃與馳歸，家居徒四壁立。"

〔二〕干時：迎合時尚。干，求取。

〔三〕填溝壑：據《漢書·朱買臣傳》：買臣家貧，好讀書，其妻止之不聽，請離異。買臣笑曰："我年五十當富貴，今已四十餘矣；女苦日久，待我富貴，報女功。"妻恚怒曰："如公等，終餓死溝中耳，何能富貴！"又杜甫《醉時歌》："焉知餓死填溝壑。"

〔四〕布衣句：據《史記·魯仲連傳》："（仲連）不肯仕宦任職"，認爲："彼秦者，棄禮義而上首功之國也，權使其士，虜使其民；彼即肆然而爲帝，過而爲政於天下，則連有蹈東海而死耳，吾不忍爲之民也。"

〔五〕飢來乞食：陶潛《乞食》詩："饑來驅我去，不知竟何之。"負薪：據《漢書·朱買臣傳》："（買臣）獨行歌道中，負薪墓間。"

〔六〕射獵南山：據《漢書·李廣傳》：廣"屏居藍田，南山中射獵。"

固陵懷古〔一〕

越王此地受重圍〔二〕，置酒江亭感式微〔三〕。想象諸臣紛涕淚〔四〕，淒涼故國久睽違〔五〕。天寒竹箭參差見〔六〕，日暮烏鳶下上飛〔七〕。猶羡當年沼吴日〔八〕，六千君子錦衣歸〔九〕。

【注釋】

本詩作於順治十二年（一六五五）。

〔一〕固陵：故地在今浙江省蕭山縣。據《水經注·浙江》載，春秋時范蠡曾築城於此，"言可以固守，謂之固陵，今之西陵也。"

〔二〕越王句：據《史記·越世家》，公元前四九三年，越王勾踐伐吴，大敗，"越王乃以餘兵五千人保棲於會稽，吴王追而圍之。"

〔三〕置酒江亭：據《吴越春秋·勾踐入臣外傳》："越王勾踐五年五月與大夫（文）種、范蠡入臣於吴。越羣臣皆送至浙江之上，臨水祖道，軍陣固陵。大夫文種前爲祝，其詞曰：'皇天祐助，前沉後揚……王雖牽致，其後無殃。君臣生離，感動上皇；衆夫哀悲，莫不感傷。'"式微：《詩·邶風》有《式微》篇。語義爲天將暮。後因稱由盛至衰爲式微。

〔四〕想象句：據《吴越春秋·勾踐入臣外傳》：越君臣祝答後，"羣臣垂泣，莫不咸哀。"

〔五〕睽違：隔開；分離。

〔六〕竹箭：即箭竹，竹之一種。戴凱之《竹譜》："箭竹，高者不過一丈，節間三尺，堅勁中矢，江南諸山皆有之，會稽所生最精好。故《爾雅》云：'東南之美者，有會稽之竹箭焉。'"箭，小竹。彭乘《墨客揮犀》："竹爲竹，箭爲箭，蓋二物也。今采箭以爲矢而通謂矢爲箭者，因其材名之也。"（引自《駢字類編》卷二〇一）

〔七〕日暮句：據《吴越春秋·勾踐入臣外傳》："（勾踐）遂登船徑去，終不返顧。越夫人乃據船哭，顧烏鵲啄江渚之蝦，飛去復來，因哭而歌之曰：'仰飛鳥兮烏鳶，凌玄虚兮（原作"號"，誤）翩翩，集洲渚兮優恣啄蝦，矯翮兮雲間，任厥□兮往還。妾無罪兮負地，有何辜兮負天？颿颿獨兮西往，孰知返兮何年？心惙惙兮若割，淚泫泫兮雙懸。'"鳶（yuān），老鷹。

〔八〕沼吴：使吴爲沼澤。據《左傳·哀公元年》："（伍員）退而告人曰：'越十年生聚，而十年教訓；二十年之外，吴其爲沼乎？'"

〔九〕六千君子：據《史記·越世家》："（勾踐）乃發習流二千，教士四萬人，君子六千人，諸御千人，伐吴。"裴駰《集解》："韋昭曰：'君子，王所親近有志行者。……'虞翻曰：'言君養之如子。'"錦衣歸：謂衣錦榮歸。李白《越中覽古》詩："越王勾踐破吴歸，義士還家盡錦衣。"

謁大禹陵二十韻〔一〕

夏后巡遊地〔二〕，茅峯會計時〔三〕。雙圭開日月〔四〕，四載集輴樏〔五〕。國有防風戮〔六〕，書仍宛委披〔七〕。貢金三品入〔八〕，執帛萬方隨〔九〕。相古洪流割〔一〇〕，欽承帝曰咨〔一一〕。寸陰輕尺璧〔一二〕，昆命有元龜〔一三〕。自授庚辰籍〔一四〕，寧論癸甲期〔一五〕。清都留玉女〔一六〕，惡浪鏁支祁〔一七〕。荒度功攸賴〔一八〕,平成理自宜〔一九〕。神姦魑魅屏〔二〇〕,典則子孫貽〔二一〕。明德由來遠〔二二〕,升遐亦在兹〔二三〕。丘林無改列〔二四〕,弓劍祇同悲〔二五〕。回首辭羣后,傷心隔九疑〔二六〕。鳥耘千畝遍〔二七〕,龍負一舟移〔二八〕。斷草山阿井〔二九〕,空亭嶽麓碑〔三〇〕。芒芒懷舊跡〔三一〕,肅肅禮荒祠〔三二〕。黄屋神如在〔三三〕,桐棺記有之〔三四〕。筵誰包橘柚〔三五〕,隧或守熊羆〔三六〕,共訝梅梁失〔三七〕,因探窆石遺〔三八〕。朅來憑弔處〔三九〕,拜手獨陳辭。

【注釋】

本詩作於順治十二年(一六五五)。

〔一〕大禹陵:夏禹之墓,在今浙江省紹興市會稽山上。

〔二〕夏后句:《史記·夏本紀》:"帝舜崩,……禹於是遂即天子位。""十年,帝禹東巡狩,至於會稽。"夏后,指夏禹。后,君主。《尚書·大禹謨》:"后非衆,罔與守邦。"

〔三〕茅峯句:《史記·夏本紀》:"禹會諸侯江南,計功而崩,因葬焉,命曰會稽。會稽者,會計也。"又據《吴越春秋·無餘外傳》:"(禹)登茅山,以朝四方羣臣……乃大會計治國之道,内美釜山州鎮之功,外演聖德以應天心,遂更名茅山曰會稽之山。"

〔四〕雙圭句:相傳禹開宛委山(傳説中之山名,《吴越春秋》注云即會稽之玉笥山),得赤圭如日,碧圭如月,長一尺二寸,照達幽冥(見王謨《循甲開山圖》)。圭,玉製禮器,上尖,下長方形。

〔五〕四載:古時之四種交通工具。《尚書·益稷》:"予乘四載。"據宋蔡沈《尚書傳》,謂禹治水時,水行乘舟,陸行乘車,泥行乘輴,山行乘樏。輴(chūn):《尚書》孔穎達《疏》:"輴,《漢書》作'橇'。以板置泥上。"樏(léi):登山用具。

〔六〕防風戮:《國語·魯語》:"昔禹致羣神於會稽之山,防風氏後至,禹殺而戮之。"注:"羣神,謂主山川之君。防風,汪芒氏君之名也。”按：今浙江省德清縣一帶即古防風之國。

〔七〕書仍句：據《吴越春秋·越王無餘外傳》：禹登宛委山，得金簡玉字之書，乃知“通水之理”，“使益疏而記之，故名之曰《山海經》。”仍，因襲；依照。披，翻開。

〔八〕貢金三品：《尚書·禹貢》：“淮海惟揚州……厥貢金三品。”王肅注云：金三品乃“金、銀、銅也。”鄭康成則以爲金三品是三種銅。

〔九〕執帛句：《左傳·哀公七年》：“禹合諸侯於塗山，執玉帛者萬國。”帛，玉帛，即瑞玉與縑帛，爲古代諸侯會盟時所用之珍貴禮品。

〔一〇〕相：視。《尚書·召誥》：“相古先民有夏。”洪流割：洪水爲害。割，災害。《尚書·堯典》：“湯湯洪水方割。”

〔一一〕欽：敬。《尚書·堯典》：“欽若昊天。”帝：指舜。咨（zī）：嗟歎象聲詞，此有贊歎意味。據《尚書·舜典》：當年帝舜使羣臣推選“百揆”（相當于後世宰相），羣臣推選禹，“帝曰：‘俞，咨禹，汝平水土，惟是懋哉！’”

〔一二〕寸陰句：據《淮南子·原道》：“聖人不貴尺之璧，而重寸之陰。”又，《晉書·陶侃傳》：“大禹聖者，乃惜寸陰；至於衆人，當惜分陰。”

〔一三〕昆命句：《尚書·大禹謨》：“帝曰：禹，官占惟先蔽志，昆（即後）命於元龜。”《傳》：“官占之法，先斷人志，後命於元龜，言志定然後卜。”元龜即大龜，古代用其甲占卜。

〔一四〕庚辰：神名。據《太平廣記·李湯》引《戎幕閑談》云：夏禹治水，命庚辰降服淮渦水神無支祁，將他鎖於淮陰龜山之下，使淮水安然入海。

〔一五〕寧：豈。癸甲：據《尚書·益稷》：“禹曰：‘予娶塗山，辛、壬、癸、甲。’”曾運乾《尚書正讀》：“辛、壬、癸、甲者，《吕氏春秋》云：禹娶塗山氏女，不以私害公，自辛、壬、癸、甲四日，復往治水。故江淮之俗以辛、壬、癸、甲爲嫁娶日也。《説文》亦云：（九江當塗）民以辛、壬、癸、甲之日嫁娶。則禹娶三宿，即被帝命治水也。”

〔一六〕清都：傳説是天帝所居之宫闕，此指禹之居所。《列子·周穆王》:“王實以爲清都紫微,鈞天廣樂,帝之所居。”玉女: 神女,傳説天賜神女爲禹之妾。《宋書·符瑞志》:“玉女,天賜妾也。”又,宋之問《謁禹廟》詩:“玉女侍清都。”

〔一七〕支祁: 即淮渦水神無支祁。

〔一八〕荒度句: 語本《尚書·益稷》:“啓呱呱而泣,予弗子,惟荒度土功。”據曾運乾《尚書正讀》:“荒,奄也;奄,大也。”度(duó),規劃;計算。土功,治水築堤等工程。攸(yōu)賴: 所賴。

〔一九〕平成: 語本《尚書·大禹謨》:“地平天成。”《傳》:“水土治曰平,五行敘曰成,因禹陳九功而歎美之。”意謂萬事妥帖。宜: 應當。

〔二〇〕神姦: 鬼神作怪爲害,亦稱巧于作奸之人。《左傳·宣公三年》:“遠方圖物,貢金九枚,鑄鼎象物,百物而爲之備,使民知神姦,故民入川澤山林,不逢不若(善也),魑魅罔兩,莫能逢之。”魑魅(chī mèi): 相傳爲山澤中的鬼怪。

〔二一〕典則句: 語本僞《尚書·五子之歌》:“有典有則,貽厥子孫。”典則,即典範準則。貽,遺留。

〔二二〕明德: 完美的德性。《左傳·昭公元年》:“美哉,禹功,明德遠矣!微禹,吾其魚乎!”

〔二三〕升遐(xiá): 猶“升天”,指代帝王死去。《三國志·蜀先主傳·章武三年》:“今月二十四日奄忽升遐,臣妾號啕,如喪考妣。”兹: 此,指會稽。

〔二四〕邱林句:《漢書·劉向傳》:“禹葬會稽,不改其列。”《注》:“不改樹木百物之列也。”

〔二五〕弓劍句:《列仙傳》:“軒轅自擇亡日,與羣臣辭,還葬橋山。山崩棺空,唯有劍舄在棺焉。”又,李白《飛龍引》:“軒轅去時有弓劍。”詩中引軒轅事喻禹之登遐仙去,下句引舜逝事同此。

〔二六〕九疑: 山名,或作“九嶷”,在今湖南省寧遠縣南。《水經注·湘水》:“岫壑負阻,異嶺同勢;游者疑焉,故曰九疑山。”《史記·五帝紀·舜》:“(舜)葬於江南九疑。”

〔二七〕鳥耘:《水經注·漸江水》:“(禹冢)有鳥來爲之耘,春拔草根,秋啄其穢。”

〔二八〕龍負句:《吕氏春秋·知分》:“禹南省,方濟乎江,黄龍負舟,舟中之人五色無主。禹仰視天而歎曰:‘吾受命於天,竭力以養人,生,性也;死,命也。余何憂於龍焉?’龍俛耳曳尾而逝。”又,宋之問《謁禹廟》:“舟遷龍負壑,田變鳥耘蕪。”

〔二九〕山阿(ē):猶山邊。“山阿井”,指禹井。《水經注》云:(會稽山)南有硎(即炕),去禹廟七里,謂之禹井。又,宋之問《謁禹廟》詩:“山阿井詎枯。”

〔三〇〕嶽麓碑:即禹碑,傳爲禹治水時所刻,實係後人附會。碑原在湖南省衡山縣雲密峰,早佚。嶽麓等處之碑乃摹刻,會稽禹廟之禹碑亭亦然(參見《曝書亭集》卷四七《書岣嶁山銘後》)。嶽麓,謂中嶽衡山之北麓。

〔三一〕芒芒:遠大貌。《左傳·襄公四年》:“芒芒禹跡。”

〔三二〕肅肅:恭敬貌。

〔三三〕黄屋:古代天子所乘之車,以黄繒爲車蓋之裏,故稱。《史記·項羽本紀》:“紀信乘黄屋車,傅左纛,曰:‘城中食盡,漢王降。’”

〔三四〕桐棺:桐木所製之棺,質地樸素。《墨子·節葬》:“(禹)葬會稽之山,衣衾三領,桐棺三寸,葛以緘之。”

〔三五〕筳誰包橘柚:禹曾責成海外諸島(此從曾運乾《尚書正讀》説)進貢橘柚,今已登遐,故有是問。《書·禹貢》:“彭蠡既豬,陽鳥攸居……厥包橘柚錫貢。”

〔三六〕隧:墓道。熊羆(pí):此喻勇士。《書·牧誓》:“勖哉夫子,尚桓桓,如虎如貔,如熊如羆。”

〔三七〕梅梁:據宋張津《乾道四明圖經》:會稽禹廟之梁爲鄞縣梅木所製,張僧繇畫龍其上,一夕失所在,飛入鏡湖與龍門。

〔三八〕窆(biàn)石:古時用以引棺下隧之石,禹陵有窆石,傳爲葬禹時所遺。探:訪求。竹垞有《會稽山禹廟窆石題字跋》,見《曝書亭集》卷四七。

〔三九〕朅(qiè)來:猶言去來。《漢書·司馬相如傳》:“回車朅來。”

【評箋】

沈德潛曰:“長律四章,議論正大,格律工整,俱能步武少陵。”(《清詩別裁》)

(日)近藤元粹曰:“排律長篇,元、白以後不多見,這老往往效顰,可謂奇才。”又曰:“排比疊疊,唯見其才之裕耳。”(明治四十年日本刊《浙西六家詩鈔》)

南　　鎮〔一〕

稽山形勝鬱岧嶢〔二〕,南鎮封壇世代遥〔三〕。絶壁暗愁風雨至,陰崖深護鬼神朝〔四〕。雲雷古洞藏金簡〔五〕,燈火春祠奏玉簫〔六〕。千載六陵餘劍舄〔七〕,帝鄉魂斷不堪招〔八〕。

【注釋】

本詩作於順治十二年(一六五五)。

〔一〕南鎮:指會稽山。鎮,《書·舜典》傳:“每州之名山殊大者以爲其州之鎮。”古稱揚州之會稽山爲南鎮,沂山、霍山、醫無閭(又稱廣寧山,在遼寧)爲東、西、北鎮(見《周禮·春官·大司樂》註)。又,會稽縣南十三里有南鎮廟,祀會稽之神。

〔二〕稽山:即會稽山。形勝:地勢優越。岧嶢(tiáo yáo):山岳高峙貌。潘岳《河陽縣作》詩:“洪流何浩湯,修芒鬱岧嶢。”

〔三〕封壇:古代册封時舉行儀式的高臺。據《浙江通志》云,唐開元年間曾封四鎮爲公,會稽山爲“永興公”,並建祠。

〔四〕絶壁二句:語本唐沈佺期(一作張循)《巫山高》詩:“暗谷疑風雨,陰崖若鬼神。”陰崖,山北之崖。

〔五〕雲雷：狀其洞之神秘色彩。金簡：即禹治水時所得之"玉字金簡"（見前《謁大禹陵二十韻》注〔七〕）。據《廣輿記》載，禹治水畢，曾將金簡藏於宛委山與會稽山相接之洞中。

〔六〕春祠：猶春祭。《爾雅·釋天》："春祭曰祠。"《爾雅義疏》："《春秋繁露》云：祠者以正月，始食韭也。"又，"《禮·王制》云：'天子諸侯宗廟之祭，春曰礿……'"鄭注："此蓋夏殷之祭名，周則改之，春曰祠。"

〔七〕六陵：未詳。江浩然以爲指南宋六帝皇陵。其陵雖皆在會稽，然與禹事無涉，恐非。劍舄：見前《謁大禹陵二十韻》注〔二五〕。

〔八〕帝鄉：天帝居所。《莊子·天地》："千歲厭世，去而上僊，乘彼白雲，至于帝鄉。"

岳忠武王墓〔一〕

宋室偏安日，真忘帝業艱。但愁諸將在〔二〕，不計兩宮還〔三〕。鄂國英雄士〔四〕，淮陰伯仲間〔五〕。策名先部曲〔六〕，薄伐自江關〔七〕。赤縣期全復〔八〕，黄河度幾灣。龍庭生馬角〔九〕，雪窖視刀鐶〔一〇〕。城下盟何急，師中詔已頒〔一一〕。盈庭尊獄吏〔一二〕，囊木謝朝班〔一三〕。相狡妻兼煽〔一四〕，和成主愈孱〔一五〕。長城隳道濟〔一六〕，大勇器成覵〔一七〕。舊井銀瓶失〔一八〕，高墳石虎閒。銘功存版碣〔一九〕，鑄像列神姦〔二〇〕。曠世心猶感〔二一〕，經過淚獨潸。傳聞從父老，流恨滿湖山。朔騎頻來牧〔二二〕，南枝尚可攀〔二三〕。墓門人寂寞，江樹鳥緡蠻〔二四〕。宿草經時緑〔二五〕，秋花滿目斑。依然潭水月〔二六〕，終古照潺湲〔二七〕。

【注釋】

本詩作於順治十二年(一六五五)。

〔一〕岳忠武王墓：即岳飛墓。《杭州府志》："忠烈廟祀宋少保鄂國忠武王岳飛。王誣死後,孝宗爲雪其冤,改葬於棲霞嶺,復官賜謚,廢智果院爲祠,賜額曰'褒忠衍福寺'。寶慶二年,改謚忠武。嘉定四年,追封鄂。"

〔二〕諸將：指南渡抗金名將張俊、韓世忠、劉錡、岳飛等。據《宋史紀事本末》卷七十二"秦檜主和"條載："時秦檜力主和議,恐諸將難制,欲盡收其兵權。"高宗信之,韓世忠遂被解去兵權,"趙鼎、張浚相繼竄斥,岳飛父子竟死于大功垂成之秋。一時有志之士,爲之扼腕切齒。"

〔三〕兩宫：指被金人所俘之宋徽宗、欽宗父子。《宋史·韓世忠傳》："(世忠敗兀朮於鎮江)兀朮窮蹙,求會語,祈請甚哀。世忠曰:'還我兩宫,復我疆土,則可以相全。'"

〔四〕鄂國句：岳飛曾被追封爲鄂王,故云。

〔五〕淮陰：謂漢淮陰侯韓信。李富孫曰："古來名將,唯淮陰侯及忠武王戰未嘗北,故曰'伯仲間'"(手批《曝書亭詩集》)。

〔六〕策名：謂出仕。《左傳·僖公二十三年》："策名委質,貳乃辟也。"疏："古之仕者,於所臣之人書己名於策,以明繫屬之也。"部曲：古代軍隊編制單位。《續漢書·百官志》："將軍領軍,皆有部曲。大將軍營五部,部校尉一人。部下有曲,曲有軍侯一人。"(轉引自《漢書·李廣傳》注。)按：此謂部曲中之同列士卒。初,飛爲真定宣撫劉韐所募之敢戰士,以功擢爲承信郎(詳《宋史·岳飛傳》),故詩云"策名先部曲"。

〔七〕薄伐：謂征伐。薄,發語詞。《詩·小雅·出車》："赫赫南仲,薄伐西戎。"江關：湖北省荆門、虎牙二山,隔江對峙,形勢險峻,古稱江關。據《宋史·岳飛傳》：飛曾任荆湖南北、襄陽路招討使,"屯襄陽,以窺中原。"宋高宗紹興四年(一一三四)五月,飛奉命率軍北伐,連克襄陽等六郡。

〔八〕赤縣:《史記・孟子荀卿傳》:"中國名曰赤縣神州。"

〔九〕龍庭: 匈奴單于祭天地鬼神之所,此指徽宗、欽宗被金人拘繫之處。漢班固《封燕然山銘》:"躡冒頓之區落,焚老上之龍庭。"生馬角: 喻不可能實現之事,謂徽宗、欽宗之南還。王充《論衡・感虚》:"傳書言燕太子丹朝於秦,不得去,從秦王求歸。秦王執留之,與之誓曰:'使日再中,天雨粟,令烏白頭,馬生角,廚門木象生肉足,乃得歸。'"

〔一〇〕雪窖: 雪下地窖。朱弁《徽廟哀辭序》:"歎馬角之未生,魂銷雪窖;攀龍髯而莫逮,淚灑冰天。"視刀鐶: 隱語,"鐶"諧"還"音。《漢書・李陵傳》:"(任)立政見陵未得私語,即目視陵,而數數自循其刀環,握其足,陰諭之,言可還歸漢也。"

〔一一〕"城下"二句: 據《宋史・岳飛傳》: 岳飛於一一四〇年曾大敗金兵,進軍朱仙鎮,敵軍蹙迫殆危,而秦檜等一味主和,"知飛志鋭不可回,乃先請張浚、楊沂中等歸,而後言飛孤軍不可久留,乞令班師,一日奉十二金字牌。飛憤惋泣下,東向再拜,曰:'十年之力,廢於一旦。'"

〔一二〕盈庭: 猶言滿庭。《詩・小雅・小旻》:"發言盈庭,誰敢執其咎。"獄吏尊: 語本《史記・周勃世家》:"人有上書告勃欲反,下廷尉,廷尉下其事長安,逮捕勃,治之。勃恐,不知置辭,吏稍侵辱之。"後,文帝知其寃,"使使持節赦絳侯,復爵邑。絳侯既出,曰:'吾嘗將百萬軍,然安知獄吏之貴乎!'"據《三朝北盟會編》卷二〇六: 飛下獄亦曾忿然道:"我嘗統十萬軍,今日乃才知獄吏之貴也。"

〔一三〕囊木: 即囊頭械木之刑罰。《後漢書・范滂傳》:"桓帝使中常侍王甫以次辨詰,滂等皆三木囊頭,暴於堦下。"注:"三木,頭及手足皆有械,更以物蒙覆其頭也。"謝: 辭别。

〔一四〕相: 謂秦檜,宋高宗時爲相。妻: 謂檜妻王氏,曾與謀害飛。煽: 熾盛。《詩・小雅・十月之交》:"艷妻煽方處。"傳:"煽,熾也。"

〔一五〕孱(càn)：懦弱。《史記·張耳陳餘傳》："(貫高)曰：'吾王孱王也。'"

〔一六〕長城句：據《宋書·檀道濟傳》：道濟乃南朝劉宋大將，北伐屢有功，封永修縣公，進封司空。宋文帝慮其身後難制，遂殺之。又，《宋史·岳飛傳論》："昔劉宋殺檀道濟，道濟下獄，瞋目曰：'自壞汝萬里長城！'高宗忍自棄其中原，故忍殺飛，嗚呼寃哉！"

〔一七〕成覸(qiān)：《説文》，"覸，很視也。從見肩聲。齊景公之勇臣有成覸者。"

〔一八〕銀瓶：謂岳飛之女。明王逢《銀瓶娘子詞引》："娘子者，宋岳鄂王女，聞王被收，負銀瓶投井死。"

〔一九〕銘功句：謂功銘於青史碑碣。版，簡牘。碣，圓形之碑。明陳子龍《吴越武肅王祠》："崇功銘版碣。"

〔二〇〕鑄像：《杭州府志》："正德八年初，指揮李隆範銅爲秦檜及妻王氏、万俟卨三像，反接跪(岳)墓前。"神姦：本謂鬼神作怪爲害之情，後以喻作姦爲害之人。《左傳·宣公三年》："鑄鼎象物，百物而爲之備，使民知神姦。"又，漢張衡《西京賦》："禁禦不若，以知神姦。"注："止其不順，知鬼神之姦情。"

〔二一〕曠世句：韓愈《祭田横墓文》："事有曠百世而相感者，余不自知其何心。"

〔二二〕朔騎(jì)：猶言胡馬。《爾雅·釋訓》："朔，北方也。"

〔二三〕南枝：《明一統志》："岳墓上古木，枝皆南向，識者謂其忠義所感。"

〔二四〕緡蠻：鳥鳴聲。《詩·小雅·綿蠻》："綿蠻黄鳥。"宋朱熹《詩集傳》："緜蠻，鳥聲。"

〔二五〕宿草：經年之草。《禮記·檀弓上》："朋友之墓，有宿草而不哭焉。"注："宿草，陳根也。草經一年則根陳也。"又，梁江淹《雜體詩》："但没多拱木，宿草陵寒煙。"

〔二六〕潭水月：岳飛有《題鄱陽龍居寺》詩云："潭水寒生月，松風夜帶秋。"

〔二七〕終古：久遠。屈原《九歌・禮魂》："春蘭兮秋菊，長無絶兮終古。"

【評箋】

林昌彝曰："朱竹垞長排律，高青邱忠武王墓詩，雖膾炙人口，不逮也。"（《射鷹樓詩話》）

舟中望廬山〔一〕

昔予志名山，夢寐五老峰〔二〕；今兹遠行邁〔三〕，舟楫欣來逢。中流望員闕〔四〕，隱見金芙蓉〔五〕。空翠非一色〔六〕，飛雲渺千重。歷歷澗中水，青青崖上松。所嗟限於役〔七〕，策杖誰相從〔八〕。空愁石梁在〔九〕，緬懷虎溪蹤〔一〇〕。巖棲不得遂〔一一〕，惆悵東林鐘〔一二〕。

【注釋】

本詩作於順治十三年（一六五六）。

〔一〕廬山：在江西省九江市南。相傳秦末（一説周武王時）有匡俗兄弟七人曾結廬於此，後仙去，而空廬尚存，故名廬山，又稱匡山。（見《寰宇記》、陳舜俞《廬山記》）

〔二〕五老峰：在廬山東，懸崖突出，如五老人相列之狀，故稱。

〔三〕遠行：指南下嶺南，見附録之《年譜》。邁：行進。《詩・王風・黍離》："行邁靡靡。"《傳》："邁，行也。"又，李白《别韋少府》詩："水國遠行邁。"

〔四〕員闕：宫殿門樓。曹植《贈丁儀王粲詩》："員闕出浮雲，承露槩泰清。"按：此或喻山，如《拾遺記》所云："崑崙山……從下望之，如城闕之象。"

〔五〕金芙蓉：李白《望廬山五老峰》詩："青天削出金芙蓉。"王琦注："芙蓉，蓮花也。山峰秀麗，可以比之，其色黄，故曰金芙蓉也。"

〔六〕空翠：謂耀眼的青翠山色。謝靈運《過白岸亭》詩："遠山映疏木，空翠難强名。"

〔七〕所嗟句：嗟嘆限於行旅之期。于役，出外服兵役或勞役。《詩·王風·君子于役》："君子于役，不知其期。"後因以謂行旅爲行役。

〔八〕策杖：扶杖。

〔九〕石梁：廬山名勝之一。明陳沂《遊廬山記》云："石梁長數十丈，所謂三峽橋也。"

〔一〇〕虎溪蹤：宋陳舜俞《廬山記》："流泉匝（東林）寺下入虎溪，昔（惠）遠法師送客過此，虎輒號鳴，故名。時陶元亮居要里山，山南陸修静亦有道之士，遠師嘗送此二人與語合道，不覺過之，因相與大笑。今世傳'三笑圖'蓋本於此。"按，竹垞詩自指此類高士逸蹤，唯此事出於唐、宋人附會，陸静修至廬山時，陶潛、惠遠已歿數十年，彼此無由交好（説詳宋樓鑰《又跋東坡三笑圖贊》）。

〔一一〕巖棲：巢居穴處，此指代隱居。晉嵇康《與山巨源絶交書》："堯舜之君世，許由之巖棲，子房之佐漢，接輿之行歌，其揆一也。"又，唐宋之問《入瀧洲江》詩："余本巖棲客，悠哉慕玉京。"

〔一二〕東林：即廬山之東林寺，爲晉江州刺史桓伊爲僧慧遠所建，先是有僧慧永居西林，此寺在其東，故名。

度大庾嶺〔一〕

雄關直上嶺雲孤〔二〕，驛路梅花歲月徂〔三〕。丞相祠堂虚寂寞〔四〕，越王城闕總荒蕪〔五〕。自來北至無鴻雁〔六〕，從此南飛有鷓鴣〔七〕。鄉國不堪重佇望〔八〕，亂山落日滿長途。

【注釋】

本詩作於順治十三年(一六五六)。

〔一〕大庾嶺：又稱梅嶺，在江西、廣東兩省交界處。據《讀史方輿紀要》卷八三載，漢武帝時，因將軍庾勝曾築城嶺上，故名大庾嶺。

〔二〕雄關：此指梅關。據《明一統志》稱：梅關"在大庾嶺上，兩岸壁立，最高且險。"又，清杜臻《巡視記》云："至南安舍舟登(梅)嶺，過所謂南粵雄關者，夾道皆短垣，蒼松列嶂間。"

〔三〕驛路梅花：清顧祖禹《讀史方輿紀要》："(梅關)嘗爲天下必争之處，有驛路在石壁間，相傳唐開元中張九齡所鑿，宋嘉祐中復修廣之。"又，吴震方《嶺南雜記》："庾嶺多梅，古者已然，自有'折梅逢驛使'、'淚盡北枝花'之句，而好事者往往增植之。"徂(cú)：往，逝。漢韋孟《諷諫》詩："歲月其徂。"

〔四〕丞相祠堂：《明一統志》："張文獻祠在大庾嶺雲封寺前，祀唐宰相張九齡。"

〔五〕越王：指南越王趙佗，其都城在今廣州市西(見《明一統志》)。

〔六〕北至無鴻雁：相傳北雁每飛至衡陽迴雁峰即回返，庾嶺在其南，故云。

〔七〕南飛有鷓鴣：左思《吴都賦》："鷓鴣南翥而中留。"劉淵林注："此鳥常南飛不北，豫章以南諸郡處處有之。"

〔八〕鄉國：猶家鄉。

寄　　遠〔一〕

南風日夕度江潭，旅夢還家路未諳。寄語寒衣休憶遠〔二〕,更無霜雪到天南〔三〕。

【注釋】

本詩作於順治十三年(一六五六)。

〔一〕寄遠:猶言寄内,竹垞時客居嶺南。

〔二〕寄語句:唐元稹有《景申秋詩》云:“思婦問寒衣。”此或化用其意。

〔三〕更無霜雪:宋范成大《桂海虞衡志》:南州多無霜雪,草木皆不改柯易枝。天南:謂嶺南,即今廣東、廣西一帶。

首春端州述懷寄故鄉諸子〔一〕

客舍千山外,春城萬里心〔二〕。草青仍一度〔三〕,雲暗結重陰〔四〕。往事隨蓬轉〔五〕,謀生愈陸沉〔六〕。承歡違菽水〔七〕,兄弟渺商參〔八〕。負米情空在〔九〕,離鴻思不禁〔一〇〕。此邦非樂土〔一一〕,何處好懷音〔一二〕?枉作窮途哭〔一三〕,虛勞澤畔吟〔一四〕。蒼梧晴峽遠〔一五〕,桂水暮流深〔一六〕。夢斷梅銷嶺〔一七〕,囊空陸賈金〔一八〕。楓林悲落月〔一九〕,苔石憶同岑〔二〇〕。燕笑應如昨〔二一〕,沉吟獨至今〔二二〕。北歸徒躑躅,南望益蕭森〔二三〕。瓊樹佳人隔〔二四〕,梅花驛使臨〔二五〕。短書知可報,珍重問江潯〔二六〕。

【注釋】

本詩作於順治十四年(一六五七)。

〔一〕首春:指陰曆正月。梁元帝《纂要》:“正月孟春,亦曰……首春。”端州:今廣東省高要縣。州置于隋代,唐因之,宋廢。

〔二〕客舍二句：唐賈至有《岳陽樓宴王員外貶長沙》詩云："極浦三春草，高樓萬里心。"此或從中化出。

〔三〕草青一度：謂一年。《唐書·突厥傳》："(突厥)不知年曆，惟以草青爲記。"又，宋洪皓《松漠紀聞》：女真民不知紀年，問之，則曰："我見草青幾度矣。"仍：乃。

〔四〕雲暗句：語本南朝宋謝惠連《詠冬》詩："積寒風愈切，繁雲起重陰。"

〔五〕蓬轉：蓬草隨風飛轉，此喻行蹤轉徙無常。晉潘岳《西征賦》："陋吾人之拘攣，飄萍浮而蓬轉。"杜甫《客亭》詩："多少殘生事，飄零任轉蓬。"

〔六〕陸沉：陸地無水而沉，此喻不爲人知。《莊子·則陽》："方且與世違，而心不屑與之俱，是陸沉者也。"

〔七〕承歡：謂迎合人意，博取歡心。多用以侍奉父母。菽(shū)水：豆和水，即普通食物，此指奉養父母而言。《禮記·檀弓》："啜菽飲水盡其歡，斯之謂孝。"

〔八〕商、參(shēn)：二星名。參星即參宿(屬獵户星座)，商星即心宿(屬天蝎星座)，二星東西相對，天體上約距一百八十度，自地面觀之，參升商落，不能同見。原謂兄弟失和，不共戴天。《左傳·昭公元年》："昔高辛氏有二子，伯曰閼伯，季曰實沉，居於曠林，不相能也，日尋干戈，以相征討。后帝不臧，遷閼伯于商丘，主辰，商人是因，故辰爲商星；遷實沉于大夏，主參，唐人是因……故參爲晉星。"後因喻兄弟或人之分離，不得相見，如杜甫《贈衛八處士》詩："人生不相見，動如參與商。"此用其義。

〔九〕負米：《孔子家語·致思》："子路見於孔子曰：'由也事二親之時，常食藿藜之實，爲親負米百里之外。'"

〔一〇〕離鴻思：指思子，語本潘岳《笙賦》："嚶嚶關關，若離鴻之鳴子。"

〔一一〕樂土：《詩·魏風·碩鼠》："逝將去汝，適彼樂土。"故下句有"好懷音"之問。

〔一二〕好懷音：語本《詩·檜風·匪風》："誰將西歸，懷之好音。"《傳》：

“懷,歸也。”《正義》:“詩人欲歸之好音者,愛其人欲贈之耳。”

〔一三〕窮途哭:謂已窮途枉哭。詳見前《送林佳璣還莆田》詩注〔一〇〕。

〔一四〕澤畔吟:《史記·屈原列傳》:“(屈原被放後)至於江濱,被髮行吟澤畔。”此謂傷時虛勞。

〔一五〕蒼梧:即今湖南省寧遠縣一帶,相傳舜逝於此。

〔一六〕桂水:湘、粤桂水有二,一源於桂陽(在湖南省)入湘江,一源於桂山(今廣東省韶關市)入武水。上句既云“蒼梧遠”,此句“桂水”應相對而近,當指粤。唐賈至《岳陽樓宴王員外貶長沙》詩:“楚山晴靄碧,湘水暮流深。”以上二句當由此化出(參後《崧臺晚眺》注〔四〕引杜詩)。

〔一七〕梅鋗(xuān)嶺:即梅嶺别稱。梅鋗,人名。據《越絶書》載,秦滅六國時,鋗曾奉越王築城嶺上,鄉人因謂之梅嶺。

〔一八〕陸賈:漢人,曾奉命招諭南越王趙佗,佗賜之千金(詳後《越王臺懷古》詩注)。竹垞詩以切其地而喻囊空。

〔一九〕楓林句:疑自杜甫《夢李白》詩“魂來楓林青,魂返關塞黑。……落月滿屋梁,猶疑照顔色”句化出,有自傷之意。

〔二〇〕苔石句:語本晉郭璞《贈温嶠》詩:“人亦有言,松竹有林,及爾臭味,異苔同岑。”同岑:謂同一山岑,喻出一本源。全句指志趣相投之友人。

〔二一〕燕笑:宴飲談笑。

〔二二〕沉吟:深思。

〔二三〕蕭森:陰晦不明貌。

〔二四〕瓊樹:喻美好的人品或風姿。《世説新語·賞譽》:“太尉(指王衍)神姿高徹,如瑶林瓊樹,自然是風塵外物。”李白《三山望金陵寄殷淑》詩:“耿耿憶瓊樹,天涯寄一顔。”按:若以“佳人”必爲女性,則事出《陳書·張貴妃傳》:“其曲有《玉樹後庭花》……其略云:‘璧月夜夜滿,瓊樹朝朝新。’大抵皆美張貴妃、孔貴嬪之容色。”

〔二五〕梅花驛使:語本三國吴陸凱《贈范曄詩》:“折(梅)花逢驛使,寄與隴頭人。江南無所有,聊贈一枝春。"

〔二六〕江潯(xún):江邊。此指竹垞故鄉秀水,亦指代故鄉親友。枚乘《七發》:"周馳乎蘭澤,弭節乎江潯。"

珠江午日觀渡〔一〕

蠻歌撫節下空江〔二〕,畫舸朱旗得幾雙!想像戈船猶漢日〔三〕,忽驚風土異鄉邦〔四〕。芙蓉遠水迷花渡,琥珀深杯覆酒缸。近世青樓經亂盡〔五〕,知無紅粉出當窗〔六〕。

【注釋】

本詩作於順治十四年(一六五七)。

〔一〕珠江:《廣東通志》以爲中流有海珠石,故名。午日:即端午,陰曆五月五日。渡:競渡,即賽龍舟。

〔二〕撫節:敲打拍板,調整歌曲或樂曲的節奏。節,樂器名,竹製如箕,上下各一,劃之發聲。魏曹植《閨情詩》:"彈琴撫節,爲我弦歌。"

〔三〕戈船:古戰船之一。舊題劉歆《西京雜記》云:"戈船,上建戈矛,四角悉垂幡旄旍葆麾蓋。"一説船下安戈戟,以除蛟鼉水蟲之害。猶漢日:以漢時有戈船將軍征南越事,故云(見《漢書·武帝本紀》)。

〔四〕異鄉邦:有異於故鄉。

〔五〕青樓:猶妓院。南朝梁劉邈《萬山見採桑人》詩:"倡妾不勝愁,結束下青樓。"

〔六〕紅粉:指代美女,此謂妓女。《古詩十九首·青青河畔草》:"盈盈樓上女,皎皎當窗牖。娥娥紅粉粧,纖纖出素手。"

越王臺懷古[一]

君不見越山高高越臺古，複道逶迤接南武[二]。北望山頭徧白雲[三]，西臨城下環珠浦[四]。由來形勝盡高丘，萬里天南此壯游。驚濤暗向扶胥落[五]，佳氣晴連鬱水浮[六]。憶昔中原逐秦鹿[七]，五軍失利屠睢戮[八]。番君一出王衡山[九]，户將從征入函谷[一〇]。天教霸象開南溟[一一]，宵分東井聚五星[一二]。龍川縣令起嶺表[一三]，被書移檄馳邊庭。聲言三關盜兵至，一時按法誅秦吏[一四]。萬人既築湞陽城[一五]，千里還開雒王地[一六]。漢帝當年爲剖符[一七]，陸生燕喜出西都[一八]。冠裳魋結須臾變[一九]，文錦蒲桃絶世無[二〇]。番禺之交一都會[二一]，因山築臺落天外。百丈迴盤信壯觀，三時朔望長升拜[二二]。自古羈縻稱外藩[二三]，誰令市鐵禁關門[二四]？不見鮫魚重入貢[二五]，旋看黄屋自言尊[二六]。漢使陳觴更行樂[二七]，紫貝明犀雙孔雀。重來錦石已成山[二八]，歸去黄金遂盈橐[二九]。一從蒟醬啓唐蒙[三〇]，越騎校尉甘泉中[三一]。是誰僇殺棄繻者[三二]，江淮巴蜀紛來攻。伏波下瀨軍三面，樓船戈船齊教戰[三三]。合浦珠崖隸海隅[三四]，山薑扶荔移深殿[三五]。尉佗城圮夕陽原[三六]，建德園荒秋樹根[三七]。虚傳避暑游宫闕，幾見浮杯出石門[三八]。木棉花開山雨積[三九]，鷓鴣啼處蠻煙碧。舊井潛移郭璞城[四〇]，離宫半入虞翻宅[四一]。人事消沉洵可哀[四二]，千秋朝漢餘高臺[四三]。漢家遺蹟不可問，吁嗟乎，歌風柏梁安在哉[四四]！

【注釋】

本詩作於順治十四年(一六五七)。

〔 一 〕越王臺：遺址在今廣東省廣州市越秀山(詩中省稱“越山”)上,爲漢代南越王趙佗所築。

〔 二 〕複道：高樓間或山巖險要處所架設的通道。《水經注·泿水》：“佗因岡作臺,北面朝漢,圓基千步,直峭百丈,頂上三畝,複道回環,逶迤曲折。”南武：廣州城之古稱,乃春秋時吴越王子孫所築。

〔 三 〕白雲：白雲山,在廣州市北郊。據《明一統志》稱,因常有白雲覆山上,故名。

〔 四 〕環珠浦：謂珠浦環繞,用“合浦珠還”事,諧音移就。據《漢書·孟嘗傳》：漢時,合浦盛産珍珠,幾任太守搜采殆盡,蚌母他移。而孟嘗爲太守,悉革前弊,其珠乃還。按：合浦在今廣東省雷州半島海康縣,距廣州尚遠,詩人但約略言之。

〔 五 〕扶胥：鎮名,在今廣東省番禺縣東南。韓愈《南海神廟碑》：“廟在今廣州治東南海道八十里,扶胥之口,黄木之灣。”

〔 六 〕佳氣：象徵吉祥的光彩。此謂美好風光。鬱水：指今廣東省之西江。

〔 七 〕中原逐秦鹿：喻争奪天下。《史記·淮陰侯傳》：“秦失其鹿,天下共逐之。”又,唐魏徵《述懷》詩：“中原還逐鹿,投筆事戎軒。”

〔 八 〕五軍句：事見《淮南子·人間訓》：“(秦皇)利越之犀角象齒、翡翠珠璣,乃使尉屠睢發卒五十萬,爲五軍……以與越人戰,……越人皆入叢薄中,與禽獸處,莫肯爲秦虜。相置桀駿以爲將,而夜攻秦人,大破之,殺尉屠睢。”

〔 九 〕番(pó)君：指吴芮。據《漢書·吴芮傳》：芮秦時爲番(通“鄱”)陽令,甚得民心,號曰“番君”。陳涉起義,芮亦率越人從諸侯入關,項羽封之爲衡山王。王(wàng)：爲王。

〔一〇〕户將：軍官名。據《漢書·功臣表》,吴芮部將梅鋗曾令越人户出一人,從軍破秦,以户將領其軍。

〔一一〕霸象：舊時認爲："天垂象，見吉凶，聖人象之。"(《易·繫辭》)故霸象即指天象顯示出"霸"之所在。開南溟：據《史記·南越尉佗傳》、《南越志》，秦二世時，五星(金、木、水、火、土)會於南斗、牛，南海尉任囂知其爲"偏霸(一方之霸)之象，遂有志焉。"後農民起義，囂築關自固，以爲可成一州之主，雖因病劇不果，實乃爲南越割據一方之先河。

〔一二〕宵分：夜半。東井：星名，即二十宿中之井宿，有星八顆，屬雙子座。《史記·張耳陳餘列傳》："漢王之入關，五星聚東井。東井者，秦分也，先至必霸。"

〔一三〕龍川：縣名，屬今廣東省。縣令：指趙佗。據《史記·南越尉陀傳》：任囂時佗爲龍川令，囂臨終，囑佗繼其志，矯詔以佗行南海尉事。其後，佗自爲南越武王。嶺表：即五嶺外，嶺南。

〔一四〕被(pī)書三句：《史記·南越尉佗傳》："任囂病且死……即被佗書，行南海尉事。囂死，佗即移檄告横浦、陽山、湟谿關曰：'盜兵且至，急絶道聚兵自守！'因稍以法誅秦所置長吏，……擊并桂林、象郡，自立爲南越武王。"

〔一五〕湞(zhēn)陽：在今廣東省英德縣東，趙佗曾築萬人城於此。

〔一六〕雒王：《水經注·葉榆水》："交趾(今越南北部)昔未有郡縣之時，土地有雒田，其田從潮水上下，民墾食其田，因名爲雒民，設雒王、雒侯，主諸郡縣。"後被南越所滅，故詩中云"千里開地"。

〔一七〕漢帝剖符：古代帝王授予諸侯之憑證稱"符"，竹製，剖分爲二，帝王與諸侯各執其一。據《史記·南越尉佗傳》："(佗自立爲南越王後)高帝已定天下，爲中國勞苦故，釋佗弗誅。漢十一年，遣陸賈因立佗爲南越王，與剖符通使，和集百越，毋爲南邊患害。"

〔一八〕陸生：即陸賈。漢初謀士，有辯才，曾兩度出使南越。燕喜：宴飲喜悦。據《漢書·陸賈傳》：吕后當權用事，"王諸吕"，"危劉氏"，右丞相陳平深以爲患，聽從陸賈"深相結納"絳侯周勃以抑之的計謀，"賈以此游漢廷公卿間，名聲籍甚。"又，潘岳《西征賦》："陸賈優游宴喜。"

〔一九〕魋(zhuí)結：通“椎髻”。《史記·酈生陸賈列傳》：“陸生至，尉佗魋結箕踞見陸生。”司馬貞《索隱》：“謂爲髻一撮，以椎而結之。”須臾變：指陸生説佗，佗爲之動，蹶然起謝，奉漢稱臣。

〔二〇〕文錦句：舊題劉歆《西京雜記》：南越王佗獻高帝鮫魚、荔枝，帝報以蒲桃(即葡萄)、錦四匹。

〔二一〕番(pán)禺：縣名，現已并入廣州市。《史記·貨殖列傳》：“番禺亦其一都會也。”

〔二二〕因山三句：《廣州記》：“尉陀立臺，以朝漢室。圓基千步，直峭百丈；螺道登進，頂上三畝；朔望升拜，號爲朝臺。”又，《輿地紀勝》：“朝臺在番禺縣西五里。”三時，謂春、夏、秋三季。朔、望，陰曆初一、十五。

〔二三〕羈縻(jī mí)：籠絡使不生異心。羈，馬籠頭。縻，牛鼻繩，此謂束縛。《漢書·蕭望之傳》：“外夷稽首稱藩，中國讓而不臣，此則羈縻之誼，謙亨之福也。”

〔二四〕誰令句：《史記·南越尉佗傳》：“高后時，有司請禁南越關市鐵器。”關市，邊界市場。

〔二五〕鮫魚：一作“蛟人”。據《太平御覽》所引張華《博物志》：“南海水有鮫人，水居如魚，不廢織績，其眼能泣珠。”(《述異記》亦有著録)

〔二六〕旋：隨即。黄屋：帝王所乘之車。借指帝王。《史記·南越尉佗傳》：禁市後，“(尉)佗曰：‘此必長沙王計也，欲倚中國，擊滅南越而并王之，自爲功也。’於是佗乃自尊號爲南越武帝。……乘黄屋左纛，稱制，與中國侔。”

〔二七〕漢使：謂陸賈。據《漢書·南粤王傳》，陸賈初入粤，與尉佗言，佗“迺大悦陸生，留與飲數月。”漢文帝元年(前一七九)，賈再次使南越。南越王佗乃下令國中曰：“自今以來，去帝制黄屋左纛。”下句諸異物均爲佗所獻。

〔二八〕錦石：謂錦石山，在今廣東省德慶縣。據《明一統志》，陸賈使南越時曾設錦帳於此(一説覆錦於石)，因名。

〔二九〕黄金盈橐(tuó)：據《史記·酈生陸賈列傳》：南粤王佗與陸賈交

談後，眼界爲開，乃"賜陸生橐中裝直千金，他送亦千金。"

〔三〇〕蒟(jǔ)醬：植物名，胡椒科。《本草綱目》："蒟子可以調食，故謂之醬。"唐蒙：漢代番陽令，曾使南越，食蒟醬。聞之賈人，謂産自蜀，自夜郎輸入南越。蒙遂上奏，言可自蜀入夜郎，偷襲南越。

〔三一〕越騎校尉：漢代武官名，以内附之越人爲之。甘泉：甘泉宫，在陝西省淳化縣甘泉山上，秦時所建，漢武帝增廣之，以爲避暑離宫。

〔三二〕是誰句：據《漢書·終軍傳》："初，軍從濟南當詣博士，步入關，關吏予軍繻(帛製通行證，製之爲二，過關時驗合)。軍問：'以此何爲？'吏曰：'爲復傳，還當以合符。'軍曰：'大丈夫西遊，終不復傳還！'棄繻而去。"後，終軍爲使者，説南越王和親内附，王許，其相吕嘉不願，殺其王及漢使。僇(lù)：通"戮"。

〔三三〕江淮三句：據《史記·南越尉佗傳》："今吕嘉、建德等反，自立晏如，令罪人及江淮以南樓船十萬師往討之。元鼎五年秋，衛尉路博德爲伏波將軍，出桂陽，下匯水；主爵都尉楊僕爲樓船將軍，出豫章，下横浦；故歸義越侯二人爲戈船、下厲(一作"瀨")將軍，出零陵，或下離水，或抵蒼梧；使馳義侯因巴蜀罪人，發夜郎兵，下牂牁江；咸會番禺。"

〔三四〕珠崖：漢郡名，在今廣東省海口市。珠崖、合浦皆漢平南越後即其地所建郡(此從《漢書》説)。

〔三五〕山薑句：舊題劉歆《西京雜記》云：元鼎六年，破南越，起扶荔宫以植所得奇草異木——菖蒲、山薑、龍眼、荔枝、檳榔、橄欖之類。

〔三六〕圮(pǐ)：毀壞，坍塌。

〔三七〕建德：南越明王長子，興之兄。吕嘉殺越王興後，立之爲王。據元吴萊《南海古蹟記》："南越王弟建德故宅在西城内，吴虞翻移交州時有園池。"

〔三八〕浮杯：《嘉慶一統志》："天井岡，在番禺縣北四里，岡下有越王井，深百餘尺，云是趙佗所鑿。昔有人誤墜酒杯於此井，遂流出石門，古詩云：'石門通越井。'"石門：《元和郡縣志》云："石門水一名貪泉，出廣州南海縣西。"

〔三九〕木棉句：《漁洋詩話》卷中："越王臺枕廣州北城，有呼鸞道故蹟。女牆間皆木棉，花時紅照天外，亦奇觀也。"

〔四〇〕舊井句：未詳。張勵《五仙觀記》云："五仙騎羊遺穗，或云漢趙佗時，或云晉郭璞遷城時。"據此，當有其事，惜未知所本。

〔四一〕離宫句：據《廣東通志》：今廣州市之光孝寺，本南越王建德故宅，"三國吴虞翻居此以爲圃，多植蘋婆訶子樹，名曰'虞苑'。"

〔四二〕洵(xún)：確實。

〔四三〕朝漢：尉佗曾"因岡作臺，北面朝漢"，故云(詳見注〔二〕)。

〔四四〕歌風：臺名。相傳爲漢高祖劉邦作《大風歌》處，後人爲築"歌風臺"，故址在今江蘇省沛縣東泗水西岸。柏梁：臺名，漢武帝時建，故址在今陝西省長安縣西北長安故城内。據《三輔舊事》，謂臺以香柏爲梁，故名。又據《漢書・武帝紀》注文，謂以百頭梁作臺而名。按，"歌風"、"柏梁"並稱者，以武帝曾置酒臺上，詔羣臣和詩，即後世所仿之"柏梁體"(七言聯句，每句用韻)。竹垞乃因喻漢代之文治武功。

崧臺晚眺〔一〕

傑閣臨江試獨過〔二〕，側身天地一悲歌〔三〕。蒼梧風起愁雲暮〔四〕，高峽晴開落照多〔五〕。緑草炎洲巢翠羽〔六〕，金鞭沙市走明駝〔七〕。平蠻更憶當年事，諸將誰同馬伏波〔八〕。

【注釋】

本詩作於順治十四年(一六五七)。

〔一〕崧臺：據《南越志》、《廣東通志》載：崧臺在廣東高要縣外六里，有竦石,廣六十餘丈,高二百餘仞,爲上帝觴百神之所。古名“岡臺”,唐天寶中改今名。

〔二〕傑閣:指崧臺附近閱江樓之高閣。清王士禛《北歸志》云:微雨登閱江樓,“樓前石磯,下俯端江(今端溪),……或曰古崧臺在此,或曰非也。崧臺乃定山中峯。傳云:‘上有崧臺,下有石室。此崧臺書院耳。’”

〔三〕側身:同“廁身”,置身。

〔四〕蒼梧句:晉顧微《南海經》:蒼梧山左右出風,故號“風門”。按,崧臺非近蒼梧,然詩人自可臨風抒懷。杜甫《詠懷》云:“飄颻桂水遊,悵望蒼梧愁。”竹垞詩或本此。

〔五〕高峽:指高要峽,又名羚羊峽,在崧臺附近。

〔六〕炎洲:傳説爲南海中洲名,其上有火光獸,火林山等(見舊題東方朔《海内十洲記》)。此泛指嶺南之地。唐陳子昂《感遇》二十三:“翡翠巢南海,雄雌珠樹林……殺身炎州里,委羽玉堂陰。”

〔七〕明駝:謂駱駝。唐段成式《酉陽雜俎》云:駝卧時,腹不帖地,屈足漏明,則行千里,故稱明駝。

〔八〕馬伏波:謂東漢伏波將軍馬援。據《後漢書·馬援傳》,援曾因平交阯而拜將;年六十二時,南方少數民族叛亂,復請出征,曰:“男兒要當死於邊野,以馬革裹屍還葬耳!”終歿軍中。

七星巖水月宫〔一〕

晨策遵北渚〔二〕,初暾麗陽崖〔三〕。淒清曾飈發〔四〕,鬱述素雲霾〔五〕。横術越故蹊〔六〕,交林冠高齋。蒼煙秀松果,白石崇基階〔七〕。以兹清曠地,結念澄中懷〔八〕。瑶琴雖無音,山水調長諧。何必荅歗歌,魚鳥即朋儕〔九〕。懷新意猶眷，撫往迹誠乖〔一〇〕。即事非浮歡〔一一〕，真樂亮難偕〔一二〕。

【注釋】

本詩作於順治十四年（一六五七）。

〔一〕七星巖：在今廣東省肇慶縣，七峯羅列如北斗七星，"峋嶙葱鬱，森列蒼布，如隕石麗地錯落"（王圻《三才圖會・七星巖考》），爲風景勝地。水月宫：在寶陀巖下。

〔二〕策：策杖；扶杖。南朝宋謝靈運《登石門最高頂》詩："晨策尋絶壁。"遵：循；沿。渚（zhǔ）：水中小塊陸地。七星巖在肇慶城北瀝湖中，故曰"北渚"。

〔三〕暾（tūn）：初升的太陽。屈原《九歌・東君》："暾將出兮東方，照吾檻兮扶桑。"陽崖：向陽之山崖。謝靈運《於南山往北山經湖中瞻眺》詩："朝日發陽崖，景落憩陰峯。"

〔四〕曾：高舉貌。屈原《九歌・東君》："翾飛兮翠曾。"注："曾，舉也。"颸（sī）：凉風。《文選・謝靈運〈初發石首城〉》詩："晨裝摶曹颸。"注："良曰：曾颸，高風也。"

〔五〕鬱述：盛貌。三國魏曹植《喜雨》詩："慶雲從北來，鬱述西南征。"素雲：道家稱紫、白、黄三色之氣爲三素雲。南朝宋鮑照《代白紵舞歌詞》："凄風夏起素雲回。"錢振倫注："《修真入道秘言》：'立春日有三素飛雲。'"

〔六〕術：《説文》："術，邑中道也。"《文選・左思〈蜀都賦〉》："亦有甲第，當衢向術。"劉注："術，道。""横術"即横路。《漢書・燕剌王（劉）旦傳》："横術何廣廣兮，固知國中之無人。"故蹊：原有之路。

〔七〕崇：高。基階：牆脚，臺階。謝靈運《登石門最高頂》詩："積石擁基階。"

〔八〕結念：凝聚心緒，運思專注。謝靈運《石門新營所住四面高山迴溪石瀨修竹茂林》詩："結念屬霄漢，孤景莫與綏。"澄中懷：使胸懷澄静。《南史·宗介文傳》:"名山恐難徧覩,誰澄懷觀道,卧以遊之。"

〔九〕瑶琴四句:晉左思《招飲》詩:"非必絲與竹,山水有清音;何事待嘯歌,灌木自悲吟。"此用其意。歗,同"嘯"。儕(cái),類;輩。

〔一〇〕乖:背戾。

〔一一〕即事:眼前之事。

〔一二〕亮:同"諒"。《詩·鄘風·柏舟》:"母也天只,不亮人只。"《釋文》:"亮,本亦作諒。"

【評箋】

林昌彝曰:"七星巖在高要縣北六里,七區連屬列峙如北斗。其巖延袤幾十里,瀝湖環其下。(宋)康衛、(明)陳白沙,近代朱竹垞、王漁洋、杭大宗、馮魚山諸名輩游其地者,皆有詩,竹垞詩尤高曠。"(《海天情思續録》卷五)

雄州歌四首〔一〕(選一)

其二

緑榕萬樹鷓鴣天,水市山橋阿那邊〔二〕。蜑雨蠻煙空日月〔三〕,南來車馬北來船。

【注釋】

本詩作於順治十五年(一六五八)。

〔一〕雄州:今廣東省南雄縣,始置於五代南漢,宋開寶四年因河北路有雄州,故改稱南雄州。

〔二〕阿那(ē nuó)同"婀娜"。此喻草木繁盛,切"緑榕萬樹"句。元馬臻有《畫意》詩："記得西峯阿那邊，亂雲遮斷無尋處。"

〔三〕蜑(dàn)：又作"疍"。古代對廣東境内某些少數民族之賤稱。

謁張曲江祠〔一〕

峻坂盤神樹〔二〕，陰崖鑿鬼工〔三〕。芳塵羽扇冷〔四〕，春燕玉堂空〔五〕。不覩關門險，誰開造化工〔六〕！經過遺像肅〔七〕，千載嶺雲東。

【注釋】

本詩作於順治十五年(一六五八)。

〔一〕張曲江：即張九齡，唐玄宗時宰相，韶州曲江(今廣東省韶關市)人，封曲江男，天下稱曲江公而不名(《新唐書·張九齡傳》)。大庾嶺有其祠。

〔二〕峻坂：陡坡。神樹：謂樹之奇異，以其盤於峻坂而言。

〔三〕陰崖句：喻張九齡開鑿梅嶺工程之艱險。鬼工，謂鬼斧神工。唐沈佺期《巫山高》詩："陰崖若鬼神。"唐賀《羅浮山父與葛篇》"千歲石牀啼鬼工。"

〔四〕芳塵句：據《唐書·張九齡傳》：張九齡與李林甫同爲相，玄宗欲用牛仙客爲尚書，九齡不可，林甫以爲宰相才，帝决意用之，九齡因迕帝意，内不自安，遂因帝賜羽扇而獻《白羽扇賦》自況。賦中有"縱秋氣之移奪，終感恩於篋中"語。

〔五〕春燕句：據唐孟棨《本事詩》：唐相"張曲江(九齡)與李林甫同列，玄宗以文學精識深器之。林甫嫉之若讎，曲江度其巧譎，慮終不免，爲海燕詩以致意。曰：'海燕何微眇，乘春亦暫來。豈知泥滓濺，祇見玉堂開。繡户時雙入，華軒日幾回。無心與物競，鷹隼莫相猜。'亦終退斥。"玉堂空,指九齡終爲林甫所譖,罷相貶荆州長史。

〔六〕造化:創造化育。《淮南子·精神訓》:"偉哉造化者,其以我爲此拘拘邪?"按,梅嶺未開前,南北往來,遶道極遠,故竹垞以"造化"謂之。

〔七〕遺像:相傳唐玄宗於安史之變後,頗悔往事,曾遣人祭掃曲江墓,爲之鑄鐵象。

題南昌鐵柱觀〔一〕

丹甍縹緲麗層城〔二〕,鐵柱縱横鍊紫清〔三〕。陰洞蛟龍晴有氣,虚堂神鬼晝無聲。游人自愛登高賦〔四〕,仙吏仍兼濟物情〔五〕。雷雨忽愁天外至〔六〕,江湖元在地中行。

【注釋】

本詩作於順治十五年(一六五八)。

〔一〕鐵柱觀:據吴曾《能改齋漫録》:晉許遜爲旌陽令,江西有蛟爲害,遜遂與其徒(一説其師)吴猛仗劍殺之,作大鐵柱鎮壓其處。柱在今江西省南昌市廣潤門内,亦稱鐵柱宫。

〔二〕甍(méng):屋脊。杜甫《越王樓歌》:"孤城西北起高樓,碧瓦朱甍照城郭。"縹緲:高遠隱約貌。麗:附着。

〔三〕鍊紫清:鍊於紫清。紫清,天上,謂神仙所居。李白《春日行》:"深宫高樓入紫清。"

〔四〕登高賦:登高賦詩。《韓詩外傳》:"孔子遊於景山之上,子路、子貢、顔淵從。孔子曰:'君子登高必賦。'"

〔五〕仙吏句:據《許真君仙傳》:晉仙人瑕邱以許遜殺蛟濟民,奉玉皇命，授遜九州都仙太史，家屬皆乘雲仙去。濟物：猶助人。

〔六〕雷雨句：語本杜甫《渼陂行》："咫尺但愁雷雨至，蒼茫不曉神靈意。"

【評箋】

余楙曰："旌陽斬蛟，事涉荒誕，意者贛江水勢湍急，潰决爲患，鎮以鐵柱，則水勢稍殺耳。古人好作狡獪，事事附托神仙，後人不察，從而信之，妄孰甚焉，詩之發揮，似本此意。"（《白岳菴詩話》下）

（日）近滕元粹曰："語語警峭，氣格亦寛然有餘。"（明治四十年日本刊《浙西六家詩鈔》）

秋　浦

秋浦沙寒鷺浴，敬亭山暝雲流〔一〕。何處吹來片雨，回風正濕鄰舟。

【注釋】

本詩作於順治十五年（一六五八）。

〔一〕敬亭：山名，在今安徽省宣城縣北，山上有"敬亭"，相傳爲南齊謝朓賦詩之所。

烏江謁西楚霸王廟〔一〕

山前松柏憒王宫〔二〕，遺恨當年尚不窮〔三〕。忽見諸軍盡垓下〔四〕,愁聽父老説江東〔五〕。美人罷舞餘春草〔六〕,駿馬悲鳴自朔風〔七〕。萬歲來游還此地〔八〕,千秋霸業有誰同〔九〕?

【注釋】

本詩作於順治十五年(一六五八)。

〔一〕烏江:在安徽省和縣東北四十里,今名烏江浦,霸王廟即在此。

〔二〕憤王宫:據《南史·蕭琛傳》:魏、晉時吴興有項羽廟,因鄉人稱羽爲"憤王",故名廟爲"憤王宫"。

〔三〕遺恨句:事本《史記·項羽本紀》:"(項王突圍後)乃有二十八騎,漢騎追者數千人。項王自度不得脱,謂其騎曰:'吾起兵至今八歲矣,身七十餘戰,所當者破,所擊者服,未嘗敗北,遂霸有天下。然今卒困於此,此天之亡我,非戰之罪也。今日固決死,願爲諸軍快戰,必三勝之,爲諸君潰圍,斬將,刈旗,令諸君知天亡我,非戰之罪也!'"

〔四〕垓(gāi)下:地名,在今安徽省靈璧縣東南。《史記·項羽本紀》:"項王軍壁垓下,兵少食盡,漢軍及諸侯兵圍之數重。夜聞漢軍四面皆楚歌,項王乃大驚曰:'漢皆得楚乎?是何楚人之多也!'"

〔五〕父老説江東:《史記·項羽本紀》:"烏江亭長檥船待,謂項王曰:'……願大王急渡,……'項王笑曰:'天之亡我,我何渡爲!且籍與江東子弟八千人渡江而西,今無一人還,縱江東父兄憐而王我,我何面目見之?縱彼不言,籍獨不愧於心乎!'"

〔六〕美人罷舞:謂項羽寵姬虞美人自刎。餘春草:據晉任豫《益州記》云:虞姬死後化爲虞美人花,對之演奏"虞美人"曲則應拍而舞。

〔七〕駿馬句:意謂駿馬(羽之坐騎名騅)思主。晉夏侯湛《雜詩》:"朔風動秋草,邊馬有歸心。"此化用其意。又,唐高適有《送蕭十八與房侍御迴還》詩:"匹馬鳴朔風,一身濟河滸。"

〔八〕萬歲句:借用劉邦事指項羽,應前"遺恨"句。《史記·高祖本紀》:"(高祖)謂沛父兄曰:'遊子悲故鄉,吾雖都關中,萬歲後,吾魂魄猶樂思沛。'"

〔九〕千秋句:事本《史記·項羽本紀》贊:"羽非有尺寸,乘埶起隴畝之中,三年,遂將五諸侯滅秦,分裂天下,而封王侯,政由羽出,號爲霸王,位雖不終,近古以來未嘗有也。"又稱其所爲爲"霸王之業"。

【附録】

朱彝尊《烏江謁項王祠題名》:"順治十五年夏,歸自嶺表……泊舟烏江口,訊之土人項王祠所在,答云:三里而近。遂與同舟魏子登岸,半塗潦水限之,因褰裳並涉,遥睇平岡灌木,知是王祠。入門,則殿已被焚。徙神像、栗主於廡下,王之塑像東向,面深赤,范增、龍且左右夾侍,且亦面深赤。拜訖過亭基,瞻王石刻遺像,圓袍短幘,廣顙豐頤,宗人所摹勒也。"(見《曝書亭集》卷六八)

還家即事四首(選二)

其　一

回首辭江海,驚心念物華〔一〕。漸看鄉樹近,彌覺旅程賒〔二〕。避地虚留井〔三〕,無田學種瓜〔四〕。重爲廡下客〔五〕,慚愧説還家。

其　三

卜築仍無地〔六〕,來歸轉自憐〔七〕。癡兒猶昨日,病婦已連年〔八〕。扇有蒲葵攬〔九〕,牀移莞蒻眠〔一〇〕。濁醪供取醉〔一一〕,不向酒壚前〔一二〕。

【注釋】

此二詩作於順治十五年(一六五八)。

〔一〕物華:自然景色。唐杜審言(一作"韋應物")《和晉陵陸丞早春遊望》詩:"獨有宦遊人,偏驚物候(一作"華")新。"

〔二〕彌:更。賖:遠。唐李咸用《和人詠雪》詩:"不知何處客程賖。"

〔三〕避地句:意謂遷地以避禍患。王粲與繁欽並鄰同井,粲以西京擾亂乃之荆州依劉表,其井見在(劉彧《襄陽耆舊傳》)。井在襄陽市西二十里,峴山坡下。杜甫《一室》詩:"應同王粲宅,留井峴山前。"參下句可見竹垞粤行心情。

〔四〕種瓜:此用召平事,謂已貧甚於召平。《史記·蕭相國世家》:"召平者,故秦東陵侯,秦破爲布衣,貧,種瓜於長安城。"

〔五〕廡(wǔ)下客:謂東漢梁鴻。據《後漢書·梁鴻傳》:鴻家貧好學,不求仕進。原居關中,後避禍去吴,"依大家臯伯通,居廡下,爲人賃舂",以耿介守禮,夫妻篤愛爲後世所稱。

〔六〕卜築:卜地築屋。

〔七〕來歸句:語本杜甫《喜達行在所》詩:"死去憑誰報,歸來始自憐。"

〔八〕病婦句:語本樂府古辭《婦病行》:"婦病連年累歲,傳呼丈人前一言。"

〔九〕扇有句:意謂嶺南歸來,稍帶些土産而已。《晉書·謝安傳》:"安風流爲時所慕,鄉人有罷中宿縣者,還詣安,問其歸資。答曰:'有蒲葵扇五萬。'安乃取其中者捉之,京師士庶競市,價增數倍。"清吴震方《嶺南雜記》云:葵扇出東莞(今屬廣東省),其販於江浙者,特其粗者。

〔一〇〕莞(guān):植物名,俗名水葱、席子草,可編席。蒻(ruò):香蒲,可編席。東漢張衡《同聲歌》:"思爲莞蒻席,在下蔽匡牀。"

〔一一〕濁醪(láo):濁酒。杜甫《清明》詩:"鍾鼎山林各天性,濁醪粗飯任吾年。"此用其意。

〔一二〕酒壚(lú):酒店。壚,放酒瓮等器皿之土臺。《世説新語·傷逝》:

"王濬沖……經黄公酒壚下過。"注:"韋昭《漢書》注曰:'壚,酒肆也。'"

雨中陳三島過偕飲酒樓兼示徐晟〔一〕

吴門十日風雨惡〔二〕,決明花開忽復落〔三〕。游人登高愁未已,客子入門慘不樂〔四〕。陳生疏放良可喜〔五〕,雨中過我臨頓里〔六〕。却話平生同調人〔七〕,吹篪擊筑皆知己〔八〕。皋橋橋西多酒樓〔九〕,妖姬十五樓上頭。百錢一斗飲未足,半醉典我青羔裘。坐中臨觴忽不語,南州孺子高陽侣〔一〇〕,同是東西南北人〔一一〕,明朝酒盡歸何處〔一二〕?

【注釋】

本詩作於順治十五年(一六五八)。

〔一〕陳三島:字鶴客,江蘇長洲(今蘇州市)人,著有《雪圃遺稿》。徐晟:字禎起,又字損之,蘇州諸生,著有《陶菴詩删》。

〔二〕吴門:古吴縣(今蘇州市)之别稱。因吴縣春秋時爲吴國都城,故稱。門,城門。《韓詩外傳》:"顔回從孔子登日觀,望吴門焉。"十日:當指陰曆九月初十。以"九日"稱重陽,下文有"登高"可據。又,金元好問有《十日登豐山》詩,亦可證。

〔三〕決明:藥用植物,能明目,故名。杜甫《秋雨歎》:"雨中百草秋爛死,階下決明顔色鮮。"《杜詩詳注》卷三引宋史鑄《百菊集譜》略云:決明七月開花,葉極疏,焉得有"翠羽蓋"與"黄金錢"(皆《秋雨歎》中句),杜詩所指實係甘菊,亦能明目,功同石決,故吴、楚間呼爲"石決"。按:史説極是,《秋雨歎》所云皆深秋景象,不應指七月。且編於此前三首之《歎庭前甘菊花》已曰"重陽",亦曰"大枝葉”;編於此前四首有《九日寄岑參》,編次當無誤,皆可佐證。

〔四〕游人:詩人自況,時竹垞客吴門,下句“客子”同。

〔五〕疏放:意謂任意,無拘無束。良:甚。

〔六〕臨頓里:吴縣地名,據《姑蘇志》,吴王逐東夷,曾頓軍於是,故名。竹垞曾祖朱國祚舊居於此。見前《旅興呈舍人五兄》詩注〔二〕。

〔七〕同調:聲調相同,喻志趣相投。

〔八〕吹篪(chí):《史記・范雎傳》:“(伍子胥)鼓腹吹篪,乞食於吴市。”此喻隱於風塵之異人。篪,古代管樂器,竹製,其形似簫,唯横吹。擊筑(zhú):《史記・刺客列傳》:“荆軻嗜酒,日與狗屠及高漸離飲於燕市。酒酣以往,高漸離擊筑,荆軻和而歌於市中,相樂也;已而相泣,旁若無人。”筑,古代弦樂器,其形如琴,十三弦。

〔九〕皋橋:在今蘇州市閶門内。據《姑蘇志》云:漢議郎皋伯通曾居此,其側梁鴻所寓也。

〔一〇〕南州孺子:謂徐穉,南昌人,字孺子。據《後漢書・徐穉傳》:“林宗(郭泰)有母憂,穉往弔之,置生芻一束於廬前而去……林宗曰:‘此必南州高士徐孺子也。’”高陽侶:謂酈食其(yì jī),秦漢之際陳留高陽鄉(今河南省杞縣)人,著名辯士。據《史記・朱建傳》:劉邦爲沛公時,引兵過陳留,酈生踵軍門上謁,使者入報,邦問何如人也,使者曰狀貌類大儒,邦曰:“爲我謝之,言我方以天下爲事,未暇見儒人也。”使者如言出謝,酈生按劍斥使者曰:“走!復入言沛公,吾高陽酒徒也,非儒人也!”(《朱建傳》)唐柳宗元《離觴不醉至驛卻寄相送諸公》詩:“荆州不遇高陽侶,一夜春寒滿下廳。”

〔一一〕東西南北人:意謂飄流在外,行蹤不定。《禮記・檀弓》:“今丘也,東西南北之人也,不可以弗識也。”注:“‘東西南北’言居無常處也。”

〔一二〕明朝句:語本北周庾信《歲晚出横門》詩:“明朝雲雨散,何處更相尋。”

【評箋】

孫鋐曰:"磊落放縱,青蓮之遺風。"(《皇清詩選》)

喜羅浮屈五過訪〔一〕

春風蝴蝶飛,緑草南園遍〔二〕,知是麻姑五色裙〔三〕,羅浮山下曾相見。開門一笑逢故人,遠來問我桃花津〔四〕。若非緑玉杖〔五〕,定跨黄麒麟〔六〕,不然出入京雒一萬里〔七〕,何爲布素無緇塵〔八〕?相知樂莫樂〔九〕,不用金箱圖五岳〔一〇〕;況今天地多戰争,赤城華頂風煙驚〔一一〕!山陰道士不得見〔一二〕,四明狂客誰相迎〔一三〕?由拳城南春可惜〔一四〕,竹石如山水千尺〔一五〕。從此扁舟范蠡湖〔一六〕,長歌來往裴休宅〔一七〕。

【注釋】

本詩作於順治十六年(一六五九)。

〔一〕羅浮:山名,在廣東東江北岸,增城、博羅、河源等縣間。據《嘉慶一統志》:"羅山之西有浮山,蓋蓬萊之一阜,浮海而至,與羅山並體,故曰羅浮。"中峯飛雲頂,風景優美,道家稱之爲第七洞天,東晉葛洪曾修道於此。詩稱"羅浮屈五",或即因屈五曾於羅浮落髮故,其《寒夜集燈公房聽韓七山人畕彈琴兼送屈五還羅浮》詩中,徑呼其爲"羅浮道士"可證。屈五:即屈大均(一六三〇—一六九六),以其排行稱。據鄧之誠《清詩紀事初編》:大均字翁山,廣東番禺人,明末諸生,曾参與抗清鬥争,失敗後,薙度爲僧。不久還俗,遊吴越、秦晉,廣交民族志士,或有規劃,圖謀再舉之事。工詩善文,乃"嶺南三家"之一,詩文多憤激指斥語,雍正、乾隆兩朝皆列之爲禁書。

〔二〕春風二句：語本晉張協《雜詩》："借問此何時，蝴蝶飛南園。"

〔三〕麻姑：傳説中的仙女，東漢時在人間，年若十八、九美女，手似鳥爪(見舊題晉葛洪《神仙傳》)。又，相傳羅浮之彩蝶爲麻姑綵衣(一説裙)所化(見明陳槤《羅浮志》)。

〔四〕桃花津：字面似用陶潛《桃花源記》事，然結合下文"出入京雒一萬里"，豈與"問津"有涉？時魏璧、祁理孫等與海上抗清根據地將領張煌言、鄭成功有聯繫，竹垞、翁山皆與，所問者或即指海外消息耳。

〔五〕綠玉杖：語本李白《廬山謡寄盧侍御虚舟》詩："手持綠玉杖，朝別黄鶴樓；五岳尋仙不辭遠，一生好入名山遊。"

〔六〕黄麒麟：明黄佐《羅浮山圖經》云：麻姑峰，女仙之所集也，有獸焉，麕身狼尾馬足而黄色，名曰麒麟。又，葛洪《神仙傳》云：王君出城唯乘一黄麒麟；每行常見山林在下，去地數百丈。

〔七〕京雒(luò)：即洛陽，因東周、東漢皆建都於此，故稱。雒，通"洛"。

〔八〕布素：布製素衣。緇(zī)塵：黑色灰塵，即風塵。語本南齊謝朓《酬王晉安》詩："誰能久京洛，緇塵染素衣。"

〔九〕相知句：語本屈原《九歌·少司命》："悲莫悲兮生別離，樂莫樂兮新相知。"

〔一〇〕金箱圖五岳：據漢班固《漢武帝内傳》云：西王母曾授漢武帝"五岳真形圖"，武帝奉以黄金之箱，封以白玉之函。唐王勃有《尋道觀》詩："玉笈三山記，金箱五岳圖。"

〔一一〕赤城：山名，在今浙江省天台縣北，爲天台山南門。因土色皆赤，狀似雲霞，望之似雉堞而得名。孫綽《遊天台山賦》中"赤城霞起而建標"即指此。華頂：即華頂峯，亦在天台。風煙：此非指自然景物，當喻戰亂，似指張煌言等自海上攻吴越事。

〔一二〕山陰道士：據《晉書·王羲之傳》：羲之性好鵝，山陰道士養佳鵝，王求購，道士云："爲寫《道德經》，當舉羣贈。"王"欣然寫畢，籠鵝而歸"。山陰，今紹興市。詩即以本地逸事喜迎翁山之到來。

〔一三〕四明狂客：唐賀知章晚年號"四明狂客"。四明，即四明山，在浙江省寧波市西南。李白《對酒憶賀監》詩："狂客歸四明，山陰道士迎。"謂知章由官宦而爲道士，竹垞詩或借以喻翁山。

〔一四〕由拳：地名，今浙江省嘉興縣。

〔一五〕竹石如山：語本杜甫《絶句四首》："青溪先有蛟龍窟，竹石如山不敢安。"

〔一六〕從此句：據《史記・貨殖列傳》："（范蠡佐越王勾踐滅吴後）乃乘扁舟，浮於江湖。"又，《國語》云："入於五湖。"所謂五湖，其説不一。

〔一七〕裴休：唐宣宗（李忱）時，爲同中書門下平章事，相傳其宅在浙江省嘉興縣真如寺。

題祁六班孫東書草堂〔一〕

愛汝谿堂静〔二〕，開尊乍卷帷。江花平岸發，山鳥過庭飛〔三〕。東海賦垂釣〔四〕，西山懷采薇〔五〕。一爲歌白雪，高調和應稀〔六〕。

【注釋】

本詩作於順治十六年（一六五九）。

〔一〕祁班孫：祁彪佳之子。彪佳，山陰（今紹興市）人，明熹宗（朱由校）時進士，官至右僉都御史，清兵陷南京，彪佳絶粒，端坐池中而殉，謚"忠敏"（一説"忠惠"）。班孫與兄理孫皆克秉先志圖謀恢復，梅墅中多複壁大隧，傾家結客，朱竹垞、屈翁山往來其間。後鄭成功失敗，諸友或遇害、或憂卒、或逃亡，理孫賄免，班孫被捕，流放遼寧（見郭則澐《十朝詩乘》）。尋脱歸，下髪爲僧，號咒林法師，主持毘陵郡(今鎮江、常州、無錫)馬鞍山寺，不談佛法，好議論古今，言明故事則慟哭，尋卒，有《紫芝軒集》行世(參見鄧之誠《清詩紀事初編》卷二)。

〔二〕谿堂：同"溪堂"，澗中所建之堂。宋謝逸有《溪堂詞》。又，杜甫《崔氏東山草堂》詩云："愛汝玉山草堂静，高秋爽氣相鮮新。"

〔三〕江花二句：語本杜甫《獨坐》詩："水花寒落岸，山鳥暮過庭。"

〔四〕東海句：《莊子・外物》："任公子爲大鉤、巨緇，五十犗以爲餌。蹲乎會稽，投竿東海……得若魚，離而腊之，自制河以東，蒼梧以北，莫不厭若魚者。"

〔五〕西山句：意謂班孫有不仕清廷之亮節。《史記・伯夷列傳》："(周)武王已平殷亂，天下宗周，而伯夷、叔齊耻之，義不食周粟，隱於首陽山(在今山西省永濟縣)，采薇而食之，及餓且死，作歌，其辭曰：'登彼西山(即首陽山)兮，采其薇矣；以暴易暴兮，不知其非矣！'"

〔六〕一爲二句：謂班孫節操高尚，非同一般。宋玉《對楚王問》："客有歌于郢中者，其始曰《下里巴人》，國内屬而和者數千人……其爲《陽春白雪》，國内屬而和者不過數十人。引商刻羽，雜以流徵，國中屬而和者不過數人而已。是其曲彌高，其和彌寡。"

越江詞

山圍江郭水平沙，過雨輕舟泛若邪〔一〕。一自西施採蓮後〔二〕，越中生女盡如花〔三〕。

【注釋】

本詩作於順治十六年(一六五九)。

〔一〕若邪(yè)：溪名，在浙江省紹興市南二十里，旁近若耶山，亦稱五雲溪，流歸鏡湖，相傳爲西施浣紗處。邪，一作"耶"。唐王翰《春日歸思》詩："不知湖上菱歌女，幾個春舟在若耶。"

〔二〕西施採蓮：李白《子夜吴歌·夏歌》："五月西施採，人看隘若耶。"《方輿勝覽》："若耶溪，在會稽縣東南二十五里，北流與鏡湖合。西施採蓮、歐冶鑄劍之所。"

〔三〕越中句：語本唐宋之問《浣紗篇贈陸上人》詩："越女顔如花，越王聞浣紗。"

【評箋】

徐虹亭曰："竹垞嘗游于越，賦《越江詞》云：'山圍江郭水平沙，過雨輕舟泛若邪。一自西施採蓮後，越中生女盡如花。'士女交相和之。一日偕董處士巖入一大宅觀花，覩三女子明艷未嘗避人，朱逡巡而退，賦詩云：'誰家三婦艷新妝，静鎖葳蕤春日長；一出浣紗行石上，飛來無數紫鴛鴦。'（按：見《曝書亭集》卷五《彭山即事》）"（《續檇李詩繫》）

同曹侍郎遥和王司理士禛《秋柳》之作〔一〕

回首秦川落照殘，西風遠影對巑岏〔二〕。城頭霜月從今白，笛裹關山祗自寒〔三〕。亡國尚憐吴苑在〔四〕，行人只向灞陵看〔五〕。春來已是傷心樹〔六〕，猶記青青送玉鞍〔七〕。

【注釋】

本詩作於順治十六年（一六五九）。

〔一〕曹侍郎：即曹溶，詳下《送曹侍郎備兵大同》注〔一〕。王士禛：字子真，一字貽上，號阮亭，漁洋山人。順治進士，官揚州司理，歷仕至刑部尚書。士禛乃清初著名詩人,對有清一代詩風影響頗大,與竹垞齊名,時稱“南朱北王”。秋柳之作:王士禛《漁洋詩話》:“余少在濟南明湖水面亭,賦《秋柳》四章,一時和者甚衆。後三年官揚州,則江南北和者,前此已數十家,閨秀亦多和作。”按:士禛以《秋柳》詩著稱,時人謂之“王秋柳”,士禛亦頗自詡。《漁洋詩話》徑引陳允衡言,曰:“原唱如‘初寫《黄庭》,恰到好處。’諸名士和作皆不能及。”惜物議未必盡然(見竹垞和詩〔評箋〕)。

〔二〕秦川:古地區名,今陝西省、甘肅省秦嶺以北地區,此地千里平川,因春秋時屬秦國而名。巑岏(cuán wán):峻峭的山峯。漢劉向《九歎·憂苦》:“登巑岏以長企兮,望南郡而闚之。”注:“巑岏,鋭山也。”

〔三〕城頭二句:杜甫《月夜憶舍弟》詩:“露從今夜白。”又,《洗兵馬》詩:“三年笛裏關山月。”竹垞詩或由此化出。

〔四〕吴苑:春秋吴國之苑囿,在今蘇州市。吴王夫差得西施後,大起宫苑,沉溺聲色,遂以亡國。李白《蘇臺覽古》詩:“舊苑荒臺楊柳新,菱歌清唱不勝春。只今惟有西江月,曾照吴王宫裏人。”

〔五〕灞陵:本作“霸陵”,在今陝西省西安市東。漢文帝(劉恒)陵墓所在,以其地在霸上(地名,意即霸水之上),故名。霸陵爲古人送别之所,據《三輔黄圖》稱:“霸橋在長安東,跨水作橋,漢人送客至此橋,折柳贈别。”李白《憶秦娥》詞:“年年柳色,灞陵傷别。”

〔六〕傷心樹:唐劉希夷《公子行》:“可憐楊柳傷心樹,可憐桃李斷腸花。”此用其意。

〔七〕猶記句:唐王維《送元二使安西》詩:“渭城朝雨浥輕塵,客舍青青柳色新。”又,梁劉孝威《愛妾换馬》詩:“良工送玉鞍。”此用其意。

【評箋】

吴仰賢曰:“漁洋《秋柳》詩四首,以娟秀見長,是其少作。末章云:‘新愁帝子悲今日,舊事王孫憶往年。’一句切秋,一句切柳,直是無聊語。夫題曰‘秋柳’,筆底須挾秋氣,當時朱竹垞等均有和作,風格老蒼,遠勝

原唱。青浦屠讓菴《國朝四大家詩鈔》於《秋柳》詩,删王而録朱,最爲有見。"(《小匏菴詩話》卷三)

【附録】

秋　柳(四首録二)　　王士禛

其　一

秋來何處最銷魂,殘照西風白下門。他日差池春燕影,祇今憔悴晚煙痕。愁生陌上黄驄曲,夢遠江南烏夜邨。莫聽臨風三弄笛,玉關哀怨總難論。

其　四

桃根桃葉鎮相憐,眺盡平蕪欲化煙。秋色向人猶旖旎,春閨曾與致纏綿。新愁帝子悲今日,舊事王孫憶往年。記否青門珠絡鼓,松枝相映夕陽邊。

梅市對雨遲朱士稚不至同吕師濂、祁理孫班孫分韻得泥字〔一〕

溪亭蕭瑟水雲低〔二〕,積雨千山極望迷。落葉漸看沙徑滿,寒烏偏傍女牆啼〔三〕。重來賓客仍羈旅,此去鄉關亦鼓鼙〔四〕。何事懷人坐惆悵,且拚今日醉如泥〔五〕。

【注釋】

本詩作於順治十六年(一六五九)。

〔一〕梅市:見後《梅市逢魏璧》注〔一〕。遲(zhí):等待。朱士稚:亦曾參與祁理孫兄弟、魏璧抗清活動,從魏璧《醉時歌與朱廿二》詩中,可想見其精神。詩略云:“憶昨破屋藏亡命,事敗何如燕荆卿。頸繫青絲脚栓木,同日義侶被束縛。爺娘搥胸不敢送,親戚攔街齊慟哭。先生毅然赴法曹,睢陽寸鬱知無逃。衆囚相對破濁醪,掀髯長歈聲轉高。”餘見前《即席送王廷璧朱士稚同之松江》注〔一〕。吕師濂:山陰人,字黍字。祁理孫、班孫:見前《題祁六班孫東書草堂》詩注〔一〕。

〔二〕水雲:霧。唐孟浩然《曉入南山》詩:“瘴氣曉氛裏,南山没水雲。”

〔三〕女牆:城牆上凸凹形的小牆。漢劉熙《釋名·釋宫室》:“城上垣,曰睥睨……亦曰女牆,言其卑小,比之於城。”唐劉長卿《登餘干古縣城》詩:“官舍已空秋草緑,女牆猶在夜烏啼。”或爲此句所本。

〔四〕鄉關:家鄉。鼓鼙:大鼓、小鼓,古代軍用樂器,因以指軍事。《禮記·樂記》:“聽鼓鼙之聲,則思將帥之臣。”劉長卿《送李判官之潤州行營》詩:“萬里辭家事鼓鼙,金陵驛路楚雲西。”

〔五〕拚(pān):捨得,不顧一切。杜甫《將赴成都草堂途中有作先寄嚴鄭公》詩:“肯藉荒庭春草色,先拚一飲醉如泥。”又,無名氏《五色綫》稱:“南海有蟲,無骨,名曰‘泥’,在水中則活,失水則醉,如一堆泥然。”

【評箋】

(日)近滕元粹云:“五、六寓悲慨之意,有味。第八,未圓,是清人常套耳。”(明治四十年日本刊《浙西六家詩鈔》)

留別董三鑑〔一〕

離堂翦燭重燒燭〔二〕,深夜他鄉説故鄉〔三〕。作客蕭條官舍下,逢君歌哭酒壚傍〔四〕。明朝分手仍南北,後會相期各渺茫。長路烽煙驚海甸〔五〕，亂山風雨暗河梁〔六〕。

【注釋】

本詩作於順治十六年(一六五九)。

〔一〕董巘(jī)：字子長，會稽縣(今紹興市)學生(見《明詩綜》)。

〔二〕離堂：話別之室。謝朓《離夜》詩："離堂華燭盡，別幌清琴哀。"

〔三〕深夜句：明袁凱《客中除夜》詩云："今夕爲何夕，他鄉説故鄉。"

〔四〕歌哭酒壚：事本《史記・刺客列傳》："高漸離擊筑，荆軻和而歌於市中相樂也；已而相泣，旁若無人。"歌哭，典出《禮記・秋官》："(禁)行歌哭於國中之道者。"傍：通"旁"。

〔五〕海甸：近海的地區。南齊孔稚珪《北山移文》："張英風於海甸，馳沙譽於浙右。"

〔六〕河梁：即橋梁。舊題漢李陵《與蘇武》詩："攜手上河梁，遊子暮何之。"後因稱送別之地。

梅市逢魏璧〔一〕

前年逢君射襄城〔二〕，山樓置酒歡平生〔三〕。淳于一石飲未醉〔四〕，孟公四坐人皆驚〔五〕。今年逢君梅福市〔六〕，潦倒粗疎已無比〔七〕。寒暑推移六七年，眼前貧賤猶如此。悲君失意成老翁，況復奔走隨西東！攬鏡不知頭盡白，逢人先説耳初聾〔八〕。山陰祁生賢地主〔九〕，好奇往往相傾許。豈無上客朱用調與姜廷梧〔一〇〕，齊向高堂飯雞黍。哀絲急管何其多〔一一〕，酒酣坐起舞婆娑〔一二〕。魏生魏生奈爾何，百年强半成蹉跎。天生汝才豈牖下〔一三〕，何爲抱膝徒悲歌〔一四〕！

【注釋】

本詩作於順治十七年(一六六〇)。

〔一〕梅市:據《明一統志》:梅市在紹興城西三十里,相傳以漢南昌尉梅福居此而得名(詳注〔六〕)。魏璧:浙江慈谿人。原名時珩,明亡後改名耕。少時曾爲衣工,入贅凌氏,爲諸生。清軍陷南京後,棄儒業,參與浙東抗清義師,又入海與張煌言、鄭成功言,以舟師入長江,南京可唾手而得。順治十六年(一六五九)不幸戰敗,遂往來吴越間,與祁理孫兄弟、朱彝尊等聯絡,圖謀再舉。一六六一年被孔元章出賣被捕,剛直不屈,次年陰曆六月初一日壯烈犧牲,妻凌氏同日自盡。著有《息賢堂集》,因遇害,世稀見傳(參見鄧之誠先生《清詩紀事初編》卷二)。

〔二〕射襄:在嘉興東北三十里,已廢(見《嘉禾志》)。

〔三〕歡平生:使平生之好歡愉。《漢書·張耳傳》:"上使泄公持節問之箯輿前,(貫高)仰視泄公,勞苦如平生歡。"

〔四〕淳于句:《史記·淳于髡傳》:"日暮酒闌,合尊促坐,男女同席,履舄交錯,杯盤狼藉,堂上燭滅,主人留髡而送客,羅襦襟解,微聞薌澤,當此之時,髡心最歡,能飲一石。"

〔五〕孟公句:《漢書·陳遵傳》:"(遵)字孟公……嗜酒……略涉傳記,贍於文辭……所到,衣冠懷之,唯恐在後。時列侯有與遵同姓字者,每至人門,曰陳孟公,坐中莫不震動,既至而非,因號其人曰陳驚坐云。"

〔六〕梅福:漢成帝時南昌尉。據《漢書·梅福傳》:時王莽兄弟權勢日熾,羣臣莫敢言,福已去官,仍上書切責。"至元始中,王莽專政,福一朝棄妻子,去九江,至今傳以爲仙。其後,人有見福於會稽者,變名姓,爲吴市門卒云。"

〔七〕潦倒句:語本晉嵇康《與山巨源絶交書》:"足下舊知吾潦倒粗疎,不切事情,自維亦皆不如今日之賢能也。"按:時魏璧新敗,潦倒頽喪可想見,以下四句皆指此。

〔八〕攬鏡二句:魏璧《宿屠爌宅》詩云:"汝髪黑如漆,吾頭白可憐。"

又,《寄金俊明》詩:"親朋如有問,爲報耳初聾。"此用其句。

〔九〕祁生:謂祁理孫兄弟,詳前《題祁六班孫東書草堂》注〔一〕。地主:當地的主人。

〔一〇〕朱用調:字子彝,山陰(今紹興市)人,著有《固亭遺稿》。姜廷梧:字桐音,山陰人。

〔一一〕哀絲急管:曲調悲哀、節奏急促的管絃音樂。杜甫《促織》詩:"悲絲與急管,感激異天真。"又《醉爲馬墜諸公攜酒相看》詩:"初筵哀絲動豪竹。"

〔一二〕酒酣句:語本韋應物《餞雍聿之潞州謁李中丞》詩:"酒酣拔劍舞,慷慨送子行。"

〔一三〕天生句:李白《將進酒》:"天生我材必有用。"此化用其句。牖(yǒu)下,謂終老牖下,無所作爲。牖,窗户。

〔一四〕抱膝:抱膝而坐,有所思貌。晉劉琨《扶風歌》:"慷慨窮林中,抱膝獨摧藏。"

【校記】

據康熙十八年前所刊《竹垞文類》,詩中"哀絲急管何其多,酒酣坐起舞婆娑"兩句,原作:"哀絲急管横向陳,拂衣起舞任吾真。便當晨夕相怡愉,不用長齋事高潔。醉去狂揮白玉杯,渴時生飲黄獐血。"

觀海行贈施學使閏章〔一〕

吾生空好游,五岳未登一〔二〕。玉女青童笑向人〔三〕,問君婚嫁何時畢〔四〕?朅來四月西湖邊〔五〕,興盡却返山陰船〔六〕;餘杭春酒亦不惡〔七〕,醉來只向壚頭眠〔八〕。宛陵施夫子〔九〕,貽我觀海篇;吴歈會吟不足聽〔一〇〕,高張齊瑟組朱絃〔一一〕。我歌且謡未終曲〔一二〕,風雨秦松振崖谷〔一三〕;天雞叫罷榑桑枝〔一四〕,羣飛海水摇空緑〔一五〕。東臨傑閣觀蓬萊〔一六〕,瀛洲草暖浮煙開;丹田玉闕了可覩〔一七〕,空中照曜金銀臺〔一八〕。齊三士〔一九〕,魯兩生〔二〇〕,由來此地才華盛,我欲從公問姓名,更尋徐市尋仙去〔二一〕,親向蓬萊採藥行〔二二〕!

【注釋】

本詩作於順治十八年(一六六一)。

〔一〕施閏章:字尚白,號愚山,安徽宣城人。順治間進士,充山東學政,官至翰林侍讀。博綜羣籍,善詩古文辭,詩與宋琬齊名,時稱"南施北宋",其詩又稱"宣城體",有《學餘堂文集》等行世。施詩見〔附録〕。按:《施愚山全集》無《觀海行》詩,李富孫《手批曝書亭詩》云:"當即施之《蓬萊看海市歌》。"是。

〔二〕吾生二句:李白《廬山謡寄盧侍卿虚舟》詩:"五岳尋仙不辭遠,一生好入名山遊。"此化用其句。

〔三〕玉女:神女。青童:仙童。《太平廣記》云:"南岳真人赤君、西城王君及諸青童,並從王母降於茅盈室。"李白《訪道安陵》詩:"仙人識青童。"

〔四〕婚嫁:事本《後漢書·逸民傳》"向長字子平……讀《易》至《損》、《益》卦,喟然歎曰:'我已知富不如貧。貴不如賤,但未知死何如生耳。'……男女婚嫁既畢,勑斷家事勿相關,當如我死也。于是遂肆意,與同好北海禽慶俱遊五岳名山,竟不知所終。"

〔五〕朅(qiè)來:去來,此着重言來。

〔六〕興盡却返:《晉書·王徽之傳》,徽曰:"乘興而來,興盡而返。"王居山陰,故曰"山陰船"。

〔七〕春酒:冬季釀造,及春而成的酒。《詩·豳風·七月》:"爲此春酒,以介眉壽。"據舊題葛洪《神仙傳》載:餘杭有善釀百花酒之農婦,仙人飲其酒甘之,贈藥償酒價,服而仙去,其地因名仙姥墩。又唐曹唐《小遊仙》詩:"若教使者沽春酒,須覓餘杭阿母家。"

〔八〕醉來句:事出《世説新語·任誕》:"阮公鄰家婦有美色,當壚酤酒,阮(籍)與王安豐常從婦飲酒,阮醉便眠其婦側,夫始殊疑之,伺察終無他意。"

〔九〕宛陵:在今安徽省宣城。

〔一〇〕吴歈(yú):吴地歌曲。屈原《招魂》:"吴歈蔡謳,奏大吕些。"會(kuài)吟:樂府雜曲歌辭之一。《樂府詩集》引《樂府解題》曰:"《會吟行》,其致與《吴趨》同。會謂會稽。謝靈運《會吟行》曰:'咸共聆會吟。'"

〔一一〕高張:指調緊絲絃,使樂器發出高亢激越的音響。晉張協《七命》詩:"器舉樂奏,促調高張。"齊瑟:齊國(今山東省)之瑟。《文選·曹子建〈贈丁翼〉》詩:"秦筝發西氣,齊瑟揚東謳。"注:"蘇秦説秦王曰:'臨菑甚富,其民無不吹竽鼓瑟。'"絙(gēng):緊、急。《淮南子·繆稱》:"治國譬如張瑟,大絃絙則小絃絶也。"朱絃:樂器上之紅色絲絃。《禮記·樂記》:"清廟之瑟,朱絃而疏越,壹倡而三歎,有遺音者矣。"

〔一二〕我歌且謡:語本《詩·魏風·園有桃》:"我歌且謡。"毛《傳》:"曲合樂曰歌,徒歌(即無伴奏而唱)曰謡。"

〔一三〕風雨秦松:指泰山小天門之松。《史記·秦始皇本紀》:"(始皇)乃遂上泰山,立石,封,祠祀。下,風雨暴至,休於樹下,因封其樹爲五大夫。"《藝文類聚》卷八八應劭《漢官儀》云:"其樹爲松。"

〔一四〕天雞:神雞。晉郭璞《玄中記》:"桃都山(神話中之山名)有大樹曰桃都,枝相去三千里,上有天雞。日出照木,天雞即鳴,天下雞皆鳴"(見《初學記》所引)。又,李白《夢游天姥吟留別》詩:"半壁見海日,空中聞天鷄。"榑(fú)桑:通"扶桑"。傳説中的神樹,爲日出處。《淮南子·覽冥》:"朝發榑桑,日入落棠。"注:"榑桑,日所出也。落棠,山名,日所入也。"唐施肩吾《海邊遠望》詩:"扶桑枝邊紅晈晈,天雞一聲四溟曉。"

〔一五〕羣飛海水:語本漢揚雄《太玄經·劇》:"上九,海水羣飛,蔽于天杭(即天河),測曰:'海水羣飛,終不可語也。'"本謂四海不靖,國不安寧,竹垞詩借喻海勢磅礴。空緑:清澈碧緑。樂府古辭《西洲曲》:"捲簾天自高,海水摇空緑。"

〔一六〕傑閣:高閣,此謂蓬萊閣。閣在今山東省蓬萊縣,宋時所建,爲山海登臨勝槩(見《登州府志》)。蓬萊:傳説中之仙山名,《史記·秦始皇本紀》:"齊人徐市等上書,言海中有三神山,名曰'蓬萊'、'方丈'、'瀛洲',仙人居之,請得齋戒,與童男女求之。"

〔一七〕丹田玉闕:謂仙境,語本李白《訪道安陵遇蓋寰爲予造真籙,臨别留贈》詩:"丹田了玉闕,白日思雲空。"

〔一八〕曜(yào):照耀。金銀臺:仙鏡中以金銀建築之樓臺。《文選》卷二一郭璞《遊仙詩》:"神仙排雲出,但見金銀臺。"注:"齊威宣、燕昭,使人入海求蓬萊方丈瀛洲,此三神山者,仙人及不死之藥皆在焉,而黄金白銀爲宫闕。"又,李白《夢遊天姥吟留别》詩:"青冥浩蕩不見底,日月照耀金銀臺。"

〔一九〕齊三士:指春秋時齊國三勇士,公孫接、田開疆、古冶子,三人分别能搏虎、殺黿,却敵(見《晏子春秋》卷二)。諸葛亮《梁甫吟》:"一朝被讒言,二桃殺三士。"

〔二〇〕魯兩生:事出《史記·叔孫通傳》,通説漢高祖劉邦,徵魯諸生共起朝儀,"魯有兩生不肯行,曰:'公所事者且十主,皆面諛以得親貴,今天下初定,死者未葬,傷者未起,又欲起禮樂,禮樂所由起,積德百年而後可興也。吾不忍爲公所爲,公所爲不合古,吾不行。公往矣,無汙我!'"

〔二一〕徐市:詳注〔一五〕。尋仙:李白《廬山謡》:"五嶽尋仙不辭遠。"

〔二二〕親向句:據《史記·秦始皇本紀》:"徐市等入海求神藥,數歲不得,費多恐譴,乃詐曰:'蓬萊藥可得,然常爲大鮫魚所苦,故不得至。'"

【評箋】

（日）近滕元粹曰："長短錯綜，字皆雕心鏤肝而出，竹垞亦不負於作家之名也。第三解妙，第四解更妙，詩亦如'金銀臺'之照曜。第五解突然插入三字句，有氣勢，有變化，才調可愛。"（明治四十年日本刊《浙西六家詩鈔》）

【附録】

蓬萊看海市歌　　施閏章

校士東牟，思見海市，事竣，謁海廟因禱焉。臨發，海市適見，歌以紀之：

蓬萊海市光有無，玄冬物色誇大蘇。我亦再拜乞海若，願假靈異看須臾。是時苦旱海水竭，神龍困懶枯珊瑚。鼉鼓忽鳴津吏呼，天吴出舞鮫人趨。大竹盈盈横匹練，小竹湛湛浮明珠。方員斷續忽易位，明滅低昂頃刻殊。列屏複帳閃宫闕，桃源茅屋成村墟。沙門小島更奇絶，浮圖倒影凌空虚。有時離立爲兩人，上者爲笠下者車。砉然雙扉開白板，中有奇樹何扶疏！三山十洲一步地，羣仙冉冉來蓬壺。神摇目眩看不足，惜哉風伯爲驅除！人間快意亦如此，浮雲長據胡爲乎？噫嘻，浮雲長據胡爲乎！（《施愚山先生全集》卷一六）

于忠肅公祠[一]

昔在狼山下[二]，軍書犯近坰[三]。六師輕朔漠[四]，萬騎失雷霆[五]。土木塵常滿[六]，龍蛇歲不寧[七]，豆田沙浩浩[八]，黍谷路冥冥[九]。濟世須元老，長材總四溟[一〇]。從容持國計[一一]，指顧悉兵形[一二]。瑕吕安羣議[一三]，劉琨表外廷[一四]。嗣王仍曆數[一五]，高廟有神靈[一六]。既罷金繒款〔一七〕,無煩白馬刑〔一八〕。北轅旋翠輦〔一九〕,南内啓朱扃〔二〇〕。命已甘刀鑊〔二一〕,功真溢鼎銘〔二二〕。春秋隆代祀,俎豆肅維馨〔二三〕。一自軺車至〔二四〕,難期堠火停〔二五〕。遺墟愁戰伐,大樹日飄零〔二六〕。碧草空祠長,黄鸝過客聽〔二七〕。霜鐘沉曉月,風牖繞明星。卞壺誰修墓〔二八〕,巫陽數降庭〔二九〕。讖還思雨帝〔三〇〕,碑欲墮江亭。遠水澄湖碧,流雲暗壑青。千年華表鶴〔三一〕,哀怨此重經〔三二〕。

【注釋】

本詩作於順治十八年(一六六一)。

〔一〕于忠肅:即于謙。于謙(一三九八—一四五七),明英宗(朱祁鎮)時兵部侍郎。公元一四四九年英宗被瓦剌族(西蒙古部落,元代後裔)俘虜後,京師震動,大臣多主遷都南京,謙力排衆議,擁立英宗之弟朱祁鈺(即景帝),率兵保衛北京,擊退入侵軍。後瓦剌請和,送歸英宗。景帝八年(一四七五)石亨、徐有功等趁景帝罹疾,發動復辟,景帝退位,遂誣謙反,斬於市。十餘年後,憲宗(朱見深)時爲之昭雪,追謚"肅愍",改謚"忠肅"。

〔二〕狼山:在今北京市昌平縣西北。

〔三〕近坰(jiōng):近郊。此指京城郊區。唐德宗(李适)《贈太尉段秀實碑》:"駕自中禁,狩於近坰。"

〔四〕六師:即六軍。此泛指軍隊。《詩・大雅・域樸》:"周王于邁,六師及之。"《周禮・夏官・司馬》:"凡制軍,萬有二千五百人爲軍,王(指周天子)六軍,大國三軍,次國二軍,小國一軍。"朔漠:北方沙漠,借代指瓦剌。《後漢書・袁安傳》:"今朔漠既定,宜令南單于反(返)其北庭。"

〔五〕雷霆:狀軍隊之威勢。高適《信安王軍幕詩》:"雷霆七校發,旌旆五營連。"

〔六〕土木:即土木堡,在今河北省懷來縣西。唐置時名統漠鎮,後音訛爲“土木”。據《明史·英宗紀》載:(英宗)十四年,瓦剌也先(酋長名)寇大同,下詔親征,次宣府,至鷂兒嶺遇伏,全軍盡覆。次土木被圍,師潰,英宗被俘,死者數十萬。

〔七〕龍、蛇歲:指英宗十三、十四年,依干支紀年法,其爲戊辰(龍)、己巳(蛇)年。

〔八〕豆田:婉稱君主被俘之所。《晉書·愍帝紀》:“初,有童謡曰:‘天子何在豆田中。’時王浚在幽州,以豆有藿,殺隱士霍原以應之。及帝如(往,被俘之婉稱)曜(即劉曜,時爲前趙統帥,後爲君)營,營實在城東豆田壁。”沙浩浩:謂瓦剌所居沙漠。李華《弔古戰場》文:“浩浩乎平沙無垠。”

〔九〕黍谷:地名,在今北京市密雲縣西南。《嘉慶一統志》:“劉向《别録》:‘燕有黍谷,美而寒,不生五穀,鄒子居之,吹律而温氣至,而穀生。’”故名。

〔一〇〕總:統領;統管。四溟:即四海。

〔一一〕國計:國家方針大計。

〔一二〕指顧:手指目視,謂于謙於軍前指揮巡視。

〔一三〕瑕吕:複姓,此指春秋時晉大夫瑕吕飴甥。安羣議:事見《左傳·僖公十五年》:秦晉“韓之戰”,晉惠公被俘,遣郤乞歸召瑕吕飴甥往秦國談判,飴甥指點郤乞代惠公勞羣臣,並云:“孤雖歸,辱社稷矣。”請大臣輔太子即位。羣臣不知所出;飴甥乘間言:“君亡之不恤,而羣臣是憂,惠之至也。”應“征繕以輔孺子,諸侯聞之,喪君有君,羣臣輯睦,甲兵益多;好我者勸,惡我者懼,庶有益乎。”於是羣臣皆安,晉國始定。按,此與于謙擁景帝,拒瓦剌極似。

〔一四〕劉琨(二七〇—三一八)東晉愛國名將,曾任太尉,長期堅守并州(今山西省汾水中游一帶),與入侵之異族作戰。西晉覆滅後,晉琅琊王司馬睿移鎮建鄴,局勢不穩,劉琨聯合刺史“歃血同盟,翼戴晉室,遣右司馬温嶠奉表詣建康勸進”,司馬睿遂即帝位。按,時劉琨在朝廷之外,故云:“表(自)外廷。”詩意謂景帝繼位,得到各地擁戴。

〔一五〕嗣王：指嗣位之帝朱祁鈺。仍：因襲；依舊。有"符合"義。《尚書・顧命》："華玉仍几。"《傳》："仍，因也。"曆數：天道，亦指帝王更替次序。《尚書・大禹謨》："天之歷數在汝躬。"《疏》："歷（通"曆"）數謂天歷運之數，帝王易姓而興，故言歷數謂天道。"

〔一六〕高廟：祭祀始祖之房舍。此指帝王始祖。《漢書・車千秋傳》："此高廟神靈，使君教我。"按：全句指也先挾英宗至京城勒降，京城人謝曰："賴天地、社稷之靈，國有君矣！"（見明鄭曉《名臣記》）

〔一七〕金繒（zēng）：金銀與絲織品，此指予異族之貢物、賠款。據《明史・于謙傳》："（也先挾上皇窺京師）邀大臣迎駕，索金帛以萬萬計，復邀謙及王直、胡濙等出議，（景）帝不許。""（謙亦言）和不足恃，勢亦不得和。"

〔一八〕刑白馬：屠白馬歃血，古人多用於盟誓儀式，此指議和。據《明史・于謙傳》："（謙曰）我與彼不共戴天，理固不可和……移檄切責。自是邊將人人主戰守，無敢言講和者。"

〔一九〕北轅：駕車向北，此謂瓦剌虜英宗北去。杜甫《自京赴奉先縣咏懷五百字》詩："北轅就涇渭，官渡又改轍。"旋：返還。翠輦（niǎn）：帝王車駕。《北史・突厥傳》："啓人奉觴上壽，跪伏甚恭。帝大悦，賦詩曰：'鹿塞鴻旗駐，龍庭翠輦回。'"詩謂瓦剌釋放英宗。

〔二〇〕南内：宫城的南部，英宗歸後居所。《明史・景帝紀》："上皇（指英宗）還京師，帝（指景帝）迎於東安門，入居南宫。"扃（jiōng）：門栓，亦指代門户。因宫中多用紅色，故稱。"啓朱扃"喻英宗自南内出而復辟，即所謂"奪門之變"。《明史・景帝紀》："八年（一四五七），（景）帝輿疾，宿南郊齋宫……武清侯石亨、副都御史徐有功等迎上皇復位。"

〔二一〕甘刀鑊（huó）：意謂倘於國有益，甘伏刀鑊之命。《新唐書・魏元忠傳》："既誅賊謝天下，雖死鼎鑊所甘心。"鑊，無足大鼎，用作烹刑。

〔二二〕功真句：謂于謙功勳卓著，刻之於鼎，猶尚未足。杜甫《泰州見敕目》詩:"上將盈邊鄙,元勳溢鼎銘。"

〔二三〕俎(zǔ)豆:祭祀所用之禮器。亦指祭祀。肅:恭敬。維:虛詞,無義。馨:芳香。語本杜甫《秦州見敕目》詩:"舊都俄望幸,清廟肅惟馨。"

〔二四〕一自句:意謂瓦剌重新入侵。軺(yáo)車,古代軍車。

〔二五〕堠(hòu):古代瞭望敵情之土堡,又稱"烽堠"。堠火即烽火。《唐六典》:"烽堠所置大率相去三十里,其放烽有一炬、二炬、三炬、四炬者,隨賊多少而差焉。"

〔二六〕大樹:大樹將軍,此謂于謙。《後漢書·馮異傳》:"諸將並坐論功,異常獨屏樹下,軍中號曰:'大樹將軍'。"日:日益。飄零:語本庾信《哀江南賦》:"將軍一去,大樹飄零。"詩喻于謙死後,國事日非。

〔二七〕碧草二句:語本杜甫《蜀相》詩:"映階碧草自春色,隔葉黄鸝空好音。"

〔二八〕卞壼句:意謂于祠荒廢,無人修葺,不如卞壼。卞壼(二八一——三二八),字望之,東晉尚書令,蘇峻反,扶病戰死。後有盜發其墓者,見尸僵,鬢髮蒼白如生。晉安帝給錢十萬,以修塋域(見《晉書·卞壼傳》)。

〔二九〕巫陽句:意謂其人不可復得。巫陽,戰國時楚國女巫,名陽。屈原《招魂》:"帝告巫陽曰:'有人在下,我欲輔之,魂魄離散,汝筮予之。'"巫陽遂爲之招魂。

〔三〇〕讖(chèn):可應驗之隱語、預言。雨帝:明祝允明《九朝野記》:正統(明英宗年號)末,京師旱,街巷小兒爲土龍禱雨,拜而歌曰:"雨帝雨帝,城隍土地,雨若再來,還我土地。"未幾,有景帝監國、即位之事,又有英宗復辟之舉。説者謂:雨帝者,與(給予)弟也。城隍者,郕(景帝原封郕王)王(wàng)也。再來、還土地,復辟也。——以謡爲有驗也。

〔三一〕華表:古代用以表示王者納諫或指路之木柱,後代亦有石製者,用作標志或裝飾。晉崔豹《古今注》:"今之華表也,以横木交柱頭,狀若花也,形似桔槔,大路交衢悉施焉。或謂之表木,以表王者納諫也,亦以表識衢路也。"鶴:指遼東鶴。《搜神後記》云:遼東城門華表,忽有白鶴來,集人欲射之,鶴空中歌曰:"有鳥有鳥丁令威,去家千年今始歸;城郭如故人民非,何不學仙冢壘壘。"

〔三二〕哀怨句:意謂鶴之重來,人間更不如昔,己之哀怨尤多。

【評箋】

沈德潛曰:"四章末路俱敘自己憑弔,各能用意,略不重複。"(《清詩別裁》)

吴山望浙江〔一〕

一峰高出萬松寒〔二〕,磴道虚疑十八盤〔三〕。近海魚龍吹宿霧,中天日月轉浮瀾。風帆岸壓明珠舶,仙樹花濃白石壇。舊是錦衣行樂地〔四〕,江山真作霸圖看〔五〕。

【注釋】

本詩作於順治十八年(一六六一)。

〔一〕吴山:在今浙江省杭州市西湖東南。據明田汝成《西湖遊覽志》:山因春秋時爲吴國南界而名,或係伍子胥之"伍"訛爲"吴",故吴山又稱爲胥山。

〔二〕萬松:指萬松嶺上之松。據《嘉慶一統志》:嶺在杭州市南,以多松名。

〔三〕磴道:登山石道。李白《北上行》詩:"磴道盤且峻,巉巖淩穹蒼。"十八盤:泰山登山之道,石磴轉折,凡十有八(見《泰山志》)。

〔四〕錦衣行樂:據《五代史·武肅世家》:五代時吴越王錢鏐少曾販鹽

爲盜,後從軍並割據一方,稱王後親巡錦衣軍返里(杭州),置酒歡會父老,製《還鄉歌》。

〔五〕霸圖:霸者之圖謀,此謂霸業之畫圖。唐陳子昂《薊丘覽古》詩:"霸圖悵已矣,驅馬復歸來。"

寒夜集燈公房聽韓七山人畕彈琴兼送屈五還羅浮〔一〕

韓生燕市來〔二〕,夜向招提宿〔三〕。本是悲歌擊筑人〔四〕,援琴爲鼓清商曲〔五〕。安絃操縵夜三更〔六〕,良久徘徊不出聲〔七〕;坐使閒心遠〔八〕,方聞逸響生〔九〕。商風泠泠七絃遍〔一〇〕,天馬空山忽不見〔一一〕;石上争流三峽泉〔一二〕,平沙亂落瀟湘雁〔一三〕。聞道清商固最悲,不如清角更淒其〔一四〕;一彈試奏《思歸引》〔一五〕,再轉重愁《雙燕離》〔一六〕。此時晨鐘猶未撞,月露霜華滿深巷;四座無言歎息頻,篝燈欲滅風升降〔一七〕。羅浮道士思幡然〔一八〕,忽憶朱明舊洞天〔一九〕;種得梅花凡幾樹,泥成丹竈已千年〔二〇〕。雲山告歸從此始〔二一〕,四百三十二峰裏〔二二〕;入海能馴海客鷗〔二三〕,攜琴便駕琴高鯉〔二四〕。

【注釋】

本詩作於順治十八年(一六六一)。

〔一〕韓畕(jiāng):字石耕,宛平人(今北京市),著有《天樵子集》。畕一生不娶,廣游江湖。善琴,所操北音,恥作呢呢兒女之語。後客死平湖(據《漁洋詩話》)。屈五、羅浮:見前《喜羅浮屈五過訪》

注〔一〕。

〔二〕燕市：春秋時燕國首都，即今北京市。

〔三〕招提：梵語“拓門提奢”，後省作“拓提”，誤爲“招提”，遂成習語。義爲四方。雲遊四方之僧，稱“招提僧”，其住處稱“招提僧房”。北魏造伽藍(梵語佛院)，創“招提”之名，後遂爲寺院之别稱。謝靈運《山居賦》：“建招提於幽峯。”自注：“招提，謂僧不能常住者，可持作坐處也。”

〔四〕悲歌：燕地歌曲，高亢悲壯，故向有“燕趙多慷慨悲歌之士”之謂。擊筑：見前《陳三島過偕飲酒樓兼示徐晟》注〔八〕。

〔五〕援：持，取。三國魏曹丕《燕歌行》：“援琴鳴弦發清商，短歌微吟不能長。”鼓：彈奏。清商曲：樂調名，古代漢族民間音樂有清調、平調、瑟調之分，有别於雅樂、胡樂。僞蘇武《别詩》：“欲展清商曲，念子不得歸。”

〔六〕操縵：調弦。《禮記·學記》：“不學操縵，不能安弦。”

〔七〕徘徊：意謂手指往復，醞釀情緒。漢蔡邕《琴賦》：“左手抑揚，右手徘徊。”

〔八〕閒心：謂心無雜念。晉嵇康《琴賦》：“心閒手敏。”

〔九〕逸響：超越之音。嵇康《琴賦》：“氣和故響逸，張急故聲清。”

〔一〇〕商風：秋風。參《水木明瑟園賦》注〔二〇〕。七絃：古琴七絃。唐常建《江上琴興》詩：“江上調玉琴，一弦清一心。泠泠七弦遍，萬木澄幽陰。”

〔一一〕天馬句：謂琴曲遠播天際，經久不息。據《樂府詩集》卷五八引崔豹《古今注》：“《走馬引》(一名《天馬引》)，樗里牧恭所作也。爲父報怨，殺人而亡，匿於山之下。有天馬夜降，圍其室而鳴，覺聞其聲，以爲追吏，奔而亡去。明旦視之，乃天馬跡也。因惕然大悟曰：‘豈吾所處之將危乎？’遂荷糧而逃，入於沂澤中，援琴而鼓之，爲天馬之聲，故曰《走馬引》也。”

〔一二〕石上句：用琴曲名《三峽流泉操》(見僧居月《琴曲譜録》)喻琴聲。與唐陸龜蒙《送琴客之建康》詩“三峽寒泉漱玉清”同一手法，下句亦同。

〔一三〕平沙句：古琴曲名有《平沙落雁》(見《古琴正宗》等)。宋陸游《醉題埭西酒家》詩："曬翎斜日鷗來熟,印跡平沙雁到新。"

〔一四〕聞道二句：事本《韓非子・十過》："衛靈公之晉,……平公觴之,(靈公)乃召師涓,令坐師曠之旁,援琴鼓之,……平公問師涓曰：'此所謂何聲也?'師曠曰：'此所謂清商也。'公曰：'清商固最悲乎?'師曠曰：'不如清徵。'……(公)問曰：'音莫悲於清徵乎?'師曠曰：'不如清角。'"淒其,寒涼。《詩・邶風・緑衣》："絺兮綌兮,淒其以風。"此言情緒淒愴。謝靈運《初發石首城》詩："欽聖若旦暮,懷賢亦淒其。"

〔一五〕《思歸引》：琴曲名。漢蔡邕《琴操》："《思歸引》者,衛女之作也。衛侯有賢女,邵王聞其賢而請聘之,未至而王薨……太子遂留之……拘於深宫,思歸不得,心悲憂傷,遂援琴而作歌……曲終,縊而死。"

〔一六〕《雙燕離》：古琴曲名,據《樂府詩集》引《琴集》曰："其詞已亡。"

〔一七〕篝燈：猶燈籠。

〔一八〕道士：指僧人。《盂蘭盆經疏》："佛教傳此方,呼僧爲道士。"按：佛教傳入中國,魏晉間初興,佛教士無專名,借道教之名稱之,後亦有因之者。又,屈大均爲僧時號"一靈道人",故竹垞以此稱之。幡然：變動貌。幡,同"翻"。按：此言屈大均思歸粤,時海上新敗(見前《梅市逢魏璧》詩注〔一〕),魏璧事旋發,大均欲遠禍南遁,故婉言之。

〔一九〕朱明：羅浮山洞名,周迴五百里,名曰"朱明輝真之洞天",爲道家十大洞天之一(參見《雲笈七籤・洞天福地》)。宋蘇軾《次韻定慧欽長老見寄》詩："默坐朱明洞,玉池自生肥。"洞天：道家謂修煉之山洞,别有天地,後遂以此稱仙人或得道之士之居所。

〔二〇〕丹竈：道士煉丹之竈。據明黄佐《羅浮山圖經》：朱明洞爲晉葛洪修煉之所,其丹竈猶存。

〔二一〕雲山告歸：猶"告歸雲山"。此指歸返修煉地。唐李頎《琴歌》：

“清淮奉使千餘里，敢告雲山從此始。”

〔二二〕四百句：據鄒師正《羅浮指掌圖記》稱，羅浮山有四百三十二峯。

〔二三〕入海句：事本《列子·黄帝》：“海上之人有好漚(同“鷗”)鳥者，每旦之海上，從漚鳥遊，漚鳥之止者百數而不止。”杜甫《奉贈韋左丞丈二十二韻》詩：“白鷗没浩蕩，萬里誰能馴？”

〔二四〕琴高：據劉向《列仙傳》：高乃戰國時趙人，善鼓琴，爲宋康王舍人，學修煉長生之術，遊於冀州涿郡之間。後入涿水取龍子，與弟子期某日返。至時，高果乘赤鯉而出，留一月餘，復入水去。唐皮日休《投龍潭》詩：“琴高坐赤鯉，何許縱仙逸。”

【評箋】

孫鋐曰：“翩然而來，突然而止，章法最爲奇峭。”又曰：“老杜神仙中人，不易得一；詩筆勢既雄，而叙次一時賓主更爾歷歷，以是詩擬之，真堪並駕。”(《皇清詩選》卷一〇)

郭則澐曰：“鄭成功事敗，允武(即錢霍)、楚白(即魏璧)被逮罹法，(祁)理孫賄免，(祁)班孫亦遠戍遼，竹垞走甌，翁山返粤。竹垞《送屈五還羅浮》有‘羅浮道士思幡然，忽憶朱明舊洞天’之句。翁山亦有《别朱十》詩，所謂‘素絲亦易染，孤鳳難爲音’者。其《别祁丈季超》云：‘賴有二三友，金玉同堅貞。黿鼉互變化，神龍喪其形。豈不思奮翼，上天無雷霆。風雲歷四載，謀深竟難成。’詞意尤顯。”(《十朝詩乘》卷一)

送曹侍郎備兵大同二首〔一〕

司農論議朝端重〔二〕，副相聲名輦下聞〔三〕。豈意尚煩西顧策〔四〕，翻教暫領朔方軍〔五〕。河邊遠道人千里〔六〕，天外鄉書雁幾羣〔七〕。到日關城春色早，李陵臺畔柳紛紛〔八〕。

關榆蕭瑟二庭空〔九〕，堠火平安九塞通〔一〇〕。往日連師驚朔漠〔一一〕，只今市馬互西東〔一二〕。黄河天上三城戍〔一三〕，晝角霜前萬里風。知有馮唐論將帥，不令魏尚久雲中〔一四〕。

【注釋】

本詩作於康熙元年（一六六二）。

〔一〕曹侍郎：名溶，字潔躬，號秋嶽，又號倦圃，浙江嘉興人。明崇禎時進士，官御史，後歸清授原官，累遷副都御史，户部侍郎，出爲廣東布政使，左遷山西陽和道，裁缺歸里，著有《静惕堂集》。竹垞與溶相契甚深，《曝書亭集》屢有涉及，後竹垞北遊亦與之有關，竹垞論詞宗南宋，實由溶啓之。

〔二〕司農論議：事本《後漢書·耿弇傳》：光武時耿國爲大司農，應對左右。國素有籌策，數言邊事，帝從其議，故"北虜遠遁，中國少事"。司農，漢代官名，主管錢糧，爲九卿之一。明代併入户部，清因之，故俗稱户部尚書爲大司農。溶時爲户部侍郎（户部之副長官），故稱。朝端：位居朝臣之首。《宋書·王弘傳》："臣弘忝承人乏，位副朝端，若復謹守常科，則終莫之糾正。"

〔三〕副相：《漢書·百官公卿表上》："御史大夫，秦官，位上卿，銀印青綬，掌副丞相。有兩丞，秩千石。"時溶爲副都御史，其位相當於漢制御史中丞（御史大夫之佐），故稱。輦下：猶"輦轂下"，即皇帝車駕之下，指代京都、朝廷。

〔四〕西顧：大同在京都西方，又近邊陲，故云。《唐書·房玄齡傳》："會伐遼，（玄齡）留守京師，詔曰：'公當蕭何之任，朕無西顧之憂矣。'"

〔五〕朔方軍：唐置，統轄今寧夏寧武縣一帶。此指山西。

〔六〕河：謂黄河。

〔七〕天外句：事本《漢書·蘇武傳》：武北使匈奴被拘十九年，後匈奴與漢和親，漢求釋蘇武，匈奴詭稱武死。漢因詭言射得北來之雁，雁足有武帛書，匈奴乃遣武歸。唐王灣《次北固山下》詩："鄉書何處達，歸雁洛陽邊。"沈佺期《遥同杜員外審言過嶺》詩："南浮漲海人何處，北望衡陽雁幾羣。"

〔八〕李陵臺：在大同府城西北五百里，臺高三丈餘。據《明一統志》云：陵不得歸，每登此以望漢。李陵，名將李廣之孫，漢武帝時騎都尉。曾率步兵五千擊匈奴於浚稽山（今屬外蒙），敵騎三萬圍之，陵矢盡無援，遂降。

〔九〕關榆：關塞上之榆樹。唐李益《聽曉角》詩："邊霜昨夜墮關榆，吹角當城漢月孤。"二庭：泛指整個匈奴地區。據《後漢書·南匈奴傳》：東漢時，薁鞬日逐王自立爲單于，是爲南單于，自此，匈奴遂分裂爲南北二庭。庭：匈奴所都處稱庭。

〔一〇〕堠火：見前《于忠肅公祠》詩注〔二五〕。九塞：泛指邊域諸要塞。《淮南子·地形》："何謂九塞？曰：太汾、澠阨、荆阮、方城、殽阪、井陘、令疵、句注、居庸。"

〔一一〕朔漠：見前《于忠肅公祠》詩注〔四〕。

〔一二〕只今：如今。市馬：買馬。據《五代史·四夷録》：五代後唐明宗（李嗣源）在邊境設場市馬，"諸夷皆入市中國"，互西東：意謂東西（實際包括南北）互市，往來貿易，睦鄰綏遠。

〔一三〕黄河天上：李白《將進酒》："君不見黄河之水天上來。"三城：據《明一統志》云：魏文帝曹丕曾於大同築早起、日中、日没三城戍邊。又，《新唐書·張仁愿傳》稱：唐中宗（李顯）曾命張仁愿於黄河以北築三受降城（皆在今内蒙境内），三城相距各四百餘里，又設烽堠千八，自是突厥不敢踰山，朔方無寇。

〔一四〕知有二句：據《史記·馮唐傳》：馮唐，漢文帝（劉恒）時爲中郎署長，文帝曾與之論將，以不得廉頗、李牧爲憾，唐云："雖得，弗能用也。"帝怒，問其故，唐因言雲中（今内蒙古自治區托克托縣，地在呼和浩特市南）守魏尚終日力戰，匈奴遠避，一言不相應，文吏即以法繩之。故縱得廉、李,弗能用也。文帝聞言,即日令唐持節赦尚,復爲雲中守。按:竹垞詩非泥於馮、魏本事,實欲借此言“朝端”必“重”曹溶,使之免久居邊塞也。

【評箋】

孫鋐曰:“語意悲壯,結更蘊藉得體。”(《皇清詩選》卷一〇)

沈德潛曰:“(詩)近李北地,應是中年之作,晚歲當俱歸流易矣。”(《清詩别裁》)

將之永嘉曹侍郎餞予江上,吳客韋二丈爲彈長亭之曲并吹笛送行,歌以贈韋即送其出塞〔一〕

韋郎舊隸羽林籍〔二〕,曾向營門教吹笛;不聽吳中白雪音,定呼鄴下黄鬚客〔三〕。平原相見轉相親〔四〕,置酒誇君坐上賓〔五〕;下若尊罍朝未罄〔六〕,東山絲竹夜還陳〔七〕。閒來坐我花間奏,玉洞飛泉響巖溜〔八〕;古調多傳關馬詞〔九〕,新聲似出康王授〔一〇〕。問我東行到海壖〔一一〕,日斜江上慘離筵;還將北雁南飛曲,催送錢塘楚客船〔一二〕。船人擂鼓津頭泊,紅葉千山富春郭〔一三〕;忽作邊秋《出塞》聲〔一四〕,江楓岸柳紛紛落。哀絃促管不堪聽〔一五〕,賓御聞之亦涕零〔一六〕;掛席遠移嚴子瀨〔一七〕,看山直上謝公亭〔一八〕。聞君欲問雲中戍,雪消飲馬長城去〔一九〕;廣武營邊折柳時〔二〇〕,黄瓜阜上題書處〔二一〕。司農舊是出羣才〔二二〕,此日征西幕府開;試向尊前歌一曲,《梅花》飛遍李陵臺〔二三〕。

【注釋】

本詩作於康熙元年(一六六二)。

〔一〕永嘉:縣名,今屬浙江省。曹侍郎:即曹溶(詳前注)。韋二丈:生平未詳。

〔二〕羽林:皇帝御林軍之名。《漢書・百官公卿表》上:"羽林掌送從,次期門(亦係護衛之軍),武帝太初元年初置,名曰建章營騎,後更名羽林騎。又取從軍死事之子孫養羽林,官教以五兵,號曰羽林孤兒。"

〔三〕鄴下:即鄴縣。春秋時齊之鄴邑,漢置縣,東漢末曾封予曹操。在今河南省安陽市。下,古人稱所在地,常于其後加"下"字。元李治《敬齋古今黈拾遺》:"洛言洛下,稷言稷下……言稱下者,猶言在此處也。"黄鬚客:謂曹操子曹彰,此喻韋二丈,或因其人有武功而黄鬚。《三國志・魏志・任城威王彰傳》:"(彰大破烏丸歸)太祖(指曹操)喜,持彰鬚曰:'黄鬚兒竟大奇也。'"唐王維《老將行》:"射殺山中白額虎,肯數鄴下黄鬚兒。"

〔四〕平原:戰國時趙公子勝,曾封平原君,以喜賓客稱。此喻曹溶。

〔五〕置酒句:事本《史記・魏公子列傳》:"公子(魏無忌)於是乃置酒大會賓客……引侯生(侯嬴)坐上坐,徧贊(於)賓客,賓客皆驚。"

〔六〕下若:地名,在今浙江省長興縣南。此指下若酒。若,同"箬"。據南北朝宋山謙之《吴興記》:長興縣有箬溪,生箭箬,南岸曰上箬,北岸曰下箬,土人取下箬水釀酒,酒極醇美。白居易《錢湖州以箬下酒,李蘇州以五骰酒相次寄到,無因同飲,聊詠所懷》詩:"勞將箬下忘憂物,寄與江城愛酒翁。"罍(léi):酒器。《爾雅・釋器》疏:"罍者,尊之大者也。"

〔七〕東山:在今浙江省上虞縣西南。據《晉書・謝安傳》:謝安早年曾隱居東山。安好音樂,居喪不廢絲竹。

〔八〕玉洞飛泉：喻音樂之聲清泠優美。巖溜：山澗之水。唐劉禹錫《送僧方及南謁柳員外》詩："幽響滴巖溜，晴芳飄野叢。"

〔九〕關馬：謂關漢卿、馬致遠。元代著名戲曲家。

〔一〇〕康王：謂康海、王九思，二人皆明弘治間進士，陜西人，善詩文，尤精製曲，同爲"前七子"之一，均因附劉瑾，正德間先後被免職。康著有《對山集》、《沜東樂府》、《中山狼》雜劇。王著有《渼陂集》、《碧山樂府》等。

〔一一〕海壖（ruǎn）：海邊空地，猶海邊。唐王勃《採蓮賦》："水區澤國，江湄海壖。"

〔一二〕楚客：猶詩人，此竹垞自喻。唐李商隱《九日》詩："不學漢臣栽苜蓿，空教楚客詠江蘺。"

〔一三〕富春郭：猶富春城，即今浙江省富陽縣，東漢名士嚴光曾隱於郭外富春山，竹垞至永嘉，自運河入富春江，當過此。謝靈運《富春渚》詩："宵濟漁浦潭，旦及富春郭。"

〔一四〕《出塞》：樂曲名。《晉書·樂志》："《出塞》、《入塞》曲，李延年造。"《樂府詩集》卷二一："按《西京雜記》曰：'戚夫人善歌《出塞》、《入塞》、《望歸》之曲。'則高帝時已有之，疑不起於延年也。"

〔一五〕哀絃：謂琴聲悲哀。三國魏曹丕《善哉行》："哀弦微妙，清氣含芳。"促管：謂笛聲急促。《文選·謝靈運〈道路憶山中〉》詩："殷勤訴危柱，慷慨命促管。"六臣注："良曰：促管，使其聲急而哀，以敘其心。"

〔一六〕賓御句：語本《文選·鮑照〈東門行〉》："離聲斷客情，賓御皆涕零。"張銑注："賓，謂送别之人；御，御車者。"

〔一七〕掛席：揚帆。《文選·木華〈海賦〉》："於是候勁風，揭百尺，維長綃，掛帆席。"注："隨風張幔曰帆，或以席爲之，曰帆席也。"瀨：亦稱嚴陵瀨。嚴子謂嚴光。據《後漢書·逸民列傳》：光少有高名，與漢光武帝（劉秀）同遊學。及光武即位，乃變名姓，隱身不見。帝"遣使聘之"，"除爲諫議大夫，不屈，乃耕於富春山，後人名其釣處爲嚴陵瀨。"

〔一八〕謝公亭：據《温州府志》："永嘉縣城北孤嶼山有謝公亭。"

〔一九〕雪消句：古樂府有《飲馬長城窟行》。三國魏陳琳、隋煬帝、唐王翰等皆以舊題名詩。

〔二〇〕廣武：故城在今山西省代縣，漢高祖七年曾於此屯兵拒匈奴。

〔二一〕黄瓜阜：在今山西省山陰縣。唐垂拱三年，曾破突厥於此。亦稱"黄堆瓜"。

〔二二〕司農：謂曹溶（詳《送曹侍郎備兵大同》注〔二〕，下句"征西"事同）。

〔二三〕《梅花》飛遍：謂笛聲傳響。《樂府詩集》卷二四："《梅花落》，本笛中曲也。"李白《與史郎中飲聽黄鶴樓上吹笛》詩："黄鶴樓中吹玉笛，江城五月落梅花。"

【評箋】

孫鋐曰："音調和暢，即以笛言，桓伊、李謩也。"（《皇清詩選》）

沈德潛曰："平調中忽作變徵之聲，此高岑體與李杜之百變者，又自各别。"又曰："侍郎送行是主，韋二在席是客，篇中客多於主，而結處轉送韋二，又以客爲主矣，作法甚變。"（《清詩别裁》）

（日）近滕元粹曰："四句一解，平仄互用，七古正體。"（明治四十年日本刊《浙西六家詩鈔》）

蘭溪道中懷遠〔一〕

近郭開門一水居，别來消息近何如？銀絲細鱠蘭江鯉，不見佳人錦字書〔二〕。

【注釋】

本詩作於康熙元年（一六六二）。

〔一〕蘭溪：水名，在浙江省金華縣西，浙江之南源，以岸多蘭茝得名。

懷遠：懷遠人，實係懷内。李白有《寄遠詩》十一首，意近之。

〔二〕銀絲二句：意謂未得"佳人"消息。明何景明《津市打魚歌》："鄰家思婦清晨起，買得蘭江一雙鯉。簁簁紅尾三尺長，操刀具案不忍傷。呼童放鯉潎波去，寄我素書向郎處。"又，《文選》古辭《飲馬長城窟行》："呼兒烹鯉魚，中有尺素書。"銀絲，謂膾之細如銀絲。段成式《酉陽雜俎·物革》云南孝廉"善斫膾，縠薄絲縷，輕可吹起。"杜甫《遊何將軍山林》詩："鮮鯽銀絲鱠，香芹碧澗羹。"鱠，切細的魚肉片。蘭江，蘭溪之别名。錦字書，《晉書·竇滔妻蘇氏傳》："竇滔妻蘇氏，北平人也。名蕙，字若蘭。善屬文。滔，苻堅時爲秦州刺史，被徙流沙。蘇氏思之，織錦爲回文旋圖詩以贈滔，宛轉循環以讀之，詞甚淒惋，凡八百四十字。"又，唐宋之問《桂州三月三日》詩："不求漢使金囊贈，願得佳人錦字書。"

金華道上夢遊天台歌〔一〕

吾聞天台山高一萬八千丈〔二〕，石梁遠掛藤蘿上〔三〕；飛流直下天際來〔四〕，散作哀湍衆山響〔五〕。燭龍銜日海風飄〔六〕，猶是天雞夜半潮〔七〕，積雨自懸華頂月〔八〕，明霞長建赤城標〔九〕。我向金華問客程，蘭谿谿水百尺清〔一〇〕；金光瑶草不可拾〔一一〕，夢中忽遇皇初平〔一二〕；手攜緑玉杖〔一三〕，引我天台行。天台山深斷行路，亂石如羊紛可數〔一四〕；忽作哀猿四面啼，青林緑篠那相顧〔一五〕。我欲吹簫駕孔鸞〔一六〕，瓊臺十二碧雲端〔一七〕；入林未愁苔徑滑〔一八〕，到面但覺松風寒〔一九〕。松門之西轉清曠〔二〇〕，桂樹蒼蒼石壇上；雲鬟玉洞展雙扉〔二一〕，二女明妝儼相向〔二二〕。粲然啓玉齒〔二三〕，對客前致詞：昨朝東風來，吹我芳樹枝，山桃花紅亦已落，問君採藥來何遲〔二四〕？曲房置酒張高宴〔二五〕，芝草胡麻迭相勸；不記仙源路易迷，樽前只道長相見。覺來霜月滿城樓，恍忽天臺自昔遊〔二六〕；仍憐獨客東南去，不似雙溪西北流〔二七〕。

【注釋】

本詩作於康熙元年(一六六二)。

〔一〕金華：今浙江省縣名。據元陳性定《仙都志》云：因有金蓮華飄墜其地，故名。天台：山名，在今浙江省天台縣，爲仙霞嶺之東支。

〔二〕吾聞句：梁陶宏景《真誥》："(天台)山高一萬八千丈，周八百里。山有八重，四面如一，當斗、牛之分，上應台宿，故曰天台。"(轉引自《嘉慶一統志》)

〔三〕石梁：即石橋。晉顧愷之《啓蒙記》注：天台山路經猶溪，溪水深險清冷，前有石橋，路逕不盈尺，長數十丈，下臨絶冥之澗，惟忘其身，然後能濟。濟者梯巖壁，捫蘿葛之莖，度得平路(轉引自《嘉慶一統志》)。

〔四〕飛流：謂瀑布。孫綽《遊天台山賦》："瀑布飛流以界道。"《文選》注："瀑布山，天台之西南峯，水從南巖懸注，望之如曳布。"李白《望廬山瀑布》詩："飛流直下三千尺，疑是銀河落九天。"

〔五〕湍(tuān)：急流的水。杜甫《玉華宫》詩："陰房鬼火青，壞道哀湍瀉。"衆山響：《南史・宗少文傳》："撫琴動操，欲令衆山皆響。"

〔六〕燭龍：神名。《山海經・大荒北經》："章尾山有神，人面蛇身而赤，直目正乘，其瞑乃晦，其視乃明。不食不寢不息，風雨是謁，是燭九陰，是謂燭龍。"銜日：謂龍銜日。《山海經》郭璞注文："天不足西北，無陰陽消息，故有龍銜火精，往照天門中。"又《淮南子・地形》許慎注："一曰龍銜燭，以照太陰。"按：《淮南子》謂燭龍在北方委羽山，而天台東南之黄巖縣亦有委羽山(見《嘉慶一統志》),故竹垞詩連帶而言燭龍事。

〔七〕天雞夜半潮：舊題漢東方朔《神異經》:"扶桑山有玉雞,玉雞鳴則金雞鳴,金雞鳴則天下之雞悉鳴,潮水應之矣。"(參見《觀海行贈施學使閏章》注〔一三〕)

〔八〕華頂：《嘉慶一統志》:"(華頂)峯在天台縣東北三十里。"《府志》:"天台第八重最高處,少晴多晦,夏猶積雪。"據此,竹垞詩云"積雨",或係"積雪"之誤。

〔九〕赤城：山名。《嘉慶一統志》:"山在天台縣北六里。"南朝宋孔靈符《會稽記》:"赤城山,土色皆赤,狀似雲霞,望之如雉堞。"晉孫綽《(遊)天台(山)賦》:"赤城霞起而建標。"

〔一〇〕客程：旅程。蘭谿：見前《蘭溪道中懷遠》注〔一〕。

〔一一〕金光：謂金光草。據唐戴孚《廣異記》：有謝元卿者至東岳夫人處,所居有異草,曰:"此金光草也,食之壽與天齊。"瑶草：仙草。此指金光草。漢東方朔《與友人書》:"不可使塵網名韁拘鎖,怡然長笑,脱去十洲三島,相期拾瑶草。"

〔一二〕皇初平：仙人(詳見注〔一四〕)。

〔一三〕緑玉杖：見《喜羅浮屈五過訪》注〔五〕。

〔一四〕亂石如羊：舊題葛洪《神仙傳》:"皇初平者,蘭溪人也。年十五,家使牧羊,有道士見其良謹,便將至金華山石室中,四十餘年。"兄尋獲之,問曰:"羊安在?"曰:"在山東。"兄"往視之不見,但見白石而還……初平與初起(兄之名)俱往看之,初平乃叱曰:'羊起!'於是白石皆變爲羊數萬頭。"

〔一五〕篠(xiǎo)：小竹。

〔一六〕吹簫：據《列仙傳》：秦穆公時有蕭史者,善吹簫,穆公女弄玉好之,二人遂結爲夫婦。此用其事。駕孔鸞：謂昇天仙去。漢司馬相如《子虚賦》:"其上則有鵷鶵孔鸞。"《文選》注:"張揖曰:'孔,孔雀也。鸞,鸞鳥也。'"

〔一七〕璿(xuán)臺：飾以美玉之臺。南齊王融《三月三日曲水詩序》:"夏后兩龍,載驅璿臺之上。"南朝宋孔靈符《會稽記》:"天台山有仙室璿臺。”

〔一八〕入林句：晉孫綽《天台山賦》：“踐莓苔之滑石，博壁立之翠屏。”

〔一九〕松風：吹過松樹之風。李白《贈嵩山焦鍊師》詩：“蘿月掛朝鏡，松風鳴夜弦。”

〔二〇〕松門：《嘉慶一統志》：“松門山在太平縣東南五十里海中。”山上多松，故名。清曠：清静開闊。

〔二一〕雲鬟：借指下句“二女”。

〔二二〕儼：莊重。唐李羣玉《黄陵廟》詩：“小姑洲北浦雲邊，二女明妝自儼然。”

〔二三〕粲然：露齒笑貌。晉郭璞《遊仙詩》：“靈妃顧我笑，粲然啓玉齒。”

〔二四〕採藥：與下“胡麻”、“路迷”、“天台遊”等，事本南朝宋劉義慶《幽明録》：東漢永平年間，浙人劉晨、阮肇入天台山採藥，迷路饑甚，遥望山上桃熟，遂躋險援葛往，食數枚饑止。欲下山，見二女美甚，如舊曾相識。女曰：“來何晚耶？”乃邀二人還家，具胡麻飯、山羊脯，並以美酒相勸，遂結歡好。留山中半年，苦思家，遂歸，子孫業已七代。二人後復入山，竟迷路不得蹤跡。

〔二五〕曲房：深邃幽隱之密室。漢枚乘《七發》：“往來遊讌，縱姿于曲房隱間之中。”

〔二六〕怳(huǎng)忽：模糊不清。怳，同“恍”。

〔二七〕仍憐二句：李白《寄崔侍御》詩：“獨憐一雁飛南海，却羡雙溪解北流。”此詩從中化出。雙溪，《嘉慶一統志》：“在蘭谿縣東，一出鷄窠岩，曰八石溪；一出玲瓏岩，二水合流，西入婺港。”

【評箋】

翁方綱曰：“竹垞先生本自元人打入，其《夢遊天台歌》起句：‘吾聞天台山高一萬八千丈’，(元)郭羲仲《天台行》云：‘吾聞天台山，一萬八千丈’，固在前矣。”(《石洲詩話》卷五)

縉雲雜詩十首〔一〕(選二)

西　巖〔二〕

朝聞谷口猨,暝宿崖上月〔三〕;夜久天風吹,西巖桂花發。

仙　巖　寺〔四〕

咫尺仙巖寺,雲峰望轉親;夕陽鐘磬發〔五〕,猶有未歸人。

【注釋】

本詩作於康熙元年(一六六二)。

〔一〕縉雲:縣名,唐置。在浙中偏南,明清屬處州府。

〔二〕西巖:在縉雲縣西。舊注引《名勝志》云:"湧翠山在縣西里許,一名'西巖'。宋黄邦彦書'西岜'二字尚存。"

〔三〕暝宿句:語本謝靈運《石門巖上宿》詩:"暝還雲際宿,弄此石上月。"

〔四〕仙巖寺:即"仙巖聖壽禪寺"。據《浙江通志》所引《名勝志》云:仙巖寺"在仙巖山,唐貞觀年間建,國朝(清)康熙間重興。"唐司空圖曾作《聖壽寺銘》云:"巖之巔森戟鑱天,中宅靈仙;巖之瀑風幹洞壑,池洶山鑿。越之裔,甌之隅,人逸而腴。"

〔五〕夕陽句:語本唐姚合《送僧棲真歸杭州天竺寺》詩:"殘陽鐘磬連。"

謁劉文成公祠〔一〕

草昧經綸日〔二〕，英雄戰鬬年。真人淮泗起〔三〕，王氣斗牛躔〔四〕。命世生良弼〔五〕，卑棲役大賢〔六〕。一官齊簿尉〔七〕，千里正戈鋋〔八〕。記室依袁紹〔九〕，飛書謝魯連〔一〇〕。神鷹思飽掣〔一一〕，威鳳必高騫〔一二〕。漢祖除秦法〔一三〕，周王卜渭畋〔一四〕。廟堂才不易〔一五〕，束帛禮宜先〔一六〕。遂有君臣契〔一七〕，能令帷幄專〔一八〕。南征頻克敵，北伐旋摧堅〔一九〕。王會收三統〔二〇〕，軍謀出萬全。河山分帶礪〔二一〕，冠蓋儼神仙〔二二〕。未辟留侯穀〔二三〕，長辭范蠡船。麒麟當日畫〔二四〕，竹帛後時編〔二五〕。一自丘陵改，重愁歲月遷。隆中猶故宅〔二六〕，綿上少封田〔二七〕。舊俗還祠廟，清歌入管絃。黄金遺像蝕〔二八〕，鐵券幾人傳〔二九〕。古瓦鼯鼪落〔三〇〕，荒庭檜柏圓。蛛絲虚寢罥〔三一〕，鳥跡斷碑眠〔三二〕。想像陰符策〔三三〕，沉吟寶劍篇〔三四〕。前賢餘事業，後死尚迍邅〔三五〕。去去辭枌梓〔三六〕，棲棲到海壖〔三七〕。空林多雨雪，哀角滿山川。玉帳無遺術〔三八〕，蒼生久倒懸〔三九〕。憑留一黄石，相待穀城邊〔四〇〕。

【注釋】

本詩作於康熙元年(一六六二)。

〔一〕劉文成：即劉基，字伯温，謚文成。青田(今屬浙江省)人。元至順間進士，因事罷官，後參加朱元璋起義軍，輔助朱驅元建明，參與其方略制度之籌劃，封誠意伯，官至御史中丞、太史令。洪武四年(一三七一)辭官，後被構陷，于洪武八年憂憤而逝。正德九年

(一五一四)加贈太師,謚文成。著有《郁離子》、《誠意伯集》等。據《嘉慶一統志》云,其祠有二:一在處州府治(今浙江省麗水縣),稱"開國元勳祠";一在青田縣,稱"誠意伯廟"。詩謂處州之祠。

〔二〕草昧:未開化狀態。《易·屯》:"天造草昧。"後因指國家草創、秩序未定之時。《隋書·高祖紀》:"登庸納揆之時,草昧經綸之日。"經綸:理出絲緒曰經,編絲成繩曰綸;引申爲籌劃治理國家大事。《禮·中庸》:"唯天下至誠,爲能經綸天下之大經,立天下之大本,知天地之化育。"

〔三〕真人:本謂"入水不濡,入火不爇,陵雲氣與天地久長"式的神人,因秦始皇慕之,曾自謂"真人"(見《史記·秦始皇本紀》),遂以之稱帝,後又以稱尚未成勢之帝王。此指朱元璋。淮泗:謂淮河、泗水。朱元璋先世居泗水畔之泗州(今安徽省泗縣),其父徙淮河南岸之濠州(今安徽省鳳陽縣)。

〔四〕王氣:舊指象徵帝王運數的祥瑞之氣。斗牛躔(chán):二十八宿之斗宿、牛宿運行的度次。古人認爲星宿於天空所在的度次,配屬我國各地區,斗牛躔分野在今江蘇、浙江、安徽一帶(見《晉書·天文志》)。又,據明王世貞《藝苑卮言》:劉基曾與友朋遊西湖,見五色雲起,基舉酒慷慨曰:"此王氣也,後十年當有英主出,吾將輔之。"

〔五〕命世:猶"名世",名高於世。後稱治世之才。漢李陵《答蘇武書》:"佐命立功之士,賈誼、亞夫之徒,皆信命世之才,抱將相之具。"良弼:賢良的輔佐。《書·説命》:"夢帝賚予良弼。"

〔六〕卑棲:謂身處卑職。役大賢:使賢良受驅使。《明史·劉基傳》:"舉進士,除高安丞,有廉直聲。行省辟之,謝去。起爲江浙儒學副提舉,論御史失職,爲臺臣所阻,再投劾歸。"

〔七〕齊:通"躋",躋身也。《禮記·樂記》:"地氣上齊。"注:"齊讀爲躋。"簿尉:掌管文書的小官吏,如書記、簿曹之類。《唐書·百官志》載"京縣令"之簿尉爲從八品,此指劉基爲"元帥府都事"。

杜甫《送高三十五書記(適)十五韻》詩:"脱身簿尉中,始與捶楚辭。"

〔八〕戈鋋(chán):謂戰事。鋋,小矛。詩指劉基罷歸後,曾參與鎮壓方國珍起義事。東漢班固《東都賦》:"千乘雷起,萬騎紛紜;元戎竟野,戈鋋彗雲。"李善注:"《説文》曰:鋋,小矛也。又曰:彗,掃竹也。"

〔九〕記室句:事本《三國志·魏志·陳琳傳》:琳避難冀州依袁紹,紹使典文章。詩指基以"剿方"功授"總管府判"事。記室,猶秘書之類。《後漢書·百官志》:"記室令史,主上表章,報書記。"

〔一〇〕飛書句:事本《史記·魯仲連傳》:"(齊)田單攻聊城歲餘,士卒多死,而聊城不下,魯連乃爲書約之,矢以射城中,遺燕將"勸降。此指劉基致方國珍書,"宣示太祖威德,國珍遂入貢"事(見《明史·劉基傳》)。

〔一一〕神鷹句:喻高飏之志。語本杜甫《去矣行》:"君不見鞲上鷹,一飽即飛掣。"

〔一二〕威鳳:《漢書·宣帝紀》:"南郡獲白虎、威鳳爲寶。"顔注引晉灼曰:"鳳之有威儀者也,與《尚書》'鳳凰來儀'同意。"後因喻才能品德高尚之人。騫:高舉;飛起。杜甫《晦日尋崔戢李封》詩:"威鳳高其翔,長鯨吞九州。"

〔一三〕漢祖句:喻朱元璋革除元法。《漢書·高帝紀》:"(沛公)曰:'父老苦秦苛法久矣……(吾)與父老約,法三章耳:殺人者死,傷人及盗抵罪。餘悉除去秦法。'"

〔一四〕周王句:意謂朱元璋知遇劉基。《史記·齊世家》:"西伯(周文王在商代爲西伯)將出獵,卜之,曰:'所獲非龍非彲(同"螭"),非虎非羆,所獲霸王之輔。'於是周西伯獵,果遇(姜)太公於渭(水)之陽。"畋(tián):獵。

〔一五〕廟堂:宗廟、明堂。古代帝王有大事,告於宗廟,議於朝廷,故以指朝廷。

〔一六〕束帛:古代聘問之禮物,帛五匹爲束。《易·賁》:"束帛戔戔。"

據《明史·劉基傳》:“(明)太祖下金華,定括蒼,聞基名以幣聘。”

〔一七〕契: 謂意旨投合。據《明史·劉基傳》:“(基)既至,陳時務十八策,太祖大喜,築禮賢館以處,寵禮甚至。”

〔一八〕帷幄: 軍中帳幕。《漢書·張良傳》:“高帝曰:‘運籌策帷幄中,決勝千里外,子房功也。’”又,《明史·劉基傳》載: 朱元璋曾贊劉基云:“吾子房也。”

〔一九〕南征、北伐: 南征謂朱元璋滅陳友諒,北伐指朱明逐元。凡此,基皆參與其謀。

〔二〇〕王會句: 意謂創建王朝,奠立制度。王會乃《逸周書》篇名。周公(姬旦)以王城(洛邑)既成,大會諸侯,遂創奠朝儀、貢禮,史官因作《王會》篇以記其事。唐柳宗元《古今詩》:“南宫有意求遺俗,試檢周書王會篇。”三統,曆法名。《史記·曆律志》:“三統者,天施、地化、人事之紀也。”收,收斂整齊,猶統一。《明史·劉基傳》:“基爲太史令,上《戊申大統曆》。”

〔二一〕河山句: 語本《史記·高祖功臣侯者年表》:“封爵之誓曰:‘使河如帶,泰山若厲,國以永寧,爰及苗裔。’”注:“應劭曰:‘封爵之誓,國家欲使功臣傳祚無窮。帶,衣帶也: 厲(即礪),砥石也。河當何時如衣帶? 山當何時如厲石? 言如帶厲,國乃絶耳。”詩指劉基曾受封“誠意伯”。

〔二二〕冠蓋: 謂封爵後朝服、車蓋之盛飾。

〔二三〕未辟句: 事本《史記·留侯世家》:“願棄人間事,欲從赤松子游耳。乃學辟穀。”按,張良見漢高戮殺功臣,而有避世遠禍之策,惜基未能效之耳。詩之下句亦云基不效范蠡功成引退,終遭構陷而死。對此竹垞不勝感慨。

〔二四〕麒麟句: 事本《漢書·蘇武傳》:“甘露三年(前五一),單于始入朝。上(指漢宣帝劉詢)思股肱之美,乃圖畫其人(指功臣十一人)於麒麟閣,法其形貌,署其官爵姓名。”杜甫《投贈歌舒開府翰二十韻》詩:“今代麒麟閣,何人第一功!”

〔二五〕竹帛：竹簡；白絹。古代用以書寫文字。《墨子·明鬼》："恐後世子孫不能知也，故書之竹帛傳遺後世子孫。"後因以指書册、史乘。《漢書·蘇武傳》："今足下還歸，揚名於匈奴，功顯於漢室，雖古竹帛所載，丹青所畫，何以過子卿！"

〔二六〕隆中：地名，在今湖北省襄樊市，爲諸葛亮故居。此喻劉基青田縣故宅。

〔二七〕綿上句：意謂基身後無采邑。綿上，地名，在今山西省介休縣。據《左傳·僖公二十四年》："晉侯(晉文公重耳)賞從亡者，介之推不言禄，禄亦弗及……遂隱而死。晉侯求之不獲，以綿上爲之田，曰：'以志吾過，且旌善人。'"

〔二八〕黄金句：謂基之塑像已蔽敗。據《國語·越語》："(范蠡)遂乘輕舟以浮於五湖，莫知其所終極。王命金工以良金寫范蠡之狀，而朝禮之。"

〔二九〕鐵券：古代帝王頒賜功臣之鐵制契約，如其人或後代有罪，以之爲證，可推念其功而予赦減。以鐵爲之，取其堅久也。《明史·劉基傳》："基亡之後，孫廌實嗣，太祖召諭再三，鐵券丹書，誓言世禄，廌嗣未幾隕世，褫圭裳於未裔，委帶礪於空言。"

〔三〇〕鼯(wú)：亦稱大飛鼠，前後肢間有寬而多毛之膜，可藉以滑翔。鼪(shēng)：即黄鼬，俗稱黄鼠狼。杜甫《玉華宫》詩："溪迴松風長，蒼鼠竄古瓦。"

〔三一〕寢：祠廟的後殿。《禮記·月令》："寢廟必備。"注："凡廟，前曰廟，後曰寢。"疏："廟係接神之處，其處尊，故在前；寢，衣冠所藏之處，對廟而卑，故在後。"罥(juàn)：掛，纏繞。

〔三二〕鳥跡：據衛恒《四體書勢》：昔蒼頡造字，曾受到鳥跡啓發，後因以鳥跡喻文字。杜甫《李潮八分小篆歌》："蒼頡鳥跡既茫昧，字體變化如浮雲。"

〔三三〕陰符：傳爲姜尚所著兵法名(見《戰國策·秦策》)。又，《唐書·藝文志》有"周書陰符九卷"之載，此指劉基之兵法著作。

〔三四〕沉吟句：朱彝尊《静志居詩話》卷二載："明祖命(孫炎)招致伯温，

伯温堅不肯出，以寶劍遺伯融（孫炎字），炎作詩以爲劍當獻天子，封還之，伯温無以應，乃逡巡就見。”

〔三五〕後死：詩人自謂。迍邅（zhūn zhān）：行進艱難，喻處境困窘。《易・屯》：“屯如邅如。”韓愈《與汝州盧郎中論薦侯喜狀》：“（其人）迍邅坎坷。”

〔三六〕枌梓（fén zǐ）：疑爲“枌榆”、“桑梓”連用之略稱，喻故鄉。據《史記・封禪書》：劉邦起兵時，曾禱於其鄉“枌榆社”，後因以枌榆喻故鄉。又，《詩・小雅・小弁》：“惟桑與梓，必恭敬止。”桑梓爲古代宅旁常栽之木，後遂以之喻故鄉。

〔三七〕棲棲：忙碌，不能安居。《漢書》卷一〇〇叙傳：“聖喆之治，棲棲皇皇。”壖（ruǎn）：海邊。

〔三八〕玉帳：征戰時主將所居軍帳。遺術：指兵法。《唐書・藝文志》載：李靖有“《玉帳經》一卷。”又，杜甫《奉送嚴公入朝十韻》：“空留玉帳術，愁殺錦城人。”

〔三九〕蒼生：百姓。倒懸：謂處境極危苦。《孟子・公孫丑》：“民之悦之，猶解倒懸也。”

〔四〇〕黄石、穀城：據《史記・留侯世家》云：張良少時於下邳（今江蘇宿遷縣）遇一老人，授以一編書（即《太公兵法》），曰：“讀是則爲王者師（良遂以之佐劉邦定天下），十三年後，見我於濟北穀城山（今山東省東阿縣）下，黄石即我也。”

【評箋】

沈德潛曰：“起與‘今代麒麟閣，何人第一功’同一氣概，必如此，才能鎮壓通體。中間叙完題意，撫躬自傷，隱然有圯下自命之想。”（《清詩別裁》）

（日）近滕元粹曰：“不學子房辟穀，是青田所不及子房處。明祖之猜忍殘酷甚於漢祖，據之成功，其不能全終，宜矣！”（明治四十年日刊《浙西六家詩鈔》）

永嘉元日

官舍紅梅放，繁花一樹春。誰憐元日會〔一〕，無復故鄉人。

【注釋】

本詩作於康熙二年(一六六三)。

〔一〕元日：吉日。《禮記·王制》："元日習射。"東漢張衡《東都賦》："於是孟春元日，羣后旁戾。"三國吴薛綜注："言諸侯正月一日從四方而至。"此後，方以農曆正月初一爲元日(參見王引之《經義述聞》三《正月上日月正元日》)。又，杜甫《遠懷舍弟穎觀等》詩："舊時元日會。"此從中化出。

夢中送祁六出關〔一〕

酌酒一杯歌一篇〔二〕，沙頭落葉何紛然〔三〕？朔方此去幾時返〔四〕，南浦送君真可憐〔五〕。遼海月明霜滿野〔六〕，陰山風動草連天〔七〕。紅顔白髮雙愁汝〔八〕，欲寄音書何處傳〔九〕？

【注釋】

本詩作於康熙二年(一六六三)。

〔一〕祁六：即祁班孫，見前《題祁六班孫東書草堂》注〔一〕。公元一六六二年，班孫因魏璧案被逮，發戍極邊，竹垞聞而賦此，夢魂牽縈之情可見。出關：謂出山海關。

〔二〕酌酒：謂酌酒以餞。

〔三〕沙頭：謂水邊送行之處。北周庾信《春賦》："樹下流杯客，沙頭渡水人。"

〔四〕朔方：北方。

〔五〕南浦：面南之水濱，泛指送别之地。語本梁江淹《别賦》："送君南浦，傷如之何？"

〔六〕遼海：此指代遼寧。杜甫《後出塞》："雲帆轉遼海。"仇注："遼東，南臨渤海，故曰遼海。"

〔七〕陰山：在今内蒙中部，東西走向，餘脈或與遼西丘陵相接。宋郭茂倩《樂府詩集》卷八六載《敕勒歌》，爲東魏高歡使斛律金所唱。歌云："敕勒川，陰山下。天似穹廬，籠蓋四野。天蒼蒼，野茫茫；風吹草低見牛羊。"

〔八〕紅顔：謂班孫妻朱德蓉，字趙璧，能詩。白髮：指班孫母商景蘭，字媚生，夫彪佳殉明後，撫二子繼父志，亦能詩。朱彝尊《静志居詩話》云其"葡萄之樹、芍藥之花，題詠幾遍，經梅市者望若十二瑶臺焉。"

〔九〕欲寄句：語本李白《思邊》詩："玉關去此三千里，欲寄音書那可聞。"

舍弟彝鑒遠訪東甌喜而作詩〔一〕

急難逢令弟〔二〕，訪我自江東〔三〕。頓喜羈愁豁〔四〕，兼聞道里通〔五〕。晴江空翠裏〔六〕，春草亂山中。知汝南來日，西陵定遇風〔七〕。

【注釋】

本詩作於康熙二年(一六六三)。

〔一〕彝鑒:朱彝尊《布衣周君墓表》:"朱彝鑒字千里,予同懷弟也。精篆法,善畫,兼工藝事,詩長於送別,有《笏在堂遺稿》。"東甌:古城名,古越族東海王搖之都城(國存於漢初,傳爲越王勾踐後代),故地在今浙江省永嘉縣。

〔二〕急難:指以魏璧案"中歲益艱虞"、"因人遠禍樞"(《永嘉除日述懷》,見《曝書亭集》卷五,本選集未收)。《詩・小雅・棠棣》:"脊令在原,兄弟急難。"令弟:稱已之佳弟。南朝宋謝靈運《酬從弟惠連》詩:"末路值令弟,開顔披心胸。"按:唐代始以"令弟"尊稱他人之弟,但稱已弟仍可沿用。

〔三〕江東:自漢代起,稱蕪湖以下之長江下游南岸地區爲江東。

〔四〕羈(jī)愁:羈旅之愁,此亦謂魏案之愁。羈,寄居作客。亦作"羇"。

〔五〕道里:猶言道路。《漢書・司馬相如傳》:"道里遼遠,山川阻深。"杜甫《送舍弟潁赴齊州》詩:"去傍干戈覓,來看道路通。"按:"道里通"者,言魏案已結,可獲返里也,故聞而"頓喜"。

〔六〕空翠:語本唐劉長卿《陪元侍御遊支硎山寺》詩:"步步入青靄,香氣空翠中。"

〔七〕西陵:謂西陵湖,在今浙江省蕭山縣。南朝宋謝惠連《西陵遇風獻康樂》詩云:"臨津不得濟,佇楫阻風波。"此用其意,言路途艱苦。

【評箋】

鄧之誠曰:"彝尊以魏耕(即魏璧後改名)之獄,欲走海上,後聞事解,乃有此作。"(《清詩紀事初編》卷七)

【附録】

題朱十江東見弟詩後　諸九鼎駿男

有客傳朱十,江東見弟詩;長城(唐詩人劉長卿有"五言長城"之譽)

四十字,孰敢近偏師(長卿友秦係與之唱和,世謂以偏師攻之)?

永嘉雜詩二十首(選三)

西　射　堂〔一〕

已見官梅落,還聞谷鳥啼〔二〕。愁人芳草色〔三〕,緑遍射堂西。

孤　　嶼〔四〕

孤嶼題詩處〔五〕,中川激亂流〔六〕。相看風色暮,未可纜輕舟〔七〕。

瞿　　谿〔八〕

鳥驚山月落,樹静谿風緩〔九〕。法鼓響空林〔一〇〕,已有山僧飯〔一一〕。

【注釋】

本詩作於康熙二年(一六六三)。

〔一〕西射堂:據《嘉慶一統志》:堂"在府城(温州府,今浙江省永嘉縣)西。《寰宇記》:'在温州西南二里。'謝靈運《晚出西射堂》詩云:'連嶂疊巘崿,青翠杳深沉。'今西山寺是也。"《文選》謝詩題注:"永嘉郡射堂。"又,舊注引《浙江通志》云:"西射堂在城西南一十里,或云亦謝靈運所建。靈運嘗鳴琴甌中,超然有物外之想。"

〔二〕已見二句:唐王維《雜詩》:"已見寒梅發,復聞啼鳥聲。"此從中化出。

〔三〕愁人：宋辛棄疾《菩薩蠻・書江西造口壁》詞："江晚正愁余。"芳草色：謝靈運《登池上樓》："池塘生春草。"《文選》李善注云此名句作於"永嘉池上樓"，《温州府志》則云作於永嘉"西堂"。

〔四〕孤嶼：山名。《嘉慶一統志》：山"在永嘉縣北江中，與城相對，東西兩峯上各有塔……昔時兩峯對峙，江流貫其中，後爲沙淤，遂相連。"

〔五〕題詩處：謂謝靈運題詩處。謝有《登江中孤嶼》詩。又，唐孟浩然《永嘉上浦館逢張八子容》詩："衆山遥對酒，孤嶼共題詩。"

〔六〕中川句：語本謝靈運《登江中孤嶼》詩："亂流趨正絶，孤嶼媚中川。"

〔七〕纜：繫舟。唐韓愈《岳陽樓别竇司業》詩："夜纜巴陵州，叢芮纔可傍。"

〔八〕瞿谿：山名。《嘉慶一統志》："在永嘉縣西南三十五里。"瞿谿與岷岡山相連，中有溪。

〔九〕鳥驚句：王維《鳥鳴澗》詩："人閒桂花落，夜静春山空。月出驚山鳥，時鳴春澗中。"此從中化出。

〔一〇〕法鼓：謂佛寺大鼓。謝靈運《過瞿溪山僧》詩："清霄颺浮煙，空林響法鼓。"按：佛門諸多事物，皆以法名，如"法衣"、"法輪"、"法螺"、"法號"等。其所以稱法者，有法力、法則義。

〔一一〕飯：用飯。

【評箋】

王士禛曰："朱竹垞著書最富，如《日下舊聞》、《經籍存亡考》，皆百餘卷。又撰《詩綜》、《詞綜》若干卷。其自著詩歌雜文曰《竹垞文類》，余爲序之。尤愛其少時永嘉諸詩，如《南亭》、《西射堂》、《孤嶼》、《吴橋港》、《瞿谿》。"(《漁洋詩話》)

《四庫全書提要》曰："永嘉詩中，《南亭》、《西射堂》、《孤嶼》、《瞿谿》諸篇，規橅王(維)、孟(浩然)，未盡所長。"

返　照

返照開寒峽〔一〕，江城入翠微〔二〕。明霞飛不落，獨鳥去還歸。是處聞吹角，高樓尚曝衣。山家多畏虎，應各掩柴扉〔三〕。

【注釋】

本詩作於康熙二年(一六六三)。

〔一〕返照句：杜甫《返照》詩："返照開巫峽。"明趙汸注："巫山將暮，得返照而景色重開，起語卓然。"(轉引自《杜詩詳註》卷二)

〔二〕江城句：謂日暝時背陽之江城與山色掩映相連。翠微，謂山色青翠而輕淡。杜甫《重題鄭氏東亭》詩："華亭入翠微。"

〔三〕山家二句：杜甫《返照》詩有"不可久留豺虎亂"、"絶塞愁時早閉門"句，此從中化出。

【評箋】

林昌彝曰："詩之絶唱正不在多，惟賞音者舉其一二，而全集之堪傳，作者可無怍矣。近代名句之可傳者，如秀水朱竹垞之'明霞飛不落，獨鳥去還歸。'……渾成出於天籟。"(《海天琴思録》卷四)

林昌彝曰："朱竹垞《返照》詩云：'是處聞吹角，高樓尚曝衣。'十字可稱妙斲。"(《海天琴思録》卷五)

土　木　堡〔一〕

平蕪一簣狼山下〔二〕，九月驅車白霧昏〔三〕。到眼關河成故迹〔四〕,傷心土木但空屯〔五〕。元戎苦戰翻迴蹕〔六〕,諸將論功首奪門〔七〕。早遣金繒和社稷〔八〕,祠官誰奉裕陵園〔九〕!

【注釋】

本詩作於康熙三年(一六六四)。

〔一〕土木堡:在今河北省懷來縣,明英宗曾於此爲瓦剌軍俘獲(詳前《于忠肅公祠》注〔六〕)。

〔二〕平蕪:雜草繁茂的原野。歐陽修《踏莎行》詞:"平蕪盡處是春山。"一簣:一筐土,極言其少。狼山:在今北京市昌平縣(詳前《于忠肅公祠》注〔二〕)。

〔三〕白霧:古人認爲西方主白,象徵肅殺之氣。葛洪《抱朴子》云:"白霧四面圍城,不出百日,大兵必至。"杜甫《西閣夜》詩:"恍惚寒山暮,逶迤白霧昏。"又,明張佳胤《赴雁門聞虜退去呈楊中丞》詩云:"驅車九月度飛狐。"

〔四〕關河:其意有二:一乃泛指;一因狼山附近爲舊居庸關,永定河流經其地,故稱。

〔五〕但:僅;只。

〔六〕元戎:主帥。此指于謙。苦戰:事詳前《于忠肅公祠》注。翻:反而。迴蹕:謂明英宗(朱祁鎮)復辟(事詳前《于忠肅公祠》注〔一〕)。蹕,帝王出行,清道戒嚴,後因指帝王車駕。

〔七〕諸將:指擁戴英宗復辟之徐有貞、石亨、張軏等人。論功首奪門:論功以奪門爲首功。據《明史》所載,明景帝八年(一四五七),徐、石等乘景帝病,薄南宫(英宗被俘釋歸後所居),毁垣壞門而入,奉上皇(即英宗)升奉天殿復位,逮少保于謙等下獄,並斬之於東市。又大封迎駕奪門功臣,如徐有貞被封爲武功伯。明朱國祚《西山謁景皇帝陵》詩:"北狩專馳通問使,南還偏賞奪門功。"

〔八〕金繒:見前《于忠肅公祠》詩注〔一七〕。和社稷:使國家安定。社稷,土谷之神。國亡,必變置滅國之社稷,因指代國家。明李夢陽

《艮嶽篇》詩："金繒社稷和戎日"。

〔九〕祠官：掌管祭祀、祠廟之官。裕陵：明英宗陵園，在今北京市，爲"十三陵"之一。

【評箋】

孫鋐曰："白骨青山，英雄何處？爲問當年宗祊不墜、北狩重還，果伊誰之力耶！令讀者一字一淚。"(《皇清詩選》卷一九)

沈德潛曰："裕陵返國，由於不主和議，而羣姦以奪門論功，忠臣受戮，真千古不平事也。懷古詩須還出正論。"(《清詩别裁》)

王紹季曰："(論功首奪門)可歎。(早遣金繒和社稷，祠官誰奉裕陵園)反收妙。"(《天下名家詩永初集》)

宣府鎮〔一〕

高城西北控燕都〔二〕，吹角清秋落日孤〔三〕。尚憶武皇巡玉塞〔四〕，親從鎮國剖金符〔五〕。宫槐御柳今蕭瑟，虎圈鷹坊舊有無〔六〕。邊事百年虚想像，誰誇天險塞飛狐〔七〕？

【注釋】

本詩作於康熙三年(一六六四)。

〔一〕宣府鎮：在今河北省宣化縣。元時爲順寧府，明太祖時改稱宣府，明成祖(朱棣)時，以其地勢險狹，距京都近，改隸京師，置總兵鎮守，故稱宣府鎮。

〔二〕西北：鎮名，在京都西北四百里。燕都：猶京都。

〔三〕角：古樂器名，原出西北少數民族。此指軍號。《晉書・樂志下》："胡角者，本以應胡笳之聲，後漸用之横吹，即胡樂也。"宋蘇軾《吾謫海南》詩："孤城吹角煙樹裏，落日未落江蒼茫。"

〔四〕武皇：指明武宗朱厚照。玉塞：玉門關，此泛指邊塞，實指宣府鎮。李白《愁陽春賦》："明妃玉塞，楚客楓林。"王注："謝莊《舞馬賦》：'乘玉塞而歸寶。'玉塞謂玉門關，乃入西域之路。昭君入胡之路，未必由此，蓋借作邊塞字耳。"按：朱厚照曾於公元一五一七至一五一九年間巡視過宣府鎮。

〔五〕親從句：事本《明史·武宗紀》：武宗十三年(一五一八)九月，朱厚照自降手勅，勅曰："總督軍務威武大將軍總兵官朱壽親統六師，肅清邊境，特加封鎮國公。"金符，金質(或銅質)兵符。按：朱壽係朱厚照自稱之假名。厚照在權閹劉瑾誘導下，嬉戲無度，自授金符，自下手敕，以巡邊爲名，而行遍遊宇内之實。

〔六〕虎圈：圈養老虎的地方。《漢書·張釋之傳》："從行，上登虎圈，問上林尉禽獸簿。"顔師古注："圈，養獸之所也。"鷹坊：飼鷹之所，唐代閑廐使所管五坊之一。《唐書·百官志》："閑廐使押五坊，以供時狩。一曰鵰坊，二曰鶻坊，三曰鷂坊，四曰鷹坊，五曰狗坊。"朱厚照於宣府鎮治行宫，曾設苑囿，以備遊獵(見朱國楨《皇明大事記》)。

〔七〕飛狐：古險隘名，曾設關塞，在今河北省淶源縣。《史記·酈生傳》："距蜚狐之口，守白馬之津。"唐張守節《正義》："蔚州飛狐縣北五十里，有秦漢故郡城，西南有山，俗號爲飛狐口也。"按：以上兩句諷刺朱厚照以"邊事"爲兒戲，後繼諸帝又承之以昏庸刻忌，故百餘年後，李自成終得率義師經宣府鎮攻入北京，所"誇天險"，遺笑千古。

【評箋】

孫鋐曰："語婉而刺深，深得詩人忠厚之旨。"(《皇清詩選》卷一九)

王紹季曰："氣格沈雄。"(《天下名家詩永》)

傷歌行〔一〕

北風其涼,雨雪如擣〔二〕;棲棲素冠〔三〕,行彼周道一解〔四〕。蟹則有筐,蟬則有緌〔五〕;父喪不葬〔六〕,誰憐我爲二解〔七〕。瞻彼桓山,有革其羽;載鳴載揚,忽失其侣三解〔八〕。力行雖疾〔九〕,不如奮飛〔一〇〕;遠望雖高,不如早歸四解〔一一〕。凡百君子〔一二〕,庶幾心惻〔一三〕;翳桑之餓〔一四〕,可以報德五解〔一五〕。

【注釋】

本詩作於康熙三年(一六六四)。

〔一〕傷歌行:古樂府名。《樂府詩集》卷六二:"《傷歌行》,側調曲也。古辭傷日月代謝,年命遒盡,絶離知友,傷而作歌也。"唯該集所收無四言五解者。

〔二〕北風二句:語本《詩·邶風·北風》:"北風其凉,雨雪其雱。"《詩·小雅·小弁》:"我心憂傷,惄焉如擣。"擣:同"搗"。

〔三〕棲棲:忙碌不安貌。素冠:白帽,喪帽。《詩·檜風》有《素冠》篇。

〔四〕行彼周道:《詩·小雅·何草不黄》:"有棧之車,行彼周道。"宋朱熹《詩集傳》:"周道,大道也。"

〔五〕蟹則二句:語本《禮記·檀弓》:"成人有其兄死而不爲衰者,聞子皋將爲成宰,遂爲衰。成人曰:'蠶則績而蟹有匡,范則冠而蟬有緌;兄則死而子皋爲之衰。'"元陳澔《禮記集説》:"絲之績者,必由乎匡之所盛,然蟹之有匡,非爲蠶之績也,爲背而已。首之冠者,必資乎緌之所飾,然蟬之有緌,非爲范之冠也,爲喙而已。兄死者必爲之服衰,然成人之服衰,非爲兄死也,爲子皋而已。"意謂名是而實非。竹垞用此,謂父死理應居喪,而責己爲生計栖栖乎道路。

〔六〕父喪：竹垞生父卒於康熙元年(一六六二)十一月，殯於堂而未葬。

〔七〕爲：表感歎語氣。《莊子·逍遥游》："予無所用天下爲！"

〔八〕瞻彼四句：事本《孔子家語·顔回》："孔子在衛……聞哭者之聲甚哀"，回曰："此哭聲非但爲死者而已，又有生離别者也。"子曰："何以知之？"對曰："回聞桓山之鳥生四子焉，羽翼既成，將分於四海，其母悲鳴而送之。哀聲有似於此，謂其往而不返也。回竊以音類而知之。"孔子使人問哭者，果曰："父死家貧，賣子以葬，與之長决。"竹垞用以言父死，兄弟分散。革，張翼。《詩·小雅·斯干》："如鳥斯革。"鄭箋："如鳥夏暑希革張其翼時。"載鳴載揚，猶邊鳴邊飛。《詩·小雅·沔水》："鴥彼飛隼，載飛載揚。"

〔九〕力行：勉力而爲。《禮·中庸》："好學近乎知，力行近乎仁。"此謂勉力行走。疾：迅速。

〔一〇〕奮：鳥張翼。《詩·邶風·柏舟》："静言思之，不能奮飛。"

〔一一〕遠望二句：古樂府《悲歌行》："遠望可以當歸。"又，《古詩十九首》："客行雖云樂，不如早旋歸。"

〔一二〕凡百君子：猶諸位君子。《詩·小雅·巷伯》："凡百君子，敬而聽之。"

〔一三〕庶幾：也許可以。心惻：憂傷；同情。《易·井》："井渫不食，爲我心惻。"

〔一四〕翳(yì)桑之餓：事本《左傳·宣公二年》："晉侯飲趙盾酒，伏甲將攻之。……初，宣子田於首山，舍於翳桑，見靈輒餓，問其病，曰：'不食三日也。'食之。……既而與爲公介，倒戟以禦公徒，而免之。(盾)問何故。對曰：'翳桑之餓人也。'"

〔一五〕德：恩惠。《詩·小雅·蓼莪》："欲報之德，昊天罔極。"

雲中至日〔一〕

去歲山川縉雲嶺〔二〕，今年雨雪白登臺〔三〕；可憐日至長爲客〔四〕，何意天涯數舉杯〔五〕？城晚角聲通雁塞〔六〕，關寒馬色上龍堆〔七〕；故園望斷江村裏，愁説梅花細細開〔八〕。

【注釋】

本詩作於康熙三年(一六六四)。

〔一〕雲中：唐置郡，今山西省大同市。時曹溶爲山西按察副使，治大同，竹垞於是年農曆九月十九日抵雲中。至日：即冬至(夏至亦稱至日)。《易·復》："先王以至日閉關。"晉韓康伯注："冬至，陰之復也；夏至，陽之復也。"

〔二〕縉雲：縣名(詳前《縉雲雜詩》)。

〔三〕白登臺：在今山西省大同市白登山上。據《史記·韓王信傳》，漢初，匈奴曾圍漢高祖於此地七日。

〔四〕可憐句：語本杜甫《冬至》詩："年年至日長爲客，忽忽窮愁泥殺人。"日至，即至日。古人認爲，天行赤道，日行赤道南北，於冬至運行至極南之處(夏至反之)。日至者，日至極南處也。《左傳·莊公二十九年》："凡土功……日至而畢。"即指冬至。

〔五〕數(shuò)：屢次。

〔六〕城晚句：杜甫《章梓州水亭》詩："城晚通雲霧。"此或從中化出。雁塞：即雁門關，在今山西省代縣，魏、晉時皆以爲塞，故又稱雁塞。唐岑參《北庭作》詩："雁塞通鹽澤，龍堆接醋溝。"

〔七〕馬色：指馬的神態、氣色。此即指代馬匹。唐李賀《感諷》詩："青門放彈去，馬色連空郊。"清王琦注："馬色連空郊，言其從馬之多也。"又，馬色一作"草色"。龍堆：即白龍堆，沙漠名，在新疆以東，天山南路。《漢書·西域傳》："樓蘭國最在東垂，近漢，當白龍堆，乏水草。"沈約《飲馬長城窟》詩："介馬度龍堆，塗縈馬屢回。"

〔八〕梅花細細開：杜甫《江畔獨步尋花》詩："繁枝容易紛紛落，嫩蕊商量細細開。"或爲此句所本。

【評箋】

沈德潛曰:"學李北地,高入杜陵,通首一氣,能以大力負之而趨。"(《清詩别裁》)

尚鎔曰:"竹垞詩以游晉所作爲最。"(《三家詩話》)

短歌行[一]

飲酒當醉[二],拔劍當歌[三];人生相知,樂豈在多一解[四]!相彼中林[五],枝葉猗儺[六];嚴霜一至,焜黄奈何二解[七]?飄飄寒風,不知所届[八];豈曰無衣[九],將子于邁三解[一〇]。嗚鹿在囿,載食其蒿[一一];男兒墮地,惜無錢刀四解[一二]。明星在天[一三],雨雪在野;我思故人,泣數行下五解[一四]。今夕不飲,來日大難;今者不樂,來朝永歎六解[一五]!

【注釋】

本詩作於康熙四年(一六六五)。

〔一〕短歌行:樂府篇名,傳爲曹操所創製。《樂府詩集》引《樂府解題》云:《短歌行》"言當及時爲樂也。"

〔二〕飲酒句:曹操《短歌行》:"對酒當歌,人生幾何?"此即從中化出。

〔三〕拔劍句:杜甫《短歌行贈王郎司直》:"王郎酒酣拔劍斫地歌莫哀。"

〔四〕人生句:屈原《九歌·少司命》:"樂莫樂兮新相知。"

〔五〕相:視。《詩·鄘風·相鼠》:"相鼠有皮,人而無儀。"中林:《詩·周南·兔罝》:"肅肅兔罝(jiē 捕獸網),施于中林。"朱熹《詩集傳》:"中林,林中。"

〔六〕猗儺(ē nuó)：同"婀娜",輕盈柔順貌。《詩・檜風・隰有萇楚》："隰有萇楚,猗儺其枝。"

〔七〕焜(hùn)黄：語本《古樂府・長歌行》："常恐秋節至,焜黄華葉衰。"李善注："焜黄,色衰貌。"(轉引自黄節《漢魏樂府風箋》卷二)

〔八〕所届：猶所至之處。《詩・小雅・小弁》："譬彼舟流,不知所届。"宋朱熹《詩集傳》："届,至。"

〔九〕豈曰無衣：語本《詩・秦風・無衣》："豈曰無衣,與子同袍。"

〔一〇〕將子于邁：助你而行。將,助。《詩・周南・樛木》："樂只君子,福履將之。"朱熹《詩集傳》："將,猶扶助也。"邁,《詩・魯頌・泮水》："無小無大,從公于邁。"今人裴學海《古書虚字集釋》卷一曰："于,猶而也。""邁,行也。"

〔一一〕鳴鹿二句：《詩・小雅・鹿鳴》："呦呦鹿鳴,食野之蒿。"囿,獸苑。《詩・大雅・靈臺》："王在靈囿,麀鹿攸伏。"載,則。

〔一二〕男兒二句：晉傅玄《豫章行・苦相篇》詩："男兒當門户,墮地自生神。"又《樂府古辭・白頭吟》："男兒重意氣,何用錢刀爲!"

〔一三〕明星句：《詩・召南・小星》："嘒彼小星,三五在東。肅肅宵征,夙夜在公。寔命不同。"按：《小星》詩寫卑官小吏夙夜奔波道路,竹垞引以自喻,下句"雨雪在野"同。

〔一四〕我思二句：《史記・高祖本紀》："高祖乃起舞,慷慨傷懷,泣數行下,謂沛父兄曰：'遊子思故鄉……'"

〔一五〕今夕四句：《樂府古辭・善哉行》："來日大難,口燥脣乾。今日相樂,皆當喜歡!"又,《詩・小雅・常棣》："每有良朋,況也永歎。"

雁門關〔一〕

南登雁門道〔二〕,騁望句注巔〔三〕;山岡鬱參錯〔四〕,石棧紛鈎連〔五〕。度嶺風漸微,入關寒未捐〔六〕;層冰如玉龍〔七〕,

萬丈來蜿蜒，飛光一相射，我馬忽不前。抗迹懷古人〔八〕，千載誠多賢；郅都守長城〔九〕，烽火静居延〔一〇〕；劉琨發廣莫，吟嘯《扶風》篇〔一一〕；偉哉廣與牧〔一二〕，勇略天下傳。時來英雄奮，事去陵谷遷〔一三〕；數子不可期，勞歌爲誰宣〔一四〕？嗷嗷中澤鴻〔一五〕，聆我慷慨言〔一六〕。

【注釋】

本詩作於康熙四年(一六六五)。

〔一〕雁門關：又名"西陘關"，關原在雁門山上。《明一統志》云：雁門山在太原府代州(今山西省代縣)北三十三里，雁出其門(指兩山間如門)，故名。又，《代州志》稱：唐曾置關於雁門山之絶頂，明初移今所。此地"兩山夾峙，形勢險峻。""自古爲戍守重地"。

〔二〕南登：竹垞自大同出發，關在其南，故云。

〔三〕句注：即雁門山。《淮南子・地形》："句注"注："句注在雁門。"薛思漁《河東記》："句注以山形句轉，水勢注流而名，亦曰陘嶺。"

〔四〕鬱：積結。參(cēn)錯：參差交錯。

〔五〕石棧：山險之地，鑿石架木爲路。李白《蜀道難》："地崩山摧壯士死，然後天梯石棧相鉤連。"

〔六〕捐：除。

〔七〕玉龍：喻飛雪，此喻雪積冰封之山巒。

〔八〕抗迹：特立獨行。屈原《九章・悲回風》："望大河之洲渚兮，悲申徒之抗迹。"

〔九〕郅都：據《史記・郅都傳》，漢景帝時都曾爲雁門太守，"匈奴素聞郅都節，居邊，爲引兵去，竟郅都死不近雁門。匈奴至爲偶人象郅都，令騎馳射莫能中，見憚如此。"後遭讒斬首。

〔一〇〕居延：古邊塞名，爲匈奴南下要道，漢代於合黎山、居延縣(漢屬張掖郡，今甘肅省額濟納旗)築塞防之。此泛指邊塞。

〔一一〕劉琨：見前《于忠肅祠》詩注〔一四〕。《扶風篇》：謂劉琨所作《扶風歌》。詩云:"朝發廣莫門,暮宿丹水山。左手彎繁弱,右手揮龍淵。"又云:"吟嘯絶岩中。"廣莫: 洛陽城門名。扶風: 縣名,在今陝西省寶雞市東。《扶風歌》,樂府歌辭名。

〔一二〕廣與牧: 謂李廣、李牧。據《史記・李將軍列傳》: 廣乃漢文帝、武帝時名將,"嘗爲隴西、北地、雁門、代郡、雲中太守,力戰爲名。""匈奴聞之,號曰'漢之飛將軍',避之數歲,不敢入。"據《史記・李牧傳》: 牧乃"(戰國時)趙之北邊良將也,常居代(原雁門)備匈奴。"嘗"破殺匈奴十餘萬騎","其後十餘歲,匈奴不敢近趙邊城。"

〔一三〕陵谷遷: 語本《詩・小雅・十月之交》:"百川沸騰,山冢崒崩;高岸爲谷,深谷爲陵。"喻君子小人易位,小人反居"陵"上。又《晉書・杜預傳》:"(預)刻石爲二碑,紀其勳績,一沉萬山之下,一立硯山之上,曰:'焉知此後,不爲陵谷乎?'"後以喻世事變遷。

〔一四〕勞歌: 謂勞作之歌,如"飢者歌其食,勞者歌其事"(《公羊傳・宣公十五年》注)。或謂送別之歌,如"勞歌徒欲奏,贈別竟無言"(唐駱賓王《送吴七游蜀》詩)。竹垞詩有慰頌其勞績之意。

〔一五〕嗷嗷: 衆聲嘈雜。《詩・小雅・鴻雁》:"鴻雁于飛,哀鳴嗷嗷。"中澤: 澤中。《詩・小雅・鴻雁》:"鴻雁于飛,集于中澤。"宋朱熹《詩集傳》:"中澤,澤中也。"

〔一六〕慷慨: 此有感慨意。三國魏曹植《雜詩》:"絃急悲聲發,聆我慷慨言。"

【評箋】

沈德潛曰:"時來英雄奮,頂郅都;事去陵谷遷,頂劉琨。有此二語,方見結束。"(《清詩別裁》)

晚次崞縣〔一〕

百戰樓煩地〔二〕,三春尚朔風〔三〕。雪飛寒食後〔四〕,城閉夕陽中。行役身將老[五],艱難歲不同[六]。流移嗟雁户[七],生計各西東。

【注釋】

本詩作於康熙四年(一六六五)。

〔一〕次:旅途中止宿。崞縣:舊縣名,漢置,屬雁門郡。故城在今山西省渾源縣西。

〔二〕樓煩:游牧民族名,活動範圍在今山西省北部、内蒙之黄河南部地區,春秋時在晉國北(見《漢書·匈奴傳》),戰國時在趙國之西(見《史記·趙世家》)秦末歸附匈奴。趙武靈王、秦始皇、漢武帝皆遣將與之戰(見《漢書·匈奴傳》上)故詩曰"百戰"。"地"則指崞縣一帶,以至整個晉北邊塞地區。唐王昌齡《從軍行》:"黄沙百戰穿金甲,不破樓蘭終不還。"又,錢起《寇中送張司馬歸洛》詩:"雲愁百戰地,樹隔兩鄉天。"

〔三〕三春:結合下句"寒食",當指農曆三月。

〔四〕寒食:節令名,農曆清明前一二日。梁宗懔《荆楚歲時記》:"去冬(至)節一百五日,即有疾風甚雨,謂之寒食,禁火三日(即不用熱食)。"據晉陸翽《鄴中記》:因介子推是日焚死,晉文公懷之,遂令逢其忌日,皆寒食。然《周禮·司烜氏》載:"仲春以木鐸修火禁於國中。"則係周俗,恐與子推之焚無涉,當爲後人所附會。

〔五〕行役:謂跋涉服役,《詩·魏風·陟岵》:"父曰:嗟予子行役,夙夜無已。"後因謂行旅爲行役,杜甫《别房太尉墓》詩:"他鄉復行役,駐馬别孤墳。"

〔六〕艱難句:謂艱難之狀,每歲不同。《漢書·賈誼傳》:"棄禮誼,捐廉恥,日甚,可謂日異而歲不同矣。"

〔七〕流移:流亡,遷移。《後漢書·桓帝紀》:"民有不能自振及流移者,稟穀如科。"雁户:《正字通》:"流庸謂之雁户。《漢書》流亡他土庸作曰流庸。《唐書》編民有雁户,謂如雁去來無恒也。"劉禹錫《洛中送崔司業》詩:"洛苑魚書至,江村雁户歸。"

【評箋】

孫鋐曰:"窮邊旅況,對此淒然。"(《皇清詩選》卷一一)

捕虎詞〔一〕

黄桑彎弧棘作弩〔二〕,村民少長齊捕虎。南山有鹿北有獐,何爲馱我檻下羊〔三〕? 青天杲杲白日出〔四〕,横行大道終罹殃〔五〕! 君不見,靈丘捕虎虎盡死,太原城中狼入市。

【注釋】

本詩作於康熙四年(一六六五)。

〔一〕捕虎詞: 據曹溶《静惕堂集·前後捕虎詞序》:"乙巳(一六六五)十月,懷仁縣(在今山西省)獲乳虎一。靈邱縣(在今山西省)虎出傷人,予誡守者索之,山中連殺其二。"按: 竹垞時客曹府,因作此詞。

〔二〕黄桑彎弧: 用黄桑彎成弓。《禮記·内則》:"國君世子生,……射人以桑弧蓬矢六,射天地四方。"棘: 酸棗樹,亦指有刺之草木。弩: 用機械發射的弓。按:"棘弩"未之見,棘質硬無彈性,未必適合作弩,疑爲"棘矢",以叶韻而用"弩"。《左傳·昭公十二年》:"昔我先王熊繹,辟在荆山,……唯是桃弧棘矢,以共禦王事。"

〔三〕檻: 圈養牲畜之栅欄。《後漢書·廣陵思王荆傳》:"當爲秋霜,無爲檻羊。"

〔四〕杲(gǎo)杲: 明亮貌。《詩·衛風·伯兮》:"其雨其雨,杲杲出日。"

〔五〕罹(lí): 遭受。

題倦圃圖二十首〔一〕(選三)

芳樹亭

獨石欹長卧〔二〕,空亭夜不扃。春風平仲色〔三〕,相見幾回青。

谿山真意軒〔四〕

遠樹聞疎鐘〔五〕,夕陽上喬木。相對忽忘言,賞心在幽獨。

聽雨齋〔六〕

風吹石蘭花〔七〕,柔荑雨中長〔八〕。清夢入空山,亂落紅泉響〔九〕。

【注釋】

本詩作於康熙五年(一六六六)。

〔一〕倦圃:曹溶園林名(詳〔附録〕)。

〔二〕欹(qī):斜。

〔三〕平仲:樹名。晉左思《吴都賦》:"平仲桾櫏。"李善注:"劉成曰:'平仲之木,實如白銀。'"《本草綱目·果部·銀杏》引此注,疑即銀杏。

〔四〕真意軒:軒名。晉陶淵明《飲酒二十首》其五云:"山氣日夕佳,飛鳥相與還;此中有真意,欲辨已忘言。"軒名由此。又,詩中"相對忽忘言"句亦由此化出。

〔五〕遠樹句：唐王維《黎拾遺昕裴秀才迪見過秋夜對雨之作》："秋雨聞疏鐘。"此從中化出。

〔六〕聽雨齋：齋名。宋方岳《聽雨》詩："竹齋眠聽雨，夢裏長青苔。"齋名由此。

〔七〕石蘭：屈原《九歌・山鬼》："被石蘭兮帶杜衡。"王注："石蘭、杜衡皆香草。"又，據《植物名實圖考》：石蘭生"石上，横根"，"葉中抽小莖開花，瓣如甌蘭而短，心紅瓣緑"，"蓋即石斛一種。"明李時珍《本草綱目》：石斛"莖葉生皆青色，乾則黄色，開紅花。"

〔八〕柔荑：柔軟的茅草嫩芽。全句自宋方岳《聽雨》詩"夢裏長青苔"化出。

〔九〕紅泉：紅色泉水。此謂水中有紅花之泉。倦圃本有"花藥之蓊鬱"，石蘭花紅，當是一種。謝靈運《入華子崗》詩："石磴瀉紅泉。"

【附録】

朱彝尊《倦圃圖記》："倦圃距嘉興府治西南一里，在范蠡湖之濱。宋管内勸農使岳珂（倦翁）嘗留此著書，所謂金陀坊是也。地故有廢園，户部侍郎曹先生溶躬治之，以爲别業，聚文史其中，暇則與賓客浮觴樂飲。其以'倦圃'名者，蓋取倦翁之字以自寄。予嘗數游焉，樂之而不能去於懷也。

歲癸卯，先生左遷山西按察副使，治大同。踰明年，予謁先生於塞上。時方九月，層冰在川，積雪照耀巖谷，彌望千里，句萌盡枯，無方寸之木。相與語及倦圃山泉之深沉，魚鳥之游泳，蔬果花藥之蓊鬱，情景歷歷如目前事，先生抱膝低徊者久之。嗟夫，故鄉之樂，人之夢寐在焉，以予暫游者猶不能釋於懷，況先生之寢處笑語其中者哉！先生之門人周君月如，工繪畫，爲先生圖之，爲景二十，於是三人各繫以詩，先生復命予記其事。"（《曝書亭集》卷六六）

濰水弔韓淮陰〔一〕

淮陰師十萬，曾此擊龍且〔二〕。廢壘人猶識，囊沙水漸淤〔三〕。生慚諸將伍〔四〕，史並列侯書〔五〕。千載烏江廟〔六〕，君臣反不如〔七〕。

【注釋】

本詩作於康熙七年(一六六八)。

〔一〕濰水：即濰河，在今山東省。韓淮陰：即韓信；信原爲齊王，徙楚王，劉邦終忌之，以詐擒信而釋爲淮陰侯，故稱。

〔二〕龍且：項羽大將，漢高祖四年(前二〇三)，曾率楚軍二十萬救齊，夾濰水與韓信對陣。

〔三〕囊沙：事本《史記·淮陰侯傳》："韓信乃夜令人爲萬餘囊，滿盛沙，壅水上流，引軍半渡擊龍且，佯不勝，還走。龍且果喜曰：'吾固知信怯也。'遂追信渡水。信使人决壅囊，水大至。龍且軍大半不得渡，即急擊，殺龍且……皆虜楚卒。"

〔四〕生慚句：事本《史記·淮陰侯傳》："信知漢王畏惡其能，常稱病不朝從。信由此日夜怨望，居常怏怏，羞與絳(絳侯周勃)灌(潁陰侯灌嬰)等列。信嘗過樊將軍噲，噲跪拜送迎，言稱臣，曰：'大王乃肯臨臣！'信出門笑曰：'生乃與噲等爲伍！'"

〔五〕史並列侯書：謂韓信以"謀反"誅，而史書仍同與列侯，並載其事。

〔六〕烏江廟：詳前《烏江謁西楚霸王廟》注。

〔七〕君臣句：謂佔有天下的劉邦，其君臣關係反不如兵敗之項羽。又，原注云："烏江項王廟以范增、龍且配食。"

度駱馬湖〔一〕

自從前度黄河決〔二〕，董口填淤駱馬過〔三〕。夫柳至今喧里巷〔四〕，客帆終覺厭風波〔五〕。東南民力愁先竭〔六〕，西北源泉棄尚多〔七〕。安得歲星長守越〔八〕，年年輓粟上盤渦〔九〕。

【注釋】

本詩作於康熙八年(一六六九)。

〔一〕駱馬湖：在今江蘇省宿遷縣西北，本係窪田，明末附近山水傾注，漫溢成湖，其水經由董家溝、陳窯溝注入運河。

〔二〕前度：據清盛百二《柚堂筆談》述及此詩時云："前年河決。"則"前度"當爲康熙六年(一六六七)。又，清李富孫以爲係康熙七年事(詳〔評箋〕)。

〔三〕董口：鎮名，在今山東省鄄城縣，爲運河與黄河交匯處。填淤：河道因積沉泥沙而堵塞。亦作"填閼"。《漢書・溝洫志》："渠成而溉注填閼之水。"杜甫《溪漲》詩："馬嘶未敢動，前有深填淤。"按：盛百二《柚堂筆談》記載此事云："河決桃源，黄家嘴、董家溝口淤塞，舟皆由駱馬湖行汪洋巨浸之中。"

〔四〕夫柳：爲加固湖堤，官府派遣民伕采柳，植於兩岸，名曰"夫柳"。清徐乾學《徐存庵墓志》述及此事云："州縣派夫采柳，動至數百萬。"

〔五〕客帆：客船之帆。唐孟浩然《夜泊宣州界》詩："風止客帆收。"亦借帆指船。唐錢起《送陸贄擢第還蘇州》詩："帶雨客帆輕。"此則指代乘船旅人。

〔六〕民力句：語本《左傳・昭公八年》："今宫室崇侈，民力彫盡，怨讟

(dú 怨言)並作。"按：據徐乾學《徐存庵墓志》云："運柳一束，費銀至二三錢，刻期制御萬不可得。……積淤成阪，河身日高，堤日益；今兩岸所加之土幾與皇華亭簷相及，淮揚之民不能一刻安處。"

〔七〕西北句：見〔評箋〕李富孫言。

〔八〕歲星：木星。古人認爲歲星每十二年繞天一周(實爲一一·八六二二年)，每年行經某一星空區域，與我國陸上特定地域相對應，歲星運行至某一星域即稱"守"某。"歲星常守越"，意謂歲星常守斗、牛(星名)間，即對應越地。古人又認爲歲星象徵豐收，如《後漢書·郎顗傳》："歲星守心(心宿，二十八宿之一)年穀豐。"故"歲星常守越"，意即越地年年豐登。按：此非幻想天象反常，實係婉勸官吏興利除弊，使民以安。

〔九〕輓粟：牽引運糧賦之車船(此指船)。《漢書·主父偃傳》："使天下飛芻輓粟。"顔注："輓，謂引車船也。"盤渦：水流迴旋成渦，此指代運河，晉郭璞《江賦》："盤渦谷轉，淩濤山頽。"

【評箋】

盛百二曰："康熙二十年始令官種柳，前此皆賦之民，故靳文襄《築清水潭决口記》云：十五年，尚書莫如錫勘問所司佑帑五十七萬，而夫柳仍派於民間。今讀先生此詩，真詩史也。後半含蓄不盡，神似少陵。"(《柚堂筆談》)

李富孫曰："康熙七年，董口復淤，運道改爲駱馬湖，詳見《山東運河志》。此詩作於康熙八年，正董口淤塞，改由駱馬湖之時，起二句乃賦實事。""國朝靳輔《治河方略》云：'查宿邑(指宿遷縣)西北四十里皂河集，其地溝渠斷續，有舊淤河形一道，若挑新浚舊，因而通之，可以上接泇河之委而下達'云云。此詩云：'東南民力愁先竭，西北源泉棄尚多。'與靳公之論，實相吻合。"(手批《曝書亭詩》)

淮南感事[一]

城樓高見碧湖懸[二],淮堰將傾近百年[三]。比歲凶荒耕未得[四],向來修築計誰先[五]?預愁四瀆江河合[六],直恐三吴財賦捐[七]。開濟何人輸上策[八],升虚急誦楚宫篇[九]。

【注釋】

本詩作於康熙八年(一六六九)。

〔一〕淮南:泛指今蘇皖長江之北淮水以南地區。

〔二〕城樓:據詩中能見"碧湖"、"淮堰"之城,又參前一首爲《駱馬湖》,則當爲淮安城樓。淮安,清府名,治所在淮安,今屬江蘇省。碧湖:指洪澤湖。《嘉慶一統志》:"(淮河)自安徽泗州流入,匯爲洪澤湖。"懸:黄、淮交匯,淮河水勢弱,常發生倒灌災情,前人常增高洪澤水位,以爲杜患,故見湖懸。《嘉慶一統志》:"黄河水高六尺,淮河水低六尺,不能敵黄,所以常患淤墊;今將六閘堵閉,洪澤湖水高,力能敵黄,則運(河)不致有倒灌之患。"

〔三〕淮堰:指高家("加"的音訛)堰。據《嘉慶一統志》:堰在淮安縣西南四十里,洪澤湖東北,隄長六十里,以防淮、洪東瀉。相傳爲三國時廣陵太守陳登所築。明永樂年間(一四〇三—一四二四),由平江伯陳瑄主持重築。又,清徐乾學《治河説》:高堰一傾,清水潬數决,致淮南二郡巨浸累年。按:徐氏稍晚於竹垞,所述情狀相近。

〔四〕比歲:連年。凶荒:猶饑荒。《墨子·七患》:"三穀不收謂之凶。"

〔五〕向來句:治淮之論,或疏或堰,歷來其説紛紜,故曰"計誰先"。

〔六〕瀆：溝渠，《史記·屈原賈生列傳》："彼尋常之污瀆兮，豈能容吞舟之魚。"也指大川。《爾雅·釋水》："江、淮、河、濟爲四瀆；四瀆者，發原注海者也。"江河合：淮南地區爲淮河與運河交匯處，淮河經運河入長江；淮、黄、運交匯，曾發生黄河奪淮河入海口事，故竹垞"預愁"一旦水氾堰崩而"江河合"。

〔七〕三吴：説法不一，或指吴興、吴郡、會稽(《水經注·漸江》)，或指吴郡、吴興、丹陽(《通典·州郡》)，或指蘇州、潤州、湖州(《名義考·地部·三吴》)。此爲"淮南"同義語。捐：毁棄。

〔八〕開濟：開創大業，匡濟危時。杜甫《蜀相》詩："三顧頻繁天下計，兩朝開濟老臣心。"上策：猶良策。輸：奉獻。

〔九〕升虚句：語本《詩·鄘風·定之方中》："定之方中，作於楚宫。""升彼虚矣，以望楚矣。"《定之方中》係歌頌衛文公徙居楚丘，重建衛國(衛曾爲狄滅，後徙而復國)；竹垞用之，當係企盼君賢，以解民之憂。

西山書所見〔一〕

斜陽猶未鎖松筠〔二〕，雪後風清石路塵；莫笑游人今歲早〔三〕，馬頭山店已燒春〔四〕。

【注釋】

本詩作於康熙十年(一六七一)。

〔一〕西山：北京西郊羣山總稱，爲太行山之支脈。衆山岡巒連屬，最著名者有香山、潭柘山、玉泉山、翠微山、妙峯山、百花山諸峯。

〔二〕松筠(yún)：松與竹("筠"本謂竹之青皮，引申爲竹之别稱)。松竹常青質堅，因喻節操堅貞，詩中切冬令，亦以表襟懷。杜甫《崔氏東山草堂》詩:“何爲西山王給事,柴門空閉鎖松筠。”

〔三〕游人:一本作“春游”。

〔四〕馬頭句:一本作“蘼蕪已有上山人”。燒春:酒名,唐人每以“春”名酒;“燒”指蒸酒。李肇《國史補》:“酒則有郢州之富水……劍南之燒春。”然此謂春日之烘暖。如唐曹松《及第勅下宴中獻座主杜侍郎》詩:“半夜笙歌教泥月,平明桃杏放燒春。”

【評箋】

李富孫曰:“以‘燒春’爲酒名,則‘已’字不穩,應待考。”(手批《曝書亭詩》)按:李説是。

來　青　軒〔一〕

天書稠疊此山亭〔二〕,往事猶傳翠輦經〔三〕;莫倚危欄頻北望〔四〕,十三陵樹幾曾青〔五〕!

【注釋】

本詩作於康熙十年(一六七一)。

〔一〕來青軒:在北京市香山。明劉侗、于奕正《帝京景物略》:“(香山寺)殿五重,崇廣略等,斜廊平欄,翼以軒閣。……(明)世宗幸寺,曰:‘西山一帶,香山獨有翠色。’神宗題曰‘來青。’”

〔二〕天書:對皇帝手書之敬稱。唐王維《酬王給事》詩:“晨搖玉珮趍金殿,夕奉天書拜瑣闈。”稠疊:謂稠密繁多(指明神宗朱翊鈞所書“來青軒”、“鬱秀”、“清雅”、“望都亭”四匾)。

〔三〕翠輦:見前《于忠肅公祠》詩注〔一九〕。

〔四〕危欄:高樓上的欄檻。危,高峻。宋辛棄疾《摸魚兒》詞:“休去倚危欄,斜陽正在,煙柳斷腸處。”北望:香山在京西,十三陵在京北,故稱。又,切朱翊鈞“望都亭”。昔爲望都,今爲望陵,更曰莫“北望”,悽楚可知。

〔五〕十三陵:在今北京市昌平縣北天壽山,明代自成祖朱棣至思宗朱由檢等十三帝之陵墓均在此。幾曾青:意謂十三陵遭摧殘。詩喻明脈已絶,故以家國之哀繫之。

【評箋】

王文濡曰:“從一‘青’字,生出故國興亡之感,語愈藴藉,意愈深長。”(《清詩評注讀本》)

紅橋〔一〕

春蕪小雨滿城隈〔二〕,茅屋疎籬兩岸開;行到紅橋轉深曲,緑楊如薺酒船來〔三〕。

【注釋】

本詩作於康熙十年(一六七一)。

〔一〕紅橋:即虹橋。《嘉慶一統志》:“在甘泉縣(今江蘇省揚州市)北門外,一名紅橋,翼以朱欄,岸多植柳,爲郡人游觀之地。”

〔二〕春蕪:即春草。僧皎然《山居示靈澈上人》詩:“清明路出山初暖,行踏春蕪看茗歸。”隈(wēi):角落。

〔三〕緑楊如薺:語本唐竇鞏《登玉鉤亭奉獻淮南李相公》詩:“朱檻入雲看鳥滅,緑楊如薺遶江流。”

【附録】

楊鍾羲《雪橋詩話》云:“鮑辛浦贈王載揚句云:‘師資兼秀水,宗派本新城。'蓋其詩一以漁洋山人爲宗,時時出入于小長蘆釣師也。……竹坨有《紅橋》絶句,載揚亦有《青谿》絶句,云:'青谿谿水碧于藍,高下河房綉幕開;日暮藕花風起處,魚鱗波上雙燕來。'"

旱

水潦江淮久〔一〕,今年復旱荒。翻風無石燕〔二〕,蔽野有飛蝗。桎梏懲屠釣〔三〕,橧巢迫死亡〔四〕。虚煩乘傳使〔五〕,曾發海陵倉〔六〕。

【注釋】

本詩作於康熙十年(一六七一)。

〔一〕潦(lào):同"澇",水淹。

〔二〕石燕:據《水經注・湘水》云,湖南零陵有形狀如燕之石塊,傳説遇風雨則羣飛,頡頏如真燕。陳徐陵《移齊文》:"長沙鵩鳥,靡復爲妖;湘川石燕,自然還舞。"

〔三〕桎梏(gù)句:謂饑民斷炊,屠釣求活,競遭桎梏。桎梏,刑具,手銬脚鐐。

〔四〕橧(zēng)巢:上古人聚柴薪所作巢形住處。《禮記・禮運》:"夏則居橧巢。"注:"暑則聚薪柴居其上。"迫:逼近。

〔五〕虚煩:空煩,意謂賑濟已遲。乘傳:乘驛站的傳車。《漢書・高帝紀》:"(田)横懼,乘傳詣洛陽。"顔師古注:"如淳曰:'律,四馬高足爲置傳,四馬中足爲馳傳,四馬下足爲乘傳。'師古曰:傳者,若今之驛。古者以車,謂之傳車。"按:高、中、下足,即一、二、三等馬。使:使節。

〔六〕曾:同"增"。海陵倉:漢代糧倉名,故地在今江蘇省泰州市。

《漢書·枚乘傳》:"轉粟西鄉(向),陸行不絶,水行滿河,不如海陵之倉。"

題竹垞壁[一]

買斷竹垞將四載[二],園林新筍未經嘗。今來散帙時初夏[三],忽見抽梢喜欲狂[四]。背市有人酤濁酒[五],南鄰許我借匡牀[六]。江村卧穩真堪樂,愁説燕雲射獵場[七]。

【注釋】

本詩作於康熙十一年(一六七二)。

〔一〕竹垞(chá):故址在今浙江省嘉興縣王店鎮。清楊蟠《竹垞小志》云:竹垞乃"朱先生錫鬯别業也。先生性好竹,徙宅十餘次,必擇有竹之地以居。康熙己酉(一六六九),歸自山左,買宅於鄰宅,西有竹,因以竹垞自號。宛平孫侍郎退谷題匾,海陵曹次岳作圖。其楹帖云:'會須上番看成竹,何處老翁來賦詩。'先生集句,汪檢討舟次書。垞約五畝,有南北兩垞,周圍壘石爲牆,編枳爲籬,饒有幽趣"。"(垞)在梅里南荷花池之上,望之竹樹交蔭,蔚然深秀。"

〔二〕買斷:買絶,謂成交後,再無未了事宜。唐王建《題金家竹溪》詩:"買斷竹溪無别主,散發泉水與新鄰。"

〔三〕散帙(zhì):攤開書。帙,書套;因代指書。唐王維《濟州過趙叟家宴》詩:"散帙曝農書。"

〔四〕梢:樹枝末端,此指筍尖,即新竹之梢。杜甫《送韋郎司直歸成都》詩:"爲問南溪竹,抽梢合過牆。"

〔五〕背市:與"向市"相反,言遠離市井。酤(gū):買酒。《論語·鄉黨》:“酤酒市脯不食。”

〔六〕匡牀:同“筐牀”,方正安適之牀。《淮南子・主術》:“匡牀蒻席非不寧也。”高誘注:“匡,安也。”

〔七〕燕雲:謂燕山、雲中。按,竹垞年前曾北遊燕、雲,曾作《雲中至日》、《來青軒》、《觀獵》(本選集未收)等詩,此詩借代“射獵”事指北遊“行役身將老,艱難歲不同”之境遇(《晚次崞縣》),故曰“愁説”。

【附録】

郭徵《竹垞》詩:“垞西南北竹縱横,露却東偏放月生;就裏樊籬分雅俗,半霄浄緑拓詩城。”(引自楊蟠《竹垞小志》卷一)

阮元曰:“‘垞’字多讀作‘茶’,顧書宣辨其爲‘宅’字。詩云:‘敧湖北垞舊山莊。’注云:‘垞即宅字,俗音茶,非。’近汪容甫亦呼朱檢討爲竹宅。”(《廣陵詩事》卷五)

藍秀才見示劉松年風雪運糧圖〔一〕

潞河十月櫓聲絶〔二〕,連檣如薺啼饑烏〔三〕。層簷炙背苦岑寂〔四〕,有客示我運糧圖。遥峰隱隱露積雪,村原高下紛盤紆〔五〕。千年老樹風怒黑〔六〕。寒葉盡脱無纖枯〔七〕。人家左右僅茅屋,傍有水碓臨山廚〔八〕。秕穅既揚力輸税〔九〕,安有甔石存桑樞〔一〇〕?大車檻檻四黄犢〔一一〕,疾馳下坂尋修塗〔一二〕。嗟爾農人歲已暮,婦子不得相歡愉。披圖恍見南渡日,北征甲士連戈殳〔一三〕。當年諸將猶四出〔一四〕,轉粟未乏軍中需〔一五〕。同仇大義動甿畝〔一六〕,輸將豈畏胥吏呼〔一七〕!始知繪事非漫與〔一八〕,堪與《無逸》、

《豳風》俱〔一九〕。古來工執藝事諫〔二〇〕，斯人畫院良所無〔二一〕！嗚呼，斯人畫院良所無！不見宋之君臣定和議，笙歌晨夕游西湖〔二二〕。

【注釋】

本詩作於康熙十二年(一六七三)。

〔一〕藍秀才：名深，字謝青，錢塘(今杭州市)人，倜儻善畫。劉松年：南宋錢塘人，畫院學生出身。紹熙(宋理宗趙昀年號)時爲待詔(宮廷畫師)，"工人物山水，神氣精妙"(見《圖繪寶鑑》)。

〔二〕潞河：即今潮白河，爲北運河上游，在今北京、河北省東北部。

〔三〕檣：桅杆。薺：謂多。《釋文》："齊，本又作薺。"

〔四〕層簷：猶重簷。即在外簷下復置板簷，以蔽風雨。炙背：曬背。岑寂：清冷寂寞。

〔五〕盤紆：盤回紆曲。

〔六〕怒：謂風勢猛烈。黑：昏暗。唐孫樵《龍多山録》："嘉木美竹，岡巒交植；風來怒黑，雷動崖谷。"

〔七〕纖(xiān)枯：纖細的枯枝。《後漢書・劉陶傳》："其危猶舉函牛之鼎，絓纖枯之末。"

〔八〕水碓(duì)：利用水力舂米的工具。《三國志・魏志・張既傳》："既假三郡人……作水碓，民心遂安。"

〔九〕輸：交納。

〔一〇〕甔石(dān dàn)：謂甔石之糧。甔容一石，故曰甔石。甔，同"儋"，口小腹大的瓦器，常用作儲粟。《史記・淮陰侯傳》："守儋石之禄者，闕卿相之位。"南北朝宋裴駰《集解》："海、岱之間，名罌爲儋；石斗、石也。"《漢書・蒯通傳》唐顔師古注："或曰儋者，一人之所負擔也。"《前漢紀・四年》作"擔石"。桑樞：猶蓬門，代指貧寒之家。典出《莊子・讓王》："蓬户不完，桑以爲樞。"

〔一一〕檻檻：車行聲。《詩・王風・大車》："大車檻檻，毳衣如菼。"

〔一二〕坂：同"陂"，山坡。修塗：猶遠路，長途。

〔一三〕殳(shū)：古兵器名。竹木爲之,一端有稜。《詩・衛風・伯兮》:"伯也執殳,爲王前驅。"毛《傳》:"殳,長丈二而無刃。"

〔一四〕諸將：指岳飛等抗金將領。

〔一五〕轉：運。《史記・平準書》:"漕轉山東粟。"唐司馬貞《索隱》:"車運曰轉。"

〔一六〕同仇：共同的敵人。《詩・秦風・無衣》:"脩我戈矛,與子同仇。"動：行動;動員。畎(quǎn)畝：田間;田地。亦代指田畝之人,即百姓。畎,田間水溝。

〔一七〕輸將：運送(糧草),多指百姓繳納賦課。《漢書・鼂錯傳》:"屯戍之事益省,輸將之費益寡。"

〔一八〕漫與：率意賦詩,然並不刻意求工。此指繪畫。據《宣德實録》:"七年七月,上燕間閱内庫書畫,得元趙孟頫所繪《豳風圖》,而賦長詩一章。""非漫與",謂劉圖非率意取材,實寓深意。杜甫《江上值水如海勢聊短述》詩:"老去詩篇渾漫與,春來花鳥莫深愁。"

〔一九〕《無逸》:《尚書》篇名,周公(姬旦)所作。旨在戒周成王毋耽樂而應知稼穡之難。據説唐宋璟、宋孫奭皆曾以其意作圖而勸帝(見《唐書・崔祐甫傳》等)。《豳(bīn)風》:《詩經》十五國風之一,此指《豳風》中之《七月》。《毛詩序》:"《七月》,陳王業也。周公遭變(指管、蔡之亂),故陳(述)後稷先公風化之所由,致王業之艱難也。"宋朱熹《詩集傳》云:"成王立,年幼不能涖祚,周公旦以冢宰攝政,乃述後稷公劉之化,作詩一篇(即《七月》)以戒成王,謂之《豳風》。"

〔二〇〕古來句：語本《尚書・胤征》:"工執藝事以諫。"

〔二一〕良：確實。

〔二二〕不見二句：竹垞另有《初夏重經龍洲道人墓三十二韻》,詩云:"哀哉小朝廷,自此和議定。"所謂"和議",乃指紹興十一年南宋與金簽訂的"紹興和議"。高宗、秦檜一意賣國求和,與金定議：宋金東以淮河、西以大散關爲界,宋向金稱臣,每年貢銀、絹各二十五萬。次年春,金册立趙構(高宗)爲宋帝。又,據明田汝成《西湖遊覽志餘》云:"紹興、淳熙(南宋高宗趙構、孝宗趙眘年號)之間,頗稱康裕,君、相從逸,耽樂湖山,無復新亭之淚。論者以西湖爲尤物,比之西施之破吴也。"

龔尚書輓詩八首〔一〕(選一)

其　八

已輟青門餞〔二〕,空憐白馬留〔三〕。九京應萬里〔四〕,百口但孤舟〔五〕。逝矣名須易〔六〕,傷哉涕莫收〔七〕。寄聲縫掖賤〔八〕,休作帝京游。

【注釋】

本詩作於一六七三年(康熙十二年)。

〔一〕龔尚書: 指龔鼎孳,字孝升,號芝麓,安徽合肥人。明崇禎進士,授兵部給事中;李自成農民起義軍佔領北京,受直指使職;後歸清,任原職,歷刑、兵、禮部尚書,以疾致仕,卒,謚"端毅"。有《定山堂集》。以愛才稱、遇俊士必使其名布於時,海内歸往者甚衆。

〔二〕青門: 古長安城門。據《三輔黄圖》稱:"長安城東出南頭一門曰霸城門,民見門色青,名曰青城門,或曰青門。"又,唐明皇(李隆基)《送賀知章歸四明》序略云: 太子賓客賀知章將歸會稽,遂餞東路。乃命六卿庶尹大夫供帳青門。詩略云:"豈不惜賢達,其如高尚心。""獨有青門餞,羣僚悵别深。"據此並參輓詩其一"已定春帆計,翻教夜壑藏",芝麓卒前當有歸里之計。

〔三〕白馬: 古人多用於凶喪。《後漢書·范式傳》:"停柩移時,乃見有素車白馬,號哭而來。"又,陳徐陵《别毛永嘉》詩云:"嗟余今老病,此别空長離。白馬君來哭,黄泉我詎知?"

〔四〕九京：猶九原，代指墓地。《禮記·檀弓》："是全要領以從先大夫於九京也。"注："晉卿大夫之墓地在九原，'京'蓋字之誤，當爲'原'。"九原，山名，在今山西省新絳縣北，後因稱墓地爲九原。

〔五〕百口句：謂全家孤舟而返。百口，全家、近親全族。唐劉長卿《按覆後歸睦州贈苗侍御》詩："孤舟百口渡，萬里一猿聲。"但：僅。

〔六〕名須易：謂易本名，即爲逝者立謚，而改稱。《禮記·檀弓》："公叔文子卒，其子戍請謚於君曰：'日月有時，將葬矣，請所以易其名者。'"

〔七〕涕：猶淚。淚之本字爲"涕"，"淚"係後起字。

〔八〕縫掖：寬袖單衣，古代儒生所服，因借代稱儒生。按，芝麓以愛才著稱，竹垞游京時，貧甚，芝麓曾資給之（見《清史稿·龔鼎孳傳》），故詩謂芝麓一逝，貧儒再無知音矣。又據《後漢書·王符傳》："度遼將軍皇甫規解官歸安定，鄉人有以貨得雁門太守者，亦去職還家，書刺謁規，規卧不迎，既入而問：'卿前在郡食雁美乎？'有頃，又白王符在門。規素聞符名，乃驚遽而起，衣不及帶，屣履出迎，援符手而還，與同坐，極歡。時人爲之語曰：'徒見二千石，不如一縫掖。'"

九言題田員外雯《秋泛圖》〔一〕

田郎與我相識今十年，新詩日下萬舌争流傳〔二〕。黄塵撲面三伏火雲熱〔三〕，每誦子作令我心爽然。開軒示我秋泛圖五丈，鴨頭畫出宛似吴中船〔四〕。大通橋北官舍最湫隘〔五〕，箕筥斗斛囊橐羣喧闐〔六〕；他人對此束縛不得去，田郎掉頭一笑浮輕漣〔七〕。疏花蒙籠兩岸渡頭發〔八〕，蹇驢蹴蹜百丈風中牽〔九〕。五里十里長亭短亭出〔一〇〕，千絲萬絲楊枝柳枝眠〔一一〕。當其快意何啻天上坐〔一二〕,酒杯入手興至吟尤顛〔一三〕。慶豐牐口自有此渠水〔一四〕,未知經過誰子曾洄沿〔一五〕。倉曹題柱名姓不可數〔一六〕,似子飛揚跌宕真無前〔一七〕。長安酒人一時賦長句〔一八〕,我亦對客點筆銀光牋〔一九〕。篷窗寂寞不妨添畫我,從子日日高詠《秋水篇》〔二〇〕。

【注釋】

本詩作於康熙十二年(一六七三)。

〔一〕九言:古詩體之一種,每句以三、六字爲頓,竹垞詩即上六下三爲節。梁蕭統(昭明太子)《文選序》:"(詩)少則三字,多則九言。"吕向注:"文始三字,起夏侯湛;九言,出高貴鄉公(即曹髦)。"晉摯虞《文章流别集》(佚文)以《大雅·泂酌》爲九言之始,陳懋仁注《文章緣起》以《尚書·夏書·五子之歌》爲九言之始。又,清人何焯評點《文選序》,曾引顔延之言,以爲"雜言之體,亦當自八(字)而止",然未被公認。田雯:字綸霞,又字紫綸,自號"山薑子",晚號"蒙齋"。山東德州人,康熙三年(一六六四)進士,官至户部侍郎致仕。詩文組織繁富,自成一家,著有《山薑詩選》、《古歡堂集》、《長河志籍考》等。

〔二〕日下:猶京都。封建社會以帝王比日,因喻其所在爲"日下"。《世説新語·排調》:"陸(雲)舉手曰:'雲間陸士龍(陸雲字士龍)。'荀(隱)答曰:'日下荀鳴鶴(荀隱字鳴鶴)。'"唐郭受《寄杜員外》詩:"新詩海内流傳久。"

〔三〕火雲:夏季熾熱之赤雲。岑參《出關經華嶽寺訪法華雲公》詩:"五月山雨熱,三峯火雲蒸。"

〔四〕鴨頭:青桐大船名。傳爲三國時諸葛恪所製(見《駢字類編》所引晉周處《風土記》)。又,田雯《自題秋泛圖歌》云:"中流破版鴨嘴船。"

〔五〕大通橋：原在北京市東便門外(見《畿輔通志》)。湫(jiǎo)隘：低下狹小。《左傳·昭公三年》：景公欲更晏子之宅，曰："子之宅近市，湫隘囂塵，不可以居，請更諸爽塏者。"

〔六〕筥(jǔ)：圓形竹筐。囊橐(tuó)：《詩·大雅·公劉》："乃裹餱糧，于橐于囊。"毛《傳》："小(袋)曰橐，大曰囊。"喧闐(tián)：鬨鬧聲。

〔七〕漣：水面微波。《詩·魏風·伐檀》："河水清且漣猗。"毛《傳》："風行水成文曰漣。""浮輕漣"，謂秋泛，實指畫《秋泛圖》。

〔八〕蒙籠：草木茂密。晉左思《蜀都賦》："蹴蹈蒙籠。"《文選》注："草樹茂盛貌。"

〔九〕蹇(jiǎn)：跛足。《楚辭·七諫·謬諫》："駕蹇驢而無策兮，又何路之能極？"蹩躠(bié xiè)：徐行；跛行。明楊維楨《騮馬圖》詩："蹩躠風塵愁跛鼈。"百丈：纜具(詳前《捉人行》注)。牽：謂驢牽引縴繩挽運河中之糧船，爲畫中寫生。

〔一〇〕五里句：北周庾信《哀江南賦》："五里十里，長亭短亭。"

〔一一〕柳枝眠：形容柳條下垂静止貌。宋朱松《再答諸公》詩："柳眠猶自困，花笑爲誰含。"

〔一二〕何啻(chì)：豈只，豈止。

〔一三〕顛：狂，謂興奮至極，放蕩不羈，並無貶義。杜甫《戲題寄上漢中王》詩："尚憐詩警策，猶憶酒顛狂。"

〔一四〕慶豐牐(zhá)：據《水部備考》：牐原在北京城東王家莊至大通橋八里處，元至正二十九年(一三六九)所建。牐，同"閘"。

〔一五〕洄沿：逆流而上爲洄，順流而下爲沿。

〔一六〕倉曹：主管糧倉的官吏。此指其辦事處所。題柱：謂題辭于柱。

〔一七〕飛揚：自由自在貌。《楚辭·九歌·河伯》："心飛揚兮浩蕩。"跌宕：放逸。梁江淹《恨賦》："脱略公卿，跌宕文史。"李善注："跌宕，放逸也。"

〔一八〕長安：指清都北京。

〔一九〕銀光牋：南北朝齊高帝(蕭道成)時；江寧(今南京市)製造的一種

高級紙(見劉宋山謙之《丹陽志》),此泛指佳箋。

〔二〇〕《秋水篇》:《莊子》篇名,詩以圖名"秋泛"而聯想之。

鴛鴦湖櫂歌一百首[一](選十)

甲寅歲暮[二],旅食潞河[三],言歸未遂[四],爰憶土風[五],成絶句百首,語無詮次[六],以其多言舟楫之事,題曰《鴛鴦湖櫂歌》,聊比《竹枝》、《浪淘沙》之調[七]。冀同里諸君子,見而和之云爾[八]。

其　五

西埏里接韭谿流[九],一簣鉼山古木秋[一〇];慣是爭枝烏未宿,月深啼上月波樓[一一]。

【注釋】

本詩作於康熙十三年(一六七四)。

〔一〕鴛鴦湖:即今浙江省嘉興縣之南湖。《至元嘉禾志》云:"長水塘(河)源出杭州,東北流入嘉興,正流至城南三里,瀦爲鴛鴦湖,計百二十頃,其禽多鴛鴦,故名。"又云:"兩湖相麗若鴛鴦然。"櫂(zhào)歌:船歌。櫂,槳類船具。民間櫂歌並無定體,文人入詩似自竹垞始,故《序》云:"聊比《竹枝》、《浪淘沙》之調。"漢武帝《秋風辭》:"簫鼓鳴兮發櫂歌。"又,《樂府詩集》收《櫂歌行》十六首,皆爲五言,除魏明帝五首,魏收一首爲四句外句數皆多,均與竹垞櫂歌不同。

〔二〕甲寅:即一六七四年(康熙十三年)。

〔三〕潞河：見前《藍秀才見示》詩注〔二〕。

〔四〕言：語首助詞，無義。《詩・小雅・我行其野》："言歸思復。"

〔五〕爰(yuán)：乃。《詩・魏風・碩鼠》："樂土樂土，爰得我所。"土風：鄉土之歌謡、樂曲。《左傳・成公九年》："樂操土風，不忘舊也。"

〔六〕詮次：選擇與編次。晉陶淵明《飲酒詩序》："紙墨遂多，辭無詮次。"

〔七〕《竹枝》：巴蜀間民歌，唐劉禹錫始編爲七言絶句體。《浪淘沙》：唐教坊歌曲名，創自劉禹錫詩，七言絶句體。

〔八〕冀：期望。云爾：語末助詞，相當於"而已"，或"如此而已"。

〔九〕西埏(yán)里：干寶《搜神記》：在嘉興縣治西，韭谿之水經其下。韭谿：在嘉興城内，即南湖支流。

〔一〇〕一簣：一筐。簣，盛土竹器。缾山：傳説宋代酒務在此，所棄罌缶積久成山。

〔一一〕慣是二句：唐王昌齡有《烏棲曲》云："柳樹烏争宿，争枝未得飛上屋。"此或受其影響。月波，作者自注云："秀州(今蘇南、浙東北交界地區)酒名，載張能臣《天下名酒記》。樓係令狐挺所建，宋人集題詠詩詞甚多。"

【評箋】

林昌彝曰："詩有搜羅極博，可補方志所未備者，如朱竹坨《鴛鴦湖櫂歌》一百首。""其詩旨趣幽深，神韻獨絶，七絶中之高品也。余嘗精選若干首爲諷詠之：(如)'月波樓'、'秋燈'、'石門'……"(《射鷹樓詩話》卷九)

【附録】

和　韻　　　譚吉璁

蘇小墳前水北流，苕花梧葉滿園秋；月華不與高城隔，飛上星湖第一樓。(録自《檇李叢書》，下同)

其　七

百尺紅樓四面窗〔一〕，石梁一道鎖晴江〔二〕；自從湖有鴛鴦目〔三〕，水鳥飛來定自雙。

【注釋】

〔一〕紅樓：謂嘉興彪湖(即東湖，與鴛鴦湖相接)中之煙雨樓，爲城南最勝之境(見《嘉慶一統志·嘉興府》)。

〔二〕石梁：石橋。

〔三〕目：名目；名稱。

【評箋】

《山居詩話》云："'定'字煞得妙。"(轉引自陶元藻《兩浙詩話》)

沈濤曰："(阮元)宫保視學浙江時，按試吾郡以《鴛鴦湖詠鴛鴦》命題，嘉興蔣花隱(浩)茂才詩云：'莫翻水調傍篷窗，莫打蘭橈過石江；水若打開還再合，怕鴛鴦去不成雙。'有《竹枝》、《欸乃》遺意，最爲是題合作。余少時嘗擬四首，有云：'煙波偶爾浮家住，却被斯湖佔小名。'花隱謂可與竹翁《櫂歌》'自從湖有鴛鴦目，水鳥飛來定自雙'之句，下一轉語。"(《匏廬詩話》中)

江浩然云："陸龜蒙《和女墳湖詩》云：'應是離魂雙不得，至今沙上少鴛鴦。'此云：'自從湖有鴛鴦目，水鳥飛來定是(原文如此)雙。'觸景生情，不必定有其事。"(《鴛鴦湖櫂歌詩注》)

【附録】

和　韻　　　譚吉璁

水市花船一樣窗，龍淵學繡一條江；憑誰移箇龍淵塔，學繡村邊也作雙。

其二十五

學繡女兒行水潯〔一〕,遥看三塔小如針〔二〕;並頭菡萏雙飛翼〔三〕,記取挑絲色淺深〔四〕。

【注釋】

〔一〕學繡女兒:作者自注云:"城西學綉里,俗傳西子入吴刺綉於此。""學綉女兒"乃以里名拈連。宋辛棄疾《粉蝶兒》詞:"春如十三女兒學繡。"潯:水邊地。

〔二〕三塔:自注云:"龍淵寺前塔也。"龍淵寺,在嘉興縣城西門外,寺前有白龍潭、傳説潭中有龍,居人作三塔以鎮之。

〔三〕並頭菡萏(hàn dàn):猶並蒂蓮。菡萏,即荷花。雙飛翼:謂比翼鳥,即鶼鶼。也指比翼雙飛之禽類,如鴛鴦、燕、鳳等。晉阮籍《詠懷》詩:"願爲雙飛鳥,比翼共翱翔。"又,唐李商隱《無題》詩:"身無彩鳳雙飛翼。"詩中荷、鳥皆謂刺繡圖案、花樣。

〔四〕色淺深:唐李世民《詠桃》詩:"綴條深淺色,點露參差光。"

【附録】

和韻　　譚吉璁

阿儂愛泊相湖潯,相湖銀魚二寸鍼;吴鹽蜀薑爲郎煮,不怕迴船到夜深。

其三十一

長水風荷葉葉香〔一〕,斜塘慣宿野鴛鴦〔二〕;郎舟愛向斜塘去,妾意終憐長水長。

【注釋】

〔一〕長水：作者自注云："秦時所鑿。"在嘉興縣南三里，源出海寧州（今浙江省海寧縣）硤石諸山，亦稱長水塘（見《嘉慶一統志·嘉興府》）。

〔二〕斜塘：鎮名，在浙江省嘉善縣北二十里，又名西塘、平川，自鴛鴦湖經長水可達。詩以斜塘隱喻狹斜。杜甫《數陪李梓州泛江有女樂在諸舫戲爲豔曲二首贈李》詩："使君自有婦，莫學野鴛鴦。"

【評箋】

《山居詩話》云："'郎舟'一首，從'斜'字、'長'字，便覺雋永。"（轉録自陶元藻《兩浙詩話》）

其五十一

天星湖口好花枝〔一〕，便過三春采未遲〔二〕；蝴蝶雙飛如可遂〔三〕，教郎乞夢冷仙祠。

【注釋】

〔一〕天星湖：作者自注云："在嘉興縣治東湖北，有協律郎冷謙祠，禱夢者奇驗。"協律郎，乃掌司音樂的官吏。冷謙，字啓敬，嘉興人，明初太常司協律郎，世傳仙去。花枝：喻如花之女。宋趙令時《侯鯖録》載：元稹《别妓》詩："花枝臨水復臨隄，也照清江也照泥。"

〔二〕三春：指春季第三月，暮春。全句暗用唐杜牧《歎花》詩句："自是尋春到已遲，不須惆悵怨芳時。"

〔三〕遂：順利，此謂遂心。

其七十二

鷹窠絶頂海風晴〔一〕，烏兔秋殘夜並生〔二〕；鐵鎖石塘三百里〔三〕,驚濤齧盡寄奴城〔四〕。

【注釋】

〔一〕鷹窠:峰名。在今浙江省海鹽縣南三十里。據作者自注云:“鷹窠頂在澉浦山椒,每十月朔,日月並出海中。晉安帝隆安五年,孫恩犯海鹽,劉裕拒之,築城於海鹽故治。”澉浦,地名,在海鹽縣西南約三十里,清代有鎮。山椒,猶山頂。據《嘉慶一統志》,竹垞所云當指石帆山。山在“海鹽縣西南三十二里,澉浦鎮南三里,屹立海中。如張帆然。山之東有鷹窠頂上,一名南陽山,絶頂可望日出”。孫恩,三國東吴後裔,世奉“五斗米教”,自謂有異術。叔泰被誅,逃入海島,聚道徒攻陷會稽等地。後兵敗,自殺。絶頂:山頂。明高啓《蕭鍊師鷹窠絶頂》詩:“東觀鷹窠峯,中天插孤青。”

〔二〕烏兔:謂日月。古代傳説日中有烏,月中有兔。《淮南子・精神》:“日中有踆烏。”晉傅咸《擬天問》:“月中何有?玉兔搗藥。”左思《吴都賦》:“籠烏兔於日月,窮飛走之棲宿。”

〔三〕鐵鎖:猶攔江鎖。即以鐵鏈封鎖江面。據《晉書・王濬傳》:濬率舟師攻吴,“吴人於江險磧要害之處,並以鐵鎖横截之。”石塘:防海潮之石隄。此指防禦孫恩入襲之石隄及石製障礙物(鐵鏈當鎖其上)。

〔四〕齧(niè):咬,形容驚濤擊拍所造成之損害。李白《金陵白下亭留别》詩:“吴煙暝長條,漢水齧古根。”寄奴城:指海鹽城,見自注。寄奴,謂宋武帝劉裕,字德輿,小字寄奴。時爲東晉北府兵將領,後篡晉自立爲宋帝。

其七十三

招寶塘傾水淺深〔一〕,會骸山古冢銷沉〔二〕;都緣世上錢神貴〔三〕,地下劉伶改姓金〔四〕。

【注釋】

〔一〕招寶塘：作者自注云："招寶塘在海鹽西南。"

〔二〕會骸山：作者自注云："《九州要記》：'古有金牛入山，皋伯通兄弟鑿山取牛，山崩，二人同死穴中，因曰會骸山。'"皋伯通，漢時吴地富豪，梁鴻曾爲之傭。但王士禛《香祖筆記》云，係村民逐牛，當爲另一人。而舊題陸廣微《吴地記》云，尋牛者係陸華兄弟。未知孰是。

〔三〕緣：因。錢神：西晉元康間，世風貪鄙，隱士魯褒曾著《錢神論》以刺之（見《晉書·魯褒傳》）。

〔四〕劉伶：西晉著名文人，"竹林七賢"之一，曾爲建威參軍。嗜酒放誕，蔑視禮法。又，作者自注云："郡有劉伶墓，土人避錢繆諱，改呼金伶墓。"錢鏐（liú），五代時吴越開國國君，臨安（今杭州市）人，少時販鹽爲盗，後從軍，以功擢升，至梁太祖（朱温）時，封爲吴越王，旋自稱吴越國王，都臨安。避諱，封建社會對於君主和尊長的名字，忌諱直接説出、寫出，需設法避免，如"劉"與"鏐"同音，故改"劉"爲"金"。竹垞取以刺時。

【評箋】

《山居詩話》云："神巧不可言喻。"（轉引自陶元藻《兩浙詩話》）

其七十七

輕船三板過南亭〔一〕，蠶女提籠兩岸經〔二〕；曲罷殘陽人不見，陰陰桑柘石門青〔三〕。

【注釋】

〔一〕三板：小船名。唐錢起（一説其孫錢珝）《江行無題一百首》詩之九十："一彎斜照水，三板順風船。"南亭：即崇德縣。置于五代，清曰石門，一九五八年併入桐鄉縣。作者自注云："崇德，古南亭。"

〔二〕蠶女：謂養蠶女。據《原化傳拾遺》："蠶女當高辛時，其父爲鄰所掠，惟所乘馬在，母誓有得父還者，以女嫁之。馬驚躍，振奮而去，父乘馬歸。自此馬嘶鳴不肯飲齕，父問其故，母以誓白之，父怒射殺馬，曝皮於庭，女行過其側，馬皮蹶然而起，卷女飛去，棲於桑樹之上，女化爲蠶，食桑葉，吐絲成繭，衣被人間。"提籠：謂採桑。

〔三〕曲罷二句：唐錢起《湘靈鼓瑟》詩："曲終人不見，江上數峯青。"此從中化出。柘(zhè)，桑屬，葉可飼蠶。石門，舊縣名，今浙江省桐鄉縣。

【評箋】

江浩然曰："徐禎卿《嘉禾道中》詩云：'問水來天目，看桑過石門。'俞石吉曰：'道吾鄉風景者多矣，方萬里"出户即乘船"、徐昌穀"看桑過石門"，語雖淺而實切。今讀(竹垞)先生此詩，覺石門真景描寫曲盡矣。'"(《鴛鴦湖櫂歌詩注》)

其八十八

百花莊口水沄沄〔一〕，中是吾家太傅墳〔二〕。當暑黄鸝鳴灌木〔三〕，經冬紅葉映斜曛〔四〕。

【注釋】

〔一〕百花莊：元代丞相不華曾居此，浙音，"不華"與"百花"相近，遂訛(轉引自孫銀槎《鴛鴦湖櫂歌詩注》)。又，作者自注云："百花莊在城北十五里，先文恪公賜塋在焉。"沄(yún)沄：水流浩蕩貌。王逸《九思·哀感》："流水兮沄沄。"

〔二〕太傅：謂朱國祚，竹垞曾祖，明萬曆間進士，官至南京禮部尚書兼東閣大學士，入參機務、太子太保，以户部尚書致仕，卒贈太傅，謚"文恪"。

〔三〕當暑句：語本《詩·周南·葛覃》："黄鳥于飛，集于灌木，其鳴喈喈。"朱熹《詩集傳》："黄鳥，鸝也。"

〔四〕斜曛（xūn），猶斜照斜陽。曛，日落餘光。

【評箋】

《山居詩話》云："'當暑黄鸝鳴灌木，經冬紅葉映斜曛'，對偶極工緻，着色極雅麗。"（轉引自陶元藻《兩浙詩話》）

其一百

檻邊花外盡重湖〔一〕，到處杯觴興不孤〔二〕；安得家家尋畫手，谿堂遍寫讀書圖〔三〕。

【注釋】

〔一〕檻：欄杆。

〔二〕興不孤：謂同調之人甚多，故下句有云"家家"、"遍寫"。

〔三〕讀書圖：作者自注："黄子久有《由拳讀書圖》。"黄子久，黄公望之字，本姓陸，嗣於永嘉黄氏。善畫山水，筆意簡遠，筆勢雄偉，爲畫中逸品，元末四大畫家之一。由拳，據《嘉慶一統志·嘉興府》："故城在嘉興縣南"，"本秦時長水縣也。始皇惡其勢王，令囚徒十餘萬人掘汙其土，表以惡名，改曰'囚卷'，亦曰'由拳'也。"

【附録】

孫福清曰："竹垞太史《鴛鴦湖櫂歌》百首風行海内，久已家有其書……自太史倡爲此調，禾中名勝遂傳播四方。今鴛湖中煙波無恙，《欸乃》時聞，而學使者按試秀州，往往以此命題試士，流風餘韻至今猶有存者，知小長蘆（竹垞號小長蘆釣徒）之遺澤孔長也。"（《鴛鴦湖櫂歌》跋）

納蘭常要曰："櫂歌即樂府《欸乃曲》也，宜以吴音唱之，故曰'吴趨'，又曰'吴歈'。其調聽水聲以均節，依柔櫓以抑揚，不必配以絲竹，而宛如小窗兒女訴怨思恩，喁喁入耳，大抵操土風以寫幽悃者居多。鴛鴦湖爲嘉禾巨浸，客帆估棹，往來不絶。當明月之夜，卧篷窗側耳聽之，或遠或近，歌聲四起，不覺有撫時觸景之感，又何必臨流讀《離騷》，始涔涔淚下耶！檇李朱竹垞先生爲聖祖仁皇帝所拔之鴻儒，著述充棟，余曾讀其全集中《鴛鴦湖櫂歌》百首，此不過花晨月夕攄煩宣鬱之作，然由一斑窺全豹，文采已麟麟炳炳矣……夫櫂歌本篙師漁子以俚言俗諺牽合而歌之者，乃運以文人之筆，遂成大雅之音。且能考山川名蹟，今古之異同；臺榭橋梁，新舊之沿革，可以補志乘之闕文，則又匪一斑之可言矣。"(《續鴛鴦湖櫂歌序》)

彭啓豐曰："詩首《國風》，多抒寫物情，詮次土風之作；漢魏齊梁，樂府繁興；燕歌京洛，新聲競起。嗣是以後，如《竹枝》、《櫂歌》、《欸乃曲》諸體語類歌謡，義兼風雅，清辭麗句，譜入管絃，皆古樂府之遺也。檇李朱竹垞先生以詩古文詞名江左，藴蓄閎深，搜羅雅贍，而紆餘澄澹，蜕出於風露之表，其集中《鴛湖櫂歌》，蓋以紀品物，抒幽臆，時有同里屬和者。先生序之曰：功名之士讀之，猶動故鄉山水之慕，矧予之侘傺無聊者？嗚呼，櫂歌百篇即楚騷之《九章》哉！""(予)嘗過南湖，訪曝書亭遺址，白花紅蓼，秋水蒼茫，歎仕官有時而盡，惟翰墨風流足垂不朽焉。"(《續鴛鴦湖櫂歌序》)

李符曰："若迺情深去國，言采先民，翻《阿子》之新聲，續月波之亭詠，則有我鄉才子，相國曾孫。散詞賦於江關，揮酒錢於市肆。五湖春水，未返邱爲；一片横山，長懷顧況。陽雁且驚朔雪，越禽終戀南枝。於是墨弄麋丸，香焚鵲腦，流脂河畔，託爲榜人之歌，學繡村邊，擬以吴趨之調……或憶太傅之墓田，誰親耒耜；念冏卿之池館，空鎖松筠……鍾儀仍操土風，張翰豈忘鄉味？又況展武之雲霞在眼，魏塘之花鳥關情。射襄以南，禦兒以北，東窮鸚鵡之水，西極梧桐之鄉。世遠事淹，星移物换，重尋往蹟，爰考舊聞：摭金陀之賸編，演樂郊之私語，以及魯君《括異》，干氏《搜神》，靡不綴入縹囊，傳諸藤角，陳都官所莫賦，毛澤民所未經。采紅豆於秋風，儷幽蘭於芳樹。遂使秦箏燕筑，皆爲《白紵》之聲，水驛星郵，盡按《玉龍》之譜。"(《鴛鴦湖櫂歌序》)

王昶曰:"《竹枝》之體出自巴渝,劉夢得依楚辭以繼之,具道山川風俗,鄙野勤苦及羈旅離別感歎之思,至本朝小長蘆太史與小譚大夫仿其體作《鴛鴦湖櫂歌》百首,遺聞勝説往往附見焉。"(《春融堂集》卷四十)

陸以湉曰:"吾鄉竹垞太史賦《鴛鴦湖櫂歌》,後繼作者數十家,雖品格各殊,而風致皆可玩味。道光辛丑羅蘿村學使(文俊)試禾郡試,復以《鴛鴦湖櫂歌》命題,所取佳作,亦有步武前賢者。"(《冷廬雜識》卷一)

翁方綱曰:"鴛湖稱詩者,於國初爲最盛,朱李其尤著也: 厥後風雅代承,倡酬不廢,循先哲之遺軌,返正始之元音,玉敦珠槃,騷壇迭長,蓋影影乎軼出於他郡矣。"(《鴛水聯唱序》)

懷鄉口號八首〔一〕(選一)

其　二

先人舊宅北門棲,舍後斜陽塔影低;門逕傷心難再問,夢魂猶繞舊沙堤〔二〕。

【注釋】

本詩作於康熙十四年(一六七五)。

〔一〕口號: 猶口占,即隨口吟成之詩,始見於梁簡文帝蕭綱《仰和衛尉新渝侯巡城口號》,後遂相沿以爲詩題。

〔二〕沙堤: 據李肇《國史補》載,唐宰相初拜,京兆(首都長官)使人載沙鋪路,自寓所至於城東街,名曰"沙堤"。張籍《沙堤行呈裴相國》詩:"白麻詔下移相印,新堤未成舊堤盡。"按: 竹垞曾祖朱國祚曾以禮部尚書兼東閣大學士,入參機務,行宰相之職,故云。

【評箋】

錢載曰:"此八首好。"(見錢載、翁方綱合批竹垞詩前十二卷)

春暮何少卿招同故鄉諸子集古藤花下送譚十一孝廉兄之舒州[一]

古藤二本高刺檐[二],毿毶亂掛驪龍髯[三]。主人築堂二十載,客到盡卷堂中簾。肥香徐來翠陰動[四],晴絲欲墮朱光炎[五]。今年經過物候早[六],三月已見繁花黏。河豚未罷直沽市[七],牡丹定緑房山尖[八]。春風不飲最可惜,急收筆架移書籤[九]。相期鄉黨十數子[一〇],同時走送譚孝廉。一觴一詠少長集[一一],脱略禮法無纖嫌[一二]。懸燈直教猛燭並[一三],有酒但向深杯添。移時留髡盡送客[一四],三人密坐清宵嚴[一五]。北城漏鼓聽漸數[一六],下弦殘月光磨鐮[一七]。捉卧瓮人選新格[一八],主猶鯨吸賓魚噞[一九]。人生離多合亦易,有淚肯對花前沾[二〇]。舒州地勝山水兼,孤城皖口跳波漸[二一],芙蓉之池泛永日[二二],訟庭無事恒虚恬[二三]。鰣魚凝脂切黄玉[二四],翠螺如畫圍蒼蒹[二五]。乃知下第去亦得,絶勝六街衣馬塵容黔[二六]。

【注釋】

本詩作於康熙十五年(一六七六)。

〔一〕何少卿:名元英,字蕤音,嘉興人,順治時進士授行人,遷督捕主事,時窩盗令嚴,全活甚衆。後授御史,生平慷慨好施,尤急人之難(見《嘉興府志》)。譚十一:名瑄,字左羽。康熙時舉人。舒州:唐置,宋改爲安慶府,明清因之。今安徽省安慶市。

〔二〕古藤句:語本杜甫《絶句》六首之五:"舍下筍穿壁,庭中藤刺簷。"

〔三〕毿毶(sān shā):毛長貌,此喻藤蔓紛披四掛。毶,同"毵"。驪龍:

黑龍。髯：髫鬚，此喻藤蔓。《晉書·郭璞傳》："攀驪龍之髯，撫翠禽之毛。"

〔四〕肥香：祭祀品之肥壯豐滿芳香者，此謂濃香。漢王充《論衡》："修具整潔，粢牲肥香。"

〔五〕晴絲：蟲類所吐絲，常飄於空中，通謂游絲，亦稱晴絲。杜甫《春日江春》詩："燕外晴絲卷，鷗邊水葉開。"朱光：猶日光。晉張載《七哀》詩："朱光馳北陸，浮景忽西沉。"

〔六〕物候：庶物應節候而至，如鴻雁來去之時（北方係春來秋去），後泛指節令。隋王胄《雨晴》詩："初晴物候涼，夕景照山莊。"

〔七〕河豚：魚名，古謂之魨，又名鮐、鮭。味美，但四、五月産卵時有劇毒。竹垞嗜之，《曝書亭集》中有《憶河豚》、《河豚歌》等詩，竟云："嘉魚吾所欲"、"一食輕生慣"、"入脣美味縱快意"。直沽：今河北省武清縣東南，衛河、白河、丁字沽合流之處。大、小直沽即天津海河。

〔八〕房山：山名，在今北京市房山縣。據納蘭性德《淥水亭雜識》云："牡丹近數曹亳，北地則大、房山僧多種之，色有大紅淺緑，江南所無。"

〔九〕書籤：下垂于卷軸一端的書名牙籤，或書册封面上的書名籤條。杜甫《題柏大兄弟山居屋壁》之二："筆架沾窗雨，書籤映隙曛。"

〔一〇〕鄉黨：周制，五百爲"黨"，一萬二千五百户爲鄉，後以鄉黨稱鄉里，同鄉。

〔一一〕一觴句：語本晉王羲之《蘭亭集序》："一觴一詠，亦足以暢叙幽情"，"羣賢畢至，少長咸集。"

〔一二〕脱略：謂不拘禮法。《左傳·僖公三十三年》："無禮則脱。"《管子·侈靡》注："略，謂禮不繁也。"又，《晉書·謝尚傳》："脱略細行，不爲流俗之事。"

〔一三〕猛燭：大蠟燭。魏明帝曹叡《樂府》："晝作不停手，猛燭繼望舒。"

〔一四〕留髡（kūn）：事本《史記·滑稽列傳》："堂上燭滅，主人留髡而送客……當此之時，髡心最歡，能飲一石。"

〔一五〕嚴：夜中戒嚴。《新唐書·禮樂志》："日未明，四刻搥一鼓爲一嚴。"故下句云"漏鼓"。又，舊時一刻相當今十二分鐘。

〔一六〕北城漏鼓：何少卿故居在今北京市南城宣武門外，而鼓樓在北城地安門北大街，故云。聽漸數（shuò）：謂屢屢聞見（意夜深）。數，屢次。

〔一七〕下弦句：語本唐韓愈詩："晴雲如擘絮，新月似磨鐮。"

〔一八〕捉卧瓮人：酒令名，宋趙與時《賓退録》："以畢卓、嵇康、劉伶、阮孚、山簡、阮籍、儀狄、顔回、屈原、陶潛、孔融、陶侃、張翰、李白、白樂天爲目。"即以此十五著名酒徒爲酒令，趙氏未言其詳，揣其意，或以十五人爲鬮，每鬮有一人名，責一人猜畢卓（即卧瓮人，餘詳下），中者"畢卓"飲，不中自飲。畢卓，晉吏部郎，嗜酒，鄰宅酒熟，卓夜至其瓮盗飲，被捉，明晨視之，畢吏部也，釋之，遂與主人醉飲瓮側（見《晉書·畢卓傳》）。

〔一九〕鯨吸：謂飲酒如鯨之吸水。杜甫《飲中八仙歌》："左相日興費萬錢，飲如長鯨吸百川。"魚噞（yǎn）：魚在水面張口呼吸。《淮南子·主術》："水濁則魚噞，政苛則民亂。"此謂賓客已醉，只餘喘息。

〔二〇〕肯：豈肯，怎肯。

〔二一〕皖口：地名，在今安徽省懷寧縣西，爲皖水入長江口處，故名。漸（jiān）：流入貌。《尚書·禹貢》："東漸于海，西被于流沙。"

〔二二〕芙蓉池：即蓮花池。《南史·庾杲之傳》："杲之，字景行，王儉領吏部，用爲長史，蕭緬與儉書曰：'盛府元僚實難其選；景行泛緑水，依芙蓉，何其麗也！'時人以入儉府爲蓮花池，故緬書美之。"按，譚瑄赴舒州當爲幕僚，故竹垞以是喻之，下句言"訟庭無事"，可證。

〔二三〕虚恬：閑適。晉庾闡《衡山》詩："寂坐挹虚恬。"

〔二四〕黄玉：喻鰣魚之脂。《嘉慶一統志》："安慶府出鰣膾。"

〔二五〕翠螺：喻青山。唐劉禹錫《望洞庭》詩："遥望洞庭山翠色，白銀盤裏一青螺。"蒼蒹（jiān）：《詩·秦風·蒹葭》："蒹葭蒼蒼，白露爲霜。”蒹，未長穗之蘆葦。

〔二六〕六街：長安城中左右六條主要街道，此指北京之大街。黔：黑。

【附録】

王士禛《香祖筆記》：“昔見朱竹垞詩云：‘捉臥甕人選新格。’初不解，及觀《通志》，有趙昌言捉臥甕人格及採珠局格、旋其格、金龍戲格等名，始悟所謂。”

林昌彝曰：“秀水朱錫鬯先生……有‘捉卧瓮人選新格’之句，新城王貽上（即王士禛）見之，未知所出，搜詩羣集將十年，未得其解，論者少之。……貽上讀書亦博，雖非錫鬯可比，以視世之經史子集束之高閣者，相去遠矣！”（《射鷹堂詩話》卷四）

贈鄭簠〔一〕

金陵鄭簠隱作醫，八分入妙堪吾師〔二〕。竭來賣藥長安市〔三〕，諸公袞袞多莫知〔四〕。伊余聞名二十載〔五〕，今始邂逅嗟何遲！自從鴻都石經後〔六〕，工者疏密無定姿。任城學官闕里廟〔七〕，羅列不少漢人碑。簠也幽尋遍摹搨〔八〕，羲娥星宿摭無遺〔九〕。郃陽酸棗法尤備〔一〇〕，心之所慕手輒追〔一一〕。黄初以來尚行草〔一二〕，此道不絶真如絲。開元君臣雖具體〔一三〕，邊幅漸整趨肥癡〔一四〕。寥寥知解八百禩〔一五〕，盡失古法成今斯〔一六〕。邇來孟津數王鐸〔一七〕，流傳恨少無人披〔一八〕。太原傅山最奇崛〔一九〕，魚頏鷹跱勢不羈〔二〇〕。臨清周之恒〔二一〕，委曲也得宜〔二二〕。勾吴顧苓粵譚漢〔二三〕，暨歙程邃名相持〔二四〕。未若簠也下筆兼經奇[二五]：緜如煙雲飛欲去，屹如柱礎立不移；或如鳥驚墮羽翮[二六]，或如龍怒撑之而[二七]，箕張昴萃各異狀[二八]，屏障大小從所施。平山堂成蜀岡湧[二九]，百里照耀連雲榱[三〇]。工師斲扁一丈六，衆賓歎息相瞠眙[三一]；須臾望見篚來至，井水一斗研隃糜[三二]；由來能事在獨得，筆縱字大隨手爲，觀者但妒不敢訾[三三]，五加皮酒浮千鴟[三四]。我聞此事足快意，目雖未覩心已怡；安得留之數晨夕，醉時竊柎醒肩隨[三五]。盧溝橋北風已厲，子今南去生凌凘[三六]，驪駒在路留未得[三七]，歲聿其暮云誰思[三八]？鍾山草堂定好在[三九]，放溜且任吴中兒[四〇]。華陽瘗鶴字刻露[四一]，鄧尉遺樹花參差[四二]。無錫城邊見嚴四[四三]，示我長歌一和之。

【注釋】

本詩作於康熙十五年(一六七六)。

〔一〕鄭簠(fǔ)：字汝器，號谷口，上元(今南京市)人。爲人冲和曠達，自幼嗜六書，能醫，工聯匾大書。

〔二〕八分：漢字書體名，字體似隸而體勢多波磔，相傳爲漢王次仲所創。其名説法不一；或以爲二分似隸，八分似篆；或以其波磔如“八”字“分”背。

〔三〕朅來：指“來”。長安：指代北京。

〔四〕諸公衮(gǔn)衮：衆多顯宦，有貶義。杜甫《醉時歌》：“諸公衮衮登臺省，廣文先生官獨冷。”衮衮，連續不斷。

〔五〕伊：助詞，無義。《詩・邶風・谷風》：“伊余來塈。”

〔六〕鴻都：東漢太學及皇家藏書處皆稱鴻都。此指太學。石經：《後漢書・蔡邕傳》：熹平四年“奏求正定《六經》文字，靈帝許之，邕乃自書丹於碑，使工鐫刻立於太學門外，於是後儒晚學咸取正焉”。碑字爲隸體,後視爲書法典範。唐韓愈《石鼓歌》:“觀經鴻都尚填咽。”按:晉陸機曾撰《洛陽記》,云四十六碑中二十九碑已崩壞,後人無從取法,故下句云:“工者疎密無定姿。”

〔七〕任(rén)城:漢縣名,今山東省濟寧縣。闕里:孔子故居,即今山東省曲阜孔廟,地有兩石闕,而其里闕(缺)名,故稱。

〔八〕摹:臨摹。搨:用紙墨從鑄刻器物上捶印其文字圖畫。朱彝尊《書韓勑孔廟前後二碑並陰足本》:“闕里孔子廟庭,漢魯相韓敕叔節建碑二”,“金陵鄭簠汝器相其陷文深淺手搨以歸,勝工人椎拓者百倍。”

〔九〕羲娥:即羲和、嫦娥。古人以爲羲爲日御,娥爲月御,故以羲娥喻日月。語本韓愈《石鼓歌》:“孔子西行不到秦,掎摭星宿遺羲娥。”“星宿”謂《詩》三百篇,“羲娥”指石鼓之詩。竹垞用之謂鄭簠摹搨古碑文一無遺漏。摭(zhí):拾取。

〔一〇〕郃(hé)陽:今陝西省合陽縣。朱彝尊《漢郃陽令曹全碑跋》:“萬曆中,郃陽縣民掘地得曹全碑,以其最後出,字畫完好,漢碑之存於今者,莫或過焉。”酸棗:秦縣名,今河南省延津縣。朱彝尊《漢酸棗令劉熊碑跋》:“鄭簠汝器所藏,碑文全泐,存字不及百名,筆法奇古,汝器以爲絶品。”

〔一一〕心之句:語本《晉書・王羲之傳》:“翫之不覺爲倦,覽之不識其端,心慕手追,此人(指羲之)而已。”

〔一二〕黄初:魏文帝曹丕年號(二二〇—二二六)。行草:書體之一種,行書中帶草體。如王羲之帖中之稍縱體,孫過庭之《書譜》等均是。

〔一三〕開元:唐玄宗李隆基年號(七一三—七四一)。臣:指當時善八分書者。如杜甫《李潮八分小篆歌》所云:“尚書韓擇木,騎曹蔡有鄰,開元以來數八分,潮也奄有二子成三人。”具體:具備體格。《孟子・公孫丑》:“冉牛、閔子、顔淵,則具體而微。”集注:“謂有其全體。”

〔一四〕邊幅:布帛之邊緣,此謂唐書法筆劃外沿齊整而失其剛健筆鋒。

《後漢書・馬援傳》:"修飾邊幅如偶人形。"李善注:"言若布帛修整其邊幅也。"肥癡: 謂筆劃肥厚。即杜甫《李潮八分小篆歌》所云:"書貴瘦硬方通神"、"棗木傳刻肥失真。"仇注:"《字書》: 王逸少云: 凡字多肉微骨,謂之墨猪書也。"

〔一五〕禩: 通"祀"。年,歲。《爾雅・釋天》:"夏(代)曰歲,商曰祀,周曰年。""八百禩",指唐代中葉至清初,約八百年。

〔一六〕今斯: 現在這狀況。

〔一七〕孟津: 縣名,在今河南省。王鐸: 明天啓進士,官至禮部尚書,降清守原官,善書。

〔一八〕披: 披露。

〔一九〕傅山: 字青主,明末清初人。明亡,着朱衣(明代朱姓,衣朱即意以明人自命),居土穴,堅不仕清,康熙時舉"博學鴻詞",强徵至,以死抗拒,乃放還。書畫文章皆享盛名。

〔二〇〕頏(háng): 鳥飛而下(亦狀魚泳)。此喻書法之飄逸。跱: 同"峙",聳立,此喻書法之峭拔剛勁。梁元帝(蕭繹)《上東宫古跡啓》:"鸞驚之勢,既聞之於索靖;鷹峙之巧,又顯之於蔡邕。是以遊霧重雲,傳敬禮之法;鳥頡魚頏,表楊泉之賦。"

〔二一〕臨清: 今山東省縣名,明、清爲州。周之恒: 字月如,清初官江西參政,能書。

〔二二〕委曲: 纖細曲折。楊泉《草書賦》:"解隸體之細微,散委曲而得宜。"

〔二三〕勾吴: 即吴國,此謂江蘇吴縣。《史記・吴世家》:"太伯之犇(荆蠻),自號句吴。"也作"勾吴"。顧苓: 字雲美,吴縣人。朱彝尊《静志居詩話》:"雲美精隸書,余嘗遇之山塘,偕入骨董肆中,見鼎彝刀尺款識悉能誦之,文從字順,每歎爲不可及。"譚漢: 字天水,廣東人,善書畫。《曝書亭集》卷七有《題譚漢畫山水送譚七舍人(即吉璁)兄》詩云:"未必山川似畫圖。"

〔二四〕暨: 及。歙(shè): 清州名,今安徽省縣名。程邃: 字穆倩,號垢區,善書法。《曝書亭集》卷八有《和程邃龍尾硯歌爲方侍御亨咸作即送其入粤》詩。相持：相當。

〔二五〕兼經奇：謂其書法遵守常法，又變化出奇。經，常道。《書·大禹謨》："與其殺不辜，寧失經。"《傳》："經，常。"

〔二六〕翮(hé)：羽莖，代指鳥翼。

〔二七〕之而：鬚毛。《周禮·考工記·梓人》："作其鱗之而。"清戴震《考工記補注》："頰側上出者曰'之'，下垂者曰'而'，須鬣屬也。"王引之《經義述聞·鱗之而》："今按：而，頰毛也；元，猶與也。'作其鱗之而'，謂起鱗與頰毛也。"二説不同，竹垞詩同戴説。

〔二八〕箕張昴萃：謂書法佈局疏密相間如箕、昴二星宿狀。本自王僧虔《書賦》："沉若雲鬱，輕若蟬揚；稠若昴萃，約實箕張。"

〔二九〕平山堂：《嘉慶一統志》："在甘泉縣(今江蘇省江都縣)西北五里蜀岡上，宋慶曆八年(一〇四八)郡守歐陽修建。《輿地紀勝》：'在州城西北大明寺畔，負堂而望，江南諸山，拱列簷下，故名'。"此堂康熙年重建，詩云"堂成"或即指此。蜀岡：《嘉慶一統志》："在府城(今江蘇省揚州市)西北四里，延亘四十餘里……舊傳地脈通蜀，側有蜀井"，故名。

〔三〇〕榱(cuī)：椽子。

〔三一〕瞠眙(chēng chī)：驚視貌。漢馬融《長笛賦》："留眎瞠眙，累稱屢讚。"

〔三二〕隃(yú)麋：古澤名，今已湮，故地在今陝西省千陽縣，古時以産墨著稱，後遂借代指墨。《漢官儀》："尚書令、僕、丞、郎，日給隃麋墨一枚。"

〔三三〕訾(zī)：毀謗非議。

〔三四〕五加皮：一名文章草，釀酒益人，産于高郵府(今江蘇省高郵、寶應、興化等縣)。鴟(chī)：指鴟夷，皮製盛酒袋。《漢書·陳遵傳》："鴟夷、滑(gǔ)稽(注酒器)，腹如大壺，盡日盛酒，人復借酤。"顔師古注："鴟夷，韋囊，以盛酒。"

〔三五〕竊柎：事本《晉書·衛恒傳》：師宜官擅書法，"或時不持錢詣酒家飲，因書其壁，顧觀者以酬酒，討錢足而滅之。每書輒削而焚其柎。梁鵠乃益爲版而飲之酒,候其醉而竊其柎。鵠卒以書至選部尚書。"肩隨:比並,追隨。

〔三六〕凌澌:流冰。杜甫《後苦寒行》詩:"巴東之峽生凌澌,彼蒼迴斡人得知!"

〔三七〕驪駒:純黑色的馬。又,逸詩《驪駒》云:"驪駒在門,僕夫具存,驪駒在路,僕夫整駕。"(見《漢書·王式傳》顔師古注引)

〔三八〕聿(yù):語助詞,無義。《詩·唐風·蟋蟀》:"歲聿其莫(暮)。"云:語助詞,無義。《詩·邶風·簡兮》:"云誰之思?西方美人。"

〔三九〕鍾山:在今南京市,又名紫金山。

〔四〇〕放溜:使舟順流自行。梁元帝(蕭繹)《早發龍巢》詩:"征人喜放溜,曉發晨陽隈。"

〔四一〕瘞(yì)鶴:即《瘞鶴銘》碑刻。傳爲華陽真逸撰,上皇山樵書,筆法渾穆,在今江蘇省鎮江市焦山崖石上,共存五石。宋歐陽修以爲書法類顔真卿;以道號同顧況,疑爲其作(見《集古録》)。然宋黄伯思考定乃梁代陶弘景所書(見《東觀餘論》)。

〔四二〕鄧尉:即鄧尉山。《嘉慶一統志》:"在(江蘇)吴縣西南七十里……(漢)鄧尉隱此,故名。山多梅,花時如雨;香聞數十里。"

〔四三〕嚴四:即嚴繩孫。繩孫字蓀友,無錫人。康熙時舉"博學鴻詞",授翰林檢討,與修《明史》,遷右中允,尋告歸,杜門不出。以詩及古文辭聞於世,善書畫,有《秋水集》行世。

【評箋】

楊鍾羲云:"翁覃谿(即翁方綱)謂:竹垞《贈鄭簠》是竹垞七古最好者,學古人而不露痕跡,可謂能事矣。"(《雪橋詩話》卷六)

錢載、翁方綱曰:"竹垞謂其八分古今第一人。喬侍讀次子得谷口傳授,弱冠早夭,有'天下八分鄭谷口'之句。"(見錢、翁合批竹垞詩前十二卷)

又批:"先生應知詳考矣!乃亦以石經稱鴻都。"(同前)

同里李符游於滇〔一〕,遇碧雞山道士〔二〕,謂曰:子前身廬山行脚僧也〔三〕,後十年當仍歸廬山〔四〕。符乃畫廬山行脚圖俾予題詩二首〔五〕(選一)

其　二

桃鄉一望水挼藍〔六〕,擬結鄰居共釣潭〔七〕;休信碧雞狂道士,閒抛老屋在花南。

【注釋】

本詩作於康熙十六年(一六七七)。

〔一〕李符:原名符遠,字分虎,號耕客,又號桃鄉。浙江秀水人。善詩,與兄繩遠、良年並著詩名,號稱"三李",著有《香草居集》。

〔二〕碧雞山:在雲南省昆明市西南三十里,峯巒碧色,石壁如削。《漢書・郊祀志》、《華陽國志》均曾云:"碧鷄光景。"明楊慎《雲南山川志》云:碧鷄山"蒼崖萬丈,緑水千尋,月印澄波,雲横絶頂,滇中一佳境也"。此山山北有關,兩山如扃,一綫通道,爲迤西諸門户。

〔三〕行脚僧:謂遠離鄉曲,脚行天下,尋訪師友,求法證誤之僧人(見《祖庭事苑》)。按:李符自題其圖云:"道士有神術,謂余前身是廬山種菜僧。"此與竹垞所記略有出入。

〔四〕後十句:李符自題其圖云:"聞其言恍如有悟,便作結茅東林想。道士曰:'子尚有江湖之緣,俟至二十五年後可矣。'"

〔五〕乃畫句:李符自題其圖云:"今遇虞山楊生,善寫貌,索是圖以見志。"俾(bǐ):使。

〔六〕桃鄉:《梅里志》:"桃鄉在司馬坊,詩人李符築花南老屋於此。"符又自號"桃鄉"。挼(ruó)藍:猶揉藍,係染色方法,後因指湛藍色,多用以狀水。白居易《春池上戲贈李郎中》詩:"直似挼藍新汁色,與君南宅染羅衣。"

〔七〕擬結鄰:《曝書亭集》卷七有《慈仁寺夜歸同李十九良年對雪兼有結鄰之約》詩,云:"遠作比鄰約,相連水竹居。"良年即符之兄。

【評箋】

阮元曰:"朱錫鬯《曝書亭集》送李符游滇詩:'閒拋老屋在花南',初意'花南'字,不過點綴趁韻耳,後考分虎詩詞曰《花南老屋集》,彌歎詩家用字親切如此。"(《定香亭筆談》卷四。按:李符《司馬坊新居》詩云:"花南老屋稱鴻春,白版雙扉祇一重。")

錢載、翁方綱曰:"李自記,己酉客洱海,訪碧雞道士,謂余前身是廬山種菜僧,便作結茅東林想,因圖此以見志。瓢背篆癸酉字,是余入山之年也。"又曰:"李符築花南老屋于桃鄉,王石谷爲寫桃鄉圖。"(見錢、翁合批竹垞詩)

彭城道中詠古二首〔一〕

舊社枌榆改〔二〕,寒雲芒碭收〔三〕;山風吹野火〔四〕,飛度斬蛇溝〔五〕。

博浪飛椎後〔六〕,圯橋進履年〔七〕;無人知偶語〔八〕,況有《素書》傳〔九〕。

【注釋】

本詩作於康熙十六年(一六七七)。

〔一〕彭城:郡名,漢置。三國時魏移徐州來治。歷代或稱彭城,或稱徐州。轄境相當今山東省微山縣,江蘇省徐州市、銅山縣、沛縣、邳縣,安徽省濉溪縣。劉邦起義之沛縣,張良進履之圯橋,皆屬該郡。

〔二〕社:祭土神之所,即社廟。《史記·封禪書》:"(漢)高祖初起,禱於豐枌榆社。"裴駰《集解》:"張晏曰:'枌,白榆也。社在豐東北十五里。或曰枌榆,鄉名,高祖里社也。'"

〔三〕芒碭(dàng):即芒山、碭山。碭山在今安徽省碭山縣(歷代屬徐州,一九五五年劃入安徽省),芒山在其北。《史記·漢高祖本紀》:"(高祖)亡匿,隱於芒、碭山澤巖石之間。"

〔四〕山風句:語本唐岑參《登古鄴城》詩:"東風吹野火。"又,白居易《賦得古原草送別》詩:"野火燒不盡,春風吹又生。"

〔五〕斬蛇:《史記·漢高祖本紀》:"高祖被酒,夜徑澤中,令一人前行。行前者還報曰:'前有大蛇當徑,願還。'高祖曰:'壯士行,何畏!'乃前,拔劍擊斬蛇。"張守節《正義》:"斬蛇溝源出徐州豐縣中。"

〔六〕博浪句:謂張良椎擊秦始皇嬴政於博浪沙事(詳見後《水龍吟·謁張子房》詞)。

〔七〕圯(yí)橋:即沂水橋,在今江蘇省邳縣南。《嘉慶一統志》:"沂水,水上有橋。徐、泗間以爲圯。昔張良遇黄石公於圯上,即此。"進履:《史記·留侯世家》:"良嘗閑從容步游下邳圯上,有一老父,衣褐,至良所,直墮其履圯下,顧謂良曰:'孺子,下取履!'良愕然,欲毆之。爲其老,强忍,下取履。父曰:'履我!'良業爲取履,因長跪履之。父以足受,笑而去。"

〔八〕無人句:意謂暴秦之苛法,今已被忘却。《史記·秦始皇本紀》:"有敢偶語詩書者,棄世。"偶語,也作"耦語",謂相對私語。

〔九〕《素書》:書名,舊題黄石公撰,張商英注。張序曰:"黄石公圯橋所授子房《素書》,世人多以《三略》爲是,蓋傳之者誤也。晉亂,有盗發子房塚,于玉枕中得此書,上有秘戒,不許傳于不道不神不聖不賢之人。"按:據後人考證,《素書》乃張商英僞作。

【評箋】

王文濡曰:“前首雄健,後首讀史得間。”(《清詩讀本》)

(日)近滕元粹曰:“簡浄。”“秦始皇文網似密而疏,未經人道之言。”(明治四十年日刊《浙西六家詩鈔》)

興化李先生清壽詩〔一〕

世事有屈必有伸〔二〕,吾思遜國忠節臣〔三〕。詔書張目不肯草〔四〕,何得復作叩頭人〔五〕。一時史筆授曲學〔六〕,壯夫氣短懦夫嗔。褒忠之典歲久闕,草野論議徒紛綸〔七〕。棗園先生家海濆〔八〕,早成進士官於鄞〔九〕。掖垣竹埤歷八舍〔一〇〕,抗疏豈憚批龍鱗〔一一〕。曾聞過江上封事〔一二〕,神人觀聽交歡忻。方黄鐵練名盡易〔一三〕,榜祠木末金川新〔一四〕。電光石火雖暫照〔一五〕,猶勝霾霧霾窮塵〔一六〕。傳之百世終不湮,先生用意良苦辛。邇來閉户三十載〔一七〕,著書更比當年勤〔一八〕。東京舊事孟元老〔一九〕,北盟新編徐夢莘〔二〇〕。藏之名山自怡悦〔二一〕,使者徵索推蒲輪〔二二〕。先生穩卧南溪濱〔二三〕,白蕉之衫紫荷巾〔二四〕;三詔六聘催未起,衡門但與沙鷗親〔二五〕。年今八十能抱真〔二六〕,齒兒髮秀目緑筋〔二七〕,立譚古昔猶齗齗〔二八〕。玉堂才子念明發〔二九〕,四月正及懸弧辰〔三〇〕。袖懷蟠桃五寸核〔三一〕,目送海鶴千里津〔三二〕。棗園池水風漣淪〔三三〕,闌藥四照花如茵〔三四〕。五加皮酒粥面厚〔三五〕,鳴薑鱠鯉羅兼珍〔三六〕。烏衣不改王謝里〔三七〕,一門羣從稱鰟頻〔三八〕。古來傳經藉遺老,耆儒往往上壽臻〔三九〕。不見張蒼伏勝暨轅固,博士江翁杜子春〔四〇〕。

【注釋】

本詩作于康熙十六年(一六七七)。

〔一〕興化:縣名,在今江蘇省中部,清屬揚州府。李清:字心水,號映碧,晚號天一居士,(明)崇禎年間進士。崇禎、福王兩朝,三居諫職,屢有建言,剛直不撓。明亡隱里,杜門不與人事,當道屢徵薦不起。晚年以著書自娱,尤潛心史學,著述甚豐。

〔二〕世事句:壽詞而以"世事"起,家國感慨寄焉,故詩或未盡合李清本事,在一宣積鬱耳。惜竹垞其後輕出,未終素操。

〔三〕遜國:婉稱明建文帝(朱允炆)之遜位,實爲朱棣(明成祖)兵逼而亡。

〔四〕詔書句:據《明史·方孝孺傳》:"惠帝(朱允炆)即位,孝孺爲侍講學士。燕王朱棣舉兵陷金陵(即位爲明成祖)使孝孺草詔諭天下,孝孺投筆於地,且哭且罵,曰:'死即死耳,詔不可草!'成祖怒,命磔諸市。"按:李清並無此類事,竹垞所以咏之,喻其拒康熙徵修《明史》事。

〔五〕何得句:意謂李清不願臣服清室。據《明實録》載:"孝孺叩頭乞哀,上(指朱棣)命執之下於獄。"然朱彝尊《遜志齋文鈔序》云:"(方公)寧斷其舌;赤其族,不肯少屈,史氏猶誣其叩頭以乞餘生,況其他哉!"

〔六〕曲學:狹隘偏頗之言論。《史記·趙世家》:"曲學多辨。"又《轅固生傳》:"務正學以言,無曲學以阿世。"

〔七〕紛綸:雜亂貌。《史記·司馬相如傳》:"紛綸葳蕤,堙滅而不稱者,不可勝數也。"

〔八〕棗園先生:謂李清,清有别墅名棗園。海漘(chún):猶海邊。

〔九〕鄞(yín):地名,即今浙江省寧波市。據徐乾學《李映碧墓表》:李清初仕,曾司理寧波。

〔一〇〕掖垣：宫殿圍牆，唐代因代指門下省、中書省。李清曾擢爲刑科給事中，居諫職，相當於唐之門下省屬官，故云。竹埤（pí）：叢竹密生成矮牆（即“埤”）。杜甫有《題省中壁》云：“掖垣竹埤梧十尋。”按：竹埤之解歷來不一，此取仇少鰲説，他説見《杜詩詳注》卷六。八舍：古庶子衛王宫之處，此喻李清居諫職值宿省中。《周禮・天官》：“授八次八舍之職事。”注：“衛王宫者必居四角四中，於徼候（巡邏觀望）便也。鄭司農云：‘庶子衛王宫，在内爲次，在外爲舍。’玄謂：‘次，其宿衛所在；舍，其休沐之處。’”

〔一一〕抗疏：向皇帝上書直言。《漢書・揚雄傳》：“獨可抗疏，時道是非。”批龍鱗：傳説龍喉下有逆鱗徑尺，觸之者必怒而殺之，因以喻觸怒帝王。《戰國策・燕策》：“秦地遍天下，威脅韓、趙、魏氏，則易水之北，未有所定也，奈何以見陵（辱）之怨，欲批其逆鱗哉！”

〔一二〕過江：謂清兵佔領長江以北地區後，福王（朱由崧）過江在南京建立的朝廷，時李清任工科給事中。封事：古時臣下上書奏事，爲防洩露，均以袋封緘，故稱。杜甫《春宿左省》詩：“明朝有封事，數問夜如何？”

〔一三〕方黄鐵練：謂方孝孺、黄觀、鐵鉉、練子寧。四人皆因反抗朱棣篡位而死。名盡易：指賜謚。福王時，顧錫疇爲禮部尚書時議定追謚孝孺等，“首陳其事者，萬公元吉；佐其事者，李公清。”（見朱彝尊《静志居詩話》卷一七）

〔一四〕榜：匾額。此謂掛匾於祠堂，即以賜謚書匾，易祠名。木末：即木末亭。據《嘉慶一統志・江寧府》：亭在今南京市“雨花臺北，梅岡之東，高出林表……旁有方孝孺祠。”金川：南京城門名。《明史・恭閔帝紀》：建文四年六月乙丑，“燕兵（即朱棣之軍）犯金川門……宫中火起，帝不知所終”。

〔一五〕電光石火：閃電之光，擊石之火，喻其短瞬。釋道原《景德傳燈録・唐州保壽匡祐禪師》：“僧問：‘如何是佛法大意？’師曰：‘近前來，近前來！’僧近前，師曰：‘怎麽？’曰：‘不會。’師曰：‘石火電光，已經塵劫。’”

〔一六〕霿(mèng)：古人認爲近似于霧的一種自然現象。《爾雅·釋天》：“地氣發，天不應曰霧(或作霿)。”《説文》段注：“天氣下，地不應曰霿。”段注所引《爾雅》，唯與今本不同。霾：降；揚。動詞，《爾雅·釋天》：“風而雨，土爲霾。”郝懿行《義疏》：“大風揚塵，土從上下也。”又，《詩·邶風·終風》：“終風且霾。”朱熹《詩集傳》：“霾，雨土蒙霿也。”據此，霾當爲“降、揚”義。

〔一七〕邇來：近來。三十載：自明亡起算，至斯爲三十三年。

〔一八〕著書勤：李清著述甚豐，有《澹寧齋集史論》、《史略正誤》、《南北史南唐書合注》、《正史外史摘奇》、《二十一史同異》等。

〔一九〕東京句：宋孟元老曾撰《東京夢華録》，據其《自序》稱，該書作于北宋河山易色後，作者追憶東京(汴梁)往昔繁盛，猶如華胥一夢。竹垞言之，乃借以喻李清《三垣筆記》等著作。

〔二〇〕北盟：指宋徐夢莘所著《三朝北盟會編》，該書載徽、欽、高宗三朝與金人和戰史實。新編：謂李清所著《南渡録》、《明史雜著》等稿。

〔二一〕藏之名山：語本漢司馬遷《報任安書》：“僕誠已著此書，藏之名山，傳之其人。”此謂李清著作“書藏於家”(見徐乾學《李映碧先生墓表》)。自怡悦：《墓表》云：“晚年著書自娱。”又，司馬遷《報任安書》云：“意有所鬱結，不得通其道，思來者……(著書)，以舒其憤，思垂空文以自見。”

〔二二〕徵：徵召，徵聘。康熙時曾徵李清修《明史》。蒲輪：語本《漢書·武帝紀》：“遣使者安車蒲輪，束帛加璧，徵魯申公。”顔師古注：“以蒲裹輪，取其安也。”

〔二三〕南溪：在江蘇省興化縣南。

〔二四〕白蕉衫：短衣便服，與峨冠博帶相對而言。蕉，《説文》：“生枲(xǐ)也。”段注：“枲，麻也。生枲，謂未漚治者。今俗以爲芭蕉字。”唐白居易《東城晚歸》詩：“晚入東城誰識我，短靴低帽白蕉衫。”紫荷巾：隱者或道士之頭巾。唐曹唐《送羽人王錫歸羅浮》詩：“風前整頓紫荷巾,常向羅浮保養神。”

〔二五〕衡門: 横木爲門,謂房屋簡陋。《詩・陳風・衡門》:“衡門之下,可以棲遲。”

〔二六〕抱真: 持守人身之真性、本性。舊題漢魏伯陽《参同契・聖賢伏煉》:“惟昔聖賢,懷玄抱真。”

〔二七〕齒兒: 猶兒齒,即老人齒落後之再生齒。《詩・魯頌・閟宫》:“既多受祉,黄髮兒齒。”髮秀: 梁任昉《王文憲集序》:“齒危髮秀之老。”唐李善注:“髮秀,猶秀眉也。”秀眉,謂老人常有一二眉毫特長,古人以爲長壽之徵,故稱。漢桓寬《鹽鐵論》:“堯秀眉高彩,享國百載。”目緑筋: 道家所謂仙相。唐段成式《酉陽雜俎・玉格》:“名在瓊簡者,目有緑筋,……有前相,皆上仙也,可不學,其道自至。”

〔二八〕譚: 同“談”。齗(yín)齗: 雄辯貌。桓寬《鹽鐵論》:“辯者騁其辭,齗齗焉。”

〔二九〕玉堂: 庭堂之美稱。才子: 謂李清之子李柟。明發:《詩・小雅・小宛》:“明發不寐,有懷二人。”朱熹《集傳》:“明發,謂將旦而光明開發也。二人,父母也。”

〔三〇〕懸弧辰: 即男子誕辰。弧,猶弓。《禮記・内則》:“子生,男子設弧於門左。”唐玉《求壽文》:“某日乃懸弧之辰,可以文矣。”

〔三一〕蟠桃: 神話中的仙桃,相傳食之可益壽。據説西王母曾賜仙桃予漢武帝,然至明代竟附會確有其事,云朱元璋出示元代内庫所藏王母賜漢武蟠桃之核,“長五寸,廣四寸七分。”且命宋濂爲文以記之(見明徐應秋《玉芝堂談薈》)。竹垞用其事,祝壽而已。

〔三二〕海鶴: 古人以鶴爲壽徵,因其“天壽不可量”(《太平御覽・羽族・相鶴經》)也。唐李郢《上裴晉公》詩:“四朝憂國鬢如絲,龍馬精神海鶴姿。”

〔三三〕漣淪(lún): 水面泛起之圈圈波紋。《詩・魏風・伐檀》:“河水清且漣猗。”《傳》:“風行水成文曰漣。”又,《詩・魏風・伐檀》:“河水清且淪兮。”《傳》:“小風,水成文,轉如輪。”

〔三四〕藥：清吴任臣《字彙補》："（藥）與籞（yù）苑之籞同。李正己曰：園亭中藥闌，闌即藥，藥即闌，猶言園援，非花藥之闌。《漢書·宣帝紀》：'池藥未幸者，假與貧民。'凡《漢書》'闌入宫禁'，'闌'字多從艸，則藥闌字義尤分明。"又，唐元稹《表夏十首》詩之五云："公署香滿庭，晴霞覆闌藥。"詩中表處所之"庭"與"藥"相對，亦可證"藥"即"闌"也。四照花：王屮《頭陀寺碑》："九衢之草千計，四照之花萬品。"亦可證非"藥"四照，乃花四照也。茵：席、褥之通稱。后周王仁裕《開元天寶遺事》："許慎選放曠不拘小節，與親友結宴花圃中，未嘗具帷幄、設坐具，使童僕輩聚落花鋪於坐下，曰：'吾自有花裀，何消坐具？'"裀，通"茵"。

〔三五〕粥面：謂醇酒佳釀表面所呈稀粥狀。宋蘇軾《過高郵寄孫君孚》詩："樂哉何所憂，社酒粥面醲。"

〔三六〕鳴薑：猶名薑、用薑，烹魚必需之調味品。韋琳《䱇表》："澤覃紫腴，恩加黄腹，方當名薑動桂，紆蘇佩欓。"鱠（kuài）：同"膾"。細切魚肉。

〔三七〕烏衣：即烏衣巷，在今南京市東南，東晉時，王、謝等望族居此。王、謝：即東晉時丞相王導、謝安家族。按：李清曾祖李春芳以禮部尚書參機務，進爲首輔，故李清係相門之後，因以"不改王謝里"喻其箕裘家風。

〔三八〕羣從（zòng）：謂族中子姪輩。《世説新語·賢媛》："一門叔父則有阿大、中郎，羣從兄弟則有封胡、遏末。"稱觴：舉杯祝酒。漢崔寔《四民月令》："子婦孫曾，各上椒酒於其家長，稱觴舉壽，欣欣如也。"

〔三九〕上壽：漢王充《論衡·正説》："上壽九十，中壽八十，下壽七十。"臻：至。

〔四〇〕張蒼：漢文帝時丞相，以博學稱，壽百歲。伏勝：即伏生，秦博士。相傳漢文帝時，天下唯勝通《尚書》，召之，已九十，不能行，使晁錯往受之。轅固：漢孝帝時博士，漢武帝徵之，已九十罷歸。江翁：或稱江公，漢昭帝時博士，世爲《魯詩》宗。杜子春：西漢末師劉歆,受《周禮》;後戰禍頻仍,學者皆亡,唯子春獨存,年且九十,賈逵等往學之,《周禮》遂得傳。

憎　蠅

曉夢晨光裏,羣飛户尚扃。慣能移白黑〔一〕,非止慕羶腥。曲几思投筆〔二〕,輕巾屢拂屏,北窗眠未穩〔三〕,孤坐憶江亭〔四〕。

【注釋】

本詩作於康熙二十二年(一六八三)。

〔一〕移白黑:《詩·小雅·青蠅》:"營營青蠅,止于樊,豈弟君子,無信讒言。"鄭玄《箋》:"蠅之爲蟲,汙白使黑,汙黑使白。喻佞人變亂善惡也。"

〔二〕投筆:事本晉魚豢《魏略》:王思性急,執筆作書,蠅集筆端,驅去復來。怒起逐蠅不得,取筆擲地,拔劍逐之。

〔三〕北窗眠:《晉書·陶潛傳》:"嘗言夏月虛閑,高卧北窗之下,清風颯至,自謂羲皇上人。"

〔四〕江亭:謂故鄉。唐劉長卿《洛陽主簿叔知和驛承恩赴選伏辭》詩:"二載出江亭,一心奉王事。"按:竹垞於康熙十八年(一六七九)出仕,此當係"王事"不如意而思江亭,乃反用劉詩。

【評箋】

謝章鋌曰:"竹垞有《憎鼠》、《憎蠅》詩,蓋比興之作一。然蠅猶可憎,拔劍而起,何訝昔!"(《賭棋山莊詞話》續卷三)

柳巷杏花歌同嚴中允繩孫、錢編修中諧作〔一〕

頻年住帝里〔二〕，一山一水何曾經。有若蝸負殼〔三〕，又若鳥翦翎〔四〕。疾風揚沙卷花去，眼看春事如流星。邇來罷官居〔五〕，肆意尋郊坰〔六〕。朝從潞河還〔七〕，犯卯酒未醒〔八〕。雙橋東偏柳巷北〔九〕，小寒食後微雨零〔一〇〕。偕行者二子，各各駐輿丁〔一一〕。杏梢含苞猶未白，柳條踠地今漸青〔一二〕。晴絲冉冉香細細，卑枝嬝嬝高婷婷。村童灌畦愛看客，轆轤井架雙銅缾〔一三〕。種花此地已難得，那不更縛香茅亭〔一四〕？江鄉爾時春愈好〔一五〕，西神山下泉泠泠〔一六〕。閶門游人連臂出〔一七〕，篘車十里填支硎〔一八〕。只如南湖亦不惡〔一九〕，桑鳩榖犬聲可聽〔二〇〕。紫荷花草雜坐卧〔二一〕，燕來竹筍生竛竮〔二二〕。人生還家貧亦足，何苦晨夕勞其形〔二三〕？吾儕田廬況不遠〔二四〕，峭帆柔櫓凌迴汀〔二五〕。都籃兼攜茶酒具〔二六〕，闞拓小眼紅窗櫺〔二七〕。吴歈越吟相繼和〔二八〕，五日十日恣留停。念此令人反惆悵，夕陽四顧塵冥冥。

【注釋】

本詩作於康熙二十四年(一六八五)。

〔一〕嚴繩孫：見前《贈鄭簠》詩注〔四三〕。錢中諧：字宫聲，江蘇省吴縣人。順治時進士，康熙時舉"博學鴻詞"，授翰林編修。學識淹貫，詩文雄贍。

〔二〕帝里：猶帝都；京都。

〔三〕有若句：謂微官羈縻若蝸牛負殼。宋范成大《鼎河口枕上作》詩："漂泊離巢燕，彎跧負殼蝸。"

〔四〕又若句：語本韓愈《調張籍》詩："惟此兩夫子(指李、杜)，家居率荒涼；帝欲長吟哦，故遣起且僵！翦翎送籠中，使看百鳥翔。"

〔五〕罷官：康熙二十三(一六八四)年，竹垞以書吏自隨入内録四方經進書，忌者潛請學士牛鈕劾之，吏議當落職。

〔六〕郊坰(jiōng)：猶郊野。此指代山水。《詩·魯頌·駉》："駉駉牡馬，在坰之野。"毛《傳》："坰，遠野也。邑外曰郊，郊外曰野，野外曰林，林外曰坰。"

〔七〕潞河：水名。即今之潮北河，乃北運河之上游。《水經注·沽水》："沽水俗謂之西潞水。鮑丘水世謂之東潞水。會流南逕潞縣爲潞河。"

〔八〕卯：卯時，謂清晨。唐白居易《卯時酒》詩："未如卯時酒，神速功力倍。"又，原注云："晨過宋使君犖，留飲漫堂。"過，探訪。宋犖：字漫堂，河南商邱人。淹通典籍，著作甚富。以曾官江蘇巡撫，故稱使君。

〔九〕雙橋、柳巷：皆地名，位於清代北京東郊(今北京市朝陽區)與河北通州(今北京市通州區)間。偏：側。

〔一〇〕小寒食：寒食後一天(或説前一天)。寒食在清明前一或二日。

〔一一〕輿丁：轎夫。

〔一二〕踠(wǎn)：屈；曲。此謂彎曲下垂。北周庾信《楊柳歌》："河邊楊柳百丈枝，別有長條踠地垂。"

〔一三〕缾：汲水器，猶今之水桶。

〔一四〕那：何。《三國志·劉曄傳》："曄年十三，謂兄渙曰：'亡母之言，可以行矣。'渙曰：'那可爾？'"縛：結紮；搭建。香茅：香草名。《本草綱目·草部·白茅》："香茅一名青茅，一名璚茅，生湖南及江淮間，葉有三脊，其氣香芬。"王維《文杏館》詩："文杏裁爲梁，香茅結爲宇。"

〔一五〕江鄉：猶水鄉。朱、嚴、錢爲江浙人，原籍分別在運河、吴淞江、太湖之畔,故云。爾:此。

〔一六〕西神山:江蘇吴縣華山之一峯。唐陸羽《遊慧山寺記》:"慧山,古華山也。山上有方池,池中生千葉蓮花,服之羽化。老子《枕中記》所謂吴西神山是也。"

〔一七〕閶門:蘇州城西北城門名,戰國時吴國所建,以象天門(見《吴越春秋》)。

〔一八〕筠(yún)車:未詳,或係竹車。支硎(xíng):山名,又名報恩山、觀音山。在吴縣西南二十五里。晉支遁曾隱居於此。據《嘉慶一統志》:此地"平石爲硎(磨刀石),山有平石,故支遁以支硎爲號。"

〔一九〕南湖:即竹垞故鄉之鴛鴦湖。

〔二〇〕桑鳩:即布穀鳥。晉陸機《毛詩草木鳥獸蟲魚疏》:"梁、宋之間,謂布穀爲鴶鵴,一名擊穀,一名桑鳩。"穀犬:即蝦蟆。宋梅堯臣《貽妄怒》詩:"西蜀亦取之,水田鳴穀犬。"

〔二一〕紫荷:草名,又名孩兒草。

〔二二〕竛竮(líng píng):同"伶俜",孤單貌。此狀竹筍初生時纖秀。

〔二三〕形:形骸;形體。宋歐陽修《秋聲賦》:"百憂感其心,萬事勞其形。"

〔二四〕吾儕(chái):吾輩。

〔二五〕峭帆:高帆。唐李白《横江詞》:"白浪如山那可渡,狂風愁殺峭帆人。"迴汀:猶曲水。汀,水邊平地。

〔二六〕都籃:一種能够容放各種茶具的竹籃。唐陸羽《茶經》:"都籃,以悉設諸器而名之。"

〔二七〕拓:推開。紅窗:謂船艙之窗。

〔二八〕吴歈越吟:謂江浙一帶的民間歌曲。北周庾信《哀江南賦》:"吴歈越吟,荆豔楚舞。"

【資料】

沈德潛曰:"(竹垞)初官翰林時,召入南書房,有用上官大夫術譖之

者,旋落職。”(《清詩别裁》)

吟梅居士曰:“朱竹垞以帶僕充當供事,出入内廷,爲掌院牛鈕參劾,原奏尚存。”(《藤陰雜記》)

無名氏《儒林瑣記》云:“(竹垞)坐泄漏降官,因銘其櫝曰:‘奪儂七品官,寫我萬卷書。或默或語,孰智孰愚?’”(轉録自《説庫》)

陳康祺曰:“竹垞坐泄漏,吏議鐫一級,時人謂之‘美貶’。噫! 翰林官以是左遷,視今之廢書不觀,濫躋華要者,榮辱何如!”(《郎潛紀聞》)

郭則澐曰:“(竹垞被劾)或謂爲江村(高士奇號)所排,然二人固夙契。江村退居後,竹垞以姚雲東《寒林鸜鵒》立軸贈;其生日,江村題二絶句……跋云:‘昔與竹垞同值南書房,每有江湖之思,今共在寒山野水中矣。’竹垞亦有詩云:‘雲東三絶見唐風,貌得三禽佔竹叢。誰分偶然題句在,兩人心會不言中。’蓋風格雖殊,而感遇則一。”(《十朝詩乘》)

又曰:“澹人(高士奇號)雖高居禁近,聲華熏灼,而與舊時詞侶猶殷勤歔欷,世謂竹垞斥退由其讒構,當不足據。”(《清詞玉屑》)

表弟查二嗣瑮至都過古藤書屋留宿作詩二首依韻奉酬〔一〕(選一)

其　一

鹽官人到逼殘年〔二〕,贈我吴興十兩緜〔三〕。肌粟頓消生暖後〔四〕,鬢絲相視入愁邊。醉拚把琖循環飲〔五〕,倦便安牀曲尺眠〔六〕。玉桂國中來底事〔七〕,開春同縛送窮船〔八〕。

【注釋】

本詩作於康熙二十六年(一六八七)。

〔一〕查嗣瑮(lì)：字德尹，海寧(今浙江省海寧縣)人。康熙時進士，官侍講，然此時尚未第。古藤書屋：故址在今北京市宣武門海柏胡同十六號(舊稱"海波寺街")，竹垞被劾後曾居此，著述甚富，歷來爲文人所緬懷遊觀。現被列爲北京市宣武區文物保護單位。

〔二〕鹽官：即海寧。《嘉慶一統志·杭州府海寧州》："(漢)海鹽縣之鹽官地，三國(吴)置海昌都尉於此，後改置鹽官縣，屬吴郡。"逼：近。

〔三〕吴興：今浙江省縣名。其地之棉頗佳，唐時爲貢品(見《唐書·地理志》)。

〔四〕肌粟：肌膚觸寒所生之顆粒。舊題漢伶玄《飛燕外傳》："體温舒，亡疹粟。"宋陸游《雪後苦寒行饒撫道中有感》詩："重裘猶粟膚。"

〔五〕拚(pàn)：捨棄。把琖(zhǎn)：舉杯勸飲。琖，同"盞"，小杯。《禮記·明堂位》："爵用玉琖仍雕。"

〔六〕曲尺眠：請兩牀相接成矩形如曲尺。唐白居易《雨夜贈元十八》詩："把酒循環飲，移牀曲尺眠。"

〔七〕玉桂國：謂生活費用昂貴之地，多指首都語本《戰國策·楚策》："楚國之食貴於玉，薪貴於桂。"又，李賀《出城别張友新酬李漢》詩："長安玉桂國，戟帶披侯門。"底事：因何事。

〔八〕送窮船：語本唐韓愈《送窮文》："主人使奴星，結柳作車，縛草爲船，載糗輿粻，牛繫軛下，引帆上檣，三揖窮鬼"而送之。按：據馬通伯注："窮子"係人名，顓頊高辛宫中所生，不着完衣，因以名之，死於正月晦日(月之最後一日)，宫中葬之。自爾相承，於是日送却窮子。

【資料】

李集曰："竹垞内直，亦賜第西城，斥退後，例奪賜第，乃復徙居宣内，相傳所居古藤書屋在海波寺街，即今之順德邑館。"(《鶴徵録》卷八)

楊鍾羲曰："竹垞自禁城移居古藤書屋……《經義考》及《日下舊聞》皆此時所著。藤二本，下有大池廣半畝，旁有奇石林立，古樹掩映。己巳遷槐市斜街，有'不道衰翁無倚著，藤花又讓别人看'之句。乾隆末，馮仁富爲賦《古藤書屋歌》。"(《雪橋詩話》續六卷)

戴璐曰："宜興蔣京少居(古藤書屋)時，孔東塘(尚任)詩云：'太傅吟詩舊草堂，新開蔣徑自鉏荒；藤花不是梧桐樹，却得年年引鳳凰。'自注：'其地爲金文通、龔芝麓宗伯、朱竹垞檢討故寓。'今古藤靠壁，鐵幹蒼堅，古色斑駁，洵百餘年物。'"(《藤蔭雜記》)

詠古二首

其　一

漢皇將將屈羣雄〔一〕，心許淮陰國士風〔二〕。不分後來輸絳灌〔三〕，名高一十八元功〔四〕。

其　二

海内詞章有定稱，南來庾信北徐陵〔五〕；誰知著作修文殿〔六〕，物論翻歸祖孝徵〔七〕。

【注釋】

本詩作於康熙二十六年(一六八七)。

〔一〕漢皇：謂漢高祖劉邦。將將：統率諸將。事本《漢書·韓信傳》："信曰：'陛下(指劉邦)不能將兵，而善將將，此乃信之爲陛下禽也。'"屈羣雄：使羣雄屈服。

〔二〕心許：賞識，贊許。淮陰：謂韓信。據《史記·陳丞相世家》載：

韓信爲劉邦所忌,漢六(前二〇一)年,邦曾聽從陳平之計,僞游云夢,會諸侯于陳,乘機拘囚韓信,後來"赦以爲淮陰侯"。國士:國中才能超衆之士。《漢書・韓信傳》:"(蕭)何曰:'諸將易得,至如信,國士無雙。'"

〔三〕絳:謂絳侯周勃。灌:謂潁陰侯灌嬰。據《史記・淮陰侯列傳》:絳、灌二人功皆不及信,而爲漢高信用,與信等列,"信知漢王畏惡其能,常稱病不朝從。信由此日夜怨望,居常鞅鞅,羞與絳、灌等列"。

〔四〕一十八元功:十八個功臣名將。據《漢書・功臣表》:"(漢高祖)作十八侯之位次。"顔注:"孟康曰:'唯作元功蕭、曹等十八人位次耳。'師古曰:'謂蕭何、曹參、張敖、周勃、樊噲、酈商、奚涓、夏侯嬰、灌嬰、傅寬、靳歙、王陵、陳武、王吸、薛歐、周昌、丁復、蟲達。'"信不與其列,故云。

〔五〕庾信:字子山,南陽新野(今河南省新野縣)人。梁武帝蕭衍時,爲昭明太子蕭統之抄撰學士,善詩賦、駢文,文風綺豔輕靡,與徐陵齊名,世稱"徐庾體"。梁元帝蕭繹時出使西魏,時西魏正與梁戰,遂被羈留。梁亡後,信以名士備受優禮,官至驃騎大將軍、開府儀同三司;然家國之痛,横亘胸臆,頗多危苦之辭、鄉關之思,文風轉向沉鬱蒼涼,代表作有《哀江南賦》、《枯樹賦》等。杜甫稱之:"庾信平生最蕭瑟,暮年詩賦動江關。"文集已佚,後人輯有《庾子山集》行世。按:竹垞晚年事清;又與王士禛齊名,世稱"南朱北王",領袖詩壇,詩中因以庾信自喻。徐陵:字孝穆,東海郯(今山東省郯城)人。梁時曾爲抄撰學士,梁亡入陳,官至尚書左僕射,爲陳一代文宗,"宫體詩"之代表作家。文集已佚,後人輯有《徐孝穆集》行世。

〔六〕修文殿:指《修文殿御覽》,曾名《元洲苑御覽》、《聖壽堂御覽》。(北齊)范祖陽、祖珽、李珍、魏收等撰。

〔七〕物論:輿論。《晉書・謝安傳》:"是時桓冲既卒,荆、江二州並缺,物論以(謝)玄勳望,宜以授之。"祖孝徵:祖珽之字。北齊時官至尚書左僕射，詞藻遒逸，少馳令譽，唯權譎反覆，豪縱淫逸。

【評箋】

蔣鴻融曰："《曝書亭集》中有《詠古二首》云：'……物論翻歸祖孝徵。'蓋爲同事一人作，竹垞竟因此罷官。"（《寒塘詩話》）

孟森曰："《詞科録》引漁洋《居易録》，竹垞以《咏史》二絶，爲人所嫉，此自是當時事實，然未明言嫉者何人，今按詩中所指，乃高士奇耳。士奇與勵杜訥，先以善書直南齋，鴻博試後，明年，高、勵俱以同博學鴻詞試，士奇由中書超授翰林侍講，杜訥由州同超授編修。杜訥不以著作名，專於《御批綱鑑》日侍點有勞，得此殊遇，蓋非竹垞所指及。竹垞詩自謂以文字享盛名者耳。其詩言……（略。即前《其一》）此謂鴻博之外，復有同鴻博，學問不足道而知遇特隆也。又云：……（略即前《其二》）此尤可知爲士奇發矣……士奇本不學，又以文學侍從爲時君所特眷，不能不多以造述自表見。因而分其苞苴所得，養門客以爲捉刀人，得失則又各聽其所自爲，己并不能加以識别。以此上結主知，特賜博學鴻儒爲出身，豈非己未同徵之玷？竹垞輩書生結習，未能因勢利而澹忘，宜其以口語得過矣。祖孝徵之喻，士奇才調尚有愧此言，惟其鮮卑語胡桃油雜伎承恩，失文士之體。本傳又言，'性疏率，不能廉慎守道，大有受納，豐於財産'各語，則頗肖士奇爲人。至以《修文殿御覽》方士奇之著作，尤爲奇切。《通考・經籍考・御覽》下云：'珽之行事，小人之尤，言之污口。其所編集獨至今傳世。珽嘗盗《遍略》論衆，今書毋乃盗以爲己功耶？'《遍略》，（梁）徐僧權所爲也。"（《明清史論著集刊・己未詞科録外録》）。

洪亮吉曰："蘇端明爲上清宫碑改作一事，不敢斥言，作一詩嫁名唐代云：'淮西功業冠吾唐，吏部文章日月光；千載斷碑人膾炙，不知世有段文昌。'近世朱檢討彝尊因事斥出南書房，亦有一絶云：'海内文章……'二公意皆有所指，然非二公才望、學殖，亦不敢作此詩也。"（《北江詩話》卷二）

郭則澐曰："竹垞左官尋復秩，其歸以引疾。"（《十朝詩乘》卷六）

二月自古藤書屋移寓槐市斜街賦詩四首[一](選一)

其　三

阿鏐秋去又春殘[二],遠信封題萬里難。不道衰翁無倚著[三],藤花又讓別人看[四]。

【注釋】

本詩作於康熙二十八年(一六八九)。

〔一〕古藤書屋:見前《表弟查二至都過古藤書屋》注〔一〕及所附資料。槐市斜街:清戴璐《滕蔭雜識》:"豐臺賣花者於每月逢三日,至槐市斜街上賣,今土地廟市逢三,則槐市爲上下斜街無疑。"又,清李集《鶴徵録》:"斜街(有)浙江會館……旬有花市,竹垞有'爲貪花市住斜街'之句,詞語本此。"按:據此,其故寓當在今北京市宣武門外下斜街。

〔二〕阿鏐:竹垞子朱昆田,小字阿鏐。

〔三〕不道:猶不料。倚著:倚托而著實。杜甫《自閬州領妻子却赴蜀山行》詩:"我生無倚著,盡室畏途邊。"仇注:"洙注:'無倚著,不得地着安土也。'"

〔四〕藤花:"古藤書屋"原有古藤二株,今遷,故曰"又讓別人看"。

【評箋】

林昌彝曰:"林柯亭孝廉問,苕生《題闈中號舍》詩'合向瓊樓高處去,此中明月讓人看'語,覺甚新穎。余曰:此正偷襲竹垞《古藤書屋移寓槐市斜街》詩末二語'不道衰翁無倚著,藤花又讓別人看'之意。"(《海天琴思録》卷七)

送樊明府咸修之嘉興〔一〕

仙舄南發指江關〔二〕,到及梅花點地斑。倚郭千家齊傍水,登樓百里更無山。郊坰近日園亭少〔三〕,旱潦頻年稼穡艱。憑仗賢侯妙爲政〔四〕,不難風景舊時還。

【注釋】

本詩作於康熙二十八年(一六八九)。

〔一〕樊咸修:字子章,號慈東,陜西三原人。康熙時進士,除嘉興令。據吴永芳《嘉興府志》:咸修爲政寬猛得宜,民情帖服。明府:漢、魏以來稱太守爲府君。明,賢明;美稱。

〔二〕仙舄:據《後漢書·王喬傳》:東漢王喬爲葉縣令,每月望朔自縣赴朝不乘車馬,唯見雙舄飛至。後因喻縣令足迹所至爲仙舄。唐孟浩然《同張明府碧谿贈答》詩:"仙舄能作伴,羅襪共凌波。"江關:泛指江鄉。

〔三〕坰:詳前《柳花杏花歌》注〔六〕。

〔四〕侯:古時士大夫間之尊稱。

給事弟雲宅席上觀倒剌四首〔一〕(選一)

其　三

杯盤暢舞踏紅綃〔二〕,高下冰瓷燭一條〔三〕。不是羊家張静婉,如何貼地轉纖腰〔四〕?

【注釋】

本詩作於康熙二十八年(一六八九)。

〔一〕給事:官名,"給事中"之簡稱。清代都察院屬員,諫官。雲:即朱雲,字介垣。倒剌:猶今之雜技,然含有相當音樂舞蹈成分。

〔二〕杯盤:雜技道具。此謂"杯盤舞"。據《宋書·樂志》:"'槃舞',漢曲也……皆以七槃爲舞也。(晉)太康中,天下爲'晉世寧舞',矜手以接杯柈(通"槃")反覆之。此則漢世唯有'柈舞',而晉加以杯反覆之也。"綃:生絲織成之薄紗、薄絹。

〔三〕冰瓷:未詳。或即"官窑"瓷,《圖書集成·考工典》引《遵生八牋》謂"官窑"瓷:"紋取冰裂。"又宋陳師道《次韻蘇公獨酌試藥玉滑盞》詩:"價重十冰瓷"。細玩詩意,"冰瓷"或係承燭以舞之器。

〔四〕羊家:謂羊侃家。羊侃於南朝梁簡文帝時官至都官尚書、爵鉅平侯。張静婉:《南史·羊侃傳》:"(侃)性豪侈,善音律……姬妾列侍,窮極奢靡……儛人張净琬腰圍一尺六寸,時人咸推能掌上儛。又有孫荆玉能反腰帖地,銜得席上玉簪。"竹垞詩合張、孫事以用之。

【評箋】

林昌彝曰:"朱竹垞絶句神韻不匱而又出以婉雅,并世罕有其匹。(如)其《給事中弟雲宅席上觀倒剌四首》云……(原詩不録)。"(《海天琴思録》卷八)

燕京郊西雜詠同諸君分賦九首(選二)

黄牛岡〔一〕

亂石侵花當〔二〕,奔沙擁樹根。黄牛岡上月,横笛過前村。

甕　山[三]

石甕久已徙，青山仍舊名。去都無一舍[四]，已覺旅塵清。

【注釋】

本詩作於康熙二十九年(一六九〇)。

〔一〕黄牛岡：在北京西南郊與大興府(今北京市大興縣)交界處。

〔二〕花當：花根。當，器物之底部。杜甫《次晚州》詩："危沙折花當。"仇注："當，根。"又，《韓非子・外儲説》："千金之玉巵而無當，可以盛水乎？"

〔三〕甕山：明劉侗、于奕正《帝京景物略》："甕山去阜成門(北京正西城門，今已拆)二十餘里。"相傳明代有老翁在此鑿得石甕，攜去甕中所藏物，留讖曰："石甕徙，貧帝里。"至嘉靖初，甕不知所在，嗣是民力凋敝。

〔四〕去都：距離都城。舍：三十里爲一舍。《左傳・僖公二十三年》："晉、楚治兵，遇於中原，其辟君三舍。"賈逵云："三舍九十里也。"(轉引自洪《詁》)

寄題新城王上舍啓深園居十二首[一](選二)

其四　石　丈[二]

種橘號作奴[三]，種花呼作后[四]；山礬以爲兄[五]，海棠以爲友[六]；羅置石丈前，丈應開笑口。

其七　石帆亭〔七〕

我昔鏡湖曲〔八〕,曾對石帆山〔九〕。婀娜層雲外〔一〇〕,迢迢不可攀。何如一片影〔一一〕,移置户庭間。

【注釋】

本詩作於康熙三十年(一六九一)。

〔一〕新城:今山東省桓臺縣。王啓深:王士禛之姪。據王士禛《蠶尾續文》云,其子王啓涑以己意布置園林,名"清遠山居",賦詩十二首紀事,時人多和之。此詩"啓深"當係"啓涑"之誤。上舍:太學生。

〔二〕石丈:據葉夢得《石林燕語》云:宋米芾愛石,知無爲軍(宋縣名,在今安徽省),見州廨立石甚奇,即命袍笏拜之,世呼爲石丈。

〔三〕橘奴:據《三國志・吴志・孫休傳》引《襄陽記》云:漢丹陽太守李衡於武陵汜洲上,種橘千株,臨終,謂其子曰:"吾州里有千頭木奴,不責汝衣食,歲上一匹絹,亦可足用。"

〔四〕花后:《羣芳譜》:錢思公嘗曰:"人謂牡丹爲花王,今'姚'花真可爲王而'魏'乃后也。"按:"姚黄"、"魏紫"皆牡丹名貴品種,以培育者之姓氏稱之。

〔五〕山礬:宋黄庭堅《戲詠高節亭邊山礬花序》:"江湖南野中有一種小白花,木高數尺,春開極香,野人號爲鄭花。王荆公(安石)嘗欲求此花栽,欲作詩,而陋其名,予請名曰山礬。野人采鄭花葉以染黄,不借礬而成色,故名。"黄庭堅《王充道送水仙花五十枝欣然會心爲之作詠》詩:"山礬是弟梅是兄。"

〔六〕海棠友:據都卬《三餘贅筆》宋曾端伯以十花爲十友,其中海棠爲"名友"。

〔七〕石帆亭:清王士禛《池北偶談・自序》云:"(西城别墅)池上有亭,形類畫舫曰石帆者,予暇日與客坐其中,竹樹颯然,池水清澈,可見毛髮,游鯈浮沉往來于寒鑒之中。"

〔八〕鏡湖：在今浙江省紹興市會稽山北麓，修於漢代，湖周三百里，唐宋後圍湖造田，今僅餘城西較寬河道及個别小湖。

〔九〕石帆山：今浙江省海鹽縣山名，屹立海中如張帆然，故名。

〔一〇〕婀娜(ē nuó)句：《樂府詩集》卷四六《懊儂歌》："長檣鐵鹿子，布帆阿那起。"竹垞詩本此。

〔一一〕一片影：謂石帆山之一片影，即石帆亭。

題沈上舍洞庭移居圖六首〔一〕(選一)

其　三

才微歲晚畏讒彈，井社年來欲住難〔二〕；只合全家太湖去〔三〕，免教小吏侮鄉官〔四〕。

【注釋】

本詩作於康熙三十年(一六九一)。

〔一〕沈上舍：即沈季友，字客子，嘉興人，太學生。著有《南疑集》。時有移居之意，請人作圖，竹垞題之，詩中頗有借他人酒杯澆自己塊壘之意。

〔二〕井社：猶里社，鄉里。相傳古制八家一井，二十五家爲社。

〔三〕太湖：在江蘇省吴縣西南，别名洞庭。晉左思《吴都賦》："指包山而爲湖，集洞庭而淹流。"注："王逸曰：'太湖在秣陵東，湖中有包山，山中有如石室，俗謂洞庭。'"故詩題曰"洞庭移居"。

〔四〕鄉官：本謂"統一鄉之官"(見《周禮·地官》)，此謂罷退鄉居之官。

寄陸侍御隴其〔一〕

主恩先後逐臣還〔二〕，羡爾幽棲泖一灣〔三〕；想得著書風幔底，桂花如霰落秋山〔四〕。

【注釋】

本詩作於康熙三十一年（一六九二）。

〔一〕陸隴其：原名龍其，字稼書，平湖（今屬浙江省）人。康熙時進士，試四川道監察御史，因請停捐納保舉而罷歸。有《三魚堂集》等書行世。

〔二〕主恩句：竹垞於是年正月再次罷官，故云"先後"。"恩"、"逐"連用，怨諷寓焉。

〔三〕泖（mǎo）：謂泖湖，别稱"三泖"，在今上海市金山、松江兩縣間，然大半已淤爲平地。其地清代爲松江府，正與陸所居平湖縣交界。時陸寓泖口。

〔四〕霰（xiàn）：俗稱米粒雪，白色不透明之微小冰粒。以其降落具陣發性，故喻桂花之紛落。唐王維《崔九弟欲往南山，馬上口號與别》詩："山中有桂花，莫待花如霰。"

曝書亭偶然作九首〔一〕（選一）

其　八

縮版誅茅事偶然〔二〕，修門見説此亭偏〔三〕；須知庾信園雖小〔四〕，詩賦江關獨易傳〔五〕。

【注釋】

本詩作於康熙三十五年(一六九六)。

〔一〕曝書亭:據楊蟠《竹垞小志》:亭"在南垞之北,先生詩云'主人五畝園,曝書亭在北'是也。亭築於康熙丙子(一六九六)夏,短檻虛櫺便於散帙,所謂'空明無四壁'也。落成後,名公巨儒,咸來游憩。"

〔二〕縮版:束板築牆。即以兩板相夾,中留空隙如牆厚度,復填濕土其間,舂實後撤板,牆乃成。今西北大部農村及內地某些地方尚沿用之,古稱"版築"。《詩·大雅·緜》:"其繩則直,縮版以載。"宋朱熹《集傳》:"縮,束也。載,上下相承也。言以索束版,投土築訖,則升下而上以相承載也。"誅:翦除。舊題屈原《卜居》:"(吾)寧誅鋤草茅以力耕乎?"

〔三〕修門:整飾其門,語本《韓詩外傳》:"今陳之修門者,衆矣;夫子不爲式,何也?"見説:聽説。

〔四〕庾信:見前《詠古二首》注〔一〕。庾信曾作《小園賦》云:"蝸角蚊睫,又足相容。"此借言"竹垞"之園小。

〔五〕詩賦句:語本杜甫《詠懷古跡》:"庾信平生最蕭瑟,暮年詩賦動江關。"

【資料】

朱彝尊《著書硯銘》:"北垞南,南垞北,中有曝書亭,空明無四壁。"(《曝書亭集》卷六十一)

吴源達《朱太史竹垞先生曝書亭新成集杜詩》二首,其二:"田園須暫住,曝背竹書光。隔沼連香芰,看題減藥囊。清談見滋味,才格出尋常。野興每難盡,團圓月映牆。"(楊蟠《竹垞小志》卷一)

繆綏武《梅花溪踏春》詞:"池上雙槐柯葉疎,沙隄黄閣此分居。未妨七夕閒行去,看曝亭中萬卷書。"(同上)

薛廷文《梅里雜興》詩:"芰荷香裏酒微酣,小扇輕衫對碧潭;不敢花前題好句,曝書亭在小池南。"(同上)

閨秀吴巽《讀曝書亭詩》:"大雅知誰並,家如未宦窮。遺編今始讀,對字昔爲鄰。池上竹陰舊,垞南蓬葉新。空餘亭子在,不見曝書亭。"(同上)

查慎行《曝書亭集序》:"(竹垞先生)晚歸梅會里,乃合前後所作,手自删定,總八十卷,更名《曝書亭集》。"(康熙五十三年刊《曝書亭集》)

伊湯安《重建曝書亭記》略云:"嘉慶元年(一七九六)學使閣學儀徵阮公(即阮元)案試禾郡,試事畢,議修是亭,亭柱四,易以貞石,使可久;仍懸嚴蓀友中允所書匾,不啻先生在時也。落成之日,乃進斯鄉之人而告之曰:修是亭也,非徒惜名迹之湮没也,非徒爲(竹垞)檢討子孫復祖業也;將以使鄉之人知鄉之有賢士大夫,雖没世而猶當尊且敬如此也;使檢討之子孫知先人之遺書手澤存焉,當守且讀如此也;且以使四方之士聞之,知通經博古述作不朽,潛德久而益光,其興起當如何也!"(《梅里志》卷六)

阮元《百字令·曝書亭落成》詞:"南垞荒矣,問畫船潞水,何人停泊?經卷詩篇零落後,魂夢向誰棲託?把酒能招,披圖相慰,畢竟歸來樂。結成亭子,我今重爲君落。　才見五馬行春,雙鳧漾水,攜畫同斟酌,尚有孫枝桐葉在,護爾秋風蓮幕。疊石栽花,引牆圍竹,依舊分林壑。者番題柱,夕陽休礪牛角。"(蔣徵蔚《竹垞小志》卷五)

馮登符《重修曝書亭記》略:"阮公重建曝書亭迄今又三十年矣,亭復圮,四圍短牆無存,荒榛蔓草,過者幾有邱墟之歎。適同年吕君延慶來蒞,余急以請,慨然有重修之役,丁亥冬告成;又贖池北屋三楹爲醧舫,以鄭簠八分(書)懸之……亭中諸景稍稍復之。夫當先生有是亭也,散帙行吟,著書遣日,得優游于閒田舊徑……然而世之高門虎戟數傳焉,草宅之矣;名卉珍木再過焉,薪槯之矣!而斯亭獨巍然無恙,後之人聞風而起,猶將感興替盛衰之故,歷久而不敢廢,豈不以昔之觴詠流連,固嘗讀書起處,栖魂魄於此,千秋之名,身後之事,胥於一亭焉傳之。先生有知神游其中,當有知己之感也,則斯舉也,固先生之所心許者乎?　道光丁亥臘月東冶林則徐書。"(《梅里志卷六》)

又:"道光三十年(一八五〇年),朱明府緒曾因牆垣俱壞,亭舫半傾,

又葺而新之。同治五年(一八六六)吴侍郎存義復於亭南隙地增建祠宇,並摹(竹垞)戴笠小像,勒石立於祠中。"(同上)

漕　船

國家歲轉漕[一],每船六百石[二];官艙計所儲,爲斛千二百[三]。其初由海運[四],險越虎蛟脊[五];波濤恒簸蕩,日月互跳擲[六];所以造舟時,不復算尋尺[七]。入明改從河[八],水次盡置驛[九];不見真州估[一〇],浮江販豆麥。縮之僅得半,滿載未爲窄;安用萬斛寬,邪許百夫役[一一]?過閘逆上魚[一二],迎風退飛鷁[一三];臘開徂暑到[一四],久而蟲鼠咋[一五]。惟以便輓丁[一六],夫婦得汎宅[一七];南去挾枲絲[一八],北來收果核[一九]。誰爲迂緩圖,因循踵朝夕。吾聞琴瑟敝,絃者必更易[二〇];國計在鼎司[二一],何時建良策?

【注釋】

本詩作於康熙三十六年(一六九七)。

〔一〕轉漕:運輸糧餉。轉,運輸。《史記·平準書》:"轉漕甚遼遠。"司馬貞《索隱》:"《説文》云:'漕,水轉穀也。'一云車運曰轉,水運曰漕。"詩中所云,猶今之"南糧北調"。

〔二〕石:重量單位。《漢書·律曆志》上:"三十斤爲鈞,四鈞爲石。"

〔三〕斛(hú):容量單位,古時以十斗爲一斛,南宋後以五斗爲一斛,竹垞用宋制,千二百斛即六百石。

〔四〕初:謂元代。據《元史·食貨志》,海上漕運始於至元二十年(一二八三)。

〔五〕虎蛟:殆亦鯊魚之屬。浙東沿海居民自來稱鯊爲蛟,虎蛟,即虎鯊也。《山海經·南山經》:“禱過之山,……浪水出焉,而南流注于海,其中有虎蛟,其狀魚身而蛇尾。”

〔六〕日月句:形容顛簸舟中之感覺。唐韓愈《秋懷詩》:“憂愁費晷景,日月如跳丸。”

〔七〕尋尺:猶今云“尺寸”。尋,古制八尺爲一尋。

〔八〕入明句:元代漕運利用了一部分隋唐運河,如在今山東省臨清、濟寧二縣間開鑿會通河、濟州河,在今北京市、通縣間開鑿通惠河,然因河道時患淺澀,故終元一代漕糧仍以海運爲主。明成祖朱棣永樂九年(一四一一)重開故道,河成暢通,遂罷海運,至清末湮塞(參見《元史·河渠志》、《明史·河渠志》)。

〔九〕水次:水邊。置驛:指濱運河所置縴夫之舍(參見《明史·河渠志》)。

〔一〇〕真州:今江蘇省儀徵縣。宋大中祥符六年(一〇一三)其地鑄宋真宗趙恒像成,因名。估(gǔ):通“賈”,商人。

〔一一〕邪許(yé hǔ):象聲詞,勞動號子聲。《淮南子·道應訓》:“今夫舉大木者,前呼‘邪許’,後亦應之,此舉重勸力之歌也。”

〔一二〕過閘句:指魚類返回原生地産卵,故逆水回游之生態現象。

〔一三〕鷁(yì):鳥名,如鷺鷁。《漢書·司馬相如傳》:“浮文鷁,揚旌栧。”顔師古注:“鷁,水鳥也,畫其象於船頭。”故指代船隻。

〔一四〕臘:臘月。徂(cú)暑:始暑。《詩·小雅·四月》:“四月維夏,六月徂暑。”毛《箋》:“徂,猶始也。四月立夏矣,至六月乃始盛暑。”

〔一五〕咋(zé):咬。漢東方朔《答客難》:“譬由鼱鼩之襲狗,孤豚之咋虎,至則靡也。”

〔一六〕輓丁:謂縴夫。輓,同“挽”。

〔一七〕汎宅:謂以船爲家。《新唐書·張志和傳》:“志和來謁,(顔)真卿以舟敝漏,請更之,志和曰:‘願爲浮家泛宅,往來苕、霅間。’”汎,同"泛"。

〔一八〕枲(xǐ):麻。《史記·夏紀》:"岱畎絲、枲、鉛、松、怪石。"

〔一九〕核:有核的果實。

〔二〇〕吾聞二句:語本自《漢書·董仲舒傳》:"竊譬之琴瑟不調,甚者必解而更張之,乃可鼓也;爲政而不行,甚者必變而更代之,乃可理也。"

〔二一〕鼎司:謂三公。鼎三足,因以謂三公如鼎輔君。魏陳琳《爲袁紹檄豫州》:"竊盗鼎司,傾覆重器。"李善注:"鄭《尚書注》曰:'鼎,三公象也。'"

【評箋】

楊鍾羲曰:"此僅論漕船一事,而包藴宏深,瞻言百里,惜庚子以來,謀國者不解斯義,三復斯篇,益見前人之不可及也。"(《雪橋詩話》)

五雜組九首[一](選二)

其　一

五雜組,刺繡文[二]。往復還,金車輪。不得已,見貴人。

其　五

五雜組,鳳尾羅[三]。往復還,機中梭。不得已,勞者歌。

【注釋】

本詩作於康熙三十六年(一六九七)。依《曝書亭集》編年,疑有誤,參李批。

〔一〕五雜組：古樂府名，雜體曲，無作者姓名，原無題，後即以首句爲篇名。“組”，或作“俎”。宋范成大《石湖集》卷十一《五雜組》序曰：“古樂府有《五雜組》……殆酒令，孔平仲最愛作此，以爲詩戲。”

〔二〕文：五彩交錯之花紋。《易·繫辭》：“物相雜，故曰文。”又，《史記·貨殖列傳》：“農不如工，工不如商。刺繡文，不如倚市門；此言末業，貧者之資也。”

〔三〕鳳尾羅：即鳳文羅，其文以鳳爲圖案。唐李商隱《無題》詩：“鳳尾香羅薄幾重，碧文圓頂夜深縫。”

【附録】

李富孫曰：“集中擬古樂府諸篇，皆少年時作，至丙申（一六五六）以後不復見，此卷（十七卷）末忽附《五雜組》九首，當是刊集時，以刪去之稿妄攙入耳。”（手批《曝書亭詩》）

桐廬雨泊〔一〕

桐江生薄寒〔二〕，急雨晚淋漉〔三〕。炊煙起山家，化作雲覆屋。居人寂無喧，一氣沉嶺腹〔四〕。白鷺忽飛翻，讓我沙際宿。

【注釋】

本文作於康熙三十七年（一六九八）。

〔一〕桐廬：地名。今屬浙江省。

〔二〕桐江：水名，在桐廬縣境。即錢塘江中游自嚴州至桐廬一段之别稱。

〔三〕淋漉：雨水流滴貌。晉葛洪《抱朴子》：“甘露淋漉以霄降，嘉穗婀娜而盈箱。"

〔四〕一氣：謂渾然一體之氣。杜甫《同諸公登慈恩寺塔》詩："俯視但一氣，焉能辨皇州？"嶺腹：山腰。唐李世民《詠雨》："低飛昏嶺腹，斜足灑巖阿。"

竹崎關[一]

溪漁樹底輸税[二]，關吏津頭算緡[三]；縱有僧樓藥院[四]，日長吟眺何人？

【注釋】

本詩作於康熙三十七年（一六九八）。

〔一〕竹崎關：《嘉慶一統志》：關在侯官縣（今福建省福州市）西北六十里濱江，明正統六年（一四四一）置巡司榷税。

〔二〕溪漁：溪上漁人。按，溪魚幾何，尚需輸税，諷意寓焉。

〔三〕緡：穿錢所用之繩，因即借代指錢。此謂税款。

〔四〕藥院：唐錢起《仲春宴王補闕城東小池》詩："王孫興至幽尋好，芳春春深景氣和；藥院愛隨流水入，山齋喜與白雲過。"藥，或指芍藥。

閩中海物雜詠七首（選一）

珠蚶[一]

海物多充庖，珠蚶亦配酒；取禍自有胎[二]，不在深閉口[三]。

【注釋】

本詩作於康熙三十七年(一六九八)。

〔一〕珠蚶(hān):產珠之蚶。蚶,瓣鰓動物,形似蚌,貝殼紋路如瓦楞。肉鮮美,可食。

〔二〕取禍句:意謂蚶蚌之所以被人取剖,是因爲它孕育了珍珠。胎,指珍珠。漢揚雄《羽獵賦》:"剖明月之珠胎。"又,唐高適《和賀蘭判官望北海》詩:"日出見魚目,月圓知蚌胎。"

〔三〕閉口:晉傅玄《口銘》:"禍從口出。"此反其意而用之。

羅浮蝴蝶歌近體四首〔一〕(選一)

其一

攜來柏葉綴莎蟲〔二〕,物候初温五月風〔三〕。幺鳳忽然看倒掛〔四〕,仙蠶深恨不同功〔五〕。粉香弄玉匀塗後〔六〕,裙色麻姑想像中〔七〕。離合神光終莫定〔八〕,畫圖誰信小滕工〔九〕。

【注釋】

本詩作於康熙三十八年(一六九九)。

〔一〕羅浮:廣東省山名。詳見前《喜羅浮屈五過訪》注〔一〕。按:《曝書亭集》此詩原題爲《又近體四首》。"又"者,以前有古風一首題爲《羅浮蝴蝶歌》,本集未收,爲醒目計,改稱今題。

〔二〕攜來:指自吴江徐虹亭處攜來,亦或云徐自粵攜來,詳見附録〔資料〕。柏(jiù):烏柏,落葉喬木,種子多脂肪,以烏喜其實而名。又,原注:"蝶繭多懸烏柏葉底。"莎蟲:又稱"莎鷄",即"紡織娘"。《詩·豳風·七月》:"六月莎鷄振羽。"

〔三〕物候：氣候。原注："蝶以五月朔破繭出。"

〔四〕幺(yāo)鳳：鳥名，羽毛五色，形狀如傳説中之鳳鳥，而體型較小，故名。倒掛：鳥名。宋蘇軾《松風亭下梅花盛開》詩："蓬萊宫中花鳥使，緑衣倒掛扶桑暾。"宋朱彧《萍洲可談》："海南諸國有倒掛雀，尾羽備五色，狀似鸚鵡，形小如雀，夜則倒懸其身……東坡《梅》詞云：'倒掛緑毛幺鳳'，蓋此鳥也。"按：竹垞此詩咏蝶，據其形容，當爲"鳳蝶"一類。

〔五〕仙蠶句：謂其絲、繭之精美，使仙蠶以不與同功爲憾。同功，共同製作。二蠶共作一繭稱同功繭，其絲稱同功緜。晉楊方《合歡詩》："寢共織成被，絮用同功緜。"

〔六〕粉香句：晉崔豹《古今注》云：蕭史與秦穆公鍊飛雪丹，第一轉與弄玉(穆公女，蕭史妻)塗之。竹垞用之以喻蝶粉之美。

〔七〕裙色句：傳説彩蝶爲仙女麻姑之裙所化，羅浮山有麻姑峯，詩切其地其事。

〔八〕離合神光：語本三國魏曹植《洛神賦》："於是洛靈感焉，徙倚彷徨。神光離合，乍陰乍晴。"此喻蝶之光彩陸離，飄忽隱現。

〔九〕畫圖句：原注云："《蛺蝶圖》滕王元嬰子湛然所畫。"

【資料】

朱彝尊《書羅浮蝴蝶歌卷後》："《爾雅》不釋蝶名，六朝文士不作蝶賦，蝶亦不幸矣；其後滕王湛然畫蝶，下及菜花子、村裏來皆爲調鉛殺粉，臨川謝無逸咏蝶多至三百首，蝶又未嘗無知己也。崇禎間，長山王君蚪生知如臯縣事，酷愛蝶，縣民有犯者，籠蝶輸君輒免，暇登廨宇高處放之，以爲笑樂；惜其未見羅浮鳳子，使知增城、博羅二縣，致羅浮蝶繭千百，縱之萬花谷中，不更愉快乎？里中戴君索予父子書《羅浮蝶歌》，漫綴於後。"(《曝書亭集》卷五十三)

朱稻孫《中村詩草序》："歲在著雍攝提格(一六九九)冬，吴江徐先生虹亭歸自南粤，扁舟訪先大父於小長蘆，持贈羅浮蝴蝶繭一，懸之帳中。明年夏四月，破蛹出蝶，神光陸離，五彩錯雜。籠以白藤笈，飼以黄葵花，經旬放之,栩栩庭院間。先大父暨先君子(指朱昆田)賦長歌紀異,因以屬中村先生繪圖並詩以傳,一時稱爲佳話。"

盛百二曰:"昔朱檢討自嶺南攜歸羅浮蝴蝶,與里中人爲蝴蝶詩會;後羅浮蝴蝶忽見於曝書亭深樹中,稼翁(即朱稻孫)首步檢討近體四首爲倡,和者亦數十人,爲後蝴蝶詩會。"(《柚堂文存》,轉録自《梅里志》)

楊鍾羲曰:"翁覃谿(即翁方綱)謂在粵東親見此蝶(指羅浮蝴蝶),以二月朔破繭出,不聞五月;《粵志》亦言聞雷則出,與二月驚蟄相合,疑竹垞'物候初温五月風'之非。朱稻村《中村詩草序》云'……明年四月,破蛹出蝶',故西畯(即朱昆田)後一首云:'豈意黄梅天,破繭忽飛起。'蓋竹垞所得偶以五月出繭,故兩詩特爲拈出。竹垞詩云:'衰年再見真難得,異物初生也不齊。'(本集未選),其語尤爲明瞭,固可不必致疑。"(《雪橋詩話》卷三)

送窮日作〔一〕

吾家五窮鬼〔二〕,四世推不去〔三〕;今晨縛車船〔四〕,送往河隄住〔五〕。水萍風中絮,散作千百身;勿使天壤間,乃有石季倫〔六〕。

【注釋】

本詩作於康熙三十九年(一七〇〇)。

〔一〕送窮日:農曆正月之最後一日,舊爲送窮日(參見前《表弟查二至都》詩注〔八〕)。

〔二〕五窮鬼:唐韓愈《送窮文》中列舉五窮鬼爲智窮、學窮、文窮、命窮、交窮。

〔三〕四世:指朱國祚以迄竹垞四代人。

〔四〕縛車船：韓愈《送窮文》："結柳作車，縛草爲船。"謂使窮鬼乘之而去。

〔五〕住：《廣韻》、《平水韻》注音："持遇切"，音近"去"，故可與"四世推不去"叶韻。今吴、楚、粵等地，"住"之韻母仍爲"ü"。

〔六〕乃：僅。石季倫：晉石崇字。崇仕晉爲散騎常侍，荊州刺史，遷衛尉，以使客航海致富，生活奢靡。

春日南垞雜詩七首〔一〕(選一)

其　七

移種盆松六尺强，欲當車蓋蔽斜陽〔二〕；不知黛色成陰日〔三〕，此地何人結草堂〔四〕。

【注釋】

本詩作於康熙三十九年(一七〇〇)。

〔一〕南垞：竹垞有南、北垞之分，荷花池之南稱南垞，曝書亭、茭池等在焉。

〔二〕車蓋：語本杜甫《病柏》詩："有柏生崇岡，童童狀車蓋。"仇注："《蜀志》：'先主舍東南角籬上，有桑樹高五丈，遥望見童童如小車蓋。'"按：竹垞時年七十有一，妻亡子喪，晚景淒涼，故詩有"斜陽"之用，"何人"之詢。數歲之後，遂亦謝世。

〔三〕黛色：指代松樹。杜甫《古柏行》詩："霜皮溜雨四十圍，黛色參天二千尺。"

〔四〕此地句：竹垞逝後，地生荆榛，嘉慶元年楊蟠等編《竹垞小志》時，"南垞僅茭池一勺，枯柳數株而已"，"盆松"殆未成蔭，"草堂"更無"人結"，其荒涼可知。

近來二首〔一〕(選一)

其二

近來論詩專序爵〔二〕,不及歸田七品官;直待書坊有陳起〔三〕,江湖諸集庶齊刊〔四〕。

【注釋】

本詩作於康熙三十九年(一七〇〇)。

〔一〕近來:即以詩之首二字爲題。

〔二〕序:依次排列。《詩·大雅·行葦》:"序賓以賢。"

〔三〕陳起:南宋寶慶年間《一二二五—一二二七》之錢塘書賈,字宗之,能詩。時權相史彌遠弄柄,正人才子散落江湖,起多與之善,爲刻《江湖小集》九十五卷,《後集》二十四卷,收作者九十五家,南宋詩作多賴以保存,江湖派因以得名。

〔四〕江湖:謂《江湖集》,亦指江湖隱逸之士,包含竹垞在内。庶:幾乎。

【評箋】

楊鍾羲曰:"魏寬(惟度)多財而好事,曾刻詩(選百家),而不及秀水朱氏,竹垞詩:'近來論詩……'爲惟度發也。自來選本或尊重名位,或專爲交游結納,竹垞《答徐辛齋求爲荆山中丞表墓》詩:'昔人重碑版,論文不論爵。後來世俗愚,但取官顯爍。縱然頭銜長,往往詞冗弱。鉅公即能之,亦復多僞託。誰歟辨真贋,止解速鐫鑿。遂令賢達人,罕載金石略。'(見《曝書亭集》卷十六)尤爲砭俗良箴。"(《雪橋詩話》四集卷三)

八日汪上舍日祺招同諸公夜泛五首[一](選一)

其　四

蠟燈何處送歸艎[二],一道萍開燕尾香;寄語紅窗休度曲[三],隔船回顧有周郎[四]。

【注釋】

本詩作於康熙四十年(一七〇一)。

〔一〕八日:指農曆三月八日。據《曝書亭集》卷二十,此詩前二首爲《上巳後三日……》,"上巳",或爲三月第一個"巳"日,或即三月初三,故此詩當爲三月初八;又毛奇齡《西河詩話》:"康熙四十年三月,予同朱竹垞諸子過(西)湖上作三日遊。"與此組詩其二云"湘湖遺老舊清狂"相印證,則爲三月八日無疑。汪日祺:字無已,杭州人。

〔二〕艎(huáng):即艅(yú)艎,大艦名。晉郭璞《江賦》:"漂飛雲,運艅艎。"

〔三〕度曲:按曲譜演奏或歌唱。漢張衡《西京賦》:"度曲未終,雲起雪飛。"紅窗:借代指紅窗中人。

〔四〕周郎:即周瑜。《三國志·吴志·周瑜傳》:"瑜少精意於音樂,雖三爵之後,其有闕誤瑜必知之,知之必顧。故時人謡曰:'曲有誤,周郎顧。'"詩中指周崧(詳〔評箋〕)。

【評箋】

《雲蠖齋詩話》云:"周崧(層巖)往來崑山,諳曉音律……竹垞先生有'寄語紅窗休度曲,隔船回顧有周郎',前輩使事之切,非僅以姓氏之偶合也。"(轉録自陶元藻《全浙詩話》卷四十二)

雜詩二十首(選二)

其十五

衡必錙銖争[一],錢必子母權[二]。佳李鑽及核[三],曲防遏其泉[四]。不屑一毛拔[五],而況千金捐?舉世皆楊朱[六],方思墨翟賢[七]。

【注釋】

本詩作於康熙四十一年(一七〇二)。

〔一〕衡:衡器,即秤。錙銖(zī zhū):皆爲古代極微之重量單位。《漢書·律曆志》:"二十四銖爲(一)兩,十六兩爲斤。"《説文·金部》:"錙,六銖也。"

〔二〕子母錢:大小錢,重者爲母錢,輕者爲子錢。《漢書·食貨志》引《國語·周語》下:"周景公時患錢輕,將更鑄大錢,單穆公曰:'不可。古者天降災戾,於是乎量資幣,權輕重,以救民。民患輕,則爲之作重幣以行之,於是有母權子而行,民皆得焉。'"唐顔師古注:"應劭曰:'母,重也,其大倍,故爲母也。子,輕也,其輕少半,故爲子也。民患幣之輕而物貴,爲重幣以平之,權時而行,以廢其輕。故曰母權子,言重權輕也。民皆得者,本末有無皆得其利也。'孟康曰:'重爲母,輕爲子,若市八十錢物,以母當五十,以子三十續之。'"權:均平,權衡。詩謂權衡子母錢换算相抵否。後世有用以指本金利息者。

〔三〕佳李句:語出《晉書·王戎傳》:王戎性慳吝,家有好李,售之恐人得其種,恒鑽其核而市。

〔四〕曲防句:遍設堤防,遏止水泉,利己而禍鄰國、鄰地。《孟子·告子》下:"無曲防,無遏糴,無封而不告。"宋朱熹《集注》:"無曲防,不得曲爲隄防,壅水激水,以專小利,病鄰國也。”清焦循謂曲設防堤,以障遏水泉,使鄰國受水旱之災(見《孟子正義》)。曲,副詞,有“無不”、“遍”之義(此從楊伯峻先生説)。

〔五〕不屑句:《孟子·盡心》上:“楊子取‘爲我’,拔一毛而利天下,不爲也。”又《列子·楊朱》:“禽子問楊朱曰:‘去子體之一毛,以濟一世,汝爲之乎?’楊子曰:‘世固非一毛之所濟。’禽子曰:‘假濟,爲之乎?’楊子弗應。”

〔六〕楊朱:戰國時魏人,字子居,又稱楊子、陽子、陽生。前於孟軻,後於墨翟。其説重在愛己,不以物累。著述不傳,散見於《孟子》、《莊子》、《荀子》、《韓非子》中,《列子》有《楊朱篇》,不盡可信。

〔七〕墨翟(dí):春秋、戰國之際思想家。魯國人(一説宋國人),曾爲宋國大夫,死於楚國。主張兼愛、非攻、尚賢、尚同,並身體力行。有《墨子》行世,現存五十三篇,其書舊以爲翟撰,其實多爲弟子或再傳弟子記述其言行集録。

【評箋】

林昌彝曰:“今世士大夫病在視己太重,視人太輕,妻子而外,兄弟皆路人也,何論朋友!朱竹垞慨世道之衰,其《雜詩》有:‘衡必錙銖争……方思墨翟賢。’然此詩却不必楊朱輩讀之,彼固不解一句,不識一字也。”(《射鷹樓詩話》卷十)

其　二　十

男兒一墮地,弧矢射四方〔一〕。家有驥千里〔二〕,豈戀苗藋場〔三〕?威鳳鳴啾啾〔四〕,千仞肆翺翔。覽輝一以下〔五〕,百鳥生儀光。圈牢有養物〔六〕,毛鬣分柔剛〔七〕;留以施刀俎,逸欲終見殃〔八〕。駛景洵易馳〔九〕,安樂不可常;奈何當盛年,白晝處帷房〔一〇〕。

【注釋】

〔一〕弧矢：《禮記・内則》："子生，男子設弧於門左。……國君世子生……射人以桑弧蓬矢六，射天地四方。"射四方：謂志在四方。朱熹《次韻擇之進賢道中漫成》詩："豈知男子桑蓬志，萬里東西不作難。"

〔二〕驥千里：即千里驥，喻英俊有爲之青少年。三國魏曹植《與吴季重書》："家有千里驥而不珍焉。"又，《藝文類聚》卷二二引《青州先賢傳》："陳仲舉(蕃)昂昂如千里驥。"

〔三〕藿：豆葉。《詩・小雅・白駒》："皎皎白駒，食我場苗。縶之維之，以永今朝。……皎皎白駒，食我場藿，縶之維之，以永今夕。"朱熹《集傳》："場，圃也。縶，絆其足。維，繫其靷也。永，久也。……託以其所乘之駒食我場苗而縶維之，庶幾以永今朝，使其人得以於此逍遥而不去。"故竹垞詩云"豈戀"。

〔四〕威鳳：古人以爲鳳有威儀，故稱。後以喻才能品德高尚之人。杜甫《晦日尋崔戢李封》詩："威鳳高其翔，長鯨吞九州。"

〔五〕千仞二句：語本漢賈誼《弔屈原賦》："鳳凰翔於千仞兮，覽德輝而下之。"

〔六〕圈牢句：語本曹植《求自試表》："虚荷上位，而忝重禄，禽息鳥視，終於白首，此徒圈牢之養物，非臣之所志也。"

〔七〕柔：指柔毛，古指供祭祀用之肥羊。《禮記・曲禮》："凡祭宗廟之禮……羊曰柔毛。"《疏》："若羊肥，則毛細而柔弱。"剛：硬毛。《禮記・曲禮》："凡祭宗廟之禮，……豕曰剛鬣。"《疏》："豕肥則毛鬣剛大也。"

〔八〕逸：閑逸安樂。欲：同"慾"。見殃：猶遭殃。

〔九〕馭景：猶"時光"。景，亮光，日光，因以代日。古謂羲和爲御日之神，"馭景"即羲和所馭之日。《樂府詩集》所載《晉白紵舞歌詩》："羲和馭景逝不停，春露未晞嚴霜零。"韓愈《城南聯句》："哀匏蹙馭景。"洵：確實。

〔一〇〕奈何二句：語本曹植《美女篇》詩："盛年處房室，中夜起長歎。"帷房，婦女居住的内室。

齋中讀書十二首〔一〕(選一)

其　十　一

詩篇雖小技〔二〕,其源本經史;必也萬卷儲〔三〕,始足供驅使。別材非關學〔四〕,嚴叟不曉事〔五〕;顧令空疎人〔六〕,著録多弟子〔七〕。開口效楊陸〔八〕,唐音總不齒。吾觀趙宋來,諸家匪一體〔九〕: 東都導其源〔一〇〕,南渡逸其軌〔一一〕;紛紛流派別〔一二〕,往往近粗鄙。羣公皆賢豪,豈盡昧厥旨〔一三〕;良由陳言衆〔一四〕,蹈襲乃深恥。云何今也愚,惟踐形迹似? 譬諸芳蔗甘〔一五〕,舍漿噉渣滓〔一六〕! 斯言勿用笑,庶無乖義始〔一七〕。

【注釋】

本詩作於康熙四十三年(一七〇四)。

〔一〕齋中讀書: 與謝靈運詩題全同,但謝詩旨在抒情,竹垞意在論學,或受杜甫《解悶十二首》影響。組詩涉及面較廣(見《評箋》),此首論詩,體現其創作論之主要觀點,以今觀之,創作"其源本經史",顯係本末倒置;竹垞此詩意在"匡正"宋詩之"粗鄙"、竟陵之"空疏",標榜"深恥""蹈襲""陳言",指摘雖攻其一點,然讀此或可廓清竹垞詩宗宋之論(如洪亮吉)。

〔二〕詩篇句: 語本杜甫《貽華陽柳少府》詩:"文章一小技,於道未爲尊。"

〔三〕萬卷儲: 杜甫《奉贈韋左丞丈二十二韻》詩云:"讀書破萬卷,下筆如有神。"此從中化出。

〔四〕別材句: 清嚴羽《滄浪詩話》曰:"夫詩有別材,非關書也;詩有別趣,非關理也。"

〔五〕嚴叟：指嚴羽，宋邵武（今福建省邵武縣一帶）人，字儀卿。丹丘，號滄浪逋客。著有《滄浪集》。其《滄浪詩話》推崇盛唐，反對宋詩議論化、散文化傾向，强調妙悟、興趣，以不涉理路，不落言詮爲上乘。對明代七子與竟陵派，對清代王士禛等的詩論、創作皆有影響。

〔六〕顧：乃。令：使。空疎人：空放粗略之輩，此指竟陵派。朱彝尊《静志居詩話・譚元春》云："其意不讀一卷書，便可臻於作者。"

〔七〕著録：記載（姓名）於簿籍。《後漢書・張興傳》："（興）既而聲稱著聞，弟子自遠至者，著録且萬人。"李賢注："著於籍録。"

〔八〕楊：謂楊萬里，南宋著名詩人，與陸游等並稱南宋四大家，著有《誠齋集》。詩以自然平易稱，竟陵派與之相近。陸：謂陸游，陸詩藝術上宗白居易，與竟陵派所宗相同。

〔九〕諸家句：一般認爲宋詩有西崑體（楊億、劉筠、錢惟演等）、元祐體（蘇軾、黄庭堅、陳師道）等。嚴羽認爲尚有山谷（黄庭堅）、後山（陳師道）、荆公（王安石）、簡齋（陳與義）、誠齋（楊萬里）諸體。

〔一〇〕東都：謂北宋首都開封。五代時後晉遷都汴州，改汴州爲開封府，建號東京，歷後漢、後周至北宋未改，東京亦稱東都。竹垞詩謂北宋開一代詩風，即蘇、黄自出己意，一變唐風。

〔一一〕逸其軌：謂南宋出現崇尚唐詩之風（如永嘉四靈、江湖詩派等），逸出北宋之軌（見《滄浪詩話・詩辯》）。

〔一二〕流派：據"導其源"、"逸其軌"之説，當指唐詩與宋詩之分野，恐非云宋詩諸流派（如江西詩派、江湖派等）。

〔一三〕厥：其，指詩。

〔一四〕良：確實。

〔一五〕艻（lè）：蘿艻，香菜。按："艻蔗"殊費解，或以爲通"荔"字，即荔枝。參楊樹達《釋力劦》（《積微居小學金石論叢》卷一）。

〔一六〕啖（dàn）：食。

〔一七〕庶：庶幾，表示希望之詞。無：通"勿"。乖：違背。義始：謂詩之本義原始，即本旨。《詩大序》云，詩有六義，即風、賦、比、興、雅、頌。"始"，鄭玄以爲風、小雅、大雅、頌爲王道興衰之所由始，故稱四始（見陳奐《詩毛氏傳疏》）。

【評箋】

胡薇元曰："竹垞無所不能，而經史熟，《(齋中)讀書十二首》其最也。此十二首爲竹垞全集之冠，亦爲清朝三百年之冠。第一、二首辯太極圖説之僞；第三首言《書》序實孔子之作，林之奇之説不可信，猶《詩》小序爲孔門之微言；第四首言皇極經世五行去金木之非；第五首申鄭樵廢《詩》小序之罪，與王魯齋芟(《詩》)鄭、衛(風)之妄；第六首直攻朱熹誤從鄭樵説，以鄭、衛(風)列淫奔之非，字字斧鉞，樵、熹有知，亦當愧死；七首言胡氏《春秋》以夏冠周之訛；……十首，十一、二首論嚴羽、鍾惺爲亡國之音，此無異昌黎之衛道，是故秀水之詩，直紹昌黎。"(《夢痕館詩話》卷四)

林昌彝曰："朱竹垞《齋中讀書》詩云：'詩篇雖小技……庶無乖義始。'垞翁詩得作者之旨，真知言哉！"(《射鷹樓詩話》卷五)

楊鍾羲曰："金衍宗序沈雙湖司勳《頤綵堂詩》謂：'司勳詩爲錢心梧勘定……心梧請自嚴滄浪論詩曰"妙悟"、曰"入神"，後人不喻神悟所由致，輒曰詩以道性情，何必博聞？於是率臆點筆，空疏鄙陋之不免，而曰吾性情存焉爾。此竹垞檢討所深斥也。吾觀嚴氏之説：謂詩有別材，非關書也；詩有别趣，非關理也；然非多讀書，多窮理則不能極其至。是雖嚴氏又何能廢書。檢討自言所得曰：予中年好鈔書，通籍以後，集史館所儲，京師學大夫所藏，必借録之；歸田以後，鈔書愈力，暇輒瀏覽，恒資以爲詩材，於是緣情體物，不復若少時之隘。吾郡前輩言詩多宗竹垞，此雖序頤綵堂一家之詩，而詩家便易疏蕪之習，亦庶乎知所挽矣。'"(《雪橋詩話》續六卷)

張宗祥曰："(朱竹垞及)浙派之爲詩，實在矯明之幣，夫明之宗唐，但求詞句之相似(按：即竹垞詩曰："云何今也愚，惟踐形迹似。")，不思情理之難通，可議之處多矣；其下則鄙險不復成詩，矯之誠是也。"(《清代文學》)

徐世昌曰:“《齋中讀書十二首》足見先生爲學宗旨,故備録之。”(《晚晴簃詩滙》)

花津圃人曰:“朱太史竹垞截取(嚴滄浪)‘詩有别才,非關書也’二句,爲滄浪罪案,其下語氣未了,如墮渺茫,(按:嚴尚云:“非多讀書,多窮理,則不能極其至。”)太史尚爾,信夫持論之難。愚録《詩話》三卷,悉準原文,……若割裂句意,重誣昔人,吾則何敢!”(《帶經堂詩話纂例》)

【附録】

林昌彝曰:“朱錫鬯先生《静志居詩話》論閩縣徐興公(𤊹)詩云:‘嚴儀卿論詩,謂“詩有别才,非關學也”,其言似是而實非,不學牆面,焉能作詩?自公安、竟陵派行空疏者得以藉口。果爾則少陵何苦讀書破萬卷乎?興公藏書甚富,近已散佚,予嘗見其遺籍,大半點墨施鉛,或題其端,或跋其尾,好學若是,故其詩典雅清穩,屏去㹀浮淺俚之習,與惟和(即徐熥)足稱二難。以此知興、觀、羣、怨,必學者而後工,今有(原遺“有”字據《詩話》補)稱詩者,問以《七略》、“四部”,茫然如墮雲霧,顧好坐壇坫説詩,其亦不自量矣!’”(《射鷹樓詩話》卷六)

玉帶生歌 并序〔一〕

玉帶生,文信國所遺硯也〔二〕。予見之吴下〔三〕,既摹其銘而裝池之〔四〕,且爲之歌曰:

玉帶生,吾語汝。汝産自端州〔五〕,汝來自横浦〔六〕。幸免事降表〔七〕,僉名謝道清〔八〕,亦不識大都承旨趙孟頫〔九〕。能令信公喜〔一〇〕,辟汝置幕府。當年文墨賓,代汝一一數:參軍誰?謝皋羽〔一一〕;寮佐誰?鄧中甫〔一二〕;弟子誰?王炎午〔一三〕。獨汝形軀短小,風貌樸古;步不能趨,口不能語;既無鸜之、鴝之活眼睛〔一四〕,兼少犀紋、彪紋好眉嫵〔一五〕;賴有忠信存,波濤孰敢侮〔一六〕! 是時丞相氣尚豪,可憐一舟之外無尺土〔一七〕,共汝草檄飛書意良苦。四十四字銘厥背〔一八〕,愛汝心堅剛不吐〔一九〕。自從轉戰屢喪師,天之所壞不可支〔二〇〕。驚心柴市日〔二一〕,慷慨且誦臨終詩〔二二〕,疾風蓬勃揚沙時〔二三〕。傳有十義士〔二四〕,表以石塔藏公尸〔二五〕。生也亡命何所之? 或云西臺上〔二六〕,晞髮一叟涕漣洏〔二七〕;手擊竹如意;生時亦相隨。冬青成陰陵骨朽〔二八〕,百年蹤跡人莫知。會稽張思廉〔二九〕,逢生賦長句: 抱遺老人閣筆看〔三〇〕,七客寮中敢吠怒〔三一〕。吾今遇汝滄浪亭〔三二〕,漆匣初開紫衣露〔三三〕。海桑陵谷又經三百秋〔三四〕,以手摩抄尚如故。洗汝池上之寒泉,漂汝林端之霏霧。俾汝長留天地間〔三五〕,墨花恣灑鵝毛素〔三六〕。

【注釋】

本詩作於康熙四十四年(一七〇五)。

〔一〕玉帶生: 宋文天祥所用端硯,文殉國後,歸屬謝翺。翺卒,歸楊維楨。以硯有白紋如玉帶,擬之以人,稱玉帶生;楊使門生張憲作《玉帶生歌》。至清代,硯歸商邱人宋犖,竹垞得以觀之,後追作是詩(餘詳《附録》)。

〔二〕文信國: 即文天祥。宋端宗趙昰即位於福州,拜爲右丞相,封信國公。

〔三〕吴下: 指今蘇州市。語出"吴下阿蒙"(見《三國志・吴志・吕蒙傳》注)。下,古人每稱"此處"曰"下",如"洛下",即所在之洛陽。

〔四〕其銘: 原銘爲:"紫之衣兮緜緜,玉之帶兮磷磷;中之藏兮淵淵,外之澤兮日宣。於乎! 磨爾心之堅兮,壽吾文之傳兮。廬陵文天祥造。"裝池：即裝潢。裝，即褾；池，即鑲邊。《通雅·器用》："秘閣初爲太宗藏書之府，并以黄綾裝潢，謂之太清本。潢，猶池也。外加緣則内爲池，裝成卷册，謂之裝潢，即表背也。"

〔五〕端州：在今廣東省高要縣一帶，境東南有端溪，產硯石，所製端硯，爲世所重。

〔六〕横浦：關名，秦置，在廣東、江西交界之大庾嶺上，約相當於今之小梅關。

〔七〕事降表：謂用于降表。事，從事。

〔八〕僉：同"簽"。謝道清：高層雲《改蟲齋筆疏》："元之平宗也，降表僉謝后（宋理宗之妻）名，汪元量詩'侍臣已寫歸降表，臣妾僉名謝道清'是也。"

〔九〕大都：元朝首都，故址在今北京市，東西同今之内城，南至長安街，北至安定門外土城。趙孟頫（fǔ）：字子昂，宋宗室，宋亡後，受徵召爲元翰林學士承旨。按：以上兩句以硯之"幸免"、"不識"，言皇后、宗室之苟且偷生，信國却以身殉國。

〔一〇〕能令句：語本南朝宋劉義慶《世説新語·寵禮》："髯參軍、短主簿，能令公喜，能令公怒。"故下文有"置幕府"、"形軀短小"語。

〔一一〕謝皋羽：謝翺之字。翺，長溪（今福建省霞浦縣南）人，文天祥開府延平（今福建省南平市）時辟爲諮事參軍。

〔一二〕寮佐：官佐屬吏。鄧中甫：鄧剡之字，廬陵（今江西省吉安縣）人，宋末舉進士，爲文天祥贊畫，臨安破後入粤，妻子十二口均遭焚死，單身隨駕赴閩，端宗拜爲禮部尚書。宋亡，投海未死，被俘不屈，以病釋。文天祥殉難，爲撰《督府忠義傳》。

〔一三〕王炎午：字鼎翁，安福（今江西省縣名）人。宋末上舍生。文天祥被執經過青原山，炎午曾作生祭文贈之。及聞天祥遇害，因大慟，復爲文遥祭之。生祭文自稱"弟子員"。

〔一四〕鸜鵒（qú yù）：鳥名，俗稱八哥。"鸜之鵒之"句法本《左傳·昭公二十五年》："鸜之鵒之，公出辱之。""鸜鵒眼"，謂石上之圓形斑點，有如鸜鵒之眼。宋蘇易簡《文房四譜》："端溪石爲硯至妙……

其貯水處有白、赤、黄色點者，世謂之‘鴝鵒眼’。”又，歐陽修《硯譜》：“端石出端溪，有鸜鵒眼者爲貴。”

〔一五〕犀紋、彪紋：元曹紹《歙硯説》：安徽歙縣羅紋山所産硯石，石上有紋，成眉形，短而簇者如犀紋，長而闊者如虎紋（即竹垞所云“彪”紋），二者“最爲精絶”。

〔一六〕賴有二句：事本《孔子家語・致思》：孔子自衛返魯，見有懸水三十仞，圜流九十里，魚鱉不能過，適一丈夫欲濟，止之不聽，竟渡。問之，曰：“始吾之入也，先以忠信；及吾之出也，又從以忠信。措吾軀於波流而吾不敢以用私，所以能入而復出也。”竹垞詩以硯之貯水喻文天祥人品。又，唐高適《送柴司户充劉卿判官之嶺外》詩：“風霜驅瘴癘，忠信涉波濤。”

〔一七〕可憐句：南宋末文天祥擁昰、昺二帝，國土盡失，二帝先後居於舟中，後皆死於海。

〔一八〕厥：其，此謂“汝”。

〔一九〕剛不吐：喻不畏强暴。語本《詩・大雅・烝民》：“柔亦不茹，剛亦不吐；不侮矜寡，不畏彊禦。”

〔二〇〕壞：使之衰敗。《左傳・定公元年》：“天之所壞不可支也。”按：此説顯係“天數”觀念。

〔二一〕柴市：文天祥就義處，其地疑即今北京市宣武門外菜市口（一説爲菜市口西之柴炭市，參見劉侗、于奕正《帝京景物略》及孫承澤《天府廣記》）。

〔二二〕臨終詩：據《宋史・文天祥傳》：文天祥遇難後，妻收其遺體，衣帶中有贊曰：“孔曰成仁，孟曰取義；惟其義盡，所以仁至。讀聖賢書，所學何事？而今而後，庶幾無愧。”明趙弼《文信公傳》云：“臨刑，公問，孰南面？或指之，即向南再拜，索紙筆書詩，云：‘昔年單舸走維揚，萬死逃生輔宋皇；天地不容興社稷，邦家無主失忠良。神歸嵩岳風雷變，氣吐煙雲草樹荒；南望九原何處是，塵沙黯淡路茫茫。’”

〔二三〕疾風句：據趙弼《文信公傳》及元劉岳申《文丞相傳》：文天祥殉難

時,是日“大風揚沙,天地晝晦”,咫尺不辨人。

〔二四〕十義士:據劉岳申《文丞相傳》及《帝京景物略》載:江南十義士舁公藁葬都城小南門外。

〔二五〕表以石塔:以石塔爲表記。

〔二六〕西臺:在浙江省桐廬縣富春山上。公元一一九〇年,宋遺民謝翺於此弔祭文天祥,其《登西臺慟哭記》中云:“登西臺設主於荒亭隅,再拜跪伏祝畢,號而慟者三,復再拜起……乃以竹如意擊石作楚歌招之曰:‘魂朝往兮,何極?暮歸來兮,關山黑化爲朱鳥兮,有味焉食!’歌闋,竹石俱碎。”

〔二七〕晞髮:披髮使乾。屈原《九歌·少司命》:“與女沐兮咸池,晞女髮兮陽之阿。”謝翺慕屈原爲人,自號晞髮子,其文集亦名“晞髮”。漣洏(ér):垂淚貌。王粲《贈蔡子篤》詩:“中心孔悼,涕淚漣洏。”

〔二八〕冬青句:據元陶宗儀《輟耕録》及《浙江通志》載,元初,欲掘南宋諸帝陵墓,遺民唐珏以僞骨易真,葬之山陰(今浙江省紹興市)天章寺前,各爲一函,植冬青爲志。或云宋太學生林德陽故爲丐者,賄掘陵者得高宗、孝宗骨,葬之嘉興。

〔二九〕張思廉:張憲之字,所賦詩見〔附録〕。

〔三〇〕抱遺老人:元代詩人楊維楨自呼抱遺老人。

〔三一〕七客寮:楊維楨曾得古劍、琴、胡琴、管、秦甕、玉帶硯各一,闢一室居六者,已常燕居其中,名其室曰“七客之寮”(見楊維楨《七客寮志》)。寮,僧舍,後通稱小屋爲寮。呅(ào):《集韻》:“呅咋,犬多聲。”此謂嗔怒,言其在寮中不尋常,猶有桀傲之氣。

〔三二〕滄浪亭:在今江蘇省蘇州市。原爲錢氏廣陵王元璙别圃,宋蘇舜欽得之,築亭曰滄浪,並作《滄浪亭記》。園後歸韓世忠,别稱韓王園。

〔三三〕紫衣:謂硯之顔色。

〔三四〕海桑:即滄海桑田意。舊題葛洪《神仙傳》:“麻姑自説云:‘接侍以來,已見東海三爲桑田。’”陵谷:語本《詩·小雅·十月之交》:“高岸爲谷,深谷爲陵。”喻世事變遷,高下易位。

〔三五〕俾：使。長留：語本杜甫《送孔巢父謝病歸遊江東兼呈李白》詩："詩卷長留天地間，釣竿欲拂珊瑚樹。"

〔三六〕鵝毛：唐李賀《惱公》詩："鵝毛滲墨濃。"清王琦注："鵝毛，帛也。吴均詩：'筆染鵝毛素。'"又，白居易《雞距筆賦》："染松煙之墨，灑鵝毛之素。"

【評箋】

沈德潛曰："小小一硯傳出信國之忠，皋羽之義。其實皋羽乃想象語也。一結，硯與信國雙收，是何神勇！"(《清詩别裁》)

林昌彝曰："朱竹垞先生《玉帶生歌》非胸羅萬卷者不能辦，可稱千古奇作。"(《射鷹樓詩話》卷十二)

林昌彝曰："竹垞老人《玉帶生歌》結云'俾汝長留天地間，墨花恣灑鵝毛素'，極爲渾成。"(《海天琴思録》續卷六)

(日)近滕元粹曰："長篇一氣轉旋，長短錯落，蒼老渾勁，磊砢多奇。編中古詩，余以此爲壓卷，比王阮亭《南將軍廟》有優而無不及。"

又，眉批："短句起，最妙。短句後，以二長句承之，有奇峯突起之概。"("參軍誰……")"至此又排列數短句，一一數來，何等才調！何等奇想！""'共汝'云云，以單句束之，慷慨淋漓，變化無端倪。"("四十四字……")"至此出'銘'字，全題意以結一段，筆端有方，奇絶。""'生也'句單殺。'或云'以下承單句，説出玉帶生與義士相隨，又以'陵骨朽'反映出硯不朽，用筆入妙。陵骨已朽，人莫知其踪迹，其後又經三百秋，硯尚如故；義士遺愛，人皆尊崇，人性之善如此，世役役於富貴利達者可猛省也。""重疊數'汝'字以爲結，氣足神完。""本集(指《曝書亭集》)結末一句作'墨花恣灑鵝毛素'(選集作"忠魂墨氣常凝聚")，頗拙，是蓋竹垞後所改。""押韻自在，使人有是韻爲是詩所設之想。"(明治四十年日本刊《清浙西六家詩鈔》)

朱庭珍曰："朱竹垞詩，書卷淹博，規格渾成，才力雄富，工候湛深，造詣實過阮亭，惟時有疏於法處。……歌行多長短句，意欲盡捐繩墨，自創一家。如《玉帶生歌》，興酣落筆，縱横跌盪，雄奇蓋世，信爲長篇絶調。"(《筱園詩話》卷二)

趙翼曰:"朱竹垞亦負海内重名。……其詩初學盛唐,格律堅勁,不可動摇;中年以後,恃其博奥,盡棄格律,欲自成一家,如《玉帶生歌》諸篇,固足推倒一世"。(《甌北詩話》卷十)

【附録】

朱彝尊《書拓本玉帶生銘後》:"玉帶生,(宋)文丞相硯名也。石産自端州,未爲絶品,其修扶寸(四指之寬爲"扶"),廣半之,厚又微殺焉。帶腰玉而身衣紫,丞相寶惜,旁刻以銘,書用小篆,凡四十有四字。歲甲申觀於商邱宋節使坐上,因請以硬黄紙摹之,不敢響拓也。生之本末,略見玉笥生(張憲之號)詩,其銘辭亦附注於詩編。按,金華胡翰作《謝翱傳》稱:天祥轉戰閩廣,至潮陽被執,翱匿民間,流離久之,間行抵勾越。是信公軍敗後,硯即歸翱。可知其寓浦陽、永康,閲祐思諸陵,登釣壇,度必攜生偕往,懷古之君子可以深長思矣。"(《曝書亭集》卷五十一)

張憲《玉帶生歌》(《序》略):"鸞刀夜割黑龍尾,碾作端溪蒼玉砥。花鑌鐵面一尺方,紫霧紅光上書几。銀絲雙纏玉腰圍,翡翠青斑繡紫衣。金星鴝眼敢不現,案上墨花皆倒飛。景炎丞相魁龍榜,撫玩不殊珠在掌。背銘刻骨四十四,血録至今猶可想。謝公古文今所師,西臺一慟神血垂。獨持老瓦出門去,冬青樹邊書憤詞。天翻地覆神鬼怒,九廟成灰陵骨露。廬陵忠魄上騎箕,流落端生何所寓?抱遺老人生計拙,愛把文章寫忠烈;霜毫一夜電光飛,不必矮桑重鑄鐵。"

【資料】

宋長白曰:"張都司(即張憲)《玉帶生歌》曰:'獨持老瓦出門去,冬青樹邊書憤詞。'是此硯爲皋羽所得,而後流入會稽也。……(原序)所謂上皇者(按序曰:上皇以丞相恩賜生紫衣玉帶),豈此硯爲紹陵所賜歟?"(《柳亭詩話》卷二十七)

錢載、翁方綱曰:"張玉笥《序》云:生與謝皋羽哭于西臺云云,此與其取玉宋帝以丞相恩賜紫衣者,蓋皆假託滑稽之言,而先生據以爲此硯之事實,誤矣!"(錢、翁合批竹垞詩前十二卷)

題盛叟生壙〔一〕

宜山居士抱詩癖，老傍南湖度幽宅〔二〕；莫嫌丙舍少兒孫〔三〕，且免他時賣松柏〔四〕。

【注釋】

本詩作於康熙四十七年(一七〇八)。

〔一〕盛叟：即盛遠。遠，字鶴江，號宜山，嘉興人。善詩工書，無子嗣，詩稿散佚。生壙(kuàng)：人活着時自造之墓穴。盛遠以無後，故預設壙，並自題詩云："不知一盞花前酒，誰向劉伶墓上澆。"

〔二〕南湖：即嘉興之鴛鴦湖。度：謀，營。幽宅：墳墓；墓穴。《儀禮・士喪禮》："度兹幽宅，兆基無有後艱。"注："度，謀也。"

〔三〕丙舍：漢代宫中正室兩旁之屋，以次於甲、乙，故稱丙舍；後又特指墓旁之屋，竹垞詩用此義。清王芑孫《碑版文廣例》："《漢孔耽碑》，案其文蓋營生壙而作丙舍，異日將以爲祠堂耳，後世祠有記，丙舍有記，義始乎是。"

〔四〕松柏：謂墓地上之松柏。唐鮑溶《代楚老酬主人》詩："曾傷無遺嗣，縱有復何益？終古北邙山，樵人賣松柏。"

【評箋】

吴仰賢曰："劉文房《戲題贈二小男》云：'未知門户誰能主，且免琴書别與人'，此暮年自慰詞。朱竹垞《題盛叟生壙》詩云：'莫嫌……賣松柏'，此從劉句下一轉語，鶴江無嗣，故云然，亦昌黎慰東野喪子詩意也。"(《小匏庵詩話》卷一)

即事二首 并序

入春菽麥未熟,饑民載塗[一],告于太守[二],諗諸比鄰[三],各率私錢爲粥以食餓者[四],日萬餘人。俄而謗書滿紙,無由自白,乃有落瓜里民就食經月,以農務告歸[五],持瓣香踵門稱謝[六],紀之以詩。

其一

惻隱人心共,何期物論殊[七]。螳螂齊挾斧[八],薏苡乃成珠[九]。捷捷謀胥雅[一〇],申申詈左徒[一一]。角張逢五六[一二],作事哂今吾[一三]。

其二

世事翻成覆,人言僞亂真。不圖落瓜里,乃有翳桑人[一四]。布穀迎新雨,收蠶及暮春。要知升斗水[一五],也足潤赬鱗[一六]。

【注釋】

本詩作於康熙四十八年(一七〇九)。

〔一〕載塗:充滿道路。《詩·小雅·出車》:"今我來思,雨雪載塗。"塗,同"途"。

〔二〕太守:時太守爲臧憲祖。

〔三〕諗(shěn):勸。諸:之於合詞。比(bì):並列;緊靠。

〔四〕率：斂集。漢張衡《東京賦》："悉率百禽，鳩諸靈囿。"薛綜注："率，斂也；鳩，聚也。"食(sì)：使(餓者)食，通"飼"。

〔五〕農務：謂農忙。

〔六〕瓣香：形似瓜瓣之香。《祖庭事苑》："古今尊宿，拈香多爲一瓣；瓣，瓜瓣也，以香似之，故稱焉。"

〔七〕物論：輿論。殊：不同。

〔八〕螳螂挾斧：意謂力量渺小，此指小人伎倆，故"無由自白"。《後漢書・袁紹傳》："乃欲運螳螂之斧，御隆車之隧。"

〔九〕薏苡句：據《後漢書・馬援傳》："援在交阯，常餌薏苡實，用能輕身省慾，以勝瘴氣。南方薏苡食大，援欲以爲種，軍還，載之一車。""及卒後，有上書譖之者，以爲前所載還，皆明珠""帝益怒，援妻孥惶懼，不敢以喪還舊塋。"

〔一〇〕捷(qiè)捷：巧辯貌。《詩・小雅・巷伯》："捷捷幡幡，欲謀譖言。"宵(xiǎo)雅：猶《小雅》。《禮記・學記》："《宵雅》肄三，官其始也。"注："宵之言小也。"此指《小雅・巷伯》。

〔一一〕申申：重複。屈原《離騷》："申申其詈余。"詈(lì)：罵。左徒：謂屈原，屈原曾官左徒，故稱。

〔一二〕角張句：宋馬永柳《嬾真子》："世言五角六張……謂五日遇角宿(二十八宿之一)，六日遇張宿，此兩日作事多不成。"又，王安石《清平樂》詞："丈夫運用堂堂，且莫五角六張。"

〔一三〕哂(shěn)：譏笑。今吾：現在的我。王安石《傳神自贊》詩："此物非他物，今吾即故吾。"

〔一四〕翳(yì)桑人：餓者。春秋晉人靈輒餓於翳桑(即桑蔭)，趙盾見而賜食(餘詳《傷歌行》注〔一四〕)。

〔一五〕升斗水：語本《莊子・外物》："(莊)周顧視車轍中，有鮒魚焉。周問之曰：'鮒魚來，子何爲者邪？'對曰：'我東海之波臣也，君豈有斗升之水而活我哉？'"

〔一六〕赬(chēng)鱗：赤鱗，指魚。唐孟浩然《晚春卧病寄張八》詩："赬鱗動荷柄。"

【資料】

孫瀜曰:“戊子、己丑連年水旱,吾鄉飢民塞道,(竹垞)先生始創爲粥廠,以食饑者,日活數萬人,至今人稱道之。”(《梅里詩輯》)

蔡澄曰:“(時竹垞)《題施粥廠》云:‘同是肚皮,飽日不知饑日苦;一般面目,得時休笑失時人。’”(《鷄窗叢話》)

女耕田行〔一〕

荷鍤復荷鍤〔二〕,耒耜中田聲札札〔三〕。誰家二女方盛年,短衣椎髻來畊田〔四〕。自言家世多田宅,幾載徵求因需索〔五〕。長兄邊塞十年行,老母高堂兩齒落。前年賣犢輸縣門〔六〕,今年賣宅重輸官〔七〕。石田荒荒土确确〔八〕,十日一畮畊猶難〔九〕。自傷苦相身爲女,好與官家種禾黍。

【注釋】

本詩選自《曝書亭集外詩》卷一(收於《檇李遺書》),寫作時間未詳,據詩云戍時之長、征斂之苛,當係明末清初事,即竹垞青年時期作品。

〔一〕女耕田行:時俗未婚女青年不耕田,標之於題,乃以昭其艱。

〔二〕鍤(chā):即鍬。

〔三〕耒耜(lěi sì):古代農具。耜以起土,耒爲其柄。《易·繫辭》:“斫木爲耜,揉木爲耒。”中田:即田中。《詩·小雅·信南山》:“中田有廬,疆場有瓜。”朱熹《集傳》:“中田,田中也。”札札:象聲詞。唐柳宗元《田家》詩:“扎扎耒耜聲。”

〔四〕椎髻:盤髮如椎形以便勞動。《後漢書·梁鴻傳》:“鴻妻孟光,椎髻著布衣,操作而前。”

〔五〕徵求：即徵收。

〔六〕前年句：唐王建《田家行》詩："不望入口復上身，且免向城賣黄犢；田家衣食無厚薄，不見縣門身即樂。"此用其意而更進一層。輸：繳納。

〔七〕重：重複，又。賣宅：語本唐元稹《田家詞》："輸官不足歸賣屋。"

〔八〕确：通埆(què)，土地瘠貧。元稹《田家詞》："牛吒吒，田确确。"

〔九〕晦："畝"之本字。《周禮・地官・大司徒》："不易之地，家百晦。"

漫　感

禾興布衣誰比數〔一〕，避世南村守蓬户〔二〕。已遺悲歌行路難〔三〕，誰令樂歲終身苦〔四〕？男兒失意真可憐〔五〕，十口飢寒啼向前。出門暫免對妻子，入市重愁遇少年。强將語笑供鄰里，貧賤由來少知己。沽酒終無三百錢〔六〕，餔糜且糴五升米〔七〕。歸來茅簷日色高，鑿石取火汲水淘。侍婢吹塵言甑破〔八〕，高堂進飯識薪勞〔九〕。亂餘生計無良策，懶慢相成已無匹。抱膝長唫此一時〔一〇〕，羣居飽食仍終日〔一一〕。獨不見，田家耕穫期有秋〔一二〕，腰鎌荷插無時休〔一三〕。人生衣食在力作〔一四〕，我與汝曹何所求！

【注釋】

本詩選自《曝書亭集外詩》卷一，寫作時間未詳。然讀詩中"避世"、"亂餘"語，則當在順治年間；而移居梅會里道南，或即詩中所指之"南村"，其時爲順治六年(一六四九)；復觀其用語、情調，則又與《長安賣卜行贈吴三統持》詩(作於一六五三年)有相近處。據此，本詩應作於一六四九至一六五三年間。

〔一〕禾興：即嘉興。其地本名長水，秦時改由拳；三國吴孫權黄龍四年（二三二）以此生嘉禾，因改稱禾興，後孫皓因禾犯其父諱“和”，復改名“嘉興”。比數：並列，相提並論。詩謂其窘境無與倫比。語本司馬遷《報任安書》：“刑餘之人，無所比數。”又，杜甫《秋雨歎》：“長安布衣誰比數。”

〔二〕避世：隱居不仕。《莊子・刻意》：“此江海之士，避世之人。”按：清初竹垞固無仕意，然遭世亂，其家屢遷以避，其《村舍》詩序云：“村舍朱生……避兵五兒子橋（橋在嘉興縣南二十里）。”故“避世”，可作“避世亂”或“避地”解。

〔三〕悲歌：參見本選集第一首《悲歌》。

〔四〕樂歲：豐年。此反用《孟子・梁惠王》“樂歲終身飽”意，突出“誰令”之問。

〔五〕男兒句：杜甫《偪側行贈畢曜》詩云：“男兒性命絶可憐。”此化用其意。

〔六〕沽酒句：杜甫《偪側行贈畢曜》詩：“速宜相就飲一斗，恰有三百青銅錢。”此反用其意。

〔七〕餔（bǔ）：通“哺”，食。糜：粥。《釋名・釋飲食》：“糜，煮米使糜爛也。”古樂府《東門行》：“他家但願富貴，賤妾與君共餔糜。”糴（dí）：買米。

〔八〕甑（zèng）：古代蒸食炊器，猶今之蒸鍋。

〔九〕薪勞：即採薪汲水之勞，喻生計之勞苦。梁蕭統《陶靖節傳》：“今遣此力，助汝薪水之勞。”

〔一〇〕唫：同“吟”。唐駱賓王《叙寄員半千》詩：“長唫空抱膝，短翮詎衝天。”

〔一一〕羣居句：《論語・衛靈公》：子曰：“羣居終日，言不及義。”《論語・陽貨》又：“飽食終日，無所用心，難矣哉！”羣居，衆人集聚。

〔一二〕秋：穀物成熟、收成。《尚書・盤庚》：“若農服田力穡，乃亦有秋。”又，陸游《初夏》詩：“稻未分秧麥已秋。”

〔一三〕腰鎌：腰中插着鐮刀。腰，腰佩。插：同“鍤”，即鍬。

〔一四〕力作：盡力勞作。《韓非子・六反》：“力作而食，生利之民也。”

田家留客

剥剥復啄啄〔一〕,野鷄飛上屋。田家客至心徘徊,初疑或是里胥來〔二〕。柴門方開未延入〔三〕,短布單衣遥拜揖。蓬頭稚子抱兒孫,中堂有客逢開尊。濁醪新向糟床注〔四〕,勸客頻行老瓦盆。主人既醉客辭遠〔五〕,相對茅簷愁日晚。入門告語數叮嚀〔六〕,慎勿稽留辦粗飯〔七〕。兒啼呱呱不得哺,新婦中廚聞擽釜〔八〕。

【注釋】

本詩選自《曝書亭集外詩》卷一(收於《檇李遺書》),寫作時間未詳,或係竹垞青年時期作品。

〔一〕剥剥啄啄:象聲詞,敲門聲。唐韓愈《剥啄行》:"剥剥啄啄,有客至門。"

〔二〕里胥:古代鄉間小吏。《漢書・食貨志》:"春將出民,里胥平旦坐于右塾,鄰長坐于左塾。"注:"孟康曰:里胥,如今里吏也。"

〔三〕延:引進。

〔四〕濁醪(láo):濁酒。糟床:榨酒器具。"醪"係汁、滓混合之酒,即今之醪糟(一稱"酒釀"),故飲客時需澄出酒汁,故曰"新向糟床注"。

〔五〕辭遠:以(家)遠爲辭,謂不能稽留。

〔六〕門:指内室之門。數(shuò):屢。

〔七〕慎勿句:語本古樂府《隴西行》:"促令辦粗飯,慎莫使稽留。"稽留:停留,意謂遲延。

〔八〕新婦:兒媳。宋洪邁《夷堅甲志》:"新婦來,我乃阿翁也。"中廚:内廚房,别於外廚。古樂府《隴西行》:"談笑未及竟,左顧勑中廚。"擽(lüè):敲擊。此謂辦飯時碰撞鍋瓢。

詞選 一百零八首

霜天曉角

早秋放鶴洲池上作〔一〕

青桐垂乳〔二〕，容易凝珠露。一縷金風飄落〔三〕，添幾點豆花雨〔四〕。　　簾户翦燈語，草蟲飛不去。坐愛水亭香氣，是藕葉最多處。

【注釋】

本詞選自《江湖載酒集》上。

〔一〕放鶴洲：《嘉慶一統志・嘉興府》："滮湖在嘉興縣東南二里，又名東湖，與秀水鴛鴦湖相接，其西岸有放鶴洲，相傳裴休放鶴處。按：《至元嘉禾志》作陸宣公（即陸贄）舊宅放鶴處。"朱彝尊曰："考新、舊《唐書》俱不言（裴）休流寓吴下。或曰南渡初，禮部郎中朱敦儒營之以爲墅，洲名其所題，雖不見地志，觀其《樵歌》一編，多在吾鄉所作，此説近是。"（《静志居詩話》卷十九）

〔二〕垂乳：謂桐樹結子如垂乳狀。《太平御覽》卷九五六引《莊子》云："空門來風，桐乳致巢。"司馬彪注："桐子似乳，著葉而生，鳥喜巢之。"（按：今本《莊子》並無此文）

〔三〕金風：秋風。飄落：謂使珠露飄落。

〔四〕豆花雨：據梁宗懔《荆楚歲時記》，里俗稱八月雨謂之豆花雨，以其時豆正著花也。

【評箋】

陳世焜曰:“祇寫本地風光,不言情而情自勝,可與作者道耳。”(《雲韶集》抄本)

高陽臺 并序

吴江葉元禮〔一〕,少日過流虹橋〔二〕,有女子在樓上見而慕之,竟至病死。氣方絶,適元禮復過其門,女之母以女臨終之言告葉,葉入哭,女目始瞑。友人爲作傳,余記以詞。

橋影流虹〔三〕,湖光映雪〔四〕,翠簾不卷春深。一寸横波〔五〕,斷腸人在樓陰〔六〕。游絲不繫羊車住〔七〕,倩何人、傳語青禽〔八〕? 最難禁〔九〕,倚遍雕闌,夢遍羅衾。　重來已是朝雲散〔一〇〕,悵明珠佩冷〔一一〕,紫玉煙沉〔一二〕。前度桃花,依然開滿江潯〔一三〕。鍾情怕到相思路,盼長隄、草盡紅心〔一四〕。動愁吟、碧落黄泉,兩處誰尋〔一五〕?

【注釋】

本詞選自《江湖載酒集》上。

〔一〕葉元禮:葉舒崇之字,吴江(今屬江蘇省舊屬蘇州府)人,康熙丙辰(一六七六)進士,官中書舍人。己未(一六七九)與竹垞同應博學鴻辭試,至京病卒。著有《宗山集》、《謝齋詩詞》。

〔二〕流虹橋:在吴江縣城外同里鎮。

〔三〕橋影流虹:喻橋影倒映水波之狀。唐劉禹錫《三月三日與樂天及河南李尹奉陪裴令公泛洛禊飲各賦十二韻》詩:“舟形随鷁轉,橋影與虹低。”

〔四〕湖光映雪：謂湖(太湖)光閃爍，如雪之照眼。元袁桷《次韻仲章舟中思南湖》詩：“五月湖光似雪飛。”此用其意。

〔五〕横波：喻女子眼光流動，如水閃波。傅毅《舞賦》：“眉連娟以增繞兮，目流睇而横波。”李善注：“横波言目斜視如水之横流也。”

〔六〕斷腸句：元馬致遠《天净沙》：“夕陽西下，斷腸人在天涯。”此從中化出。樓陰，本謂樓影，此指樓中。陰，謂在暗處。杜甫《遣懷》詩：“水静樓陰直。”

〔七〕游絲：空中飄浮之珠絲或昆蟲所吐絲，此暗喻情絲。羊車：羊拉的精美小車。事本《晉書・衛玠傳》：“玠風神秀異，總角乘羊車入市，見者皆以爲玉人。”此以玠喻葉元禮，葉少時，姿容秀美。

〔八〕倩：請求。宋辛棄疾《水龍吟・登建康賞心亭》：“倩何人、唤取紅巾翠袖。”青禽：即青鳥，喻傳信使者。《藝文類聚》卷九十一引漢武故事云：“七月七日，上於承華殿齋，正中，忽有一青鳥從西方來，集殿前。上問東方朔，朔曰：‘此西王母欲來也。’”唐李商隱《無題》詩：“蓬山此去無多路，青鳥殷勤爲探看。”又，温庭筠《馬嵬佛寺》詩：“曼倩死來無絶藝，後人誰肯惜青禽。”曼倩，東方朔字。

〔九〕難禁：難以經受。宋高觀國《玉蝴蝶》詞：“新夢黯，微月疏砧。總難禁，盡將幽恨，分付孤斟。”

〔一〇〕朝雲散：喻女子之死。朝雲，神女，喻詞序中“樓上女”。宋玉《高唐賦》：“昔者先王嘗遊高唐，怠而晝寢，夢見一婦人，曰：‘妾巫山之女也……旦爲朝雲，暮爲行雨。’”又，唐劉禹錫《始至雲安》詩：“雲散楚臺傾。”

〔一一〕珠佩冷：喻其女之亡。據《列仙傳》所云：鄭交甫於漢皋臺下，遇二女，佩兩珠如雞卵大，鄭以目挑之，二女遂解佩與之。後多以喻男女情愛之贈答信物。杜甫《洞房》詩：“洞房環佩冷。”

〔一二〕紫玉煙沉：即“紫玉成煙”，喻少女去世。事本干寶《搜神記》：春秋時吴王夫差小女名紫玉，愛慕韓重，不得成婚，氣結而死。韓重遊學歸，往玉墓哀吊。玉現形，贈珠作歌。重欲抱之，玉如煙而没。

〔一三〕前度二句：據唐孟棨《本事詩》云：崔護偶遊城郊，口渴往人家求水，遇一女子，容貌姣好，護思交結，未果，悵然而歸。明年春，復往尋之，但見緑蔭叢中，門户緊閉，其女已亡。遂作《題都城南莊》（一題《遊城南》，此從《全唐詩》）詩云："去年今日此門中，人面桃花相映紅；人面不知何處去，桃花依舊笑春風。"《太平廣記》亦載其女氣絶，護往哭之事。唯字面近於曹唐《劉阮再到天台不復見仙子》詩，詩略云："草樹總非前度色，煙霞不似昔年春。桃花流水依然在，不見當時勸酒人。"潯，水邊地。

〔一四〕草盡紅心：謂長堤遍長着紅心草。紅心草，詳前《水木明瑟賦》注〔九六〕。

〔一五〕碧落二句：語本白居易《長恨歌》："上窮碧落下黄泉，兩處茫茫皆不見。"碧落，天空。

【評箋】

譚獻曰："遺山、松雪所不能爲。"（《篋中詞》卷二）

陳世焜曰："（"最難禁"三句）低徊欲絶。"（《雲韶集》抄本）

陳廷焯曰："凄警絶世。"（《詞則・别調集》卷三）

桂　殿　秋

思往事，渡江干〔一〕，青蛾低映越山看〔二〕。共眠一舸聽秋雨〔三〕，小簟輕衾各自寒〔四〕。

【注釋】

本詞選自《江湖載酒集》上。

〔一〕江干：江畔。梁元帝（蕭繹）《烏棲曲》："復值西施新浣紗，共泛江干瞻月華。"干，岸。

〔二〕青蛾：古代女子每以青黛描眉，故稱。杜甫《一百五日夜對月》詩云："仳離放紅蕊，想像顰青蛾。"又，徐安貞《聞鄰家理箏》詩："曲成虚憶青蛾斂，調急遥憐玉指寒。"全句謂翠眉可與青山相映看。

〔三〕舸(gě)：大船(亦指一般的船)。唐杜牧《杜秋娘》詩："西子下姑蘇，一舸逐鴟夷。"

〔四〕簟(diàn)：竹席。

【評箋】

譚獻曰："單調小令，近世名家，復振五代、北宋之緒。"(《篋中詞》二)

丁紹儀曰："史梅溪《燕歸梁》云：'獨卧秋窗桂未香，怕雨點飄凉。玉人只在楚雲傍，也著淚，過昏黄。　西風今夜梧桐冷，斷無夢、到鴛鴦。秋鉦二十五聲長。請各自，耐思量。'竹垞太史仿其意，即變其辭爲《桂殿秋》，較梅溪詞尤含意無盡。"(《聽秋聲館詞話》卷二)

陳世焜曰："真唐人化境，余常謂長調以南宋爲宗，小令則以五代、北宋爲宗；然不至於唐，不正也。"(《雲韶集》抄本)

況周頤曰："或問國初詞人當以誰氏爲冠？再三審度，舉金風亭長(按：竹垞號金風亭長)對。問佳構奚若？舉《擣練子》，云：'思往事……。'"(《蕙風詞話》卷五)　按：《擣練子》、《桂殿秋》同爲單調二十七字五句三平韻，陳邦彦《詞譜》分爲二體，未云通名，況氏或誤記。

馮登府曰："以下數首亦静志居事。"(手批《曝書亭詞集》)按：前人傳言竹垞之戀人字静志，見後《静志居琴趣·洞仙歌》冒廣生評箋。

滿江紅

吴大帝廟〔一〕

玉座苔衣〔二〕，拜遺像、紫髯如乍〔三〕。想當日、周郎陸弟〔四〕,一時聲價〔五〕。乞食肯從張子布〔六〕? 舉杯但屬甘興霸〔七〕。看尋常談笑敵曹劉〔八〕,分區夏〔九〕。　南北限,長江跨〔一〇〕。樓櫓動〔一一〕,降旗詐〔一二〕。歎六朝割據〔一三〕,後來誰亞〔一四〕? 原廟尚存龍虎地〔一五〕,春秋未輟雞豚社〔一六〕。剩山圍衰草女牆空,寒潮打〔一七〕。

【注釋】

本詞選自《江湖載酒集》上。

〔一〕吴大帝:即三國吴主孫權,死後謚"大皇帝",故稱。據《江南通志》載: 吴大帝廟在今江蘇省南京市清涼寺西,即孫權之舊宫。

〔二〕玉座: 皇帝的御座,此指孫權塑像之御座。杜甫《謁先主廟》詩:"苔移玉座春。"此用其意。

〔三〕紫髯:孫權紫髯,時領會稽太守。《三國志・吴書・吴主傳》二:"權乘駿馬越津橋得去。"裴松之注:"《獻帝春秋》曰: 張遼問吴降人:'向有紫髯將軍,長上短下,便馬善射,是誰?'降人答曰:'是孫會稽。'"如乍: 如初。

〔四〕周郎:《三國志・吴書・周瑜傳》:"(孫)策親自迎瑜,授建威中郎將,……瑜時年二十四,吴中皆呼爲周郎。"陸弟: 當指陸遜。王維《同崔傅答賢弟》詩:"周郎陸弟爲儔侣。"

〔五〕聲價:聲名;身份地位。李白《與韓荆州書》:"一登龍門,則聲價十倍。"

〔六〕肯:怎肯。張子布:張昭之字。昭爲孫策長史、撫軍中郎將。策臨亡,以弟權託昭,昭率羣僚立而輔之,權待以師傅之禮。據《三國志・張昭傳》注: 赤壁大戰前,孫、曹力量對比懸殊,周瑜、魯肅力主抗戰,昭猶豫不决。戰後,權即尊位,"歸功周瑜,昭舉笏欲褒贊功德,未及言,權曰:'如張公之計,今已乞食矣!'……蓋以昔駁周瑜、魯肅等議爲非也。"

〔七〕舉杯句: 據《三國志・吴書・甘寧傳》:寧曾向孫權陳計,曰先取黄祖(江夏太守,割據今之武漢一帶),西據楚關,即可漸窺巴蜀(劉備所據)。權深納之,舉酒屬寧曰:"興霸,今年行討,如此酒矣,決以付卿。"後果擒黄祖,盡獲士衆。興霸,甘寧字。

〔八〕看尋常句:蘇軾《念奴嬌·赤壁懷古》詞:"談笑間,强虜灰飛煙滅。"此用其意。又,辛棄疾《南鄉子·登京口北固亭有懷》詞:"天下英雄誰敵手?曹劉。"

〔九〕分區夏:意謂孫權即帝位,與曹操、劉備三分天下。區夏,猶中國。《尚書·康誥》:"用肇造我區夏。"漢張衡《東京賦》:"高既受命建家,造我區夏矣。"薛綜注:"區,區域也;夏,華夏也。"

〔一〇〕南北二句:謂長江限隔南北,權跨江作戰。《南史·孔範傳》:"長江天塹,古來限隔(南北)。"

〔一一〕樓櫓:古時軍用瞭望敵情之無頂高臺。《三國志·吴書·宗室傳》:"(孫)韶年十七,收河餘衆,起樓櫓,修器備以禦敵。"竹垞詞謂水軍所用瞭望臺,故曰"樓櫓動"。

〔一二〕降旗詐:謂黄蓋詐降火燒曹軍事(見《周瑜傳》。

〔一三〕六朝割據:自吴至南朝陳,皆都建業(今南京市),割據半壁中國。參後《賣花聲》注〔五〕。

〔一四〕誰亞:誰能匹配。亞,次也,引申爲儔匹。《三國志·蜀書·諸葛亮傳》:"管(管仲)、蕭(蕭何)之亞匹也。"

〔一五〕龍虎地:謂建業。《太平御覽》卷一五六引張勃《吴録》:"劉備曾使諸葛亮至京,因睹秣陵(建業之原名)山阜,歎曰:'鍾山龍蟠,石頭虎踞,此帝王之宅。'"

〔一六〕春秋:指春、秋之祭祀。雞豚社:以雞豚爲祭之社日紀念活動。韓愈《南溪始泛》詩:"願爲同社人,雞豚燕春秋。"

〔一七〕剩山二句:唐劉禹錫《石頭城》詩:"山圍故國周遭在,潮打空城寂寞回。淮水東邊舊時月,夜深還過女牆來。"此化用其句。女牆,城上之矮牆。

【評箋】

陳世焜曰:"通首氣魄悲壯,無一弱筆,乃至無一弱字,真神絶之技。

(結)沈雄悲壯。"(《雲韶集》抄本)

陳廷焯曰:"其年《滿江紅》縱筆所之,無不雄健。如:'被酒我思張子布,臨江不見甘興霸。只春潮濺雪白人頭,堪悲咤。'竹垞亦有'乞食肯從張子布,舉杯但屬甘興霸'之句,氣概稍遜,精警則一。"(《白雨齋詞話》卷三)

又曰:"氣象雄傑。"(《詞則·放歌集》卷三)

【附録】

滿　江　紅

和錫鬯吴大帝廟下作　　　　曹貞吉

遺廟江東,舊日是、紫髯天下。英雄在、靈風夢雨,捲旗飄瓦。師子雄才原足惜,孝廉嫵媚還能霸。笑周郎帷幄慮偏長,忘中夏。　羞銅雀,東風借。軍衣白,艨艟駕。彼孫劉之睦,姻盟何假!自惜江山吴子國,於今父老新豐社。聽石頭戰鼓似寒潮,空城打。(《珂雪詞》)

風　蝶　令

石城懷古〔一〕

青蓋三杯酒〔二〕,黄旗一片帆〔三〕。空餘神識斷碑鑱〔四〕,借問橫江鐵鎖是誰監〔五〕? 花雨高臺冷〔六〕,臙脂辱井緘〔七〕。夕陽留與蔣山銜〔八〕,猶戀風香閣畔舊松杉〔九〕。

【注釋】

本詞選自《江湖載酒集》上。

〔一〕石城:即石頭城。晉左思《吴都賦》:"戎車盈於石城。"石頭城故址在今江蘇省南京市石頭山後。戰國時楚威王滅越，於此置金陵邑；三國時，吴遷治秣陵，改此名石頭，其時尚爲土塢，晉代始加磚纍石。

〔二〕青蓋：青縑車篷，帝王所用，故亦指代御車。《新唐書・車服志》："天子之車……龍輈前設障塵，青蓋三層。"據干寶《晉紀》載，吴主孫皓曾使人卜筮統一天下事，對曰："吉。庚子歲，青蓋當入洛陽（西晉首都）。"皓喜。後皓被俘入洛陽恰在庚子歲（二八〇），晉遂統一中國。三杯酒：與下句"一片帆"對舉，非確數，意謂皓縱飲無度。

〔三〕黄旗：雲氣，古人附會爲象徵王者之氣。《三國志・吴書・孫權傳》："黄武二年"注引《吴書》："（陳化）爲郎中令使魏，魏文帝因酒酣，嘲問曰：'吴、魏峙立，誰將平一海内者乎？'化對曰：'《易》稱帝出乎震，加聞先哲知命，舊説紫蓋黄旗，運在東南。'"一片帆：公元二八〇年，晉益州（今成都市）刺史王濬等率水師順流而下攻吴，皓戰敗而降。唐劉禹錫《西塞山懷古》詩云："王濬樓船下益州，金陵王氣黯然收。千尋鐵鎖沉江底，一片降幡出石頭。"此用其事。

〔四〕神讖碑：即"天發神讖碑"，三國吴天璽元年（二七七）立，紀孫皓功德瑞應事，原名"天璽紀功碑"。其碑已裂爲三截，故云"碑斷"。碑原在南京市孔廟尊經閣下，清中葉燬之於火。鑱（chán 蟾）：《玉篇》："刺也，鏨也。"此指鐫刻之碑文。

〔五〕横江鐵鎖：《晉書・王濬傳》："（濬之樓船順流而下）吴人於江磧要害之處，並以鐵鎖横截之……（濬）作火炬，長十餘丈，大數十圍，灌以麻油，在船前；遇鎖，然炬燒之，須臾，融液斷絶，於是船無所礙。"

〔六〕花雨高臺：即雨花臺，今南京市名勝。據《永樂大典》卷二六〇三引《建康志》：梁武帝（蕭衍）時，雲光法師曾講經於此，感天而花墜如雨，故名。

〔七〕臙脂辱井：即景陽井，在東晉、南朝故宫臺城内（今南京市雞鳴山南乾河沿北）。南朝陳後主與張麗華、孔貴嬪曾投其中以避隋兵，故又名辱井。井欄之石，青質紅章，好事者附會爲臙脂所染，因名胭脂井(見程大昌《演繁露·辱井》)。

〔八〕蔣山:即鍾山,在今江蘇省南京市。孫權之祖父名"鍾",權避諱,因改爲蔣山,以東漢秣陵尉蔣子文葬於此也(見王象之《輿地紀勝》)。

〔九〕猶戀句:據顧野王《輿地志》,蔣山自東晉後,刺史罷還,輒令栽松其上百千株,郡守以下有差。鍾山風香閣前有明孝陵(朱元璋墓)之松數株,其時南明已如"山銜"之"夕陽",僅剩一抹餘輝,此竹垞所以懷念"舊松杉"者也。

【評箋】

陳世焜曰:"("空有"兩句)中有感慨。("夕陽"兩句)風流悲壯。"(《雲韶集》抄本)

陳廷焯曰:"(夕陽句)風流悲壯。"(《詞則·放歌集》卷三)

賣花聲

雨花臺

衰柳白門灣〔一〕,潮打城還〔二〕。小長干接大長干〔三〕。歌板酒旗零落盡〔四〕,剩有漁竿。秋草六朝寒〔五〕,花雨空壇〔六〕。更無人處一憑闌〔七〕。燕子斜陽來又去〔八〕,如此江山〔九〕。

【注釋】

本詞選自《江湖載酒集》上。

〔一〕白門:南朝宋都建康(今南京市)城西門。古人認爲西方屬"金",金氣白,故稱白門。李白《金陵酒肆留別》詩:"白門柳花滿店香,吴姬壓酒喚客嘗。”竹垞詞言“衰柳”,盛衰之感寄焉。

〔二〕潮打句:見前《滿江紅·吴大帝》註〔一七〕。

〔三〕長干:宋王象之《輿地紀勝》:“長干是秣陵縣東里巷名。建康南五里有山岡,其間平地,民庶雜居,有大長干、小長干。”《嘉慶一統志》引《通志》謂即報恩寺前大道。干,山間平地。

〔四〕歌板:即拍板,打繫樂器,一般用檀木製成,用以定歌曲節拍。唐李賀《酬答》詩:“試問酒旗歌板地,今朝誰是拗花人?”

〔五〕秋草句:語本唐吴融《秋色》詩:“曾從建業城邊路,蔓草寒煙鎖六朝。”此以憑吊六朝而哀明代之淪亡。六朝,謂吴、東晉、宋、齊、梁、陳,六朝皆都建康。《宋史·張守傳》:“建康自六朝爲帝王都。”

〔六〕花雨句:見前《風蝶令·石城懷古》注〔六〕。

〔七〕憑:倚。全句反用李煜《浪淘沙》“獨自莫憑闌,無限江山,别時容易見時難”句意,而“更無人處”憑闌,其情更哀。

〔八〕燕子句:語本唐劉禹錫《金陵五題·烏衣巷》詩:“朱雀橋邊野草花,烏衣巷口夕陽斜。舊時王謝堂前燕,飛入尋常百姓家。”

〔九〕如此江山:語本宋張炎《臺城路·送周方山遊吴》詞:“漂流最苦,況如此江山,此時情緒。”

【評箋】

譚獻曰:“聲可裂竹。”(《篋中詞》二)

陳世焜曰:“氣韻沈雄,却不涉叫囂,不流散漫,出蘇、辛之上。結得妙,妙在其味不盡。”(《雲韶集》抄本)

酷相思

阻風湖口〔一〕

社鼓神鴉天外樹〔二〕,見渺沙〔三〕,江流去。向晚來石尤君莫渡[四]，大姑也，留人住；小姑也，留人住[五]。杜宇催歸朝復暮[六]，轉把歸期誤[七]。儘燈火孤篷愁幾許[八]？風急也，聲聲雨；風定也，聲聲雨。

【注釋】

本詞選自《江湖載酒集》上。

〔一〕湖口：縣名，今屬江西省，因處鄱陽湖之口而得名。

〔二〕社鼓：祭祀土地神時的鼓聲。神鴉：食廟中祭品之烏鴉。宋范成大《吴船録·戊午》："神女廟……廟有馴鴉……土人謂之神鴉。"又，辛棄疾《永遇樂·京口北固亭懷古》詞："佛貍祠下，一片神鴉社鼓。"

〔三〕渺沙：當係"渺渺"之誤。

〔四〕石尤：舊題元伊世珍《嫏嬛記》引《江湖紀聞》云："石氏女嫁爲尤郎婦，情好甚篤。爲商遠行，妻阻之，不從。尤出不歸，妻憶之，病亡。臨亡長歎曰：'吾恨不能阻其行，以至於此。今凡有商旅遠行，吾當作大風，爲天下婦人阻之。'自後商旅發船，值打頭逆風，則曰：'此石尤風也。'遂止不行。"按："向晚來石尤"，意已盡，"君莫渡"當另作一句，以限於格律，不能改，讀時宜少間。下闋"儘燈火孤帆愁如許"同。

〔五〕大姑、小姑：即鄱陽湖中之大孤山與附近大江中之小孤山。宋歐陽修《歸田録》："江南有大、小孤山，在江水中，嶷然獨立，而俚俗轉'孤'爲'姑'。"唐白居易《東南行一百韻》詩："林對東西寺，山分大小姑。"

〔六〕杜宇：古蜀帝名，失國後化爲杜鵑(見《太平御覽》卷一六六引揚雄《蜀王本紀》)。其鳴聲悲苦，似爲"不如歸去"，故詞曰"催歸"。

〔七〕轉：反而，反轉。"歸期誤"，阻於風也。

〔八〕儘：同"盡"。聽任：放任。

【評箋】

陳世焜曰:“(“大姑”兩句)如見如畫。(“儘燈火”三句)自然合拍。”(《雲韶集》抄本)

郭則澐曰:“明末秦淮羣艷一時殊絶,即其愛才亦不易得。顧眉生見竹垞《酷相思》詞‘風急也,聲聲雨;風定也,聲聲雨’,極歎賞,傾奩以千金贈之。”(《清詞玉屑》卷七)

馮登府曰:“‘姑’字,失調。”(手批《曝書亭詞集》)

好事近

效朱希真漁父詞〔一〕

新月下瓜洲〔二〕,重露漸成涓滴〔三〕。船尾漁燈紅逗,映蕭蕭蘆荻〔四〕。　偶然鼓枻度金山〔五〕,夜久梵鐘寂〔六〕。一縷潮痕催送,報隔江風笛。

【注釋】

本詞選自《江湖載酒集》上。

〔一〕朱希真:宋朱敦儒之字。洛陽人。早年以清高自許,不願出仕。南宋初,應徵召,官祕書省正字;晚年於秦檜籠絡下,官至鴻臚少卿,後亦廢。退居嘉興鴛鴦湖畔,曾作《好事近·漁父詞》六首。

〔二〕瓜洲:地名。在江蘇省邗江縣南、運河入長江處,與鎮江市相對。本爲江中沙洲,沙漸長,狀如瓜字,因名。唐張祜《題金陵渡》詩:“潮落夜江斜月裏,兩三星火是瓜洲。”

〔三〕重露句:語本唐杜甫《倦夜》詩:“重露成涓滴,疏星乍有無。”

〔四〕映蕭句:語本唐劉禹錫《西塞山懷古》詩:“故壘蕭蕭蘆荻秋。”

〔五〕鼓枻(yì):拍打船舷。《楚辭·漁父》:“漁父莞爾而笑,鼓枻而去。"金山:在今江蘇省鎮江市。山本在江中,清末因沙淤積,始與南岸相連。竹垞時尚立江上,故云度金山。

〔六〕梵鐘:佛寺之鐘。佛經用梵文(古印度書面語)書寫,故凡與佛門有關事物,常稱梵。

【評箋】

陳世焜曰:"小令亦有如此風骨,此白石(即姜夔)化境也。"(《雲韶集》抄本)

【附録】

好事近

漁父詞　　朱敦儒

摇首出紅塵,醒醉更無時節。活計緑簑青笠,慣披霜衝雪。　晚來風定釣絲閒,上下是新月。千里水天一色,看孤鴻明滅。

洞仙歌

吴江曉發〔一〕

澄湖淡月,響漁榔無數〔二〕。一霎通波撥柔櫓〔三〕,過垂虹亭畔〔四〕,語鴨橋邊〔五〕,籬根綻、點點牽牛花吐。
紅樓思此際,謝女檀郎〔六〕,幾處殘燈在窗户。隨分且欹眠〔七〕,枕上吴歌〔八〕,聲未了、夢輕重作〔九〕。也儘勝、鞭絲亂山中,聽風鐸郎當〔一〇〕,馬頭衝霧〔一一〕。

【注釋】

本詞選自《江湖載酒集》上。

〔一〕吴江：即吴淞江，太湖支流，經吴縣，於上海嘉定入海。

〔二〕榔(láng)：捕魚時用以敲船之長木條。潘岳《西征賦》："鳴榔厲響。"唐李善注："以長木叩舷爲聲……所以驚魚令入網也。"宋柳永《夜半樂》詞："殘日下，漁人鳴榔歸去。"

〔三〕通波：語出漢班固《西都賦》："泛舟山東，控引淮湖，與海通波。"又晉陸機《吴趨行》詩："吴趨自有始，請從閶門起。閶門何峨峨，飛閣跨通波。"據唐陸廣微《吴地記》："地名甄胄，水名通波，城號闔閭，臺曰姑蘇，隩壤千里，是號全吴。"柔櫓：船槳。宋陸游《舟中有賦》詩："一枝柔櫓聽咿啞，炊稻來依野老家。"

〔四〕垂虹亭：據《嘉慶一統志》："亭在吴江縣(今屬江蘇省)長橋，宋慶曆中，令李問建。……米芾詩所謂'垂虹秋色滿東南'是也。"

〔五〕語鴨：據宋龔明之《中吴紀聞》：唐陸龜蒙嘗飼鴨一欄。有驛使過，射其尤者，陸曰：此鴨善作人語，今欲上進，奈何斃？使者懼，盡以囊金償之。問鴨言狀，曰：能自呼其名耳。使者怒且笑，陸還其金。語鴨橋，疑即臨頓橋。據《嘉慶一統志·蘇州府》："橋在長洲縣(今江蘇省蘇州市)治東北。……陸龜蒙嘗居其旁。"

〔六〕謝女檀郎：語本唐李賀《牡丹種曲》："檀郎謝女眠何處？樓臺月明燕夜語。"清王琦《滙解》："吴正子注：檀奴，潘安小子，後人因目爲檀郎。謝女，舊注以爲謝道韞，蓋以才子才女並稱耳。然唐詩中有稱妓女爲謝女者，大抵因謝安石蓄妓而起，始稱謝妓，繼則改稱謝女，以爲新異耳。"

〔七〕隨分：隨便；隨遇而安。攲(qī)眠：側卧，非正式就寢，猶《紅樓夢》第十九回中"黛玉道：'你就歪着'"之"歪"。攲，斜。

〔八〕吴歌：吴地民歌。此側重言漁歌、船歌。

〔九〕夢輕：實際謂睡輕，難以沉睡。

〔一〇〕風鐸：即占風鐸，測候風向的大鈴。一般以銅、鐵製成，置於簷下。後周王仁裕《開元天寶遺事》云:“岐王宫中於竹林内懸碎玉片子,每夜聞玉片子相觸之聲,即知有風,號爲占風鐸。”唐白居易《游悟真寺》詩:“前對多寶塔,風鐸鳴四端。”郎當:象聲詞,喻鈴聲。清張邦伸《雲棧紀程》云:“(唐)明皇入蜀,雨中聞鈴聲,問黄旛綽曰:‘鈴語云何?’對曰:‘似謂三郎郎當。’”玄宗小字三郎,時遭安禄山之亂,倉皇奔蜀,黄以鈴聲諷之,後因以“郎當”爲頹唐意。

〔一一〕馬頭句:唐馬戴《出塞詞》:“馬頭衝雪度臨洮。”此從中化出。

玉　抱　肚

橋頭官渡,沙頭煙樹。放歸船碧浪湖中〔一〕,短篷同聽疏雨〔二〕。恨參差朔雁〔三〕,何苦又、慘澹江天叫秋暮。城隅漸近〔四〕,隱隱梵鼓〔五〕;臨當去,重分付。　少别經年,相逢地、單衫佇立,知誰畫眉嫵〔六〕?好春兒、過了都無緒;好夢兒、作成都無據。限仙源〔七〕、百尺紅牆〔八〕,翠禽小小不度〔九〕,斷魂誰訴?　從今憶、舊事淒涼尚堪賦〔一〇〕,但只怕你、朱顔在、也非故!水又遥、山又阻,便成都染就、牋十樣〔一一〕,也寫不盡、相思苦。

【注釋】

本詞選自《江湖載酒集》上。按:《詞譜》卷三八云:“此調祇有此詞(指楊無咎詞),無别首可校。”楊詞下闋末句作“也殺不得,這心頭火”。竹垞詞少一字,未知何據。

〔一〕碧浪湖:湖名,在今浙江省吴興縣。據《嘉慶一統志・湖州府》:“碧浪湖,在烏程縣(今吴興)南三里。”若以爲泛指亦可。

〔 二 〕短篷句：語本元薩都剌《黄河夜雨懷完顔子方》詩："短篷聽雨到天明。"按：前之《桂殿秋》詞有云："共眠一舸聽秋雨。"與此相同，當有與伊人相處之事實，即如馮登府所云："亦静志居事。"（見《桂殿秋》評箋）

〔 三 〕參差：狀雁翔不齊貌。唐王勃《上巳祓禊序》："羽蓋參差，似遼東之鶴舉。"朔雁：北雁。唐劉駕《苦寒行》："朔雁到南海，越禽何處飛。"

〔 四 〕城隅，城上角樓。《詩・邶風・静女》："静女其姝，俟我於城隅。"

〔 五 〕梵鼓：佛鼓，佛寺之鼓。梵，見前《好事近》詞注〔六〕。

〔 六 〕眉嫵：謂眉之式樣美好。《漢書・張敞傳》："敞爲京兆尹……又爲婦畫眉，長安中傳張京兆眉憮。"據此，嫵當爲"憮"。

〔 七 〕限：阻隔。仙源：語出晉陶淵明《桃花源記》，意謂避世亂之桃源。然唐王維《桃源行》云："初因避地去人間，及至成仙遂不還。"又云："春來徧是桃花水，不辨仙源何處尋。"故"桃源"遂成"仙源"。後復以神女所居爲仙源，竹垞則以喻情人居所。

〔 八 〕紅牆：阻隔情人之障礙。唐李商隱《代應》詩："本來銀漢是紅牆，隔得盧家白玉堂。"又前蜀毛文錫詞："銀漢是紅牆，一帶遥相隔。"

〔 九 〕翠禽：宋姜夔《疏影》詞："苔枝綴玉，有翠禽小小，枝上同宿。"此用其意，因以自喻。

〔一〇〕舊事句：唐竇叔向《夏夜宿表兄話舊》詩："舊事淒涼不可聽。"此反用其意。

〔一一〕便：即，就算是。牋十樣：謂薛濤牋。據《寰宇記》載：唐名妓薛濤僑居成都百花潭，親製各色彩牋供吟酬，世稱十色牋。

【評箋】

陳廷焯曰："（恨參差兩句）情景雙寫。"又，"（下片）後二段惜語未高，情則深絶。"（《詞則・閑情集》卷四）

梅　花　引

蘇　小　小　墓〔一〕

小溪澄，小橋橫，小小墳前松柏聲〔二〕。碧雲停，碧雲停，凝想往時，香車油壁輕〔三〕。　　溪流飛徧紅襟鳥〔四〕，橋頭生徧紅心草〔五〕。雨初晴，雨初晴，寒食落花〔六〕，青驄不忍行〔七〕。

【注釋】

本詞選自《江湖載酒集》上。

〔一〕蘇小小：南齊時名妓，墓在西湖畔（一説在嘉興）。

〔二〕松柏聲：樂府古辭《蘇小小歌》："何處結同心，西陵松柏下。"據明郎瑛《七修類稿》云，蘇小小墓距西陵不遠。

〔三〕香車句：樂府古辭《蘇小小歌》："妾乘油壁車。"又唐羅隱《江南行》詩："西陵路邊月悄悄，油壁輕車蘇小小。"油壁香車云婦女所乘之車，車壁以油塗飾而名。

〔四〕紅襟鳥：燕的一種。《玄中記》：越燕紅襟，聲小。

〔五〕紅心草：見前《水木明瑟賦》注〔五七〕。

〔六〕寒食落花：宋程垓《漁家傲》詞："落花芳草催寒食。"

〔七〕青驄：切《蘇小小歌》："郎騎青驄馬。"

【附録】

郭則澐曰："蘇小錢塘人，其墓在西湖，宜也。乃嘉興亦有蘇小墓，其地名賢娼胡同，後有小溪，墓在溪畔，高丈許，爲民居廛宇所蔽，必假道人家，乃得見之。墓前隸書蘇小小墓。若度橋隔溪望之，則見香墳蓬顆在數樹垂楊之下，風景幽絶。朱竹垞《蘇小墓》詞云……即詠嘉興所見也。

西泠艷蹟久傳千載,此或好事者附會爲之。然塞上明妃之塚,幾處青蕪;吴中陸放之阡,一抔幻迹,古來附會者多矣,並存其説可也。或謂五代時别有名妓,亦名蘇小,俟考。”(《清詞玉屑》卷一)

秋　霽

嚴子陵釣臺〔一〕

七里灘光〔二〕,見擁樹歸雲,石壁銜照〔三〕。漁火猶存,羊裘未敝〔四〕,只合此中垂釣〔五〕。客星曾老〔六〕,算來無過煙波好。況有個,偕隱市門、仙女定娟妙〔七〕。　當此更想〔八〕,去國參軍〔九〕,白楊悲風〔一〇〕,應化朱鳥〔一一〕。翠微深〔一二〕,鸕鷀飛處〔一三〕,半林茅屋掩秋草。歷歷柁樓人影小〔一四〕。水遠山遠,君看滿眼江山,幾人流涕,把莓苔掃。

【注釋】

本詞選自《江湖載酒集》上。

〔一〕嚴子陵:即嚴光,字子陵(本姓莊,因避漢明帝劉莊諱改)。東漢會稽餘姚人。少與光武帝劉秀同游學。秀稱帝,光變姓名隱遁。秀遣人尋訪,徵召至京,授諫議大夫,不受,退隱富春山。釣臺:在今浙江省桐廬縣。相傳爲子陵垂釣處。

〔二〕七里灘:《嘉慶一統志・嚴州府》:“七里瀨,一名七里灘,在桐廬縣嚴陵山西……兩山聳起壁立,連亘七里……又下數里乃至釣臺。”

〔三〕擁樹二句:杜甫《返照》詩:“返照入江翻石壁,歸雲擁樹失山村。”此化用其意。

〔四〕羊裘:語本《後漢書・嚴光傳》:“帝思其賢,乃令以物色訪之。後齊國上言:'有一男子,披羊裘釣澤中。'帝疑其光,乃備安車玄纁,遣使聘之。三反而後至。"

〔五〕合:應當。

〔六〕客星:忽隱忽現之星。《史記・天官書》:"客星出天廷,有奇令。"又,《後漢書・嚴光傳》:"(光武帝)復引光入,論道舊故……因共偃卧,光以足加帝腹上,明日太史奏:客星犯御座甚急。帝笑曰:'朕故人嚴子陵共卧耳。'"

〔七〕偕隱二句:詞末竹垞自注:"子陵,梅福女壻。"梅福,見前《梅市逢魏璧》詩注〔六〕。又,清蔡方炳《廣輿記》:"嚴子陵妻梅福季女。"

〔八〕當此句:宋謝翱《登西臺慟哭記》:"後五年及今而哭(文丞相信國)於子陵之臺。"故云。

〔九〕去國:謂離開故國,此謂失去。北周庾信《哀江南賦》:"湛盧去國,艅艎失水。"參軍:竹垞自注:"參軍,謂謝翱。《西臺慟哭記》有'化爲朱鳥兮將安居'之歌。"皋羽,謝翱之字,翱曾爲文天祥之"諮事參軍"(詳前《玉帶生歌》詩注)。

〔一〇〕白楊悲風:語本《古詩十九首》:"白楊多悲風,蕭蕭愁殺人。"

〔一一〕朱鳥:謝翱《登西臺慟哭記》:"以竹如意擊石作楚歌招之(指文天祥)曰:'魂朝往兮,何極?暮歸來兮,關水黑。化爲朱鳥兮,有咮焉食!'"朱鳥爲二十八宿中南方七宿(井、鬼、柳、星、張、翼、軫)之總名,七宿聯起如鳥形;南方屬火,火赤色,故亦曰:"朱雀。"

〔一二〕翠微:謂山(或指山色)。《爾雅》:"(山)未及上,翠薇。"疏:"謂未及頂上,在旁陂陀之處名翠薇。"唐宋之問《龍門應制》詩:"塔影遥遥緑波上,星龕奕奕翠微邊。"微一作"薇"。

〔一三〕鸕鷀(cí):即魚鷹。宋葛立方《水龍吟・遊釣臺作》詞:"七里溪邊,鸕鷀灘畔,一簑煙雨。"按:《嘉慶一統志・嚴州府》載有"盧茨溪",在七里灘附近,疑葛詞所詠,即此。

〔一四〕柁樓:杜甫《陪鄭廣文遊何將軍山林》詩:"翻疑柁樓底,夜飯越中行。"仇注:"南方大船,尾有舵樓。"柁,通"舵"。

【評箋】

陳世焜曰:“作嚴陵詩詞不可勝數,或流陳腐,或涉輕佻,或不免粗魯,絶少合者。此作只寫高隱,不涉光武事蹟,眼界自高。”(《雲韶集》抄本)按:陳氏僅就選材言,若云寄託,其説似未中肯綮。

祝英臺近

任城登李太白酒樓〔一〕

女牆低〔二〕,官柳暮〔三〕,俯首眺齊魯〔四〕。冷綴苔錢〔五〕,斷碣眠方礎〔六〕。最憐酒釅花濃〔七〕,好春閒度,更誰解金魚换取〔八〕? 啓塵户,遥見十里帆檣,催人動津鼓〔九〕。翠杓多情〔一〇〕,容我醉方去。待他明月高時,臨風歌處;也未許、此翁千古〔一一〕。

【注釋】

本詞選自《江湖載酒集》上。作於康熙三年(一六六四)。

〔一〕任(rén)城:舊縣名,即東漢時任城國,今山東省濟寧市。李太白酒樓:在濟寧南城上。據《兖州府志》云:李白客任城,縣令賀公曾觴之於此。李白《任城縣廳壁記》亦云:“帝擇明德,以賀公宰之。”《府志》所載正與之相符。

〔二〕女牆:城上凹凸形小牆。

〔三〕官柳:大道上不屬私栽之柳。杜甫《官柳》詩:“市橋官柳細。”

〔四〕齊魯:春秋戰國時國名。《史記·貨殖列傳》:“泰山之陽則魯,其陰則齊。”

〔五〕苔錢:青苔之别名。苔點形圓,錯落如錢,故稱。劉孝威《怨詩》:“丹庭斜草徑,素壁點苔錢。”

〔 六 〕碣(jié)：碑屬。方者稱碑，圓者爲碣。礎：柱下石礅，此指碣之基座。

〔 七 〕釅(yàn)：謂酒味濃烈。唐曹唐《小遊仙》詩："酒釅春濃瓊草齊，真公飲散醉如泥。"

〔 八 〕金魚换酒：杜甫《陪鄭廣文遊何將軍山林》詩："金魚换酒來。"仇注："(唐)高宗初，用佩魚，以'鯉'爲'李'也。武后改爲龜，龜屬玄'武'也。杜詩'金魚换酒來'，此時仍用魚矣。李白《贈賀知章》(按，應爲《對酒憶賀監》)云'金龜换酒處'，蓋係往時舊物耳。"

〔 九 〕津鼓：渡口擺渡前招客、催客登船之鼓。唐李端《古别離》詩："天晴見海檣，月落聞津鼓。"

〔一〇〕翠杓：《幽怪録》載竟陵女郎歌："緑尊翠杓爲君斟酌，今汝不飲何時歡樂。"杓，通"勺"，此指注酒具。

〔一一〕許：贊許；心服。

【評箋】

陳世焜曰："(更誰句)感慨斯人。(待他四句)唯先生方許與太白代興，言非誇也。"(《雲韶集》抄本)按：竹垞嗜酒、負才、豪逸，與太白有相通者。前人評曰："錫鬯詩，氣格本於少陵，而兼以太白之風韻，故獨秀出。"(鄧漢儀語，見《兩浙輶軒録》卷六)"秀水朱十負異才，吴梅村(偉業)游檇李見其詩，評曰：'若遇賀監，定有謫仙人之目。'"(見沈岸登《黑蝶齋小牘》，轉引自《梅里志》卷十八)

百　字　令

度居庸關〔一〕

崇墉積翠〔二〕，望關門一線〔三〕，似懸檐溜〔四〕。瘦馬登登愁徑滑〔五〕，何況新霜時候？畫鼓無聲〔六〕。朱旗卷盡〔七〕，惟剩蕭蕭柳。薄寒漸甚，征袍明日添又。　誰放十萬黄巾〔八〕？丸泥不閉〔九〕，直入車箱口〔一〇〕。十二園陵風雨暗〔一一〕，響徧哀鴻離獸〔一二〕。舊事驚心，長塗望眼，寂寞閒亭堠〔一三〕。當年鎖鑰〔一四〕，董龍真是雞狗〔一五〕。

【注釋】

本詞選自《江湖載酒集》上。作於康熙三年（一六六四）。

〔一〕居庸關：長城九塞之一，故址在今北京市昌平縣軍都山上，爲明都西北之巨防。

〔二〕崇墉：高峻的城牆。《詩·大雅·皇矣》："以伐崇墉。"《傳》："墉，城也。"《水經注·㶟餘水》："（居庸關）絶谷纍石爲關址，崇墉峻壁非輕功可舉。"積翠：猶"疊翠"。"居庸疊翠"爲"燕京八景"之一。

〔三〕一綫：狀關前路之狹峻。《水經注·㶟餘水》："（居庸）山岫層深，側道褊狹，林障邃險，路才容軌。"

〔四〕溜（liù）：簷前滴水處。此謂關前道路直上直下，如懸簷溜。唐韓愈《南山詩》："峻塗拖長冰，直上若懸溜。"

〔五〕登登：象聲詞，喻馬蹄聲。唐盧綸（一作王建）《山店》詩："登登山路行時盡，決決溪泉到處聞。"

〔六〕畫鼓：彩飾之鼓，此指關上軍鼓。

〔七〕朱旗：謂王師戰旗，漢班固《封燕然山銘》："玄甲耀日，朱旗絳天。"

〔八〕黄巾：東漢張角兄弟組織的農民起義軍，此謂李自成義軍。公元一六四四年，李自成率軍自居庸關攻入北京，明亡。

〔九〕丸泥：即一丸泥。語本《東觀漢記·隗囂載記》：囂將王元説囂背漢，曰："元請以一丸泥爲大王東封函谷關，此萬世一時也。"喻地勢險要，用丸泥封塞，即可阻敵。宋陸游《書悲》詩："何當受詔出，函谷封丸泥。"

〔一〇〕車箱口：疑指車箱渠，與京北昌平一帶諸山相交之口。李自成軍曾過此入京。《水經注·鮑丘水》："車箱渠自薊西北（今北京市豐臺區蘆溝橋一帶）經昌平，東盡漁陽潞縣。"今北京市通縣。

〔一一〕十二園陵：即今北京之十三陵（當時明思宗朱由檢尚未亡）。明代自成祖至熹宗十二帝之陵墓均在此(今北京市昌平縣之天壽山)。風雨暗：謂明宗廟傾覆。

〔一二〕哀鴻：喻流離失所之災民。《詩・小雅・鴻雁》:“鴻雁于飛,哀鳴嗸嗸。”離獸：三國魏曹植《九愁賦》:“見失羣之離獸,覿偏棲之孤禽。”又,《水經注・㶟餘水》云:“(居庸關)曉禽暮獸,寒鳴相和。”此化用其意,喻明室淪亡後皇族、遺民之流離哀苦。

〔一三〕亭堠：古時瞭望敵情之崗樓。

〔一四〕鎖鑰：喻關防重地。《宋史・寇準傳》:準鎮大名(今北京市一帶)北使至,語準曰:“相公望重,何故不在中書?”準曰:“主上以朝廷無事,北門鎖鑰,非準不可。”

〔一五〕董龍：南北朝時前秦尚書董榮之字。據《晉書・前秦載記》:龍專權,王墮疾之,同朝不與語,人勸之,墮曰:“董龍是何雞狗,而令國士與之言乎?”

【評箋】

譚獻曰:“意深。”(《篋中詞》二)

郭麟曰:“激昂慷慨,迦陵爲最,竹垞亦時用其體,如《居庸關》、《李晉王墓》諸作,直欲平視辛、劉,自出機杼。”(《靈芬館詞話》卷二)

陳世焜曰:“(上闋)寫曉起度關,畫所不到。(下闋)議論縱横,慨當以慷。”(《雲韶集》抄本)

陳廷焯曰:“(上片)旅行如畫。”又,“上半寫景,下段吊古,議論縱横,目無餘子。”(《詞則・放歌集》卷三)

菩　薩　蠻

登雲中清朔樓〔一〕

夕陽一半樽前落,月明又上闌干角〔二〕。邊馬盡歸心〔三〕,鄉思深不深〔四〕。　小樓家萬里,也有愁人倚〔五〕。望斷尺書傳〔六〕,雁飛秋滿天。

【注釋】

本詞選自《江湖載酒集》上。康熙三年(一六六四)九月,竹垞自北京往山西訪曹溶,詞云"秋滿天",當作於此時。

〔一〕雲中:今山西省大同市。

〔二〕角:《唐韻》:"古岳切。"張先《醉落魄》:"倚樓誰在闌干角。"

〔三〕邊馬句:屈原《遠游》:"僕夫懷余心悲兮,邊馬顧而不行。思故舊以想像兮,長太息而掩涕。"

〔四〕鄉思句:唐王維《贈裴迪》詩:"相憶今如此,相思深不深。"鄉,諧音"相"。

〔五〕小樓二句:李白《菩薩蠻》詞:"暝色入高樓,有人樓上愁。"此化用其意。

〔六〕尺書:信札。《漢書·韓信傳》:"奉咫尺之書,以使燕。"顏注:"八寸曰咫。咫尺者,言其簡牘或長咫,或長尺,喻輕率也。今俗言尺書,或言尺牘,蓋其遺語耳。"唐駱賓王《軍中行路難》詩:"雁門迢遞尺書稀,鴛被相思雙帶緩。"

清平樂

馬邑道中〔一〕

客何爲者〔二〕,日日風塵惹。燕子春來秋又社〔三〕,萬事不如歸也〔四〕。　家書字字行行,秋深只道還鄉;不信行人更遠〔五〕,黄沙白草茫茫〔六〕。

【注釋】

本詞選自《江湖載酒集》上，約作於康熙三年(一六六四)秋。

〔一〕馬邑：今山西省朔縣一帶。

〔二〕客何爲者：客，作者自謂。語本《史記・項羽本紀》："(樊噲入)瞋目視項王，頭髮上指，目眦盡裂。項王按劍而跽曰：'客何爲者？'"

〔三〕燕子：作者自喻。宋周邦彦《滿庭芳》詞："年年，如社燕，飄流瀚海。"此用其意。秋社：自漢代始以立春、立秋後之第五個戊日爲社日(祀社神之日)，時值春分、秋分前後，故稱。

〔四〕萬事句：杜甫《五盤》詩："成都萬事好，豈若歸吾廬。"又，范仲淹《越上聞子規》詩："春山無限好，猶道不如歸。"此化用其意。

〔五〕不信：猶言不知、不料。

〔六〕白草：李白《行行且遊獵篇》詩："胡馬秋肥宜白草。"王琦注："《漢書》：鄯善國多白草。孟康注：白草，草之白者。顏師古注：白草，似莠而細，無芒，其乾熟時正白色，牛馬所嗜也。"

消　息

度雁門關〔一〕

千里重關〔二〕，憑誰踏徧，雁銜蘆處〔三〕？亂水滹沱〔四〕，層霄冰雪〔五〕，鳥道連勾注〔六〕。畫角吹愁，黄沙拂面，猶有行人來去。問長塗斜陽瘦馬〔七〕，又穿入，離亭樹。　　猨臂將軍〔八〕，鴉兒節度〔九〕，説盡英雄難據〔一〇〕。竊國真王〔一一〕，論功醉尉〔一二〕，世事都如許〔一三〕！有限春衣，無多山店，酹酒徒成虚語〔一四〕！垂楊老，東風不管〔一五〕，雨絲煙絮。

【注釋】

本詞選自《江湖載酒集》上，作於康熙四年(一六六五)春。

〔一〕雁門關：在今山西省代縣西北之雁門山上。山巖峭拔，形勢雄勝，自古爲戍守重地。

〔二〕重關：險關。唐徐賢妃《函谷關應詔詩》："溪雲愁廣隰，落日慘重關。"

〔三〕雁銜蘆：晉崔豹《古今注・鳥獸》："雁自河北渡江南，瘦瘠能高飛，不畏繒繳。江南沃饒，每至還河北，體肥不能高飛，恐爲虞人所獲，嘗銜蘆長數寸，以防繒繳焉。"又，明李豫亨《推篷寤語》云：(雁)借蘆以助風力，塞北風高，則無此事，故投於雁門關。"銜蘆處"，即指雁門關。

〔四〕滹(hū)沱：河名，源出山西省繁峙縣之泰戲山，西南流經雁門關所在之代縣。

〔五〕層霄：猶九霄，天之高遠處。此謂雁門之高。李白《大鵬賦》："爾乃蹶厚地，揭太清，亘層霄。"

〔六〕鳥道：謂山路狹窄，僅飛鳥可度。極言其險峻。李白《蜀道難》詩："西當太白有鳥道，可以横絶峨眉巔。"勾注：山名，即雁門山，亦作"句(gōu)注"。

〔七〕塗：道路。斜陽瘦馬：元馬致遠《天净沙》："古道西風瘦馬，夕陽西下，斷腸人在天涯。"此用其意。

〔八〕猨臂將軍：即李廣，曾爲雁門太守。《史記・李將軍列傳》："廣爲人長，猨臂，其善射亦天性也。"猨臂，謂臂長如猨，猨，通"猿"。

〔九〕鴉兒節度：即李克用。克用别號鴉兒，唐末，曾任雁門以北行營節度使。

〔一〇〕難據：難以據守。其因即"竊國真王，論功醉尉"當權。

〔一一〕竊國：謂竊取國家政權者。《莊子・胠篋》："竊鉤者誅，竊國者爲諸侯。"真王：正式受封之王。《史記・淮陰侯列傳》："大丈夫定諸侯，即爲真王耳，何以假爲？"

〔一二〕論功句：謂獎懲操縱於小人之手。《史記・李將軍列傳》：廣"嘗夜從一騎出，從人田間飲，還至霸陵亭，霸陵尉醉，呵止廣，廣騎曰：'故李將軍。'尉曰：'今將軍尚不得夜行，何乃故也！'"

〔一三〕如許：如此。

〔一四〕無多二句：北周庾信《山齋》詩："遥想山中店，懸知春酒濃。"此反用其意。酹(lèi)：灑酒於地以示祭奠或設誓。

〔一五〕東風不管：語本宋吴文英《訴衷情》詞："東風不管，燕子初來，一夜春寒。"

【評箋】

陳世焜曰："淋淋漓漓，以吊古之情寫旅人眼中之景。只'有限'、'無多'四字，有多少感慨！"(《雲韶集》抄本)

陳廷焯曰："以吊古之筆寫旅行之景，無一字不精神。"又，"(下片)筆致灑脱可喜。"(《詞則·放歌集》卷三)

【附録】

消　息

和錫鬯《度雁門關》　曹貞吉

蕭瑟關門，西風吹雪，貂裘都偃。蟻垤行人，羊腸驛路，哀禽正聲怨。魚海冰雪，龍沙戍斷，歷亂蓬根飛捲。悵青衫暮雲驅馬，望盡蒼蒼修坂。

絶壁祠堂，趙家良將，入夜靈旗如電。折戟沉沙，老兵拾得，磨洗前朝辨。塞雁南飛，滹沱東注，可惜英雄人遠。問誰是、封侯校尉，虎頭仍賤。(《珂雪詞》)

夏　初　臨

天龍寺是高歡避暑宫舊址〔一〕

賀六渾來〔二〕，主三軍隊〔三〕，壺關王氣曾分〔四〕。人説當年,離宮築向雲根〔五〕。燒煙一片氤氳〔六〕,想香姜、古瓦猶存〔七〕。琵琶何處? 聽殘敕勒,銷盡英魂〔八〕。　霜鷹自去〔九〕,青雀空飛〔一〇〕,畫樓十二〔一一〕,冰井無痕〔一二〕。春風嫋娜,依然芳草羅裙〔一三〕。驅馬斜陽,到鳴鐘、佛火黄昏。伴殘僧、千山萬山,凉月松門〔一四〕。

【注釋】

本詞選自《江湖載酒集》上,作於康熙五年(一六六六)。

〔一〕天龍寺:《嘉慶一統志》:"寺在太原縣(今山西省太原市)西南三十里,北齊皇建元年(五六〇)建。"高歡:北齊始祖,仕後魏,封平陽郡公,後魏内亂,歡起兵平定,擁立孝武帝,自爲丞相,權傾朝野,勢逼魏主,其子洋篡魏建齊後,追尊歡爲神武帝。避暑宫:《嘉慶一統志》:"宫在太原縣西南三十里,相傳北齊神武帝避暑處。"

〔二〕賀六渾:高歡之字。

〔三〕主三軍:據《北史·齊本紀》上:北魏六州大都督爾朱榮嘗問左右曰:"一日無我,誰可主軍?"皆稱爾朱兆(榮之姪)。榮曰:"此止可統三千騎以還。堪代我主衆者,唯賀六渾耳。"

〔四〕壺關:舊縣名,漢置,屬上黨郡,因山形似壺,設關於此,故名,舊址在今山西省長治市東南。王氣曾分:據《北史·齊本紀》:"初,魏真君中,内學者奏言上黨有天子氣,云在壺關大王山,太武帝於是南巡以厭當之……後上黨人居晉陽者號上黨坊,神武實居之。及是行(謂高歡山東之行),舍大王山,六旬而進。"

〔五〕雲根:山之高處。梁王筠《開善寺碑》:"修旛繞乎雲根,和鈴響乎天外。"

〔六〕氤氳(yīn yūn):氣體或光色混和流動貌。唐張九齡《湖口望廬山瀑布泉》詩:"靈山多秀色,空水共氤氳。"

〔七〕香姜:高歡避暑宫閣名(參洪邁《銅雀瓦硯銘》)。

〔八〕聽殘二句:據《北史·齊本紀》上:武定四年(五四六),高歡西征,有疾,十一月輿疾班師,外傳歡中弩,"神武聞之,乃勉坐見諸貴。使斛律金(歌)《敕勒歌》,神武自和之,哀感流涕。"次年正月殁。

〔九〕霜鷹:歡少時,其友劉貴曾獲白鷹贈之,歡持之出獵,被狗嚙死,狗主預言歡後當位顯。歡歸,復返訪之,則本無人居,乃知向非人也。

〔一〇〕青雀句:據《北史·齊本紀》:高歡勢逼魏孝武帝,孝武帝不平,欲伐歡。歡統軍至魏都洛陽,魏孝武帝奔陝,歡乃立魏清河王之子爲孝静帝,而自爲丞相。"先是童謡曰:'可憐青雀子,飛來鄴城裏,羽翮垂欲成,化作鸚鵡子。'好事者竊言,雀子謂清河王子,鸚鵡謂神武也。……自是軍國政務,皆歸相府。"

〔一一〕十二樓:神仙居處。此喻避暑宫。

〔一二〕冰井:即冰窖,冬季儲冰,盛夏用之。避暑宫有冰井臺(見洪邁《銅雀瓦硯銘》)。

〔一三〕芳草羅裙:語本陳江總妻《賦庭草》詩:"雨過草芊芊,連雲鎖南陌。門前君試看,似妾羅裙色。"又,唐劉長卿《春草宫懷古》詩:"君王不可見,芳草舊宫春;猶帶羅裙色,青青向楚人。"

〔一四〕松門:以松樹爲門。宋孫覿《多寶院》詩:"冥冥篁竹中,古寺松爲門。"

河　傳

送米紫來入燕〔一〕

南陌〔二〕,歸客,紫騮驕〔三〕。水驛山椒〔四〕,路遥,落花如雨煙外飄〔五〕。河橋,折殘楊柳條〔六〕。　　别酒西堂宫燭短,紅玉盌,醉也休辭滿。漏聲催,且徘徊,一杯,勸君更一杯〔七〕。

【注釋】

本詞選自《江湖載酒集》上,康熙四至六年間(一六六五——一六六七)作於山西。

〔一〕米紫來:米漢雯之字。宛平人,順治年間進士,長葛知縣,薦舉博學鴻詞,授編修。有《始存集》。

〔二〕南陌:南面的道路,送別之所。唐崔融《留別杜審言并呈洛中舊遊》詩:"駐馬西橋上,四車南陌頭。故人從此隔,風月坐悠悠。"

〔三〕紫騮:良馬名,又名"棗騮"。

〔四〕水驛:水路轉運站。《新唐書·百官志》:"駕部掌傳驛,凡三十里有驛,置官馬,水驛有舟。"唐李頎《送郝判官》詩:"楓林帶水驛,夜火明山縣。"山椒:山陵。《漢書·孝武李夫人傳》引武帝《悼李夫人賦》:"釋輿馬於山椒兮,奄修夜之不陽。"注:"孟康曰:'山椒,山陵也,置輿馬於山陵也。'"

〔五〕落花如雨:語本唐沈亞之《夢遊秦宮》詩:"落花如雨淚臙脂。"

〔六〕河橋二句:用"霸橋折柳"事。《三輔黄圖》:"霸橋在長安東,跨水作橋,漢人送客至此橋,折柳贈別。"河橋,浮橋(見《晉書·杜預傳》)或黄河上之橋(見《唐六典》),此泛指送別之所。宋周邦彦《夜飛鵲》詞:"河橋送人處,良夜何其?"

〔七〕勸君句:語本唐王維《渭城曲》:"勸君更盡一杯酒,西出陽關無故人。"

【評箋】

譚獻曰:"漸進自然。"(《篋中詞》二)

蝶戀花

重游晉祠題壁〔一〕

十里浮嵐山近遠〔二〕,小雨初收,最喜春沙軟。又是天涯芳草徧〔三〕,年年汾水看歸雁〔四〕。繫馬青松猶在眼〔五〕,勝地重來,暗記韶華變。依舊紛紛涼月滿〔六〕,照人獨上溪橋畔。

【注釋】

本詞選自《江湖載酒集》上。作於康熙六年(一六六七)。

〔一〕晉祠:故址在今山西省太原市西南懸甕山麓,爲周初成王弟叔虞封地,本古唐國,虞子燮父以其地有晉水,改國號爲晉,因以名祠,祠叔虞。康熙四年竹垞曾過此,有《晉祠唐太宗碑亭題壁集杜》詩;五年二月遊其祠,有《遊晉祠記》文,故此謂"重遊"。

〔二〕浮嵐:山中飄浮着的霧氣。陸游《白塔院》詩:"冷翠千竿玉,浮嵐萬幅屏。"

〔三〕又是句:語本唐戴叔倫《江上別劉駕》詩:"天涯芳草徧,江路又逢春。"

〔四〕年年句:語本唐李嶠《汾陰行》詩:"不見祇今汾水上,唯有年年秋雁飛。"汾水,即汾河,黄河支流,源出山西省寧武縣,至河津縣入海。

〔五〕繫馬句:語本晉劉琨《扶風歌》詩:"繫馬長松下,發鞍高岳頭。"按:琨詩作於并州(今太原市),竹垞用其句乃謂己之"重來"。

〔六〕紛紛涼月滿:杜甫《陪鄭廣文遊何將軍山林》詩:"絺衣掛蘿薜,涼月白紛紛。"仇注:"言月穿蘿薜,影著絺衣者紛紛零落也。"

畫　堂　春

徐溝道上作〔一〕

東城朝日亂啼鴉,雨晴芳草天涯〔二〕,輕塵初碾一痕沙,何處香車[三]? 春水青羅帶緩,春山碧玉簪斜[四]。春風依舊小桃花[五],花外誰家?

【注釋】

本詞選自《江湖載酒集》上,作於康熙六年(一六六七)。

〔一〕徐溝:金代所置縣名,在山西省太原南八十里,即今清徐縣。

〔二〕芳草天涯:蘇軾《蝶戀花》詞:"天涯何處無芳草。"此用其句。

〔三〕香車:車之美稱。王維《同比部楊員外十五有懷静者季雜言》詩:"香車寶馬共喧闐,箇裏多情俠少年。"

〔四〕春水二句:語本韓愈《送桂州嚴大夫同用南字》詩:"江作青羅帶,山如碧玉簪。"

〔五〕春風句:見前《高陽臺》詞注〔一三〕。

【評箋】

陳世焜曰:"(輕塵句)秀錬。(春風二句)語不深,情却一往。"(《雲韶集》抄本)

蘇幕遮

别王千之[一]

朔雲垂[二],霜雁過。上苑秋深[三],一帶寒煙鎖。數盡歸期猶未果。無事長安[四],空把征衫涴[五]。 折黄花[六],傾白墮[七]。又是驪歌[八],送客旗亭左[九]。我淚别君君别我。莫灑臨歧[一〇],留作相思可。

【注釋】

本詞選自《江湖載酒集》上。據詞中"上林"、"長安"句所云，考之其行蹤並參之其詩集、詞集之編年，是詞或作於康熙六年（一六六七）秋。

〔一〕王千之：山西左布政使王顯祚之子。竹垞曾於康熙五年春客顯祚幕中。

〔二〕朔雲：北方之雲。《文選》顏延之《赭白馬賦》："望朔雲而蹀足。"

〔三〕上苑：供帝王玩賞、打獵的園林。《新唐書・蘇良嗣傳》："帝遣宦者采怪竹江南，將蒔上苑。"

〔四〕無事長安：唐李頻《秋宿慈恩寺遂上人院》詩："吾師無一事，不似在長安。"此反用其意。

〔五〕涴（wò）：污染。唐白居易《約心》詩："黑鬢絲雪侵，青袍塵土涴。"

〔六〕黄花：菊花。

〔七〕白墮：美酒。北魏河東人劉白墮善釀酒，其酒醇美，朝貴遠相餉遺，踰於千里。後因指稱佳釀。（見楊衒之《洛陽伽藍記・城西》）宋蘇轍《次韻子瞻病中大雪》詩："殷勤賦《黄竹》，自勸飲白墮。"

〔八〕驪歌：送别之歌（詳前《送林佳璣還莆田》詩注〔三〕）。

〔九〕旗亭：酒樓。唐李賀《開愁歌》："旗亭下馬解愁衣，請貰宜陽一壺酒。"

〔一〇〕歧：歧路，此指送别之處。唐高適《别韋參軍》詩："丈夫不作兒女别，臨歧涕淚沾衣巾。"

金　明　池

燕臺懷古和申隨叔翰林〔一〕

西苑妝樓〔二〕，南城獵騎〔三〕，幾處笳吹蘆葉〔四〕？孤鳥外、生煙夕照，對千里萬里積雪。更誰來、擊筑高陽〔五〕？

但滿眼、花豹明駝相接〔六〕。剩野火樓桑〔七〕,秋塵石鼓〔八〕,陌上行人空説〔九〕。　　戰鬬漁陽何曾歇〔一〇〕?笑古往今來,浪傳豪傑〔一一〕。《緑頭鴨》〔一二〕、悲吟乍了,《白翎雀》、醉歌還闋〔一三〕。數燕雲、十六神州〔一四〕,有多少園陵,頹垣斷碣〔一五〕。正石馬嘶殘〔一六〕,金仙淚盡〔一七〕,古水荒溝寒月〔一八〕。

【注釋】

本詞選自《江湖載酒集》上,作於康熙六年(一六六七)冬。

〔一〕燕臺:戰國時燕昭王招賢臺,又稱"賢士臺"、"黄金臺"。故址在今河北省易縣東南。申隨叔:申涵盼之字,廣平(今河北省永年縣地區)人,順治時進士,官檢討,著有《定舫詩草》。

〔二〕西苑:謂遼、金、明、清之皇家園林位於紫禁城之西者,即今北京市北海公園等地。妝樓:相傳爲遼代蕭后遺蹟,或云金章宗爲李元妃所建,故址在今北京市北海公園瓊華島上(見清朱彝尊《日下舊聞録》)。

〔三〕南城:謂南苑,距北京城南二十里,地名南海子,自明永樂定都北京後,闢其地爲皇家獵苑。

〔四〕幾處句:即"幾處吹蘆葉笳"之倒裝。蘆葉笳,以蘆葉爲管,管口有哨簧之吹奏樂器,清代兵營多用之。北周庾信《出自薊北門行》詩:"笳寒蘆葉脆。"

〔五〕擊筑:據《史記·刺客列傳·荆軻》:荆軻往刺秦王,"太子及賓客知其事者,皆白衣冠以送之。至易水之上,既祖,取道,高漸離擊筑,荆軻和而歌,爲變徵之聲,士皆垂淚涕泣。又前而爲歌曰:'風蕭蕭兮易水寒,壯士一去兮不復還!'士皆瞋目,髮盡上指冠。"筑,形如琴,十三弦樂器,以竹尺擊之演奏。高陽:據《漢書·地理志》:涿郡有高陽縣。燕臺即其所轄境。

〔六〕花豹:《埤雅》:"豹花如錢,黑而小如虎文。"明駝:唐段成式《酉陽雜俎·毛》:“駝之卧而腹不着地者,漏明最能遠行。”

〔七〕樓桑:地名,故址在今河北省涿縣。劉備故居。里南有桑高五丈餘,層蔭如樓,故稱。(見《三國志·蜀·先主傳》、《水經注·巨馬水》)

〔八〕石鼓:傳爲周宣王時所製鼓形石,上鐫籀文。唐初,出土於三時原(今陝西省寶雞市),幾經輾轉,元代始置於北京國子監(今藏北京故宫博物院)。

〔九〕陌上:猶言路上。

〔一〇〕漁陽:秦郡,轄地相當今之北京及其以東各縣。漁陽自古多戰事,詞指李自成義軍進京及清兵入侵事。

〔一一〕浪:輕率、徒然。唐韓愈《秋懷》詩:“胡爲浪自苦,得酒且喜歡。”

〔一二〕《緑頭鴨》:唐教坊曲名。亦爲詞牌《多麗》之别名。平韻者爲《緑頭鴨》,仄韻者爲《多麗》。

〔一三〕《白翎雀》:元代教坊歌曲名。元張憲《白翎雀》詩:“摩訶不作兜勒聲,聽奏筵前白翎雀。”闋:樂終爲闋。此處有唱完一闋之意。

〔一四〕燕(yān)雲十六州:五代石敬塘用以賂契丹,以建後晉王朝。故地相當于今河北、山西兩省北部地。十六州爲幽、薊、瀛、莫、涿、檀、順、新、嬀、儒、武、雲、應、寰、朔、蔚州。

〔一五〕頽垣:坍塌之牆。

〔一六〕石馬嘶:前蜀韋莊《聞再幸梁洋》詩:“興慶玉龍寒自躍,昭陵石馬夜空嘶。”又,唐李賀《金銅仙人辭漢歌》詩:“茂陵劉郎秋風客,夜聞馬嘶曉無跡。”清王琦注:“謂其(指漢武帝劉徹)魂魄之靈,或於晦夜巡遊,仗馬嘶鳴,宛然如在。”

〔一七〕金仙淚盡:李賀《金銅仙人辭漢歌序》:“漢明帝青龍元年八月,詔宫官牽車西取漢孝武捧露盤仙人,欲立置前殿。宫官既拆盤,仙人臨載乃潸然淚下。”

〔一八〕古水句:語本李賀《勉愛行二首送小季之廬山》詩:“荒溝古水光如刀。”

紅娘子

正月十三日夜同毛子霞張登子集王湛求方伯齋中〔一〕

桑落甘如蔗〔二〕，齊向樽中瀉。北斗春迴〔三〕，西堂燭膩，沉沉此夜〔四〕，喚薛家車子〔五〕、近前歌，勝名倡謇姐〔六〕。纔把鄉愁卸，又早春愁惹。遶陌香塵〔七〕，横汾花月〔八〕，東風臺榭。莫匆匆上馬、且銜杯，任鈿車歸也〔九〕。

【注釋】

本詞選自《江湖載酒集》上。據詞集編次似應作於康熙七年(一六六八)。

然據詞中之"桑落"酒，乃山西所産；下闋"横汾花月"，更明言晉地，似非康熙七年在京之作。或因以下二首副題爲"十四日"、"上元"，而與此"正月十三日"混爲一年之作。故《曝書亭集》編次或誤，此詞當爲客晉時所作。

〔一〕毛子霞：毛會建之字，江南武進(今江蘇縣名)人。《清詩别裁》收詩一首。張登子：張陛字，山陰(今浙江省紹興市)人。以貢入，授翰林侍書，有《南華山房稿》。王湛求：王顯祚之字，曲周(今河北省縣名)人，曾官山西左布政使，康熙五年竹垞客其幕中。方伯：一方諸侯之長，後遂以爲地方長官(布政使亦稱藩司，清代爲一省財政、人事之最高行政官)之美稱。

〔二〕桑落：酒名。《水經注・河水》："民有姓劉名墮者，宿擅工釀，採挹河流，醖成芳酎，懸食同枯枝之年，排於桑落之辰(九月)，故酒得其名矣。"《酒史》："河東(今山西)桑落坊有井，每至桑落時，取其寒暄得所，以井水釀酒甚佳。庾信詩曰'蒲城桑落酒'是也。"

〔三〕北斗春迴：北斗七星斗柄指向不同，季節遂異。《鶡冠子・環流》:“斗柄東指,天下皆春。”

〔四〕沉沉:深長貌。杜甫《醉時歌》詩:“清夜沉沉動春酌。”

〔五〕薛家車子:喻奇異歌手。後漢繁欽《與魏文帝牋》:“時都尉薛訪車子,年始十四,能喉囀引聲,與笳同音。”

〔六〕謇(jiǎn)姐:魏時樂人,此喻一般歌手。繁欽《與魏文帝牋》:“自左騏、史納、謇姐名倡,能識以來,耳目所見,僉曰(車子)詭異,未之聞也。”

〔七〕香塵:塵土之美稱。據《拾遺記》:晉石崇曾以沉香之末爲塵,使所愛者踐之。唐沈佺期《洛陽道》詩:“行樂歸恒晚,香塵撲地遥。”

〔八〕横汾:謂横渡汾水,語本漢武帝《秋風辭》:“泛樓船兮濟汾河,横中流兮揚素波。”後遂以稱汾水,如薛能《送從兄之太原副使》詩:“初程見西嶽,盡室渡横汾。”竹垞用此義。

〔九〕鈿車:金珠寶玉所飾之車。一般用作車之美稱,多指婦女所乘。唐杜牧《街西長句》詩:“銀秋騣裊嘶宛馬,綉鞅璁瓏走鈿車。”

臺城路

十四夜〔一〕

層城已下葳蕤鎖〔二〕,華堂更浮春酌〔三〕。水浸銀屏〔四〕,花移火樹〔五〕,人在瑶天笙鶴〔六〕。微風繡幕,看蛺蝶翻飛,鳳凰飄落〔七〕。八尺輕容〔八〕,美人無數卷珠箔〔九〕。　銅盤翠煙籠霧〔一〇〕,有水荇掩映〔一一〕,畫闌紅藥〔一二〕。明月難留,春宵易曉,只合人生行樂〔一三〕。箏琶間作。任笑舞燈前,緑窗齊拓〔一四〕。問夜何其〔一五〕,搀醉歸似昨〔一六〕。

【注釋】

本詞選自《江湖載酒集》上。作於康熙七年(一六六八)。

〔一〕十四夜:正月十四日夜。

〔二〕層城:《淮南子·地形》篇:"崑崙山有層城九重。"後因喻京師高大之城闕。晉陸機《贈尚書郎顧彦先》詩:"朝遊遊層城,夕息旋直廬。"葳蕤鎖:鎖名。據《録異傳》:劉照爲河間太守,夢一婦人遺一鎖,曰:"此葳蕤鎖,以金鏤相連屈伸。我將去,故以贈。""下鎖",謂元夕前後二夜,夜行不禁。唐韓翃《江南曲》:"春樓不閉葳蕤鎖,緑水斜通宛轉橋。"

〔三〕浮:罰人飲酒。《淮南子·道應》篇:"舉白(酒)而進之曰:'請君浮。'"注:"浮,猶罰也。"後轉稱飲滿杯酒。張潮《虞初新志·補張靈崔瑩合傳》:"一日靈獨坐讀《劉伶傳》,命童子進酒,屢讀屢叫絶,輒拍案浮一大白。"

〔四〕水浸銀屏:謂月光(或燈光、火光)如水映耀銀屏。

〔五〕花移火樹:喻燈光或煙火之絢麗輝煌。唐蘇味道《正月十五日夜》詩:"火樹銀花合,星橋鐵鎖開。"

〔六〕瑶天:猶仙界。笙鶴:乘鶴吹笙,謂仙去。據《列仙傳》:王子喬好吹笙,道士浮丘公接上嵩山。三十年後,乘白鶴駐緱氏山頂,舉手謝時人而去。唐宋之問《緱山廟》詩:"王子賓仙去,飄飄笙鶴飛。"

〔七〕蛺蝶、鳳凰:謂花燈、焰火之形狀。

〔八〕輕容:宋周密《齊東野語》:"紗之最輕者,有所謂輕容,出唐《類苑》,云:'輕容,無花薄紗也。'王建《宫詞》云:'嫌羅不著愛輕容。'"

〔九〕珠箔:猶珠簾。李白《陌上贈美人》詩:"美人一笑褰珠箔。"

〔一〇〕銅盤:用以承燭而燃。唐李賀《秦宫詩》:"十夜銅盤膩燭黄。"

〔一一〕水葓(hóng):水草名,又名空心菜。此指銅盤上所繪刻之水葓圖樣。唐李賀《惱公》詩:"鈿鏡飛孤鵲,江圖畫水葓。"

〔一二〕紅藥:即芍藥。與水葓一樣,乃所繪刻之圖樣。

〔一三〕合:應。人生行樂:語本《漢書·楊惲傳》:"人生行樂耳,須富貴何時!”

〔一四〕拓:此謂推開。杜甫《季秋蘇五弟纓江樓夜宴崔十三評事韋少府姪》詩:“聽歌驚白鬢,笑舞拓秋窗。”

〔一五〕夜何其(jī):猶云“夜如何”。《詩·小雅·庭燎》:“夜如何其?夜未央。”

〔一六〕拚(pān):捨棄;不顧一切。宋梅堯臣《昭亭潭上別弟》詩:“須拚一日醉,便作數年期。”

木蘭花慢

上　　元〔一〕

今年風月好,正雪霽、鳳城時〔二〕。把魚鑰都開〔三〕,鈿車溢巷〔四〕,火樹交枝〔五〕。參差鬧蛾歌後〔六〕,聽笛家齊和《落梅》詞〔七〕。翠幌低懸罘罳〔八〕,紅樓不閉葳蕤〔九〕。

蛾眉簾卷再休垂〔一〇〕,衆裏被人窺。乍含羞一晌,眼波又擲,鬟影相隨。腰肢風前轉側,却憑肩回睇似沉思。料是金釵溜也,不知兜上鞋兒。

【注釋】

本詞選自《江湖載酒集》中。作於康熙七年(一六六八)。

〔一〕上元:舊俗陰曆正月十五日爲上元節。

〔二〕鳳城:京城別稱。杜甫《夜》詩:“銀漢遥應接鳳城。”仇注引趙次公曰:“秦穆公女吹簫,鳳降其城,因號丹鳳城。其後言京城曰鳳城。”

〔三〕魚鑰:指門鎖。古代的鎖多作魚形,取其不瞑目而守護之意。梁簡文帝(蕭綱)《秋閨夜思》詩:“夕門掩魚鑰,宵床悲畫屏。”又,唐李商隱《南潭上亭讌集以疾後至因而抒情》詩:“鷁舟縈遠岸,魚鑰啓重關。"

〔四〕鈿車：見前《紅娘子》詞注〔九〕。

〔五〕火樹：見前《臺城路·十四夜》詞注〔五〕。

〔六〕鬧蛾：舊時節日裝飾,即以烏金紙剪爲蛾、蝶形狀,纏於銅絲,繫于巾帽(見清王夫之《雜物贊》)。此指代歌唱演員。又,據《金門事節》,"鬧蛾"乃上元戲之一種,別名"撲燈兒"。

〔七〕《落梅》:笛曲名。唐蘇味道《上元》詩:"行歌盡《落梅》。"

〔八〕翠幌：緑色帷幔。罻䍦(lù sù)：通作"麗䍦",下垂貌。

〔九〕葳蕤：鎖名。見前《臺城路·十四夜》詞注〔二〕。

〔一〇〕蛾眉：指代婦女。

【評箋】

陳世焜曰:"上半寫上元燈景如火如荼,下半寫觀燈美人如畫如見,自是絶唱(下闋)。一句一意,一字一轉,千古艷詞,於此已極,非細讀,須會不來。結二語尤妙。"(《雲韶集》抄本)

陳廷焯曰:"(下片)一句一意,描寫入微,畫亦不能到。"(《詞則·閑情集》卷四)

買馬索

送崔二再游黔中兼訊李斯年〔一〕

玉驄嘶,須把青絲買他住〔二〕。燕歌易酒〔三〕,莫辭今夕離亭聚。浮雲一望,緑波千里,滿目銷魂江淹賦〔四〕。計落花時節黄陵〔五〕,楚竹湘煙響柔櫓〔六〕。　行旅,羅施天末〔七〕,木瓜金筑〔八〕,且伴參軍作蠻語〔九〕。亂水孤舟逢人少,惟有冷猿昏雨。南尋李白,問訊何如〔一〇〕? 爲報頻年相思苦。道故人、别來詩卷,總是人間斷腸句〔一一〕。

【注釋】

本詞選自《江湖載酒集》中。作於康熙七年(一六六八)。

〔一〕崔二:未詳,疑即崔魯珍(見李繩遠《尋壑外言》)。李斯年:李繩遠之字,號尋壑,嘉興人,李良年、李符之兄。暮年曾任同知。有詩名,著有《尋壑外言》、《獺祭録》、《正字通補正》。

〔二〕罥(juàn):纏繞。

〔三〕易酒:易州(今河北省易縣)所産酒,以辣名世。

〔四〕緑波二句:語本梁江淹《别賦》:"春草碧色,春水緑波,送君南浦,傷如之何!""黯然銷魂,唯别而已矣!"

〔五〕黄陵:《水經注·湘水》:湘水又北經黄陵亭西,又合黄陵水口,西流經(娥皇、女英)二妃廟南,世謂之黄陵廟。

〔六〕楚竹:猶湘竹。晉張華《博物志》:"舜死,二妃淚下,染竹即斑。"唐郎士元《湘夫人》詩:"至今楚竹上,猶有淚痕斑。"

〔七〕羅施:貴州爲古羅施國(見《廣輿記》)。天末:天邊。杜甫《天末懷李白》:"涼風起天末,君子意如何?"

〔八〕木瓜、金筑:故地在今貴州省長順縣。元時其地置金竹(一作"筑")府,明洪武時於其地設木瓜長官司(見《明史·地理志》、《嘉慶一統志·貴陽府》)。

〔九〕且伴句:語本《世説新語·排調》:"郝隆爲桓公南蠻參軍,三月三日會作詩……攬筆便作一句:'娵隅躍清池。'恒問:'娵隅是何物?'答曰:'蠻名魚爲娵隅。'桓公曰:'作詩何以作蠻語?'隆曰:'千里投公,始得蠻府參軍,那得不作蠻語也?'"

〔一〇〕南尋二句:杜甫《送孔巢父謝病歸游江東兼呈李白》詩:"南尋禹穴見李白,道甫問訊今何如?"此用其句,"李白"喻李斯年。

〔一一〕總是句:宋賀鑄《青玉案·横波路》詞:"飛雲冉冉蘅皋暮,彩筆新題斷腸句。"又,黄庭堅《寄方回》詩:"解道江南斷腸句,只今惟有賀方回。"此用其句。

賣花聲

背郭鵲山村〔一〕，客舍雲根〔二〕。落花時節正銷魂〔三〕。又是東風吹雨過，燈火黄昏〔四〕。獨自引清樽〔五〕。鄉思誰論？聲聲滴滴夜深聞〔六〕。夢到江南煙水闊〔七〕，小艇柴門。

【注釋】

本詞選自《江湖載酒集》中。作於康熙七年(一六六八)。

〔一〕背郭：背靠外城。唐温庭筠佚句："寒潮背郭捲平沙。"鵲山：在今山東省歷城縣，以扁鵲煉丹於此得名。

〔二〕雲根：山之高處。

〔三〕落花句：後蜀毛熙震《清平樂》詞："正是銷魂時節，東風滿院花飛。"此從中化出。

〔四〕燈火黄昏：語本宋秦觀《滿庭芳》詞："傷情處，高城望斷，燈火已黄昏。"

〔五〕引：持。晉陶潛《歸去來兮辭》："引壺觴以自酌。"

〔六〕聲聲滴滴：謂上闋"東風"所吹之雨。南宋李清照《聲聲慢》詞："梧桐更兼細雨，到黄昏、點點滴滴。"此用其意。

〔七〕夢到句：語本宋晏幾道《蝶戀花》詞："夢入江南煙水路。"

青玉案

臨淄道上〔一〕

清秋滿目臨淄水，一半是，牛山淚〔二〕。此地從來多古意〔三〕:王侯無數,殘碑破塚,禾黍西風裏〔四〕。　青州從事須沉醉〔五〕,稷下雄談且休矣〔六〕!回首吴關二千里〔七〕:分明記得,先生彈鋏〔八〕也説歸來是〔九〕。

【注釋】

本詞選自《江湖載酒集》中。作於康熙七年(一六六八,一説作於康熙八年)。

〔一〕臨淄:今山東省縣名,以城臨淄水而得名。春秋戰國時爲齊國國都。

〔二〕牛山:在臨淄。《晏子春秋》:"(齊)景公遊于牛山,北臨其國都而流涕曰:'若何滂滂去此而死乎?'"唐杜牧《九日齊山登高》詩:"古往今來只如此,牛山何必獨霑衣。"

〔三〕此地句:語本杜甫《登兖州城樓》詩:"從來多古意,臨眺獨躊躇。"

〔四〕禾黍句:謂古來王侯霸業雄圖皆埋於今之禾黍中。《詩·王風·黍離》:"彼黍離離,彼稷之苗。"朱熹《集傳》:"周既東遷,大夫行役至於宗周,過故宗廟宫室,盡爲禾黍。閔周室之顛覆,徬徨不忍去,故賦。"又,唐許渾《金陵懷古》詩:"松楸遠近千古塚,禾黍高低六代宫。"

〔五〕青州從事:美酒之隱語。《世説新語·術解》:"桓公(桓温)有主簿善别酒,有酒則令先嘗,好者謂'青州從事',惡者謂'平原督郵'。"青州,今山東省濰坊一帶,東漢時以臨淄爲治所。青州有齊郡"從事",言酒可到臍(諧"齊")也。

〔六〕稷下:古地名,在臨淄稷門。據《史記·田敬仲完世家》:齊宣公喜文學游説之士,曾於稷門設館,聘騶衍、淳于髡、田駢等七十六人爲上大夫,賜第,不治事而議論。

〔七〕吴關:猶言吴門,此謂吴境。李白《西施》詩:"句踐徵絶豔,揚眉入吴關。"

〔八〕先生:指馮煖(亦作"驩")。彈鋏(jiá):據《戰國策·齊策》:馮煖寄食孟嘗君門下,左右賤之。煖倚柱彈其劍,歌曰:"長鋏歸來乎,食無魚!"孟嘗君遂改善其待遇。繼又歌曰:"長鋏歸來乎,出無車!”“長鋏歸來乎,無以爲家!”孟嘗君悉爲供給。煖後遂佐孟嘗君免禍固位。竹垞僅用其“歸來”意抒一己之感喟。

〔九〕是:正確。

轉應曲

安丘客舍對雨〔一〕

秋雨,秋雨,一半回風吹去。晚涼依舊庭隅,此夜愁人睡無。無睡,無睡,紅蠟也飄秋淚〔二〕。

【注釋】

本詞選自《江湖載酒集》上。作於康熙七年至八年(一六六八——一六六九)。按:據《詞譜》卷二,《轉應曲》即《古調笑》别名,然《詞律》卷三則以爲即《調笑令》。

〔一〕安丘:今山東省縣名。

〔二〕紅蠟:宋晏幾道《蝶戀花》詞:“紅燭自憐無好計,夜寒空替人垂淚。”此從中化出。

霜天曉角

晚次東阿〔一〕

鞭影忽忽〔二〕,又銅城驛東〔三〕。過雨碧羅天浄〔四〕,纔八月、響初鴻。　微風,何寺鐘?夕曛嵐翠重〔五〕。十里魚山斷處〔六〕,留一抹,棗林紅。

【注釋】

本詞選自《江湖載酒集》中。作於康熙七年至八年(一六六八——一六六九)。

〔一〕次:停留,途中止宿。東阿(ē):今山東省縣名。

〔二〕鞭影:策馬而不笞,使馬見影而行(見明瞿汝稷《指月録》)。此喻行旅。金元好問《懷益之兄》詩:"鞭影驚疲馬,鐘聲急暮禽。"

〔三〕銅城驛:在東阿。

〔四〕碧羅天:謂天之澄凈有如碧羅。唐祖詠《古意》詩:"碧羅象天閣,坐輦乘芳春。"又,宋蘇軾《哨徧》詞:"初雨歇,洗出碧羅天。"

〔五〕夕曛:黄昏之落日餘光。劉宋謝靈運《晚出西射堂》詩:"曉霜楓葉丹,夕曛嵐氣陰。"嵐翠:淡青色的山氣。

〔六〕魚山:在東阿縣西八里。

【附録】

霜天曉角

次東阿因憶竹垞先生詞亦賦一闋　　　王　昶

曉日初紅,近名山岱東。指點陳思祠宇,殘碣在、没荒叢。　西峰,神女宫,雲雨暗芳蹤。欲聽冰絃舊曲,響清籟,起松風。(《春融堂集》卷二六)

塞　孤

高唐道中曉行作〔一〕

五更風,一翦蘆簾啓〔二〕。掛壁燈飄紅穗。仰視昴車星瑣碎〔三〕。穿曲巷,嘶輕騎。松門掩、木魚聲,草火濕、秋螢尾〔四〕。愛涓涓響,橋下流水。　　莫辨斷塔稜〔五〕,亂結啼鴉隊。月影潛消衣袂〔六〕。幾處炊煙茅店起。葭露白〔七〕,籬花翠。日已上、最高樓,霞又散、無邊綺〔八〕。未輸他、斗帳人睡〔九〕。

【注釋】

本詞選自《江湖載酒集》中。作於康熙七年(一六六八)或康熙八年。

〔一〕高唐:今山東省縣名。

〔二〕一翦:謂風之鋭利如翦(同"剪")。蘆簾:即葦簾。唐白居易《香爐峰下新卜山居草堂初成偶題東壁》詩:"紙閣蘆簾著孟光。"

〔三〕昴(mǎo):星名,二十八宿之一,有星四顆。車:指"罔車",星名,二十八宿之一,有星八顆,即畢宿。漢張衡《思玄賦》:"建罔車之幕幕兮,獵青林之芒芒。"注:"罔車,畢星也。"昴畢,漢司馬相如《長門賦》:"畢昴出於東方。"注:"言將曉也。"

〔四〕草火:即螢火蟲。螢産卵於草根,成蟲自草出,古人不察,以爲螢係草化。梁簡文帝(蕭綱)《晚景納涼》詩:"草化飛爲火,蚊聲合似雷。"

〔五〕塔稜:塔之稜角。

〔六〕衣袂(mèi):衣袖。袂,袖口。

〔七〕葭(jiā):蘆葦。《詩・秦風・蒹葭》:"蒹葭蒼蒼,白露爲霜。"

〔八〕綺:錦緞。語本南齊謝朓《晚登三山還望京邑》詩:"餘霞散成綺,澄江静如練。"

〔九〕斗帳:小帳。因形如覆斗,故名。《古詩爲焦仲卿妻作》:"紅羅複斗帳,四角垂香囊。"

點絳脣

九日同顧寧人陸翼王登孫氏石臺賦呈退翁少宰〔一〕

花徑登臺，舊時此地重陽讌〔二〕。天涯相見〔三〕，最喜翁猶健。　望極疏林，瑟瑟金風翦。憑闌徧，夕陽一片，送盡南飛雁。

【注釋】

本詞選自《江湖載酒集》中。作於康熙九年(一六七〇)九月。

〔一〕九日：謂九月九日。《藝文類聚》引《續晉陽秋》："世人每至九日，登山飲菊花酒。"顧寧人：顧炎武(一六一三—一六八一)之字。崑山(今江蘇省縣名)人。明末著名學者、傑出的愛國詩人。仕明爲兵部司務，南明時積極從事抗清活動，明亡後北上考察地形，力圖再舉，後卜居華陰以終。一生著述繁富，有《亭林詩文集》等多種傳世。陸翼王：陸元輔之字，嘉定(今上海市縣名)人，康熙時曾舉博學鴻辭，未終卷而罷。孫氏：謂孫承澤，即下文所云"退翁少宰"。承澤號退谷，字北海，大興(今北京市縣名)人。明末進士，官刑科給事中。仕清後官至吏部左侍郎，後乞休，築退谷(今北京市櫻桃溝公園附近)，閉門著述，有《己亥存稿》等傳世。少宰：《周禮》天官之屬官，佐大宰(相當後世之宰相)管理政令。明、清時俗稱吏部尚書爲太宰，侍郎爲少宰。

〔二〕舊時：康熙六年(一六六七)秋，竹垞入京得結識退谷。曾作《朱碧山銀槎歌孫少宰席上賦》七言古詩一首(卷七)。重陽：曹丕《九日與鍾繇書》："歲往月來，忽復九月九日。九爲陽數，而日月並應，俗嘉其名，以爲宜於長久，故以享宴高會。"讌：本字爲"燕"，通"宴"。

〔三〕天涯：杜甫《奉簡高三十五使君》詩："天涯喜相見，披豁對吾真。"

百字令

偶憶〔一〕

橫街南巷,記鈿車小小〔二〕,翠簾徐揭。緑酒分曹人散後〔三〕,心事低徊潛説〔四〕。蓮子湖頭〔五〕,枇杷花下〔六〕,綰就同心結。明珠未斛〔七〕,朔風千里催别。　同是淪落天涯〔八〕,青青柳色,争忍先攀折〔九〕!紅浪香温圍夜玉〔一〇〕,墮我懷中明月〔一一〕。暮雨空歸,秋河不動〔一二〕,虬箭丁丁咽〔一三〕。十年一夢〔一四〕,鬢絲今已如雪〔一五〕。

【注釋】

本詞選自《江湖載酒集》中。若依原集編次(列於上篇《點絳脣》之次),或作于康熙九年(一六七〇)。

〔一〕偶憶:所憶者殆不可考,玩詞意,當是"神女"一流。詞云"天涯"、"朔風",或係其魯、晉所遇。

〔二〕鈿車:詳前《紅娘子》注〔九〕。

〔三〕分曹:兩人一對爲曹。分曹即分成若干對(猜枚賭酒)。《楚辭·招魂》:"分曹並進,遒相迫些。"王逸注:"曹,偶,言分曹列偶,並進技巧。"唐李商隱《無題》詩:"隔座送鉤春酒暖,分曹射覆臘燈紅。"

〔四〕低徊:徘徊,此謂踟躕。

〔五〕蓮子湖:山東省歷城縣北有蓮子湖(今屬濟南市)。又,"蓮子"或係"憐子"之諧音。

〔六〕枇杷花下:語本唐胡曾《贈薛濤》詩:"萬里橋邊女校書,枇杷花下閉門居。"據此,竹垞所憶恐係校書一流。

〔七〕明珠未斛:意謂無貲爲其人贖身。斛,量器名,古代十斗爲一斛,南宋末改爲五斗一斛。據唐劉恂《嶺表録異》:廣西白州(即博白縣)雙角山下,梁緑珠有容色,石崇(晉時權貴巨富)以真珠三斛買之。唐喬知之《緑珠篇》詩:“石家金谷重新聲,明珠十斛買娉婷。”

〔八〕同是句:語本唐白居易《琵琶行》:“同是天涯淪落人,相逢何必曾相識。”

〔九〕青青二句:據唐許堯佐《章臺柳傳》、孟棨《本事詩》:唐韓翃姬柳氏“安史之亂”中爲番將沙吒利所掠,翃寄詞以達,曰:“章臺柳,章臺柳,往日青青今在否?縱使長條似舊垂,也應攀折他人手。”争,怎。

〔一〇〕紅浪:喻紅面之被。宋柳永《鳳棲梧》詞:“鴛鴦繡被翻紅浪。”又,李清照《鳳凰臺上憶吹簫》詞:“香冷金貌,被翻紅浪。”

〔一一〕墮我句:劉宋鮑照《代淮南王》詩:“願逐明月入君懷。”又唐温庭筠《醉歌》:“明月入懷君自知。”

〔一二〕暮雨二句:語本李商隱《水天閒話舊事》詩:“暮雨自歸山峭峭,秋河不動夜厭厭。”秋河,秋夜之銀河。

〔一三〕虯箭:謂漏壺,古代計時器。虯,有角之龍,此指虯形之漏壺(一説係虯形之刻度體)。箭,箭形指針。唐王勃《乾元殿頌序》:“虯箭司更,銀漏與三辰合運。”丁(zhēng)丁:漏滴聲。唐吴融《個人三十韻》詩:“花殘春寂寂,月落漏丁丁。”

〔一四〕十年一夢:唐杜牧《遣懷》詩:“十年一覺揚州夢,贏得青樓薄倖名。”又,《出宫人》詩:“十年一夢歸人世。”此用其意。

〔一五〕鬢絲句:唐李商隱《贈司勳杜十三員外》詩:“心鐵已從干鏌利,鬢絲休歎雪霜垂。”

【評箋】

譚獻曰:“有潛氣内轉之妙。”(《篋中詞》二)

謝章鋌曰:“(竹垞)《偶憶》、《感舊》諸作,莫不闗注遥深,閑情自永。”(《賭棋山莊詞話》卷二)

陳廷焯曰:“(下片)情不必深,詞却沈著,詞勝情亦勝也。”(《詞則·閑情集》卷四)

邁陂塘

題其年填詞圖〔一〕

擅詞場、飛揚跋扈〔二〕，前身可是青兕〔三〕？風煙一壑家陽羨〔四〕，最好竹山鄉里〔五〕。攜硯几，坐罨畫溪陰〔六〕，裊裊珠藤翠〔七〕。人生快意，但紫筍烹泉〔八〕，銀箏侑酒〔九〕，此外總閒事。

空中語〔一〇〕，想出空中姝麗〔一一〕，圖來菱角雙髻〔一二〕。《樂章》、《琴趣》三千調〔一三〕，作者古今能幾？團扇底〔一四〕，也直得樽前〔一五〕，記曲呼娘子〔一六〕。旗亭藥市〔一七〕，聽江北江南〔一八〕，歌塵到處〔一九〕，柳下井華水〔二〇〕。

【注釋】

本詞選自《江湖載酒集》中。

〔一〕其年：陳維崧（一六二五—一六八二）之字，號迦陵，江南宜興（今江蘇省縣名）人。與竹垞同應博學鴻辭試，授翰林檢討。工詩及駢散文，尤長於詞，詞與竹垞並稱，曾合刻《朱陳村詞》。所作以豪壯稱，頗肖稼軒，唯沉厚不足。著有《湖海集》等。

〔二〕擅詞場：即擅於詞場。“擅場”，本以鬥雞場爲喻，强勝弱，獨據一場。東漢張衡《東京賦》：“秦政利觜長距，終得擅場。”後因以稱技藝高超出衆者。杜甫《冬日洛城》詩：“畫手看前輩，吴生遠擅場。”飛揚跋扈：謂意氣軒昂，舉措灑脱，無拘無束（並無今之貶義）。杜甫《贈李白》詩：“痛飲狂歌空度日，飛揚跋扈爲誰雄？”

〔三〕青兕（sì）：謂辛棄疾。據《宋史·辛棄疾傳》：耿京聚兵山東，棄疾爲掌書記。僧義端者，善談兵，聚衆隸於京。一夕竊印逃，棄疾追獲之。義端曰：“我識君相，乃青兕也，力能殺人，幸勿殺我。”棄疾斬其首歸報。兕,犀牛。

〔四〕風煙句:語本唐杜牧《正初奉酬歙州刺史邢羣》詩:"一壑風煙陽羨里,解龜休去路非賒。"陽羨,舊縣名,漢置唐廢,故城即今宜興市。

〔五〕竹山:蔣捷之號。捷,宋末著名詞人,陽羨人,宋亡不仕,著有《竹山詞》。

〔六〕罨(yǎn)畫溪:溪名,在宜興縣東南三十六里,東流入太湖,又名"圻溪"、"西溪"、"東舍溪"。陰:河之南謂陰。

〔七〕珠藤:謂花蕾如珠串之藤。《江南通志》:東瀉(即"舍"字訛音)溪兩岸多藤花,春時照映水中,青緑可愛,故亦名"罨畫溪"。

〔八〕紫筍:茶名。《嘉慶一統志·常州府·土産》:"《唐志》:貢紫筍茶。《寰宇記》:出宜興。"

〔九〕銀箏侑(yòu)酒:謂歌女彈奏銀箏,佐酒助興。《宋史·王拱辰傳》:"鼓琵琶以侑飲。"侑,佐。

〔一〇〕空中語:僧惠洪《冷齋夜話》:法雲師嘗謂魯直(即黄庭堅)曰:"詩多作無害,艷歌小曲可罷之。"魯直曰:"空中語耳。非殺非偷,終不坐此墮惡道。"意即空幻之語。

〔一一〕想出句:謂其年詞託美人而譬喻。姝(shū)麗,美女。宋柳永《玉女摇仙佩》詞:"有得許多姝麗,擬把名花比。"

〔一二〕菱角:唐白居易侍兒名,泛稱婢女,此指圖中所畫。白居易《詠興·小庭亦有月》詩:"菱角執笙簧。"自注:"菱,……小臧獲(奴婢)名也。"

〔一三〕《樂章》、《琴趣》:宋柳永有《樂章集》,黄庭堅有《山谷琴趣外篇》,皆詞集。

〔一四〕團扇:古樂府有《團扇郎》,《樂府詩集》收十首。皆言男女情愛。《古今樂録》:"《團扇郎歌》者,晉中書令王珉(好)提白團扇,與嫂婢謝芳姿有愛,情好甚篤。嫂捶婢過苦,王東亭聞而止之。芳姿素善歌,嫂令歌一曲當赦之。應聲歌曰:'白團扇,辛苦五流連。是郎眼所見。'珉聞,更問之:'汝歌何遺?'芳姿即改云:'白團扇,憔悴非昔容,羞與郎相見。'後人因而歌之。"(轉引自《樂府詩集》)

〔一五〕直:通“值”。

〔一六〕記曲娘子:據宋王灼《碧鷄漫志》載:唐大曆間有張紅紅者,穎悟絶倫,每聽新聲,即能默記,一聲不失。後召入宜春院,宫中號“記曲娘子”。此指畫中婢女。

〔一七〕旗亭:酒樓。詳前《蘇幕遮》注〔九〕。藥市:售藥之集市。宋趙朴《成都古今記》:“九月藥市。”按:旗亭、藥市均泛指人羣集聚處。

〔一八〕江北江南:泛指其年詞作。宋向子諲曾分其《酒邊詞》集爲《江南新詞》、《江北舊詞》,其《滿庭芳》詞云:“酒闌。聽我語,平生半是,江北江南。”

〔一九〕歌塵:杰出歌手之演唱,此指其年所作之詞。漢劉向《别録》:魯人虞公“發聲清晨,歌動梁塵。”

〔二〇〕柳下句:用柳永事,喻其年詞。宋葉夢得《避暑録話》:“柳耆卿爲舉子時,多遊狹邪,善爲歌辭,教坊樂工,每得新腔,必求永爲辭,始行于世,於是聲傳一時。余仕丹徒,嘗見一西夏歸朝官,云:‘凡有井水處,即能歌柳詞。’”井華:清晨初汲之井水。《本草注》云:(井華水)可令人“好顔色”。又,《宋書·劉懷慎傳》:“平旦開城門,取井華水服。”

【評箋】

陳世焜曰:“(首二句)將其年一身心事繪出。(空中語)因空悟色,朱陳二公同一用意,相知之深,兩人有心相印者。竹垞題其年詞與自題詞集皆同一道破空中幻想,非實有燕釵蟬鬢也。朱陳相交最深,其詞分道揚鑣,一時瑜亮,其大旨一也。”(《雲韶集》抄本)

陳廷焯曰:“竹垞自題詞集云‘一半是空中傳恨,幾曾圍燕釵蟬鬢’,題其年詞亦云‘空中語,想出空中姝麗’,可謂推己及人。其實,朱、陳未必真空也。”(《詞則·放歌集》卷三)

百字令

自題畫像〔一〕

菰蘆深處〔二〕，歎斯人枯槁〔三〕，豈非窮士〔四〕。剩有虚名身後策〔五〕，小技文章而已〔六〕。四十無聞〔七〕，一丘欲卧〔八〕，漂泊今如此。田園何在，白頭亂髮垂耳〔九〕。
空自南走羊城〔一〇〕，西窮雁塞〔一一〕，更東浮淄水〔一二〕。一刺懷中磨滅盡〔一三〕，回首風塵燕市〔一四〕。草屩撈鰕〔一五〕，短衣射虎〔一六〕，足了平生事。滔滔天下〔一七〕，不知知己誰是？

【注釋】

本詞選自《江湖載酒集》中。作於康熙十年(一六七一)。

〔一〕畫像：此像爲錢唐戴蒼所繪(見本集扉頁書影)。

〔二〕菰(gū)蘆：即茭白、蘆葦，皆生水邊低濕地。此喻己之卑栖。《建康實録》："殷禮與張温使蜀，諸葛亮見而歎曰：'江東菰蘆中，生此奇才！'"(轉録自《駢字類編》卷一八五)

〔三〕斯人：作者自謂。枯槁：瘦瘠。《楚辭·漁父》："屈原既放，遊於江潭，行吟澤畔；顔色憔悴，形容枯槁。"杜甫《夢李白》詩："冠蓋滿京華，斯人獨憔悴。"

〔四〕豈非窮士：事本《吴越春秋》卷三：伍子胥渡江，漁人見其有饑色，謂曰：子俟我樹下，吾爲子取餉。子胥疑，潛身葦中。漁人來不見，因歌而呼曰："蘆中人，蘆中人，豈非窮士乎？"窮士，處境困厄者。

〔五〕身後：謂歿後。語本《晉書·張翰傳》：翰任心自適，不求當世。或謂之曰："卿獨不爲身後名耶？"答曰："使我有身後名，不如即時一杯酒。"又,宋辛棄疾《洞仙歌》:"身後虛名,何似生前一杯酒。"

〔六〕小技句:語本杜甫《貽華陽柳少府》:"文章一小技,於道未爲尊。"

〔七〕無聞:没有聲名。《論語·子罕》:"四十、五十而無聞焉,斯亦不足畏也已。"

〔八〕一丘句:切"歸耕"。語本《漢書·叙傳》:"栖遲於一丘,則天下不易其樂。"唐孟浩然《秦中感秋寄遠上人》詩:"一丘常欲卧,三徑苦無資。"

〔九〕白頭句:語本杜甫《乾元中寓居同谷縣作歌》:"有客有客字子美,白頭亂髮垂過耳。"

〔一〇〕羊城:五羊城之略稱,即今廣州市。傳説古時有五仙人乘五色羊執六穗秬來廣州,故名(説法不一,可參裴淵《廣州記》及《續南越志》)。按:竹垞曾於順治十三年(一六五六)夏至順治十五年春遊嶺南(見本集所選《珠江午日觀渡》及《越王臺懷古》等篇)。

〔一一〕西窮雁塞:指山西之行(見本集所選之《雲中至日》詩、《消息》詞、《游晉祠記》文等篇)。

〔一二〕東浮淄水:見前《青玉案》詞。

〔一三〕刺:名片。古時無紙,遂於竹簡上刺名字以便拜訪通名。《後漢書·禰衡傳》:"(衡)建安初,來遊許下。始達潁川,乃陰懷一刺,既而無所之適,至於刺字漫滅。"

〔一四〕回首句:此前竹垞已兩度入京(見本集所選之《來青軒》詩及《金明池》詞等篇)。

〔一五〕屩(jué):草鞋。全句謂"歸耕"。語本唐王維《贈吴官》詩:"不如儂家任挑達,草屩撈蝦富春渚。"

〔一六〕短衣句:事本《史記·李將軍列傳》:"(廣以)所失亡多,爲虜所生得,當斬,贖爲庶人。""屏野居藍田南山中射獵。"至於射虎係其北平太守任上事。又,杜甫有《曲江》詩:"短衣匹馬隨李廣,看射猛虎終殘年。"

〔一七〕滔滔：盛多。《論語·微子》："滔滔者，天下皆是也，而誰以易之。"

【評箋】

陳廷焯曰："（下片）感慨而不激烈，顧寧人自謂不如竹垞和厚，想見先生氣量。"（《詞則·放歌集》卷三）

風中柳

戲題竹垞壁〔一〕

有竹千竿〔二〕，寧使食時無肉〔三〕，也不須、更移珍木。北垞也竹，南垞也竹〔四〕。護吾廬、幾叢寒玉〔五〕。　晚來月上，對影描他横幅。賦新詞、《竹山》《竹屋》〔六〕。郫筒一束〔七〕，筍鞋三伏〔八〕，竹夫人，醉鄉同宿〔九〕。

【注釋】

本詞選自《江湖載酒集》中。作於康熙八年（一六六九）—康熙十一年間。按：《風中柳》本名《謝池春》。正體六十六字，此爲變體，於上下闋第五句各減一字，始見於劉因詞（詳《詞譜》卷一五）。

〔一〕竹垞：朱彝尊園林名，購置于康熙八年。園在嘉興梅里鎮荷花池旁。後亦以爲號（可參本集《詩選·題竹垞壁》〔注釋〕及所附〔資料〕）。

〔二〕有竹千竿：語本唐白居易《池上篇》詩："十畝之宅，五畝之園；有水一池，有竹千竿。"

〔三〕寧使句：語本宋蘇軾《於潛僧緑筠軒》詩："可使食無肉，不可居無竹；無肉令人瘦，無竹令人俗。"

〔四〕北垞、南垞：竹垞園林分南北二垞，以荷花池爲界。曝書亭、茭池等景皆在南垞。

〔五〕寒玉：喻竹之雅潔清涼如玉。雍陶《韋處士郊居》詩："門外晚晴秋色老，萬條寒玉一溪煙。"

〔六〕《竹山》《竹屋》：作者原注："《竹山》，蔣捷詞名。《竹屋》，高觀國詞名也。"

〔七〕郫(pí)筒：酒名。杜甫《將赴成都草堂途中有作先寄嚴鄭公》詩："酒憶郫筒不用酤。"仇注："《華陽風俗録》：'郫縣(今四川省縣名)有郫筒池，池旁有大竹，郫人刳其節，傾春釀於筒，包以藕絲，蔽以蕉葉，信宿香達於林外，然後斷之以獻，俗號郫筒酒。"

〔八〕筍鞋：以筍殼所製之鞋。宋徐照《贈江心寺欽上人》詩："客至啓幽户，筍鞋行曲廊。"

〔九〕竹夫人：即竹几，古代消暑用具。以竹青編爲長籠，或以整竹刳空中間，四周開洞通風，暑時置牀席間，唐時稱"竹滕"，宋時始稱"竹夫人"。宋陸游《初夏幽居》詩："瓶竭重招麴道人，牀頭新聘竹夫人。"醉鄉：酣醉狀態。唐王績《醉鄉記》："醉之鄉去中國不知其幾千里也。其土曠然無涯，無丘陵坂險，阮嗣宗、陶淵明等並游醉鄉，没身不返。"

【評箋】

李調元曰："本朝朱彝尊《竹垞詞》，名冠一時。余酷愛其《自題畫像》、《戲題竹垞壁》。竹山，蔣捷詞名；竹屋，高觀國詞名也。結語尤趣，可想竹垞之風。"(《雨村詞話》卷四)

長相思

紅橋尋歌者沈西〔一〕

石橋西，板橋西，遥指平山日未西〔二〕，舟來蓮葉西[三]。　人東西[四],水東西[五],十里歌聲起竹西[六],西施更在西[七]。

【注釋】

本詞選自《江湖載酒集》中。約作於康熙十一年(一六七二)前後。

〔一〕紅橋:在江蘇省揚州市,以橋欄紅色,故稱(參本集所選《紅橋》詩注〔一〕)。

〔二〕平山:謂平山堂。據《嘉慶一統志・揚州府》:堂"在甘泉縣(今併入江都縣)西北五里蜀岡上,宋慶曆八年,郡守歐陽修建……負堂而望,江南諸山拱列簷下,故名。"

〔三〕蓮葉西:語本樂府古辭《江南》:"魚戲蓮葉西。"

〔四〕人東西:言人之行踪不定。《禮記・檀弓》:"東西南北人。"又,唐劉長卿《長沙桓王墓下別李紓張南史》詩:"流水朝還暮,行人東復西。"

〔五〕水東西:語本卓文君《白頭吟》詩:"躞蹀御溝上,溝水東西流。"又,唐王維《白石灘》詩:"家住水東西,浣紗明月下。"

〔六〕竹西:古亭名,與紅橋皆在揚州北門外。唐杜牧《題揚州禪智寺》詩:"誰知竹西路,歌吹是揚州。"

〔七〕西施:喻沈西。

【評箋】

謝章鋌曰:"國初詞場諸老,蘊藉當推竹垞,即紙醉金迷,亦復令人意遠。……《紅橋尋歌者沈西》,比之'小樓連苑'(秦觀《水龍吟》詞)、'一鉤斜月'(秦觀《南歌子》詞),使君英雄,何讓秦七!"(《賭棋山莊詞話》卷二)

張德瀛曰:"福康體者,即獨木橋體也,創自北宋,(如)黄魯直《阮郎歸》用'山'字,(近人)朱錫鬯《長相思》用'西'字,《柳梢青》用'耶'字,《行香子》用'娘'字……本斆宋人,此亦如今體詩之轆轤格、壺盧格,乃偶然託興者,必踵其轍,則爲惡道矣。"(《詞徵》卷一)

蝶戀花

揚州早春同沈覃九賦〔一〕

十里雷塘歌吹遠〔二〕，柳巷人家〔三〕，蘸水鵝黄淺〔四〕。游子春衣都未换，鈿車早已東城徧〔五〕。　妝冷罷遮蟬雀扇〔六〕，最恨微風，不放珠簾卷〔七〕。斜露翠蛾剛半面〔八〕，心飛玉燕釵頭顫〔九〕。

【注釋】

本詞選自《江湖載酒集》中。作於康熙十一年(一六七二)。

〔一〕沈覃九：沈岸登之字，浙江嘉興人。性耽泉石，不求聞達。工詩詞，善書畫，有“三絶”之目。與竹垞、李符、李良年等稱“浙西六家”。著有《黑蝛齋詩鈔》四卷，詞一卷。

〔二〕雷塘：在揚州西北十五里。歌吹：歌聲、鼓吹聲。劉宋鮑照《蕪城賦》：“廛閈撲地，歌吹沸天。”唐杜牧《題揚州禪智寺》詩：“歌吹是揚州。”

〔三〕柳巷：馮登府曰：“(柳巷)在揚州府治。”(手批《曝書亭詞集》)據此當是地名，而非泛稱。

〔四〕鵝黄：喻嫩柳之色。宋方千里《過秦樓》詞：“柳拂鵝黄，草揉螺黛。”

〔五〕鈿車句：謂雖係早春，踏青者已紛紛出遊。

〔六〕蟬雀扇：畫有蟬雀之扇，此喻精美之扇。《南史・何戢傳》：“宗孝武賜戢蟬雀扇，善畫者顧景秀所畫。”

〔七〕不放：不使。

〔八〕翠蛾：美人之蛾眉，此借指美人。唐白居易《李夫人》詩：“翠蛾髣髴平生貌，不似昭陽寢疾時。”半面：《南史・徐妃傳》：“妃以帝眇一目,每知帝將至,必爲半面妝以俟。"

〔九〕玉燕釵:漢郭憲《洞冥記》:"神女留玉釵以贈(漢武)帝,帝以賜趙婕妤,至昭帝元鳳中……發匣,有白燕飛昇天,後宫人學作此釵,因名白燕釵,言吉祥也。"唐李白《白頭吟》:"頭上玉燕釵,是妾嫁時物。"

【評箋】

譚獻曰:"吞吐離即。"(《篋中詞》二)

尉遲杯

七夕懷静憐〔一〕

吴綾白〔二〕,偏愛縫雙袖鴉翎黑〔三〕。多應北里新妝〔四〕,怕墮尋常標格〔五〕。微風簾額〔六〕,看露葉〔七〕、中庭盡秋色。記鱗鱗〔八〕、月底疏雲,曾照勾闌吹笛〔九〕。

一自細馬馱歸〔一〇〕,剩羅帕、當時別淚偷拭。最恨初鴻,銜蘆塞上,不遞愁人消息〔一一〕。枉飛度、河橋山驛。想柳外、高樓長如昔。更何年、並坐穿鍼〔一二〕,六度淒涼今夕〔一三〕。

【注釋】

本詞選自《江湖載酒集》中。約作於康熙十二年(一六七三)。

〔一〕静憐:姓晁,行四,美姿容,工靚妝,善歌舞。竹垞山西之行結識,曾有"五湖約"(見《金縷曲》),似未果;竹垞情深一往,久不忘懷,詞集中《青門引》、《南樓令》、《金縷曲》等篇皆爲此而發。《百字令》中所"憶"者,恐亦係静憐。

〔二〕吴綾：吴地所産絲織品。《新唐書·地理志》："明州餘姚郡（今浙江省餘姚縣一帶）……貢吴綾。"

〔三〕鴉翎：烏鴉羽毛，喻黑色。明李夢陽《奉送大司馬劉公歸山東草堂歌》："寶鈔生硬鴉翎黑。"

〔四〕北里：唐長安平康里在城北，因稱北里。其地爲妓院所在，後因代稱妓院。

〔五〕標格：風度。此有"款式"義。

〔六〕簾額：簾帷上方所加裝飾性横幅。唐李賀《宫娃歌》："彩鸞簾額著霜痕。"清王琦注："謂以繒帛爲簾帷之額，而繡畫彩鸞于上。"

〔七〕露葉：含露之樹葉。唐崔善爲《答王無功九日》詩："露葉疑涵玉，風花似散金。"

〔八〕鱗鱗：謂魚鱗狀之雲。劉宋鮑照《上潯陽還都道中》詩："鱗鱗夕雲起，獵獵晚風遒。"

〔九〕勾闌：即欄干。據孟元老《東京夢華録》：宋代説書、演戲、演雜技之場所，每以欄干圍場地，因稱伎樂演劇場爲勾欄。元代以後稱妓院爲勾欄。袁枚以爲自李商隱《河内》詩"簾輕幕重金鉤欄"後，"勾欄"遂混入倡家（見《隨園詩話》）。然李詩所詠爲何？多以爲不可曉，馮浩以爲同《燕臺》詩是詠"女冠"，則亦非妓也。姑備一説。

〔一〇〕細馬：小馬。李白《對酒》詩："蒲萄酒，金叵羅，吴姬十五細馬馱。"

〔一一〕最恨三句：宋杜安世《菩薩蠻》詞："寒雁只銜蘆，何曾解寄書。"此用其意。銜蘆，見前《消息·雁門關》注〔三〕。

〔一二〕穿鍼：晉葛洪（舊題劉歆）《西京雜記》："漢綵女常以七月七日穿七孔鍼於開襟樓。"

〔一三〕六度：謂已六次度過。竹垞於康熙六年（一六六七）離晉，據此推算，詞似作於康熙十二年左右。又，"六度"爲佛教語，意謂度至彼岸（見《六度經》）。

擊　梧　桐

送曾道扶歸里〔一〕

風雪寒如許，偏灑就、宣武門西歸路〔二〕。況是殘年，也問何事，幾日留君不住？離歌斷續，離亭長短〔三〕，目送離人此去。瘦馬河橋外，想除夕守歲〔四〕，題詩何處？

江上梅花〔五〕，津頭柳色〔六〕，一葉扁舟淮浦〔七〕。絶勝陶彭澤〔八〕，腰未折、早返柴桑衡宇〔九〕。惆悵孤踪留滯，竹垞歸夢，有小園獨樹〔一〇〕。待明年、南湖秋月〔一一〕，與子同賦。

【注釋】

本詞選自《江湖載酒集》中。作於康熙十一年(一六七二)。

〔一〕曾道扶：曾王孫之字，秀水人，順治間進士，知都昌縣。有《清風堂詩文集》。

〔二〕宣武門：北京西南之城門。

〔三〕長亭短亭：北周庾信《哀江南賦》：“十里五里，長亭短亭。”又，《唐宋北孔六帖》九《館驛》：“十里一長亭，五里一短亭。”道路置亭，始自秦漢，供行人休息用。

〔四〕守歲：杜甫《杜位宅守歲》：“守歲阿戎家，椒盤已頌花。”

〔五〕江上梅花：語本唐武元衡《鄂渚送友》詩：“江上梅花無數落，送君南浦不勝情。”

〔六〕津頭柳色：王昌齡《閨怨》詩：“忽見陌頭楊柳色，悔教夫壻覓封侯。”

〔七〕淮浦：《漢書・地理志》：“臨淮郡，……縣淮浦。”《水經注・淮水》：“淮水又東至廣陵淮浦縣入于海。”楊守敬注：“故城在今淮安府安東縣西(今江蘇省濱海、響水縣間)。道扶家嘉興，故此當以泛指淮水之濱爲洽。”

〔 八 〕絶：極。陶彭澤：謂陶潛，潛曾爲彭澤(今江西省縣名)令，故稱。

〔 九 〕腰未折：《晉書·陶潛傳》：“會郡遣督郵至，縣吏請曰：‘應束帶見之。’淵明歎曰：‘吾不能爲五斗米折腰向鄉里小兒。’即日解綬去職。”柴桑：古縣名，故地在今江西省九江市西南，因縣有柴桑山而名。陶潛故里爲栗里原，或稱柴桑里，在柴桑山附近。此指曾道扶去職歸里。衡宇：横木爲門之簡陋居處。陶潛《歸去來兮辭》：“乃瞻衡宇，載欣載奔。”

〔一〇〕小園：北周庾信曾作《小園賦》，表達其思故國懷故土的感情。賦中有“三竿兩竿之竹”句，或以應詞中“竹垞歸夢”句。獨樹：唐高適《送韓九》詩：“歸人望獨樹。”

〔一一〕南湖：即竹垞故鄉嘉興之鴛鴦湖。

解 佩 令

自 題 詞 集〔一〕

十年磨劍〔二〕，五陵結客〔三〕，把平生涕淚都飄盡。老去填詞，一半是、空中傳恨〔四〕，幾曾圍、燕釵蟬鬢〔五〕？

不師秦七，不師黄九〔六〕，倚新聲、玉田差近〔七〕。落拓江湖〔八〕，且分付、歌筵紅粉〔九〕。料封侯、白頭無分！

【注釋】

本詞選自《江湖載酒集》中。

〔 一 〕詞集：謂《江湖載酒集》。

〔 二 〕十年句：語本唐賈島《劍客》詩：“十年磨一劍，霜刃未曾試。”

〔 三 〕五陵：西漢高帝等五個皇帝在咸陽的陵墓。當時每建一陵即遷四方豪富外戚居其旁,故五陵常指代權貴,亦用以指氣節豪傑之士(見《漢書·原涉傳》)。此謂祁班孫兄弟及屈大均等人。

〔四〕空中傳恨:意謂填詞以寄託家國身世之慨(參前《邁陂塘·題其年填詞圖》注〔四〕)。

〔五〕幾曾句:謂何曾作綺語。此僅指《江湖載酒集》大體而言,實際間有言情之作。燕釵,婦女頭飾(詳前《蝶戀花·揚州早春同沈覃九賦》注〔八〕)。蟬鬢,古代婦女的一種髮式。後唐馬縞《中華古今注》:"(莫)瓊樹(魏文帝宫女)始製爲蟬鬢,望之縹緲如蟬翼,故曰'蟬鬢'。"

〔六〕秦七:謂秦觀,因排行第七,故稱。觀字少游,北宋傑出詞人,爲婉約派代表,有《淮海詞》傳世。黄九:謂黄庭堅,字魯直,號涪翁,因排行第九,故稱。黄庭堅是北宋著名詩人,能詞善書,詞集有《山谷琴趣外編》。按:竹垞于此明確提出詞的創作不應以北宋爲宗,旨在匡正明代詞人以《草堂詩餘》爲楷範的鄙陋,下句遂標榜南宋之作,此論一出,宗風即開,影響整整有清一代詞之創作。

〔七〕倚新聲:填詞多依前人詞調,凡詞調皆按歌聲之節奏而作,故稱倚聲。《新唐書·劉禹錫傳》:"諸夷……每祠,歌《竹枝》、《鼓吹》……(禹錫)乃倚其聲,作《竹枝辭》十餘篇。"玉田:南宋詞人張炎字叔夏,號玉田,著有《山中白云詞》。按:限於格律字數,竹垞僅言及"玉田",實際所宗尚有姜夔、史達祖,如《水調歌頭·送鈕玉樵宰項城》即云:"吾最愛姜史。"

〔八〕落拓江湖:語本杜牧《遣懷》詩:"落魄江湖(一作南)載酒行。"竹垞《江湖載酒集》命名即由此而來。

〔九〕分付:分别付與。歌筵:有樂人(即詞中所云"紅粉")歌唱侑酒之筵席。庾信《道士步虚詞》:"迴雲隨舞曲,流水逐歌筵。"

【評箋】

陳世焜曰:"字字精警而天矯。(老去句)幻影空花,離騷變相。(下闋)眼光如炬,不獨秦黄避席,即玉田亦當却步。"(《雲韶集》抄本)

陳廷焯曰:“竹垞詞,疏中有密,獨出冠時,微少沉厚之意,其《自題詞集》云:‘不師秦七,不師黄九,倚新聲、玉田差近。’夫秦七、黄九,豈可並稱?師玉田不師秦七,所以不能深厚。不知秦七,亦何能知玉田?彼所知者,玉田之表耳。師玉田而不師其沈鬱,是買櫝還珠也。”(《白雨齋詞話》卷三)按:秦七、黄九並稱非始於竹垞,而源自宋代陳師道(見《復齋漫録》引),竹垞沿用以指代北宋,亦無不可。

又曰:“不師黄九可也,不師秦七不可也。不知秦七焉知玉田哉?襲南宋面目而不得其本源,自以爲姜、史復生,國初諸公,多犯此病,竹垞其首作俑也。”(《詞則·放歌集》卷三)

又曰:“國初多宗北宋,竹垞獨取南宋,分虎、符曾佐之,而風氣一變。然北宋南宋不可偏廢……玉田輩固是高絶,北宋如東坡、少游、方回、美成諸公,亦豈易及耶?況周秦兩家,實爲導其先路。數典忘祖,其謂之何?”(《白雨齋詞話》卷三)

丁紹儀曰:“(竹垞)太史於南北宋詞兼收並采,蔚爲一代詞宗,顧僅以玉田自擬耳。”(《聽秋聲館詞話》卷二)

張其錦曰:“有明(之詞)高者僅得稼軒之皮毛,卑者鄙俚淫褻,直拾屯田之牙後。我朝斯道復興,若嚴蓀友、李秋錦、彭羨門、曹升六、宋牧仲、徐電發……諸公率皆雅正,上宗南宋,然風氣初開,音律不無小乖,詞意微帶哀艷,不脱《草堂》習染。唯朱竹垞氏專以玉田爲楷模,品在衆人之上。”(轉引自謝章鋌《賭棋山莊詞話》續集卷三)

項廷紀(原名鴻祚)曰:“竹垞自云‘倚新聲、玉田差近’,其實玉田詞疏,竹垞謹厚;玉田詞淡,竹垞精微,殊不相類。竊謂小長蘆撮有南宋人之勝,而其圓轉瀏亮應得力於樂笑翁(張炎之號)。”(《蓮子居詞話》卷二)

丁紹儀曰:“(竹垞)《解珮令》第三句作‘涕淚都飄盡’,乃沿汲古閣刊晏叔原(晏幾道之字)詞:‘團扇無緒’,於‘緒’上衍一‘情’字之誤。考《花草粹編》本只四字,宋元各家詞均無作五字句者。”(《聽秋聲館詞話》)按:丁説是(丁説本《詞譜》,見下),此句應爲四字,若删“都”字,或無害於意。《詞譜》(卷一五)云:“汲古閣本(晏詞)前段第二句‘掩深宫、團扇無情緒’,多一字……今從《花草粹編》校定。”

摸魚子

送魏禹平還魏塘〔一〕

一身藏、萬人海裏〔二〕，姓名慵注官簿〔三〕。秋深門巷堪羅雀〔四〕，只共酒徒爲伍。君又去，認百疊、寒山似綫鄉關路〔五〕。冰霜最苦，盼到得江南，平波斷岸，猶及冷楓舞。　竹林伴〔六〕，依舊攀嵇交吕〔七〕，笛家琴調簫譜〔八〕。燕臺縱有尋春約〔九〕，忍負鏡邊眉嫵〔一〇〕？君且住，算我便、歸遲定不過闌暑〔一一〕。高荷大芋〔一二〕，待縛個茅亭，能來夜話，同聽紙窗雨。

【注釋】

本詞選自《江湖載酒集》中。詞牌一般稱《摸魚兒》。

〔一〕魏禹平：魏坤之字，嘉善（縣名，今屬浙江省）人，康熙時舉人，著有《倚晴閣集》。魏塘：即嘉善。其地古爲魏塘鎮（見《嘉興府志》）。

〔二〕一身句：謂禹平身處市廛人寰而如棲隱。語本宋蘇軾《聞子由得告不赴商州》詩："惟有王城最堪隱，萬人如海一身藏。"

〔三〕姓名句：意謂無意於仕途。官簿，官階、資歷。此謂官吏登記簿册，猶今之檔案。《漢書・翟方進傳》："先是逢信已從高第郡守，歷京兆、太僕爲衛尉矣，官簿皆在方進之右。"注："簿，謂伐閲也。"

〔四〕秋深句：謂門庭冷落，不與世接。《史記・汲鄭列傳贊》："始翟公爲廷尉，賓客闐門；及廢，門外可設雀羅。"

〔五〕百疊：金劉迎詩："峰巒百疊破螺甲。"

〔六〕竹林伴：《晉書・山濤傳》："（濤）與嵇康、吕安善，後遇阮籍，便爲竹林之交，著忘言之契。"此外，"竹林七賢"尚有阮咸、王戎、向秀、劉伶（見《世説新語・任誕》）。

〔七〕攀嵇交吕：語本劉宋顔延之《五君詠·向常侍》："交吕既鴻軒，攀嵇亦鳳舉。"吕指吕安，嵇指嵇康。軒，高飛貌。謂吕、嵇精神高逸與之交往，如隨鴻軒鳳舉。

〔八〕笛家：《詞譜》卷三六收柳永《笛家》詞，解題云："一名《笛家弄慢》，柳永《樂章集》注：仙吕宫。"（《全宋詞》作《笛家弄》）按：此蓋與下之"調"、"譜"並舉，當謂笛曲。

〔九〕燕臺：見前《金明池》詞注〔一〕。此泛指燕京名勝古蹟。

〔一〇〕忍：怎忍。眉嫵：謂妻子。用張敞閨中畫眉事（見前《玉抱肚》詞注〔六〕）。

〔一一〕闌暑：溽暑已盡，指夏末。劉宋謝靈運《永初三年七月十六日之郡初發都》詩："述職期闌暑，理棹變金素。"

〔一二〕高荷句：宋范成大《大黄花》詩："大芋高荷半畝陰，玉英危綴碧瑶簪。"

【評箋】

陳廷焯曰："（燕臺兩句）情交相生。"（《詞則·放歌集》卷三）

金縷曲

寄李武曾在貴竹〔一〕

誰共金臺醉〔二〕？記年時、酒徒跋扈〔三〕，盡呼朱李〔四〕。上巳浮杯怱怱别〔五〕，雲散風流天際〔六〕。報一一、平安書寄〔七〕。鄴下雙丁齊入座〔八〕，有多才繡虎稱前輩〔九〕。交唱和，令公喜〔一〇〕。　離羣最易添憔悴〔一一〕，況而今、相如賦賤〔一二〕，鸘鷞都敝〔一三〕。老去沉吟無長策，仰屋著書而已〔一四〕。但疑義、須尋吾子〔一五〕。秋錦堂前凋錦樹〔一六〕，問灌園何日歸長水〔一七〕？倚閭望、幾年矣〔一八〕！

【注釋】

本詞選自《江湖載酒集》中。作於康熙十一年(一六七二)。

〔一〕李武曾:李良年之字,號秋錦,浙江嘉興人。工詩詞,與兄繩遠、弟符並稱“三李”。著有《秋錦山房集》。曾舉試“博學鴻辭”,不遇。貴竹:猶貴州,其地多竹,曾設貴竹長官司,因官名而稱州。良年曾於辛亥(一六七一)年春入黔。

〔二〕金臺:即黄金臺,在今河北省易縣。

〔三〕年時:指康熙九年冬、十年春,竹垞與良年會於京都時。《曝書亭集》卷七、卷八中有《慈仁寺夜歸同李十九良年對雪兼有結鄰》等四詩述及其事。

〔四〕盡呼句:朱彝尊《徵士李君行狀》:“予從逆旅見君,期之復入都。偕遊西山,題詩于壁,傳抄者不絶,一時朝士争欲識吾兩人,每召客,客輒詢座中有朱李否?”

〔五〕上巳:古代節日,魏以後一般以陰曆三月初三爲上巳節,是日於水邊修禊沐浴。浮杯:即流觴。上巳節習俗之一:即宴於環曲水渠旁,水上置酒杯,杯浮行停於其前者,即取飲。唐孟浩然《上巳日澗南園期王山人陳七諸公不至》詩:“上巳期三月,浮杯興十旬。”怱怱别:竹垞曾於康熙十年春出都,有别良年等詩曰:“滿眼鶯花無奈别。”(見《曝書亭集》卷八)

〔六〕雲散句:語本漢王粲《贈蔡子篤》詩:“風流雲散,一别如雨。”

〔七〕報一句:唐岑參《逢入京使》詩:“馬上相逢無紙筆,憑君傳語報平安。”此化用其意。

〔八〕鄴下:即鄴地,此指鄴都,代稱魏國。三國曹操封魏王時建都于此(戰國魏文侯之舊都,故地在今河北省臨漳縣)。下,古人常用以稱所在之處,如“洛”曰“洛下”,“吴”曰“吴下”。雙丁:謂丁儀、丁廙兄弟,皆有文采。《梁書・到溉傳》:“魏世重雙丁。”此喻譬李良年兄弟。

〔九〕繡虎：謂曹植。《玉箱雜記》："曹植七步成章，號繡虎。"（見曾慥《類説》四）此以喻當地俊才。前輩：謂李良年。

〔一〇〕交唱和（hè）：相互賦詩唱和。和，應和。和詩須用他人詩詞原韻，唐行而宋盛。令公喜：語本《世説新語·寵禮》：晉大司馬桓温，有主簿王珣，其人矮小；又有參軍郗超，其人多鬚。二人皆爲温所器重。時人語曰："髯参軍，短主簿，能令公喜，能令公怒。"時良年爲貴州巡撫曹申吉幕府，故云。

〔一一〕離羣：作者自謂。康熙十一年四月，竹垞自京返里，故曰。《禮記·檀弓》："吾離羣而索居，亦已久矣。"

〔一二〕相如：即司馬相如，作者自謂。賦賤：司馬相如《長門賦序》（一説序乃僞作）云："孝武皇帝陳皇后，時得幸，頗妒，别在長門宫，愁悶悲思。聞蜀郡成都司馬相如天下工爲文，奉黄金百斤，爲相如、文君取酒，因于解悲愁之辭。"此反用其意。

〔一三〕鷫鸘：謂鷫鸘裘。晉葛洪（舊題劉歆）《西京雜記》："司馬相如初與卓文君還成都，居貧愁懣，以所著鷫鸘裘就市人陽昌貰酒，與文君爲歡。"敝：破舊。

〔一四〕仰屋著書：據《南史·梁宗室恭傳》：梁元帝（蕭繹）居藩時，頗事聲譽，勤心著述。恭曰：時人多有不好歡興，乃仰眠牀上，看屋梁而著書，勞神苦思，竟不成名，豈如肆意酣歌也。

〔一五〕疑義句：語本陶潛《移居》詩："疑義相與析。"吾子：對親友之愛稱。

〔一六〕秋錦堂：李良年應試罷歸，曾於鄉里築秋錦山房。錦樹：謂碧樹經霜，其葉斑爛如錦。杜甫《錦樹行》："霜凋碧樹作錦樹，萬壑東逝無停留。"

〔一七〕灌園：李良年倦於京塵，曾謀歸灌園長水之上，使其友繪《灌園圖》，京師士大夫各賦詩詞以詠其事，竹垞亦有《摸魚子·題李武曾灌園圖》（見《曝書亭集》卷二六，本選集未收）。

〔一八〕倚閭句：言良年雙親望其歸甚切。《戰國策·齊策》："（王孫賈）母曰：'女（汝）朝出而晚來，則吾倚門而望；女暮出而不還，則吾倚閭而望。'"

【附録】

金縷曲

答朱十　　李良年

尚憶青門醉,正鞦韆翠裙入望,帝城桃李。君向揚州吾湘漢,身與沙鷗無際。感此日、瓊枝先寄。別後眠餐應似昔,奈浮雲聚傷同輩。緘未拆,雜悲喜。　頻年淚滴芳蘭悴,況天涯、歲華易改,錦韉俱敝。退谷僧房留題處,舊事淒涼何已。若天意、定憐才子,潘耒查容無恙在,伴竹垞老去同煙水。楚江柳,又青矣。

百字令

索曹次岳畫竹垞圖〔一〕

杜陵老矣〔二〕,共丹青曹霸〔三〕,白頭漂泊〔四〕。花柳春殘都未見,底事燕南棲託〔五〕? 略彴長堤〔六〕,嘔啞柔櫓〔七〕,只憶江鄉樂〔八〕。吾廬何處,斜陽芳草村落。　況有蔗芋閒田,竹梧舊徑〔九〕,客至堪杯酌。試畫三楹茅屋矮〔一〇〕,隨意圖書簾幕。硤石東西〔一一〕,横山近遠〔一二〕,密樹遮雲壑。明年歸去,小樓添向牆角〔一三〕。

【注釋】

本詞選自《江湖載酒集》中。約作於康熙十三年(一六七四)。

〔一〕曹次岳:曹岳字次岳。泰興(今江蘇省縣名)人。善畫山水,筆墨遒勁,邱壑泠然,別有秀致。

〔二〕杜陵:地名,在今陝西省西安市東南。古爲杜伯國,本名樂遊原,秦於此置杜縣,漢宣帝(劉詢)於此築陵,改名杜陵。其東南十餘里有小陵，爲許后葬處，稱少陵。杜甫曾居少陵附近，因自稱“杜陵布衣”、“少陵野老”。時竹垞尚係布衣，故借杜陵自稱。杜甫《自京赴奉先縣詠懷五百字》詩：“杜陵有布衣，老大意轉拙。”

〔三〕丹青：古代繪畫常用的兩種顔色，因以指代繪畫藝術。如杜甫有《丹青引·贈曹將軍霸》詩。曹霸：唐開元、天寶時畫家，以畫人物、畫馬著稱。此喻曹次岳。

〔四〕白頭：杜甫《存殁口號》：“曹霸丹青已白頭。”漂泊：杜甫《丹青引贈曹將軍霸》詩：“即今漂泊干戈際。”

〔五〕底事：爲何事。燕南：指戰國時燕國南方，即今北京市南部，河北省中部一帶。《後漢書·公孫瓚傳》：“童謡曰：‘燕南垂，趙北際，中央不合大如礪，唯有此中可避世。’”按：時竹垞在京潞河，就地望言，實係燕之東南。棲託：寄託、安身。按：時竹垞寄處潞河簽事龔佳育幕府，故云。劉宋謝靈運《山居賦》：“企山陽之遊踐，遲鸞鷖之棲託。”

〔六〕略彴(zhuó)：小木橋。晉郭義恭《廣志》：“獨木之橋曰榷，亦曰彴。”(《初學記》卷七引)唐陸龜蒙《新夏東郊閒泛有懷襲美》詩：“經略彴時冠暫亞，佩笭箵後帶頻摺。”

〔七〕嘔啞(ōu yā)：象聲詞，摇櫓聲。宋陸游《舟中有賦》詩：“一枝柔櫓聽咿啞，炊稻來依野人家。”

〔八〕榔：捕魚時敲船之長木條，蓋作聲以驅魚也，今江南水鄉仍沿用。

〔九〕竹梧：竹與梧桐。宋蘇軾《五色雀》詩：“惠然此粲者，來集竹與梧。”又，元倪瓚《過薩仲明半野軒》詩：“斜侵瓜圃通花藥，稻傍薇垣近竹梧。”

〔一〇〕楹(yíng)：廳堂前柱。因作量詞，屋一間稱一楹(一説一列爲一楹)。宋陸游《題菴壁》詩：“竹間僅有屋三楹，雖號吾廬實客亭。”

〔一一〕硤石：山名，在今浙江省海寧縣。《嘉慶一統志》：“硤石山在海寧州東北六十里，一名紫微山……兩山相夾，中通河流。”故名。按：海寧縣在竹垞故鄉西南，而硤石在海寧東北，恰在嘉興之西，詞云

"東西",偏義指西,與下句"近遠"對偶。

〔一二〕橫山:山名。在今浙江省海鹽縣西南三十里。竹垞曾登其山,著有《橫山題名》(見《曝書亭集》卷六八)。又,其《鴛鴦湖櫂歌一百首》第九十八首自注云:"余近移家長水之梅谿,殳山在其西,橫山在其南,皆可望見。顧況讀書臺在橫山頂。"

〔一三〕小樓:《梅里志》:朱檢討欲築而未果者(指小樓)曰"六峰閣"。

【附録】

百　字　令　　王　昶

竹垞太史客津門時,曾請曹秋崖畫竹垞圖長卷。李武曾、高澹人諸君咸有和作。伯元閣學令工臨之,屬予追和,攜至鴛湖道中,爲填此解。

鴛湖放棹,正春殘兩岸,楊花飄泊。一卷生綃重畫取,彷彿前賢棲託。菲屋彎環,蓮漪澹沱,空負幽居樂。潞河羈旅,潮生還看潮落。　料得投老歸來,叢篁影裏,昔兩同賢酌。記向竹西頻話舊,惆悵苔荒井幕。耆碩凋零,雲衬衰謝,喜更開邱壑。他年過訪,青鞵還躡籬角。

百　字　令　曝書亭落成　　阮　元

南垞荒矣,問書船潞水,何人停泊?經卷詩篇零落後,魂夢向誰棲託?把酒能召,披圖相慰,畢竟歸來樂。結成亭子,我又重爲君落。　十見五馬行春,雙鳧漾水,攜畫同斟酌。尚有竹枝桐葉在,護爾秋風簾幕。疊石栽花,引牆園竹,依舊分林壑。者番題柱,夕陽休礪半角。

按:阮元和詞,係嘉慶元年(一七九六)主持修復曝書亭落成時作,一時和者四十餘人,收入《竹垞小志》及各家詞集,此僅附首和,餘不能並録。

郭則澐曰:"竹垞曝書亭在梅里勝處,歷百餘年,'蔗芋閑田、竹梧舊徑',渺然莫考。阮文達以閣學督學浙中,就其地重建之,亭復翼然。舊有《竹垞圖》,曹秋岳所作,文達屬周采巖瓚、方藍坻薰重摹裝卷,並追和《百字令》二闋紀之;別繫以詩,所謂'笛漁早逝諸孫老,誰曝遺書向此亭'

也,一時賡和者三十餘人。”(《清詞玉屑》卷二)

渡江雲

送蔣京少入楚省覲〔一〕

鼕鼕街鼓歇〔二〕,驚沙紛卷,白日淡幽州〔三〕。望疏林郭外〔四〕,翦翦酸風〔五〕,鬅栗響籬頭〔六〕。三杯兩琖〔七〕,旗亭酒、怎把人留。看一霎、鞭絲茸帽〔八〕,驅馬度盧溝〔九〕。

離愁。萬重煙樹,千疊雲山,縱相思夢有;尋不到、清江古渡〔一〇〕,黄鶴空樓〔一一〕。趨庭正值椒花讌〔一二〕,醉春盤、儘許風流〔一三〕。能記憶、買田陽羨人不〔一四〕?

【注釋】

本詞選自《江湖載酒集》中。約作於康熙十年—康熙十四年(一六七一——一六七五)間。

〔一〕蔣京少:蔣景祁之字,武進(今江蘇省縣名)人(一説宜興人,見《江南通志》)。曾官同知。著有《東舍集》。省覲(xǐng jìn):探望、晉見父母。蔣父永修曾官至湖廣提學副使,故題云“入楚”。

〔二〕街鼓歇:謂天色已晚。街鼓,設置於街頭之警夜鼓,宵禁之始、之終擊以通報。唐劉肅《大唐新語》:“舊制,京城内金吾曉暝傳呼,以戒行者。馬周獻封章,始置街鼓,俗號‘鼕鼕鼓’,公私便焉。”

〔三〕幽州:古代十二州之一,即今河北、遼寧一帶。此借以指北京。

〔四〕郭:外城。此當指北京西南外城廣安門或西直門,出此可“度盧溝”。

〔五〕翦翦:狀風削面如剪。唐韓偓《寒食夜》詩:“惻惻輕寒翦翦風,杏花飄雪小桃紅。”酸風:冷風刺目,使眼覺酸。唐李賀《金銅仙人辭漢歌》:"魏官牽車指千里,東關酸風射眸子。"

〔 六 〕觱(bì)栗：通作"觱篥"。陳暘《樂書》:"觱篥,一名悲篥,一名笳管。龜兹之樂也,以竹爲管,以蘆爲首,狀類胡笳而九竅,所法者角音而甚悲,吹之以驚中國馬焉。"又,明田汝成《委巷叢談》:"籬頭吹觱栗。"此爲其所本。

〔 七 〕三杯兩琖：語本李清照《聲聲慢》詞:"三杯兩盞淡酒,怎敵他曉(一作"晚")來風急。"琖,通"盞"。

〔 八 〕茸帽:細毛之帽。宋陸游《雪晴行益昌道中》詩:"春迴柳眼梅鬚裏,愁在鞭絲帽影間。"

〔 九 〕盧溝：即今永定河。河上盧溝橋爲出京南行必經之路。

〔一〇〕清江：古稱夷水。源出湖北省利川縣齊岳,東流至宜都縣入長江,古渡口即在此。宋趙長卿《阮郎歸・咏春》詞:"憶曾和淚送行舟,清江古渡頭。"

〔一一〕黄鶴空樓：樓在今湖北省武漢市之蛇山,昔云仙人子安乘鶴過此,故名。唐崔顥《黄鶴樓》詩:"昔人已乘黄鶴去,此地空餘黄鶴樓。"

〔一二〕趨庭:《論語・季氏》:"(子)嘗獨立,鯉(孔子之子)趨而過庭。(子)曰:'學詩乎?'對曰:'未也。'(子曰)'不學詩,無以言。'鯉退而學詩。"後因以爲承受父親教導之代稱。王勃《滕王閣序》:"他日趨庭,叨陪鯉對。"趨,小步快走,以示恭敬。椒花讌:舊俗,元旦家宴,子孫應向家長敬進椒實所浸之酒,故名。漢崔寔《四民月令》:"正月之朔,是謂正日。……子婦曾孫,各上椒酒於家長,稱觴舉壽,欣欣如也。"

〔一三〕春盤:古代習俗於立春日,取生菜、果品、餅、糖等,置於盤中爲食,取其喜迎新春之意,故稱。杜甫《立春》詩:"春日春盤細生菜,忽憶兩京梅發時。"

〔一四〕買田陽羡：語本宋蘇軾《菩薩蠻》詞:"買田陽羡吾將老,從來只爲溪山好。"陽羡,即今江蘇省宜興縣。不(fǒu)：同"否"。

【評箋】

陳世焜曰："(白日)五字直壓千古。(上闋)筆筆警拔。("縱相思"兩句)無一語不曲折深入，氣骨最高，情韻最勝。(結句)結筆如此便住，却佳。"(《雲韶集》抄本)

陳廷焯曰："'白日澹幽州'五字千古。"又，"(下片)亦疏快，亦沉着。"(《詞則・大雅集》卷五)

臨　江　仙

藥甲齊開

藥甲齊開更斂〔一〕，柳縧欲起還沉。一春閒望費愁吟。酒旗風著力，花事雨驚心〔二〕。巷窄猧兒不吠〔三〕，樓高燕子難尋〔四〕。熏爐小篆疊重衾〔五〕。緑蔭猶未滿〔六〕，庭院已深深〔七〕。

【注釋】

本詞選自《江湖載酒集》中。

〔一〕藥甲：指代藥類植物。甲，草木萌芽之外皮。杜甫《絶句》詩："藥條藥甲潤青青。"仇注："《杜臆》：有條有甲，見種藥多品。"斂：收聚。此謂凋謝零落。

〔二〕花事：賞花遊春之事。驚心：謂花凋風雨，使人心驚。按：此似喻情事之受挫。

〔三〕猧(wō)兒：小狗。唐無名氏《醉公子》詞："門外猧兒吠，知是蕭郎至。"

〔四〕樓高句：用盼盼情事喻樓在人杳。唐白居易《燕子樓詩序》："徐州故尚書有愛妓盼盼(一作"眄眄")，善歌舞，雅多風態。……尚書既殁，第中有小樓名‘燕子’，盼盼念舊愛而不嫁，居是樓十餘年。”

〔五〕熏爐：熏香用之小爐。篆：謂盤香或香之煙霧。宋秦觀《減字木蘭花》詞：“欲見回腸，斷盡金爐小篆香。”

〔六〕緑陰句：唐杜牧遊湖州（今浙江省吴興等縣）見一垂髫少女，奇麗，愛之，與其母爲十年之約。十四年後，牧爲湖州刺史，尋其女，已嫁三年，且生子矣。乃悵而爲《歎花》詩云：“自恨尋芳到已遲，往年曾見未開時；如今風擺花狼藉，緑葉成陰子滿枝。”（見《麗情集》，今本《樊川詩集注》附。詩題一作《悵别》。）

〔七〕庭院句：語本宋歐陽修《蝶戀花》詞：“庭院深深深幾許，楊柳堆煙，簾幕無重數。玉勒雕鞍遊冶處，樓高不見章臺路。”

【評箋】

譚獻曰：“風諭三味。”（《篋中詞》二）

西　地　錦

送錢爾載之河中〔一〕

到此轉愁君去，且踟躕岐路〔二〕。遥山一抹〔三〕，初鴻幾點，又疏疏秋雨。　　鸛雀樓頭凝竚〔四〕，定懷人題句。他鄉歲月，故園燈火，話兩家兒女。

【注釋】

本詞選自《江湖載酒集》中。

〔一〕錢爾載：錢枋之字，桐鄉（今浙江省北部）諸生，居梅里，著有《長圃吟》。河中：府名，唐置，以居黄河中游得名。明改稱蒲州。治所在今山西省永濟縣蒲州鎮。

〔二〕到此:謂已送錢一程。

〔三〕遥山一抹:謂遠山隱隱,若畫圖中之一抹。宋李甲《擊梧桐》詞:"岸蕪静,翠染遥山一抹。"

〔四〕鸛雀樓:在山西省永濟縣城西南。《夢溪筆談》:"河中府鸛雀樓三層。前瞻中條,下瞰大河。"因時有鸛雀集其上,故名。唐人在樓上題詠甚多,王之涣《登鸛雀樓》詩即詠此。凝竚(zhù):凝神站立,而心有所思。

百字令

彭城經漢高祖廟作〔一〕

歌風亭長〔二〕,剩三楹遺廟,斷垣摧棟〔三〕。芒碭雲霾銷已盡〔四〕,惟見馬頭山擁〔五〕。逐鹿人亡〔六〕,斬蛇溝冷〔七〕,一片閒丘隴。綵幡斜掛〔八〕,緑楊絲裹飄動。

贏得割據羣雄,六朝五季〔九〕,各自誇龍種〔一〇〕。魂魄千秋還此地〔一一〕,人彘野雞誰共〔一二〕?社古枌榆〔一三〕,村遥巫覡〔一四〕,孰管神迎送〔一五〕!行人憑弔,看來終勝劉仲〔一六〕。

【注釋】

本詞選自《江湖載酒集》下。約作於康熙十六年(一六七七),是年竹垞有《彭城道中詠古》詩(見前《詩選》),亦詠漢高祖事。

〔一〕彭城:即今江蘇省徐州市。漢高祖廟在城之東南。

〔二〕歌風:《史記·高祖本紀》:高祖十二年(前一九五),"高祖還歸,過沛,留。置酒沛宫,悉召故人父老子弟縱酒,發沛中兒得百二十人,教之歌。酒酣,高祖擊筑,自爲歌詩曰:'大風起兮雲飛揚,威加海内兮歸故鄉,安得猛士兮守四方!'令兒皆和習之。"亭長:劉邦曾爲泗上亭長。

〔三〕斷垣(yuán):猶斷牆。摧:崩壞。《史記·孔子世家》:"泰山壞乎?梁柱摧乎?"

〔四〕芒、碭(dàng):山名,在今安徽省碭山縣(原屬徐州市),《史記·高祖本紀》:爲避秦始皇東遊,劉邦"亡匿,隱于芒、碭山澤岩石間",吕后仍能尋得。曰:"季所居上常有雲氣,故從往常得季。"

〔五〕馬頭山擁:謂羣山簇擁於馬前。李白《送友人入蜀》詩:"山從人面起,雲傍馬頭生。"此化用其句。又,宋梅堯臣《歐陽寺丞桐城宰》詩:"葉落淮南樹,青山徧馬頭。"

〔六〕逐鹿人:喻争奪天下之羣雄。《漢書·蒯通傳》:"秦失其鹿,天下共逐之。"

〔七〕斬蛇溝:相傳劉邦醉後斬當徑之蛇處,地在今江蘇省豐縣。《史記·高祖本紀》:劉邦爲亭長,押送犯人去驪山,行至豐西澤中,行者報告"前有大蛇當徑,願還。"劉邦曰:"壯士行,何畏!"乃拔劍斬蛇。

〔八〕綵幡:猶春幡。舊俗於立春日剪綵爲小幡(長條形旗幟)懸掛樹枝,以爲春至之象徵。前蜀韋莊《立春》詩:"綵幡新翦緑楊絲。"此從中化出。

〔九〕五季:謂唐、宋之間的後梁、後唐、後晉、後漢、後周五代。季,末。

〔一〇〕龍種:舊以帝爲龍,稱帝之子孫爲龍種。此謂歷代割據羣雄效法劉邦起自隴畝而逐鹿中原,均自謂真龍天子。杜甫《哀王孫》詩:"高帝子孫盡隆準,龍種自與常人殊。"

〔一一〕魂魄句:語本《史記·高祖本紀》:"(高祖)曰:'遊子悲故鄉,吾雖都關中,萬歲後,吾魂魄猶樂思沛。"

〔一二〕人彘(zhì):謂劉邦寵姬戚夫人。據《史記·吕后紀》:邦寵戚夫人,欲立其子如意爲太子,未果。邦死,吕后斷戚夫人手足,去眼,煇(即"熏")耳,飲瘖藥,使居廁中,稱爲人彘。野雞:謂吕后。吕后名雉,雉即野雞。

〔一三〕枌榆:劉邦起兵時曾禱於枌榆社(詳前《彭城道中詠古》詩注〔二〕)。

〔一四〕覡(xí)：男巫。《國語·楚語》："在男曰覡，在女曰巫。"

〔一五〕孰：誰。

〔一六〕看來句：據《史記·高祖本紀》："(高祖)起爲太上皇壽，曰：'始大人常以臣無賴，不能治産業，不如仲力，今某之業所就，孰與仲多？'"劉仲，劉邦之兄。

水龍吟

謁張子房祠〔一〕

當年博浪金椎，惜乎不中秦皇帝〔二〕！咸陽大索〔三〕，下邳亡命〔四〕，全身非易〔五〕。縱漢當興，使韓成在〔六〕，肯臣劉季〔七〕？算論功三傑〔八〕，封留萬户〔九〕，都未是，平生意〔一〇〕！　遺廟彭城舊里〔一一〕，有蒼苔斷碑横地〔一二〕。千盤驛路，滿山楓葉，一灣河水。滄海人歸〔一三〕，圯橋石杳〔一四〕，古牆空閉。悵蕭蕭白髮〔一五〕，經過攬涕〔一六〕，向斜陽裏。

【注釋】

本詞選自《江湖載酒集》下。或作於康熙十六年(一六七七)，參前《百字令》。

〔一〕張子房：張良字子房，曾椎擊秦始皇于博浪沙，避禍走下邳。高祖起兵，良從之，爲其重要謀臣。劉邦定天下，封良爲留侯。晚好黄老之説，死後謚文成。其祠舊址在今江蘇省銅山縣。

〔二〕當年二句：據《史記·秦始皇本紀》："二十九年(前二一八)，始皇東游至陽武(今河南省原陽縣)博浪沙中，爲盜所驚。"又，《史記·

留侯世家》:"秦滅韓,(張)良少,未宦事韓。韓破,良家僮三百人,弟死不葬,悉以家財求客刺秦王,爲韓報仇,以大父、父五世相韓故……得力士,爲鐵椎重百二十斤;秦皇帝東游,良與客狙,擊秦皇帝博浪沙中,誤中副車。"博浪,地名,即博浪(一作"狼")沙,在河南省陽武縣東南。金椎,猶鐵椎。不中,用宋蘇舜欽語:據龔明之《中吴紀聞》卷二:"(舜欽)豪放,飲酒無算。在婦翁杜正獻家,每夕觀書以一斗爲率。正獻深以爲疑,使子弟密察之。聞讀《漢書·張子房傳》,至'良與客俱,擊秦皇帝,誤中副車。'遽撫案曰:'惜乎擊之不中!'遂滿引一大勺……正獻公知之,大歎曰:'有如此下(酒)物,一斗誠不爲多也!'"

〔三〕咸陽大索:謂在咸陽大肆搜捕。《史記·秦始皇本紀》:"(始皇至博狼沙)爲盗所驚,求弗得,乃令天下大索。"咸陽,謂秦都,此指代秦廷。

〔四〕下邳(pī):秦縣名,故地在今江蘇省宿遷縣境内。《史記·留侯世家》:"良乃更姓名,亡匿下邳。"

〔五〕全身:保全生命。《詩序·王風·君子陽陽》:"君子遭亂,相召爲禄仕,全身遠害而已。"

〔六〕使:假使。韓成:戰國時韓王後代,曾封爲横陽君。項梁起兵後,張良勸立諸國之後,乃立成爲韓王,良爲司徒。後成被項羽所殺,良乃逃奔劉邦。

〔七〕肯:怎肯。臣:稱臣子。劉季:劉邦之字。

〔八〕三傑:謂張良、蕭何與韓信。《史記·高祖本紀》:"(高祖曰:)夫運籌策帷帳之中,决勝於千里之外,吾不如子房;鎮國家、撫百姓、給餽餉,不絶糧道,吾不如蕭何;連百萬之軍,戰必勝,攻必取,吾不如韓信;此三人皆人傑也。"

〔九〕封留萬户:張良受封留侯,食邑萬户。

〔一〇〕都末句:謂良志在復辟韓國,受封漢侯非其夙願。

〔一一〕彭城:漢郡名,故地在今江蘇省銅山縣。據毛昌傑《續漢書郡國志釋略》:張良封邑留縣屬該郡,其地舊有張良廟。

〔一二〕蒼苔斷碑：郝居中《題五丈原武侯廟》詩："斷碑文字只蒼苔。"

〔一三〕滄海：謂倉海君。倉，通"滄"。《漢書・張良傳》："良嘗學禮淮陽，東見倉海君，得力士。"顔師古注："蓋當時賢者之號也。良既見之，因而求得力士。"

〔一四〕圯(yí)橋：地名，即沂水橋，在今江蘇省邳縣南。據《史記・留侯世家》、《嘉慶一統志・徐州府》，黄石公曾于圯橋授張良《太公兵法》，良因以立功業。

〔一五〕蕭蕭：頭髮花白稀疏貌。宋蘇軾《次韻詔守狄大夫見贈》二首："華髮蕭蕭老遂良，一身萍掛海中央。"

〔一六〕攬涕：擦乾眼淚。梁任昉《答陸倕知己賦》："矧相知其如此，獨攬涕而潺湲。"

【評箋】

譚獻曰："何堪使洪、吴輩聞！"(《篋中詞》二)按："洪"指洪承疇(明兵部尚書)，"吴"指吴三桂(明山海關總兵)，皆降清，並率兵鎮壓各地農民起義和抗清運動。

陳廷焯曰："誠如先生言，何以阻立六國後耶！余嘗謂：子房，漢之功臣，非韓之忠臣也。未遇黄石公以前，發于血性，成就未可限量；一遇黄石公後，純用譎詐，殊乖于正，而尤謬在薦四皓一事，則亦並不得爲漢之忠臣矣。但就詞而論，詞筆力自是高絶。"(《詞則・放歌集》卷三)

金縷曲

初夏

誰在紗窗語？是梁間、雙燕多愁，惜春歸去〔一〕。早有田田青荷葉〔二〕，占斷板橋西路。聽半部、新添蛙鼓〔三〕。

小白蔫紅都不見〔四〕,但愔愔門巷吹香絮〔五〕。緑蔭重,已如許。　　花源豈是重來誤〔六〕?尚依然、倚杏雕闌,笑桃朱户〔七〕。隔院鞦韆看盡拆〔八〕,過了幾番疏雨。知永日、簸錢何處〔九〕?午夢初回人定倦,料無心肯到閒庭宇。空搔首〔一〇〕,獨延佇〔一一〕。

【注釋】

本詞選自《江湖載酒集》下。

〔一〕誰在三句:宋秦觀《蝶戀花》詞:"曉日窺窗雙燕語,似與佳人,共惜春將暮。"二者意境相近。

〔二〕田田:緑葉浮水之狀。《宋書·古辭·江南可采蓮》:"蓮葉何田田。"

〔三〕聽半部句:謂蛙鳴如鼓樂。《南齊書·孔稚珪傳》:"(珪)門庭之内,草萊不剪,中有蛙鳴。或問之……稚珪笑曰:'我以此爲兩部鼓吹。'"鼓吹(chuì),古時以鼓、鉦、簫、笳等樂器之合奏音樂。

〔四〕小白句:謂春事闌珊,即淺淡之白、紅花亦不復見。蔫(yān),花草枯萎,顔色不鮮艷。蘇軾《次韻劉景文左藏和順闍黎》詩:"淺紫從争發,浮紅任早蔫。"

〔五〕但:徒;僅。愔(yīn)愔:和悦,安閑。此處有幽静意。高觀國《杏花天》詞:"霽煙消處寒猶嫩,乍門巷、愔愔晝永。"香絮:謂柳絮。宋姜夔《長亭怨慢》:"漸吹盡枝頭香絮,是處人家,緑深門户。"下句"緑陰"即由此化出。

〔六〕花源句:晉陶潛《桃花源記》:"(漁人)尋向所誌,遂迷,不復得路。"

〔七〕笑桃:用崔護"人面桃花"事,詳《高陽臺》詞注〔一三〕。

〔八〕鞦韆:《開元天寶遺事》:"竪鞦韆,令宫嬪嬉笑。"按:鞦韆多爲婦女戲玩,"鞦韆看盡拆",意謂其人已去,即"人面衹今何處去"意。宋蔣捷《絳都春》詞:"早拆盡、鞦韆紅架。縱然歸近,風光又是,翠陰初夏。”

〔九〕永日：長日；鎮日。唐韋應物《懷素友子西》詩：“永日獨沉吟。”簸錢：以擲錢較勝負之遊戲。唐王建《宫詞》：“暫向玉花階上坐，簸錢贏得兩三籌。”

〔一〇〕搔首：撓頭，焦慮無奈狀。《詩·邶風·静女》：“愛而不見，搔首踟躕。”

〔一一〕延佇(zhù)：久立等待。屈原《九歌·大司命》：“結桂枝兮延竚(同“佇”)，羌愈思兮愁人。”

【評箋】

譚獻曰：“人才進退，知己難尋，所感甚深。”(《篋中詞》二)

陳世焜曰：“(上闋)去華存實，此詞家老境，非聖手不到。(“小白”三句)春去奈何。”(《雲韶集》抄本)

陳廷焯曰：“後半言情，前半寫景，濃淡各極其致。”又，“(下片)不作豔語，去華存實，情更深，味更濃。”(《詞則·閑情集》卷四)

邁陂塘

答沈融谷即送其游皖口〔一〕

記分襟、秋河射角〔二〕，相逢今已春序〔三〕。草芽香徑看猶淺，早有落梅無數。桃葉渡〔四〕，指雁齒橋西〔五〕，舊是中山墅〔六〕。留君且住，唤紅友傳杯〔七〕，青猿翦燭〔八〕，伴我夜深語。　　勞生事〔九〕，白髮蕭閒未許〔一〇〕，軟塵翻又催去〔一一〕。鍾山照眼青青在，雲壑笑人何苦〔一二〕，攜手步，那得共，春潮皖口揚舲度〔一三〕。沉吟歸路，算二頃湖田，一絲釣艇〔一四〕，肯負緑簑雨〔一五〕。

【注釋】

本詞選自《江湖載酒集》下。

〔一〕沈融谷：沈皡日之字，號柘西，浙江平湖人。以貢生知廣西來賓縣，歷湖南辰州府同知。工詩詞，與竹垞、李良年、李符等稱"浙西六家"，有《柘西精舍詞》、《燕遊》、《楚遊》等集行世。皖口：地名。在今安徽省懷寧縣西，爲皖水入長江口處。

〔二〕分襟：別離。唐駱賓王《秋日別候四》詩："歧路分襟易，風雲促膝難。"河：天河。角：星宿名，二十八宿之一。漢崔寔《四民月令》："河射角，堪夜作。"

〔三〕春序：猶春季。序，季節。梁江淹《拜正員外郎表》："屢度經冬，亟移春序。"

〔四〕桃葉渡：渡口名。在今南京市秦淮河畔。相傳因晉王獻之在此作歌送其妾桃葉而得名。其歌云："桃葉復桃葉，渡江不用楫。但渡無所苦，我自迎接汝。"(見《隋書・五行志》)

〔五〕雁齒橋：狀橋階並列如雁行，參差如齒。北周庾信《温湯碑》："秦皇餘石，仍爲雁齒之階。"唐白居易《新春江次》詩："鴨頭新緑水，雁齒小紅橋。"

〔六〕中山墅：明開國功臣徐達居所。《金陵世紀》：中山武寧王(即徐達)宅在(今南京)聚寶門内，出秦淮，賜名大功坊。

〔七〕紅友：酒之別稱。宋羅大經《鶴林玉露》："常州宜興縣黄土村，東坡南遷北歸，嘗與單秀才步天至其地。地主攜酒來餉，曰：'此紅友也。'"酒紅則濁，故以稱薄酒。

〔八〕青猿：喻小童。宋陸游《秋思》詩："委轡看山無鐵獺，拾樵煎茗有青猿。"自注："鐵獺，梅聖俞馬；青猿，王元之童。"

〔九〕勞生：辛勞的生活。唐駱賓王《海曲書情》詩："薄游倦千里，勞生負百年。"

〔一〇〕蕭閒：猶清閒。宋曹組《艮獄賦》："館曰蕭閒，深庭邃宇。來萬壑之清風，無九夏之劇暑。"

〔一一〕軟塵：喻都市繁華，此特指京師紅塵。宋蘇軾《次韻蔣穎叔錢穆父從駕景靈宫》詩:"半白不羞垂領髮,軟紅猶戀屬車塵。"自注:"前輩戲語:'西湖風月,不如東華軟紅香土。'"

〔一二〕雲壑:指隱者所居。南齊孔稚圭《北山移文》:"學遁東魯,習隱南郭,偶吹草堂,濫巾北岳,誘我松桂,欺我云壑。"

〔一三〕揚舲(líng):乘船。舲,有窗之船。屈原《九歌·雲中君》:"横大江兮揚靈。"姜亮夫校注:"靈,《後漢書·杜篤傳》注云:'作舲。'寅按:舲,本字;靈,借字也。"

〔一四〕一絲釣艇:猶言"乘釣艇垂一絲"。

〔一五〕肯:怎肯。

【評箋】

陳世焜曰:"字字高雅。"(《雲韶集》抄本)

陳廷焯曰:"(下片"雲壑"兩句)筆情瀟灑,亦婉折有致。"(《詞則》)

邁陂塘

用前韻題查韜荒詞集〔一〕

對層檐、沉沉春酌〔二〕,驚心屢换時序。浮萍蹤跡如相避,飛夢天涯難數。芳草渡〔三〕、尋不到斷橋〔四〕,曲港龍山墅〔五〕。白門此住〔六〕,望塔火林梢〔七〕,江樓雁底〔八〕,莫共小窗語。　　新詞好,沈鮑同時矜許〔九〕,朗吟且漫攜去〔一〇〕。别裁懊惱迴腸曲〔一一〕,轉覺良工心苦〔一二〕。邀笛步〔一三〕,試唤取,雙鬟綽板樽前度〔一四〕。迢迢紫路〔一五〕,計秋水鱸香〔一六〕,歸期未晚,同聽豆花雨〔一七〕。

【注釋】

本詞選自《江湖載酒集》下。

〔一〕前韻:指前《答沈融谷即送其游皖口》詞。查韜荒:查容之字,號漸江,海寧(今浙江省縣名)人。布衣,工詩詞。

〔二〕沉沉:謂夜深。杜甫《醉時歌》:"清夜沉沉動春酌。"

〔三〕芳草渡:長有芳草之渡口,古人常以芳草起興賦别,此亦有其意。唐趙嘏《送權先輩歸覲信安》詩:"馬嘶芳草渡,門掩百花塘。"

〔四〕斷橋:在杭州西湖。斷橋及下句皆夢魂所蹤。

〔五〕龍山墅:查容别墅。在海寧縣硤石鎮南三十里。

〔六〕白門:南京西門,因指代南京。

〔七〕塔火:塔上之燈。塔在南京聚寶門南之大報恩寺,建于明代。塔共九層,高百餘尺,上有篝燈一百二十。

〔八〕江樓:謂閲江樓。據《嘉慶一統志・江寧府・古蹟》:明太祖曾擬建江樓於南京獅子山上,並命宋濂撰《閲江樓記》,後未果。

〔九〕沈、鮑:謂南朝梁詩人沈約、宋詩人鮑照。此喻當時詞人沈皞日、鮑夔生。杜甫《寄彭州高三十五使君》詩:"高岑殊緩步,沈鮑得同行。"矜許:推崇稱許。

〔一〇〕朗吟:高聲吟咏,此指其詞集。

〔一一〕别裁:分别裁定,謂其集之精選。杜甫《戲爲六絶句》詩:"别裁僞體親風雅。"懊憹:即《懊憹歌》,或稱《懊憹曲》,南朝民歌,多抒寫男女愛情受到挫折後的苦惱。此指查容詞。

〔一二〕良工心苦:謂其詞如大匠苦心經營。杜甫《李尊師松樹障子歌》:"已知仙客意相親,更覺良工心獨苦。"

〔一三〕邀笛步:地名。《嘉慶一統志・江寧府》:"邀笛步,在上元縣(屬今南京市)青谿橋右……(晉)王徽之邀桓伊吹笛處。"

〔一四〕綽板:即拍板。宋俞文豹《吹劍録》:"學士(指蘇軾)詞,須關西大漢,銅琵琶、鐵綽板,唱'大江東去'。"(《歷代詩餘》引)度(duó):謂度曲,即按曲譜歌唱其詞。

〔一五〕紫路:猶言紫陌,指帝京之路。唐李嶠《望幸表》:"因言槐棘,列下情於紫路。”

〔一六〕秋水句:《晉書·張翰傳》:“翰因見秋風起,乃思吴中菰菜、蒪羹、鱸魚膾,曰:‘人生貴得適志,何能羈宦數千里而要名爵乎?’遂命駕而歸。”此暗用其事,以寄託羈旅思鄉(時竹垞尚爲布衣,猶未出仕)。

〔一七〕豆花雨:即八月雨(詳前《霜天曉角·早秋放鶴洲池上作》注〔四〕)。

【評箋】

陳世焜曰:“竹垞詞,無論自作及題他人詞集,俱是一團感喟,却只不露,其詞深厚和平,其意則看破紅塵,不如歸去。讀者試於言外求之,其一唱三歎之神,至今猶在人耳。”(《雲韶集》抄本)

邁陂塘

題顧茂倫雪灘濯足圖圖爲松陵女子沈關關所繡〔一〕

更無須、調鉛吮粉〔二〕,神針繡出天巧〔三〕。江村自是科頭慣〔四〕,不用雨巾風帽。木葉少,向獨樹疏陰,添個漁童小。三高絶倒〔五〕,笑淺菊莎邊,閒鷗磯畔,千載有同調〔六〕。　蓬門在,深徑客來頻掃〔七〕,東籬頗厭枯槁〔八〕。香山詩卷牛腰重〔九〕,六十平頭未老。貧也好〔一〇〕,那似我,黄塵六月長安道〔一一〕。秋風舉櫂,問斜日鱸香〔一二〕,卜鄰定許,歸計已先料。

【注釋】

本詞選自《江湖載酒集》下。

〔一〕顧茂倫:顧有孝之字,吴江(今江蘇省縣名)人。處士。曾刻百家詩行世。吴江名勝有釣雪灘,晚年因自號“雪灘釣叟”,有《雪灘釣叟集》。松陵:吴江縣之别稱。建縣前,其地爲吴縣松陵鎮,因名。

〔二〕調鉛吮(shǔn)粉:謂以顏料調色準備作畫。吮粉,吮畫筆,猶如吮墨。

〔三〕神針:據唐蘇鶚《杜陽雜編》中:唐順宗時,有盧眉娘者,善刺繡,能於尺絹繡出《法華經》七卷,世人因稱之"神針"。此喻松陵女子。

〔四〕科頭:結髮不着冠,此謂畫中人(以下四句皆指畫)。

〔五〕三高:謂范蠡、張翰及陸龜蒙三人。據《嘉慶一統志・蘇州府・古蹟》:"三高祠,在吴江縣東。昔在垂虹橋南,乾道三年,縣令趙伯虚徙之雪灘,祀范蠡、晉張翰、唐陸龜蒙。"

〔六〕笑淺菊二句:陸龜蒙《杞菊賦并序》云:"爾菊未莎,其如予何。"又《白鷗詩并序》云:"羽族麗於水者多矣,獨鷗爲閒暇,其致不高耶?"此用其事,喻茂倫之風,故下云"千載有同調"。

〔七〕蓬門二句:杜甫《客至》詩:"花徑不曾緣客掃,蓬門今始爲君開。"此反用其意。又,竹垞《静志居詩話・顧有孝》:"賓至輒留,江左有齏菜孟嘗君之目,由其胸無柴棘故。"(卷二二)

〔八〕東籬句:晉陶潛《飲酒》詩:"采菊東籬下。"又云:"一生亦枯槁。"此用其句。

〔九〕香山句:唐白居易致仕後,與香山僧如滿結香火社,自稱香山居士。此喻茂倫。牛腰,謂書卷量大如牛腰。李白《醉後贈王曆陽》詩:"書禿千兔毫,詩裁兩牛腰。"比喻其詩作之多。

〔一〇〕貧也好:唐戎昱《長安秋夕》詩:"遠客歸去來,在家貧也好。"此用其句。

〔一一〕那似二句:金元好問《洞仙歌》詞:"黄塵鬢髮,六月長安道。"此用其意。

〔一二〕秋風二句:用晉張翰事(詳前《題查韜荒詞集》注〔一六〕)。

【評箋】

郭則澐曰:"竹垞本乏宦情,詞中屢申林棲之旨,如《題顧茂倫雪灘濯足圖》云:‘貧也好,那似我黄塵,六月長安道。’又《贈吴天章》(按:見下《摸魚子》)句云:‘六街聽慣鼕鼕鼓,頗厭征衣塵垢。’雖在軒裳,不忘邱壑一廬,人海亦虚舟耳。”(《清詞玉屑》卷一)

陳世焜曰:“(“江村”四句)畫境令我神往。(下闋)一冷一熱,言中有味,令讀者涵詠不置。”(《雲韶集》抄本)

【附録】

朱彝尊曰:“松陵女子沈關關作《雪灘濯足圖》,一經裝池,過江人士以不與題辭爲恨。”(《静志居詩話》卷二二)

摸魚子

寄龔蘅圃〔一〕

玉玲瓏、閣前松石〔二〕,經過朱夏曾撫〔三〕。主人直待秋期近,金粟滿庭香雨〔四〕。新樂府〔五〕,早和徧、蕢洲笛譜貧房句〔六〕。竹垞小住,笑我若歸時,留君爛醉,十日不教去〔七〕。　　西堂冷,孔翠應凋錦羽〔八〕,鹿麑高下騰距〔九〕。紅泥亭子方池外,深徑共誰延佇〔一〇〕?歲既暮,想皖口、鰣魚又好霑犀箸〔一一〕。粉雲風絮,定吹到山樓,叢梅凍雀,把盞舊吟處。

【注釋】

本詞選自《江湖載酒集》下。

〔一〕龔蘅圃:龔翔麟之號,字天石。仁和(今浙江省餘杭縣)人。康熙時貢生,官至御史。工詩詞,“浙西六家”之一。著有《田居詩稿》、《紅藕莊詞》等。

〔二〕玉玲瓏：閣名，龔翔麟藏書處。

〔三〕朱夏：猶夏季。《爾雅·釋天》："夏爲朱明。"注："氣赤而光明。"後因稱夏季爲朱夏。三國魏曹植《槐賦》："在季春以初茂，踐朱夏而乃繁。"

〔四〕金粟：謂桂花。據《格物叢話》：以其色黄似金，花小如粟，故名。魏了翁《約客木樨下有賦》詩："虎頭點點開金粟。"

〔五〕新樂府：謂所作新詞。"樂府"亦可稱詞，如蘇軾詞集稱《東坡樂府》。

〔六〕蘋(pín)洲笛譜：即宋周密詞集《蘋洲漁笛譜》。此以同姓而喻周青士。作者原注："謂青士、分虎也。"周青士，見本集《文選·報周青士書》注〔一〕。篔(yún)房：宋詞人李彭老之號，詞作收入《龜溪二隱詞》。此以同姓而喻李分虎。李符，字分虎，詳前《同里李符游于滇》詩注〔一〕。

〔七〕十日句：據《史記·范雎傳》：秦昭王與平原君書曰："願與君爲布衣之交，君幸過寡人，寡人願與君爲十日之飲。"後因用以指朋友之暫住歡聚。南齊陸厥《奉答内兄希叔》詩："平原十日飲，中散千里遊。"

〔八〕孔翠：孔雀與翠鳥，此偏義指孔雀，如晉張華《鷦鷯賦》："鷗鷄竄於幽險，孔翠生乎遐裔。"又，龔翔麟《和瞻園憶舊詩》："孔翠雕闌影不孤，開屏還怯曉寒無。"自注："余與竹垞、柘西有詠孔雀詞。"竹垞詞云"應凋錦羽"，以其時翔麟宦游在外。下同。

〔九〕麑(ní)：幼鹿。騰距：猶跳躍。距雄鷄、雉等動物踵後突出若脚趾者。此指代足。《漢書·五行志》："雌鷄化爲雄，毛衣變化而不鳴，不將，無距。"顔注："距，鷄附足骨，鬥時所用刺之。"

〔一〇〕延佇：見前《金縷曲·初夏》詞注〔一一〕。

〔一一〕皖口：見前《邁陂塘·答沈融谷即送其游皖口》詞注〔一〕。其地産鱘魚。犀箸：以犀牛角製成的筷子，此作"箸"之美稱。杜甫《麗人行》："犀箸厭飫久未下。"

【評箋】

陳世焜曰:"("竹垞"四句)脱口而出絶不黏滯,豪哉!("歲既暮"六句)遣詞必雅,雅而則不激不佻。"(《雲韶集》抄本)

陳廷焯曰:"(上片)脱口而出,有不期然而然之妙。"又,"(下片)雅麗兼夢窗、草窗之長。"(《詞則・别調集》卷三)

【資料】

張德瀛曰:"竹垞《寄龔蘅圃》詞,玉玲瓏閣爲龔氏藏書之所。按杭堇浦《東城雜記》:玉玲瓏,宋花石綱也。上有字紀歲月,蒼潤嵌空,叩之聲如雜佩,本包涵所靈隱山莊舊物也(爲龔氏所得)。"(《詞徵》卷六)

摸魚子

贈吴天章〔一〕

愛《蓮洋》、無多行卷〔二〕,才華直恁明秀〔三〕。紛紛日下柴車至〔四〕,逸藻吴郎希有〔五〕。李十九〔六〕,慣把汝,詩篇三載藏懷袖〔七〕。今秋邂逅,便訪我城東,涼波殘月,曉度玉河柳〔八〕。　　交期合、不在時時握手,傾心偶共杯酒〔九〕。六街聽倦鼕鼕鼓〔一〇〕,頗厭征衣塵垢。殘雪後,待驅馬、盧溝轉入孤山口〔一一〕。蒼厓若臼〔一二〕,伴翠竹黄梅〔一三〕,香林守歲〔一四〕,清興爾能否?

【注釋】

本詞選自《江湖載酒集》中。約作於康熙十三年(一六七四)。

〔一〕吴天章:吴雯之字,蒲州(今山西省永濟縣)人。曾以諸生召試博學鴻詞,不遇。

〔二〕《蓮洋》：吴天章詩集名。行卷：唐李商隱《與陶進士書》："文尚不復作，況復能學人行卷耶？"注："唐人應舉者，卷軸所爲詩文，獻之卿大夫，謂之行卷。"

〔三〕直恁：竟然這樣。

〔四〕日下：謂京城，此指北京。舊時以帝喻日，故稱帝都爲日下。《世説新語·排調》："陸(云)舉手曰：'云間陸士龍。'荀(隱)答曰：'日下荀鳴鶴。'"柴車：猶棧車，即簡陋無飾之車。《後漢書·韓康傳》："桓帝乃備玄纁之禮，以安車聘之。使者奉詔造康，康不已，乃許諾。辭安車，自乘柴車，冒晨先使者發。"竹垞用之以喻天章應薦。

〔五〕逸藻：超凡之文采。雯博覽羣籍，尤工於詩，王士禛曾譽之爲"仙才"。

〔六〕李十九：謂李良年(見前《金縷曲·寄李武曾在貴竹》詞注〔一〕)。

〔七〕慣把句：李白《酬崔十五見招》詩："長吟字不滅，懷袖且三年。"懷袖，懷藏。又，據宋尤袤《全唐詩話·朱慶餘》："(朱)慶餘遇水部郎中張籍知音，索慶餘新舊篇，擇留二十六章，置之懷袖而推贊之。"

〔八〕玉河：水名。據《燕都遊覽志》：北京玉泉山之水注入西郊諸水，穿城而東至通縣，是曰玉河，亦稱"通惠河"、"大通河"。沿堤植柳，低拂水面。

〔九〕交期二句：語本劉宋鮑照《代雉朝飛》詩："握君手，執杯酒，意氣相傾死何有？"

〔一〇〕六街：謂長安六街，此指代北京。唐張籍《洛陽行》："六街朝暮鼓鼕鼕。"鼕鼕鼓：見前《渡江雲》詞注〔二〕。

〔一一〕孤山口：在今北京市房山縣南五十六里，舊爲涿州(今河北省涿縣)、易州(今河北省易縣)分路口。

〔一二〕蒼厓：指房山縣之上方山。

〔一三〕黄梅：即蠟梅，又稱黄梅花，色如黄蠟，與梅花非一類(見宋范成大《梅譜》)。

〔一四〕香林:謂香林寺。據《嘉慶一統志》:寺"在薊州北四里,翁同泉流峙左右,爲薊州最勝處。"

【評箋】

陳世焜曰:"(李十九句)借事運詞,非絶大本領不能。(殘雪六句)豪情逸志,我恨生不與君同時,然安知當時不有我在。"(《雲韶集》抄本)

陳廷焯曰:"(上片)直書所事,非有真氣盤旋不能。"又,"(下片"待驅"兩句)豪情逸致,令我神往。"(《詞則·別調集》卷三)

摸魚子

題王咸中石塢山房圖〔一〕

最撩人、東華塵土〔二〕,騎驢蹩躠還往〔三〕。酒徒幸有王郎在〔四〕,更喜鈍翁無恙〔五〕。傾宿釀〔六〕,話黛色、堯峰燈下吴音兩〔七〕,清詩迭唱。畫十里山容,茅堂石塢,隱隱露薇帳〔八〕。　南歸好,髣髴高居仙掌〔九〕,棲貧儘自蕭放。解蘭焚芰非吾事〔一〇〕,只是海懷霞想〔一一〕。春水漲,趁三月、桃花也擬浮輕舫〔一二〕。拖條竹杖,約燒筍林香〔一三〕,焙茶風細,來問五湖長〔一四〕。

【注釋】

本詞選自《江湖載酒集》下。

〔一〕王咸中:王申荀,字咸中,吴縣(今屬江蘇省)人,石塢山有其别墅。石塢,係堯峯之山坳。

〔二〕東華:宫門名。宋、明、清皇城均有東華門,後因以指代京華。宋蘇軾《次韻蔣穎叔錢穆父從駕景靈宫》詩:"半白不羞垂領髮,軟紅猶戀屬車塵。”自注:“前輩戲語:‘西湖風月,不如東華軟紅香土。’”此暗用其意。

〔三〕蹩躠(xiè):李白《鳴皋歌送岑徵君》詩:“夔龍蹩躠於風塵。”王琦注:“《廣韻》:蹩躠,旋行貌,一曰跛也。”

〔四〕王郎:謂王咸中。杜甫《短歌行贈王郎司直》詩:“王郎酒酣拔劍斫地歌莫哀。”

〔五〕鈍翁:謂汪琬,琬字苕文,長洲(今蘇州市)人。有《鈍翁類稿》。舉博學鴻辭,授翰林院編修。

〔六〕宿釀:猶陳酒。

〔七〕堯峯:山名。《嘉慶一統志》:“山在吴縣西南。(宋)蘇舜欽詩:‘西南登堯峯。’俗云‘堯所基’,即此。”按:汪、王皆蘇州人,均結廬堯峯,竹垞曾作《臨江仙·人日訪汪苕文堯峯山莊不值》詞,故詞曰“兩吴音”、“話黛色堯峯”。

〔八〕薇帳:同“蕙帳”。唐李賀《河南府試十二月樂詞·二月》詩:“薇帳逗煙生緑塵。”清王琦滙解:“薇帳,猶蕙帳。”蕙帳,語出南齊孔稚珪《北山移文》:“蕙帳空兮夜鶴怨,山人去兮曉猿驚。”後因爲隱者所用,如王安石出仕後,王介贈詩云:“蕙帳一空生曉寒。”(見葉夢得《石林詩話》)。

〔九〕仙掌:華山東峯名,在今陝西省華陰縣。峯側石上有痕,自下望之,宛如手掌,五指俱全。此謂堯峯石塢若仙掌。唐崔顥《行經華陰》詩:“武帝祠前雲欲散,仙人掌上雨初晴。”

〔一〇〕解蘭焚芰(jì):南齊孔稚珪《北山移文》:“昔聞投簪逸海岸,今見解蘭縛塵纓。”又,“焚芰製而裂荷衣,抗塵容而走俗狀。”蘭,隱者所佩,故“解蘭”喻出仕。芰,菱。《離騷》:“製芰荷以爲衣兮,集芙蓉以爲裳。”故“焚芰”謂沽名逐利(此指出仕)。

〔一一〕海懷霞想:猶“懷海想霞”。語本李白《秋夕書懷》詩:“海懷結滄洲,霞想遊赤城。”

〔一二〕輕舫:猶輕舟。南宋李清照《武陵春》:“聞道雙溪春尚好,也擬泛輕舟。”

〔一三〕約燒句：謂相約竹林中燒筍。唐姚合《喜胡遇至》詩："就林燒嫩筍，遶樹揀香梅。"

〔一四〕五湖長：據《晉書·桓玄傳》：東晉大司馬桓温之子桓玄，初爲義興太守，自謂不得志，曾登高望震澤（太湖）嘆曰："父爲九州伯，子爲五湖長。"五湖，即太湖。王咸中、汪琬皆蘇州人，地在太湖畔，故竹垞戲稱之。

【評箋】

陳世焜曰："（最撩人）三字極妙。（畫十里三句）必須情景兼寫。（春水六句）筆致精秀，意度超玄，'拖條'二字妙甚。"（《雲韶集》抄本）

陳廷焯曰："（話黛色句）押'兩'字響。"又，"（春水三句）意度超玄。"（《詞則·别調集》卷三）

臺　城　路

送耕客南還〔一〕

花南老屋花無數〔二〕，茅堂在花深處。薑蔗閒塍〔三〕，竹梧小徑，吾亦板橋西住〔四〕。天涯倦旅，忍負了芳辰〔五〕，又過殘暑。底事秋風〔六〕，罷官不去送人去〔七〕。　江鄉舊時伴侣，有山中猿鶴，沙上鷗鷺〔八〕。黄雀披緜〔九〕，玉鱸堆雪〔一〇〕，誰並船窗同煮。離居最苦。判茸帽衝霜〔一一〕，也尋歸路。得及春游，紫荷田醉舞〔一二〕。

【注釋】

本詞選自《江湖載酒集》下，或作於康熙二十三年（一六八四）秋。至遲也在康熙二十九年（一六九〇）前。

〔一〕耕客:李符之號(詳前注)。

〔二〕花南老屋:李符故鄉之居所。

〔三〕塍(chéng):田埂。

〔四〕板橋:在今浙江省嘉興市,竹垞住其西之荷花池畔。

〔五〕忍:怎忍。

〔六〕底事:爲何事。

〔七〕罷官:竹垞曾於康熙二十三年(一六八四)罷官(詳本集《詩選·柳巷杏花歌》附〔資料〕)。

〔八〕猿鶴、鷗鷺:喻隱士生活,遠離塵囂,友猿盟鷗。宋蘇軾《武昌西山》詩:"山人帳空猿鶴怨。"黄庚《漁隱》詩:"不羨魚蝦利,唯尋鷗鷺盟。"

〔九〕黄雀披緜:語本蘇軾《送牛尾狸與徐使君》詩:"披緜黄雀漫多脂。"注:"黄雀脂厚,土人謂之披綿。"

〔一〇〕玉鱸堆雪:謂鱸魚肥美,其膾如雪。元王惲《糟魚》詩:"金盤堆雪喜初嘗。"

〔一一〕判:不顧。杜甫《曲江值雨》詩:"縱飲久判人共棄,嬾朝真與世相違。"

〔一二〕紫荷:即孩兒草。《嘉興府志》:孩兒草俗名荷花紫草,田家蒔以壅田,暮春花開,彌望成錦色。

生查子

曉行鄮州〔一〕

密樹引長堤〔二〕,重露微涓墜〔三〕。惟聽浦禽喧,漸入行人隊。　隱隱望高城,路出高城外。初日未侵衣,先閃寒鴉背〔四〕。

【注釋】

本詩選自《江湖載酒集》下。作於康熙三十一年(一六九二)。

〔一〕鄮(mào)州：古有鄮縣,即今浙江省寧波市,唯此詞作於竹垞再次罷官後、出都返里途中,若詞集編次無誤,則緊接此闋後不當有道經山東途中之作《清平樂·齊河客舍》,故疑"鄮"係"鄚"之音誤。鄚州,漢時鄚縣,唐代置州。治所在今河北省任丘縣鄚州鎮,爲竹垞歸里取道魯、豫所經。

〔二〕密樹句:謂長堤延伸,密樹隨之鋪延。唐皇甫冉《河南鄭少尹城南亭送鄭判官還河東》詩:"泉聲喧暗竹,草色引長堤。"此化用其句。

〔三〕涓:水滴。《説文》:"涓,小流也。"杜甫《倦夜》詩:"重露成涓滴,稀星乍有無。"

〔四〕初日二句:唐王昌齡《長信秋詞》:"奉帚平明金殿開,且將團扇共徘徊。玉顔不及寒鴉色,猶帶昭陽日影來。"又,唐温庭筠《春日野行》詩:"鴉背夕陽多。"此化用其意。

【評箋】

陳世焜曰:"(唯聽兩句)措語必真。(初日兩句)寫曉發情景,畫所不到。"(《雲韶集》抄本)

金縷曲

過外祖唐刺史廢園感舊作〔一〕

歷歷猶能記,小門開、苔峰檻外,板橋花底。潮落蟚蜞爬沙徧〔二〕,嫋嫋筠竿扶起〔三〕。自兵後、曲池平矣。倦柳衰荷都卷盡〔四〕,況鴛鴦翠鬣紅魚尾〔五〕?渾不辨,釣游地〔六〕。　土酥隴麥看無際〔七〕,剩牆東、午風茶板〔八〕,冷雲蕭寺〔九〕。去是黄童來白叟,感慨那禁對此!但滿眼、西州清淚〔一〇〕。斷陌踟躕歸騎晚,斂殘霞樓角孤城閉〔一一〕。誰會我,恁時意〔一二〕。

【注釋】

本詞選自《江湖載酒集》下。作於康熙三十一年(一六九二)。

〔一〕唐刺史:謂唐允恭,字欽甫,華亭(今上海市松江縣西)人,曾任石屏(今雲南省縣名)州知州。

〔二〕蟚蜞(péng qí):蟹類,螯足無毛,色紅,體較蟹小。

〔三〕嫋(niǎo)嫋:輕柔貌。筠(yún)竿:竹竿,用作釣竿,捕捉(即"扶起")蟚蜞。

〔四〕自兵後二句:宋姜夔《揚州慢》詞:"自胡馬窺江去後,廢池喬木猶厭言兵。"此用其意。曲池平,唐孫逖《登越州城》詩:"贈言王逸少,已見曲池平。"倦柳衰荷,史達祖《秋霽》詞:"江水蒼蒼,望倦柳愁荷,共感秋色。"

〔五〕翠鬣:謂鴛鴦之鬣毛。《本草集解》:"鴛鴦,鳧類也。其質杏花色,有文采,紅頭翠鬣。"唐崔珏《和人鴛鴦之什》:"翠鬣紅衣舞夕暉。"

〔六〕釣游地:語本韓愈《送楊少尹序》:"今之歸,指⋯⋯某水某丘,(言:)吾童子時所釣遊也。"

〔七〕土酥:蘆菔,即蘿蔔。宋陳達叟《本心齋疏食譜》:"土酥,蘆菔也。一名地酥,作玉糝羹。"

〔八〕茶板:僧院飲茶時合擊之板。沈與求《石壁寺》詩:"秀色可餐吾事辦,粥魚茶板莫相誇。"

〔九〕蕭寺:即佛寺。南朝梁武帝好佛,造佛院,使蕭子雲書,故稱。(見唐蘇鶚《杜陽雜編》)

〔一〇〕西州:在今江蘇省南京市西。《嘉慶一統志・江寧府・古蹟》:"西州城,在上元縣(今南京)西,(晉)揚州刺史治所。太元十年,謝安還都,輿病入西州門。安薨後,所知羊曇行不由西州路。嘗大醉,不覺至州門,因慟哭而去。"(參見《晉書・謝安傳》)

〔一一〕殘霞樓角:唐釋貫休《桐江閑居作》詩:"殘霞照角樓。"

〔一二〕誰會二句:宋辛棄疾《水龍吟·登建康賞心亭》詞:"把吴鈎看了,欄干拍徧,無人會登臨意。"此用其意。會,理解。恁時:此時。

滿江紅

錢唐觀潮追和曹侍郎韻〔一〕

曹侍郎《錢唐觀潮》一闋,最爲崛奇,今見雕本改竄,可惜已!康熙丙子秋,涉江追和其韻,並附原詞于後。不作三舍退避者〔二〕,欲存其真也。

羅刹江空〔三〕,設險有、海門雙闕〔四〕。日未午、樟亭一望〔五〕,樹多於髮。乍見雲濤銀屋湧〔六〕,俄驚地軸轟雷發〔七〕。算陰陽呼吸本天然〔八〕,分吴越〔九〕。　遺廟古〔一〇〕,餘霜雪。殘碑在,無年月。訝揚波重水,後先奇絶〔一一〕。齊向屬盧鋒下死〔一二〕,英魂毅魄難消歇〔一三〕!趁高秋白馬素車來〔一四〕,同弭節〔一五〕。

【注釋】

本詞選自《江湖載酒集》下。作於康熙三十五年(一六九六)。

〔一〕曹侍郎:即曹溶(見前《詩選·送曹侍郎備兵大同》注〔一〕)。

〔二〕三舍退避:意謂謙讓,不敢與争。語本《左傳·僖公二十三年》:"晉、楚治兵,遇於中原,其辟君三舍。"一舍相當于三十里。

〔三〕羅刹江:即錢塘江,以風濤險惡,故名。羅刹,佛教中之惡鬼名。唐羅隱《錢塘江潮》詩:"怒聲洶洶勢悠悠,羅刹江邊地欲浮。"

〔四〕海門雙闕:謂錢塘江口之兩山,一稱龕山,一稱赭山。

〔五〕樟亭:地名,在今浙江省杭州市,舊時爲觀潮之地。唐羊士諤《憶江南舊遊》詩:"曲水三春弄綵毫,樟亭八月又觀濤。"

〔六〕雲濤:喻波濤。銀屋:喻浪潮。李白《司馬將軍歌》:"江中白浪如銀屋。"

〔七〕地軸:古代傳説大地有軸,後因以喻大地,此指地底。轟雷發:謂潮聲如雷。明史鑑《觀潮歌》:"萬雷齊轟駭人耳。"

〔八〕陰陽呼吸:古人對潮水定時漲落的一種解釋(陰指月,陽指日)。晉郭璞《江賦》:"呼吸萬里,吐納靈潮;自然往復,或夕或朝。"(參元陶宗儀《輟耕録·浙江潮候》)

〔九〕分吴越:古以錢塘江爲吴、越分境(見《輿地記》)。

〔一〇〕遺廟:《浙江通志》:錢塘江干有廣陵侯廟,祠海神。

〔一一〕訝揚波二句:謂錢塘潮前後翻捲。《吴越春秋·勾踐伐吴外傳》:文種死,"伍子胥從海上穿山脅而持種去,與之俱浮於海。故前潮水潘候(審候)者,伍子胥也;後重水者,大夫種也。"

〔一二〕屬(zhǔ)盧:劍名。《吴越春秋·勾踐伐吴外傳》:"越王遂賜文種屬盧之劍,種得劍,又歎曰:'南陽之宰而爲越王之擒。'自笑曰:'後百世之末,忠臣必以吾爲喻矣!'遂伏劍死。"

〔一三〕英魂句:傳説錢唐潮爲忠臣魂魄所化,故潮水千古不消。屈原《九歌·國殤》:"魂魄毅兮爲鬼雄。"

〔一四〕白馬素車:謂凶服。《後漢書·獨行傳·范式》:"乃見有素車白馬,號哭而來。"此喻潮水。語本枚乘《七發》:"浩浩溰溰,如素車白馬帷蓋之張。"

〔一五〕弭(mǐ)節:駐車。弭,止;節,馬策。作者原注:"枚乘《七發》:'弭節伍子之山。'"

【附録】

滿江紅　　曹溶

浪湧蓬萊,高飛撼宋家宫闕。誰盪激、靈胥一怒,惹冠衝髮!點點征帆都卸了,海門急鼓聲初發。似萬羣風馬驟銀鞍,争超越。　江妃笑,堆成雪。鮫人舞,圓如月,正危樓湍轉,晚來愁絶。城上吴山遮不住,亂濤穿到嚴灘歇。是英雄未死報讎心,秋時節。

清　平　樂

齊心耦意〔一〕,下九同嬉戲〔二〕。兩翅蟬雲梳未起〔三〕,一十二三年紀。　　春愁不上眉山〔四〕,日長慵倚雕闌。走近薔薇架底,生擒蝴蝶花間。

【注釋】

本詞選自《静志居琴趣》。一般研究者認爲,此詞集與《風懷二百韻》(本集未選)、《閒情》詩,皆因一人所作。其人或以爲是竹垞妻妹,或以爲是其鄰女,然上述均情詞,應無異議。

〔一〕耦意:諧意。《漢書·杜欽傳》:"小臣不敢廢道而求從,違忠而耦意。"唐顔師古注:"從,順也。耦,合也。"又,《廣雅·釋詁》:"耦,諧也。"

〔二〕下九:陰曆每月十九,爲古時婦女歡會之日。元伊世珍《瑯嬛記》引《採蘭雜志》:"九爲陽數。古人以二十九日爲上九,初九日爲中九,十九日爲下九。每月下九,置酒爲婦女之歡,名曰陽會。"又,《古詩爲焦仲卿妻作》:"初七及下九,嬉戲莫相忘。"此化用其句。

〔三〕蟬雲:猶蟬鬢,古時婦女髮型(詳前《解佩令》詞注〔五〕)。古人每以"雲"狀婦女鬢髮,如宋孫光憲《浣溪沙》詞:"濕雲新斂未梳蟬。"濕雲,洗過的頭髮。

〔四〕眉山:喻女眉如遠山。舊題漢劉歆《西京雜記》:"(卓)文君姣好,眉色如望遠山。"又,宋歐陽修《踏莎行》詞:"驀然舊事上心來,無言斂皺眉山翠。"

【評箋】

陳廷焯曰:"自此章至《洞仙歌十七首》皆録《静志居琴趣》一卷中者,生香真色,得未曾有。"(《詞則·閑情集》卷四)

四　和　香

小小春情先漏泄〔一〕,愛綰同心結〔二〕。喚作莫愁愁不絶〔三〕,須未是、愁時節〔四〕。　纔學避人簾半揭,也解秋波瞥。篆縷難燒心字滅〔五〕,且拜了、初三月〔六〕。

【注釋】

本詞選自《静志居琴趣》。

〔一〕小小:年少。據《静志居琴趣》第一首《清平樂》云,其人"一十二、三年紀",此係第二首,年齡當相近。李白《宫中行樂詞》:"小小生金屋,盈盈在紫微。"

〔二〕綰(wǎn):結纏。

〔三〕莫愁:民歌中女子名,此喻伊人。《唐書·樂志》:"《莫愁樂》者,出於石城樂。石城有女子名莫愁,善歌謡,石城樂和中復有忘愁聲,因有此歌。"辭曰:"莫愁在何處,莫愁石城西。艇子打兩槳,催送莫愁來。"(皆引自《樂府詩集》)

〔四〕須:應。

〔五〕篆縷:香煙繚繞之狀。蘇軾《宿臨安净土寺》詩:"香篆起煙縷。"心字:謂"心"字形的盤香。宋蔣捷《一翦梅·舟過吴江》詞:"何日歸家洗客袍,銀字笙調,心字香燒。"

〔六〕拜月:向月祝禱,陳表心願。唐李端《新月》詩:"開簾見新月,即便下階拜;細語人不聞,北風吹裙帶。"拜月,一般祝願月圓人好,而

"初三月"僅一眉,恰與起首"小小"句相應。

【評箋】

陳世焜曰:"(須未)六字甚妙。(篆縷兩句)其情在骨,不以辭勝。"(《雲韶集》抄本)

陳廷焯曰:"合上章寫髫年情態。"(《詞則·閑情集》卷四)

搗練子

煙裊裊,雨緜緜,花外東風冷杜鵑〔一〕。獨上小樓人不見,斷腸春色又今年〔二〕。

【注釋】

本詞選自《静志居琴趣》。

〔一〕冷杜鵑:杜鵑啼聲曰:"不如歸去。"是此所謂"冷"者,盼人歸來之心冷也。

〔二〕斷腸春色:語本前蜀韋莊《古離别》詩:"斷腸春色在江南。"

【評箋】

陳世焜曰:"悽婉在一'又'字。"(《雲韶集》抄本)

卜算子

殘夢遶屏山〔一〕,小篆消香霧〔二〕。鎮日簾櫳一片垂〔三〕,燕語人無語。　　庭草已含煙,門柳將飄絮。聽遍梨花昨夜風〔四〕,今夜黄昏雨。

【注釋】

本詞選自《静志居琴趣》。

〔一〕屏山: 猶屏風。屏風多爲折疊式,形如山巒,蜿蜒起伏,故稱。毛熙震《菩薩蠻》詞:"寂寞對屏山,相思醉夢間。"

〔二〕小篆: 謂篆形之香(或帶有篆文印記之香)。宋洪芻《香譜》:"近世尚奇者,其(香)文準十二(時)辰,分一百刻,凡燃一晝夜已。"趙文鼎《賀新郎》詞:"破午睡香消餘篆。"

〔三〕鎮日: 猶整日。鎮,長;久。宋盧祖皋《倦尋芳》詞:"但鎮日繡簾高捲。"簾櫳:猶簾子。櫳,窗上櫺木。"簾櫳"合用,多指竹簾上之透明簾縫一如黏紙之窗櫳。南唐張泌《浣溪沙》詞:"微雨小庭春寂寞,燕飛鶯語隔簾櫳。"

〔四〕聽遍句: 語本唐來鵠(一作"鵬")《寒食山館書情》詩:"侵階草色連朝雨,滿地梨花昨夜風。"

【評箋】

陳世焜曰:"(上闋)字字雋秀。(結)風雨送春,有心人何以爲情。"(《雲韶集》抄本)

陳廷焯曰:"此章致思慕之情。"(《詞則・閑情集》卷四)

【附録】

論詞絶句　　厲　鶚

寂寞湖山爾許時,近來傳唱六家詞。偶然燕語人無語,心折小長蘆釣師。

憶少年

飛花時節，垂楊巷陌，東風庭院。重簾尚如昔，但窺簾人遠〔一〕。　　葉底歌鶯梁上燕，一聲聲伴人幽怨。相思了無益〔二〕，悔當初相見。

【注釋】

本詞選自《静志居琴趣》。

〔一〕窺簾人：謂情人。唐李商隱《無題》詩："賈氏窺簾韓掾少。"據《世説新語·惑溺》："韓壽美姿容，賈充(晉武帝時侍中、尚書令)辟以爲掾。每聚會，賈女於青瑣(刻爲連瑣形圖案，塗以青色之門窗)中看，見壽，悦之，恒懷存想，發於吟詠。後婢往壽家，具述如此，并言女光麗。壽聞之，心動，遂請婢潛修音問。"後充終以女妻壽。

〔二〕相思句：語本李商隱《無題》詩："直道相思了無益，未妨惆悵是清狂。"

【評箋】

陳廷焯曰："情詞淒絶，較耆卿彼此空有相憐意，未有相憐計，更見沈痛。"(《詞則·閑情集》卷四)

瑶花

午夢

日長院宇〔一〕，鍼繡慵拈〔二〕，況倚闌無緒〔三〕？翡帷翠幄〔四〕，看盡展、忘却東風簾户。芳魂摇漾，漸聽不分明鶯語。逗紅蕉葉底微涼〔五〕，幾點緑天疏雨〔六〕。　畫屏遮徧遥山，知一縷巫雲〔七〕，吹墮何處？愁春未醒，定化作、鳳子尋香留住〔八〕。相思人並〔九〕，料此際、驚回最苦〔一〇〕。亟丁寧、池上楊花，莫便枕邊飛去〔一一〕。

【注釋】

本詞選自《静志居琴趣》。

〔一〕院宇：猶院落。宇，界限。宋蔡伸《朝中措》詞："院宇日長人静，園林緑暗紅稀。"

〔二〕鍼綫句：宋柳永《定風波》詞："針線閑拈伴伊坐。"此或用其意。綫，一作"线"。

〔三〕倚闌無緒：語本宋秦觀《浣溪沙》詞："倚闌無緒更兜鞋。"

〔四〕翡帷翠幄：此係互文，即翡翠羽毛所飾之帷幄，爲帷幕之美稱，或即指翠色之帷幄。宋玉《招魂》："翡帷翠帳，飾高堂些。"

〔五〕逗：引惹。所逗者實係"疏雨"，如"石破天驚逗秋雨"（李賀《李憑箜篌引》）。紅蕉：芭蕉的一種，葉稍小，花紅，即美人蕉。唐白居易《東亭閑望》詩："緑桂爲佳客，紅蕉當美人。"

〔六〕緑天：宋陶穀《清異録》："（唐僧）懷素居零陵，庵東郊植芭蕉亙帶數畝，取葉代紙而書，號其所居曰'緑天'。"

〔七〕一縷巫雲：謂芳魂入夢。語本宋玉《高唐賦》："妾在巫山之陽，高丘之岨；旦爲朝雲，暮爲行雨。"

〔八〕化作鳳子：猶言化作蝴蝶。《莊子・齊物論》："昔者莊周夢爲蝴蝶，栩栩然蝴蝶也。自喻適志與，不知周也。俄然覺，則蘧蘧然周也。"鳳子，晉崔豹《古今注》："蛺蝶大如蝙蝠者，或黑色、或青斑，名爲鳳子。"梁沈約《領邊繡》詩："縈絲飛鳳子，結縷坐花兒。"又，唐李商隱《錦瑟》詩："莊生曉夢迷蝴蝶，望帝春心託杜鵑。"

〔九〕相思人並：謂夢中情人相聚。

〔一〇〕驚回：謂驚醒回到現實。

〔一一〕亟(qì)丁寧二句：唐顧夐《虞美人》詞："玉郎還是不還家，教人魂夢逐楊花，繞天涯。"此用其意。亟，屢。

【評箋】

陳廷焯曰："(上片)寫入夢之情逼真。"又，"(下片)吕渭老詞云'做夢楊花隨去也，妝樓畔，繡牀前'，無此情味。"(《詞則・閑情集》卷四)

摸魚子

粉牆青、虬檐百尺〔一〕，一條天色催暮〔二〕。洛妃偶值無人見〔三〕，相送襪塵微步〔四〕。教且住〔五〕，攜玉手潛行〔六〕，莫惹冰苔仆〔七〕。芳心暗訴，認香霧鬟邊〔八〕，好風衣上〔九〕，分付斷魂語。　雙栖燕，歲歲花時飛度，阿誰花底催去〔一〇〕？十年鏡裏樊川雪〔一一〕，空裊茶煙千縷〔一二〕。離夢苦，渾不省鎖香〔一三〕，金篋歸何處？小池枯樹〔一四〕；算只有當時，一丸冷月，猶照夜深路〔一五〕。

【注釋】

本詞選自《静志居琴趣》。

〔一〕粉牆青：謂青粉塗飾之牆。無名氏詞："柳條金嫩不勝鴉，青粉牆頭道韞家。"(轉録自《駢字類編》一三四卷)虬(qiú)檐：飾以虬形之檐。虬，有角之龍子。梁劉孝威《奉和晚日》詩："虬簷掛珠箔，虹梁捲霜綃。"

〔二〕一條天色：粉牆高聳，夾道中仰觀天色之謂。

〔三〕洛妃：謂洛水女神宓妃。此喻伊人。《文選・曹植・〈洛神賦〉》

李善注引如淳曰:“宓妃,宓(伏)羲氏之女,溺洛水爲神。”又,宋尤袤刻《李注文選》云,洛神即曹丕妻甄后。甄未歸丕時,植曾求之,不得。甄歸丕後被讒死,植傷之,息洛水上,因作《感甄賦》,後曹叡(魏明帝)改之爲《洛神賦》。按:此説他本不載,後人疑之。值:恰逢。

〔四〕相送:謂送“我”。襪塵微步:語本《洛神賦》:“凌波微步,羅襪生塵。”微步,猶輕步。

〔五〕且住:稍停。

〔六〕潛行:偷偷地行走。

〔七〕惹:招致。仆:謂跌倒在地。

〔八〕香霧鬟邊:語本杜甫《月夜》詩:“香霧雲鬟濕,清輝玉臂寒。”

〔九〕好風衣上:語本前蜀韋莊《過揚州》詩:“花發洞中春日永,月明衣上好風多。”

〔一〇〕阿(ā)誰:猶言誰人。阿,助詞,無義。樂府古辭《十五從軍征》:“家中有阿誰?”

〔一一〕鏡里樊川雪:謂猶杜牧之雙鬢似雪。杜牧《途中一絶》詩:“鏡中絲髮悲來慣。”又,《宿蕪湖感舊》詩:“雙鬢雪飄然。”樊川,水名,在今陝西省長安縣南。杜牧有别墅在樊川,因名其集爲《樊川文集》,後人遂以稱牧。

〔一二〕茶煙:竹垞居處有“茶煙閣”(一説欲構而未果)。見《竹垞小志》,又以名詞集(《茶烟閣體物集》,見後。此當指與伊人相聚處之茶煙。

〔一三〕渾:完全。宋盧祖皋《江城子》詞:“載酒買花年少事,渾不似,舊心情。”省(xǐng)察,明白。詞中有“知悉”意。鎖香:與下句之“金篋”句斷意連,喻不能自主之伊人。李商隱《魏侯第東北樓堂郢叔言别聊用書所見成篇》詩:“鎖香金屈戌(箱上搭扣),殢酒玉崑崙。”

〔一四〕小池枯樹:北周庾信有《小園賦》、《枯樹賦》,寫故國之思。此處用以寫故鄉之思。

〔一五〕算只有三句：宋秦觀《水龍吟》詞："不堪回首，念多情，但有當時皓月，向人依舊。"此化用其意。

【評箋】

陳廷焯曰："情詞俱臻絶頂，擺脱綺羅香澤之態，獨饒仙艷，自非仙才不能。淒艷獨絶，是從風騷樂府來，非晏歐周柳一派也。"(《詞則·閑情集》卷四)

陳世焜曰："(教且住六句)精秀絶世。(分付句)淒咽。(離夢七句)淒艷綿纏，字字騷雅。結淒警。"(《雲韶集》抄本)

陳廷焯曰："竹垞《摸魚子》云：'粉牆青……。'情辭俱臻絶頂，擺脱綺羅香澤之態，獨饒仙艷，自非仙才不能。"(《白雨齋詞話》卷三)

臺　城　路

晨紅纔射南窗影〔一〕，犀帷被誰驚起〔二〕？啅雀争枝〔三〕，寒梅吐萼，攪得雪花都墜。暗香簪未〔四〕？早濕了當風，畫羅衣袂〔五〕。簡點熏籠〔六〕，辟邪爐火陷灰細〔七〕。

昨宵回憶並坐，問何曾酒釅〔八〕，宿酲如是〔九〕。橄欖漿酸，蛤蜊湯俊〔一〇〕，猶道不消殘醉。曲屏斜倚〔一一〕，看舊掃眉峯〔一二〕，漸低穹翠〔一三〕。半枕瞢騰〔一四〕，到日高翻睡〔一五〕。

【注釋】

本詞選自《静志居琴趣》。

〔一〕晨紅：朝日。南齊王融《渌水曲》："瓊樹落晨紅，瑶塘水初渌。"

〔二〕犀帷："犀鎮帷"之簡稱。即以犀角環爲鎮器(壓帷角用)之帷。這里指代帷中之人。杜牧《杜秋娘詩》:"金盤犀鎮帷。"馮集梧注:"《西京雜記》:鄒陽《酒賦》:犀璩爲鎮。"又,宋史達祖《三姝媚》詞:"倦出犀帷,頻夢見、王孫驕馬。"

〔三〕啅(zhào):鳥鳴。杜甫《落日》詩:"啅雀争枝墜,飛蟲滿院遊。"

〔四〕暗香:喻梅花。宋林逋《山園小梅》詩:"疏影横斜水清淺,暗香浮動月黄昏。"

〔五〕當風:與下句句斷意連,指當風之衣袂。

〔六〕熏籠:罩在熏爐上的籠子,作熏香及烘乾之用。

〔七〕辟邪:獸名。此指雕塑成辟邪獸形之熏爐。《採蘭雜志》:"馮小憐有足爐曰辟邪,以飾得名。"《後漢書・靈帝紀》"天禄"注:"鄧州南陽縣北有兩石獸,鐫其膊,一曰天禄,一曰辟邪。據此,'天禄'、'辟邪',皆獸名。"辟邪似獅而帶翼,古人常以其形塑雕成器物。細:謂爐火微細,以陷於灰也。

〔八〕醼(yàn):酒味濃烈。

〔九〕酲(chéng):酒醒後之困憊如病狀態。《詩・小雅・節南山》:"憂心如酲。"

〔一〇〕俊:此謂味美。

〔一一〕曲屏斜倚:語本宋周密《祝英臺近》詞:"曲屏斜倚,知他是爲誰成病。"

〔一二〕掃眉:猶畫眉。杜甫《虢國夫人》詩:"却嫌脂粉涴顔色,淡掃蛾眉朝至尊。"

〔一三〕穹翠:喻彎如穹形之翠眉。穹,穹窿,中高而周下垂之貌。

〔一四〕瞢(méng)騰:朦朧迷糊。宋晁沖之《如夢令・春情》:"牆外轆轤金井,驚夢瞢騰初省。"

〔一五〕翻:反而。

南　鄉　子

明日别離人,未戀今宵月似銀。只願五更風又雨,飛到暮，啼殺杜鵑催不去〔一〕。

【注釋】

本詞選自《静志居琴趣》。按：《南鄉子》，《詞律》、《詞譜》無二十九字體，疑此闋第四句當衍“飛”字。

〔一〕啼殺句：宋李處全《菩薩蠻》詞：“杜鵑只管催歸去。”此反用其意。

【評箋】

陳世焜曰：“（只願三句）情至語。”（《雲韶集》抄本）

陳廷焯曰：“癡情人真有此想。”（《詞則・閑情集》卷四）

南 樓 令

疏雨過輕塵，圓莎結翠茵〔一〕。惹紅襟、乳燕來頻〔二〕。乍暖乍寒花事了，留不住，塞垣春〔三〕。　歸夢苦難真，别離情更親。恨天涯、芳信無因〔四〕。欲話去年今日事〔五〕，能幾個，去年人。

【注釋】

本詞選自《静志居琴趣》。或作於康熙四年（一六七五）。

〔一〕莎：草名。翠茵：猶緑茵。唐白居易《登尉遲少監水閣重宴》詩：“水軒平寫琉璃鏡，草岸斜鋪翡翠茵。”

〔二〕紅襟、乳燕：詳前《梅花引》注〔四〕。

〔三〕塞垣：謂邊境地帶，此當指山西長城内。唐高適《薊中作》詩：“策馬自沙漠，長驅登塞垣。”

〔四〕天涯、芳信：語本宋史達祖《雙雙燕・咏燕》詞：“便忘了、天涯芳信。"按：後周王仁裕《開元天寶遺事》有燕子傳書事，竹垞于此暗用之，與前"惹紅襟、乳燕來頻"相反襯。

〔五〕去年今日：前蜀韋莊《女冠子》詞："正是去年今日，別君時。"此用其意。

【評箋】

陳世焜曰："(乍暖兩句)婉麗有情。(下闋)情真語真，不以辭勝；而情之至者，辭亦至，有絶妙之詞必須有絶妙之情，非可强而至也。"(《雲韶集》抄本)

陳廷焯曰："'不見去年人，淚滿春衫袖'無此曲折。"(《詞則·閑情集》卷四)

南樓令

垂柳板橋低〔一〕，嬌鶯著意啼〔二〕。正門前、春水初齊。記取鵶頭羅襪小〔三〕，曾送上、窅娘堤〔四〕。　花底惜分攜〔五〕，苔錢舊徑迷〔六〕。燕巢空、落盡芹泥〔七〕。惟有天邊眉月在，猶自掛，小樓西。

【注釋】

本詞選自《静志居琴趣》，當與前闋爲姊妹篇。前者着重寫今年塞垣懷人，此闋則主要寫去年故鄉送別及分攜後情景。故亦應作於康熙四年(一六七五)。

〔一〕板橋：嘉興之板橋(見前《臺城路·送耕客南還》注)。

〔二〕嬌鶯：喻伊人。

〔三〕記取：猶記得。鵶頭襪：即叉頭襪，拇趾與其他四趾分開之襪。

李白《越女詞》詩:"屐上足如雪,不著鴉頭襪。"

〔四〕窅(yǎo)娘:此指代伊人。歷史上,窅娘有二:一見于清錢載《十國詞箋略》,爲李後主宫嬪,足纖善舞,曾以帛纏足。一見于《舊唐書·喬知之傳》,云知之有侍婢窈(通"窅")娘,美而善歌舞。後爲武承嗣所奪。知之怨惜,作《緑珠篇》密送窈娘,窈娘見而自殺。承嗣怒,乃諷酷吏誅知之。

〔五〕分攜:猶分袂,即離别。宋吴文英《風入松·春晚感懷》詞:"樓前緑暗分攜路,一絲柳,一寸柔情。"

〔六〕苔錢:謂青苔(詳前《祝英臺近》詞注〔五〕)。

〔七〕燕巢句:隋薛道衡《昔昔鹽》:"空梁落燕泥。"又,杜甫《徐步》詩:"芹泥隨燕嘴。"芹泥,水芹生於澤邊,其泥軟而易銜,故燕啄以築巢。

【評箋】

陳世焜曰:"(唯有兩句)淒秀絶倫。"(《雲韶集》抄本)

一葉落

淚眼注〔一〕,臨當去,此時欲住已難住。下樓復上樓,樓頭風吹雨。風吹雨,草草離人語。

【注釋】

本詞選自《静志居琴趣》。

〔一〕注:流淌。

【評箋】

陳世焜曰:"如讀漢人短樂府。"(《雲韶集》抄本)

無　悶

雨　夜

密雨垂絲,細細晚風,約盡浮萍池水〔一〕。乍一霎黄昏〔二〕,小門深閉。作弄新涼天氣。怕早有、井梧飄階砌〔三〕。正楚�、簟冷香篝〔四〕,簡點舊時鴛被。　　無計。纔獨眠,更坐起。恁説愁邊滋味。翠蛾别久〔五〕,遠信莫致〔六〕。縱有夢魂能記,尋不到、長安三千里〔七〕。料此夜、一點孤燈,知他睡也不睡?

【注釋】

本詞選自《静志居琴趣》。據《詞譜》、《詞律》,此調上闋結句之字讀與字數均有異,恐爲别體。

〔一〕約:猶掠。宋賀鑄《踏莎行》詞:"急雨收春,斜風約水,浮紅漲緑魚紋起。"又,唐韓愈《獨釣》詩:"露排四岸草,風約半池萍。"當爲此句所本。

〔二〕乍:方才。

〔三〕井梧:庭院中井邊之梧桐。宋曾覿《沁園春》詞:"正井梧飄砌,邊鴻度月,故人何處,水遠山長。"砌:臺階。

〔四〕楚筠:楚地之竹。簟:謂楚筠所編之篾席。香篝:熏香所用之竹籠。此指置於簟上之香篝。

〔五〕翠蛾:謂美人之眉,此指代伊人。

〔六〕致:送達。

〔七〕長安:喻北京。唐張謂《同孫構免官後登薊樓》詩:"長安三千里,日夕西南望。"

【評箋】

陳世焜曰:"(上闋)迤邐寫來,清寒入骨。(無計)八字寫得出。(料此夜兩句)因淒涼情況我受之,而想到我同心之人,今夜亦同受之也。情真語切,一至於此。"(《雲韶集》抄本)

陳廷焯曰:"(上片)迤邐寫來,清寒入骨。"又,"(無計三句)八字形容得盡。"又,"(結尾)從對面想來更深切。"(《詞則·閑情集》卷四)

風蝶令

秋雨疏偏響,秋蟲夜迸啼〔一〕。空牀取次薄衾攜〔二〕。未到酒醒時候、已淒淒。　　塞雁横天遠,江雲擁樹低,一灣楊柳板橋西。料得燈昏獨上、小樓梯。

【注釋】

本詞選自《静志居琴趣》。

〔一〕迸啼:謂啼聲四起,鳴響不絶。迸,分散。

〔二〕取次:隨便;任意。

【評箋】

陳世焜曰:"與上篇(指《無悶·風雨》)同一筆墨,而語更精鍊。"(《雲韶集》抄本)

陳廷焯曰:"與《無悶》篇同一從對面着想,而語更雅煉。"(《詞則·閑情集》卷四)

祝英臺近

紫簫停，錦瑟遠，寂寞舊歌扇〔一〕。萍葉空池，卧柳掃還倦。便令鳳紙頻書〔二〕，芹泥長潤〔三〕，招不到、别巢秋燕〔四〕。　　露華泫〔五〕，猶剩插鬢金鈴〔六〕，殘菊四三點。階面青苔，不雨也生徧。縱餘一縷香塵〔七〕，襪羅曾印〔八〕，奈都被〔九〕、西風吹卷。

【注釋】

本詞選自《静志居琴趣》。

〔一〕紫簫、錦瑟、歌扇：皆爲昔日同玉人歡聚時所用，今伊人已去，故曰"停"、"遠"、"寂寞"。

〔二〕鳳紙：喻名貴的紙張。唐李商隱《碧城》詩："收將鳳紙寫相思。"馮浩注："徐曰：鳳紙，（唐）宫宸翰所用。王建《宫詞》'每日進來金鳳紙，殿頭無事不教書'是也。按，《天中記》：唐時將相官誥用金鳳紙書之，而道家青詞亦用之也。"

〔三〕芹泥長潤：宋史達祖《雙雙燕・詠燕》詞："芹泥雨潤。"《綺羅香・詠春雨》詞："喜泥潤，燕歸南浦。"芹泥，見前《南樓令》注〔七〕。

〔四〕秋燕：喻伊人。舊題秦觀《一斛珠》："紛紛木葉風中落，别巢燕子辭簾幕。"（見《草堂詩餘别集》卷二）

〔五〕露華：含露之花。李白《清平調》："春風拂檻露華濃。"泫：水下滴貌。謝靈運《從斤竹澗越嶺溪行》詩："巖下雲方合，花上露猶泫。"

〔六〕金鈴：菊名，即大金鈴菊（見《菊譜》）。孔平仲《對菊有懷郎祖仁》詩："庭下金鈴菊，花開已十分。"

〔七〕香塵：塵土之美稱（詳前《紅娘子》詞注〔七〕）。

〔八〕襪羅：猶羅襪。元馬祖常《擬唐宫詞》："小奴休恨襪羅單。"

〔九〕奈：無奈。

風入松

朝雲不改舊時顔〔一〕，飛下屏山〔二〕。嚴城乍報三通鼓〔三〕，何繇得〔四〕、遮夢重還。露葉猶聞響屧〔五〕，風簾莫礙垂鬟。　簪花小字篋中看〔六〕，別思迴環。穿鍼縱有他生約〔七〕，悵迢迢、路斷銀灣〔八〕。錦瑟空成追憶〔九〕，玉簫定在人間〔一〇〕。

【注釋】

本詞選自《静志居琴趣》。

〔一〕朝雲：喻伊人（詳前《高陽臺》詞注〔一〇〕）。又，蘇軾有侍婢也名朝雲，軾曾著《朝雲墓誌銘》。

〔二〕屏山：猶屏風（詳前《卜算子》注〔一〕）。

〔三〕嚴城：謂城中夜禁。嚴，指戒嚴。三通鼓：戒嚴前之預報警號。宋孫洙《菩薩蠻》詞："樓頭尚有三鼕鼓，何須抵死催人去。"

〔四〕繇（yóu）：通"由"。

〔五〕露葉：經露梧桐之落葉。其聲響，故云如聞響屧。響屧（xiè）：木屐聲響（詳見前《水木明瑟園賦》注〔五六〕）。

〔六〕簪花：簪花格之省稱。唐張彦遠《法書要録·袁昂古今書評》："衛恒書如插花美女，舞美鏡臺。"後遂稱書法娟秀工整者爲簪花格。

〔七〕穿鍼：舊時七夕婦女乞巧活動之一。梁宗懔謂："穿七孔針。"（見《荆楚歲時記》）宋孟元老謂："婦女望月穿針。"（見《東京孟華録》）他生約：語本唐陳鴻《長恨歌傳》：唐明皇、楊貴妃七夕夜，"仰天感牛女事，密相誓心，願世世爲夫婦。"他生，來生。李商隱《馬嵬》

詩:“海外徒聞更九州,他生未卜此生休。”

〔八〕銀灣:唐李賀《溪晚涼》詩:“玉煙青濕白如幢,銀灣曉轉流天東。”清王琦匯注:“銀灣,銀河也。”

〔九〕錦瑟句:唐李商隱《錦瑟》詩:“此情可待成追憶,只是當時已惘然。”按:《錦瑟》詩旨,歷來衆説紛紜,竹垞以爲悼亡(見〔附録〕)。聯繫本詞前云“他生”,下言“玉簫”事,此闋亦當爲悼亡之作。

〔一〇〕玉簫:人名。據范攄《雲溪友議》三,韋皋少遊江夏(今湖北省武漢市武昌區一帶),館姜氏,與侍婢玉簫有情。韋歸,一别七年,玉簫遂絶食死。後再世,爲韋侍妾。

【評箋】

陳廷焯曰:“(下片)情到至處,每多癡想。”(《詞則·閑情集》卷四)

【附録】

朱彝尊曰:“此(指《錦瑟》)悼亡詩也。意亡者喜彈此,故睹物思人,因而託物起興也。瑟本二十五絃,絃斷而爲五十絃矣,故曰‘無端’也,取斷絃之意也。‘一絃一柱’而接‘思華年’,二十五歲而殁也。‘蝴蝶’、‘杜鵑’言已化去也。‘珠有淚’,哭之也;‘玉生煙’,已葬也,猶言埋香瘞玉也。此情豈待今日追憶乎?是當時生存之日已常憂其至此而預爲之惘然,必其婉弱多病,故云然也。”(引自《李義山詩輯評》)

又,竹垞《風懷二百韻》詩云:“風前少女殃”,“輸錢葬北邙”,“扇憾芳姿遺,環悲奈女亡。玉簫迷處所,錦瑟最淒涼。”可與本闋互證。

錦　瑟　　李商隱

錦瑟無端五十絃,一絃一柱思華年。莊生曉夢迷蝴蝶,望帝春心託杜鵑。滄海月明珠有淚,藍田日暖玉生煙。此情可待成追憶,只是當時已惘然。

洞仙歌

三竿日出〔一〕,愛調妝人近〔二〕。梟藻熏爐正香潤〔三〕,看櫻桃小注,桂葉輕描〔四〕,圖畫裹、只少耳邊朱暈〔五〕。

金簪二寸短,留結殷勤〔六〕,鑄就偏名有誰認〔七〕?便與奪鸞篦〔八〕,錦髻梳成,笑猶是、少年風韻。正不在、相逢合歡頻〔九〕。許並坐雙行〔一〇〕,也都情分。

【注釋】

本詞選自《静志居琴趣》。集中《洞仙歌》凡十七首,此其十。據考,《洞仙歌》與詩《閒情八首》(傳云原爲三十首、《戲效香奩體二十六韻》、《風懷二百韻》,甚或《静志居琴趣》集,皆係竹垞緣一人所發之言情作品)。就同一主題言,爲數誠不少;然就其生平言,亦非無足輕重。相傳竹垞暮年手訂《曝書亭集》,轉側再三,終難删去此等篇什(見陳衍《石遺室詩話》卷十一引翁方綱語),可見難以割捨。

〔一〕三竿日出:約上午八九點鐘。唐韓鄂《歲華紀麗・春》注引古詩:"日上三竿風露消。"又,劉禹錫《竹枝詞》:"日出三竿春霧消。"

〔二〕調妝:猶理妝;梳妝。調,和;諧。

〔三〕梟藻熏爐:即雕鑄有游梟戲藻圖案之熏爐。《述異記》:馮小憐有手爐曰梟藻,以其飾得名。

〔四〕看櫻桃二句:謂觀看其調妝。櫻桃,喻口。注,謂塗脣膏。桂葉,喻眉。語本李賀《惱公》詩:"注口櫻桃小,添眉桂葉濃。"

〔五〕圖畫句:謂伊人調妝後,猶如畫中人。朱暈,作者《沁園春・耳》自注:"(唐)張萱畫婦人,以朱暈耳根。"

〔六〕殷勤:情意懇切。後漢繁欽《定情詩》:"何以道殷勤,約指一雙銀。"

〔七〕偏名：猶言小字(詳〔評箋〕之冒廣生言)。

〔八〕鸞篦(bì)：鸞形之篦。篦,梳髮器具。李賀《秦宫》詩:"鸞篦奪得不還人。"

〔九〕正不在句:宋秦觀《鵲橋仙》詞:"兩情若是久長時,又豈在、朝朝暮暮。"此用其意。

〔一〇〕雙行：偕行。白居易《感情》詩:"永願如履綦,雙行復雙止。"

【評箋】

冒廣生曰:"世傳竹垞《風懷二百韻》爲其妻妹作,其實《静志居琴趣》一卷,皆《風懷》注脚也。竹垞年十七,娶於馮。馮孺人名福貞,字海媛,少竹垞一歲。馮夫人之妹名壽常(《風懷》詩所謂"巧笑元名壽,妍娥合號嫦"也),字静志,少竹垞七歲。曩聞外祖周季貺先生言：十五六年前,曾見太倉某家藏一簪,簪刻'壽常'二字,因悟《洞仙歌》詞云:'金簪二寸,留結殷勤,鑄就偏名有誰認?'蓋真有本事也。(曹)君直(元忠)亦有《洞仙歌》題其後云:'萬千劫還,只情絲空裏。墮落人間跕還起,被金風亭長,句上吟箋,親印著、顛倒鴛鴦鈐記。　舊歡重提取,便説當初,已是相思清淚。何況到而今,二寸金簪,怕蝕損、蕭娘名字。判買個、蜻蜓訪婁湄,要替證芳盟,仙緣鴛水(按:時人楊叔温著有《鴛水仙緣傳奇》,未見流傳,或係稿本)。'"(《小三吾亭詞話》卷三)

按：據汪嘉穀《竹垞小志》卷二云:"静志居,在潛采堂東,桂之樹軒後。馮衍《顯志賦》云:'處清静以養志兮,實吾心之所樂。'齋名本此。"又,馮登府曰:"静志,出《顯志賦》,先生所寓意也。"(手批《曝書亭詞》)冒氏之説或附會,或竹垞有意爲之。

陳廷焯曰:"《静志居琴趣》一卷,盡掃陳言,獨出機杼,艷詞有此,匪獨晏、歐所不能,即李後主、牛松卿亦未嘗夢見,真古今絶構也。惜託體未爲大雅。""竹垞《静志居琴趣》一卷,生香真色,得未曾有,前後次序,略可意會,不必穿鑿求之。"(《白雨齋詞話》卷三)

又,"竹垞《洞仙歌》十七首是指一人一事言,而歷叙悲歡離合之情也。低回宛轉,情意纏綿,色取其淡,骨取其高,不用綺語,風韻自勝,所謂驚才絶艷。　　《洞仙歌》善用折筆，淺處皆深。如云：‘傍妝臺見了，已慰相思，原不分，雲母船窗同載。’又云：‘津亭回首，望高城天遠，何況城中玉人面。’又云：‘周郎三爵後，顧曲無心，争忍厭厭夜深飲。’又云：‘正不在相逢合歡頻，許並坐雙行，也都情分。’諸如此類，一折便深，可悟用筆之妙。　　《洞仙歌》之妙，全在烘襯，正面寥寥。惟四章云：‘冉冉行雲，明月懷中半宵墮。’十五章云：‘明月重窺舊時面。’均可謂仙乎麗矣。　　《洞仙歌》每以朴處見長，最是高妙。如云：‘仲冬二七，算良期須果，若再沉吟甚時可。’下云：‘難道又，各自抱琴閑坐。’結云：‘也莫説今番，不曾真個。’又云：‘最難得相逢上元時，且過了收燈，放船由恁。’又云：‘佳期四五，問黄昏來否，説與低帷月明後。’又云：‘隔年芳信，要同衾元夕，比及歸時小寒食。’又云：‘十三行小字，寫與臨摹，幾日看來便無别。’又云：‘行舟已發，又經旬調笑，不算匆匆别離了。’此類皆愈朴愈妙。艷詞有竹垞，直是化境。　　《洞仙歌》有運思極雋極深者。如云：‘旋手揭流蘇，近前看，又何處迷藏，者般難捉。’又云：‘若不是臨風暗相思，肯猶把留題舊時團扇。’又云：‘翻唤養娘眠，底事誰知，燈一點尚懸江豆。’又云：‘隨意楚臺雲，抱玉挨香，冰雪浄素肌新浴。便歸觸簾旌侍兒醒，只認是新涼，拂簷蝙蝠。’又云：‘偏走向儂前道勝常，渾不似西窗夜來曾見。’皆能發前人所未發，不必用穠麗之詞，而視彼穠麗者，淺深判然矣。

《洞仙歌》有極密極昵者，如恩深容易怨，釋怨成歡，濃笑懷中露深意。古香古艷，無些子綺羅俗態。　　《洞仙歌》有淒艷入骨者。如云：‘起折贈黄梅鏡奩邊，但流睇無言，斷魂誰省。’又云：‘同夢裏又是楝花風雨。’又云：‘怪十樣蠻箋舊曾貽，衹一紙私書，更無消息。’又云：‘舍舊枕珊瑚更誰知，有淚雨烘乾，萬千愁夢。’又云：‘奈飛龍骨出，束竹腸攢，月欲雨，持比淚珠差少。’又云：‘中有錦箋書，密囑歸期，道莫忘翠樓煙杪。枉孤負劉郎此重來，小洞春香，尚餘細草。’又云：‘自化彩雲飛，蟲網蝸涎，又誰對芳容播喏。儘沉水煙濃向伊熏，覬萬一真真，夜深來也。’此類皆淒絶艷絶，然自是竹垞之淒艷，非棠郵藕漁輩所能到也。　　艷詞至竹垞，掃盡綺羅香澤之態，純以真氣盤旋，情至者文亦至。前無古人，後無來者。《洞仙歌》其最上乘也。”（《詞則》）

【附録】

鳳凰臺上憶吹簫

題朱十《静志居琴趣》後　　　　曹　溶

燒燭鴻天,惜花雞塞,馬卿偏好傷春。正翠鈿盈袖,弱絮隨輪。無限柔腸宛轉,秋雨夜,夢想朱脣。抽銀管,湘簾乍卷,寶鴨横陳。　　真真,者番瘦也,酒醒後新詞,只索休頻。待繡帆高掛,遲日江濱;齊列瑶筝檀板,攜妙妓、徐步香塵。歸難驟,寒宵坐來,一對愁人。(按:此闋原附於《曝書亭集》卷三十七《洞仙歌》第十七首後)

憶　少　年

一鈎斜月,一聲新雁〔一〕,一庭秋露。黄花初放了〔二〕,小金鈴無數〔三〕。　　燕子已辭秋社去〔四〕,剩香泥舊時簾户〔五〕。重陽將近也,又滿城風雨〔六〕。

【注釋】

本詞選自《静志居琴趣》。

〔一〕新雁:秋季初過之雁。語本歐陽修《漁家傲》詞:"新雁一聲風又勁。"

〔二〕黄花:猶菊花。

〔三〕金鈴:菊花之一種(參前《祝英臺近》注〔六〕)。

〔四〕秋社:立秋後第五戊日,農家收穫已畢,立社設祭,以酬土神。秋社時,燕歸。唐韓偓《不見》詩:"此身願作君家燕,秋社歸時也不歸。"

〔五〕香泥:燕泥之美稱。按:此闋恐非單純詠秋,細玩詞意,大有人去樓空之慨。

〔六〕重陽二句:宋釋惠洪《冷齋夜話》:"黄州潘大臨工詩,有佳句,然貧甚……臨川謝無逸以書問:'近新作詩否?'潘答書曰:'秋來景物,件件是佳句,恨爲俗氣所蔽翳。昨日清卧,聞攪林風雨聲,遂起題壁曰:"滿城風雨近重陽。"忽催租人至,遂敗意。只此一句奉寄。'"此用其語。

【評箋】

陳世焜曰:"(首三句)簡括。結一片淒感。"(《雲韶集》抄本)

柳色黄

對雨

岸側榆錢〔一〕,牆角楝花〔二〕,吹已將盡。漸添緑葉陰濃,轉覺晚來風緊。絲絲縷縷,界開密霧低煙〔三〕,暗催闌藥紅尖潤〔四〕。怕鳳子衣單〔五〕,把柔黄都褪。　休問,鈿車驄馬〔六〕,縱約歸期,料應難準。最憶江南,屐齒滿街聲趁〔七〕。吴歌幾曲,穩坐細浪魚天〔八〕,落帆笑指柴門近〔九〕。任踏破苔痕,數小園新筍。

【注釋】

本詞選自《茶煙閣體物集》上。

〔一〕榆錢:榆樹的果實,形似錢幣而小,色白成串,故稱。唐皮日休《桃花賦》:"近榆錢兮妝翠靨,映楊柳兮顰愁眉。"

〔二〕楝(liàn):宋羅願《爾雅翼·釋木·楝》:"楝木高丈餘,葉密如槐而尖,三四月開花,紅紫色,芬香滿庭,其實如小鈴,至熟則黄,俗謂之苦楝子,亦曰金鈴子。可以練,故名楝。"按:榆錢落、楝花開爲春盡物候。宋何夢桂《再和昭德孫燕子韻》詩:"處處社時茅屋雨,年年春後楝花風。"又,元丁鶴年《暮春》詩:"楊花榆筴攪晴空,上界春歸下界同。"

〔三〕界:分劃。晉孫綽《天台山賦》:"赤城霞起而建標,瀑布飛流以界道。"

〔四〕闌藥:花闌内之芍藥。唐張籍《和李僕射西園》詩:"石苔生紫點,闌藥吐紅尖。"紅尖:喻芍藥花蕾。因頂部呈尖形,故稱。

〔五〕鳳子:即蝴蝶。詳前《瑶花》注〔七〕。

〔六〕鈿車:見前《紅娘子》詞注〔九〕。驄(cōng)馬:青白色的馬。

〔七〕屐(jī)齒:木屐之齒(齒在鞋底,以行泥地)。趁:追逐。此謂木屐聲此起彼伏。

〔八〕魚天:猶云江天。江,魚之所居。無名氏(或作周邦彦)《浣溪沙》詞:"水漲魚天拍柳橋。"

〔九〕落帆:謂落帆亭,在今浙江省嘉興縣北五里青衫堰,宋置廨宇,有亭。

聒　龍　謡

雪

密比花繁,輕嫌絮重〔一〕,一半斜侵簾户。淡抹牆腰,似月稜初吐〔二〕。纔飄墮、凍雀聲中,又壓倒、早梅開處。縱旗亭〔三〕,臘釀堪沽〔四〕,已迷却〔五〕,板橋路。　　颼風緊,亂雲低,見潑墨點點〔六〕,林鴉催暮。一絲漁艇,料今番歸去,訝光寒、入夜翻明。漸灑急、聽窗如雨〔七〕。問隔江、桃葉桃根〔八〕,尚能來否?

【注釋】

本詞選自《茶煙閣體物集》上。

〔一〕絮：謂柳絮。據《世説新語·語言》："謝太傅(安)寒雪日内集,與兒女講論文義,俄而雪驟,公欣然曰：'白雪紛紛何所似?'兄子胡兒(謝朗之小字)曰：'撒鹽空中差可擬。'兄女(即謝道蘊)曰：'未若柳絮因風起。'"

〔二〕月稜：月之一角,此謂新月。宋孔平仲佚題詩："淡抹牆腰月半稜。"(録自《宋詩鈔補》)

〔三〕旗亭：酒樓。

〔四〕臘醸：供臘月祭祀所用之酒,泛稱冬日之酒。唐韓偓《雪中過重湖信筆偶題》詩："旗亭臘酎踰年熟,水國春寒向晚多。"沽：買。

〔五〕却：猶言"了"。

〔六〕潑墨：國畫技法之一。此謂雪中林鴉如畫之潑墨所着。

〔七〕漸灑句：語本唐韓愈《喜雪獻裴尚書》詩："灑急聽窗知。"

〔八〕桃葉桃根：喻情人(詳前《邁陂塘·答沈融谷》詞注〔四〕)。宋姜夔《琵琶仙》詞："雙槳來時,有人似、舊曲桃根桃葉……十里揚州,三生杜牧,前事休説。"又,周邦彦《三部樂》詞："倩誰摘取,寄贈情人桃葉。"

春風裊娜

游　絲〔一〕

倩東君著力〔二〕,繫住韶華〔三〕。穿小徑,漾晴沙。正陰雲籠日,難尋野馬〔四〕。輕颺染草〔五〕,細綰秋蛇〔六〕。燕蹴還低〔七〕,鶯銜忽溜,惹却黄鬚無數花〔八〕。縱許悠揚度朱户〔九〕,終愁人影隔窗紗。　　惆悵謝娘池閣〔一〇〕,湘簾乍卷,凝斜盼、近拂簷牙〔一一〕。疏籬罥〔一二〕,短牆遮。微風别院,好景誰家?紅袖招時〔一三〕,偏隨羅扇;玉鞭墮處〔一四〕,又逐香車。休憎輕薄,笑多情似我,春心不定,飛夢天涯。

【注釋】

本詞選自《茶煙閣體物集》上。

〔一〕游絲:飄動着的蛛絲或蟲絲(見前《霜天曉角·晚秋放鶴洲》詞注〔七〕)。

〔二〕倩:借助,請求。東君:屈原《九歌》、《史記·封禪書》皆指日神,此謂春神。唐成彦雄《柳枝詞》:"東君愛惜與先春,草澤無人處也新。"又,宋周邦彦《蝶戀花》詞:"韶華已入東君手。"葛立方《雨中花》詞:"擬倩游絲,留住東君。"

〔三〕繫:謂以游絲繫春。韶華:謂春光。

〔四〕野馬:謂浮游的雲氣。《莊子·逍遥游》:"野馬也,塵埃也。"成玄英《疏》:"青春之時,陽氣發動,遥望藪澤之中,猶如奔馬,故謂之野馬也。"

〔五〕颸(sī):涼風。

〔六〕細綰(wǎn)句:謂游絲如秋蛇之綰(草)。綰,旋繞。《晉書·王羲之傳論》:"如綰秋蛇。"

〔七〕蹴:踏。

〔八〕黄鬚花:一種長有黄色花鬚(即雄蕊)的花。

〔九〕悠揚:飄忽起伏。前蜀韋莊《思歸》詩:"暖絲無力自悠揚,牽引東風斷客腸。"

〔一〇〕謝娘:泛稱意中人,多指侍婢、歌伎一類,六朝時已有此稱,唯係指友人,唐李德裕有《謝秋娘曲》,則係指侍妾。温庭筠《更漏子》詞:"香霧薄,透簾幕,惆悵謝家池閣。"此用其句。

〔一一〕簷牙：簷際翹出如月牙之建築裝飾。唐杜牧《阿房宫賦》："廊腰縵迴，簷牙高啄。"

〔一二〕罥(juān)：掛。

〔一三〕紅袖招時：語本韋莊《菩薩蠻》詞："滿樓紅袖招。"

〔一四〕玉鞭：鑲玉之鞭，此用作鞭之美稱。韋莊《古離別》詩："更把玉鞭雲外指，斷腸春色在江南。"

【評箋】

譚獻曰："層臺嬋媛。"(《篋中詞》二)

陳世焜曰："通首風流蘊藉。風鬟霧髩，若有若無，極盡此題之妙。(微風六句)纏綿往復，情味無窮。(結)風流婉麗一至於此。"(《雲韶集》抄本)

無夢令

飛　花

魚浪飄香千點〔一〕，燕尾分煙一翦〔二〕。已自出牆東，又被輕風吹轉。輕風吹轉，剛逗卷簾人面。

【注釋】

本詞選自《茶煙閣體物集》上。按：《無夢令》始見於《鳴鶴餘音》無名氏詞，《詞譜》卷二列入《如夢令》又一體，《詞律》未收。

〔一〕魚浪：魚兒戲水躍起之漣漪。　香：指飛花之香。宋姜夔《惜紅衣》詞："虹梁水陌，魚浪吹香，紅衣半狼藉。"

〔二〕燕尾句：語本宋周密《謁金門》詞："花不定，燕尾翦開紅影。"

掃花游

試茶

楝花放了〔一〕，正穀雨初晴〔二〕，逼籬雲水〔三〕，曉山十里。見春旗乍展，緑槍未試〔四〕。立倦濃陰，聽到吴歌遍起〔五〕。焙香氣〔六〕，裊一縷午煙〔七〕，人静門閉。　　清話能有幾〔八〕？任舊友相尋，素瓷頻遞〔九〕，悶懷盡矣。況年來病酒〔一〇〕，夜闌須記〔一一〕。活火新泉〔一二〕，夢繞松風曲几〔一三〕。暗燈裏，隔窗紗、小童斜倚。

【注釋】

本詞選自《茶煙閣體物集》上。

〔一〕楝花：見前《柳色黄》注〔二〕。

〔二〕穀雨：節氣名，在清明後十五日，此前所採之茶稱"雨前"。《學林新編》："茶之佳者，造在社前，其次火前，其次雨前。"

〔三〕逼：靠近。

〔四〕春旗、緑槍：皆緑茶名。頂芽初萌者，尖而似槍；小葉方展者如旗，故稱(參見熊蕃《宣和北苑貢茶録》、郎瑛《七修類稿》)。唐釋齊己《聞道林諸友嘗茶因有寄》詩："旗槍冉冉緑叢園，穀雨初晴叫杜鵑。"

〔五〕吴歌：吴地之採茶歌。

〔六〕焙(bèi)：微火烘烤，製茶工藝之一。白居易《題施山人野居》詩："春泥秧稻暖，夜火焙茶香。"

〔七〕煙：指烹茶之煙氣。宋朱熹《茶竈》詩："茶煙裊細香。"

〔八〕清話：高雅之言談。晉陶潛《與殷晉安别》詩："信宿酬清話，益復知爲親。"

〔九〕素瓷:指代茶具。唐釋皎然《飲茶歌》:"素瓷雪色縹沫香,何似諸仙瓊蕊漿。"

〔一〇〕病酒:飲酒過多,沉醉如病。唐李商隱《寄羅劭興》詩:"人閒微病酒。"又,南唐馮延巳《鵲踏枝》詞:"日日花前常病酒,不辭鏡裏朱顏瘦。"

〔一一〕夜闌:猶夜深。闌,殘;盡。

〔一二〕活火:謂燃燒之炭火。唐趙璘《因話録》:"李約性嗜茶,嘗曰:'茶須緩火炙,活火煎。'"又,宋蘇軾《汲江煎茶》詩:"活水還須活火烹,自臨釣石取深清。"

〔一三〕曲几:以彎曲不直之木製成之茶几。

點絳脣

鞦韆

香袂飄空〔一〕,爲誰一笑穿花徑?有時花頂,羅襪纖纖並。　飛去飛來,不許驚鴻定〔二〕。重門静,粉牆深映,留取春風影〔三〕。

【注釋】

本詞選自《茶煙閣體物集》上。或作於康熙五年(一六六六)山西布政使王顯祚幕中(王有同作)。

〔一〕香袂:指代"飄空"嬉戲的女子。袂,衣袖。語本李白《採蓮曲》:"風飄香袂空中舉。"

〔二〕驚鴻:喻盪鞦韆的女子。語本三國魏曹植《洛神賦》:"翩若驚鴻,婉若游龍。"

〔三〕重門三句:宋張先《青門引》詞:"入夜重門静,那堪更被明月,隔牆送過鞦韆影。"此化用其意。

【附録】

和　韻　　錢　琰

小院層闌,下臨一道蘼蕪徑。柳梢花頂,飛燕差堪並。　嬝娜春風,不放游絲定。金鈴静,翠遮紅映,忍露全身影。

臨　江　仙

金　指　環

削就葱根待束〔一〕,掛將榴火齊炎〔二〕。殷勤搓粉爲君拈〔三〕。愛他金小小〔四〕,曾近玉纖纖〔五〕。　數遍檀郎十指〔六〕,帶來第五猶嫌〔七〕。憑教麗句續《香奩》〔八〕。解時愁不斷〔九〕,約了悶翻添〔一〇〕。

【注釋】

本詞選自《茶煙閣體物集》上。

〔一〕葱根:喻女人手指。古詩《焦仲卿妻》:"指如削葱根,口如含朱丹。"

〔二〕榴火齊炎:謂指環所嵌紅色珠石光采熠熠,可與火紅的石榴互映齊輝。據南唐張泌《妝樓記》:吴王之潘夫人醉,唾於玉壺,婢女瀉之臺下,得火齊(玫瑰珠石,色黄赤)指環,掛於石榴枝上。

〔三〕搓粉:謂搓粉之手指。據張泌《妝樓記》:"徐州張尚書妓女多涉獵,人有借其書者,往往粉指痕並印於青編。"拈:謂翻書。

〔四〕金:指金指環。

〔五〕玉纖纖：喻女子纖細白嫩的手指。唐秦韜玉《詠手》詩："一雙十指玉纖纖，不是風流物不拈。"

〔六〕檀郎：晉潘安小字檀奴，姿容秀美，後因以爲美男子(多指情郎)之代稱。唐李賀《牡丹種曲》："檀郎謝女眠何處，樓庭月明燕夜語。"

〔七〕第五：謂小拇指。猶嫌：猶嫌小。梁沈約《俗説》："晉哀帝王皇后有一紫磨金指環，至小，可第五指帶。"(據魯迅輯本)

〔八〕《香奩》：唐詩人韓偓有詩集《香奩》(一説和凝所假託)，多爲艷體。

〔九〕解時句：戒指連環無端，因喻"愁不斷"。唐孟郊《路病》詩："愁環在我腸，宛轉終無端。"

〔一〇〕約：約束，即帶上指環。按：情人所贈指環係信物，故"約"含盟誓之義。上句云"解時愁不斷"，此又云"悶翻添"，是謂其人或遠去，其約或無據耳。

【評箋】

陳世焜曰："婉麗之詞却不淫褻，詩人之詞麗以則，如是如是。"(《雲韶集》抄本)

陳廷焯曰："諸篇各有機趣，較《静志居琴趣》一卷，情雖不及，趣則過之。"(《詞則·閑情集》卷四)

秦樓月

吹笙

涼煙翠，銀河瀲灩光垂地〔一〕。光垂地，小樓一曲〔二〕，月華如水〔三〕。　排成鳳翅聲初遞〔四〕。聽殘鵝管君須記〔五〕。君須記，風簾卷處，那人雙髻〔六〕。

【注釋】

本詞選自《茶煙閣體物集》上。《秦樓月》，又名《憶秦娥》。

〔一〕銀河句：暗用李商隱《銀河吹笙》詩意："悵望銀河吹玉笙，樓寒院冷接平明。"

〔二〕小樓一曲：南唐李璟《浣溪沙》詞："小樓吹徹玉笙寒。"此用其意。

〔三〕月華如水：語本宋柳永《佳人醉》詞："正月華如水，金波銀漢，瀲灩無際。"

〔四〕鳳翅：喻笙管。清郝懿行《爾雅義疏》："（笙）象鳳之身……諸管參差亦如鳥翼。"又，唐羅鄴《題笙》詩："筠管參差排鳳翅，月堂淒切勝龍吟。"

〔五〕鵝管：喻笙管。唐李賀《天上謠》："王子吹笙鵝管長。"清王琦滙注："鵝管，謂笙上之管以玉爲之，其狀如鵝管。"

〔六〕風簾二句：唐皇甫松《夢江南》詞："殘月下簾旌，夢見秣陵惆悵事，桃花柳絮滿江城，雙髻坐吹笙。"此用其意。雙髻，謂吹笙女子。

【評箋】

陳世焜曰："（結）低徊往復，綿麗有情。"（《雲韶集》抄本）

陳廷焯曰："情思迷離。"（《詞則・閑情集》卷四）

沁　園　春

腸

婹嬝輕軀〔一〕，能有幾多〔二〕，容萬斛愁〔三〕。慣悲銜腹內，相看脈脈，事來心上，一樣悠悠〔四〕。鳥道千盤〔五〕，轆轤雙綆[六]，又類車輪轉未休[七]。縈方寸[八]，穿錦梭暗擲[九]，弱縷中抽[一〇]。　柔情曲似江流[一一]，怕易割秋山嫩上樓[一二]。況三朝三暮[一三]，巴猿峽口[一四]；一聲一斷，杜宇枝頭[一五]。百結將離[一六]，九迴猶剩[一七]，杯沃能勝酒力不[一八]？樽前曲，再休歌河滿，淚落難收[一九]。

【注釋】

本詞選自《茶煙閣體物集》上。

〔一〕嫋(yǎo)嬝：輕盈纖美貌。唐李賀《惱公》詩："陂陁梳碧鳳，嫋嬝帶金蟲。"

〔二〕能有幾多：作者自注："白居易詩：'能有幾多腸。'"

〔三〕容萬斛句：語本北周庾信《愁賦》："誰知一寸心，乃有萬斛愁。"

〔四〕悠悠：憂思貌。《後漢書・章帝紀》："中心悠悠，將何以寄？"

〔五〕鳥道句：喻腸之細長，百轉千繞。孟郊《秋懷》詩："腸中轉愁盤。"

〔六〕轆轤句：喻愁腸如轆轤之旋轉，如綆繩之牽縈。唐陸龜蒙《井上桐》詩："愁因轆轤轉。"又，《早秋吴體寄襲美》詩："争奈愁腸牽似繩。"綆，汲水器上的繩索。

〔七〕又類句：語本樂府古辭《悲歌行》："心思不能言，腸中車輪轉。"

〔八〕方寸：謂心。

〔九〕錦梭：作者自注："錦梭用'梭腸有意錦絲穿'語。"

〔一〇〕弱縷中抽：喻抽腸。

〔一一〕柔情句：唐柳宗元《登柳州城樓寄漳汀封連四州》詩："嶺樹重遮千里目，江流曲似九回腸。"此用其意。

〔一二〕易割秋山：柳宗元《與浩初上人同看山寄京華親故》詩："海畔尖山似劍鋩，秋來處處割愁腸。"此用其意。

〔一三〕三朝三暮：據後魏酈道元《水經注・江水》云："(黄牛)巖既高，加以江湍紆迴，雖途逕信宿，猶望見此物。故行者謡曰：'朝發黄牛，暮宿黄牛；三朝三暮，黄牛如故。'"

〔一四〕巴猿句:《水經注·江水》:"漁者歌曰:'巴東三峽巫峽長,猿鳴三聲淚沾裳。'"

〔一五〕一聲一斷:謂一聲一斷腸。李白《宣城見杜鵑花》詩:"蜀國曾聞子規鳥,宣城還見杜鵑花。一叫一回腸一斷,三春三月憶三巴。"

〔一六〕百結:作者自注:"魚玄機詩:'離腸百結解無由。'"

〔一七〕九迴:作者自注:"李商隱詩:'回腸九回後,猶有剩回腸。'"

〔一八〕杯沃句:作者自注:"又白詩:'三杯自要沃中腸。'"不,通"否"。

〔一九〕再休二句:作者自注:"(唐)孟才人歌《河滿子》畢,武宗命醫候之,脈尚温,而腸已絶矣。"

【評箋】

陳廷焯曰:"(上片)萬感千愁,縈迴不解。"又,"(下片)運典沈至,無堆砌之迹。"又,"結淒斷。"(《詞則·閑情集》卷四)

雙　雙　燕

别　淚

問銀海水〔一〕,有多少層波〔二〕,斂愁飄怨?含辛欲墮,轉自把人凝盼〔三〕。霑向長亭早晚,定減了、輕塵一半〔四〕。安排玉箸離筵〔五〕,伴我樽前腸斷〔六〕。　　偷看,夜來枕畔。傍鏡影初乾,袖痕重按〔七〕。心心心上〔八〕,總是别情難慣。縱遣絲垂縷綰〔九〕,穿不起、南珠盈串〔一〇〕。裁得幾幅榴裙〔一一〕,點點行行都滿。

【注釋】

本詞選自《茶煙閣體物集》上。

〔一〕銀海：喻眼。宋蘇軾《雪夜書北堂壁》詩："凍合玉樓寒起粟，光摇銀海眩生花。"施元之注："王荆公曰：'道家以肩爲玉樓，眼爲銀海'。"

〔二〕層波：謂眼波。戰國楚宋玉《招魂》："娭光眇視，目曾波些。"曾，通"層"。

〔三〕轉自：反而。李賀《感春》詩："日暖自蕭條。"即反而覺得蕭條。"轉"、"自"意近，故可連用。

〔四〕定減句：謂送别時淚如雨下，使飛塵消減。唐王維《送元二使安西》詩："渭城朝雨浥輕塵。"此化用其意。

〔五〕玉箸：喻淚。箸，同"筯"，即筷子。梁劉孝威《獨不見》詩："誰憐雙玉筯，流面復流襟。"

〔六〕樽前腸斷：隱含"淚"字。梁范雲《送别》詩："未盡樽前酒，妾淚已千行。"

〔七〕枕畔、鏡影、袖痕：三者皆指代别淚。按：撫摸。

〔八〕心心：彼此間情意。唐孟郊《結愛》詩："心心復心心，結愛務在深。""心心心上"，前二心係定語，即心心之心上，猶云情愛之心上。

〔九〕縱遣句：語本唐白居易《啄木曲》："莫染紅絲線，徒誇好顔色；我有雙淚珠，知君穿不得。"綰（wǎn），貫；連。

〔一〇〕南珠：即珍珠，珠産於南海，故稱。一説合浦珠稱南珠。唐馬總《意林・士緯》："若使南海無採珠之民……則明珠不御於椒室。"明王世貞《唐寅詩評》："暮年脱略傲睨，務諧俚俗，西子蒙垢土，南珠襲魚目。"竹垞詞以喻淚珠。

〔一一〕榴裙：即石榴裙，大紅色之裙。梁鮑泉《奉和湘東王春日》詩："新落連珠淚，新點石榴裙。"

【評箋】

陳廷焯曰："起勢蒼茫，亦沈着。"又，"（下片）淋漓頓挫。"（《詞則・閑情集》卷四）

笛　家

題趙子固畫水墨水仙〔一〕

亡國春風，故宫鉛水〔二〕，空餘芳草，冷花開徧江南岸。王孫老矣〔三〕，文采風流〔四〕，墨池筆堉〔五〕，淚痕都染。帝子含顰〔六〕，洛靈微步〔七〕，宛在中洲半。悵騷人〔八〕，未經佩〔九〕，徒藝楚英九畹〔一〇〕。　繚亂。一叢寒碧，生煙疏雨，隨意欹斜，鵝絹蟬紗〔一一〕，寄情悽惋。尚想，白石蘭亭遺事〔一二〕。逸興千秋如見。豈似吴興，君家承旨〔一三〕，蕃馬風塵滿〔一四〕；縱自署，水晶宫〔一五〕，怕有鷗波難浣〔一六〕！

【注釋】

本詞選自《茶煙閣體物集》上。

〔一〕趙子固：趙孟堅之字，宋宗室，南宋進士，官朝散大夫，宋亡不仕，善畫水墨水仙。

〔二〕鉛水：如鉛之淚水。語本唐李賀《金銅仙人辭漢歌》："空將漢月出宫門，憶君清淚如鉛水。"後多狀亡國之痛。

〔三〕王孫：謂趙子固，子固爲宋太祖趙匡胤十一世孫（見《宋詩紀事》）。

〔四〕文采：謂才華。風流：謂風度標格。杜甫《丹青引》："英雄割據雖已矣，文采風流今尚存。"

〔五〕墨池：有多處，據《太平寰宇記》卷九六所載，今浙江省紹興市之墨池，傳爲王羲之洗硯池。筆堉（xù）：疑爲"筆塚"之誤。據《宣和書譜》："釋智永用筆退，即投大甕中，歲久輒貯數甕，自爲銘以瘞之。當是時，詩人有'筆塚'對'墨池'者。"

〔六〕帝子：皇帝子女之通稱，此指堯女娥皇、女英，傳説死後爲湘水之神，水仙花即水中之仙子，故以喻所畫之水仙。屈原《九歌·湘夫人》:"帝子降兮北渚,目眇眇兮愁予。"

〔七〕洛靈:謂洛神,喻所畫水仙。語本三國魏曹植《洛神賦》:"於是洛靈感焉,徙倚彷徨。凌波微步,羅韈生塵。"

〔八〕騷人:謂屈原,以其著《離騷》,後泛指詩人。

〔九〕未經佩:《離騷》中所云芳草香花甚多,唯未及水仙,故云(下句言"徒藝"同此)。

〔一〇〕藝:種植。九畹(wǎn):屈原《離騷》:"余既滋蘭之九畹兮,又樹蕙之百畝。"畹,十二畝。

〔一一〕鵝絹:即鵝溪絹,爲四川省鹽亭縣鵝溪所産,唐時爲貢品,宋人書畫尤重之。

〔一二〕白石句:宋周密《齊東野語》:趙子固酷嗜法書,得白石(即姜夔)舊藏五字不損本《禊叙》(即王羲之《蘭亭集序》帖),喜甚,歸,舟覆,子固手持帖立淺水中,曰:"蘭亭在此,餘不足介意也。"後題卷首曰:"性命可輕,至寶難得。"

〔一三〕君家承旨:謂趙孟頫,著名畫家、書法家、音樂家、文學家。亦係宋宗室,趙孟堅之從弟。入元,仕至翰林學士承旨。

〔一四〕蕃馬:孟頫以畫馬著稱,此謂"蕃馬風塵滿",譏刺其屈膝仇讎,效命異族主人,可謂針砭入骨。蕃,通"番",指外族。

〔一五〕水晶宫:吴興名勝。趙孟頫曾自號"水晶宫道士"。

〔一六〕鷗波:喻隱逸之樂。吴興有鷗波亭,在西江渚上,爲趙孟頫游息之處(見《湖州府志》)。按:水晶,通體明澈者也,孟頫靦顔事敵而以之自署,故詞曰"鷗波難浣"。且"鷗波"本爲隱逸者所享,如方岳《道中逢雨》詩:"自知機事淺,或可共鷗波。"孟頫豈可得耶?

【附録】

姚桐壽《樂郊私語》:"子固入本朝(指元朝)不樂仕進,隱居州之廣陳鎮……公從弟子昂(趙孟頫之字)自苕中來訪,公閉門不納,夫人勸之,始令從後門入。坐定,第問弁山笠澤近來佳否。子昂云:'佳。'公

曰:‘弟奈山澤佳何?’子昂退,使人濯其坐具。”(轉引自厲鶚《宋詩紀事》卷八五)

自題水仙圖　　趙孟堅

自欣分得樕山邑,地近錢清易買花。堆案文書雖鞅掌,簪缾金玉且奢華。酒邊已愛香風度,燭下猶憐舞影斜。馨弟梅兄來次第,攙春熱鬧令君家。(《宋詩紀事》卷八五)

金縷曲

水仙花禁用湘妃漢女洛神事〔一〕

小草先春令〔二〕,問誰移、香本南園〔三〕,罷栽幽徑〔四〕?定武紅瓷看最好〔五〕,銀蒜十囊齊迸〔六〕。簇薤葉、萱芽相並〔七〕。幾點青螺攢秀石〔八〕,護冰苔一片涼沙浄,唤仙子〔九〕,踏明鏡〔一〇〕。　詩家比喻閒重省〔一一〕,未輸他、馨弟梅兄〔一二〕,暗香疏影〔一三〕。風露人間渾不到〔一四〕,晴日紙窗留映。襯髹几〔一五〕,畫屏斜整。艷紫夭紅昏夢裏〔一六〕,料更番花信催難醒〔一七〕,孤芳在〔一八〕,伴清冷。

【注釋】

本詞選自《茶煙閣體物集》上。

〔一〕漢女:漢水神女,鄭交甫遇之解珮者。見前《高陽臺》詞注〔二〕。湘妃:見前《笛家》詞注〔六〕。

〔二〕小草:謂水仙。水仙係草本植物,初發時葉如草,故稱。先春令:先於春令萌發。

〔三〕香本:謂水仙花之球狀之根塊。本,根。南園:泛指園圃。

〔四〕罷栽:猶言不栽。水仙多盆養鉢栽,少植幽徑園圃中,故云。

〔五〕定武:謂定州,宋時曾於此設定武軍,故稱。治所在今河北省定縣。宋時所燒造定窑瓷,甚爲珍貴。宋蘇軾《試院煎茶》詩:"潞公煎茶學西蜀,定州花瓷琢紅玉。"

〔六〕銀蒜:水仙之地下莖形如蒜頭,故以喻之。囊:水仙一本數瓣,外有薄紫衣包之如囊,故稱。迸:謂萌芽。

〔七〕薤葉:水仙小葉如薤。萱:萱草,即金針菜,又稱黄花菜、忘憂草,其葉如水仙,但窄細。

〔八〕青螺:護養水仙之青螺狀石子。攢(cuán):聚。

〔九〕仙子:喻水仙。語本宋黄庭堅《王充道送水仙花五十枝欣然會心爲之作詠》詩:"凌波仙子生塵襪,水上輕盈步微月。"

〔一〇〕明鏡:喻水。

〔一一〕重省:重新思憶。宋康與之《喜遷鶯》詞:"回首塞門何處,故國關河重省。"

〔一二〕礬弟梅兄:語本黄庭堅《王充道送水仙花五十枝欣然會心爲之作詠》詩:"含香體素欲傾城,山礬是弟梅是兄。"山礬,常緑灌木,白花濃香,又名七里香。

〔一三〕暗香疏影:語本宋林逋《山園小梅》詩:"疏影横斜水清淺,暗香浮動月黄昏。"

〔一四〕風露句:謂栽植於室内,故無風露之虞。渾,完全。

〔一五〕髹(xiū):赤黑色的漆。《國禮·春官·巾車》:"髹飾。"鄭玄注:"髹,赤多黑少之色。"

〔一六〕艷紫句:意謂百花未放,水仙獨開。夭,美盛貌。

〔一七〕花信:即花信風。應花期而來之候風。自小寒至穀雨,每五日爲一候,每候應一種花信。水仙花期於小寒三候(見宋程大昌《演繁露》卷一),在陰曆十二月,故曰"更番花信"亦難催醒百花。

〔一八〕孤芳:謂獨放之水仙。

滿　江　紅

西湖荷花

郭外垂楊，直映到、水仙祠屋〔一〕。愛十里、花明鏡面〔二〕，岸沉沙腹。幾陣涼颸翻葉白〔三〕，連盤驟雨跳珠緑〔四〕。是誰儂一道撥青蘋〔五〕，波紋蹙。　紅衣褪，開還續〔六〕。碧筒卷〔七〕，擎相促。繞菱根荇帶〔八〕，冷香飛逐〔九〕。偏是風前蝴蝶住，但無人處鴛鴦浴〔一〇〕。擘生綃悔不學丹青〔一一〕，描横幅。

【注釋】

本詞選自《茶煙閣體物集》上。

〔一〕水仙祠屋：即水仙王廟，原在杭州市錢塘門外二里。

〔二〕十里、花明：語本宋柳永《望海潮》詞："重湖疊巘清嘉，有三秋桂子，十里荷花。"鏡面：喻湖面。宋范成大《次韻馬少伊郁寂峰寄示同遊石湖詩卷》詩："鏡面波光倒碧峯，半湖雲錦萬芙蓉。"

〔三〕葉白：荷葉背面色淺，風翻而愈覺其色白。

〔四〕跳珠：狀水珠於荷葉上之滚動迸濺。唐錢起《蘇端林亭對酒喜雨》詩："濯錦翻紅蕊，跳珠亂碧荷。"

〔五〕誰儂：猶誰人。撥青蘋：意謂划船而來。

〔六〕紅衣：喻荷花。唐趙嘏《長安晚秋》詩："紫艷半開籬菊静，紅衣落盡渚蓮愁。"

〔七〕碧筒：謂荷葉。宋蘇軾《泛舟城南會者五人分韻賦詩得人皆苦炎字》詩："碧筒時作象鼻彎，白酒微帶荷心苦。"唐段成式《酉陽雜俎·酒食》："鄭公慤三伏之際，每率賓避暑……取大蓮葉置硯格上，盛酒二升，以簪刺葉，令與柄通……傳吸之，名爲碧篛杯。"

〔八〕繞菱句：謂船曲行于菱荇間。梁元帝《泛蕪湖》詩："橈度菱根反，船來荇葉低。"荇(xìng)，帶狀水生植物。

〔九〕冷香飛逐：宋姜夔《念奴嬌》詞："嫣然摇動，冷香飛上詩句。"

〔一〇〕但無人句：杜牧《齊安郡後池絶句》詩："盡日無人看微雨，鴛鴦相對浴紅衣。"

〔一一〕擘(bò)：分剖，或引申爲展開。生綃：未漂煮之絲織品，古人用以作畫。唐韓愈《桃園圖》詩："流水盤洄山百轉，生綃數幅垂中堂。"丹青：顔料，此指代繪畫。

滿江紅

塞上詠葦

絶塞淒清〔一〕，又誰把、秋聲留住？斜陽外、寒沙摇漾，亂山無主。瑟瑟乍驚心欲碎〔二〕，茫茫不管愁如許〔三〕。伴西窗燈火坐黄昏，蕭蕭語〔四〕。　　催一陣，茅檐雨。攪一片，霜林杵。爲伊想遍了，别離情緒。酒渴二更人散後，月明千里鴻飛處。夢滄江添個釣魚船，風吹去〔五〕。

【注釋】

本詞選自《茶煙閣體物集》上。

〔一〕絶塞：極遠之邊塞，此指位于山西境内的長城塞上。竹垞曾于康熙三年秋至康熙六年秋客晉。《宋史·路振傳》："絶塞草荒，八月隕霜。"杜甫《返照》詩："絶塞愁時早閉門。"

〔二〕瑟瑟：謂風聲。《宋書·樂志·陌上桑》："風瑟瑟，木搜搜，思念公子徒以憂。"

〔三〕如許：如此；這般。

〔四〕蕭蕭語：謂蘆葦之聲如與人語。

〔五〕夢滄江二句：寫思念故鄉之情。唐司空曙《江村即事》詩："罷釣歸來不繫船，江村日落正堪眠。縱然一夜風吹去，只在蘆花淺水邊。"

疏　影

芭　蕉

是誰種汝，把綠天一片〔一〕，檐牙遮住〔二〕。欲折翻連〔三〕，乍卷還抽，有得愁心如許〔四〕。秋來慣與羈人伴，惹多少冷風淒雨〔五〕。那更堪一點疏燈，繞砌暗蟲交訴〔六〕。

待把蛛絲拭却，試今朝留與，個人題句〔七〕。小院誰來，依舊黄昏，明月暫飛還去。羅衾夢斷三更後，又一葉一聲低語〔八〕。拚今番盡翦秋陰〔九〕，移種櫻桃花樹。

【注釋】

本詞選自《茶煙閣體物集》上。

〔一〕綠天：喻芭蕉。詳前《瑶花》注〔五〕。

〔二〕檐牙：見前《春風裊娜》注〔九〕。

〔三〕翻：反而。

〔四〕乍卷二句：蕉葉始萌，皆合抱於莖心成卷狀，展開後，復自葉柄處抽出卷葉，故曰"乍卷還抽"。以其自葉心抽出，故詩人常以喻愁心。張説《戲題草樹》詩："戲問芭蕉樹，何愁心不開。"

〔五〕秋來二句：芭蕉葉大而密，風雨中響聲驟起頻添，尤動人離愁别緒。宋吴文英《唐多令》詞："芭蕉不雨也颼颼。"又："何處合成愁？

離人心上愁。”又,唐杜牧《雨》詩:“一夜不眠孤客耳,主人窗外有芭蕉。”

〔六〕暗蟲:指蟋蟀等秋鳴小蟲。

〔七〕個人:彼人。宋陳亮《念奴嬌·至金陵》詞:“因念舊日山城,箇人如畫,已作中州想。”題句:即在芭蕉葉上題詩。唐韋應物《閒居寄諸弟》詩:“盡日高齋無一事,芭蕉葉上獨題詩。”

〔八〕羅衾二句:唐温庭筠《更漏子》:“梧桐樹,三更雨,不道離情正苦。一葉葉,一聲聲,空階滴到明。”此化用其意。

〔九〕拚(pān):不顧惜。秋陰:謂芭蕉。

【評箋】

陳世焜曰:“欲折翻連八字真絶。(羅衾兩句)淒切生愁。”(《雲韶集》抄本)

陳廷焯曰:“(乍捲還抽四句)淒切雅近草窗。”(《詞則·大雅集》卷五)

柳梢青

西瓜

乞種邊庭〔一〕,極知風味,勝似東陵〔二〕。虎掌黄斑〔三〕,瓠犀黑白〔四〕,蒲鴿葱青〔五〕。　焦煙赤日人行〔六〕,盼岸柳、陰陰短亭。蘚井寒漿〔七〕,蘆簾曲几〔八〕,閒拂秋蠅〔九〕。

【注釋】

本詞選自《茶煙閣體物集》上。

〔一〕種:植。邊庭:指西域。相傳我國西瓜種植是在五代時由西域傳入的。

〔二〕東陵:指秦東陵侯召平所種之瓜。詳前《還家即事》詩注〔四〕。

〔三〕虎掌、黄斑:皆西瓜品種名。晉夏侯湛《瓜賦》:"造瓜田,摘虎掌,拾黄斑。"

〔四〕瓠犀黑白:謂白瓤黑子。瓠犀,瓠中之瓜子。《詩·衛風·碩人》:"齒如瓠犀。"鄭玄《箋》:"瓠犀,瓠瓣。"孔穎達《疏》:"《釋草》云:瓠棲,瓣。孫炎曰:棲,瓠中瓣也。棲與犀,字異音同。"《説文》:"瓣,瓜中實也(即瓜子)。"

〔五〕蒲鴿葱青:杜甫《園人送瓜》詩:"傾筐蒲鴿青,滿眼顔色好。"仇注:"師氏曰:青瓜,色如蒲鴿。蒲鴿、狸首,皆瓜名也。朱注:《齊民要術注》:凡瓜落疏色青黑者爲美。"

〔六〕焦煙:鮑照《代苦熱行》詩:"湯泉發雲潭,焦煙起石圻。"錢振倫注:"焦煙,蓋熱氣也。"

〔七〕甃井句:用樂府古辭《淮南王篇》:"後園鑿井銀作牀,金瓶素綆汲寒漿。"

〔八〕曲几:茶几。見前《掃花游·試茶》注〔一一〕。

〔九〕拂秋蠅:事本《新唐書·武儒衡傳》。元稹倚宦官勢,知制誥,儒衡厭之,會食瓜,蠅集其上,儒衡揮以扇曰:"適從何來,遽集於此!"

清　平　樂

題水墨南瓜圖

牽絲引蔓,野外無人管。纔見草簷花一半〔一〕,又早青黄堆滿〔二〕。　　今年穀貴民飢,村村剥盡榆皮。合付田翁一飽〔三〕,全家婦子嘻嘻〔四〕。

【注釋】

本詞選自《茶煙閣體物集》上。

〔一〕草簷：茅屋之簷。南瓜蔓繁,農家種植多引蔓上屋。

〔二〕青、黄：謂南瓜。以其色或青或黄或紅,故稱。

〔三〕合：應。

〔四〕婦子嘻嘻：語本《易·家人》:"婦子嘻嘻,終吝。"

【評箋】

馮登府曰:"詞中用經語,不雅。"(手批《曝書亭詞集》)

玉樓春

繡毬[一]

玉毬繡出今番早[二],蝶翅蜂鬚迭迴抱[三]。一年一度雪成團,半雨半晴春未老[四]。者回上樹青猿報[五],合配鞓紅香入腦[六]。枝頭能得幾人憐,落地始知花亦好。

【注釋】

本詞選自《茶煙閣體物集》下。

〔一〕繡毬：花名,又名八仙花,木本植物。花有正花、假花,正花隱於中央,假花形大,簇成一團,如花球,故名。

〔二〕玉毬：謂玉繡毬。宋周密《武林舊事·賞花》:"臺後分植玉繡毬數百株,儼如鏤玉屏。"

〔三〕蝶翅蜂鬚:南唐張泌《芍藥》詩:"香清粉澹怨殘春,蝶翅蜂鬚戀蕊塵。"當爲此句所本。迭:更迭,輪流。

〔四〕半雨句：後晉和凝有《春光好》詞:"春水無風無浪,春天半雨半晴。"

〔五〕者：這。晏幾道《少年遊》詞："細想從來，斷腸多處，不與者番同。"青猿：小童。詳前《邁陂塘・答沈融谷》注〔八〕。

〔六〕鞓（tīng）紅：牡丹之一種。宋歐陽修《洛陽牡丹記》："鞓紅其色類腰帶鞓，花出青州，亦曰青州紅。"

明月櫂孤舟

枇杷〔一〕

幾陣疏疏梅子雨〔二〕，也催得、嫩黄如許〔三〕。笑逐金丸〔四〕，看擕素手〔五〕，猶帶曉來纖露〔六〕。　寒葉青青香樹樹〔七〕。記東谿、舊曾游處〔八〕。日影堂陰〔九〕，雪晴花下〔一〇〕，長見那人窺户〔一一〕。

【注釋】

本詞選自《茶煙閣體物集》下。明月櫂孤舟，據《詞律》，此調即是《夜行船》。

〔一〕枇杷：以其葉似琵琶，故名（見《羣芳譜》）。

〔二〕梅子雨：即梅雨。梁元帝（蕭繹）《纂要》："梅熟而雨曰梅雨。"其時在四五月。又宋賀鑄《青玉案》詞："梅子黄時雨。"

〔三〕嫩黄：枇杷熟則黄，此謂將熟而未熟。

〔四〕金丸：金製彈丸，此喻成熟之枇杷。唐元稹《酬樂天東南行詩一百韻》："緑粽新菱食，金丸小木奴。"自注："巴橘酸澀，大如彈丸。"

〔五〕素手：潔白的手。《古詩十九首》："娥娥紅粉妝，纖纖出素手。"

〔六〕纖露：作者自注："謝瞻《枇杷賦》：'成炎果乎纖露。'"

〔七〕香樹樹：語本杜甫《田舍》詩："櫸柳枝枝弱，枇杷樹樹香。"

〔八〕東谿：作者自注："白居易詩：'況對東谿野枇杷。'"

〔九〕堂陰：作者自注："謝靈運《七濟》云：'朝食既畢，摘果堂陰；春惟枇杷，夏則林檎。'"

〔一〇〕花下：作者自注："楊巨源詩：'枇杷花下閉門居。'"按：《全唐詩》楊巨源名下無有此詩，而王建、胡曾名下皆有，王詩題爲《寄蜀中薛濤校書》，胡詩題爲《贈薛濤》，未知孰是。

〔一一〕那人窺户：語本宋周邦彦《瑞龍吟》詞："因記箇人癡小，乍窺門户。"

暗　香

紅　豆〔一〕

凝珠吹黍〔二〕，似早梅乍萼〔三〕，新桐初乳〔四〕。莫是珊瑚〔五〕，零落敲殘石家樹〔六〕。記得南中舊事〔七〕，金齒屐、小鬟蠻女〔八〕。向兩岸、樹底盈盈，擡素手摘新雨〔九〕。

延佇〔一〇〕。碧雲暮〔一一〕。休逗入茜裙〔一二〕，欲尋無處。唱歌歸去，先向緑窗飼鸚鵡。惆悵檀郎路遠〔一三〕，待寄與〔一四〕、相思猶阻。燭影下、開玉合〔一五〕，背人暗數。

【注釋】

本詞選自《茶煙閣體物集》下。按：此調爲姜夔所創，九十七字，《詞律》、《詞譜》所收諸體均然。據此，疑竹垞詞上片結句當衍一"擡"字，《白香詞譜》删之自有所本。

〔一〕紅豆：又稱相思豆，爲相思樹之子。實成莢，大如豌豆，微扁，色殷紅，或半紅半黑。産於嶺南，古時當地人以嵌首飾。詩詞作品中多以喻愛情或相思。

〔二〕凝珠句：謂粒粒紅豆若凝聚之露珠，滚圓之黄米粒。黍，穀物之一種,北方稱黄米子。竹垞喻紅豆以珠、黍,非取其色,而取其形耳。

〔三〕乍萼:初綻之花萼。乍,方;剛剛。

〔四〕桐乳:即桐子,詳前《霜天曉角·早秋放鶴洲池上作》注〔二〕。

〔五〕莫是:莫非是。

〔六〕零落句:事本《世説新語·汰侈》:"石崇與王愷争豪……(晉)武帝,愷之甥也,每助愷;嘗以一珊瑚樹高二尺許賜愷,枝柯扶疏,世罕其比。愷以示崇,崇視訖,以鐵如意擊之,應手而碎。愷既惋惜,又以爲疾己之寶,聲色甚厲。崇曰:'不足恨,今還卿。'乃命左右悉取珊瑚樹,有三尺四尺、條幹絶世、光彩溢目者六七枚,如愷許比甚衆。愷惘然自失。"

〔七〕南中:謂嶺南紅豆産處。唐孟郊《送殷秀才南游》詩:"南中多古事,詠遍始應還。"

〔八〕金齒屐:屐底有二齒,以行泥地,言其齒以金爲之,乃美稱之。李白《浣紗石上女》詩:"一雙金齒屐,兩足白如霜。"王琦輯注:"《南越志》:軍安縣女子趙嫗著金箱齒屐。"小鬟蠻女:謂南方(嶺南)少女。

〔九〕向兩岸二句:語本後蜀歐陽炯《南鄉子》詞:"路入南中,桄榔葉暗蓼花紅。兩岸人家微雨後,收紅豆,樹底纖纖擡素手。"新雨,謂新雨後之紅豆。

〔一〇〕延佇:見前《金縷曲·初夏》詞注〔一一〕。

〔一一〕碧雲暮:梁江淹《休上人怨别詩》:"日暮碧雲合,佳人殊未來。"

〔一二〕逗:弄。茜裙:以茜草所染之裙,即紅裙。

〔一三〕檀郎:謂情郎(詳前《臨江仙·金指環》注〔六〕)。

〔一四〕寄與:謂寄與相思紅豆。宋姜夔《暗香》詞:"歎寄與路遥,夜雪初積。翠尊易泣,紅萼無言耿相憶。"

〔一五〕玉合:唐韓偓《玉合》詩:"羅囊繡兩鳳皇,玉合雕雙鸂鶒。中有蘭膏漬紅豆,每回拈著長相憶。"

【評箋】

譚獻曰:“纍纍如貫珠。”(《篋中詞》二)

陳世焜曰:“淒麗。慧心密意,曲折傳出。”(《雲韶集》抄本)

玉樓春

柳

柔條曾記春前種〔一〕,乍起三眠妍手弄〔二〕。煙初冪歷態真濃〔三〕,絮未顛狂絲尚重〔四〕。依依別緒長亭共,舊雨殘陽空目送〔五〕。一灣流水小紅橋,留與斷腸人作夢〔六〕。

【注釋】

本詞選自《茶煙閣體物集》下。

〔一〕柔條:謂柳枝。宋周邦彦《蘭陵王》詞:“長亭路、年去歲來,應折柔條過千尺。”又,北周庾信《枯樹賦》:“桓大司馬聞而歎曰:‘昔年種柳,依依漢南;今看摇落,悽愴江潭;樹猶如此,人何以堪?’”

〔二〕乍起句:謂柳之枝條在風中時起時伏,若由妍手撫弄一般。清張澍輯《三輔舊事》:“漢苑中有柳狀如人形,號曰人柳,一日三眠三起。”

〔三〕冪(mì)歷:覆蓋分布。唐王建《早起》詩:“暗池光冪歷,密樹花葳蕤。”態真濃:意謂姿態凝重端莊。杜甫《麗人行》:“態濃意遠淑且真。”

〔四〕絮未句:意謂柳樹尚未到揚花飄絮時刻。語本杜甫《漫興》詩:“顛狂柳絮隨風舞。”

〔五〕舊雨:此喻舊友。杜甫《秋述》文:“秋,杜子卧病長安旅次,多雨生魚,青苔及榻,常時車馬之客,舊,雨來;今,雨不來。”宋范成大

《丙午新正書懷》詩："人情舊雨非今雨，老境增年是減年。"

〔六〕一灣二句：唐温庭筠有《楊柳枝》詞云："宜春苑外最長條，閑裊春風伴舞腰。正是玉人腸斷處，一渠春水赤欄橋。"此或化用其意。小紅橋，當是折柳分袂之處，亦爲别後斷腸人魂夢牽縈之所。

【評箋】

陳世焜曰："（煙初句）婉至。（結）'夢魂慣得無拘檢，又踏楊花過謝橋'，小山（即晏幾道）名作（詞名《鷓鴣天》）也；彼以夢爲醒，此以醒作夢，同一婉妙。"（《雲韶集》抄本）

疏　影

秋柳和李十九韻〔一〕

西風馬首〔二〕，有哀蟬幾樹，高下聲驟。村外煙消，水際沙寒，斜陽似戀亭堠〔三〕。絲絲縷縷紛堪數，更髣髴葉初開候。待月中疏影東西〔四〕，思共故人攜手。　摇落江潭萬里〔五〕，繫船酒醒夜，長笛京口〔六〕。《讀曲》歌殘〔七〕，曉露翻鴉，蕭瑟白門非舊〔八〕。赤闌橋畔流雲遠〔九〕。遮不住短牆疏牖〔一〇〕。話六朝遺事淒涼〔一一〕，張緒近來消瘦〔一二〕。

【注釋】

本詞選自《茶煙閣體物集》下。

〔一〕李十九：即李良年（詳前《金縷曲·寄李武曾》詞注〔一〕）。

〔二〕西風馬首：暗寫行旅。唐錢起《送張少府》詩："蓬驚馬首風。"又，金王渥《送裕之還嵩山》詩："對牀夜雨他年夢，滿馬西風此日心。"

〔三〕斜陽句：宋周密《探芳訊·西泠春感》："最消魂，一片斜陽戀柳。"此用其意。亭堠（hòu）：見前《百字令·度居庸關》詞注〔一三〕。

〔四〕月中：猶月下。蕭慤《秋思》詩："楊柳月中疏。"此化用其意。

〔五〕摇落：凋謝、零落。全句用桓温語，詳前《玉樓春·柳》詞注〔一〕。

〔六〕京口：地名，今江蘇省鎮江市。三國時，孫權曾於此建都，稱爲京城；兩年後，又遷都建業（今南京市），遂改其名爲京口。唐劉眘虚《暮秋揚子江寄孟浩然》詩："寒笛對京口，故人在襄陽。"

〔七〕《讀曲》：即《讀曲歌》，古樂府篇名（詳前《詩選·讀曲歌》題解）。

〔八〕白門：南朝宋都城之西門，後指代金陵（今南京市，詳前《賣花聲·雨花臺》詞注〔一〕）。唐韓翃《送冷朝陽還上元》詩："落日澄江烏榜外，秋風疏柳白門前。"

〔九〕赤闌橋：地名，長安、台州等地均有。按：此恐係泛稱而非專指，前人咏柳常連及赤闌橋，如唐顧況、温庭筠、韓偓等皆有此類作品。故竹垞言"橋"而不點破"柳"，咏物詞多如此。顧況《題葉道士山房》詩："水邊垂柳赤闌橋，洞裏仙人碧玉簫。"

〔一〇〕牖（yǒu）：窗户。

〔一一〕六朝：見前《賣花聲》詞注〔五〕。全句用劉禹錫《臺城懷古》詩意："清江悠悠王氣沉，六朝遺事何處尋。"

〔一二〕張緒：人名，此用以喻柳。據《南齊書·張緒傳》：緒乃南朝齊人，美風姿。清簡寡欲，口不言利。長於《周易》，官至太常卿，領國子祭酒。齊武帝（蕭賾）植蜀柳於靈和殿前，嘆曰："此楊柳風流可愛，似張緒當年時。"

【評箋】

陳世焜曰："只起三句，便令人銷魂。（煙消三句）情致不泛。（蕭瑟三句）可歎。結亦淒切。"（《雲韶集》抄本）

陳廷焯曰："起勢淒警。"（《詞則·大雅集》卷五）

【附録】

疏　影

秋　柳　　　李良年

旗亭隴首,正新霜乍點,斜日風驟。一片秋聲,幾樹蕭疏,驚心十里津堠。行人欲折還教住,爲記得别離時候。灑渭城朝雨如煙,曾向畫橋分手。　何處無情玉笛,忍教一夜裏,吹墮江口?繫馬無人,忍取寒枝,惟有晚鴉依舊。相思最是鴛鴦渡,應漸冷碧紗窗牖。縱待得來歲春寒,還只恐那人腰瘦。

瀟瀟雨

落　葉

秋林紅未足怪酸風〔一〕,一片舞遥堤。任高高下下,蕭蕭摵摵〔二〕,策策悽悽〔三〕。岸嘴籬根壓徧,驚斷草蟲啼。只有蒼涼月,來照鴉棲。　却似游蹤不定,謂當南反北,旋又東西〔四〕。縱吟邊倚杖,樽酒正堪攜。然茶鎗〔五〕、故人來否?怕空山、舊徑一時迷〔六〕。颼飀響〔七〕、悵無眠夜,聽到荒雞〔八〕。

【注釋】

本詞選自《茶煙閣體物集》下。《瀟瀟雨》,即《八聲甘州》。

〔一〕酸風:詳前《渡江雲》詞注〔五〕。

〔二〕摵(shè)摵:象聲詞,落葉聲。晉盧諶《時興》詩:"摵摵芳葉零,橤橤芬華落。"

〔三〕策策:象聲詞。唐韓愈《秋懷》詩:"秋風一披拂,策策鳴不已。"

〔四〕謂當二句：語本三國魏曹植樂府詩《吁嗟篇》："當南而更北，謂東而反西。"

〔五〕然："燃"的本字。茶鎗(chēng)：即茶鐺，温酒器。鎗，通"鐺"。陸游《雨中》詩："茅屋松明照，茶鐺雪水煎。"

〔六〕怕空山句：唐韋應物《寄全椒山中道士》詩："落葉滿空山，何處尋行跡。"此化用其意。

〔七〕颼飀：風吹貌。唐賈島《上谷旅夜》詩："風翻落葉更颼飀。"

〔八〕荒雞：夜間不按時啼叫之雞。宋陸游《夜歸偶懷故人獨孤景略》詩："劉琨死後無奇士，獨聽荒雞淚滿衣。"

【評箋】

沈雄曰："高恥庵所謂麗句，原係天壤間有限之語，然古今人必以此爲矜新顯異者，湊合不同，工力各别，特拈之，'只有蒼涼月，來照鴉棲。'"(《古今詞話》)

長亭怨慢

雁

結多少、悲秋儔侣〔一〕，特地年年〔二〕，北風吹度。紫塞門孤〔三〕，金河月冷〔四〕，恨誰訴〔五〕？迴汀枉渚〔六〕，也只戀，江南住。隨意落平沙〔七〕，巧排作、參差箏柱〔八〕。　别浦〔九〕，慣驚移莫定，應怯敗荷疏雨〔一〇〕。一繩雲杪〔一一〕，看字字、懸鍼垂露〔一二〕。漸欹斜、無力低飄〔一三〕，正目送、碧羅天暮〔一四〕。寫不了相思〔一五〕，又蘸涼波飛去〔一六〕。

【注釋】

本詞選自《茶煙閣體物集》下。

〔一〕悲秋：因秋景蕭瑟而悲哀，此謂人格化之雁鳴。唐劉禹錫《河南觀察使故相國袁公挽歌》："人悲雁亦號。"又戰國楚宋玉《九辯》："悲哉，秋之爲氣也。"儔侶：伴侶、同輩。宋曾鞏《鴻雁》詩："鴻雁此時儔侶多，亂下沙汀恣栖宿。"

〔二〕特地：猶特别。宋黄庭堅《南鄉子》詞："塞雁西來特地寒。"

〔三〕紫塞：泛指北方邊塞。晉崔豹《古今注·邑》："秦築長城，土色皆紫，漢塞亦然。一云雁門草昏色紫，故名紫塞。"劉宋鮑照《蕪城賦》："南馳蒼梧漲海，北走紫塞雁門。"雁門，見前《消息·度雁門關》注〔一〕。

〔四〕金河：《寰宇記》：金河西百里出天門關。按：天門關在今山西省太原市西北。其西南百里即今山西省榆次市（見《嘉慶一統志·太原府·金水河》）。詞中所指，疑即此（一説指代縣之金水河）。

〔五〕恨誰訴：謂恨與誰訴。

〔六〕汀：《説文》："汀，平也。"後因以"水平"引申爲水邊、水中平地。唐李商隱《細雨》詩："蕭灑傍迴汀，依微過短亭。"枉渚：地名，今湖南省常德縣南及甘肅省兩當縣均有之，此泛指鴻雁栖息之地。屈原《九章·涉江》："朝發枉渚兮，夕宿辰陽。"

〔七〕平沙：江湖邊灘地。明王紱《雁》詩："遠水微茫秋萬頃，不妨隨意落平沙。"

〔八〕巧排句：謂雁行如箏柱之排列齊整。按：一般稱箏柱排列如雁行，名曰雁柱，或曰箏雁。宋陸游《雪中感成都》詩："感事鏡鸞悲獨舞，寄書箏雁恨慵飛。"竹垞詞係取返喻手法。

〔九〕别浦：江流之分水，此泛指水濱雁息之處。劉宋謝莊《山夜憂》詩："凌别浦兮值泉躍，經喬木兮遇猿驚。"

〔一〇〕慣驚移二句：謂雨打殘荷之聲每使棲雁驚移他往。慣，怎慣。

〔一一〕一繩雲杪（miǎo）：謂編隊飛行之雁陣如天際一線，雲杪，猶雲端。宋蔣捷《喜遷鶯·金村阻風》詞："别浦。雲斷處。低雁一繩，攔斷家山路。”

〔一二〕字字：雁翔隊形如“人”字，故稱。懸鍼、垂露：皆字體。此喻雁飛之隊形。唐徐堅《初學記》卷二一引王愔《文字志》：“懸針，小篆體也。字必垂畫細末，細末纖直如懸針。”“垂露書，如懸針而勢不遒勁，阿那如濃露之垂。”

〔一三〕攲(qī)斜：猶傾斜。雁飛時，爲減少氣流阻力而傾斜其體或隊形。

〔一四〕目送：晉嵇康《送秀才入軍》詩：“目送歸鴻，手揮五絃。”此用其意。碧羅：喻指藍天(詳前《霜天曉角·晚次東阿》詞注〔四〕)。

〔一五〕寫不了相思：宋張炎《解連環·孤雁》詞：“寫不成書，只寄得相思一點。”此用其意。

〔一六〕又蘸句：宋僧惠洪《雁》詩：“數隻飄然掠波去。”此用其意。

【評箋】

陳世焜曰：“起筆神來。竹垞詠物諸篇大率寓身世之感，以淒切之情發爲哀婉之調，既悲涼又忠厚，讀之久而其味愈長。”(《雲韶集》抄本)

陳廷焯曰：“(此詞)是竹垞直逼玉田之作，集中亦不多見。”(《白雨齋詞話》卷三)

又曰：“來勢蒼莽。感慨身世，以淒切之情，發哀婉之調，既悲涼，又忠厚。是竹垞直逼玉田之作，集中亦不多見。”(《詞則·大雅集》卷五)

綺　羅　香

和宋牧仲別駕詠螢〔一〕

挾火難溫〔二〕，侵星易墜〔三〕，留拂井梧檐樹。傍牖依闌，暗裏慣窺人住。渾不辨、鬟霧殘妝〔四〕，又何況、襪塵纖步〔五〕。際新涼、團扇初閒〔六〕，輕羅撲付小兒女〔七〕。

葳蕤深鎖院静〔八〕，攜照相思錦字〔九〕，練囊縫取〔一〇〕。憑仗微風，方便更教飛去。逗屋角、蛛網圓絲，避葉心、豆花斜雨〔一一〕。恣意向、月黑池塘，夜闌高下舞。

【注釋】

本詞選自《茶煙閣體物集》下。

〔一〕宋牧仲：宋犖之字，號漫堂，河南商邱人。曾官别駕，仕至吏部尚書，加太子少師。犖精於鑒藏，淹通典籍，練習掌故，著作頗富，有《綿津山人集》等。

〔二〕挾火：螢之别名（見《本草綱目》），詞拈連謂螢火。

〔三〕侵星：一般作披星、戴星解，詞中逕用侵犯之義。劉宋鮑照《上潯陽還都道中》詩："侵星赴早路，畢景逐前儔。"錢振倫注："聞人倓曰：侵星，猶戴星也。"

〔四〕鬌霧：狀鬌髮蓬亂。宋蘇軾《毛女真》詩："霧鬌風鬟水葉衣，山川良是昔人非。"

〔五〕襪塵句：詳前《摸魚子》詞注〔四〕。

〔六〕際：當；值。

〔七〕輕羅句：唐杜牧《秋夕》詩："紅燭秋光冷畫屏，輕羅小扇撲流螢。"

〔八〕葳蕤：鎖名（詳前《臺城路·十四夜》詞注〔二〕）。

〔九〕錦字：用錦織成之字，出自晉代竇滔妻蘇氏（見《晉書·竇滔傳》），後因指夫妻相思之書信。李白《久别離》詩："别來幾春未還家，玉窗五見櫻桃花。况有錦字書，開緘使人嗟。"

〔一〇〕練囊：絲製口袋。《晉書·車胤傳》：胤家貧好學，無燭，以練囊盛數十螢火，以照書。

〔一一〕豆花雨：見前《霜天曉角》詞注〔四〕。

【評箋】

譚獻曰："刺詞。"（《篋中詞》二）

花心動

蜻蜓

舞拂波光齊上下〔一〕，早是薰風池館〔二〕。蟬翼還輕，蠆尾偏長〔三〕，記取狐梨曾喚〔四〕。釣絲愛向人前立〔五〕，見幾度、欲飛猶緩。花陰小，伯勞穿過〔六〕，也能偷眼〔七〕。點水移時款款〔八〕，乍紅裊菱枝，翠停荷管〔九〕。卷幔涼多，傍檻晚晴〔一〇〕，影織夕陽莎岸〔一一〕。有時忽上玉搔頭〔一二〕，全不怕，佳人羅扇。纖羽響〔一三〕，一翦鬢雲撩亂〔一四〕。

【注釋】

本詞選自《茶煙閣體物集》下。

〔一〕舞拂句：唐韓偓《蜻蜓》詩："坐來迎拂波光久。"又，杜甫《卜居》詩："無數蜻蜓齊上下。"

〔二〕薰風：和風。《史記・樂書》："舜作五弦之琴，以歌南風。"裴駰《集解》："南風之薰兮，可以解吾民之慍兮。"《釋文》："薰然，温和貌。"

〔三〕蠆(chài)：《説文》："毒蟲也。"段注："《通俗文》曰：'蠆，長尾謂之蠍。'此狀蜻蜓尾長(實際係體長)"按，蜻蛉之幼蟲名水蠆，蜻蜓與形同而性别，竹垞未察，即以稱之。

〔四〕狐梨：蜻蜓之别名(見《爾雅疏》)。

〔五〕釣絲句：即"愛向釣絲人前立"。語本杜甫《重過何氏》詩："蜻蜓立釣絲。"

〔六〕伯勞：鳥名，鳴禽類，又名鶪。

〔七〕偷眼：暗中窺視。蜻蜓係複眼(並有單眼)，視野較廣，故曰"能偷眼"。杜甫《風雨看舟前落花戲爲新句》詩："蜜蜂蝴蝶生情性，偷眼蜻蜓避伯勞。"此用其意。

〔八〕款款：徐緩貌。語本杜甫《曲江》詩："穿花蛺蝶深深見，點水蜻蜓款款飛。"

〔九〕紅、翠：皆謂蜻蜓之體色。此指代蜻蜓。

〔一〇〕檻：欄杆。唐司空圖《狂題》詩："雨洗芭蕉葉上詩，獨來憑檻晚晴時。"

〔一一〕影織句：謂莎岸之草，其密如茵，似夕陽中之蜓影（若梭）織之。莎岸，猶草岸。

〔一二〕玉搔頭：即玉簪。《西京雜記》："武帝過李夫人，就取玉簪搔頭，自此後宫人搔頭皆用玉。"唐劉禹錫《和樂天春詞》："行到中庭數花朵，蜻蜓飛上玉搔頭。"

〔一三〕纖羽：謂蜻蜓之翅。

〔一四〕一翦：蜻蜓有翅三對，其形如翦。鬢雲撩亂：謂其羽一響，佳人警而撩之，致使如雲之鬢髮紛亂。蘇軾《點絳脣》詞："鬢雲撩亂，愁入參差雁。"

臨　江　仙

汾陽客感〔一〕

無限塞鴻飛不度〔二〕，太行山礙并州〔三〕。白雲一片去悠悠〔四〕，飢烏啼舊壘〔五〕，古木帶高秋〔六〕。　　永夜角聲悲自語〔七〕，思鄉望月登樓〔八〕。離腸百結解無由〔九〕，詩題青玉案〔一〇〕，淚滿黑貂裘〔一一〕。

【注釋】

本詞選自《蕃綿集》。作於康熙四年（一六六五）或康熙五年秋。按：

“蕃錦”本自陸游詩“蕃錦製詩囊”。是集係竹垞集前人詩句成詞之作,即集句詞。此類作品大多工穩自然,殊無補衲痕跡,體現了竹垞淹博的知識與駕馭文字的高度技巧,其中不乏抒情刻畫之佳製,未可一概斥之文字游戲。唯竹垞文壇大家,開有清一代詞風,此後效颦者鵲起,雖不任其咎,亦濫觴之所由。《蕃錦集》共收詞一〇九首(不含《蕃錦集拾遺》二十四首),兹選三首,以窺一斑。前人有關評論,附於《歸田歡》後,供參考。

〔一〕汾陽:今山西省縣名。

〔二〕無限句:用唐李益《聽曉角》詩原句。

〔三〕太行句:用唐白居易《奉和裴令公三月上巳日遊太原龍泉憶去歲禊洛見示之作》詩原句。并(bīng)州,古九州之一,西漢、三國魏時亦設州,唐併入太原府,其地約當於今山西省大部分地區。太行山,在今山西、河北、河南三省交界處,東北、西南走向,妨礙東西交通,故云“礙并州”。

〔四〕白雲句:用唐張若虚《春江花月夜》詩原句。

〔五〕飢烏句:用唐沈佺期《被試出塞》詩原句。舊壘,舊時作戰工事。

〔六〕古木句:用唐劉長卿《秋夜肅公房喜普門上人自陽羨山至》詩原句。

〔七〕永夜句:用唐杜甫《宿府》詩原句。

〔八〕思鄉句:用唐魏扶《賦愁》詩原句。

〔九〕離腸句:用唐魚玄機《寄子安》詩原句。

〔一〇〕詩題句:用唐高適《奉酬睢陽李太守》詩原句。青玉案,青玉製之小几案。東漢張衡《四愁》詩:“美人贈我錦繡段,何以報之青玉案。”

〔一一〕淚滿句:用唐李白《秋浦歌》原句。王琦注:“《戰國策》:蘇秦説秦王,書十上而説不行,黑貂之裘敝。”

【評箋】

陳世焜曰:“集成語如己出,一片神行,無窮哀感。(結二句)語極工整,意極悲涼,出自成語,所以爲難。”(《雲韶集》抄本)

蝶　戀　花

詠　春　雨

江海茫茫春欲徧[一]。草細堪梳[二]，野色寒來淺[三]。向晚因風一川滿[四]，蘭閨柳市芳塵斷[五]。　越女含情已無限[六]。杉篠萋萋[七]，天畔登樓眼[八]。此夜斷腸人不見[九]，紗窗只有燈相伴[一〇]。

【注釋】

本詞選自《蓄錦集》。

〔一〕江海句：用唐劉長卿《寄別朱拾遺》詩原句。

〔二〕草細句：用唐李賀《春晝》詩原句。

〔三〕野色句：用唐羅隱《秋浦》詩原句。

〔四〕向晚句：用唐薛奇童《雲中行》詩原句。

〔五〕蘭閨句：用唐駱賓王《從軍中行路難》詩原句。蘭閨，《後漢書・皇后紀贊》："班政蘭閨。"注："蘭林，殿名，故言蘭閨。"後因稱婦女所居。柳市，漢代長安地名。《漢書・萬章傳》："萬章字子夏，長安人也。長安熾盛，街閭各有豪俠，章在城西柳市，號曰：'城西萬子夏'。"注："師古曰：《漢宮闕疏》云：'細柳蒼有柳市。'"芳塵，都市塵土之美稱。據《拾遺記》：後趙石虎曾於太極殿前起樓，高四十丈，舂雜異香爲屑，使數百人於樓上吹散之，名曰芳塵。

〔六〕越女句：用唐羊士諤《郡中即事》詩原句。

〔七〕杉篠（xiǎo）句：用唐蕭穎士《江有楓一篇》詩原句。篠，小竹。"杉"、"篠"皆浙江風物，此爲思鄉之作，蕭詩上句云："我思剡溪。"

〔八〕天畔句：用唐杜甫《春日梓州登樓》詩："天畔登樓眼，隨風入故園。"

〔九〕此夜句:用唐顧況《聽角思歸》詩原句。
〔一〇〕紗窗句:用唐裴説《聞砧》詩原句。

【評箋】

摶沙老人曰:"朱竹垞先生集唐詩作《蝶戀花·詠春雨》,字字入神,妙在讀之恰似詞語。"(《説庫·閒處光陰》)

歸田歡

柯翰周見過村舍夜話〔一〕

寂寞江天雲霧裏〔二〕,破屋數間而已矣〔三〕。風光便是武陵春〔四〕,逍遥自有蒙莊子〔五〕。起來花滿地〔六〕,清溪一道穿桃李〔七〕。闢前軒〔八〕,田風拂拂〔九〕,得酒且歡喜〔一〇〕。

盤飧市遠無兼味〔一一〕,客到但知留一醉〔一二〕。濁醪粗飯任吾年〔一三〕,憑君莫話封侯事〔一四〕。外物非本意〔一五〕,世情付與東流水〔一六〕。爲君題〔一七〕,洞天石扇〔一八〕,丘壑趣如此〔一九〕。

【注釋】

本詞選自《蕃錦集》。按:《詞譜》、《詞律》皆無《歸田歡》調,唯有《歸田樂》,但無一〇四字體;竹垞原詞標題"夜話"後有"即歸朝歡"字樣,應爲自注,揣其意,當改"歸朝"爲"歸田"以符題旨。

〔一〕柯翰周:柯維楨之字,嘉興人,康熙時舉人,徵"博學鴻詞",以父喪歸。
〔二〕寂寞句:用唐杜甫《嚴中丞枉駕見過》詩原句。
〔三〕破屋句:用唐韓愈《寄盧仝》詩原句。

〔四〕風光句：用唐方干《睦州吕郎中郡中環溪亭》詩，今本《全唐詩》原句作："風光便似武陵春。"武陵春，謂世外桃源，詩用晉陶潛《桃花源記》武陵人入桃花源事。

〔五〕逍遥句：用唐趙彦昭《奉和聖製幸韋嗣立山莊應制絶句》詩，今本《全唐詩》原句作"逍遥自在蒙莊子"，疑今本誤，以趙詩前句已用"在"字。逍遥，雙關莊子《逍遥游》。蒙莊子，《史記·莊子列傳》："莊子者，蒙人也。"裴駰《集解》："《地理志》：蒙縣屬梁國。"又，晉潘岳《悼亡詩》："上慚東門吴，下愧蒙莊子。"

〔六〕起來句：用唐于濆《村居晏起》詩原句。

〔七〕清溪句：用唐王維《寒食城東即事》詩原句。

〔八〕闢前軒：用唐顔真卿《三言喜皇甫曾侍御見過南樓玩月聯句》詩原句。

〔九〕田風句：用唐李賀《章和二年中》詩原句。

〔一〇〕得酒句：用唐韓愈《秋懷》詩原句。

〔一一〕盤飧句：用唐杜甫《客至》詩原句。兼味，兩種以上之菜肴。

〔一二〕客到句：用唐李白《題東溪公幽居》詩原句。

〔一三〕濁醪句：用唐杜甫《清明》詩原句。

〔一四〕憑君句：用唐曹松《己亥歲》詩原句。憑君，猶請君。杜牧《贈獵騎》詩："憑君莫射南來雁，恐有家書寄遠人。"

〔一五〕外物句：用唐李頎《送綦毋三謁房給事》詩原句。

〔一六〕世情句：用唐高適《封丘作》詩原句。

〔一七〕爲君題：用唐岑參《西亭子送李司馬》詩原句。

〔一八〕洞天句：用唐李白《夢游天姥吟留别》詩原句。洞天，謂神仙居地。石扇，石門。

〔一九〕丘壑句：用唐錢起《罷章陵令山居過中峯道者》詩原句。丘壑，深山幽谷，指隱居所在。

【評箋】

謝章鋌曰："（竹垞）《滿庭芳》、《歸田歡》諸闋，神工鬼斧，前賢（指王

安石,詳《附録》謝氏所評)定畏後生,蓋集句長調比難題尤難。"(《賭棋山莊詞話》卷一二)

【附録】

關於《蕃錦集》之評論:

丁紹儀曰:"集句始自傅咸集十經詩,明以來遂有專集唐詩、杜詩者,竹垞太史乃效東坡居士,集古人語爲詞,《蕃錦》一編,衆皆斂手。"(《聽秋聲館詞話》卷二〇)

謝章鋌曰:"填詞有集句者,且有通闋只集一人之句者,然他人寥寥數篇,至竹垞則專集詩句,既工且多。第考之《臨川集》,荆公已啓其端。(龔)蘅圃題《蕃錦集》云:'是誰能紉百家衣,只許半山人?'説當是指此,非泛言詩中集句也。然半山不標出處,未若竹垞歷注名姓,尤令人易于根據。"(《賭棋山莊詞話》卷一二)

沈德潛曰:"(竹垞)集唐詩爲填詞,名《蕃錦》,疑出鬼工,幾於人力無與,顧寧人先生不肯多讓人,亦以博雅稱許之。"(《清詩别裁》卷一二)

趙翼曰:"朱竹垞《蕃錦集》割裂成句填入詞譜,則又斬新創闢,前人未之有。"(《陔餘叢考》卷二三)

陳廷焯曰:"《蕃錦集》運用成語,别具匠心。……脱口而出,運用自如,無湊泊之痕,有生動之趣。"(《白雨齋詞話》)

陳世焜曰:"集句原非正格,且近小家氣,然借古人往日成語寫我今日性情,又必須脱口而出,亦非易易。"(《雲韶集》抄本)

沈雄曰:"(竹垞《蕃錦集》)詞則佳矣,但取其義之吻合,不求其句之割切也。律陶集杜自昔已然,止用七言五言也,若用二字、三字、四字,當割切之於何人,而注爲某句乎?"(《古今詞話·詞品》上)

賀裳曰:"(集句)佳則僅一斑爛衣,不佳則百補破衲也。"(鄒祇謨《遠志齋詞衷》引)

徐珂曰:"《蕃錦集》殊有妙思,(王)士禛見之,以爲殆鬼功也。"(《近詞叢話》)

曲選 十首

折　桂　令

鬧紅塵袞袞公侯〔一〕。白璧黄金〔二〕，肥馬輕裘〔三〕。蟻陣蜂衙〔四〕，鼠肝蟲臂〔五〕，蝸角蠅頭〔六〕。神仙侶淮王雞狗〔七〕，衣冠隊楚國獮猴〔八〕。歸去來休〔九〕！選個溪亭，作伴沙鷗〔一〇〕。

【注釋】

本曲選自《葉兒樂府》，以下九首同。“葉兒”，即散曲中之小令。小令中於元時風行之調，别名葉兒(取其“小”義)。元燕南芝菴論曲云：“時行小令唤葉兒。”其稱“葉兒樂府”者，始自竹垞。《折桂令》於《葉兒樂府》中，凡一組五首，兹選三首。

〔一〕袞袞：連續不絶，引申爲衆多，有貶義。杜甫《醉時歌》：“諸公袞袞登臺省，廣文先生官獨冷。”

〔二〕白璧：平圓形，正中有孔之白玉器，古時以爲重寶。《史記·虞卿傳》：“虞卿者，游説之士也。躡蹻擔簦，説趙孝成王，一見賜黄金百鎰，白璧一雙，再見爲趙上卿。”

〔三〕肥馬輕裘：謂服御華麗，生活豪奢。《論語·雍也》：“(公西)赤之適齊也，乘肥馬，衣輕裘。”

〔四〕蜂衙：謂羣蜂飛集，如官府之衙參，此係返喻謂衙參如蜂聚。宋陸游《青羊宫小飲贈道士》詩：“小窗幽處聽蜂衙。”

〔五〕鼠肝蟲臂：喻微末至賤。《莊子·大宗師》："偉哉造化，又將奚以汝爲？將奚以汝適？以汝爲鼠肝乎？以汝爲蟲臂乎？"金元好問《食榆莢》詩："鼠肝蟲臂萬化途，神奇腐朽相推遷。"按：莊子原義謂人之大亦可化爲鼠肝蟲臂，隨緣而化，並無常則。竹垞坐實以喻蠅營狗苟輩之聲利。

〔六〕蝸角：喻極小之天地。蠅頭：喻極微之財利。宋蘇軾《滿庭芳》詞："蝸角虛名，蠅頭微利。"又，黄庭堅《喜太守畢朝散致政》詩："功名富貴兩蝸角。"

〔七〕淮王雞狗：據葛洪《神仙傳·劉安》：傳説漢淮南王劉安修煉成仙，"安臨去時，餘藥器置在中庭，雞犬舐啄之，盡得升天。"後以喻攀附權貴而得勢者。

〔八〕衣冠：古代"士"以上者著冠，後遂以稱世族、士紳。《後漢書·羊陟傳》："家世衣冠族。"楚國獮猴：喻人之虛有其表，實無人性。語本《史記·項羽本紀》："人言楚人沐猴而冠耳，果然。"

〔九〕歸去來休：語本晉陶潛《歸去來兮辭》："歸去來兮，請息交以絶游。"休，語末助詞，猶今之"罷"。宋朱敦儒《相見歡》詞："人間事，如何是，去來休！"

〔一〇〕作伴沙鷗：謂遠離塵囂，退居林下，與鷗爲伴。宋廖瑩中《江有雜録》引詩："有意沙鷗伴我眠。"

【附録】

張文虎曰："張雲槎（慕騫）詩詞外兼工度曲，鄉試回，抵常州，從某君處借閲《曝書亭集·葉兒樂府》，和其《折桂令》五闋，今只憶其首闋，云：'何人妄想封侯。黄盡兼金，黑敝貂裘。一半佯狂，三千冷眼，五十平頭。先往（下失記二字）門走狗，嘲争解麟閣圖猴。自對歌休，何處天涯著個閑鷗。'"（《覆瓿集·懷舊雜記》）

折　桂　令

故鄉人千里書投。漁弟樵兄〔一〕，盼我回舟。老僕長鬚，侍兒赤脚，穉子蓬頭〔二〕。趁新雨過時插柳，揀緑蔭深處騎牛。歸去來休！二頃秫田，一簣糟丘〔三〕。

【注釋】

〔一〕漁弟樵兄：謂務農之鄉親。後梁李夢符《漁父引》："漁弟漁兄喜到來。"

〔二〕老僕三句：晉陶潛《歸去來兮辭》："僮僕歡迎，稚子候門。"又《後漢書·王霸妻傳》："我兒曹蓬頭歷齒，未知禮則。"此化用其句。

〔三〕秫(shú)：稷(高粱)之黏者稱秫，可以釀酒。宋方岳《次韻田園居》詩："帶郭林塘儘可居，秫田雖少不如歸。"又，《宋書·陶潛傳》："公田悉令吏種秫稻(蕭統《陶淵明傳》無"稻"字，是)，妻子固請種秔，乃使二頃五十畝種秫，五十畝種秔。"糟丘：謂酒滓堆積成山。東漢王充《論衡·語增》："紂爲長夜之飲，糟丘、酒池，沉湎於酒，不舍晝夜。"

折　桂　令

近南湖結個書樓〔一〕。橋影前溪〔二〕，塔火中流〔三〕。梅蕊銜寒〔四〕，荷香銷夏，楓葉鳴秋。松樹底一壺村酒，柳陰中幾隻漁舟。歸去來休！典我春衣〔五〕，日日郊游。

【注釋】

〔一〕南湖：在今浙江省嘉興縣，即鴛鴦湖，竹垞在湖畔。　結個書樓：即《百字令·索曹次岳書竹垞圖》詞云："明年歸去，小樓添嚮牆角。"《嘉興縣志》卷九云："欲築而未果者曰六峯閣。"

〔二〕橋：或指娱老橋（見〔附録〕），橋在嘉興縣南二里二十步（見《嘉興縣志》卷二），又稱吴老橋。

〔三〕塔火：謂塔火灣。鄭勳《竹垞小志》卷三："灣近真如寺，照見寺中塔火，故名。"

〔四〕梅蕊句：語本杜甫《小至》詩："山意衝寒欲放梅。"

〔五〕典我春衣：杜甫《曲江》詩："朝回日日典春衣，每日江頭盡醉歸。"此用其句。

【附録】

鄭勳曰："（此闋）並未署題，今按所咏之景，俱在（嘉興）城南。其云'橋影前溪'，即娱老橋也；'塔火中流'，即塔火灣也；'柳陰中幾隻漁舟'，'柳陰'即柳圩，'漁舟'即鶴渡也。"（《竹垞小志》卷三）　按："柳圩"在嘉興城南放鶴洲上，即柳堤。"鶴渡"，鄭勳云："鶴洲舟名。……張若羲《丙午夏日題鶴洲草堂》詩：'隔澗人相問，輕舟鶴與還。'"（同上）

天　净　沙

一行白雁清秋〔一〕。數聲漁笛蘋洲〔二〕。幾點昏鴉斷柳〔三〕。夕陽時候，曝衣人在高樓〔四〕。

【注釋】

〔一〕白雁：白色之雁。宋彭乘《續墨客揮犀》："北方有白雁，似雁而小,色白,秋深則來。白雁至則霜降,河北人謂之‘霜信’。杜甫詩云:‘舊國霜前白雁來。’即此也。”清秋:謂秋高氣爽,霜天清肅,一般指陰曆八月。晉殷仲文《南州桓公九井作》:“獨有清秋日,能使高興盡。”

〔二〕蘋(pín)洲:長有蘋草之水中小洲。蘋,通“蘋”。又,宋周密詞集名《蘋洲漁笛譜》。

〔三〕幾點句:宋秦觀《滿庭芳》詞:“寒鴉數點,流水繞孤村。”又,元馬致遠《天净沙》曲:“枯藤老樹昏鴉。”

〔四〕夕陽二句:馬致遠《天净沙》曲:“夕陽西下,斷腸人在天涯。”此化用其句。曝衣:《淵鑑類函·歲時部》:“太液池西有漢武帝曝衣樓,七月七日宫人出衣曝之。”唐李賀《七夕》詩:“鵲辭穿線月,螢入曝衣樓。”

普　天　樂

到清秋〔一〕,開家宴。生魚切玉〔二〕,野雀披緜〔三〕。村村簖蟹肥〔四〕,日日湖菱賤。對竹千竿書千卷〔五〕。悶來時划箇花船〔六〕:白蓮寺前〔七〕,青陽橋外〔八〕,金粟山邊〔九〕。

【注釋】

〔一〕清秋:見前《天净沙》曲注〔一〕。

〔二〕切玉:謂魚肉肥美,晶瑩如玉。唐馮贄《雲仙雜記》引《南部煙花記》:“吴都獻松鱸魚,(隋)煬帝曰:‘所謂金虀玉膾,東南佳味也。’”宋陸游《夏日六言》詩:“未説盤堆玉膾,且看臼搗金虀。”

〔三〕披緜:意謂肥厚(詳前《臺城路·送耕客南還》詞注〔九〕)。

〔四〕簖(duàn):漁具名。編竹爲柵,置水中截斷魚蟹之退路而捕取之。清洪亮吉《與孫季述書》:“魚田半頃,圍此蟹籪。”

〔五〕竹千竿:竹垞愛竹,每居必擇竹旁。其《風中柳·戲題竹垞壁》詞云:“有竹千竿,寧使食時無肉。”

〔六〕悶來句:唐白居易有《晚起》詩云:“醉來花舫信風行。”此或用其句。

〔七〕白蓮寺:在嘉興縣東常豐坊。原在縣南,已毁,宋代改建於此,明初定名爲白蓮講寺(見《嘉興縣志》卷二)。

〔八〕青陽橋:據《嘉興府志》:“橋在(石門縣,今浙江省桐鄉縣)青陽門外,東南二百步。”

〔九〕金粟山:在今浙江省海鹽縣西南。(見《嘉慶一統志·嘉興府》)

朝天子

送分虎南還〔一〕

魚標〔二〕,稻苗,争似南湖好〔三〕!月寒沙柳夜蕭蕭。帆影卸三姑廟〔四〕,暗水横橋〔五〕,矮屋香茅,看黄花都放了〔六〕。絲緣〔七〕,布袍。再不想長安道〔八〕!

【注釋】

〔一〕分虎:李符字分虎,號耕客(詳前《同里李符遊於滇》詩注〔一〕)。

〔二〕魚標:唐李商隱《贈從兄閬之》詩:“荻花村裏魚標在。”馮浩注:“或釣魚,或賣魚,用以標識者。道源云:‘以白木板插水際,投餌其下,魚争聚焉,以籠罩罩之,則不可云標也。’”

〔三〕争:怎。

〔四〕三姑廟:廟名。據《名勝志》、《松江府志》:廟在今浙江省嘉興縣長水塘畔。三姑,傳爲秦始皇時邢雲鶴三姐妹,後入湖爲神。

〔五〕横橋:或泛指,或謂嘉興永豐都之横涇橋(見《嘉興縣志》卷二)。

〔六〕矮屋二句：當係分虎故鄉居處景緻（參《臺城路·送耕客南還》詞："花南老屋花無數，茅堂在花深處。"）。香茅，即茅草有香氣者。《本草綱目·草部·白茅》："香茅一名青茅，一名璚茅，生湖南及江淮間，葉有三脊，其氣香芬。"王維《文杏館》詩："文杏裁爲梁，香茅結爲宇。"

〔七〕縧（tāo）：謂束袍之腰帶。宋蘇軾《送李公恕》詩："願隨壯士斬蛟蜃，不願腰間纏錦縧。"

〔八〕長安道：喻仕途。長安，指代京城北京。李白《觀胡人吹笛》詩："却望長安道，空懷戀主情。"

朝天子

花時，荔支，日日堆江市。石牙山翠雨絲絲〔一〕。榕葉交廳事〔二〕。萬里相思，六六魚兒〔三〕。盼雙雙新燕子：清詩，小詞，帶幾箇相思字〔四〕。

【注釋】

本闋前，《葉兒樂府》尚有一首《朝天子》，副題云："送融谷宰來賓。"玩詞意，此闋當與之爲一組。"融谷"，謂沈融谷（見《邁陂塘·答沈融谷即送其游皖口》注〔一〕）。"來賓"，今廣西省縣名。

〔一〕石牙：狀山之鋭如尖齒。明高啓《惠泉》詩："雲液流甘漱石牙，潤通錫麓樹增華。"

〔二〕廳事：官府辦公之處，古稱"聽事"，魏晉以還稱廳事。《三國志·吴書·諸葛恪傳》："出行之後，所坐廳事屋棟中折。"

〔三〕六六：《埤雅》："鯉三十六鱗，具六六之數。六，陰也。"後因以稱鯉爲"六六"。

〔四〕盼雙雙四句：意謂盼燕子傳書。梁江淹《雜體詩擬李陵》："袖中有短書，願寄雙飛燕。"

落梅風

查山探梅〔一〕

十里青苔路，三更翠羽啼〔二〕。泛輕舟太湖邊艤〔三〕。等南枝北枝花放齊〔四〕，也未必明朝風起〔五〕。

又

細細香苞綻〔六〕，泠泠淺水流〔七〕。趁快雪乍晴時候〔八〕。把短簫横笛催上樓〔九〕，對七十二峯行酒〔一〇〕。

【注釋】

〔一〕查山：即今江蘇省吴縣之玉遮山。《嘉慶一統志·蘇州府》："山在吴縣西。"又，《姑蘇志》："(山)在陽山之南，横立如屏；今但呼爲遮山，舊《志》謂之查山。"按：康熙四十年(一七〇一)二月初一，竹垞遊查山，此闋當作於是時。

〔二〕翠羽：謂翠鳥。唐崔塗《春夕》詩："蝴蝶夢中家萬里，杜鵑枝上月三更。"此或化用其句。

〔三〕艤(yǐ)：整船靠岸。《史記·項羽本紀》："烏江亭長艤船待。"《集解》："如淳曰：'南方人謂整船向岸曰艤。'"

〔四〕南枝北枝：宋朱翌《猗覺寮雜記》卷上："梅用南枝事，共知《青瑣》、《紅梅》詩：'南枝向暖北枝寒。'李嶠云：'大庾天寒少，南枝獨早芳。'張方注云：'大庾嶺上梅，南枝落，北枝開。'南唐馮延巳詞云:‘北枝梅蕊犯寒開。’則南北枝事,其來遠矣。”

〔五〕也未必句:宋李清照《玉樓春・紅梅》詞:“要來小酌便來休,未必明朝風不起!”

〔六〕細細句:唐杜甫《江畔獨步尋花七絶句》:“繁枝容易紛紛落,嫩蕊商量細細開。”又,李商隱《自喜》詩:“緑筠遺粉籜,紅藥綻香苞。”

〔七〕泠(líng)泠:喻水聲。晉陸機《招隱》詩:“山溜何泠泠,飛泉漱鳴玉。”

〔八〕趁快雪句:晉王羲之《快雪帖》:“快雪時晴,佳想安善。”此用其句。

〔九〕把短簫句:杜甫《城西陂泛舟》詩:“青蛾皓齒在樓船,横笛短簫悲遠天。”仇注:“江總詩:横笛短簫吹復咽。”

〔一〇〕七十二峯:查山對面之包山(在太湖中),傳有七十二峯(見《嘉慶一統志・蘇州府・包山》)。范成大《毛公壇福地》詩:“松蘿滴翠白晝陰,七十二峯中最深。”毛公壇,在包山。

醉太平

野狐涎笑口〔一〕,蜜蜂尾甜頭〔二〕。人生何苦鬥機謀?得抽身便抽〔三〕!散文章敵不過時髦手,鈍舌根念不出摩登咒〔四〕,窮骨相封不到富民侯〔五〕,老先生去休〔六〕!

【注釋】

〔一〕野狐句:謂做狐媚之笑以惑人。《本草綱目》:“(狐涎)入媚藥。”宋范成大《次韻子文》詩:“幻塵久已破狐涎,身世誰能料鼠肝。”云“野狐”者,暗用“野狐禪”義,謂其荒誕不經。所譏見注〔三〕。

〔二〕蜜蜂句:蜂之蜜腺(或稱“花粉盞”)在後肢,與蜂尾之蜂刺相近,貪其蜜者,難免其螫。

〔三〕抽身:謂引退。唐白居易《和微之春日投簡陽明洞天》詩:"白首青山約,抽身去得無?"按:此闋當係竹垞居官時"頗厭機巧"之作,細玩詞意,或與高士奇有關(參前《憎蠅》、《詠古二首》詩)。又,此闋顯係受無名氏《醉太平》影響,故附録於篇末供參考。

〔四〕摩登咒:即摩登伽女(印度神女)所唸之咒。此喻以言惑人之"迷魂湯"。《楞嚴經》:"爾時阿難(釋迦摩尼之大弟子)因乞食,次,經歷婬(通"淫")室,遭大幻術。摩登伽女以《娑毘迦羅先梵天咒》,攝入婬席。"

〔五〕骨相:謂人之形狀、相貌。舊時看相算命者以爲骨相决定人之命運。唐韓愈《詔州留别張端公使君》詩:"自歎虞翻骨相屯。"富民侯:《漢書・食貨志》:"(漢)武帝末年悔征伐之事,乃封丞相(車千秋)爲富民侯。"顔師古注:"欲百姓之殷實,故取其嘉名也。"

〔六〕老先生:明清時稱朝官爲老先生,此係竹垞自謂。清趙翼《陔餘叢考・老先生》:"老先生之稱見《漢書・賈誼傳》。……《鐵圍山叢談》:'鄭尚明昴老先生。'後世京朝官稱老先生,蓋始於此。……康熙丙子(一六九六)以後,各部司及中行評博無不稱老先生矣。"

【附録】

醉太平　　無名氏

奪泥燕口,削鐵針頭,刮金佛面細搜求,無中覓有。鵪鶉嗉裏尋豌豆,鷺鷥腿上劈精肉。蚊子腹内刳脂油,虧老先生下手。

文選 三十篇

與李武曾論文書〔一〕

僕自季夏與武曾别〔二〕，舟行無事，每誦武曾送行之文，雖未即方駕乎古人〔三〕，其於今之爲古文辭者，固已不侔矣〔四〕。日月逾邁〔五〕，易夏而冬，知武曾近所造就，當有十倍曩昔者。然僕竊感古之君子，往往以離羣索居爲過〔六〕。蓋切劘者寡〔七〕，則怠心乘之；又恐武曾以僕之去，復置古文於不講也。故輒陳近日所得，冀武曾垂聽焉〔八〕。

僕之將游大同也，筮之〔九〕，得明夷之既濟〔一〇〕。文曰："箕子之明夷利貞。"〔一一〕私念昔之聖賢，文明柔順，蒙難而克正其志〔一二〕，以之用晦而明〔一三〕。天殆欲嗇我遇〔一四〕，以昌我文，未可知也。既至大同，閉户兩月，深原古作者所由得與今之所由失〔一五〕，嘿然以疑〔一六〕，憬然以悔〔一七〕，然後知進學之必有本，而文章不離乎經術也〔一八〕。

西京之文〔一九〕，惟董仲舒、劉向經術最純〔二〇〕，故其文最爾雅〔二一〕。彼揚雄之徒〔二二〕，品行自詭於聖人〔二三〕，務掇奇字以自矜尚〔二四〕，安知所謂文哉！魏晉以降，學者不本經術，惟浮夸是務。文運之厄數百年〔二五〕。賴昌黎韓氏〔二六〕，始倡聖賢之學，而歐陽氏、王氏、曾氏繼之〔二七〕，二劉氏、三蘇氏羽翼之〔二八〕。莫不原本經術，故能横絶一世。蓋文章之壞，至唐始反其正〔二九〕，至宋而始醇〔三〇〕。宋人之文，亦猶唐人之詩，學者舍是不能得師也。

北宋之文，惟蘇明允雜出乎縱横之説〔三一〕，故其文在諸家中爲最下。南宋之文，惟朱元晦以窮理盡性之學出之〔三二〕，故其文在諸家中最醇。學者於此，可以得其概矣！以武曾之才，正不必博搜元和以前之文〔三三〕，但取有宋諸家〔三四〕，合以元之郝氏經、虞氏集、揭氏傒斯、戴氏表元、陳氏旅、吴氏師道、黄氏溍、吴氏萊〔三五〕；明之寧海方氏孝孺、餘姚王氏守仁、晉江王氏慎中、武進唐氏順之、崑山歸氏有光諸家之文〔三六〕，游泳而紬繹之〔三七〕，而又稽之六經〔三八〕，以正其源，考之史，以正其事。本之性命之理〔三九〕，俾不惑乎百家二氏之説〔四〇〕，以正其學。如是而文猶不工，有是理哉？惟怠心乘之，役於妻子衣食而輟置不講，則其害有不可言者。然吾黨處貧賤不堪之境〔四一〕，尤當以艱貞自勵，不可自夷其明〔四二〕。此箕子所以處明夷之道也。武曾聞之，以爲然邪？否邪？相去四千里，信問實難，人旋之日〔四三〕，幸賜報命，并示近製，以補區區之不及。幸甚，幸甚！

【注釋】

〔一〕李武曾：李良年字武曾，亦秀水人。少與兄繩遠弟符齊名，號三李。武曾又與竹垞齊名，人稱朱李。著有《秋錦山房集》。

〔二〕季夏：夏季之末尾，即陰曆六月。季，排行最小的。

〔三〕方駕：兩車并行，猶言并駕齊驅。杜甫《戲爲六絶句》："竊攀屈宋宜方駕，恐與齊梁作後塵。"

〔 四 〕侔(móu): 相等,等同。《三國志・蜀書・諸葛亮傳》:"衆寡不侔。"

〔 五 〕逾邁:逾,越過。《詩・鄭風・將仲子》:"將仲子兮,無逾我牆。"邁,時光消逝。《詩・唐風・蟋蟀》:"今我不樂,日月其邁。"

〔 六 〕離羣索居: 離開人羣而孤獨地生活。《禮記・檀弓上》:"吾離羣而索居,亦已久矣。"鄭玄注:"羣,謂同門朋友也。索,猶散也。"

〔 七 〕切劘(mó): 切磋琢磨。劘,磨。《論衡・明雩》:"砥石劘厲,欲求銛也。"

〔 八 〕垂: 猶俯,敬詞。唐白居易《答崔侍郎書》:"垂問以鄙況。"

〔 九 〕筮(shì): 用蓍草占卦。《禮記・曲禮上》:"龜爲卜,策爲筮。"

〔一〇〕明夷、既濟:均卦名。《周易集解注》引鄭玄:"夷,傷也,日出地上,其明乃光,至其明則傷矣,故謂之明夷。"後因喻主暗於上,賢人退避之亂世。又《易・既濟》:"象曰: 水在火上,既濟,君子以思患而豫防之。"又曰:"既濟,亨小利貞,初吉終亂。"《疏》:"濟者,濟渡之名。既者,皆盡之稱。萬事皆濟,故以既濟爲名。"

〔一一〕箕子:商代貴族,紂王諸父,官太師。封於箕。貞:《易》卦的下體,即下三爻。《書・洪範》:"曰貞曰悔。"孔傳:"內卦曰貞,外卦曰悔。"

〔一二〕蒙難: 蒙受災難。《易・明夷》:"內文明而外柔順,以蒙大難,文王以之。"克正其志: 能够始終保持堅定的信念。

〔一三〕用晦而明:《易・明夷》:"象曰:明入地中,明夷,君子以莅衆,用晦而明。"意謂由昏暗轉向光明。

〔一四〕嗇:菲薄,慳吝。《戰國策・韓策一》:"仲嗇于財。"遇: 待遇。三國蜀諸葛亮《出師表》:"蓋追先帝之殊遇。"

〔一五〕原: 推求;考察。《韓非子・主道》:"掩其迹,匿其端,下不能原。"

〔一六〕嘿:同"默"。《史記・刺客列傳》:"荆軻嘿而逃去。"

〔一七〕憬: 覺悟。如憬然有悟。《詩・魯頌・泮水》:"憬彼淮夷,來獻其琛。"朱熹注:"憬,覺悟也。"

〔一八〕經術: 指經學儒術。《後漢書・儒林傳序》:"及光武中興,愛好經術。”

〔一九〕西京：西漢都長安，稱西京。引申爲東漢稱東京，西漢稱西京。

〔二〇〕董仲舒（前一七九—前一〇四）：西漢哲學家，今文經學大師。廣川（今河北省棗强縣）人。專治《春秋公羊傳》。劉向（約前七七—前六）：西漢經學家、目録學家、文學家。本名更生，字子政，沛（今江蘇省沛縣）人。治《春秋穀梁傳》。

〔二一〕爾雅：猶文雅。《漢書・儒林傳序》：“文章爾雅，訓辭深厚。”顔師古注：“爾雅，近正也，言詔辭雅正而深厚也。”

〔二二〕揚雄（前五三—一八）：西漢文學家、哲學家、語言學家。字子雲，蜀郡成都（今屬四川省）人。

〔二三〕詭：違反。《吕氏春秋・淫辭》：“言行相詭，不祥莫大焉。”

〔二四〕矜：自以爲高明。《書・大禹謨》：“汝惟不矜，天下莫與汝争能。”

〔二五〕厄：苦難。《楚辭・九思・遭厄》：“悼屈子兮遭厄。”

〔二六〕昌黎韓氏：謂韓愈。愈字退之，唐河南河陽（今河南省孟縣西）人。自謂郡望昌黎，世稱韓昌黎。

〔二七〕歐陽氏：謂宋代文學家歐陽修。王氏：謂北宋政治家、文學家王安石。曾氏：謂宋代文學家曾鞏。

〔二八〕二劉：指宋劉敞、劉攽兄弟。敞字原父，臨江新喻（今屬江西省）人。舉慶曆進士，官至集賢殿學士。敞長于《春秋》，爲書四十卷行于時。攽字貢父，與兄敞同登科，官至中書舍人。所著書百卷，尤邃史學。三蘇：謂宋蘇洵及其子蘇軾、蘇轍。羽翼：指輔佐維護者。《吕氏春秋・舉難》：“然而名號顯榮者，三士羽翼之也。”高誘注：“羽翼，佐之。”

〔二九〕反正：復歸正道。《漢書・高帝紀下》：“撥亂世，反其正。”顔師古注：“反，還也，還之于正道。”

〔三〇〕醇：淳厚；純樸。《淮南子・氾論訓》：“古者人醇工龐。”高誘注：“醇厚不虚華也。”

〔三一〕蘇明允：蘇洵，字明允。縱横：合縱連横的簡稱。《新語・辨惑》：“因其剛柔之勢，爲作縱横之術。”

〔三二〕朱元晦：朱熹，字元晦。窮理盡性之學：謂理學，亦稱道學。創于北宋初，至朱熹始集大成，以闡釋義理、兼談性命爲主。

〔三三〕元和：唐憲宗李純年號（八〇六—八二〇）。

〔三四〕有宋：即兩宋。有，語助詞，無義。

〔三五〕郝經（一二二三—一二七五）：元澤州陵川（今屬山西省）人。字伯常。著有《續後漢書》、《陵川集》等。虞集（一二七二—一三四八）：元學者。字伯生，人稱邵庵先生。祖籍仁壽（今屬四川省），遷崇仁（今屬江西省），官至奎章閣侍書學士，與趙世延等編纂《經世大典》凡八百帙。亦能詩，詩文在當時號爲大家。著有《道園學古録》等。揭傒斯（一二七四—一三四四）：元文學家。字曼碩，龍興富州（今江西省豐城縣）人。官至翰林侍講學士。與虞集等齊名，曾參加編撰遼、金、宋三史。又能詩。有《揭文安公全集》。戴表元：字帥初，一字曾伯。慶元奉化（今屬浙江省）人。七歲能詩，咸淳中入太學，既而試禮部第十人，登進士乙科，教授建寧府。卒年六十七。有《剡川集》。陳旅：字衆仲，興化莆田（今屬福建省）人。幼孤，虞集、趙世延薦之于朝，除國子助教。卒年五十六。有文集十四卷。吴師道：字正傳，婺州蘭溪（今屬浙江省）人。至治元年進士，授高郵縣丞，後爲國子助教，尋陞博士，以咏部郎中致仕。有文集二十卷。黄溍：字晉卿，婺州義烏（今屬浙江省）人。延祐二年進士。與柳貫、虞集、揭傒斯齊名，人稱儒林四傑。吴萊（一二九七—一三四〇）：元學者，字立夫，浦陽（今屬浙江省）人。延祐間舉進士不第，隱居松山，深研經史，爲宋濂師。能詩。有《淵穎吴先生集》。

〔三六〕方孝孺（一三五七—一四〇二）：明浙江寧海人。字希直，又字希古，人稱正學先生。宋濂弟子。惠帝時任侍講學士。燕王（即成祖）兵入京師（今江蘇省南京市）後，被殺，株連而死者甚衆。著有《遜志齋集》。王守仁（一四七二—一五二八）：明哲學家、教育家。字伯安，浙江餘姚人。嘗築室故鄉陽明洞中，世稱陽明先生。早年因反對宦官劉瑾，被貶爲貴州龍場驛（修文縣治）丞，後被起用,封新建伯,官至南京兵部尚書。卒謚文成。其學説提倡致良知,主張知行合一和知行并進,影響甚大。著作由門人輯成《王文成公全書》三十八卷。王慎中(一五〇九—一五五九):明散文家。字道思,號南江,别號遵岩居士,福建晉江(今泉州市)人。嘉靖進士,官至河南參政。最初主張"文必秦漢",後轉而推崇歐陽修、曾鞏之文,成爲唐宋派代表作家之一,與唐順之齊名。有《遵岩先生集》。唐順之(一五〇七—一五六〇):明散文家。字應德,江蘇武進人。嘉靖八年會試第一,人稱荆川先生。與王慎中、茅坤、歸有光等同被稱爲"唐宋派"。有《荆川先生文集》。歸有光(一五〇七—一五七一):明散文家,字熙甫,崑山(今屬江蘇省)人。人稱震川先生。嘉靖進士,官南京太僕寺丞。所作散文,樸素簡潔,長于叙事,甚爲當時人推重。有《震川先生集》。

〔三七〕游泳:游,交往。泳,潛行水底。此處引申爲出入其間。紬繹(chōu yì):引出頭緒。《漢書·谷永傳》:"又下明詔,帥舉直言;燕見紬繹,以求咎愆。"顔師古注:"紬繹者,引其端緒也。"

〔三八〕六經:六部儒家經典,始見于《莊子·天運篇》,即《詩》、《書》、《禮》、《易》、《春秋》,加《樂經》。

〔三九〕性命:中國哲學范疇。《易·乾》:"乾道變化,各正性命。"程頤認爲:"心即性也。在天爲命,在人爲性。"戴震釋《大戴禮記》:"分于道謂之命,形于一謂之性。"

〔四〇〕二氏:謂釋、道兩家。

〔四一〕黨:朋輩。唐韓愈《山石》詩:"嗟哉吾黨二三子,安得至老不更歸?"

〔四二〕夷:消除;鏟平。《史記·秦始皇本紀》:"墮壞城郭,决通川防,夷去險阻。"

〔四三〕旋:歸;返回。唐李商隱詩《行次西郊作》:"未知何日旋。"

【評箋】

"彼揚雄之徒,品行自詭於聖人,務掇奇字以自矜,尚安知所謂文

哉!"沈大成批曰:"竹垞于經學疏,不知子雲之妙,此眉睫之論也。"(見《曝書亭集》手批本)

報李天生書〔一〕

辱惠書,以古文辭相勗〔二〕。足下負高世之才〔三〕,所爲歌詩,皆必傳之業。而手教諄摯〔四〕,抑何其自處之恭而稱許之過也。文章之本,期於載道而已〔五〕。道無不同,則文亦何殊之有?足下乃云南北分鑣〔六〕,各行其志。豈非以于鱗爲北〔七〕,而道思、應德、熙甫數子爲南乎〔八〕?僕少時爲文,好規仿古人字句,頗類于鱗之體。既而大悔,以爲文章之作,期盡我所欲言而已。我言之不工,必取古人之字句,始可無憾,則字句工拙,古人任之,我何預焉〔九〕?乃深有契乎韓、歐陽、曾氏之文,不自知其近於道思、應德、熙甫數子也。足下學博而才富,英敏果鋭之氣,直欲軼秦漢而上之〔一〇〕。視僕之所爲,出唐宋之下,宜其分鑣疾馳,去之惟恐不速。若僕之所期於足下,則不惟不以唐宋之文,强足下以所不爲,亦且不以秦漢之文爲足下勸勉。蓋足下之所尚者文,而僕之所期於足下者,載道之謂也。孔子曰:"辭達而已矣〔一一〕。"《禮》曰:"辭苟足以達,義之至也〔一二〕。"《詩》曰:"人之好我,示我周行〔一三〕。"夫適萬里者〔一四〕,必於周行始之。有人焉,以爲周行人所共有,不若轉而之層崖峻嶺,雖極於嵩華恒岱之巔〔一五〕,我未見其能達也已。文之不能載道,何以異此?僕之深契夫韓、歐陽、曾氏之文者，以其折衷六藝〔一六〕，多近道之言，非謂其文之過於秦漢也。足下試取古人而神明之〔一七〕，勿規仿其字句，抗言持論，期大裨於世道人心，不爲虚發〔一八〕。將足下所謂分者未始不合也。道一而已，何南北之殊塗哉〔一九〕！僂僂之誠〔二〇〕，忘其愚蒙，而辨説於左右，冀足下亮之而已〔二一〕。

【注釋】

〔一〕李天生：名因篤，字子德，號天生，陝西富平人。康熙己未與無錫嚴繩孫、吴江潘耒、秀水朱彝尊同登博學鴻詞科，以布衣授檢討，未幾，以母老乞終養，告歸。有《壽祺堂集》。

〔二〕勗(xù)：勉力；勉勵。《三國志・吴書・吴主傳》："以勗相我國家。"

〔三〕負：依靠；憑藉。《史記・魏其武安侯列傳》："武安負貴而好權。"高世：高出於當世。

〔四〕諄摯：諄諄，教誨不倦。摯，真誠。

〔五〕載道：傳播真理，闡釋學説。

〔六〕分鑣：分道揚鑣之簡稱。鑣，馬勒口。《北史・魏宗室河間公齊傳》："孝文曰：洛陽，我之豐沛，自應分路揚鑣；自今以後，可分路而行。"後因喻各自向不同目標前進。

〔七〕于鱗：李攀龍(一五一四——一五七〇)，字于鱗，號滄溟，山東歷城人。明文學家，與王世貞同爲"後七子"首領。

〔八〕道思：王慎中字。應德：唐順之字。熙甫：歸有光字。

〔九〕預：參與；干預。唐岑參《終南山雙峰草堂》詩："偶兹精廬近，數預名僧會。"亦可引申爲相干，何預，有什麽相干？

〔一〇〕軼：超出。《漢書・揚雄傳上》："軼五帝之遐迹兮，躡三皇之高蹤。"

〔一一〕辭達句：見《論語・衛靈公第十五》。

〔一二〕辭苟二句：見《儀禮・聘禮》。

〔一三〕人之二句：見《詩經・小雅・鹿鳴》。

〔一四〕適：到；去。《史記・屈原賈生列傳》："適長沙。"

〔一五〕嵩華恒岱：嵩，山名，古稱中岳，在河南省登封縣北。華，山名，古稱西岳，在陝西省東部，北臨渭河平原。恒，山名，古稱北岳，自漢至明祀恒山皆在河北曲陽與山西接壤處，《爾雅・釋山》："恒山爲北岳。"指此。清順治中移祀北岳於山西渾源縣境今恒山。岱，泰山的别名，古稱東岳，爲五岳之首，諸山之宗，故亦稱岱宗。杜甫《望岳》："岱宗夫如何，齊魯青未了。"

〔一六〕折衷：取正之意，亦作折中。漢揚雄《反離騷》："吾馳江潭之泛溢兮，將折衷乎重華。"六藝：即六經。《史記・滑稽列傳》："孔子曰：六藝於治一也。《禮》以節人，《樂》以發和，《書》以道事，《詩》以達意，《易》以神化，《春秋》以道義。"又古代學校教育，以"禮樂射御書數"爲六藝。

〔一七〕神明：用作動詞。傳其神，得其精髓之意。如"神而明之，存乎其人。"

〔一八〕虚發：無的放矢之意。

〔一九〕殊塗：即殊途，不同的道路。《易・繫辭下》："天下同歸而殊途，一致而百慮。"

〔二〇〕慺（lóu）慺：勤懇黽勉。《後漢書・楊賜傳》："豈敢愛惜垂没之年，而不盡其慺慺之心哉！"

〔二一〕亮：明鑒。如亮察、亮照。

報周青士書〔一〕

久不得足下書。客自京師郵致一通，發函誦之，喜溢顏面。至及交道之薄，抑何言之悲也！足下平居〔二〕，急人患難，至稱貸益之〔三〕。自僕里居時，已有竊笑足下之愚者。今坐困若是，恒人之情，方益誚詘之不置〔四〕，又誰援足下於阨者邪〔五〕？雖然，足下其無患。孔子曰："富而能及人者，欲貧而不可得也〔六〕。"矧足下昔未嘗富〔七〕，而皇皇以及人爲念〔八〕。天雖欲長貧足下得乎？足下但肆力文章，勿以貧賤戚戚〔九〕。來教云：吾黨數人，漂轉四方，天自、韜荒、武曾類皆有所遇合〔一〇〕。而聽聞之謬，謂僕以古文辭傾動一時。比之不龜手之藥〔一一〕，其業則均，而洴澼洸〔一二〕，封侯有異。則僕誠有所未安。

僕頻年以來，馳逐萬里，歷遊貴人之幕，豈非飢渴害之哉？每一念及，志已降矣！尚得謂身不辱哉？昔之翰墨自娱，苟非其道義不敢出。今則狥人之指〔一三〕，爲之惟恐不及。夫人境遇不同，情性自異，乃代人之悲喜，而强效其歌哭。其有肖焉否邪〔一四〕？古之工於此者，莫若陳琳、阮瑀〔一五〕；工而多者，莫若劉穆之〔一六〕。然傳於今者特少。則以當時雖歎其工，而之三人者，終未慊於心〔一七〕，以爲不足傳而棄之者多也。至徐幹懷文抱質〔一八〕，有箕山之志〔一九〕。自出其文，爲《中論》〔二〇〕，傳世最久，儒者取焉。然則欲文之工，未若家居肆志者之獨得矣。足下方登古人之壇場而左右之，於以裂土封侯〔二一〕，蓋無不可。若僕者，乃所謂洴澼洸焉爾。

與足下別，六年未得歸。聞足下困阨不能救，私心負疚無已。束脩之入〔二二〕，聊分銖兩〔二三〕，爲卒歲之需〔二四〕。傳天自已歸，足下試取酒飲之，告以鄙言，則不特爲足下勉之而已。

【注釋】

〔一〕周青士：周篔，初字公貞，更字青士，一字簹谷，居嘉興梅會里，與竹垞相友善，以布衣終其身。卒年六十五。著《采山堂集》二十四卷，《詞緯》三十卷，《今詞綜》十卷，《析津日記》三卷，《投壺譜》一卷。

〔二〕平居：謂平時生活。杜甫《秋興八首》："故國平居有所思。"

〔三〕益：增加。

〔四〕誚訕：譏笑，諷刺挖苦。

〔五〕阨：同"厄"，困難；災禍。

〔六〕見《孔子家語》卷四《六本第十五》，原文爲："是故以富而能富人者，欲貧不可得也。"

〔七〕矧(shěn)：況且；何況。

〔八〕皇皇：同"惶惶"，心不安貌。《禮記・檀弓上》："皇皇如有望而弗至。"

〔九〕戚戚：憂懼貌。晉陶潛《五柳先生傳》："不戚戚于貧賤，不汲汲于富貴。"

〔一〇〕天自：繆永謀，一名泳，字天自，號潛初，嘉興縣學生，居荇谿上。有《荇谿詩集》。韜荒：據《海寧州志》："查容，字韜荒，號漸江，工詩文，以布衣終。"

〔一一〕龜手：皮膚受凍開裂。龜，通"皸"(jūn)。宋范成大《次韻李子永雪中長句》："手龜筆退不可捉。"

〔一二〕洴澼洸：洴澼，漂洗。洸，一作"絖"，棉絮，謂在水上漂洗棉絮。《莊子・逍遥游》："宋人有善爲不龜手之藥者，世世以洴澼洸爲事。"

〔一三〕狥：同"徇"，曲從。指：同"旨"，意志。

〔一四〕肖：相似；像。如維妙維肖。

〔一五〕陳琳：漢末文學家，字孔璋，廣陵(今江蘇省揚州市)人，"建安七子"之一。原有集，已佚。明人輯有《陳記室集》。阮瑀：漢末文學家，字元瑜，陳留尉氏(今屬河南省)人。"建安七子"之一。原有集,已佚,明人輯有《阮元瑜集》。

〔一六〕劉穆之:字道和,東莞莒(今屬山東省)人。初任宋武帝記室,以功累遷至尚書左僕射。義熙十三年卒,追贈開府儀同三司。

〔一七〕慊(qiè):滿足;愜意。《莊子·天運》:"今取猿狙而衣以周公之服,彼必齕嚙挽裂,盡去而後慊。"

〔一八〕徐幹:漢末思想家、文學家。字偉長,北海劇縣(今山東省昌樂縣)人。"建安七子"之一。原有集,已佚,後人輯有《徐偉長集》。

〔一九〕箕山:相傳唐堯時隱士許由住在箕山下,事見《高士傳》。後因以箕山指代隱居。

〔二〇〕《中論》:漢末徐幹著。上下兩卷,共二十篇。内容屬儒家思想,提出"大義爲先,物名爲後"的命題,反對當時鄙儒"矜于詁訓,摘其章句,而不能統其大義之所極"。

〔二一〕裂土封侯:古代帝王分地以封諸侯。

〔二二〕束脩:亦作"束修"。脩,乾肉。十條乾肉爲束脩。古代諸侯大夫相饋贈之禮物,亦指學生向教師致送之禮物,後因指致送教師的酬金。

〔二三〕銖兩:極輕微的分量。《史記·仲尼弟子列傳》:"千鈞之重,加銖兩而移。"銖兩皆古代衡制中的重量單位。

〔二四〕卒歲:過年;年終。《詩·豳風·七月》:"無衣無褐,何以卒歲?"

【評箋】

"其業則均,而洴澼洸,封侯有異"。"然則欲文之工,未若家居肆志者之獨得矣。"沈大成批曰:"名論。"(見《曝書亭集》手批本)

曝書亭著録序

先太傅賜書〔一〕,乙西兵後罕有存者〔二〕。予年十七,從婦翁避地，六遷，而安度先生九遷〔三〕，乃定居梅會里。家具率一艘，研北蕭然〔四〕，無書可讀。及游嶺表歸〔五〕，閱豫章書肆〔六〕，買得五箱，藏之滿一櫝。既而客永嘉，時方起明書之獄〔七〕，凡涉明季事者，争相焚棄。比還，問囊所儲書，則并櫝亡之矣！其後留江都者一年，始稍稍收集。遇故人項氏子稱有萬卷樓殘帙〔八〕，畀以二十金購之〔九〕。時曹侍郎潔躬、徐尚書原一皆就予傳抄〔一〇〕。予所好愈篤，凡束修之入，悉以買書。及通籍〔一一〕，借抄于史館者有之；借抄于宛平孫氏、無錫秦氏、崑山徐氏、晉江黄氏、錢唐龔氏者有之〔一二〕。主鄉試而南還里門〔一三〕，合計先後所得約三萬卷，先人之手澤〔一四〕，或有存焉者。歸田之後，續收四萬餘卷。又上海李君贈二千五百卷〔一五〕，於是擁書八萬卷，足以豪矣。顧其間有借失者；有竊去者；有殘闕者。昔之所有，俄而亡之。其存者，皆予觀其大略者也。

予子昆田亦能讀之。杼柚之屢空〔一六〕，庖爨之不給〔一七〕，而哦誦之聲恒徹于户外。蠹字之魚，銜薑之鼠〔一八〕，漫晝之鳥〔一九〕，不足喻其癖也。蓋將以娱吾老焉。嗚呼，今吾子夭死矣！讀吾書者誰與？夫物不能以久聚，聚者必散，物之理也。吾之書終歸不知何人之手？或什襲藏之〔二〇〕，或土苴視之〔二一〕。書之幸不幸，則吾不得而前知矣。

池南有亭曰“曝書”。既曝而藏諸，因著于録，録凡八卷，分八門焉，曰經，曰藝，曰史，曰志，曰子，曰集，曰類，曰説。康熙三十八年涂月竹垞老人序〔二二〕。

【注釋】

〔一〕先太傅：指竹垞曾祖父朱國祚，明泰昌、天啓年間官至大學士、謚文恪。

〔二〕乙酉：指清順治二年(一六四五)。清兵對江南人民的大屠殺"揚州十日"、"嘉定三屠"均發生在這一年。

〔三〕安度先生：竹垞生父茂曙，學者稱安度先生。

〔四〕研北：宋晁説之《感事詩》："干戈雖作牆東客，疾病猶存研北身。"研北身，蓋言几案面南，人坐研之北也。研，通硯。

〔五〕嶺表：古地名，即嶺南，或稱嶺外，五嶺以南地區。唐劉恂著有《嶺表録異》。

〔六〕豫章：古地名，今江西省南昌市。

〔七〕明書之獄：指順治、康熙時文字獄之一莊廷鑨案。浙江湖州人莊廷鑨曾招集學人編輯明書，不書清帝年號，奉南明隆武、永曆爲正統，被人告發，株連甚廣。

〔八〕萬卷樓：藏書樓名，其名相同者有多處。此處係指明秀水項篤壽(字子長，嘉靖進士，官廣東參議)之藏書樓。

〔九〕畀(bì)：給予。《左傳・僖公二十八年》："分曹衛之田以畀宋人。"

〔一〇〕曹侍郎：曹溶，字潔躬，號秋嶽，晚號倦圃，秀水人，崇禎丁丑進士，順治初歷副都御史，户部侍郎。有《静惕堂集》。按：曹溶與竹垞交往甚密，其見解亦多相合，實開浙西詞派之先河。徐尚書：徐乾學，字原一，崑山人。康熙九年進士。授編修，累遷侍講學士，元明史總裁官，官至刑部尚書。

〔一一〕通籍：古代稱出仕曰通籍，意謂朝中已有名籍。杜甫《夜雨》詩："通籍恨多病，爲郎忝薄游。"

〔一二〕宛平孫氏：謂孫承澤，字北海，大興人。明崇禎辛未進士，仕至刑科給事中。順治間歷官吏部侍郎，乞休，築退谷于西山。無錫秦氏：謂秦硯齋。崑山徐氏：謂徐乾學。晉江黄氏：謂黄虞稷，字俞邰，諸生。康熙已未舉博學鴻詞科。有《蟬窠集》等。錢唐龔氏：指龔翔麟，字天石，號蘅圃，錢唐人。康熙辛酉副榜，官主事，擢御史。有《田居詩稿》。

〔一三〕主鄉試：指竹垞于康熙二十年(一六八一)辛酉典試江南。

〔一四〕手澤：手汗浸潤過的東西,此指代先人遺物。《禮記・玉藻》:"父没而不能讀父之書,手澤存焉爾。"

〔一五〕上海李君:康熙三十六年十一月,竹垞至平湖探視李彦貞,時李已病重,即出所著《放鷴亭集》暨所儲書二千五百卷貽竹垞。查慎行有詩紀其事。詩曰:"嘆息詩人失李頎,柘湖回首舊游非,自憐老友今無幾,且喜藏書得所歸。萬卷又增三篋富,千金直化兩蚨飛。平生謬託知交在,恨不從渠借一瓻。"

〔一六〕杼柚:亦作"杼軸"。杼,梭子;柚,筘子,織布機之主要部件。《詩・小雅・大東》:"杼柚其空。"

〔一七〕庖爨:庖,廚房;爨,灶。

〔一八〕銜薑之鼠:出處未詳。

〔一九〕漫畫：水禽名,掠魚蝦、啄沙草爲食。

〔二〇〕什襲：亦作十襲。什,言其多;襲,重疊,把物品一重重地包裝起來,表示珍藏之意。

〔二一〕土苴：土,泥土;苴,墊鞋底的草。

〔二二〕涂月:夏曆十二月之簡稱。涂,同除。《爾雅・釋天》:"十二月爲涂。"

【評箋】

"夫物不能以久聚,聚者必散,物之理也。吾之書終歸不知何人之手？或什襲藏之,或土苴視之。書之幸不幸,則吾不得而前知矣。"沈大成批曰:"先生既没,所藏書盡歸桐鄉汪氏,中更分析,或餽或鬻,或爲人盗去。數十年來,裘杼樓之幾無存焉矣"！(見《曝書亭集》手批本)按：沈氏爲乾嘉間人,約與惠棟、王昶同時,距竹垞不遠,所言當有據。又,批語末句"之"下疑有脱漏。

天愚山人詩集序

詩以言志，誦其詩，可以知其志矣。顧有幽憂隱痛，不能自明，漫託之風雲月露、美人芳草，以遣其無聊，則既非志之所存，而工拙亦在文字之外。後之人欲想見其爲人，得其么篇短韻，相與傳而寶之。洵乎誦其詩，尤必論其世也。

定海謝先生以崇禎丙子舉于鄉，丁丑成進士，出漳浦黄公之門〔一〕，歷南安府推官〔二〕。明運既移〔三〕，伏處海澨〔四〕，寄情詩酒者垂二十年。一歌一詠，大抵皆排愁遣日之作，非如世之詩人句鍛字鍊以求工者也。嗚呼，先生以有用之材，不竟其志，遭逢國難，君臣師友之痛，惄焉自傷〔五〕，不敢以告人。于是陶情麴蘗〔六〕，籬畔行吟，觀其自序，以爲乘物以游心，託不得已以應世，其亦可悲也已。從來易姓之際〔七〕，孤臣節士，不見載于朝野史者，何可勝數？其偶然著述，或隱姓名，或僅書甲子，如今所傳，亡宋遺民《天地間集》、月泉吟社、《谷音》之類是已〔八〕。是皆不必其詞之工以爲重，況先生之詩，聯篇累卷，有不傳于後乎？鄞縣萬先生履安〔九〕，亦丙子榜鄉貢進士，甲申後與先生偕隱，分授其子經史，詩筆之富，不減先生。聞其孫開雕有日〔一〇〕，將與先生並傳。庶幾比于謝翱、吴渭、杜本所録〔一一〕，可以觀矣。

先生諱泰宗，字時望，自號天愚山人。

【注釋】

〔一〕漳浦黄公：黄道周，字幼元，一字螭若，漳州鎮海衛人，天啓進士，授編修，官至南明禮部尚書，後督師抗清，兵敗被執，不屈死。

〔二〕南安府：宋淳化元年（九九〇）分虔州置軍，治所在大庾（今江西省大余縣），轄境相當今江西章水、上猶江流域。元至元中升爲路，明初改爲府，一九一二年廢。推官：官名，唐代在節度、觀察等使下置推官，掌勘問刑獄。元明于各府亦置推官，清初沿置，後廢。

〔三〕明運既移：謂崇禎十七年甲申明亡。

〔四〕澨（shì）：水涯。《楚辭・九歌・湘夫人》："夕濟兮西澨。"

〔五〕惄（nì）：憂思傷痛。《詩・小雅・小弁》："我心憂傷，惄焉如擣。"

〔六〕麴糵（niè）：酒母，亦指酒。麴，同"麯"，麯糵。杜甫《歸來》詩："憑誰給麯糵，細酌老江干。"

〔七〕易姓：指改朝换代。

〔八〕《天地間集》：南宋遺民詩人謝翶所編宋末遺臣故老詩集，全集五卷，已佚，唯存十七家二十首詩。月泉吟社：宋亡後遺民所組織之詩社。吴渭創此，並有謝翶、吴思齊等參加。曾刊行《月泉吟社詩》，多追懷宋室之作。《谷音》：總集名。元杜本編選，凡二卷，所收録詩共一百零一首，作者三十人，多宋金遺民。如上卷王澮等十人，皆義烈之士。

〔九〕萬履安：萬泰字履安，鄞縣人，崇禎舉人，有《寒松齋稿》。

〔一〇〕開雕：謂雕板開印。

〔一一〕謝翶：南宋詩人，字皋羽，號晞髮子。福建福安人。曾隨文天祥抗元，入元不仕。有《晞髮集》，編有《天地間集》。吴渭：宋末人，曾官義烏令。入元隱居不出。杜本：字伯源，江西清江人。博學善屬文，隱居不仕，卒年七十五。所著有《四經表義》、《六書通編》等書，學者稱清碧先生。

陳緯雲《紅鹽詞》序[一]

宜興陳其年[二],詩餘妙絶天下[三]。今之作者雖多,莫有過焉者也。其弟緯雲繼之撰《紅鹽詞》三卷,含宫咀商[四],騣騣乎小絃大絃迭奏而不失其倫[五]。噫,盛矣!

其年與予别二十年,往來梁宋間[六],嘗再至京師,一過長水[七],謂當相見矣,竟不值。而緯雲留滯京師久,予至,輒相見,極譚燕贈酬之樂[八],因得詢其年近時情狀。三人者,坎坷略相似也[九]。方予與其年定交日,予未解作詞,其年亦未以詞鳴。不數年而《烏絲詞》出。遲之又久,予所作亦漸多。然世無好之者,獨其年兄弟稱善。人情愛其所近,大抵然矣。詞雖小技,昔之通儒鉅公,往往爲之。蓋有詩所難言者。委曲倚之于聲,其辭愈微,而其旨益遠。善言詞者,假閨房兒女子之言,通之于《離騷》之義[一〇],此尤不得志于時者所宜寄情焉耳。

緯雲之詞,原本《花間》[一一],一洗《草堂》之習[一二],其于京師風土人物之勝,咸載集中。而予餬口四方[一三],多與箏人酒徒相狎[一四]。情見乎詞。後之覽者,且以爲快意之作,而孰知短衣塵垢,栖栖北風雨雪之間[一五],其羈愁潦倒[一六],未有甚于今日者邪?

【注釋】

〔一〕陳緯雲:名維岳。

〔二〕陳其年(一六二五——一六八二):清文學家,名維崧,號迦陵,陳貞慧(定生)長子,江蘇宜興人。早歲能文,補諸生。康熙己未舉博學鴻詞科,授檢討,纂修《明史》,越四年,卒于官,終年五十八歲。其年工詩文詞,尤工駢文。所填詞多至一千六百餘首,稱古今第一。嘗與竹垞合刻所著曰《朱陳村詞》,有《陳迦陵文集》、《湖海樓詩集》、《迦陵詞》等。

〔三〕詩餘:詞的别名。

〔四〕宫、商:均古代五音之一。

〔五〕駸駸:馬疾行貌。引申爲快速。《詩·小雅·四牡》:"載驟駸駸。"小絃大絃:語本白居易《琵琶行》:"大絃嘈嘈如急雨,小絃切切如私語。"

〔六〕梁宋:今河南開封、商邱一帶。

〔七〕長水:《元和郡縣志》:"嘉興縣本長水縣。"又《嘉興府志》:"長水塘在府城南。"

〔八〕譚燕:同"談讌",歡聚款待。三國魏曹操《短歌行》:"契闊談讌,心念舊恩。"

〔九〕坎坷:不平貌,引申爲不得志。梁江淹《思北歸賦》:"雖坎軻而不惜身。"軻,同坷。

〔一〇〕《離騷》:《楚辭》篇名,戰國楚人屈原作。原仕楚,竭智盡忠,以事其君,後遭同列上官大夫讒妒,原見疏,憂憤而作《離騷》。

〔一一〕《花間》:即《花間集》,五代後蜀趙崇祚所編詞集,收晚唐五代詞人十八家凡五百首,多冶遊享樂之作,爲現存最早詞集。

〔一二〕《草堂》:指《草堂詩餘》,南京何士信編。以宋詞爲主,間有唐五代作品。明清詞人極推重之,與《花間集》同視爲填詞典範。

〔一三〕餬口:寄食。引申爲謀生。莊子《人間世》:"挫鍼治繲,足以餬口。"成玄英疏:"餬,飼也。庸役身力以飼養其口命也。"餬,亦作"糊"。

〔一四〕箏人:彈箏人,即樂人。唐李賀《浩歌》:"箏人勸我金屈卮。"狎(xiá):親近;親密。

〔一五〕栖栖:亦作"恓恓"。忙碌不安貌。《論語·憲問》:"丘何爲是栖栖者與?”唐玄宗《經魯祭孔子而嘆之》詩:“夫子何爲者? 栖栖一代中。”

〔一六〕羇:同“羈”,寄居作客。

水村琴趣序

凝土以爲器,有虞氏尚之矣〔一〕。至周而陶旊有工〔二〕,曰甗〔三〕,曰盆,曰甑〔四〕,曰鬲〔五〕,曰庾〔六〕,曰簋〔七〕,中縣中膊〔八〕,辨及髻墾薜暴之微〔九〕,宜其廢鼎鼐以利其用〔一〇〕。然必歷千年而柴汝官哥定始行焉〔一一〕。刊石以爲碑,夏后氏先之矣。至周而岐陽有鼓〔一二〕,至漢而鴻都有經〔一三〕,宜其推石而鐫之木。然必俟張參書壁之後〔一四〕,又久而鏤板方興焉。其于文也亦然。《南風》之詩〔一五〕,五子之歌〔一六〕,此長短句之所由昉也〔一七〕。漢鐃歌郊祀之章〔一八〕,其體尚質,迨晉宋齊梁,江南采菱諸調,去填詞一間爾。詩不即變爲詞,殆時未至焉。既而萌于唐,流演于十國,盛于宋。予嘗持論謂小令當法汴京以前〔一九〕,慢詞則取諸南渡〔二〇〕。錫山顧典籍不以爲然也〔二一〕。魏塘魏孝廉獨信予説〔二二〕,頻與予唱和,詞成,掩其名示人,見者或疑予所作。予既歸田,考經義存亡,著爲一書,不復倚聲按譜,而孝廉好之不倦。所填詞日多,里之人疲于傳寫,乃刊行之。水村者,孝廉之居,因以爲字。元趙子昂氏嘗爲錢處士以水墨寫爲圖者也〔二三〕。琴趣者,取諸涪翁詞集名也〔二四〕。夫詞自宋元以後,明三百年無擅場者，排之以硬語，每與調乖〔二五〕，竄之以新腔〔二六〕，難與譜合。至于崇禎之末，始具其體。今則家有其集。蓋時至而風會使然。特工如孝廉者，不可多得。然則孝廉之詞，力追南渡作者，雖由其才，亦遇其時，夫然而後工也。孝廉將爲嶺表之游，豆蔻之花，桄榔之樹〔二七〕，蕉耶扶荔之果〔二八〕，青雞白鷳孔翠之鳥〔二九〕，蝴蝶之繭〔三〇〕，凡以資琴趣材者，一惟孝廉驅使之。予耄矣〔三一〕，君歸，尚思歌以侑酒〔三二〕。

【注釋】

〔一〕凝土二句：《禮記·檀弓》："有虞氏瓦棺，夏后氏堲周。"注："火熟曰堲，燒土冶以周于棺也。"

〔二〕瓬(fǎng)：又作"瓬"。摶土制作陶器。瓬人即陶工。

〔三〕甗(yán)：古炊器，分兩層，上可蒸，下可煮。

〔四〕甑(zèng)：瓦制煮器。後世以竹木制者稱蒸籠。

〔五〕鬲(lì)：古代炊器。陶制，圓口，三空心足。

〔六〕庾：量器，古制以十六斗爲一庾。

〔七〕簋(guǐ)：古代食器，圓口圈足，無耳或有兩耳，亦有四耳，方座，或帶蓋，青銅或陶制。

〔八〕中縣中䏋(zhuān)：《考工記》："器中䏋，豆中縣。"䏋，陶人作器之具。縣，懸繩。意謂與䏋相應，其器則正，與懸繩相應，其豆則直。

〔九〕髺(kuò)墾薜暴：髺，謂器物如折足，形體歪斜。墾，損傷。薜，通"辟"。暴，損害。《考工記·瓬人》："凡陶瓬之事，髺墾薜暴不入市。"

〔一〇〕鼐：大鼎。《詩·周頌·絲衣》："鼐鼎及鼒。"

〔一一〕柴汝官哥：皆窰名。

〔一二〕岐陽：岐山之南。《國語·晉語》八："昔成王盟諸侯于岐陽。"又《集古録》："石鼓之在岐陽，初不見稱于世，至唐人始盛稱之。而韋應物以爲文王之鼓，至宣王刻詩，韓退之直以爲宣王之鼓，在今鳳翔孔子廟中。鼓有十，先時散棄于野，鄭始慶始置于廟而亡其一。皇祐四年，向策傳師求于民間得之。十鼓乃足，其文可見者四百六十有五。”

〔一三〕鴻都：東漢時皇家藏書之所。《後漢書・儒林傳上》：“自辟雍、東觀、蘭臺、石室、宣明、鴻都諸藏典策文章，競共剖散。”

〔一四〕張參書壁：“張參，唐大曆中名儒，官國子司業，始詳定五經書于講論堂東西廂之壁，積六十餘載，易以木版。至開成間乃易以石刻。今所傳《五經文字》一書，即從參書輾轉摹印者。”（見舊版《中國人名大辭典》）又據新版《辭源》：“《五經文字》，唐張參撰，三卷。……初時寫在太學孔廟牆壁上，大和間改用木版，後又改爲石刻。北周時雕印成書。”

〔一五〕《南風》之詩：《南風》，古歌名。相傳虞舜彈五絃琴唱此歌：“南風之薰兮，可以解吾民之愠兮；南風之時兮，可以阜吾民之財兮。”因以《南風》名篇。

〔一六〕五子之歌：《楚辭》：“五子用失乎家巷。”《尚書序》曰：“太康失國，昆弟五人須于路納作五子之歌。”《尚書・夏書・五子之歌》，原文失傳。

〔一七〕昉：曙光初現。引申爲起始。《列子・黄帝》：“衆昉同疑。”張湛注：“昉，始也。”

〔一八〕鐃歌：樂府《鼓吹曲》的一部，用于激勵將士宴享功臣。漢時歌詞原有二十二首，現存十八首。

〔一九〕汴京：指代北宋。

〔二〇〕南渡：指代南宋。

〔二一〕顧典籍：顧貞觀，初名華文，字華峰，號梁汾，江南無錫人。康熙五年舉人，官國史院典籍，有《彈指詞》三卷，補遺一卷。

〔二二〕魏塘：嘉善縣古魏塘鎮，明宣德五年析嘉興縣置。又據《嘉興府志》：“魏坤字禹平，別字水村，嘉善人。康熙乙卯舉人，有《倚晴閣集》。”

〔二三〕趙子昂(一二五四—一三二二):趙孟頫,元書畫家。字子昂,號松雪道人、水精宫道人,湖州(今浙江省吴興縣)人,宋宗室,入元,累官至翰林學士承旨,封魏國公,謚文敏。其書法人稱"趙體",亦工繪事,并能詩文篆刻。錢處士:未詳。

〔二四〕取諸句:北宋黄庭堅有詞集《山谷琴趣外篇》。涪翁,黄庭堅號。

〔二五〕乖:違背,格格不入。

〔二六〕竄:改易;改動。唐韓愈詩:"漬墨竄舊史,磨丹注前經。"

〔二七〕桄榔:木名,常緑樹,果實名桄榔子。漢揚雄《蜀都賦》:"布有橦華,麵有桄榔。"言其木中有屑,如麵,可食。又《太平御覽》卷九六〇:"蜀中有樹名桄榔,皮裹出屑如麵,用作餅食之,謂之桄榔麵。"

〔二八〕耶:通"椰"。扶荔:即荔枝。

〔二九〕白鷴:亦稱銀雉、白雉,頭上有冠,尾長,常栖高山竹林間,分布于我國南部。孔翠之鳥:指孔雀一類珍禽。

〔三〇〕繭:指蝴蝶之幼蟲。

〔三一〕耄(mào):老,《禮記·曲禮》:"八十、九十曰耄。"

〔三二〕侑(yòu)酒:即勸酒,陪同飲酒。侑,勸;陪侍。

書《花間集》後〔一〕

《花間集》十卷,蜀衛尉少卿趙弘祚編〔二〕。作者凡一十七人。蜀之士大夫外,有仕石晉者〔三〕;有仕南唐、南漢者〔四〕。方兵戈俶擾之會〔五〕,道路梗塞,而詞章乃得遠播。選者不以境外爲嫌,人亦不之罪。可以見當日文網之疎矣! 坊板譌字最多〔六〕,至不能句讀。此舊刻稍善,爰藏之而書其後。

【注釋】

〔一〕《花間集》:詞總集名。選録晚唐、五代詞五百首,其中不少作品,賴以保存。作品内容大都寫宴游享樂、男女戀情和閨怨别緒,詞風浮艷,開宋代婉約派之先河。

〔二〕蜀:指後蜀,五代時十國之一。公元九三四年,孟知祥在四川稱帝,建都成都,國號蜀,史稱後蜀。後爲北宋所滅。趙弘祚:一作"趙崇祚"。

〔三〕石晉:即後晉,五代之一。公元九三六年後唐河東節度使石敬瑭勾結契丹貴族,滅唐稱帝,建都汴(今河南省開封市)。國號晉,史稱後晉。後爲契丹所滅。

〔四〕南唐:五代時十國之一。公元九三七年李昪代吴稱帝,建都金陵(今江蘇省南京市)。國號唐,史稱南唐。後爲北宋所滅。南漢:五代時十國之一。公元九一七年劉龑稱帝,建都廣州。國號越,旋改爲漢,史稱南漢。後爲北宋所滅。

〔五〕俶擾:原謂開始擾亂。《書·胤征》:"俶擾天紀。"後泛指動亂。《宋史·安丙傳》:"今蜀道俶擾,未寬顧憂。"

〔六〕譌:同"僞",錯别字。

秦始皇論

法制禁令,所以防民之姦,而非化民成俗之具也。惟秦之爲國,不本于道德,而一任乎法。衛鞅曰〔一〕:"法之不行,自上始也〔二〕。刑則加于太子之師傅,而范雎爲相〔三〕,棄逐君之母弟。秦之君以爲法在焉。師傅可刑,母弟可逐,而法不可易也。其甚者,荆軻以匕首劫始皇〔四〕,幾揕其胸〔五〕,環柱而走。人情孰不急其君?左右之臣,至寧視其君之死，不敢操尺寸之兵上殿。其與寇讎何異〔六〕！自當時視之，以爲于法宜然，無足怪也。

嗟夫，方其初，用事之臣，惟知任法，積之既久，雖萬乘之尊〔七〕，爲法所制，寧以身殉法，而不敢易。上下相殘，甘爲衆惡之所歸，以至于亡。豈不哀哉！

蓋吾觀于始皇之焚詩書而深有感。于其際也，當周之衰，聖王不作，處士横議〔八〕，孟氏以爲邪説誣民，近于禽獸〔九〕。更數十年歷秦，必有甚于孟氏所見者。又從人之徒，素以擯秦爲快。不曰“嫚秦”〔一〇〕，則曰“暴秦”；不曰“虎狼秦”，則曰“無道秦”。所以詬詈之者靡不至。六國既滅，秦方以爲傷心之怨，隱忍未發，而諸儒復以事不師古，交訕其非。禍機一動，李斯上言〔一一〕，百家之説燔〔一二〕，而詩書亦與之俱燼矣！嗟乎，李斯者，荀卿之徒〔一三〕，亦常習聞仁義之説，豈必以焚詩書爲快哉！彼之所深惡者，百家之邪説，而非聖人之言。彼之所坑者，亂道之儒，而非聖人之徒也。特以爲詩書不燔，則百家有所附會，而儒生之紛綸不止〔一四〕，勢使法不能出于一。其忿然焚之不顧者，懼黔首之議其法也〔一五〕。彼始皇之初心，豈若是其忍哉！蓋其所重者法，激而治之，甘爲衆惡之所歸而不悔也。

嗚呼，邪説之禍，其存也，無父無君，使人陷于禽獸；其發也，至合聖人之書燼焉。然則非秦焚之，處士横議者焚之也。後之儒者，不本乎聖賢之旨，文其私説〔一六〕，雜出乎浮屠老氏之學〔一七〕，以眩于世〔一八〕。天下任法之君多有，使激而治之，可不深慮也哉！

【注釋】

〔一〕衛鞅:戰國中期衛國人。原名公孫鞅,或稱衛鞅。後因在秦變法有功,被封爲商君,史稱商鞅。其政治主張見于後人輯録的《商君書》。

〔二〕法之二句:此語不見于《商君書》,未詳出處。

〔三〕范雎(?—前二五五):戰國時魏人。後化名張禄入秦,任秦相,封于應(今河南省寶豐縣西南),稱應侯。

〔四〕荆軻(?—前二二七):戰國末年刺客。衛國人,游歷燕國,燕人稱爲荆卿,後被燕太子丹羅致,尊爲上卿,派遣他去刺秦王政(即秦始皇),事敗,被殺。

〔五〕揕(zhèn):刺。《史記·刺客列傳》:"臣左手把其袖,右手揕其胸。"

〔六〕讎(chóu):亦作"讐",仇的異體字。

〔七〕萬乘(shèng):萬輛車,後專指帝位。晉傅玄《漢高祖贊》:"討秦滅項,如日之升,超從側陋,光據萬乘。"乘,一車四馬。

〔八〕横議:言論縱恣。

〔九〕近于句:見《孟子·滕文公下》。

〔一〇〕嫚:同慢,輕侮、倨傲。

〔一一〕李斯(?—前二〇八):秦政治家。楚上蔡(今河南省上蔡縣西南)人。早年從荀卿學。戰國末入秦,初爲吕不韋舍人,後被秦王政任爲客卿。不久,官爲廷尉。秦統一六國後,任丞相。秦始皇死後,爲趙高所忌,被殺。

〔一二〕燔(fán):焚燒。《韓非子·和氏》:"燔詩書而明法令。"

〔一三〕荀卿(約前三一三—前二三八):即荀子。戰國時思想家、教育家。名況,時人尊之爲"卿"。趙國人,游學于齊,繼赴楚國,由春申君用爲蘭陵令,著書終老。著有《荀子》三十二篇。

〔一四〕紛綸:亂貌;多貌。漢司馬相如《封禪文》:"紛綸葳蕤,湮滅而不稱者,不可勝數。"

〔一五〕黔首:戰國及秦代對國民的稱謂。《史記·秦始皇本紀》:"二十六年……更名民曰黔首。"

〔一六〕文:掩飾;修飾。

〔一七〕浮屠:佛教名詞。或作"浮圖"。梵文 buddha 的音譯。因此稱佛教徒爲浮屠氏。老氏:即老子,春秋時思想家,道家創始人。著有《老子》一書,亦稱《道德經》。一説即老聃,姓李名耳,字伯陽,楚國苦縣(今河南省鹿邑縣)人。

〔一八〕眩:眼花。引申爲迷惑。《漢書·元帝紀》:"俗儒不達時宜,好是古非今,使人眩于名實。"

韓信論

或曰:"韓信之反,信乎?"曰:"信不反也。"何以知之?于信之報漂母知之也〔一〕。方信在淮陰,一市咸笑其怯,母獨爲進食。宜其有知己之感,千金之報不爲重也。迨干楚爲郎中〔二〕,投漢爲都尉〔三〕,至此,而天下遂無一人知己者。此信所由亡也。

當其時,豪傑並起,可與就天下者惟楚漢〔四〕。信之亡將安往哉?蓋惟有窮餓于深山以没世焉爾。何也?彼其視郎中都尉之遇,甚于胯下之辱也〔五〕。乃高帝一聞蕭何之言〔六〕,不特赦其罪;且以爲大將,又設壇場,具禮,召居上座。自古君臣相遇之隆,未有若高帝之于信也。其知己之感,雖葅醢其身不惜〔七〕。彼武涉、蒯通之言〔八〕,曾何足以動心哉!天下已定,信未嘗有纖毫之過,而陳平倡僞游之邪説〔九〕,無故貶爵〔一〇〕,使與絳、灌並列〔一一〕。其與郎中都尉之遇何異?欲禁其無怨望之言,難矣。

彼吕后者〔一二〕,包藏禍心,以爲信不死必不爲所用,由是文致其辭,戮之鐘室〔一三〕。史遂附會其説,謂與陳豨有執手之言〔一四〕。嗚呼,以信用兵之神,衆寡莫測,欲反則反耳,何藉豨爲?信之視豨,猶絳、灌之屬,不屑與之言者也。然則信悔不用蒯通之心,非二心何?曰:信之言曰:“衣人之衣者,懷人之憂,食人之食者,死人之事”。信爲高帝所殺,則雖葅醢無憾。其爲是言者,深憾爲女子所賣也。不然,以漂母一飯之不忘,忍負解衣推食之高帝哉!豫讓之死也〔一五〕,曰:“中行衆人畜我〔一六〕,我故衆人報之;智伯國士遇我,我故國士報之。”賈生以讓行同狗彘而能抗節若是〔一七〕,孰謂信也行乃出豫讓下哉!

【注釋】

〔一〕漂母:滌絮婦人。漂,以水擊絮。

〔二〕干:求取。《荀子·議兵》:“干賞蹈利之兵也。”楊倞注:“干,求也。”郎中:官名,始于戰國,漢代沿置,管理車、騎、門户,并内充侍衛,外從作戰。

〔三〕都尉:官名,戰國時始置,略低于將軍的武官,亦爲臨時設置執行某種任務者之官名,如漢武帝時有搜粟都尉,協律都尉等。

〔四〕就:歸,趨;跟從。《孟子·告子上》:“猶水之就下也。”如就範、就位等。“就天下”,謂隨之而定天下也。

〔五〕胯下之辱:《資治通鑑》卷九《漢紀》一:淮陰屠中少年有侮信者曰:“若雖長大,好帶刀劍,中情怯耳。”因辱之曰:“信能死,刺我;不能死,出我胯下!”於是信孰(同“熟”)視之,俛出胯下,蒲伏。一市人皆笑信,以爲怯。胯,亦作“袴”。

〔六〕高帝:謂漢高祖劉邦。蕭何(?—前一九三):漢初大臣,沛縣(今屬江蘇省)人。曾爲沛縣吏,秦末佐劉邦起義,有功,封酇侯。著《九章律》,今佚。

〔 七 〕菹醢(zù hǎi)：古代酷刑，把人剁爲肉醬。《漢書·吴王濞傳》："敢請菹醢之罪。"

〔 八 〕武涉：盱眙人。項羽于龍且敗死後，曾使武涉往説韓信反漢連楚，信不能用。蒯通：原名蒯徹，避武帝劉徹諱改。曾假託相人之術説信與楚漢三分天下，鼎足而居。

〔 九 〕陳平(？—前一七八)：漢初陽武(今河南省原陽縣東南)人。少時家貧，好黄老之術。曾從項羽入關，任都尉，後歸劉邦，漢立，封曲逆侯。惠帝、吕后時任丞相。吕后死，又與周勃定計，誅諸吕，迎立文帝。按，高帝六年冬十月，人有上書告韓信反者，帝從陳平計，僞游雲夢，會諸侯于陳，因以縛信。

〔一〇〕無故句：韓信原封楚王，嗣降封淮陰侯。

〔一一〕絳、灌：謂絳侯周勃。將軍灌嬰。

〔一二〕吕后(前二四一—前一八〇)：名雉，字娥姁。漢高祖皇后。曾佐高祖定天下。其子惠帝在位七年，她掌握實際政權。惠帝死後，她臨朝稱制，大封諸吕，不久病死。

〔一三〕鐘室：長樂宫懸鐘之室。宫建于高帝七年冬十月，後爲太后所居。

〔一四〕陳豨：曾封陽夏侯，爲趙相國，將兵守代。後舉兵反漢，自立爲代王，不久，敗死。據《資治通鑑·漢紀四》："豨過辭淮陰侯。淮陰侯挈其手，辟左右，與之步于庭，仰天嘆曰：'子可與言乎？'豨曰：'唯將軍令之！'淮陰侯曰：'公之所居，天下精兵處也；而公，陛下之信幸臣也。人言公之畔，陛下必不信；再至，陛下乃疑矣；三至，必怒而自將。吾爲公從中起，天下可圖也。'陳豨素知其能也，信之，曰：'謹奉教！'"

〔一五〕豫讓：戰國時晉智伯的臣子，智伯爲趙襄子所滅，豫讓漆身吞炭欲爲智伯報仇，行刺趙襄子，事敗，自刎。

〔一六〕中行：豫讓曾臣事范中行氏，范中行氏後被智伯殺死。

〔一七〕賈生：即賈誼。彘(zhì)：猪。

【評箋】

“不然,以漂母一飯之不忘,忍負解衣推食之高帝哉”! 沈大成批曰:“應知己。”(見《曝書亭集》手批本)

著書硯銘〔一〕

北垞南〔二〕,南垞北,中有曝書亭,空明無四壁。八萬卷,家所儲,鼠銜薑,獺祭魚〔三〕。壯而不學,老著書。一泓端州石〔四〕,晨夕心相於〔五〕。審厥象〔六〕,授孫子,千秋名,身後事。

【注釋】

〔一〕按:此硯現存上海博物館,見本書附圖片。

〔二〕垞(chá):小丘。唐王維《南垞》詩:“輕舟南垞去,北垞淼難即。”

〔三〕獺祭魚:《禮記·月令》:“〔孟春之月〕,魚上冰,獺祭魚。”按獺食魚,先捕魚陳列水邊,若設物而祭然,稱爲祭魚。後因謂作文好用典故,堆砌詞藻曰“獺祭”。

〔四〕端州:州名,隋置。以境内端溪得名,治所在高要(今廣東省肇慶市),産硯石,稱端硯。

〔五〕相於:相近;相好。唐杜甫《贈李八秘書别三十韻》:“此行非不濟,良友昔相於。”

〔六〕厥:其。

銅水盂銘

方寸之金,一勺之水〔一〕,惟静恒存,惟廉知止。

【注釋】

〔一〕勺(sháo):古代舀酒的器具,青銅製,形如有曲柄的小斗。

檀界尺銘〔一〕

其徑直,其德方〔二〕,以鎮物,罔不臧〔三〕。

【注釋】

〔一〕界尺:寫字時用以間隔行距的文具。

〔二〕德方:品格端方之意。

〔三〕罔:通"無",没有。臧(zāng):善。《詩·邶風·雄雉》:"何用不臧?"

袁凱傳

袁凱字景文,松江華亭人。幼孤,力學,能詩。常熟岑大本賦白燕詩〔一〕,爲楊維楨所稱〔二〕。凱見笑曰:"未見體物之工也。"更賦一首,維楨亟賞之。一時流播,人呼袁白燕。洪武三年,以布衣拜監察御史〔三〕。上疏曰:"國家戡定四方〔四〕,固資將帥之力,今天下既平,將士多在京師,精悍有餘,其于君臣之禮,尚未悉究。臣請于都督府延致通經學古之士〔五〕,朔望朝罷〔六〕,諸將赴都堂聽講經史。庶幾忠君愛國之心,全身保家之道,油然日生而不自知也。"又曰:"小人犯罪,固不可赦,若老成長者,或有過誤,宜加矜恕〔七〕,養其廉恥,以收他日之功。"帝嘉納焉,遂勅省臺〔八〕,聘儒士于午門番直〔九〕,與諸將士説書。一日,帝慮囚畢〔一〇〕,命凱送皇太子覆審。太子遞減之。凱還報。帝問曰:"朕與太子孰是?"凱頓首曰:"陛下法之正,東宮心之慈〔一一〕。"帝以凱持兩端,心不懌。凱懼,託疾歸。帝使人詗之〔一二〕,佯狂得免。凱貌癯而長身,有才辯,善謔。歸田後,恒背戴方巾,倒騎烏犍〔一三〕,往來泖水上〔一四〕,登九峰〔一五〕。好事者圖以入畫。凱詩絶去雕飾,論者推爲明初詩人之冠。同時華亭以詩名者,蜀府教授顧禄字謹中〔一六〕。嘗過鄱陽湖,賦詩。太祖聞之,命盡進所作,披之便殿,遂以"經進"名集。楚府左長史管訥字時敏〔一七〕,從楚王破銅鼓蠻〔一八〕,諸將欲殄其餘黨〔一九〕,訥固争得免。王曰:"管長史一言活萬人,必有後。"已而生子,名延枝。楚王育之宫中,長爲府紀善〔二〇〕。兩人者,方之凱〔二一〕,其詩遠不逮也。

【注釋】

〔一〕岑大本:生平未詳。其事見《明史·袁凱傳》。常熟:縣名,在江蘇省南部,舊屬蘇州府管轄。

〔二〕楊維楨(一二九六—一三七〇):元文學家、書法家。字廉夫,號鐵崖,東維子,諸暨(今屬浙江省)人,泰定進士,官至建德路總管府推官。詩學李賀,善行草書。有《東維子文集》、《鐵崖先生古樂府》等。

〔三〕監察御史:官名,隋朝始置。唐御史臺分爲三院,其中監察御史屬察院,掌彈劾及建言,以整飭吏治。明清設都察院,設都御史、副都御史、監察御史。

〔四〕戡(kān)定:猶平定。

〔五〕都督:官名。軍事長官或領兵將帥,漢末始有此稱。

〔六〕朔望:朔,夏曆每月的初一日。望,夏曆每月的十五日。

〔七〕矜:通“憐”,憐惜;同情。

〔八〕省臺:官署的統稱。《新唐書·百官志一》:“其官司之别,曰省,曰臺,曰寺,曰監,曰衛,曰府。”

〔九〕番直:輪番當值。

〔一〇〕慮(lù)囚:即録囚,向囚犯訊察决獄的情況。

〔一一〕東宫:皇太子所居之宫,因代稱太子。

〔一二〕詗(xiòng):偵察,刺探。《漢書·淮南王安傳》:“多予金錢,爲中詗長安。”顔師古注:“詗,有所候伺也。”

〔一三〕犍:閹割過的牛。

〔一四〕泖(mǎo):湖名,又名三泖:大泖、長泖、圓泖。在上海市青浦縣西南、松江縣西和金山縣西北一帶,現已淤没。

〔一五〕九峰:在上海市松江縣西北有一羣小山丘,其中厙公山、鳳凰山、薛山、佘山、辰山、天馬山、機山、横雲山、小昆山,稱松郡九峰。

〔一六〕教授:學官名。宋代除宗學、律學、醫學、武學等置教授傳授學業外,各路州縣學均置教授,掌學校課試等事。明清府學亦置教授。

〔一七〕長史:官名。始設于秦,兩漢、三國、南北朝均有設置。南朝王府設長史,諸王多年幼出藩,以長史掌王府政令。歷代因之。

〔一八〕楚王:朱楨,胡充妃生,太祖第六子。洪武三年封,十四年就藩武昌。永樂二十二年卒。銅鼓蠻:銅鼓,縣名。在江西省西北部,修水上游,鄰接湖南省。蠻,舊時代對南方少數民族之賤稱。洪武十八年九月,銅鼓恩州諸蠻叛,命楚王楨與湯和討平之。

〔一九〕殄(tiǎn):滅絶;絶盡。《書·畢命》:“餘風未殄。”

〔二〇〕紀善:王府紀善所設紀善二人,正八品。凡宗室年十歲以上入宗學,教授與紀善爲之師。

〔二一〕方:比擬;比方。《後漢書·謝夷吾傳》:“方之古賢,實有倫序。”

王冕傳

王冕字元章,諸暨田家子也[一]。父命牧牛,冕放牛隴上,潛入學聽村童誦書。暮亡其牛,父怒,撻之。他日,依僧寺,夜坐佛膝,映長明燈讀書[二]。安陽韓性異而致之[三],遂從性學,通《春秋》。嘗一試進士舉不第,焚所爲文,讀古兵法。恒著高簷帽,衣緑簑衣,躡長齒屐,擊木劍,或騎牛行市中。人或疾其狂,同里王艮特愛重之[四],爲拜其母。艮爲江浙檢校[五],冕往謁。履敝不完,足指踐地。艮遺之草履一兩,諷使就吏禄。冕笑不言,置其履而去。歸迎其母,至會稽[六],駕以白牛車,冕被古冠服隨車後。鄉里小兒皆訕笑,冕不顧也。所居倚土壁庋釜[七],執爨養母[八],教授弟子,以爲常。

高郵申屠駉任紹興理官[九],過錢塘[一〇],問交于王艮。艮曰:"里有王元章者,其志行不求于俗。君欲與語,非就見不可。"駉至,即遣吏自通。冕曰:"吾不識申屠君。"謝不見。駉乃造其廬,執禮甚恭。冕始見之。居歲餘,投書謝駉。

東游吴[一一],浮江上,潛嶽[一二],遂北至燕[一三]。泰不華薦以館職[一四]。冕曰:"公愚人哉!不十年,此中狐兔游矣。何以禄爲?"翰林學士危素[一五],冕不識也。居鐘樓街,冕知之。一日,素騎過冕,冕揖之坐,不問名姓。忽曰:"公非住鐘樓街者邪?"曰:"然"。冕更不與語。素出,或問客爲誰,笑曰:"此必危太樸也。吾嘗誦其文,有詭氣，今覩其人，舉止亦然。"

冕善詩，通篆籀〔一六〕，始用花乳石刻私印〔一七〕，尤長畫梅，以臙脂作没骨體〔一八〕。燕京貴人争求畫，乃以一幅張壁間，題詩其上，語含諷刺。人欲執之，冕覺，乃亟歸。謂友曰："黄河北流，天下且大亂矣。"攜妻孥〔一九〕，隱會稽之九里山〔二○〕，號煮石山農。命其居曰"竹齋"，題其舟曰"浮萍軒"，自放鑑湖之曲〔二一〕。

太祖既取婺州〔二二〕，遣胡大海攻紹興〔二三〕，屯兵九里山。居人奔竄，冕不爲動。兵執之，與俱見大海。大海延問策。冕曰："越人秉義〔二四〕，不可以犯。若爲義，誰敢不服；若爲非義，誰則非敵？"太祖聞其名，授以諮議參軍〔二五〕，而冕死矣！

【注釋】

〔一〕諸暨：縣名。在浙江省中部偏北。秦置縣。

〔二〕長明燈：佛殿上琉璃燈，徹夜不滅，俗稱爲長明燈。

〔三〕安陽：縣名，在河南省北部，鄰接河北省。秦置安陽縣，漢廢。北周改置鄴縣。韓性：字明善，天資警敏，九歲通《小戴禮》，及長，博綜羣籍，自經史至諸子百氏無不極其要津。時人稱韓先生而不名。卒年七十六。有文集十二卷。

〔四〕王艮：字止善，紹興諸暨人。尚氣節，讀書務明理致用，以淮東道宣慰副使致仕。

〔五〕檢校：官名。元中書省有檢校官，掌檢校公事文牘。明代中央及地方皆置檢校官。

〔六〕會稽：舊縣名。隋開皇九年（五八九）分山陰縣置。治所在今浙江省紹興市。

〔七〕庋：擱置、安放器物的木板或架子。此謂放置。釜：鐵鍋。

〔八〕執爨(cuàn):猶備炊。爨,炊。

〔九〕高郵:縣名。在江蘇省中部。漢置高郵縣,明入高郵州,一九一二年復改縣。申屠駉:未詳。理官:古代掌獄訟之官。《漢書·藝文志》:"法家者流,蓋出于理官。"後世稱法官爲司理、大理,本此。

〔一〇〕錢塘:舊縣名。秦置錢唐縣,唐代以唐爲國號,始改爲錢塘。一九一二年與仁和縣合併爲杭縣。

〔一一〕吴:今江蘇省東南部蘇州市一帶。

〔一二〕潛嶽:深入大山中。

〔一三〕燕:燕山,在河北平原北側。此指燕京,即今北京,元時爲大都。

〔一四〕泰不華(一三〇四——一三五二):元末將領。字兼善。本奚族伯牙吾台氏,初名達普化。家居台州(今浙江省臨海縣),至治進士,曾參加修宋遼金三史。

〔一五〕危素(一三〇三——一三七二):明初文學家,字太樸,金溪(今屬江西省)人,曾仕于元,入明爲翰林侍講學士。有《説學齋稿》、《雲林集》。

〔一六〕籀(zhòu):一名大篆,春秋戰國間通行于秦國。

〔一七〕花乳石:青田石的一種。

〔一八〕没骨:中國畫技法名。即不用墨綫鈎勒,直接以彩色描繪物象。

〔一九〕孥(nú):兒女。《詩·小雅·常棣》:"樂爾妻孥。"

〔二〇〕九里山:《一統志》:"侯山在山陰縣南九里。"又《萬曆》:"山在府城南九里,一名小隱山,亦名九里山。"

〔二一〕鑑湖:亦稱鏡湖,在浙江省紹興縣西南兩公里,湖長約八公里,寬一公里許。

〔二二〕婺州:州、路名。隋開皇九年置州,治所在今金華縣,明改爲府。

〔二三〕胡大海(?——一三六二):明初將領。字通甫,濠州虹(今江蘇省泗洪縣東南)人。初從朱元璋起兵,有功,任江南行省參知政事,後被叛徒所害。贈越國公。

〔二四〕秉義:主持正義。秉,執掌;主持。

〔二五〕諮議參軍:官名。據《明史》:"洪武三年置王相府參軍府參軍一人,正五品。又置典籤司諮議官,九年罷。二十八年置靖江王府諮議所諮議,成祖初改。"

【評箋】

沈大成曰:"用花乳石刻私印自王冕始。"(見《曝書亭集》手批本)

真賞樓記

平山之堂既成〔一〕,越明年,中書舍人汪君季甪拓堂後地〔二〕,爲樓五楹,設栗主以祀歐陽永叔、劉仲原父、蘇子瞻諸君子〔三〕,名曰"真賞之樓"。蓋取諸永叔寄仲原父詩中語也。君既爲文勒堂隅〔四〕,識落成之歲月,請予作斯樓記。於是樓成又逾年矣。

方山陰金公將知揚州府事〔五〕,實期予適館〔六〕,既而予不果往〔七〕。及聞堂成之日,四方知名士會者百人,多予舊好,咸賦詩紀其事。顧予獨客二千里外,不獲與,私心竊悔且憾。回憶曩時客揚州,登堂之故址,草深數尺,求頹垣斷砌所在〔八〕,不能辨識。愾然長謡〔九〕,謂兹堂之勝,殆不可復覩。曾幾何時,而晴闌畫檻,忽涌三城之表〔一〇〕,且有飛樓峙其後〔一一〕。既感廢興之相尋〔一二〕,復歎賢者之必有其助也。

當永叔築堂時,特出一時興會所寄。然春風楊柳〔一三〕,蓋别久而不忘。子瞻三過其下,悵仙翁之不見,至題詞快哉亭〔一四〕,尚吟思此亭未已。即永叔亦感仲原父能留其游賞之地,賦詩遠寄。是當時諸君子未嘗一日忘兹堂，可知已肇祀焉〔一五〕。庶其馮依而不去者，與堂之廢，自世人視爲游觀之所，可以有無。守是邦者，或不爲葺治〔一六〕，至于日圮〔一七〕，理固然也。試登是樓，見永叔以下，凡官此土有澤于民者，皆得置主以祀。後之君子，必能師金公之遺意〔一八〕，克修前賢之蹟，則是斯樓成而平山之堂始可歷久不廢。足以見汪君之用意深且遠也。予雖不獲觀堂落成，與諸名士賦詩之末〔一九〕，猶幸勒名樓下，附汪君之文，並傳于後，亦可以勿憾矣夫！

【注釋】

〔一〕平山堂：在揚州市西北蜀岡法浄寺（大明寺遺址）内，北宋慶曆年間郡守歐陽修所建，清康熙時重修。現爲揚州著名游覽之地。

〔二〕汪季甪（lù）：汪懋麟，字季甪，江都人，康熙丁未進士，授内閣中書舍人，薦舉博學鴻詞，以未終制，辭，後補刑部主事。有《百尺梧桐閣集》。

〔三〕栗主：古代用栗木制作的神主。《公羊傳·文公二年》："虞主用桑，練主用栗。"按古禮：人死既葬，回家設祭叫虞，神主用桑木，期年練祭，改用栗木。後世通稱宗廟神主爲栗主。劉敞：北宋臨江新喻（今江西省新餘縣）人，字原父，世稱公是先生。官至集賢院學士。長于春秋學，有《春秋權衡》、《公是集》等傳世。

〔四〕勒：刻。

〔五〕山陰金公：金鎮，字又鑣。浙江山陰人，舉人，康熙十三年補揚州知府。郭西北平山堂，鎮興復之，落成之日，大會賓客，飲酒賦詩，傳爲盛事。

〔六〕適館：到館任事。館，幕友居所。

〔七〕不果：未果，指事未成功。

〔八〕砌：臺階。南唐李煜《虞美人》詞："雕闌玉砌應猶在，只是朱顔改。"

〔九〕愾(xì)：嘆息。《詩・曹風・下泉》："愾我寤嘆,念彼周京。"謡：不用樂器伴奏的歌唱。

〔一〇〕表:外面。《書・立政》:"至于海表。"

〔一一〕飛樓：謂高樓如淩空架構者。唐杜甫《白帝城最高樓》詩:"城尖徑昃旌旆愁,獨立縹緲之飛樓。"又,宋蘇軾《從駕》詩:"桂觀飛樓淩霧起,仙幢寶蓋拂天來。"

〔一二〕相尋：連續不斷而來。《北史・薛安都傳》:"俄而酒饌相尋,芻粟繼至。"

〔一三〕春風楊柳：語本宋劉子翬《汴京紀事》詩:"夜月池臺王傅宅,春風楊柳太師橋。"喻當年之名園大第轉眼間即不復存在。

〔一四〕快哉亭:宋神宗元豐時,張夢得謫居黄州,築亭于住所之側,蘇軾以其能覽江山之勝,名之爲"快哉亭"。蘇轍有文記其事。

〔一五〕肇:創始;開端。《書・舜典》:"肇十有二州。"

〔一六〕葺治：修葺整理。

〔一七〕圮(pǐ)：坍塌。蘇轍《東軒記》:"支其欹斜,補其圮缺。"

〔一八〕師:效法。《孟子・離婁上》:"莫若師文王。"

〔一九〕與：參加。末：最後,盡頭。此言賦詩時居于最後一名,乃自謙之詞。

【評箋】

何紹基曰:"今無聞矣!"(見《曝書亭集》手批本)

匏　齋　記〔一〕

匏之爲物,其葉苦,其蔓弱,其形呺〔二〕。然非若瓠可以燔〔三〕,瓜可以菹〔四〕。世遂以無用目之。然制爲器,可以象天地。虚其中,可以受物。截之則蠡〔五〕,窪之則樽[六]，劀以爲笙[七]，大者巢[八]，小者和[九]。挈竽而吹，則爲衆音之長。匏非無用也審矣！當其秋霜既降，呺然者堅，水出其前，略彴之不施[一〇]，艕舠之不設[一一]，揭者、涉者，厲者[一二]，泝洄上者[一三]，泝游下者[一四]，潛行而泳者，正絶流而亂者[一五]，咸濡首滅頂是懼。試腰以浮諸水，則雖江湖可以無没。其有濟于人，爲功甚鉅。今刑部主事德州謝君方山[一六]，取以名其齋焉。君質直好學，所爲歌詩，無懦響[一七]，金清玉振，若笙竽之悦耳，悉中法度。飲食百觚不醉[一八]。君之所以自託，非以是與？雖然，殆有濟物之思焉。夫二尺四寸之律[一九]，取象于坎[二〇]，民之陷于法也，如溺于淵。覆育者虚其中以服念[二一]，則深者可以綆出[二二]，漏者可以袽塞[二三]。譬置匏于河，隨所溺而拯之。車有時而溓[二四]，舟有時而覆，充匏之用，無過涉之患，而有共濟之功。則凡經義之紛綸[二五]，賓坐之論説，得之一室，而施之萬事者，何莫非君之匏也。于是，其友秀水朱彝尊釋匏之義，廣之作記，書諸壁。

【注釋】

〔一〕匏(páo)：葫蘆之屬。《詩經·邶風·匏有苦葉》："匏有苦葉。"

〔二〕呺(xiào)：大有中空貌。《莊子·逍遥游》："剖之以爲瓢，則瓠落無所容，非不呺然大也，吾爲其無用而掊之。"

〔三〕燔：燒肉也。《詩經·小明》："或燔或炙。"

〔四〕菹(zū)：醃漬。《詩經·楚茨》："是剥是菹。"

〔五〕蠡：貝殼製的瓢。《漢書·東方朔傳》："以蠡測海。"

〔六〕窪：低凹；深陷。

〔七〕劀(liè)：穿透也。晉潘岳《射雉賦》："前劀重膺，旁截疊翮。"言矢貫雉胸也。

〔八〕巢:巢笙,古代樂器名。《爾雅·釋樂》:"大笙謂之巢。"

〔九〕和:古樂器名。《爾雅·釋樂》:"小者謂之和。"

〔一〇〕略彴(zhuó):小橋。《漢書·武帝紀》:"初榷酒酤。"注:"榷者步渡橋,《爾雅》謂之石杠,今之略彴是也。"施:設也。"不施",即無須架橋。

〔一一〕艄舠(bù liǎo):小船。

〔一二〕揭:褰衣而涉曰揭。厲:以衣而涉曰厲。

〔一三〕泝洄:猶溯洄,即逆流而上。《詩·秦風·小戎》:"溯洄從之,道阻且長。"

〔一四〕泝游:猶溯游,即順流而下。《詩·秦風·小戎》:"溯游從之,宛在水中央。"

〔一五〕絶流:横渡江河。

〔一六〕主事:官名。清制,進士分部,須先補主事,遞升員外郎、郎中。官階爲正六品。德州:宋爲將陵縣,解放後析置德州市。在山東省西北部,鄰接河北省。謝方山:字重輝,後曾任員外郎。

〔一七〕懦響:低弱的聲調。

〔一八〕觚(gū):古代酒器。青銅製,喇叭形口,細腰,高圈足,用以盛酒。

〔一九〕二尺四寸之律:當指法律。二尺四寸,謂其簡之長度,語出漢桓寬《鹽鐵論·詔聖》:"二尺四寸之律,古今一也,或以治,或以亂。"

〔二〇〕取象于坎:坎,卦名。《易傳》八卦,各有所象征,坎卦其象爲水。坎,又陷也。見《易·序卦傳》,即本文所謂"如溺于淵"是也。

〔二一〕覆育:指天覆地載,作育萬物,亦以喻君父之恩澤。服念:反覆思考。《尚書·康誥》:"要囚,服念五六日。"《傳》:"言必反覆思念,重刑之至也。"

〔二二〕綆:汲水桶上繩索。

〔二三〕袽(rú):敝衣。《易·既濟》:"繻有衣袽。"注:"衣袽所以塞舟漏也。"

〔二四〕溓(nián):通"黏"。《考工記·輪人》:"則雖有深泥,亦弗之溓也。"

〔二五〕紛綸：淵博。《後漢書·井丹傳》："通五經，善談論。故京師爲之語曰：'五經紛綸井大春。'大春，井丹字。"

秀野堂記〔一〕

長洲顧俠君〔二〕，築堂于宅之北，閭丘坊之南〔三〕。導以迴廊，穿以徑，壘石爲山，望之平遠也；捎溝爲池〔四〕，即之蘊淪也〔五〕。登者免攀陟之勞，居者無塵壒之患〔六〕。曉則竹雞鳴焉〔七〕，晝則佛桑放焉〔八〕。於是插架以儲書，叉竿以立畫，置酒以娱賓客，極朋友昆弟之樂〔九〕。暇取元一代之詩甄綜之〔一〇〕，得百家焉，業布之通都矣。俠君乃夢有客愉愉，有客瞿瞿〔一一〕，一一十十，容色則殊，或俛而拜〔一二〕，或立而盱〔一三〕。覺而曰："是其爲元人之徒與？將林有遺材，而淵有遺珠與？"乃借鈔于藏書者，復得百家焉，未已也。博觀乎書畫，旁搜乎碑碣，真文梵夾〔一四〕，靡勿考稽，又不下百家，而元人之詩乃大備矣。

予留吴下，數過君之堂。俠君請于予作記。思夫園林丘壑之美，恒爲有力者所占，通賓客者蓋寡。所狎或匪其人。明童妙妓充于前，平頭長鬣之奴奔走左右〔一五〕。舞歌既闋〔一六〕，荆棘生焉。惟學人才士著作之地，往往長留天壤間，若文選之樓〔一七〕，爾雅之臺是已〔一八〕。吴多名園，然蕪没者何限！而滄浪之亭〔一九〕，樂圃之居〔二〇〕，玉山之堂〔二一〕，耕漁之軒〔二二〕，至今名存不廢。則以當日有敬業樂羣之助〔二三〕，留題尚存也。俠君築斯堂，婞羣雅〔二四〕，將自元而宋而唐而南北朝而漢，悉取以論定焉。吾姑記于壁，用示海内之誦元詩者。

【注釋】

〔一〕秀野堂：或稱秀野草堂，在蘇州依園東，康熙二十七年（一六八八）三月落成。嗣立有《偶題東壁》七律五首誌其盛。其地疏池疊石，環植花木，常集四方名士，觴咏于此。

〔二〕長洲：縣名，唐置，明清時爲蘇州府治。顧俠君：顧嗣立，字俠君，康熙五十一年（一七一二）進士，選庶吉士，改中書，以疾歸。博學有才名，工詩，著述宏富。所選元人詩，注韓愈、温庭筠詩及《詩林韶濩》均行于世。另有《秀野集》、《閭丘集》等未刊印。

〔三〕閭丘坊：在蘇州北城薛家園北，東起金獅子橋，西至護龍街。

〔四〕捎：芟除。三國魏曹植《野田黄雀行》："拔劍捎羅網。"

〔五〕藴淪：小波浪。《爾雅·釋水》："大波爲瀾，小波爲淪。"郭璞注："瀾，言涣瀾，淪，言藴淪。"

〔六〕壒（ài）：一作"𡒜"，塵埃。唐韓愈《秋雨聯句》："白日懸大野，幽泥化輕壒。"

〔七〕竹雞：鳥綱，雉科。體長約三十釐米。雄鳥足部有距，棲息山丘叢林間。分布于我國長江以南各處山地，肉可供食用。

〔八〕佛桑：即扶桑，亦稱朱槿。錦葵科，灌木，葉卵形。廣植于我國南方，全年開花，爲著名觀賞植物。

〔九〕晜：同"昆"。《爾雅·釋親》："父之晜弟，先生爲世父，後生爲叔父。"

〔一〇〕甄：鑒别；選取。《抱朴子·正郭》："甄無名之士于草萊。"

〔一一〕瞿瞿：勤謹貌。《新唐書·吴湊傳》："湊爲人强力劬儉，瞿瞿未嘗擾民。"

〔一二〕俛：同"俯"。

〔一三〕盱（xū）：張目，揚目而視。

〔一四〕梵夾：貝葉經，以板夾之，謂之梵夾。《資治通鑑》卷二五〇：唐咸通三年,“又於禁中設講度,自唱經,手録梵夾。”

〔一五〕鬣(liè):馬頸上長毛,亦指髭鬚。長鬣即長鬚。《聊齋志異·辛十四娘》:“惟兩長鬣奴扛一樸滿。”

〔一六〕闋(què):樂終。《禮記·郊特牲》:“樂三闋,然後出迎牲。”孔穎達疏:“闋,止也;奏樂三遍,止,乃迎牲人殺之。”因謂一曲爲一闋。

〔一七〕文選樓:古蹟名。一在湖北省襄陽縣,南朝梁昭明太子蕭統建,統曾集文士在此輯《文選》。一在江蘇省揚州市,隋曹憲故居,憲以《文選》教授生徒,其所居之巷號“文選巷”,樓因此得名。清阮元居文選巷,因建樓五間,題名爲“隋文選樓”。

〔一八〕爾雅之臺:在湖北省宜昌縣南(《寰宇記》),晉郭璞曾注《爾雅》于此,因名。又,四川省樂山縣東烏尤山亦有此臺。郭璞《移水記》:“于嘉州城東百步烏尤山鑿書室。”宋蘇轍有詩紀之。又《方輿勝志》謂蜀之烏尤山本名烏斗山,至黄山谷始改稱。或一山有兩名歟?

〔一九〕滄浪亭:蘇州名園之一。原爲五代吴越廣陵王錢元璙之花園。北宋慶曆五年(一〇四五)詩人蘇舜欽在園内建滄浪亭,故名。

〔二〇〕樂圃之居:宋朱長文所築。《嘉慶一統志·蘇州府》:圃“在吴縣北。”《積圖經》:“本錢氏廢園。廣輪逾三十畝,高岡清池,粗有勝致,長文棲隱于此。號曰樂圃。”又,《吴郡志》:“錢氏時號金谷。”

〔二一〕玉山之堂:元顧瑛,一名阿瑛,又名德輝,字仲瑛,自稱金粟道人,崑山(今屬江蘇省)人。家豪富,少時輕財結客,屢辟不就。年四十,即以家産盡付其子,築玉山草堂,與楊維禎等相唱和,池館聲伎,圖書器玩,甲于江左,風流文采,傾動一時。

〔二二〕耕漁之軒:徐達左,字良夫,號耕漁子,元末隱于光福山(在今蘇州市西南,《姑蘇志》以爲即鄧尉山)。家饒于貲,喜延接四方名士。耕漁軒,當即指其所居。

〔二三〕敬業樂羣:《禮記·學記》:“一年視離經辨志,三年視敬業樂羣。”孔穎達疏:“敬業謂藝業長者敬而親之;樂羣謂羣居朋友善者愿而樂之。”即專心致志于學業,並樂與朋友切磋之謂。

〔二四〕 媕(ān)：通"揜"，捕也。《文選·司馬相如〈上林賦〉》："載雲罕(獵網，一説爲旗名)，揜羣雅。"注："張揖曰：'《詩》小雅之材七十四人，大雅之材三十一人，故曰羣雅也。'善曰：'先用雲罕獵獸，今載之于車，而捕羣雅之士也。'"蓋指俠君猶如以網獵獸，有將羣雅之士，一一論定，包羅無遺之意。

看竹圖記

寧都魏叔子與予定交江都〔一〕。時歲在辛亥〔二〕。明年，予將返秀水〔三〕。錢塘戴蒼爲畫煙雨歸耕圖〔四〕。叔子適至，題其卷，於是叔子亦返金精之山。蒼爲傳寫作看竹圖，俾予作記。

予性癖好竹。甲申後〔五〕，避兵田舍，凡十餘徙，必擇有竹之地以居。其後客游大同，邊障苦寒，乃藝葦以代竹〔六〕。既而留山東，見冶源修竹數百萬〔七〕，狂喜不忍去。歸，買宅長水上，曰"竹垞"。叔子過予，言金精之峰十有二，其一曰翠微，易堂在其上〔八〕。梧桐、桃李、橘柚皆植〔九〕，獨竹不生。種之，自叔子始。近乃連岡下上，無非竹者。蓋予兩人嗜好適同也。珍木之産，由兩葉至尋尺〔一〇〕，歲久而林始成。又或萎于霜，或厄于閏〔一一〕。若夫竹，苟護其本，則末乃直上〔一二〕，匪特有君子之守而已。其勃然興起，突怒無畏，類夫豪傑之士，拔泥塗而立加萬夫之上。

叔子居易堂讀書，且二十年，天下無知叔子者。一旦乘扁舟，下吴越，海内論文者，交推其能，若竹之解于籜而驟干夫煙霄也〔一三〕。文章之爲道，亦猶種竹然，務去其陳根，疏而壅之〔一四〕。其生也，柯葉必異〔一五〕。然則叔子毋徒恃其已學者而可矣！

【注釋】

〔一〕魏叔子(一六二四—一六八一)：魏禧，字叔子，一字冰叔，號裕齋，又號勺庭，江西寧都人。明末諸生，明亡後絶意仕進，隱居翠微峰不出。擅散文，有《魏叔子集》。

〔二〕辛亥：指康熙十年(一六七一)。

〔三〕予將句：竹垞于康熙十一年四月曾歸返故里，是年八月復入都。

〔四〕戴蒼：字葭湄，原籍武陵(今湖南省常德市)，清畫家。寫照得謝彬三昧，亦能山水人物。

〔五〕甲申：公元一六四四年，是年明亡。

〔六〕藝：栽植。

〔七〕冶源：在臨朐縣西南，水竹勝絶。

〔八〕易堂：魏禧書齋名。

〔九〕柚(yòu)：果木名，又名"文旦"，芸香科，常緑喬木，果實大而圓，肉白或紅色，秋末成熟。

〔一〇〕尋尺：即八尺。《史記集解》："八尺爲尋，倍尋曰常。"

〔一一〕厄于閏：即黄楊厄閏。語本宋蘇軾《監洞霄宫俞康直郎中所居四咏》詩："園中草木春無數，衹有黄楊厄閏年。"自注"俗説：黄楊歲長一寸，遇閏退三寸。"後因喻境遇困頓。

〔一二〕末：樹梢。《楚辭·九歌·湘君》："搴芙蓉兮木末。"

〔一三〕籜(tuò)：俗稱"筍殼"，竹類主稈所生之葉。干：觸；沖犯。唐杜甫《兵車行》："哭聲直上干雲霄。"

〔一四〕壅：植物培覆根土，增施肥料。

〔一五〕柯：樹枝。晉陶潛《讀山海經》詩："洪柯百萬尋，森散覆暘谷。"

【評箋】

"然則叔子毋徒恃其已學者而可矣"。沈大成曰:"叔子當時必有以傲竹垞者,故竹垞以此規之。"(見《曝書亭集》手批本)

游晉祠記[一]

晉祠者,唐叔虞之祠也[二]。在太原縣西南八里,其曰"汾東"。王曰"興安"。王者,歷代之封號也。祠南向,其西崇山蔽虧[三]。山下有聖母廟,東向,水從堂下出。經祠前,又西南有泉曰"難老"[四]。合流分注于溝澮之下[五],溉田千頃。《山海經》所云"懸甕之山[六],晉水出焉"是也[七]。水下流會于汾[八],地卑于祠數丈。《詩》言"彼汾沮洳"是也[九]。

聖母廟不知所自始,土人遇歲旱,有禱輒應,故廟特巍奕[一〇],而唐叔祠反若居其偏者。隋將王威高君雅因禱雨晉祠[一一],以圖高祖是也[一二]。廟南有臺駘祠[一三],子產所云汾神是也[一四]。祠之東有唐太宗晉祠之銘。又東五十步,有宋太平興國碑[一五]。環祠古木數本,皆千年物。酈道元謂"水側有涼堂[一六],結飛梁于水上,左右雜樹交蔭,希見曦景"是也[一七]。自智伯決此水以灌晉陽[一八],而宋太祖、太宗卒用其法定北漢[一九]。蓋汾水勢與太原平,而晉水高出汾水之上,決汾之水,不足以拔城,惟合二水,而後城可灌也。

歲在丙午二月[二〇],予游天龍之山[二一],道經祠下息焉。逍遥石橋之上，草香泉冽〔二二〕，灌木森沉，儵魚羣游〔二三〕，鳴鳥不已。故鄉山水之勝，若或睹之。蓋予之爲客久矣！

自雲中歷太原〔二四〕，七百里而遥，黄沙從風，眼眯不辨川谷。桑乾滹沱〔二五〕，亂水如沸湯，無浮橋舟楫可渡。馬行深淖〔二六〕，左右不相顧。雁門勾注坡陀阨隘〔二七〕，向之所謂山水之勝者，適足以增其憂愁怫鬱悲憤無聊之思〔二八〕。已焉，既至祠下，乃始欣然樂其樂也。由唐叔迄今三千年，而臺駘者金天氏之裔〔二九〕，歷歲更遠。蓋山川清淑之境，匪直游人過而樂之，雖神靈窟宅亦馮依焉而不去〔三〇〕，豈非理有固然者與。爲之記，不獨志來游之歲月，且以爲後之游者告也。

【注釋】

〔一〕晉祠：在山西省太原市西南懸瓮山下。《元和郡縣志》："晉祠，一名王祠，周唐叔虞祠也。"其始建年代不可考，北魏時見于記載。結構精巧，彩塑生動，爲我國著名之古建築。

〔二〕唐叔虞：周代晉國之始祖，姓姬，名虞，字子于。周成王弟，周公滅唐，即以其地封之(今山西翼城西)。

〔三〕虧：缺也，山之缺口。

〔四〕難老：泉名，泉水不因澇旱而增減，故名。

〔五〕溝澮：即溝洫，田間通水道。《荀子·王制》："修堤梁，通溝澮。"

〔六〕懸甕：一作"懸瓮"，山名，在太原市西南二十五公里處，以形似懸瓮而得名。

〔七〕晉水：汾水支流，出晉陽縣西懸瓮山，東過其縣南，又東入于汾水。

〔八〕汾：水名。黄河第二大支流。在山西省中部，源出管涔山，南流至河津縣入黄河,全長七百十六公里,流域面積三萬九千四百平方公里。

〔九〕彼汾沮洳:見《詩經・魏風・汾沮洳》。沮洳,低濕之地。

〔一〇〕巍奕:巍,高貌。奕,大而美。

〔一一〕王威:隋太原副留守,虎賁郎將。高君雅:隋太原副留守,虎牙郎將。王、高二將後均爲李淵所殺。其事見新、舊《唐書》。

〔一二〕高祖:謂唐高祖李淵。

〔一三〕臺駘:神名,爲水官,嘗通汾洮二水,帝顓頊嘉之,封諸汾川,其後遂以爲汾神。

〔一四〕子産(? —前五二二):即公孫僑,公孫成子,春秋時政治家,鄭貴族子國之子。鄭簡公十二年爲卿,二十三年,實行改革。

〔一五〕太平興國:宋太宗趙炅年號(九七六—九八四)。

〔一六〕酈道元(? —五二七):北魏地理學家、散文家。字善長,范陽涿縣(今屬河北省)人。撰《水經注》一書,爲有價值之地理專著。官御史中丞,後被蕭寶寅殺害。

〔一七〕語見《水經注》卷六《晉水》條。

〔一八〕智伯:名瑶,亦稱智襄子,晉大夫荀林父弟荀首之後。當時,晉室衰微,智伯與韓、魏、趙三氏吞滅范、中行氏而瓜分其地。後智伯又向韓、魏求地,韓、魏與之,向趙求地,趙襄子不許。智伯遂糾合韓、魏共伐趙,趙襄子退保晉陽,智伯與韓、魏共圍之,又决汾水灌城。趙襄子遣張孟談夜出私見韓、魏二氏,合謀攻滅智伯。

〔一九〕北漢:五代時十國之一。公元九五一年後周滅後漢,後漢高祖劉知遠弟河東節度使劉旻在太原稱帝,國號漢,史稱北漢。九七九年爲北宋所滅,共歷四主,二十九年。宋太宗開寶二年(九六九)己巳三月,宋兵奉帝命壅晉汾二水灌城,漢人大恐。按,其事距漢亡于宋尚遠,且其時宋太祖早已不在,諒係竹垞記憶有誤。

〔二〇〕丙午:康熙五年(一六六六)。

〔二一〕天龍山:在太原縣境内,盛産硫磺,山壁有北魏拓跋氏所造凹形佛像,極精巧。

〔二二〕洌：寒冷。《詩·曹風·下泉》："洌彼下泉。"

〔二三〕鯈(tiáo)：魚名，亦稱白鰷。《莊子·秋水》："鯈魚出游從容。"

〔二四〕雲中：府名，宋宣和四年改遼大同府預置，治所在今山西省大同市。

〔二五〕桑乾：河名，永定河上游。源出山西省北部管涔山，全長三百六十四公里，入官廳水庫。滹沱：河名，子牙河北源。在河北省西部，源出山西省五臺山東北泰戲山，全長五百四十公里。

〔二六〕淖(nào)：泥沼。

〔二七〕雁門：關名，唐置。故址在今山西省雁門關西雁門山上。東西峭拔，中路盤旋崎嶇，明移今所，爲山西三關之一。勾注：彎曲伸展。陀：山崗。阨隘：狹隘險要。

〔二八〕怫(fú)鬱：心情不快。《楚辭·七諫·沈江》："心怫鬱而内傷。"

〔二九〕金天氏：古帝少昊之稱號。《左傳·昭公元年》："昔金天氏有裔子曰昧，爲玄冥師。"杜預注："金天氏，帝少皞。"

〔三〇〕馮：通"憑"。

登嶧山記〔一〕

嶧山上下皆積石，間不容趾。小若拳，大若堂房，若鬼工所運〔二〕，而驚濤駭獸之突于前也〔三〕。山遠近草木不殖。然"嶧陽孤桐"載在《禹貢》〔四〕，豈以其生之不易，故貴之與？石質粗惡，游者鑱姓名于壁〔五〕，未及百年，輒漶漫磨泐〔六〕，不可辨識。李斯篆其不存于今宜也〔七〕。按《詩》言"保有鳧繹"〔八〕。釋者謂繹與嶧同。鳧山在今嶧縣，縣雖以嶧名，山去縣二百里，在鄒縣之南。杜預以爲在鄒縣北〔九〕。蓋縣治之徙久矣。

山徑坱圠〔一〇〕，無燕憩之所〔一一〕，以是游者特少。然升高遠望，風檣煙浦，出没百里之外，於以覽神禹之迹〔一二〕，笑亡秦之愚，足以增懷慨慷。豈必林木鬱葱，臺館高下，然後爲名山也邪？

同予登是山者四人：巡撫山東、工部侍郎兼右副都御史宛平劉公芳躅增美〔一三〕；公弟芳永大年〔一四〕；河間府推官、大興牛裕範式之〔一五〕；歙人汪之魴于鱗〔一六〕。登其巔者，公與之魴暨予也。

【注釋】

〔一〕嶧山：又名鄒山，在山東鄒縣東南。

〔二〕鬼工：指神力。運：運動；搬運。

〔三〕突：奔突；突現。

〔四〕《禹貢》：《尚書》中的一篇，用自然分區方法，記述當時地理狀況，爲我國最早地理著作。

〔五〕鑱(chán)：刺；刻。唐韓愈《送區弘南歸》詩："汹汹洞庭莽翠微，九疑鑱天荒是非。"

〔六〕漶(huàn)漫：模糊而不可辨識。宋陳造《泊慈湖北岸》詩："坐覺江流平，漶漫裂三股。"泐(lè)：石依其紋理裂開。《考工記·總序》："石有時以泐。"後亦通"勒"。

〔七〕李斯(？—前二〇八)：秦政治家，楚上蔡(今河南省上蔡縣西南)人，早年從荀卿學，戰國末入秦，初爲吕不韋舍人，後被秦王政任爲客卿，不久又官廷尉。二世即位後，爲趙高讒殺。

〔八〕保有鳧繹：見《詩經·魯頌·泮水》。

〔九〕杜預(二二二—二八四)：西晉將領、學者。字元凱，京兆杜陵(今陝西省西安市東南)人。多謀略，人稱"杜武庫"。著有《春秋左氏經傳集解》、《春秋釋例》等。

〔一〇〕坱圠(yǒng yà)：高低不平。晉左思《吴都賦》："地勢坱圠。"

〔一一〕燕憩:猶休息。燕,通"宴",安閑,休息。《詩·小雅·蓼蕭》:"既見君子,孔燕豈弟。"鄭玄箋:"燕,安也。憩(qì),歇息。"《詩·召南·甘棠》:"召伯所憩。"

〔一二〕神禹:即大禹,夏禹。傳説中古代部落聯盟領袖。奉舜命治理洪水,有功,舜死後被選爲繼承人。其子啓建立起中國歷史上第一個奴隸制國家,即夏朝。

〔一三〕巡撫:官名。明初專設,與總督同爲最高地方長官。清代以巡撫總攬一省軍事、政務、刑獄等,爲省級地方長官,别稱撫臺或撫軍。又按例兼都察院右副都御史,亦稱撫院。工部侍郎:工部,官署名,爲六部之一,掌管各項工程、水利、交通等事務,長官爲尚書,副長官爲左右侍郎。右副都御史:都察院長官。明初設左右都御史,下設副都御史、僉都御史。清代改以左都御史、左副都御史爲主官,右都御史、右副都御史則專作總督、巡撫的加銜。宛平:舊縣名。明清爲京師順天府治所。轄都城西偏。一九一三年移治蘆溝橋。一九五二年併入北京市,屬豐臺區。劉芳躅:字增美,順天宛平籍,易州人。順治乙未進士,改庶吉士,授編修,累遷秘書院學士,出撫山東。甫至即飭屬吏屏絶餽遺,廉訪民情,連上十三疏,凡所因革,悉蒙諭旨。後以工部侍郎致仕,卒祀鄉賢(見《畿輔通志》卷七五)。按,竹垞于康熙七年客劉幕中,次年登嶧山,後屢共宴游,有《曲阜晚眺同劉中丞》(《曝書亭集》卷七)《同劉侍郎芳躅入大房山八首》(同書卷八)等詩可證。

〔一四〕劉芳永:字大年,芳躅之弟,生平未詳。

〔一五〕河間府:北宋爲路,明初改。清僅有今河北任丘以南,東光、吴橋以西,肅寧、獻縣、故城以東地。推官:元明於各府置推官,掌刑獄,清初沿用,後廢。大興:縣名,在北京市南部,鄰接河北省,現爲市轄縣。牛裕範:未詳。

〔一六〕歙(shè):縣名。在安徽省東南部,新安江上游,鄰接浙江省。汪之鲂:未詳。

題歷下亭〔一〕

康熙庚戌〔二〕，五月既望〔三〕，泛舟蓮子湖〔四〕，眺北極臺〔五〕。時菡萏始舒〔六〕，熱風未甚。循湖而行，求七橋故址〔七〕。俄而雨驟至，復乘舟登歷下亭，與客縱飲。既霽，泉泠泠注亭下〔八〕。有魚自濺泳躍入階除〔九〕，童子烹以侑酒。蓋客濟南二年矣，乃得一醉兹亭焉。

【注釋】

〔一〕歷下亭：一稱"客亭"，在濟南市大明湖畔，面山環湖，風景秀麗。歷下，古邑名，春秋戰國時齊地，在今山東省濟南市西，因南對歷山，城在山下得名。

〔二〕康熙庚戌：即康熙九年(一六七〇)。

〔三〕既望：陰曆十五日爲望，後一日即十六日爲既望。

〔四〕蓮子湖：據《酉陽雜俎》："歷城北二里有蓮子湖，周環二十里，湖中多蓮花。"

〔五〕北極臺：在城北大明湖上，北倚城，南瞰山，蔚然大觀。

〔六〕菡萏(dàn)：即荷花。《爾雅・釋草》："荷，芙蕖……其華菡萏"。南唐李璟《浣溪沙》詞："菡萏香銷翠葉殘。"

〔七〕七橋：據《齊乘》："環湖有七橋曰芙蓉，曰水西，曰湖西，曰北池之類是也，今皆廢矣！"又據《香祖筆記》："環大明湖有七橋，曰芙蓉、水西、湖西、北池、百花、濼源、石橋。"

〔八〕泠泠：聲音清越。晉陸機《文賦》："音泠泠而盈耳。"

〔九〕階除：猶臺階。除，宫殿的臺階。

文學鄭君壙誌銘〔一〕

君諱玥〔二〕，字原道，更字隨始，姓鄭氏，世居嘉興縣梅會里。里故無巨室〔三〕，數門才者曰“西毛東鄭”。〔四〕鄭氏有鄉貢進士知興國縣事諱士奇者，君之世父也。曾祖某、祖某、父某，三世均不求仕。

君少治《春秋》〔五〕，既而嫉胡安國傳義之非〔六〕，投牒〔七〕，更治《詩》。家無田産，授生徒自給。所居破屋三間，垣牆不蔽，井闌竈甂紡磚畢聚一室〔八〕，客至呼主人闖門而與之語〔九〕，率以爲常。每文會賦詩，君堅坐不作，間擬樂府，音節出入漢晉間。一及諸經疑義，講説紛綸〔一〇〕。闡前賢所未發，以是問業者漸多。束脩之入〔一一〕，積累十金，或勸君營什一之利。君乃畀里人褚己〔一二〕，浮舟于泖，販吉貝花〔一三〕，中途爲盜所劫。己還，語君："異日必償。"君曰："盜劫子，吾責子償〔一四〕，是吾亦盜也。子勿復言。"鄰有曹甲貸君白金二鎰〔一五〕，賣藥于肆，以甘旨養其親〔一六〕。終歲子母不納〔一七〕，或諷君收其藥肆〔一八〕。君曰："甲藉是養其親，匪利我財，其子職也。封其肆是奪之食，傷孝子之心，吾弗用也。"由是人皆目君長者。

貴人延君訓其子，推大宅舍之。居數月，語人曰："蓽門圭竇〔一九〕，吾素安之，此非吾寢處地。"竟辭歸。久之，家益貧，冬無衣，脚或不襪，然終不以告人。年七十有五，以疾終。娶崔氏，先卒，子三人，孫五人。貧不克葬，族人謀率私錢瘞君[二〇]，乃書君言行，納諸壙，繫之銘曰："子非墨氏之徒[二一]，而葬之薄也，而勝倮而委諸壑也[二二]。嗚呼，斯命也夫！"

【注釋】

〔一〕壙：墓穴。《列子·天瑞》："望其壙，睪如也。"睪，高。

〔二〕玥(yè)：古代傳説中之神珠。

〔三〕巨室：大户人家。

〔四〕門才：謂門第、名望、才能。

〔五〕《春秋》：儒家經典之一，編年體《春秋史》。相傳孔子依據魯國史官所編《春秋》加以整理修訂而成。起于魯隱公元年(前七二二)，終于魯哀公十四年(前四八一)，計二百四十二年。爲後代編年史之濫觴。

〔六〕胡安國(一〇七四——一一三八)：南宋經學家。字康侯，建寧崇安(今屬福建省)人，卒謚文定。長于《春秋》學，撰有《春秋傳》三十卷。明初曾官定此書爲科舉取士之典籍。

〔七〕牒：古代書板，此特指譜籍之類。

〔八〕觚(gū)：古代酒器。

〔九〕闈(wěi)：開門。《國語·魯語下》："康子往焉，闈門與之語。"

〔一〇〕紛綸：淵博。

〔一一〕束脩：見前《報周青士書》注〔二二〕。

〔一二〕畀：見前《曝書亭著録序》注〔九〕。

〔一三〕吉貝花：即木棉花。吉貝，即木棉，名見《本草》。

〔一四〕責：責成；要求。

〔一五〕鎰(yì)：古代重量單位，二十兩或二十四兩。

〔一六〕甘旨：美好食物。《韓詩外傳》卷五："鼻欲嗅芳香，口欲嗜甘旨。"又特指養親之食品。

〔一七〕子母：猶言本利，本金稱母，利息稱子。

〔一八〕諷：勸告。

〔一九〕蓽門：亦作“篳門”；蓬門蓽户，貧苦人居所。《禮記·儒行》：“蓽門圭窬，蓬户瓮牖。”圭竇：一作“閨竇”。門旁小竇，上尖下方，其形如圭。

〔二〇〕私錢：私人所鑄之錢，各代皆有，通常均貶值流通。瘞(yì)：埋葬。

〔二一〕墨氏：謂墨子。墨家主張節用、節葬。

〔二二〕倮：同“裸”。《禮記·月令》：“〔季夏之月〕，其蟲倮。”壑(hè)：山谷；深溝。

葉嫗塚銘

葉嫗者，乳予于襁褓者也〔一〕。予生四齡，嫗歸。歸九年，浙東西大旱，飛蝗蔽天，歲饑，人相食。而嫗之夫適死，因就食予家。予家自先太傅文恪公以宰輔歸里〔二〕，家無儲粟。先大父繼之〔三〕，益以廉節自礪，知楚雄府事還〔四〕，力不能具舟楫。至是，先大父已卒。先處士安度先生家計愈窘〔五〕，嘗至絶食。從祖諱大定〔六〕，通判成都〔七〕，以蜀江米四斛貽處士〔八〕。米色殷而糲〔九〕，食之，咽喉若中魚骨。嫗不得飽，乃流涕辭去。十年之中凡五嫁，而夫輒貧。嘗語人曰：“安得十郎驟富〔一〇〕，使我老不復更嫁乎？”其言可憫如是。十郎，謂予也。嫗年七十有一而死，死之日，後夫益貧。予妻爲典衣買棺以殮。越明年，予在濟南，聞而哀之，資其夫錢若干，俾往瘞焉。寄之以銘曰：“婦人五嫁，理則不可，貧則驅之，否誰依者〔一一〕？傷哉貧乎，乃至辱其身乎！”

【注釋】

〔 一 〕襁褓：襁，布幅，用以絡負；褓，小兒之被，用以裹覆。泛稱背負小兒所用之物。

〔 二 〕文恪公：指竹垞之曾祖父朱國祚。朱國祚明光宗初以南京禮部尚書入東閣，加太子太保，進文淵閣，尋以户部尚書兼武英殿大學士，加少傅。故稱之爲宰輔。

〔 三 〕大父：即祖父，指國祚之長子朱大競。

〔 四 〕楚雄：府名，明洪武十五年（一三八二）改楚威路置，治所在楚雄（今縣）。轄境相當今雲南南華、牟定、楚雄等地，一九一三年廢。

〔 五 〕處士：古時稱有才德而不樂仕進者。《荀子・非十二子》："古之所謂處士者，德盛者也。"後泛稱無功名之讀書人。

〔 六 〕從祖：祖父之兄弟。

〔 七 〕通判：官名。明清設于各府，分掌糧運及農田水利等事務。

〔 八 〕斛（hú）：量器名，亦容器單位。古制以十斗爲一斛，宋末改爲五斗。

〔 九 〕殷（yān）：赤黑色。糲（lì）：粗米。《漢書・外戚傳下》："妾夸布服糲食。"

〔一〇〕十郎：竹垞于兄弟輩中排行第十。

〔一一〕否：不然；不如此。按：此次大饑荒，發生于崇禎十三年，死者甚衆。時竹垞年十二歲。

祭納蘭侍衛文〔一〕

嗚呼！往歲癸丑〔二〕，我客潞河〔三〕。君年最少，登進士科〔四〕。伐木求友〔五〕，心期切磋。投我素書，懿好實多〔六〕。改歲月正〔七〕，積雪初霽。紃履布衣〔八〕，訪君于第。

君情歡劇，款以酒劑。命我題扇，炙硯而睇〔九〕。是時多暇，暇輟填詞〔一〇〕。我按樂章，綴以歌詩。翦綃補衲〔一一〕，他人則嗤。君爲絶倒〔一二〕，百過誦之。迨我通籍〔一三〕，簪筆朵殿〔一四〕。君侍羽林〔一五〕，鮫函雉扇〔一六〕。或從豫游〔一七〕，或陪曲宴。雖則同朝，無幾相見。我官既謫〔一八〕，我性轉迂。老雪添鬢，新霜在鬚。君見而愕，謂我太臞〔一九〕。執手相勗〔二〇〕，易憂以愉。言不在多，感心傾耳。自我交君，今逾一紀〔二一〕。領契披衿〔二二〕，敷文析理〔二三〕。若苕在岑〔二四〕，若蘭在沚〔二五〕。君於儒術，緐學博通〔二六〕。文詠書法，靡有不工。康里巎巎〔二七〕，孛術魯翀〔二八〕。暨薩都剌〔二九〕，未知孰雄？君之勇略，侍帝左右。騎則籋雲〔三〇〕，射必穿柳〔三一〕。出師絶漠，不憚虎口。乃眷帝心〔三二〕，倚毗良厚〔三三〕。當其奮武，不知善文。及爲文辭，不知能軍。允矣君子〔三四〕，才實逸羣。隨陸絳灌〔三五〕，異於前聞。和氣婉容，承顔以孝。友于昆弟〔三六〕，古昔是傚。謙謙者守〔三七〕，温温者貌。逆之勿恚〔三八〕，順之無傲。花間草堂，淥水之亭〔三九〕。有文有史，有圖有經。炎炎者進〔四〇〕，或鍵而扃。縫掖之來〔四一〕，君眼則青〔四二〕。浮醪于觚，盛倉以筆〔四三〕。夜合惺忪〔四四〕，花散籤帙。聯吟比調，曾未旬日。詩朋尚在，忽焉輟瑟〔四五〕。彝尊月朔，謂君尚生。問疾而止，入巷心怦。復者在屋〔四六〕，升自東榮〔四七〕。魂招不來，躑躅屏營〔四八〕。寢門既哭，容車將騁〔四九〕。大泉一枚〔五〇〕，蠟燭一挺。侑以荒辭〔五一〕，泣下如綆。靈兮有知，痛無不省。嗚呼尚饗〔五二〕！

【注釋】

〔 一 〕納蘭性德(一六五四——一六八五):原名成德,字容若,號楞伽山人,滿洲正黄旗人。大學士明珠長子,康熙丙辰進士,官一等侍衛。詞主情致,重比興,工小令,風格婉麗,哀豔清俊,而出之以深摯,頗得李煜餘緒。于清初詞家中與陳維崧、朱彝尊齊名。所交如姜宸英、顧貞觀、嚴繩孫輩,皆詩詞名家。有《飲水詞》傳世。

〔 二 〕癸丑:即康熙十二年(一六七三)。

〔 三 〕潞河:一作"潞水"。即北京市通縣以下的北運河。是年秋,竹垞客潞河龔佳育幕中。

〔 四 〕登進士科:康熙十五年,容若應殿試,名在二甲,賜進士出身。

〔 五 〕伐木求友:《伐木》,《詩・小雅》篇名,宴請友人的樂歌。詩中以"鳥鳴嚶嚶"比擬求友,成爲後世常用之典故。

〔 六 〕懿:美;美德。東漢張衡《東京賦》:"東京之懿未罄。"

〔 七 〕改歲:由舊年過渡到新年。《詩・豳風・七月》:"嗟我婦子,曰爲改歲,入此室處。"

〔 八 〕紃(xún)履布衣:寒士裝束。紃履,指編麻爲之粗繩之履,即麻鞋也。

〔 九 〕炙硯:嚴冬,硯水結冰,以火烤之使化。睇(dì):斜視;流盼。《楚辭・九歌・山鬼》:"既含睇兮又宜笑。"

〔一〇〕輟:乃"輒"之誤。

〔一一〕翦綃補衲:綃,薄綢一類。衲,補綴。補衲,縫補拼合。此句乃竹垞自謙。

〔一二〕絶倒:笑得前仰後合,不能自持。又作傾倒、折服。《世説新語・賞譽下》:"王平子邁世有儁才,少所推服,每聞衛玠言,輒嘆息絶倒。"

〔一三〕迨(dài):及;等到。《詩・召南・摽有梅》:"求我庶士,迨其吉兮。"通籍:謂出仕。

〔一四〕簪筆:古代行禮時冠式。又近臣之掌皇帝起居注者,每插筆頭上,以備記事。唐李嶠詩:"小臣濫簪筆,無以頌唐風。"朵殿:殿之東西側堂。《宋史·儀衛志》:“東西曰朵殿。”

〔一五〕羽林:西漢武帝時置,屬光禄勛,爲皇帝護衛。長官有羽林中郎將及羽林郎。東漢以後,歷代禁衛軍常有羽林之名。

〔一六〕鮫函:謂鎧甲。晉左思《吴都賦》:“扈帶鮫函,扶揄屬鏤。”劉逵注:“楚人謂被爲扈。鮫函,鮫魚甲,可爲鎧。”即鯊魚皮也。雉扇:雉尾扇,古代儀仗之一,起于殷代,宋以來,雉尾扇有大中小三等。唐杜甫《秋興八首》:“雲移雉尾開宫扇,日繞龍鱗識聖顔。”

〔一七〕豫游:游樂。《孟子·梁惠王下》:“君王不游,吾何以休?君王不豫,吾何以助?”朱熹注:“豫,樂也。”

〔一八〕我官既謫:康熙二十三年正月,竹垞以《瀛洲道古録》一書,被劾,降一級。

〔一九〕臞:亦作“癯”,瘦也。

〔二〇〕勖(xù):勉勵。

〔二一〕紀:古代以十二年爲一紀。

〔二二〕領契披衿:心領神會、敞開胸襟之謂。衿契,情投意合之至交。衿,通襟。

〔二三〕敷:陳述;鋪張。謝靈運《山居賦》:“敷文奏懷。”

〔二四〕苔岑:形容志同道合之好友。語本晉郭璞《贈温嶠》詩:“人亦有言,松竹有林,及余臭味,異苔同岑。”

〔二五〕沚:水中小洲。

〔二六〕緐:繁的本字。

〔二七〕康里巙巙(一二九五—一三四五):一作“康里巙”,元書法家,字子山,號恕叟,官至翰林學士承旨。

〔二八〕孛術魯翀:字子翬,幼勤學。大德十一年,用薦授襄陽縣儒學教諭,累官至國子祭酒,遷禮部尚書。至元四年卒,年六十,追封南陽郡公,謚文靖,有文集六十卷。

〔二九〕薩都剌(一二七二—?):元詩人,字天錫,號直齋。先世曾居西域,因其祖、父以世勛鎮守雲、代,遂留居雁門。泰定四年(一三二七)進士,曾任掾吏、照磨等職,官至淮西江北道廉訪司經歷,不久致仕,卜居武林,終老于湖山間,卒年約八十餘歲。工詩詞,擅書畫,有《雁門集》傳世。

〔三〇〕籋:同"躡",《前漢禮樂志·天馬歌》:"籋浮雲晻上池。"言天馬上躡浮雲也。

〔三一〕穿柳:形容善射。《史記·周本紀》:"楚有養由基者,善射者也,去柳葉百步而射之,百發而百中之。"

〔三二〕眷:愛戀,引申爲關注,懷念。《詩·大雅·皇矣》:"乃眷西顧。"

〔三三〕毗(pí):輔佐;協助。《詩·小雅·節南山》:"四方是維,天子是毗。"

〔三四〕允矣君子:允,信;誠。允矣,信然;誠然。語見《詩·小雅·車攻》。

〔三五〕隨陸句:指漢初劉邦之謀士、大臣隨何、陸賈、周勃(封絳侯)、灌嬰。《晉書·劉元載記》:"常鄙隨陸無武,絳灌無文。"此處言納蘭容若文武兼資,爲前所未有。

〔三六〕友于:指兄弟和睦相愛。《論語·爲政》引《書》曰:"兄弟友于。"

〔三七〕守:品德;情操。

〔三八〕恚(huì):憤怒;怨恨。唐陸龜蒙《庭前》詩:"合歡能解恚,萱草信忘憂。"

〔三九〕渌水:亭名。故址在今北京恭王府内。

〔四〇〕炎炎:言論高妙。《莊子·齊物論》:"大言炎炎。"因泛指愛高談闊論者。

〔四一〕縫掖:連綴扶持。此謂語談相契、感情相通。

〔四二〕眼青:看重。眼睛青色,旁作白色,正視則見其青,邪視則顯其白。《世説新語·簡傲》注引《百官名》:"(阮)籍能爲青白眼,見凡俗之士以白眼對之。"好友至,"乃對以青眼。"

〔四三〕倉:筆筒。

〔四四〕夜合:植物名,即合歡樹。花黄白色,下垂,有香氣,入夜香尤濃烈。惺忪:蘇醒貌。

〔四五〕輟瑟:停止彈奏。喻人琴俱亡。

〔四六〕復：古代喪禮稱招魂爲復。

〔四七〕東榮：榮，屋檐兩端翹起部分。《儀禮·士冠禮》："設洗，直于東榮。"鄭玄注："榮，屋翼也。"

〔四八〕躑躅：徘徊不進貌。屏營：彷徨貌。

〔四九〕容車：載死者衣冠之靈車。《後漢書·祭遵傳》："遵薨，贈以將軍侯印綬，朱輪容車，介士軍陣送葬。"注："容車，容飾之車，象生時也。"

〔五〇〕大泉：泉，古錢幣名。

〔五一〕荒辭：即蕪辭，指所撰祭文。荒，自謙詞。

〔五二〕尚饗：祭文結尾通用語，有尚其來饗、即請來享用之意。

静志居詩話四則

其　一

蔡羽字九逵，吴縣人，以太學生赴選，授南京翰林孔目〔一〕，有《林屋》、《南館》二集。

杜詩韓筆〔二〕，百世之師也。人其可自絶乎？孔目於詩文，高自標許〔三〕，以少陵不足言，所著者建安西京；韓柳不足言，所撰者先秦兩漢。今其集具在，篇無妍辭〔四〕，句無警策〔五〕。此猶淮南帝前自稱寡人，夜郎天末，不知漢大〔六〕。妄人也已〔七〕。其自序云："古之言者必有得，有所得而不言，與無所得而言，均非也。"其言誠是矣！第不知何者爲孔目所得〔八〕？雖有詩賦八百餘首，文二百首，恒河之沙〔九〕，鈎金安在〔一〇〕？愚山縱曲爲解嘲〔一一〕，其誰信諸！

【注釋】

〔一〕孔目：掌文書之吏員，爲低級事務人員。明置，清因之。

〔二〕杜詩韓筆：指杜甫詩、韓愈文。

〔三〕標許：標榜期許。

〔四〕妍辭：清麗之詞。

〔五〕警策：揮鞭趕馬。又指精鍊扼要含意深長之文句，即所謂警句。晉陸機《文賦》：“立片言而居要，乃一篇之警策。”

〔六〕夜郎二句：夜郎乃漢代西南小國。《漢書·西南夷傳》：“滇王與漢使言：‘漢孰與我大？’及夜郎侯亦然。各自一州王，不知漢廣大。”“夜郎自大”語出此。

〔七〕妄人：無知而輕舉妄動者。《荀子·非相》：“妄人者，門庭之間，猶誣欺也，而況于千世之上乎？”

〔八〕第：但；只。

〔九〕恒河之沙：佛經語，言其多至不可計算也。恒河，南亞大河，發源于喜馬拉雅山脈南坡，流經印度、孟加拉國，注入孟加拉灣，全長二七〇〇公里。

〔一〇〕鈎金：即披沙取金之意。鈎，探取。

〔一一〕愚山：清初詩人施閏章，字尚白，號愚山，順治進士。有《學餘堂詩文集》。

其　二

莊昶，字孔暘，江浦人〔一〕。成化丙戌進士〔二〕，改庶吉士〔三〕，授檢討，以諫謫桂陽判官〔四〕，遷南京行人司副〔五〕，終南京吏部郎中〔六〕。天啓初〔七〕，追謚文節，有《定山集》。

湯義仍好填詞〔八〕，人或勸之講學。湯云：“僕終身言之，顧諸公勿省耳！諸公所講者性，僕所言者情也。”旨哉言乎？自昔衮衣陳詩，章甫雅言〔九〕，昔之聖賢類不廢詩。

至曰："汝心傷悲，殆及公子同歸〔一〇〕。"又曰："其新孔嘉，其舊如之何〔一一〕？"抑何其婉曲人情也。自堯夫《擊壤》而後講學〔一二〕，毋復言詩，言詩輒祖堯夫〔一三〕，遂若理學風雅不並立者。然一峰、康齋、白沙、定山咸本《擊壤》〔一四〕，而定山尤甚。所謂"太極圈兒大，先生帽子高"等句，不一而足。以是爲詩，其去張打油、胡釘鉸無幾矣〔一五〕！甘泉從而輯之以詔學者〔一六〕，謂非此則與道學遠也。然則打油、釘鉸反爲近道之言，而詩三百篇春女秋士之思皆可置勿録也。竊爲理學諸先生不取也。

【注釋】

〔一〕江浦：縣名，在南京市西部，長江北岸，鄰接安徽省。

〔二〕成化：明憲宗朱見深年號（一四六五—一四八七年）。

〔三〕庶吉士：明初置，始分設于六科，練習辦事，永樂後專屬翰林院，清沿之，翰林院設庶常館，選新進士之優于文學書法者入館學習，三年後考試，成績優良者授以編修、檢討等官，其餘分發各部任主事等職。

〔四〕桂陽：縣名，在湖南省東南部。判官：官名，唐設，宋代沿置于各州府，選派京官充任，以資佐理。明代僅設于州，清代改爲州判。

〔五〕行人司：官署名，明置，掌傳旨册封等事，下置司正及左右司副，下有行人若干，以進士任之。

〔六〕吏部郎中：吏部，官署名，隋唐列爲六部之首，掌管全國官吏的任免、考核、升降、調動等事務。長官爲吏部尚書，歷代相沿不改。郎中，官名。自隋唐至清，各部皆沿置，分掌各司事務，爲協助尚書、侍郎之高級部員。

〔七〕天啓：明熹宗朱由校年號（一六二一—一六二七）。

〔八〕湯義仍：明戲曲家、文學家湯顯祖字。

〔九〕衮衣：古代皇帝及上公之禮服，此借指帝王。章甫：古代一種帽子。《禮記·儒行》:"(孔子)長居宋,冠章甫之冠。"此指代聖人。

〔一〇〕汝心二句:見《詩經·豳》。

〔一一〕其新二句:見《詩經·鴟鴞》。

〔一二〕堯夫:宋理學家邵雍字。雍曾著《伊川擊壤集》。

〔一三〕祖:沿襲;效法。《史記·韓世家》:"秦王必祖張儀之故智。"

〔一四〕一峰:明羅倫字彝正,永豐人,成化進士,有《一峰集》。康齋:明吴與弼字子傳,臨川人,天順初以薦徵至京,辭不就。有《康齋集》。白沙:明陳獻章字公甫,新會人,正統舉人,用薦授翰林院檢討。有《白沙集》。

〔一五〕打油詩:詩體之一種,始自張打油。據宋錢易《南部新書》載:"有胡釘鉸、張打油二人,皆能爲詩。"張某,佚其名,唐時以打油爲業。其《咏雪》詩云:"江山一籠統,井上黑窟窿,黄狗身上白,白狗身上腫。"胡釘鉸:《茶譜》記胡生以釘鉸爲業,居近白蘋洲,旁有古冢,每茶飲,必酹之。忽夢一人曰:"吾姓柳,感子茗惠,教子爲詩。"後遂名胡釘鉸詩。又,《雲溪友議》:"列子墓在鄭里,有胡生,家貧,少爲磨鏡鍍釘之業,遇名茶美醞,輒祭。忽夢一人,刀劃其腹,納以一卷書,既覺,遂工吟咏,號胡釘鉸。"

〔一六〕甘泉:明湛若水,字元明,增城人,弘治進士,授編修。有《甘泉集》。

其　三

何景明,字仲默,信陽人〔一〕。弘治進士〔二〕,授中書舍人〔三〕。有《大復山人集》。

弘正間〔四〕,作者倡復古學,同調六七人,李、何實爲之長〔五〕。李以秀朗推何,何以偉麗目李。其後互相牴牾〔六〕。何誚李摇鞞振鐸〔七〕,李誚何摶沙弄泥。譬之鍼砭,不中腧穴〔八〕,徒嘵嘵耳〔九〕。兩君皆負才傲物,何稍和易,以是人多附之。薛君采詩云〔一〇〕:“俊逸終憐何大復,粗豪不解李空同。”自此詩出,而抑李申何者日漸多矣。

又,初唐四子體今人棄之若土苴矣〔一一〕。然其音節宛轉,從六朝樂府中來〔一二〕,初學者正不可不知也。仲默《明月》篇擬議頗工,未墮惡道〔一三〕。子美詩云:“王楊盧駱當時體,輕薄爲文哂未休,爾曹身與名俱滅,不廢江河萬古流〔一四〕。”其論詩之旨若此,然則初唐亦豈可盡廢乎?

【注釋】

〔一〕信陽:縣名,在河南省南部。明爲信陽州,一九一三年改縣。

〔二〕弘治:明孝宗朱祐樘年號(一四八八——一五〇五)。

〔三〕中書舍人:明清時于内閣中的中書科,設中書舍人,其職責爲繕寫文書。

〔四〕弘正:謂弘治,正德。弘治,明孝宗年號。正德,明武宗朱厚照年號(一五〇六——一五二一)。

〔五〕李、何:李指李夢陽,字天賜,更字獻吉,號空同(即崆峒)子。慶陽(今屬甘肅省)人。弘治進士,官至江西提學副使。其文學主張反對“臺閣體”,提倡“文必秦漢,詩必盛唐”,與何景明等號稱“前七子”。何即何景明。

〔六〕牴牾:或作“抵忤”,抵觸也。

〔七〕鞞:同“鼙”,軍中小鼓。《禮記·月令》:“(仲夏之月)命樂師修鞀鞞鼓。”鐸:古代樂器,大鈴之一種。《周禮·夏官·大司馬》:“羣司馬振鐸,車徒皆作。”

〔八〕腧穴:針灸學名詞,指穴位,如《銅人腧穴針灸圖經》。

〔九〕嘵(xiāo)嘵:争辯聲,如“嘵嘵不休”。

〔一〇〕薛君采:薛蕙字君采,亳州人。正德進士,官至吏部郎中。有《西原集》。

〔一一〕初唐四子：亦稱“初唐四傑”，即王勃、楊炯、盧照鄰、駱賓王。

〔一二〕六朝：指歷史上東吴、東晉、宋、齊、梁、陳六個建都南京的朝代。

〔一三〕惡道：佛家語，謂地獄、餓鬼、畜生三惡道也，亦曰惡趣。《大乘義章》：“乘惡行往，名爲惡道。”

〔一四〕王楊四句：見杜甫《戲爲六絶句》詩。

其　四

純叔籍甚詩名〔一〕，特格未高聳。其論詩云：“世之蕘童牧豎〔二〕，矢口而成章〔三〕，田翁野嫗，發聲而中節〔四〕。彼蓋不知何者之爲詩。況詩之所以妙，何也？天地之機洩之于人者，不知其所以然而然也。夫詩以言傳，亦以言隱，求之于迹者，非也；求之于音者，亦非也；求之于揣摩擬議者，亦非也。”數語足當正、嘉詩人鍼砭〔五〕。

【注釋】

〔一〕純叔：吴子孝字純叔，長洲人。嘉靖己丑進士，改庶吉士。有《玉涵堂稿》。籍甚：亦作“藉甚”。多，盛大。《漢書・陸賈傳》：“賈以此游漢廷公卿間，名聲籍甚。”

〔二〕蕘童：打柴的孩子。蕘，柴草。《説文・艸部》：“蕘，薪也。”豎：僮僕之未冠者。《淮南子・人閒訓》：“豎陽穀奉酒而進之。”注：“豎，小使也。”後泛稱孩童。

〔三〕矢口：漢揚雄《法言・五百》：“聖人矢口而成言，肆筆而成書。”注：“矢，正也。”按：“成言”，即成章之意。

〔四〕中節：謂符合語音之法度。

〔五〕正、嘉：正德、嘉靖年間。鍼砭：以石鍼刺病之術。《西齋話記》：“隴州道士曾若虚者，善醫，尤得鍼砭之妙術。”世亦用作箴規過失。范成大詩：“時時苦語見鍼砭。”鍼，亦作“針”。

貞毅先生墓表

貞毅先生姓朱氏，諱士稚〔一〕，字伯虎，更字朗詣，世居山陰怪山下〔二〕。其曰貞毅先生者，門人之私謚也〔三〕。父某，官雷州知府〔四〕。祖賡，少師兼太子太師、吏部尚書、文華殿大學士，贈太保，謚“文懿”。曾祖某〔五〕，以文懿公官貴，贈如其官。

先生少好游俠，蓄聲伎，食客百數，所最善者一人，曰張生宗觀。宗觀字朗屋，善樂府歌詩，以王伯之略自許〔六〕。時號山陰二朗。

先生遭亂〔七〕，散千金結客〔八〕，坐繫獄論死〔九〕。宗觀號呼於所知，斂重貲賄獄吏〔一〇〕，得不死。既而論釋，宗觀聞之，大喜踴躍，夜渡江，馳見先生，未至，爲盜所殺。

先生既免繫，放蕩江湖間。至歸安〔一一〕，得好友二人，其一，自慈谿遷於歸安者也〔一二〕。自是，每出則三人俱。至長洲〔一三〕，交陳三島〔一四〕，已，交予里中，交祁班孫於梅市〔一五〕，後先凡六人。往來吴越，以詩古文相砥礪，吴越之士翕然稱之〔一六〕。

歲己亥〔一七〕，陳君以憂憤卒，六人者喪其一，而先生亦歎息悲思，遂病膈〔一八〕。庚子冬〔一九〕，疾亟〔二〇〕，自歸安渡錢唐〔二一〕，以是年十二月日卒於家，年四十七。二人渡江，經紀其喪〔二二〕，視斂含〔二三〕。以辛丑二月葬於大禹陵西原〔二四〕。時送葬者百人，予與祁子臨穴〔二五〕，視其封〔二六〕，慟哭而去。先生之季弟驊元及子錡以狀至歸安〔二七〕，乞二人志其墓〔二八〕，而二人者皆不果〔二九〕。又明年壬寅六月朔〔三〇〕，二人坐慘法死〔三一〕，祁子亦株繫〔三二〕，戍極邊以去〔三三〕。

當予與五人定交，意氣激揚，自謂百年如旦暮，何期數歲之間，零落殆盡！陳君久不克葬，二人者并骸骨亡之，慘更甚於宗觀！獨先生之墓在焉爾〔三四〕。嗚呼！死者委之烏鳶狐兔而不可問，徙者遠處寒苦不毛之地，幸而僅存如予，又以疾寒奔走於道路，然則人生相聚豈可常哉？後之君子謁禹陵，經先生之墓弔焉，覽予之文，夫亦可泫然而悲矣！乃書其詞，寄先生之子錡，而表諸其墓〔三五〕。

【注釋】

本文當作於康熙元年(一六六二)至康熙七年間。據楊賓《祁奕喜李兼汝合傳》(抄本)："居三年，班孫賂其守得脱身去……歸，明年，事聞逮捕。"而本文云："徙者遠處寒苦不毛之地。"則當撰於班孫脱身逮捕之前(一六六五——一六六六)。又，若《曝書亭集》編次無誤，此篇之後，爲竹垞留魯時(一六六八——一六七〇)所作，則墓表應作於赴魯之前。又，據本文内容所及，當爲竹垞參與朱士稚、魏璧、祁班孫等抗清運動之佐證。

〔一〕諱：於已歿人之名前稱"諱"，表示尊敬。

〔二〕山陰：即今浙江省紹興市。怪山：又名龜山。在紹興市。《嘉慶一統志·紹興府》："范蠡築城既成，怪山自至。怪山者，瑯琊東武海中山，一夕自來，故曰怪山。"

〔三〕私謚：周制，人死卒哭而諱，將葬之時爲謚(即死後之稱號)以易其名。下大夫以下不得請謚於上，其親族門生故吏爲之立謚，稱私謚。

〔四〕某：謂不知其名。檢《紹興府志》、《雷州府志》，未見朱姓山陰人爲雷州知府者,據《明史·朱賡傳》云:"(賡)子敬循。"或即其人。雷州:唐所設州,明洪武時改爲府,轄境相當今廣東省雷州半島大部地區,舊治所在海康(今廣東省縣名)。

〔五〕曾祖某:據《明史·朱賡傳》云:"父(名)公節,泰州知府。"

〔六〕王伯(bà)之略:興王業、霸業之謀略。《三國志·魏志·陳矯傳》:"(陳)登曰:'……雄姿桀出,有王霸之略,吾敬劉玄德。'"伯,通"霸"。

〔七〕亂:禍亂,此指明王朝淪亡。

〔八〕結客:指結交豪俠之士,積蓄力量,圖謀恢復明室。此係隱晦之説。作者《解珮令》:"十年磨劍,五陵結客。"

〔九〕坐:獲罪。繫獄:囚禁於牢獄。論:定罪;判决。

〔一〇〕貲:通"資"。

〔一一〕歸安:宋置縣名,即今浙江省吴興縣。

〔一二〕其一二句:隱指魏耕。全祖望《雪竇山人墳版文》:"魏耕者,原名璧……慈谿人也。世胄,顧少失業,學爲衣工於苕上(吴興之别稱)。……志圖大事,與於苕上起兵之役,事敗……乃與歸安錢纘曾(按:即竹垞文中"好友二人"之另一人)閉户爲詩……朱士稚與先生論詩極傾倒。"

〔一三〕長洲:縣名,明清爲蘇州府治,民國時併入吴縣。

〔一四〕陳三島:見前《雨中陳三島過偕飲》詩注〔一〕。

〔一五〕祁班孫:見前《題祁六班孫東書草堂》詩注〔一〕。梅市:見前《梅市逢魏璧》詩注〔一〕。

〔一六〕翕〔xī〕:聚合。

〔一七〕己亥:指康熙十六年(一六五九)。全祖望《雪竇山人墳版文》:"(魏璧)先生又遣死士致書延平(謂鄭成功,桂王時封爲延平郡王),謂海道甚易,南風三日可直抵京口。己亥,延平如其言,幾下金陵,已而退軍。……己亥之役,三島亦以憂憤而死。"按:據此,上文所云"六人""相砥礪"者,其中頗有恢復之謀。而下文所言"六人者喪其 ·","先生亦歎息悲思"者,非僅爲文友手足之誼而發，實啓自恢復之計沮也。

〔一八〕膈（gé）：横膈，即胸腔、腹腔間之肌膜結構。

〔一九〕庚子：指康熙十七年（一六六〇）。

〔二〇〕亟（jí）：急。

〔二一〕錢唐：謂錢塘江。

〔二二〕經紀：籌劃料理。《三國志·魏書·朱建平傳》："（荀）攸早亡，子幼，（鍾）繇經紀其門户。"

〔二三〕斂：遺體入棺。《釋名·喪志》："衣屍棺曰斂，斂藏不復見也。"含：古喪禮，置玉物於死者口中。《公羊傳·文公五年》："含者何？口實也。"注："緣生以事死，不忍虚其口。"

〔二四〕辛丑：順治十八年（一六六一）。大禹陵：見前《謁大禹陵》詩注〔一〕。西原：西面之平地。《宋書·禮志》："古之葬者，必在瘠薄之地。其規西原上爲壽陵。"

〔二五〕臨穴：哭弔於墓穴。臨，哭弔。

〔二六〕封：聚土築塚。《易·繫辭下》："古之葬者……不封不樹。"疏："不積土爲墳，是不封也。"

〔二七〕以：把；持。狀：謂行狀，即記述死者生平行事之文章。此指家屬所書之原始資料，供撰寫墓志者參考。

〔二八〕志其墓：即撰寫墓志銘。志，通"識"、"誌"，記述。

〔二九〕不果：未能成爲事實。

〔三〇〕壬寅：康熙元年（一六六二）。

〔三一〕二人句：全祖望《雪竇先生墳版文》："是役也（指鄭成功攻金陵事），江南半壁震動，既而聞其謀出於先生（指魏耕），於是邏者益急，（錢）纘曾以兼金賄吏，得稍解。癸卯，有孔孟文者，從延平軍來，有所求於纘曾，不饜，并怨先生，以其蠟書首之。先生方館於祁氏，邏者猝至，被執至錢塘，與纘曾俱不屈以死，妻子盡没，（祁）班孫亦以是遣戍。"慘：狠毒。

〔三二〕株繫：因株連而被囚禁。

〔三三〕極邊：據全祖望《祁六公子墓碣銘》其地爲寧古塔，即今黑龍江省寧安縣。以:而。

〔三四〕焉: 於此。

〔三五〕表諸其墓: 謂刻之於墓碑。表,表彰。

附　録

皇清欽授徵仕郎、日講官、起居注、翰林院檢討、祖考竹垞府君行述

嗚呼痛哉！我王父竟棄不孝桂孫等而長逝耶！

自己卯冬，痛遭我父之變，壬午春，復遭我母之變，鮮民之生不如死之久矣，所以延息至今者，幸賴我王父提攜鞠育，相依爲命未嘗離膝下也。不孝等念王父雖年高，素善頤養，少疾病，今已踰大耄之年，耳目未衰，著書不輟。竊謂天假之年，百齡可冀，奉侍之日尤長。孰意病痁七日，遂致不起也耶？天乎，痛哉！不孝等尚何以爲生哉！既又念我王父一生，文章經術爲海内儒宗，出處遭逢爲詞林盛事，不孝等若泯然以死，不丐當代大君子大手筆譔次事行，勒諸貞珉，用垂千百世，則不孝等負罪滋大。謹追憶所聞，略陳萬一，冀采擇焉。

王父諱彝尊，字錫鬯，號竹垞。先世系出唐茶院公諱瓌之後，世居吴中，至明十世祖西灣公諱煜自吴江盛澤之三家村，贅於秀水商河陳氏，遂家焉。西灣公生耕樂公（諱福緣），耕樂公生月梅公（諱恭），月梅公生二子，長慕椿公（諱敬），次慕萱公（諱彩），慕萱公生東山公（諱儒，字宗魯），以醫顯，仕至奉政大夫，太醫院院使，以五世祖貴，贈光禄大夫、柱國少保、太子太保、户部尚書、武英殿大

學士,妣唐氏、生妣王氏俱贈一品夫人,而月梅公、慕萱公兩世,皆贈官如東山公,妣皆一品夫人。東山公生四子,長鳳川公(諱國楨),以子廣原公(諱大啓)貴,累贈通議大夫、刑部左侍郎;次瑞寰公(諱國祥),以嗣子君揚公(諱大烈)貴,贈工部營繕司主事;次即五世祖養淳公(諱國祚,字兆隆),以太醫院籍,補順天府學生,中萬曆壬午鄉試,癸未賜進士第一人,除翰林院修撰,知起居注,歷司經局洗馬,遷諭德,進右庶子,戊戌以禮部左侍郎兼翰林院侍讀學士攝本部尚書事。是年命入東閣,加太子太保、進文淵閣,尋以户部尚書兼武英殿大學士加少傅回籍,卒贈太傅,謚文恪,事詳國史,配何氏封一品夫人;次養浩公(諱國禮),官太醫院吏目。文恪公子六人,高祖考忱予公居長(諱大競,字君籲),由官生除都察院照磨,歷都事,署經歷司,天啓初授階修職郎,轉後軍都督府經歷司都事,晉階文林郎,尋升太僕寺丞,遷工部營繕清吏司主事。先是河南道御史梁夢環羅織朝士之不附己者,公以文恪公喪奔回籍,尚未起復,夢環誣奏,下法司提問。會思陵即位,公入都上疏自訟,獲免,出知雲南楚雄府事,官舍如僧舍,民愛如慈母。甫八月,聞母何太夫人訃,解印綬歸,卒。配徐安人,華亭文貞公(諱階)之曾孫女。忱予公子五人,長即曾祖考晦在府君(諱茂暉,字子若),萬曆中,補秀水縣學生,天啓五年九月,承祖蔭授中書科中書舍人。好博覽經史之外,諸子百家靡不兼綜,性樂取友,復社第有集,同盟奉爲倫魁。所輯《禹貢補註》,徐闇公孝廉謂:當與程泰之、傅同叔并傳。卒,有《晦在先生集》,以王父通籍,康熙二十年十二月二十四日,覃恩贈徵仕郎、日講官、起居注、翰林院檢討。曾祖妣鄭,贈孺人,海鹽端簡公(諱曉)之曾孫女。次本生曾祖考子蘅府君(諱茂曙),天啓初,補秀水學生,甲申後棄去。及卒,鄉人私謚安度先生,撰《兩京求舊録》,有《春草堂遺稿》,配華亭唐孺人,禮部右侍郎、掌翰林院事文恪公(諱文獻)之孫女,知石屏州事(諱允恭)之女。事詳《户部長洲汪公墓志銘》。安度先生子三人,我王父其長也,晦在先生無子,以序立王父爲後。

王父幼鞠於生高祖妣蔡孺人。生數歲,屢覩神物怪異之狀,從旁者輒無所見,及就塾,書過眼即能覆誦,不遺一字,有神童之目。塾師胡先生偶舉“王瓜”俾作對,王父應聲曰:“后稷”。師怒,欲加夏楚。曾叔祖芾園先生見而奇之,後遂同譚舟石左羽、陸孝山、義山諸表伯叔祖請業焉。王父日記萬言,讀時藝至二十餘篇,每發一題,下筆千餘言立就,同學罕有儷者,於詩藝尤工。曾祖姑父五經博士元孩譚公視王公猶子,以國士許之。

崇禎十三年辛巳,浙東西大旱,飛蝗蔽天,饑,人相食。自先太傅文恪公以宰輔歸里,家無儲粟,先高祖繼之,益以廉節自礪,知楚雄府事還,力不能具舟楫,假貸於上官而後就道。至是,先高祖已卒,本生曾祖考安度先生家計愈窘,嘗至絶食。高叔祖君平公通判成都,以蜀江米四斛貽安度先生,米色殷而糲,食之鮮可以飽,王父讀書自若也。當時,文尚浮華駢儷,芾園先生獨賞嘉定黄陶庵文,以稿授王父。既而語曰:“河北盜賊,中朝朋黨,亂將成矣!何以時文爲?不如舍之學古。”乃授《周官禮》、《春秋左氏傳》、《楚詞》、《文選》、丹元子《步天歌》,人皆笑,以爲迂,俄而亂不可遏矣。

甲申,年十六。安度先生去先太傅碧漪坊舊第,避兵夏墓蕩。本生曾祖妣唐太孺人病終丙舍,王父朝夕擗踊,每上食,號慟不能起。於時安度先生家貧多難,爲王父擇配,贅於教諭馮公宅,自攜兩叔祖播遷塘橋之北。生高祖妣蔡孺人又殁,益窮苦。

王父既婚,留馮村。有華亭王鹿柴先生過馮公,見王父問曰:“曾學詩否?”對曰:“未也。”先生乃言曰:“詩有一學而能者,有終身學之而不能者,洵有别才焉。”酒至,舉古人名俾王父屬對,如顧野王對沈田子,鄭虎臣對沈麟士,蔡興宗對崔慰祖之類,難以悉數。先生見王父應對不窮,語馮公曰:"此將來必以詩名世,其取材博矣。"

無何,偕先王母馮孺人至塘橋,侍養安度先生,所居隘,不能容,遂賃梅會里道南茅亭之居,迎先生至里,繼又移居接連之橋。結里中人周青士、繆天自、沈山子及家孝廉近修諸先生,以詩歌唱和,遠近稱詩者咸過梅會里,就王父論風雅,流派靡不心慴。同里倦圃曹公見王父詩文尤擊賞之。

乙未,始游山陰,過梅市,訪祁氏昆弟,留數月。明年,海鹽楊公官嶺南,以幣聘王父課其子,即晚研先生兄弟也。留二年,交屈處士翁山、陳處士元孝。時曹公領藩粵中,交相唱和。又明年歸里,復偕曹公及愚山施公、王處士于一、陸處士麗京於湖上,爲文酒之會。壬寅,訪馮公於歸安儒學。癸卯,客永嘉,其冬,安度先生病革,王父忽心動,辭歸。歸未旬日,而安度先生棄世,王父哭泣盡哀,喪事靡不中禮。

明年,偕高念祖先生客京師,尋至雲中,訪副使曹公,轉客太原。王父方欲注歐陽《五代史》,以五代之主,其三皆起於晉陽,最後劉旻三世固守其地,恒策馬縱遊覽,其廢墟冢墓之文,祠堂佛刹之記,靡不搜剔,以資考證。

又明年,留左布政司廣平王公官廨,公所藏白玉椀,直累千金,用以讌王父,王父愛之,俾留書屋,命廚人月致桑落酒二甕,其致敬如此。丁未秋,自代州復至雲中,訪曹公。公雅好王公填詞,酒闌燈炧,更迭唱和,甫脱稿即爲銀箏檀板所歌。已而訪孫少宰退谷先生於北平,先生謝客著書不妄延接,一見王父,即訂忘年之好。王父客遊南北,必橐載《十三經》、《二十一史》諸書自隨,先生過旅寓見插架,謂人曰:"吾見客長安者,務攀援馳逐,車塵蓬勃間,不廢著述者,惟秀水朱十一人而已。"明年,客濟南中丞劉公幕,贊公疏,請封周公後裔爲五經博士,既而事不果。

己酉春,謁孔林,過鄒縣謁孟子廟。是秋,歸葬安度先生、唐太孺人於長水之東。先是,王母馮孺人徙居西河村舍,尋還梅會里,自甲申後避兵,田舍凡十餘徙。王父性愛竹,所居必有竹之地,至是買宅於鄰宅,西有竹,因以"竹垞"自號焉。是年,爲先父完婚,尋復客濟南,挈先父以行。

明年冬,復入都。偕同里李先生秋錦、吴江潘先生稼堂、上海蔡先生竹濤遊西山,有詩一帙,傳鈔者不絶。又明年,客江都,與魏處士冰叔定交。處士以古文自命,獨稱王父所作,謂考據古今人物得失爲最工。崑山顧寧人先生亦謂王父古文辭出侯朝宗、王于一之上。新城王公阮亭又謂王父之文紆餘澄澹,蜕出風露,於辨證尤精。其爲名流所推服如此。爰取所著詩古文辭編爲《竹垞文類》二十六卷刊行。癸丑,留潞河龔僉事幕中,與公子蘅圃先生唱和,結契殊厚。乙卯七月,曾祖考晦在府君卒,九月,自潞河奔喪回里。

越二年,戊午,天子法古制科取士,特詔在廷諸臣暨督撫大吏各舉博學之彦,毋論已仕未仕,徵詣闕,月給太倉禄米。王父被薦入都。明年三月朔,召試太和殿,廷發賦、序、詩各一首,學士院散官紙,光禄布席賜讌體仁閣下。中使傳旨:向來殿試進士定例,立而對策,今以爾等博聞,特賜坐賜食。僉謝恩畢,既納卷。次日,天子行大蒐禮,次郊圻,束卷授三大學士暨掌院學士,定其高下。益都馮公讀王公卷,嘆爲奇絶。天子親拔置一等,得除翰林院檢討、充明史纂修官,騎驢入史局,卯入申出。監修、總裁交引相助,而館閣應奉文字,院長不輕假人,恒屬王父起草。

越二年,辛卯,上命增置日講官,知起居注八員,王父與焉。是秋,典江南試,拜命之日,屏客不見。既渡江,誓於神,入闈,矢言益厲，關節不到。榜放，人皆悦服。明年春，入都，蔚州尚書衣朝衣過王父再拜，曰："吾非拜君也，慶朝使之得人也。"時王母馮孺人由水路北上，無家具，僅載書兩大簏，盗劫所居，止餐錢二千、白金不及一鎰也。

壬戌除日，侍宴保和殿。癸亥元日，賜宴太和門。十三日復賜宴乾清宫。是夜賜内紵表二裏一。十五日侍食保和殿，是日再入保和殿侍宴。二十日召入南書房供奉，恩賜禁中騎馬。三十日，上自南苑回，賜所射兔。二月二日賜居禁垣景山之北黄瓦門東南。駕幸五臺山回，賜金蓮花、銀盤菇，尋復賜紵、賜御衣帽、賜醍醐飯，賜鮮魚，又賜法酒、官羊、鹿尾、梭魚等物，皆大官珍品。甲子元旦，王父方侍宴，天子念講官家人，復以肴菜二席特賜王母，馮孺人九拜受之，洵異數也。王父念聖恩深重，矢以文章報國，凡詩篇經進，上輒稱善。

居一年，名掛彈事，吏議當落職，天子憐王父才，止左謫焉。三月，自禁垣徙居宣武門外。時先王母病，病愈，八月浮舟潞河而還。王父寓古籐書屋，日與坐客賦詩，復取通籍以後所作，名曰《騰笑集》刊之。既罷官，貧不能歸，留京師。以遼、金、元、明歷代建都於是，乃采摭羣書，自六經以至百家、二氏、國史、家集、方輿、海外之記載，遺賢故老之傳聞，靡不蒐録，凡千六百餘種，集之爲《日下舊聞》，踰年而書成。又以經學宜本漢唐諸儒箋疏，以窮其源，乃集古今説經之書，掇其大義，稽其存佚，爲《經義考》。己巳三月，自古籐書屋移寓槐市斜街。越二年，補原官。明年正月復罷官，三月解維張灣，是秋旋里。

尋遊嶺南，時先父客家中丞徽蔭公幕府，王父至，即隨侍歸里。明年二月，王母馮孺人卒。丙子夏，結曝書亭於池南，爲遊憩之所。歲在戊寅，王父年七十矣，思攜所著經籍詩文刊之建陽麻沙村首。

夏偕查表叔夏重先生入閩，不孝桂孫隨侍，抵崇安，遊武夷幔亭九曲之勝。抵福州，訪方伯汪公學使汪君，汪君試竣，率諸生來謁，先期爲王父介雅。七月發福州，至建寧登舟送客，失足墮水，已而病瘧，八月初抵家猶未痊。先父憂甚亦病，王父尋愈。其冬，四叔祖彦琛公卒，經紀其喪，悲悼不止。己卯春，天子省方江浙，王父至無錫迎駕。是年十月，先父竟以疾終，王父慟甚，曰："吾儲書八萬卷，與吾子讀之，今已夭死，誰讀我書者！"

壬午春，先母沈孺人復以病終，王父心愈憂戚，不能家居，旋攜從叔襄遠寓吴門張孝廉匠門書屋、顧孝廉秀野草堂暨徐上舍白華書屋，中丞宋公數招遊讌。尋輯《明詩綜》，開雕於白蓮涇之慧慶僧舍。明年癸未，翠華南幸，王父復至無錫迎駕。甲申二月，徐上舍七來，請遊洞庭，王父偕諸君，坐赤馬船渡太湖，抵西山，宿消夏灣，縱遊石公林屋諸勝，返於慧慶。於時詣招提問業者，接於道途，無不饜所欲而去，弟子著録日益衆。

明年乙酉，上南巡，三月無錫迎駕，三日朝前行殿，尋幸浙江，駐蹕菜花涇。皇太子遣近侍二員入城至先少保東山公舊第，問王父近狀，以村居離城三十里，乃去。時王父已至杭州候駕臨幸。四月七日，皇太子又着近侍問王公飲食藥餌之類，及有子幾人、孫幾人，曾出仕否？王父悉以對。是日，偕德清徐公朝見皇太子於行殿，令旨賜坐賜食，命賦《白杜鵑花》詩，皇太子稱善勿置，特書"風追夾漈"四字匾額以賜，又賜七言對聯云："白雪新詞傳樂府，青雲舊路列仙班。"既，又賜表里八，謝恩出，命小内監扶掖而行。初九日朝皇上於行殿，進《經義考》一套，又進皇太子《經義考》一套。上諭查供奉聲山："朱彝尊此書甚好，留在南書房，可速刻完進呈。"查公傳命。王父是日同諸公留駕，特賜"研經博物"四字匾額，跪領謝恩而出。同時拜御書者二十人，王父獨賜匾額，出宸衷殊渥也。十二日駕回蘇州。十五日皇太子命織造敖公召王父進見,免行禮,賜坐。問:"年老喜食粥否?"王父回奏:"正每日食粥。"即命進粥。皇太子問:"你弟子在内廷者幾人?"回奏:"查昇、汪士鋐、錢名世都是臣的弟子。"皇太子即傳錢君至行殿,云:"這是你的先生,故着你陪他。"旋以睿製詩集賜觀,并問作詩之法。王父從容敷對移時,睿顔深悦。又問:"藏書幾何?"回奏:"臣家素貧,不能多購。"命以書目進呈。皇太子問:"這書目是誰寫的?"回奏:"是臣孫寫的。"蒙皇太子稱好。又問:"平日著述幾何?"王父開目進呈。皇太子顧謂近侍曰:"這老翰林是海内第一讀書人,看看亦是好的。"王父感泣謝恩出,仍命近侍扶掖至宫門外。尋同諸公送駕至無錫皋橋而返。

是年秋,客三城與通政曹公酬唱者浹月,稻孫隨杖履焉。歸,葬歸安教諭馮公暨配胡孺人、繼董孺人於馮氏祖塋之旁。又爲舅祖原潔公立後。明年正月,葬生高祖妣蔡孺人、曾祖考晦在府君、曾祖妣鄭太孺人、曾叔祖子荃公、曾叔祖母陸孺人、叔祖千里公、叔祖母沈孺人三世七棺,於下徐蕩楚雄公兆之右。王父立雨雪中,親視井椁,葬畢而返。

明年丁亥,客吴。三月,天子復南巡,仍往無錫迎接,尋幸浙江,朝於西湖行殿。偕相國陳公、學士佟公,先後湖上賦詩。駕回,王父以足疾復發,送至五里亭。上遥見王父,顧問内侍曰:"這是朱彝尊麽?"内侍傳問,王父回奏:"臣是朱彝尊。"御舟行速,不及再奏。

明年,編《曝書亭詩文集》。時連年水旱,米穀騰貴,饑民塞路。七月中,王父倡始爲粥以食餓者,遠近就食日數千人。八月二十一日爲王父八十初度,適有從叔祖有舟公之戚,罷稱觴焉。今年正月,菽麥未熟,饑民轉多,王父憂之,復偕里人爲粥於古南禪院,請太守臧公委官董其事,每日就食者幾二萬人,自二月初至三月中乃止。聞詔青宫再建，王父賦詩有“復覩重光日，無煩四老人。堂懸銀牓舊，笏出紵衣新”之句。

四月，將交所輯《鹺志》於曹公，攜稻孫再至維揚，留真州，曹公數過旅話，許爲刊集。時大理李公、都運李公適來會，都運尋以畫舫送行，渡江而歸。閒居謂稻孫曰：“凡學詩文，須根本經史，方能深入古人窔奥；未有空疏淺陋、剿襲陳言而可以稱作者。今汝年已長，《記》云：‘時過然後學，則勤苦而難成；獨學而無友，則孤陋而寡聞。’斯言而三復也。”因招弟子王布衣浤、沈秀才翼、家上舍琪諸君過醞舫，讀書賦詩者踰月。尋發雕《曝書亭詩文全集》，每日删補校勘，忘其勞焉。九月中，得澤州相國寄懷長律，誦其“入直居人後，投林在鳥先”等句，謂可稱詩史。十月七日值掃先少保東山公墓，王公感微疾，不能詣墓所，命桂孫等代往。明日，起坐娱老軒中，微有倦態，食粥一甌，午後不復進食，自此寒熱間作，然神氣如故。桂孫等以王父年高，非參桂不能補，醫者亦云宜服，而請命王父而服之。是夜甚相安，謂稻孫曰：“吾集不知何日可刻完，年老之人不能久待，奈何！”又謂：“《建文實録》曲學紕謬，附會成書，我病稍差，尚當考正，續爲之，無使後世滋惑也。”晚刻進葠湯，是夕寒熱又作。從叔襲遠自吴門歸問疾。王父張目曰：“汝吴中來，知太守陳公近績否？”次日，錢姑父、姑母攜諸表弟自桐鄉來問安，王父執姑母手曰：“我望汝甚切，來何遲也。我無他病，惟寒熱拘縮耳。”至晚，桂孫等執燭進葠湯，王父猶起坐，手執椀飲畢，襪既着，復脱去就枕。桂孫等環泣問王父，王父並不及家務，惟數問局中剞劂事，俄而微睡，聲息漸沉，至漏下三鼓，遂長逝矣。

嗚呼，痛哉！我王父幼經亂離，隱居田野，不求聞達；繼而海内乂安，授徒不給，擔簦遠遊南北萬里，交天下鉅儒遺老。所爲詩古文辭，推重當世，又嘗集唐人詩爲長短句，流播朝野，樂府歌之。性不好治生，所得脩脯，以分故舊，讌賓客不少靳惜。通籍後，惟守先太傅文恪公墓田七十畝，不增廣尺寸。歸里以來，惟以著述自娱，故人及門弟子餽贈，輒以購書。至爲人作志銘，必發其潛德懿行，不爲溢美諛墓之文，雖有力不能得也。平生篤於倫紀，爲兩叔祖畢婚娶、治喪具，視姪如子，撫姪女爲女，不能婚者婚之，不能嫁者嫁之，外孫之幼孤者撫育成就之，遇故人子尤厚。喜嘉借後學，一藝之善，必爲游揚。至被人傾陷，或從而下石者，亦惟順以處之而已，未嘗介於懷也。

王父所輯，有《經義考》三百卷，《日下舊聞》四十二卷，《詞綜》三十卷，《明詩綜》一百卷。又撰《瀛洲道古録》、《吉金貞石記》、《粉墨春秋》諸書多未就。又以同時被薦百九十餘人，皆著作之材，不可無傳，思輯爲《鶴書集》，未暇采録，因以屬錢姑父踵成焉。自著詩文總編爲《曝書亭集》八十卷，其餘所撰《禾録》、《鹺志》等書尚多。孰意天不假年，遽奪吾王父之速也。痛哉，痛哉！

王父舉戊午博學弘詞科，己未三月召試一等，除翰林院檢討，纂修《明史》、《一統志》，三充廷試讀卷官，辛酉江南主考。雲南平，覃恩授徵仕郎，貤贈本生考安度先生，壬戌入直南書房。甲子被劾，奉旨降一級，庚午補原官，壬申回籍。

王父生于前己巳八月二十一日未時，卒於康熙四十八年十月十三日子時，享年八十有一。配王母馮孺人，歸安儒學教諭子晉公(諱鎮鼎)女，前王父十六年卒。子二人，長伯父(諱德萬)殤，次即先父(諱昆田)，國子監生，娶先母沈孺人，宿州衛守備石文公(諱檠)女；女二人，長姑適吴江周姑父(諱能察)，處士□□公(諱穎)子，次姑適桐鄉貢生錢姑父(名瑛)，文學改齋公(名枋)子。孫二人，長不孝桂孫國子監生，娶徐氏，諸暨訓導樊涇公(名煒然)女，次稻孫嘉興府學附生，娶盛氏，辛酉舉人、安吉州學正丹山公(諱楓)女；

曾孫男二人，振祖聘國學用平李君(名日知)女，桂孫出，賜書未聘，稻孫出；曾孫女二人，長桂孫出，次稻孫出，俱未字。

不孝等不幸，先父早世，譾劣無狀，不克顯揚祖德，死有餘罪。苫塊荒迷，語無倫次，伏冀大人先生哀矜而賜之一言，用光泉壤，則王父實藉以不朽！不孝等曷勝銜結之至。

承重孫朱桂孫泣血稽顙
期服孫　稻孫稽首同謹述
賜進士出身、翰林院編修表弟查嗣瑮頓首填諱

附跋

右朱竹垞先生行述一卷，其孫桂孫、稻孫同撰。案：桂孫，國子監；稻孫字稼翁，歲貢生，皆能世其家學。稼翁猶有名，預修《子史菁華》。乾隆元年，太倉王弈清薦舉博學鴻詞，臨川李紱薦爲《三禮》纂修，皆不果，著有《六峰閣集》等。竹垞先生經術文章，名在國史，著作等身，流佈宇内，無庸贅述。是卷於先生一生行事，敘述詳備，讀之令人益深景仰之情。其後同縣楊謙撰《年譜》一卷，多取資於此。而此爲當時原刻本，平湖葛氏傳樸堂，兹從假鈔付印。歲在丙子仲夏，同縣後學王大隆跋。(《行述》及《跋》皆録自趙詒深、王大隆輯《丙子叢編》一九三六年版。)

《中國古典文學名家選集》已出書目

王維孟浩然選集 ／王達津選注
高適岑參選集 ／高文、王劉純選注
李白選集 ／郁賢皓選注
杜甫選集 ／鄧魁英、聶石樵選注
韓愈選集 ／孫昌武選注
柳宗元選集 ／高文、屈光選注
白居易選集 ／王汝弼選注
杜牧選集 ／朱碧蓮選注
李商隱選集 ／周振甫選注
歐陽修選集 ／陳新、杜維沫選注
蘇軾選集 ／王水照選注
黄庭堅選集 ／黄寶華選注
楊萬里選集 ／周汝昌選注
陸游選集 ／朱東潤選注
辛棄疾選集 ／吴則虞選注
陳維崧選集 ／周韶九選注
朱彝尊選集 ／葉元章、鍾夏選注
查慎行選集 ／聶世美選注
黄仲則選集 ／張草紉選注